ON SOLANIS
NO
ASTRINUS
DIE TOTEN-
INSELN
YADONIA
NORD-
STERN
DER NÖRDL. IMMERGRÜN-
WALD
ALTHENIA
VERGESSENE
INSELN
STERLING-
BERGE
DER HIMMELSSCHLEIER
HECK
DER ARGIO NAVIS
STERNENSCHAUERKÜSTE

BRAMBLE

CHLOE C. PEÑARANDA

THE DARK IS DESCENDING

DAS STÄRKSTE LICHT BRAUCHT DIE TIEFSTEN SCHATTEN

Aus dem Englischen von
Johanna Ruhl und Anna Kuntze

BRAMBLE

Die amerikanische Originalausgabe erschien 2025 unter dem Titel
»The Dark Is Descending« bei Bramble, einem Imprint der Tor Publishing Group,
New York, und Macmillan Publishing Group, LLC.

Besuche uns im Internet:
www.bramblebooks.de
Instagram: @bramble_verlag
TikTok: @bramble_verlag

MIX
Papier | Fördert
gute Waldnutzung
FSC® C014496

Deutsche Erstausgabe Januar 2026

Dieses Werk wurde im Auftrag von Tom Doherty Associates durch die Literarische
Agentur Thomas Schlück GmbH, 30161 Hannover, vermittelt.

Ein Imprint der Verlagsgruppe Droemer Knaur GmbH & Co. KG
Landsberger Straße 346, 80687 München

Redaktion: Svenja Kopfmann
Covergestaltung: © Guter Punkt, München, nach
einer Vorlage von © Lila Raymond Art
Coverabbildung: © Lila Raymond Art,
Bezug: © Alice Maria Power
Motive Farbschnitt: © Salomi art / Adobe Stock,
© Chikovnaya / shutterstock.com
Vorsatz: @palinlineart (Illustration); Lila Raymond, @lettersbylila_ (Karte)
Nachsatz: Olga Kryvenko / Pangolin2b (Illustration);
Lila Raymond, @lettersbylila_ (Karte)
Postkarte und gleiches Motiv im Innenteil Lila Raymond, @lettersbylila_
Dekorative Elemente Lila Raymond, @lettersbylila_
Sonnenstrahlen Chikovnaya/Shutterstock.com
Satz: Daniela Schulz, Gilching
Druck und Bindung: GGP Media GmbH, Pößneck
ISBN 978-3-426-56354-0

Kontaktadresse nach EU-Produktsicherheitsverordnung:
produktsicherheit@droemer-knaur.de

2 4 5 3 1

*Für alle, die träumend
in die Sterne schauen – mögt ihr
stets Licht in der Dunkelheit und
Mut in der Unendlichkeit finden.*

ANMERKUNG DER AUTORIN

Liebe*r Leser*in, ich bin aus tiefstem Herzen Fantasynerd, und die Idee eines Multiversums hat mich schon immer fasziniert. Bereits in den vorherigen Büchern wurde erwähnt, dass Nyte nicht in der Welt ist, in der er sein sollte, und die Idee zur Nytefall-Trilogie kam mir beim Schreiben meiner Fantasy-Serie »An Heir Comes to Rise«, die in einer anderen Welt spielt. In *The Dark Is Descending* werden einige Personen am Rande erwähnt, die potenziell die Serie »An Heir Comes to Rise« für euch spoilern könnten. Wenn ihr also beide Serien lesen wollt, würde ich euch die folgende Publikationsreihenfolge empfehlen:
An Heir Comes to Rise, A Queen Comes to Power, A Throne from the Ashes, A Clash of Three Courts, A Sword from the Embers, The Stars Are Dying, The Night Is Defying, A Flame of the Phoenix, The Dark Is Descending.
Wenn ihr mich allerdings durch die Nytefall-Trilogie entdeckt habt, wird folgende Reihenfolge genauso gut funktionieren:
The Stars Are Dying, *The Night Is Defying*, die ganze »An Heir Comes to Rise«-Serie, dann *The Dark Is Descending.*
Wobei ich auch betonen will, dass man die »An Heir Comes to Rise«-Serie nicht gelesen haben muss, um die Nytefall-Trilogie zu verstehen und zu genießen. Sie kann komplett eigenständig gelesen werden, ohne dass man etwas verpasst.

Viel Spaß beim Lesen!

TEIL EINS

NYTES DUNKELSTE STUNDE

1

Astraea – Vergangenheit

Wie eine Sternschnuppe stieß Astraea Lightborne vom Himmel herab, ein blendender Lichtbogen aus silbern gefiederten Flügeln, der die dunklen Wolken über der Stadt Vesitire durchschnitt. Der Schlüssel in ihrer Hand pulsierte vor Energie, genau wie die verschlungenen Zeichnungen auf ihrer Haut – uralte wie Kohlen glühende Symbole, die Sekunde um Sekunde an Strahlkraft gewannen. Sie spürte, wie das Gewicht der Bestimmung in ihrer Brust resonierte und sie erdete, während sie mit sachter, tödlicher Eleganz auf dem Dach eines einfachen Wohnhauses landete.

Um sie herum ragte die Stadt auf, ein filigranes Netz aus steinernen Brücken und spitzen Türmen. Vampire hatten Vesitire am Abend angegriffen. Astraea sah überall um sich herum wilde rote Augen und lederne Flügel. Aber die Nachtwandler, dazu verdammt, in der Dunkelheit umherzustreifen, waren nicht die einzige Vampirart, die hier gegen Astraeas Volk, die Celestials, kämpfte. Manche warfen keinen Schatten, während sie ihre Fänge in den Hälsen panischer Menschen versenkten. Andere blieben in den Spiegelungen der umliegenden Schaufenster unsichtbar, während sie den unschuldigen Opfern in ihren Armen mit einem tödlichen Kuss das Leben aussaugten.

So war es nicht immer gewesen. Einst hatten die Vampire so friedlich wie die Fae mit den Menschen zusammengelebt. Bis jemand ihre Welt betreten hatte, der nicht hierhergehörte, und versucht hatte, Astraea, die Sternenmaid, Herrscherin über Solanis, zu stürzen, indem er ihrem Volk und den herrschenden Celestials giftige Gedanken einflüsterte. Nytes Vater war Anstifter und Führer des brutalen Aufstands, auch wenn alle wussten, dass er ohne Nyte – *Nightsdeath,* den Albtraum des Reiches – machtlos wäre.

Astraea sprang vom Dach. Eine schnelle Handbewegung, schon hielt sie den Schlüssel in die Höhe und sah zu, wie er als Antwort auf ihre erwachende Magie hell erstrahlte, ein Leuchtfeuer im Dunkeln. Sofort stürmten die Vampire auf das weit sichtbare Ziel zu. Schnell und mörderisch stürzten sie in ihre Richtung, mit gebleckten Zähnen und ausgefahrenen Krallen.

Astraea nahm einen tiefen Atemzug und war bereit.

»Wir haben das unter Kontrolle«, rief Auster ihr zu, der mit jedem seiner blauen Blitze mehrere Gegner gleichzeitig erledigte.

Wie immer wollte er sie am liebsten wegschicken, aber sie würde nicht tatenlos zusehen. Auster und die anderen High Celestials hätten sie gerne unter einer schützenden Glasglocke verwahrt, während sie selbst an vorderster Front des Krieges kämpften. Auch wenn es sie jedes Mal ärgerte, wenn er vorschlug, dass sie sich heraushalten sollte, konnte sie seine Sorge nachvollziehen. Auch in Astraeas Brust pochte im Angesicht des Feindes die Angst um seine Sicherheit. Sie waren schon ein Leben lang befreundet, und er war ihr Gegenstück.

In ihrem Herzen hatten sich Schuldgefühle festgesetzt, weil sie ihm noch nicht gesagt hatte, dass sie den Bund nun niemals mehr vollständig schließen konnten. Denn sie hatte sich bereits an einen anderen gebunden: den Albtraum des Reiches und Austers größten Feind.

Eigentlich sollte Nyte auch ihr Feind sein. Doch sie waren ein riskantes Bündnis eingegangen, um herauszufinden, was den Erdboden zum Beben und die Sterne zum Erlöschen brachte, und irgendwo auf dem Weg war die Grenze zwischen Verlangen und Hass verwischt, verbrannt und schließlich vollständig aufgelöst worden.

Als sie nun mit einer Sichel aus Licht einen ganzen Schwarm Nachtwandler niedermähte, wusste sie, dass Nyte dabei zusah. Sie spürte seine Anwesenheit *immer,* das Gefühl war gleichzeitig angenehm und beruhigend und ein ärgerlicher Störfaktor für ihre Konzentration. In diesen Kampf konnte er sich nicht einmischen, und sie spürte seinen Ärger, unbeteiligt zusehen zu müssen, mit jeder Faser ihres Körpers.

»Du bist viel besser als er«, murrte Nyte in ihren Gedanken, als Antwort auf Austers Sorge. *»Hinter dir.«*

Sie wirbelte herum und verwandelte den Schlüssel dabei in eine Klinge, die sie in der Brust eines Schattenlosen versenkte. Zwar waren sie im Moment ihre Feinde, aber Astraea hasste es, das Blut all derer zu vergießen, deren Geschichten sie nicht einmal kannte. Wie verzweifelt musste dieser Mann gewesen sein, dass er sich Nytes Vater angeschlossen hatte, im Glauben, nur so Gleichberechtigung für sein Volk erlangen zu können?

Astraea war entschlossen, den Frieden wiederherzustellen, dem sie ihr Leben gewidmet hatte. Ihr Goldenes Zeitalter bröckelte, und ihr blieb nicht mehr viel Zeit, es vor dem Einsturz zu bewahren.

»Ohne deine Kommentare könnte ich mich besser konzentrieren«, antwortete sie Nyte.

»Und ich könnte mich an deiner Seite besser konzentrieren.«

»Du wirst hier nicht gebraucht.«

»Du verletzt mich.«

Sie antwortete nicht, obwohl sie sich – entgegen ihrer

Behauptung – dank des Gespräches mit Nyte viel besser auf das Töten ihrer Gegner konzentrieren konnte.

»*Wusstest du von diesem Angriff?*«, fragte sie. Gerne hätte sie Nytes Versteck ausfindig gemacht, aber die Flut der Vampire riss einfach nicht ab.

»*Nein*«, antwortete er mit beunruhigtem Unterton.

»*Wenn du helfen willst, dann finde mehr dazu heraus.*«

»*Ich kann dich nicht in Gefahr zurücklassen.*«

»*Du hast es selbst gesagt: Ich bin hier die beste Kämpferin von allen. Und ich habe schon viel Schlimmeres ohne dich überlebt.*«

»*Du kannst doch nicht einfach ohne mich so viel Spaß haben.*«

»*Das mache ich später wieder gut.*«

Ein Schauer überlief sie, als Nyte ihre Sinne streichelte. Unter den Umständen völlig unangebracht. Sie zog ihre Klinge aus dem Rücken eines Vampirs.

»*Und wie?*«, fragte er neckend.

»*Vielleicht mit einem Bad. Schließlich wurden wir unterbrochen.*«

Zwei Vampire kamen aus unterschiedlichen Richtungen auf sie zugerannt. Astraea warf einen Blick über die Schulter und grinste die Schatten neben einem aufragenden Schornstein an. Nyte versteckte sich vielleicht gut, aber nicht gut genug für sie.

»*Wie arrogant*«, kommentierte Nyte amüsiert.

Mit *arrogant* meinte er, dass sie sich die Zeit genommen hatte, zu ihm hinüberzusehen, während die Vampire ihr gefährlich nah kamen. Im letzten Moment warf sie ihren Sturmsteindolch und traf den einen mitten ins Herz, dann duckte sie sich unter den Armen des anderen weg, als er sie gerade packen wollte, und durchschnitt ihm gleichzeitig mit dem Schlüssel die Beine. Noch im Aufstehen drehte sie sich um und durchtrennte ihm mit der nächsten Bewegung den Hals, sodass sein Körper zu einem Haufen von Gliedmaßen zusammensackte.

»*Du bist eine absolut außerordentlich begabte Vampirtöterin.*«

»Die Show ist gleich vorbei«, sagte sie. *»Kannst du jetzt bitte die Beweggründe deines Vaters herausfinden, ehe ich das übernehmen muss?«*

»Wenn du mich schon so anflehst …«

»Das kannst du *dann später wiedergutmachen.«*

»Ich werde dich anflehen, Starlight. Und als Antwort wirst du vor Verlangen nach mir schreien.«

Mit diesen Worten verabschiedete er sich. Als Astraea ihre Sturmsteinklinge aus der Brust des Vampirs zog, warf sie trotzdem einen Blick nach oben, enttäuscht, dass er nicht länger zusah. Auch wenn sie ihn selbst weggeschickt hatte, verschlechterte sich ihre Laune, jetzt, da er gegangen war.

Dass sie sich in ihren größten Feind verliebt hatte, war ein Geheimnis, das den gesamten Kontinent erschüttern würde. Aber sie wollte nichts lieber, als es herauszulassen. Sie wollte, dass die Welt es erfuhr und – wie in den Märchen, die sie sich selbst erzählte – akzeptierte. Eines Tages mochte das Volk es sogar feiern. Viele würden es nicht verstehen, aber sie schätzte an Nyte, dass er nie vorgab, etwas anderes zu sein, als er war. Er stand zu jeder seiner dunklen und blutigen Beichten. Für sie war er nicht verloren.

Astraea war die Göttin der Gerechtigkeit in dieser Welt, mit der Herrschaft betraut, um Frieden, Harmonie und Gleichberechtigung zu garantieren. Sie konnte nur hoffen, dass man ihr Urteil nicht anzweifeln würde, wenn es um ihn ging.

Ihr Bund war zwar aus der Not heraus geschlossen worden, weil es keine andere Möglichkeit gegeben hatte, sie von einer tödlichen Wunde zu heilen – aber ein Teil von ihr war froh darüber. Sie wusste, dass ihre Verbindung zu ihm, ihr Verlangen nach ihm, über die vielen Jahre, die sie bereits miteinander verbracht hatten, tiefe Wurzeln geschlagen hatte. Nyte hatte sich in ihre Gedanken, ihren Körper und ihre Seele eingeschlichen. So langsam, dass wohl keiner von ihnen erkannt hatte oder sich hatte eingestehen wollen, was sie von Anfang an miteinander verbunden hatte.

Jäh wurde Astraea aus ihren Gedanken gerissen, als ein Vampir aus der Luft auf sie herabstürzte. Jetzt verfluchte sie Nyte für die Ablenkung. Den Angreifer hätte sie eigentlich längst wahrnehmen müssen. Sie wurde auf den Rücken geworfen, und scharfe Fangzähne schnappten vor ihrem Gesicht zu. Die Hände gegen seine Schultern gestemmt, hielt sie ihn sich vom Leib. Gerade wollte sie ihn mit ihrer Magie von innen heraus verbrennen, als ein blauer Blitz den Vampir traf und sie ihn nur noch von sich stoßen musste. Sofort durchbohrte Austers gewaltiges Sturmsteinschwert die Brust des Nachtwandlers.

Während sie noch um Atem rang, blickte Auster mit missbilligendem und gleichzeitig sorgenvollem Stirnrunzeln auf sie herab.

»Ich habe wohl geträumt«, gab sie kleinlaut zu.

»Das sieht dir aber nicht ähnlich«, sagte er skeptisch. »Vor allem nicht im Kampf.«

Astraea schenkte ihm ein süßes Lächeln, ergriff seine ausgestreckte Hand und klopfte sich den Staub von der Kleidung.

Die anderen High Celestials – Notus, Aquilo und Zephyr – kümmerten sich um die letzten vereinzelten Angreifer.

»Was wollten sie damit bloß bezwecken?«, fragte Zephyr nachdenklich und wischte seine Klinge am Mantel eines toten Nachtwandlers ab.

Nyte würde es herausfinden und Astraea mitteilen.

»Drecksviecher.« Notus spuckte auf den Boden.

Das gefiel ihr nicht. Wie konnte er eine ganze Spezies so einfach für die Taten einiger weniger verdammen? Drei von Astraeas sechs Hütern – von ihren Schöpfern Abendrot und Morgengrauen aus jeder der Arten ausgewählt – waren Vampire gewesen. Sie alle hatten sie gemeinsam zu einer gerechten, unvoreingenommenen Herrscherin erzogen. Nachdem sie ihre heilige Pflicht erfüllt hatten, waren ihre Hüter schon vor Jahrzehnten in ihre friedliche Anderswelt übergetreten. Jetzt musste Astraea ganz auf sich allein gestellt die Welt anführen und entdecken.

Weitere Celestialsoldaten eilten herbei, und Astraea erteilte ihnen Befehle. »Sucht Verwundete, und räumt die Straßen frei.«

Sie stieg über die Leichen, um in den umliegenden Häusern nach Zivilisten zu sehen.

»Du solltest ins Schloss zurückkehren«, sagte Auster hinter ihr.

»Wieso?«

»Weil es sicherer ist. Überlass es uns, die Ursache für den Angriff herauszufinden und um die Stadt herum nach weiteren Feinden Ausschau zu halten.«

Immer wollte er sie hinter dicken Mauern verstecken. Das hatte sie ihm gegenüber zwar nie zugegeben, aber einer der wichtigsten Gründe, warum sie von Vesitire und nicht von Althenia aus regierte, war, um den erdrückenden Schutzmaßnahmen zu entkommen, die Auster und seine Brüder ihr auferlegen wollten.

Auster seufzte, als sie seinen Vorschlag ignorierte und an einer Tür klopfte. Niemand antwortete, also trat sie vorsichtig ein. Ein Blick ins Innere genügte – alle Bewohner waren ermordet worden. Vier Menschen.

»Wir können nicht länger zulassen, dass er unsere Leute einen nach dem anderen ausschaltet«, fauchte Auster.

Astraea versteifte sich. Zwar war Nytes Vater der Anführer des Vampiraufstands, aber Auster und seine Brüder wussten, dass nicht er selbst es war, der die feindliche Armee kontrollierte.

»Wir müssen Nightsdeath töten.«

Das hatte sie schon Hunderte Male gehört. Verdammt, lange war das ihr eigenes wichtigstes Ziel gewesen. Aber jetzt waren sie verbunden … und alles war anders.

Die Vorstellung, ihn sterben zu sehen, brachte ihre Seele zum Weinen.

Aber dann fiel ihr die entscheidende Tatsache ein. »Er kann nicht getötet werden«, murmelte Astraea.

Austers bohrender Blick verursachte ihr eine Gänsehaut. Sie richtete ihre Aufmerksamkeit auf die Blutpfützen, die langsam in den Holzboden des hübschen kleinen Häuschens sickerten.

»Natürlich kann er sterben«, erwiderte Auster.

»Streng genommen … ist er ein Gott. Er kann nur durch etwas getötet werden, woraus er besteht.«

Nytes Schwäche Auster gegenüber zu enthüllen, verursachte ihr Bauchschmerzen. Doch Nyte stammte nicht aus dieser Welt, also konnte Auster ihn auch mit dieser Information nicht umbringen, was ihr Herz beruhigte.

»Woher weißt du das?«, fragte er.

»Ich habe dir doch gesagt, dass ich ihn jage. Dabei habe ich das herausgefunden.«

Die Notlüge brachte Astraeas Gesicht zum Glühen. Auster musterte sie. Ihr ganzer Körper kribbelte schuldbewusst. Sie befürchtete, wenn er sie nur lange genug anstarrte, könnte er ihr die Verbindung ansehen, die sie mit dem größten Bösewicht des Reiches eingegangen war. Würde er sie als Verräterin abstempeln? Sie redete sich ein, dass Auster ihre Erklärungen anhören würde. Nach allem, was sie bereits zusammen durchgemacht hatten, würde er sicher an ihr gutes Herz glauben, auch wenn es eine dunkle Wahl getroffen hatte.

Auster seufzte. »Gehen wir. Hier ist niemandem mehr zu helfen.«

Sie verbrachten den Tag damit, das Chaos zu beseitigen, Überlebende zu bergen und stärkere Schutzmaßnahmen um Vesitire zu errichten. Je länger Astraea mit ihren eigenen Gedanken und Schlüssen zum Angriff allein blieb und mit ansehen musste, wie das Blut Unschuldiger von den Straßen gespült wurde, desto mehr steigerte sie sich in einen heftigen Zorn hinein.

Dass sie keinen Moment der Ruhe von den High Celestials und ihren hasserfüllten Reden über die Vampire und besonders Nyte bekam, war auch nicht hilfreich. Vor allem Letzterer war der ständige Mittelpunkt ihrer Tiraden. Sie konnte nichts tun, außer die Hände zu Fäusten zu ballen, wenn sie ihm jede einzelne barbarische Tat persönlich zuschrieben.

»Du wirkst angespannt«, bemerkte Zephyr und trat näher an sie heran. Die anderen waren im Thronsaal in ein Gespräch vertieft.

»Es war ein langer Tag«, sagte sie.

Zephyr drehte sich um, sodass er ihr wie ein Schutzschirm für mehr Privatsphäre die Sicht auf seine Brüder nahm.

»Was weißt du?«, fragte er vorsichtig.

»Worüber?«

»Den Angriff.«

»Genauso viel wie ihr.«

Das war die Wahrheit. Allerdings wusste Zephyr auch über ihre versteckten Aktivitäten Bescheid, für die sie sich aus dem Schloss schlich. Sie vertraute ihm. Als Astraea erfahren hatte, dass Celestials, denen von Wilderern die Flügel abgeschnitten worden waren, von Auster und den anderen verstoßen wurden, hatte sie ihre Empörung sehr deutlich gemacht. Aber selbst als Sternenmaid konnte sie die vier Brüder, die göttergegebenen Herrscher über das Volk der Celestials, was das anging, nicht überstimmen. Nicht durch Blutsverwandtschaft, sondern durch ihre Aufgaben und Pflichten waren die Brüder aneinandergebunden.

»Du warst in letzter Zeit oft abwesend. Auster schöpft langsam Verdacht«, sagte Zephyr mahnend.

»Ich brauche keinen Aufpasser«, grummelte sie.

Zephyr zuckte zusammen und verzog das Gesicht zu einer entschuldigenden Miene. »Du musst den Bund mit Auster ablehnen«, flüsterte er kaum hörbar.

Sie wusste, dass er recht hatte. Nie hatte sie eine derart ungute Vorahnung verspürt wie in dem Moment, als sie Auster nach ihrem Bund mit Nyte zum ersten Mal gegenübergestanden hatte. Doch zu ihrer Erleichterung hatte Auster die Veränderung nicht gespürt.

»Ich weiß. Aber ich will ihn nicht verletzen.«

»Du verletzt ihn umso mehr, je länger du ihn im Glauben lässt, dass er noch eine Chance hat.«

Astraea blickte Zephyr flehend an. Das Geständnis drückte ihr von innen gegen die Brust, so sehr wollte sie ihm vom Bund mit Nyte erzählen. Er würde ihr Geheimnis bewahren, aber trotz ihrer engen Freundschaft fürchtete sie, von ihm verurteilt zu werden.

Zephyr erkannte ihr Zögern und legte ihr die Hände auf die Oberarme. »Du kannst mir alles sagen.«

Sie nickte, aber ihre Lippen blieben verschlossen.

Bald würde sie den Mut aufbringen, es ihm zu beichten. Doch jetzt konnte sie nur an *eine* Person denken, während sie unbemerkt aus dem Schloss schlüpfte.

Astraea wartete im Glockenturm auf Nyte. An dem Ort, der ihr geheimes Zuhause hoch über dem Rest der Welt geworden war. Sie spürte seine Nähe, aber er hielt sich versteckt, wollte sie erschrecken, während sie die in Mondschein getauchte Stadt betrachtete. Astraea wirbelte herum und verpasste ihm mit der Hand einen Magiestoß gegen die Brust. Nyte versteifte sich, ergriff aber, ohne zurückzuweichen, ihr Handgelenk und zog sie mit einem Ruck zu sich heran.

»Immer so gewalttätig«, sagte er leise.

Sie atmeten gemeinsam und tauschten glühende Blicke aus.

»Warum haben die Vampire angegriffen?«, fragte sie.

»Ich habe dich vermisst«, sagte er und strich ihr eine Strähne hinters Ohr.

Sie entriss ihm den Arm und versuchte erneut, ihn anzugreifen. Ihre Lichtkugel wurde von sternenglänzender Dunkelheit verschluckt. Hinter den sich auflösenden Schatten kam Nytes belustigtes Grinsen zum Vorschein.

»Sag mir, dass du damit nichts zu tun hattest«, forderte sie und funkelte ihn an.

Der amüsierte Ausdruck verschwand aus seinem Gesicht. »Glaubst du etwa, ich würde dich anlügen?«

»Ich weiß es nicht.«

Aber ihr Herz wusste es. Es hämmerte gegen ihre Rippen, begehrte gegen die Unsicherheit ihres Verstandes auf.

Nyte schloss die kleine Lücke zwischen ihnen und drückte sie neben einem der Bogenfenster gegen die Wand.

»Dann war ich wohl noch nicht offen genug, damit du ohne jeden Zweifel *weißt,* dass es nichts gibt, was ich nicht töten, keine Welt, die ich nicht zerstören, und keinen Gott, dem ich nicht abschwören würde, wenn es um dich geht.«

Er legte ihr eine Hand um die Kehle und funkelte sie so intensiv an, dass seine bernsteinfarbenen Augen geradezu leuchteten.

»Blut ist dicker als Wasser«, sagte sie.

»Als mein Gegenstück bist du von meinem Blut. Wenn ich meine Herkunft ausbluten könnte, würde ich das für dich tun. Sag mir, woher deine Zweifel kommen.«

Er ließ seine Hand in ihren Nacken wandern und beugte ihren Kopf nach hinten, sodass ihr Mund im idealen Winkel angehoben wurde, perfekt für einen Kuss.

»Du bist meine Verdammnis«, flüsterte er an ihren Lippen. »O Starlight, unser Aufeinandertreffen wurde vielleicht wie von Meisterhand für die Hölle erschaffen, aber selbst wenn wir uns dort als Nächstes begegnen sollten, würdest du die Unterwelt siegreich regieren.«

Er küsste sie, und sie verlor sich in seiner Berührung. Fand sich in ihm. Sie war auf ewig sein, und gerade das machte ihr Angst.

Sie legte ihm die Hände auf die Brust, und Nyte ließ sich von ihr wegschieben, dann schlüpfte sie aus seinen Armen. Ihr ganzes Leben hatte aus Verpflichtungen bestanden. Ihrem Volk gegenüber. Auster gegenüber. Bevor sie Nyte kennengelernt hatte, hatte sie sich bereits damit abgefunden, mit Auster so gut wie verlobt zu sein.

»Mein Vater behauptet, der Angriff sei nur ein Test eurer Ressourcen und Strategien gewesen. Seine Spione haben sich das Gemetzel angesehen«, sagte Nyte.

Astraea bemerkte das Zögern in seiner Erklärung. »Du glaubst ihm nicht?«

»Ich bin mir nicht sicher. Keine Ahnung, warum er mich anlügen sollte, aber er hat noch nie einen Angriff ohne mein Wissen befohlen. Er behauptet, es liege daran, dass ich so oft abwesend bin, während ich so fleißig versuche, dich zu fangen.«

»Du darfst sein Vertrauen nicht verlieren.«

»Lass meinen Vater meine Sorge sein.«

Astraea wusste, dass das nicht der eigentliche Grund für die Wirbelstürme in ihrem Kopf und ihrem Herzen war.

»Sag schon, was los ist«, bat Nyte sanft, in einem Tonfall, den sie selten bei ihm hörte.

»Ich liebe dich«, stieß sie hervor, immer noch mit dem Rücken zu ihm.

Das Geständnis rutschte ihr einfach heraus. Nachdem sie den Bund geschlossen hatten, hatte er ihr diese wunderschönen Worte geschenkt, doch sie war nicht in der Lage gewesen, sie ebenfalls auszusprechen. Sie waren da – schon lange –, steckten in ihrer Brust fest, kratzten manchmal sogar von innen an ihrer Kehle. Bereits seit Monaten erstickte sie fast daran, traute sich aber nicht, sie rauszulassen. Doch jetzt … erkannte sie, wie viel stärker sie sich mit ihm an ihrer Seite fühlte, selbst wenn er nicht physisch anwesend sein konnte. Jetzt wollte sie nichts mehr, als der Welt zu beweisen, dass Nyte nicht Terror bedeutete, sondern Hoffnung – die Hoffnung, den Krieg mit seinem Vater zu beenden.

Nyte trat von hinten an sie heran, und ihre Haut begann zu kribbeln. Als er sich an ihren Rücken presste, spürte sie, wie sämtliche Anspannung von ihr wich, und er schmiegte sich an sie wie ein Schild, der sie von all ihren Lasten abschirmte.

»Sag das noch mal«, murmelte er an ihrem Hals. Mit den Lippen strich er über die Haut hinter ihrem Ohr.

Sie schloss die Augen. »Ich liebe dich«, wiederholte sie.

Jedes Wort ließ ihr Herz weiter anschwellen und machte ihr Mut. Alles würde gut werden. Zusammen konnten sie jedes Hindernis überwinden.

Nyte stöhnte. Die Vibrationen breiteten sich wie weicher Sand und hüpfende Steinchen auf ihrer Brust aus.

»Sosehr ich mich auch danach gesehnt habe, das zu hören. Warum bereitet dir das Sorgen?«

»Weil ich das nicht sollte. Weil ich Angst habe, diese Wahl nicht treffen zu können. Dass dich zu lieben bedeutet, dass ich meine Bestimmung nicht lieben kann. Aufstände werden ausbrechen, ehe wir die Leute überzeugen können. Auster wird am Boden zerstört sein. Und vielleicht bricht dann noch ein anderer Krieg aus.«

Er drehte sie zu sich um und schob sie nach hinten, bis sie mit den Waden ans Bett stieß. Er beugte sich weiter vor, bis sie sich hinlegen musste, und dann brachten seine langsamen, aufreizenden Bewegungen über ihr und sein Gewicht, das sie auf die Matratze drückte, ihre Haut vor Lust zum Glühen.

»Was brauchst du von mir?«, fragte er mit unendlicher Ruhe, offensichtlich bereit, die Welt für sie zu ändern oder zu zerstören. »Jetzt gehörst du nämlich mir, egal was ich tun muss, damit es so bleibt. Ich bin entschlossen, dafür zu sorgen, dass du alles bekommst, was du willst.«

Nyte wurde von allen für einen Albtraum gehalten. Sie glaubten, dass er böse und kalt und grausam war … doch Astraea hatte entdeckt, wie warm seine Dunkelheit sein konnte, wenn man sich nur weit genug hineinbegab. Nyte hatte sich ihr angeboten, als er sie genauso gut hätte töten können. Seine Wünsche hatten bisher nie ihm selbst gehört – bis zu ihrem Bund. Für sie war er zu allem bereit, und der Gedanke zerriss etwas in ihr.

Er verdiente es, geliebt zu werden. Die gleiche Hingabe zu erfahren, die er anbot.

»Hab Geduld mit mir«, sagte sie leise. Mit den Beinen umklammerte sie seine Hüfte, als er sich zu ihr absenkte.

Nyte hörte auf, Küsse auf ihrem Schlüsselbein zu verteilen. Stattdessen presste er besitzergreifend die Lippen auf ihre, und sie vergrub die Finger in seinen Haaren. Nur einen ausgedehnten, verheißungsvollen Kuss lang.

»Für dich bin ich so geduldig wie die Nacht, die auf den Vollmond wartet. So ruhig wie die Sterne, die auf die Nacht warten. Für dich, Astraea Lightborne, würde ich jedes unendliche Leben lang warten.« Er lächelte, und sein Lächeln war ein wertvollerer Schatz als jeder Diamant. »Also gut«, raunte er. »Soweit ich weiß, muss jetzt zur Versöhnung noch ein bisschen gebettelt werden.«

2

Astraea – Gegenwart

Der Mond blutete und tauchte die Welt in einen roten Schein, als laste der Zorn der Götter auf uns. Sein Licht verwandelte den blutbefleckten Schnee um mich herum in einen noch unheilvolleren Anblick.

Jegliches Moralgefühl hatte mich bereits verlassen, als meine lilafarbene Klinge von purpurrotem Blut aus dem Hals eines weiteren Celestials überströmt wurde.

Wer nicht auf meiner Seite steht, ist mein Gegner.

Das Mantra begleitete jeden Tod von meiner Hand, aber die Worte reichten nicht aus, um die dunklen Gedanken aufzuhalten, die sich mit jeder Leiche höher in mir auftürmten.

Nicht alle Gegner waren Celestials. Auch Vampire, Fae und selbst Menschen waren begierig, das Kopfgeld einzuheimsen, das Auster auf meine Freunde und mich angesetzt hatte. Manche griffen uns auf heimtückische und unnachgiebige Weise an – woraufhin meine Rache keine Gnade kannte.

Als ich von den Sternen zurückgekehrt war, hatten sie mich gejagt. Jetzt war ich nicht nur selbst die Jägerin: Ich war die Botin des Todes. Seine Maid.

Kein Morgen dämmerte mehr, und nie wieder würde das Abendrot erstrahlen. Doch noch viel schlimmer war, dass meine

Seele von ihrer anderen Hälfte getrennt blieb. Nyte hatte mich in dieser Welt voller Chaos und Anarchie zurückgelassen, aber ich war entschlossen, ihn zurückzuholen.

Zwei Wochen waren bereits vergangen, und wir hatten noch nicht einmal einen Anhaltspunkt für ein Gegenmittel gegen den Fluch, der ihn in einen todesgleichen Schlaf versetzt hatte.

»Statt dich selbst an den Rand der Erschöpfung zu bringen, könntest du uns einfach ein paar übrig lassen«, merkte Nadia an und riss mich damit aus meinen Gedanken. Zusammen mit Davina trat sie vorsichtig näher. Die beiden behandelten mich so behutsam, als könnte ein Wort allein mich zum Explodieren bringen.

»Ihr seid zu langsam«, sagte ich und wischte meine Klinge am marineblauen Mantel eines toten Celestials ab. Beim Anblick des Abzeichens mit Austers Konstellation verwandelten sich meine Schuldgefühle, dieses Leben genommen zu haben, in Verbitterung.

Wer nicht auf meiner Seite steht, ist mein Gegner.

Am meisten hasste ich Auster für das, wozu er mich gemacht hatte. Es war über dreihundert Jahre her, dass er mich getötet hatte, aber ich konnte noch immer spüren, wie seine kalte Hand den Schlüssel in meiner Brust umgedreht hatte, so intensiv, als wäre es erst vor wenigen Wochen geschehen.

Streng genommen war es das auch – als er die Geschichte wiederholt hatte, um Nyte erneut zum Abschluss unseres Bundes zu zwingen. Jetzt konnte Nytes Blut mich heilen, wenn ich es trank. Oder mich töten, wenn jemand mir eine damit benetzte Waffe ins Herz stieß. Welch kranke, unfassbare Ironie.

Wie ich Auster doch hasste.

Und gleichzeitig trauerte ich um ihn.

Ich hasse es, dass ich um ihn trauere.

Dieses mentale Tauziehen erschöpfte mich. Es war einfach nur unfair. Als würde Auster mich beobachten und selbstgefällig in sich hineingrinsen, weil er immer noch Macht über mich besaß, wie ein Schatten, der sich über jeden meiner Gedanken legte. Ja, ich war wütend auf ihn, aber noch wütender war ich auf mich selbst, weil ich ihn nicht loswerden konnte. Weil ich immer wieder die langsam zurückkehrenden Erinnerungen an Gespräche durchging, wie um den genauen Moment festzustellen, in dem er entschieden haben musste, dass ich seine Feindin war. Den Moment, in dem er wusste, dass er mich umbringen würde. Während ich von alldem nichts ahnte.

Als ich mich umdrehte, blickte ich direkt in Davinas besorgtes Gesicht.

Wir standen am Rande von Vesitires Hauptstadt, kamen öfter hierher, um ihre Verteidigungsmaßnahmen in Augenschein zu nehmen. Ich konnte nicht tatenlos herumsitzen. Wenn ich nicht gerade mit Drystan jede noch so weit hergeholte Theorie diskutierte, wie wir Nyte zurückholen könnten, schmiedete ich Rettungspläne.

Auster hatte Eltanin. *Meinen* Drachen.

Beim Gedanken an Austers Dreistigkeit, Eltanin gefangen zu nehmen, stieg Wut in mir auf. Doch noch mehr fürchtete ich, was er dem jungen Drachen antun könnte, je näher das Ende seines zweiten Mondzyklus rückte, an dem er ein weiteres Stück wachsen würde.

Nur weil Auster die Stadt vollständig kontrollierte, marschierte ich nicht waghalsig hinein, um ihn zum Kampf herauszufordern. Überall patrouillierten Celestials. Die meisten Zivilisten würden sofort versuchen, mich gefangen zu nehmen, um das enorme Kopfgeld einzusacken, das Auster ausgeschrieben hatte. Und sobald ich Lightsdeath entfesselte, um ohne Rücksicht auf andere zu bekommen, was ich wollte, würde ich die gesamte Stadt in Schutt und Asche legen.

Das durfte ich nicht tun, auch wenn ich die Macht dazu besaß. Allerdings konnte ich nicht leugnen, dass ein kleiner

Vorgeschmack von Triumph durchaus verlockend gewesen wäre, nach all den Niederlagen der letzten Zeit.

Lightsdeath schlummerte in meinem Inneren – das tödliche Geschenk des Ursprünglichen, das die Welt vernichten würde, wenn ich es entfesselte, ohne die Kontrolle zu besitzen. Als Preis für Drystans Leben hatte der Tod selbst getan, was wir erhofft hatten, und mir diesen Vorteil verschafft – eine Macht, die Götter töten konnte.

Was er wollte, war das Ende von Abendrot und Morgengrauen, meinen Schöpfern. Nach allem, was sie getan hatten, und weil sie mir Nyte genommen hatten, war es nun auch mein eigenes düsteres Verlangen, sie auszulöschen.

Ich befürchtete, dass ich mich in Lightsdeath verlieren und nicht mehr in der Lage sein würde, Freund und Feind zu unterscheiden. Ich wusste von Nytes früheren Kämpfen mit Nightsdeath – jetzt brauchte ich seine Hilfe mehr denn je, um meine neue Gabe einsetzen zu können.

»Ist dir die Lücke auf der Westmauer schon aufgefallen? Die Wachen stehen da weit genug auseinander, dass wir versuchen könnten, hineinzukommen«, sagte Davina nachdenklich.

Ich blickte in die Richtung, in die sie deutete. Die Lücke war schmal, aber wir konnten es hindurchschaffen. Auster hatte einen magischen Schleier um die Mauern errichten lassen, um mich daran zu hindern, durch die Leere zu reisen und seine Wachen so einfach zu umgehen.

»Und dann?«, gab Nadia zurück und verschränkte die Arme. Wie so oft hatte sie eine Braue skeptisch gehoben, als ob sie sich selbst dafür hasste, ein Teil von alldem hier sein zu *wollen*. »Auf der anderen Seite der Mauer sind wir ihnen doch ausgeliefert.«

»Wir müssen es bloß zu Eltanin schaffen. Mit ihm können wir schnell fliehen«, antwortete Davina. »Ist er schon groß genug, um drei zu tragen?«

»Das wird knapp«, sagte ich.

Von Drystan, mit dem ich ein weiteres wackeliges Bündnis geschlossen hatte, um ein Gegenmittel für seinen Bruder zu finden, hatte ich gelernt, dass Eltanin noch keinen Drachenbund mit mir als Reiterin geschlossen hatte. Anders verhielt es sich bei Drystan und seinem großen roten Drachen Athebyne, den er aus dem Hütertempel befreit hatte, dem Tempel, den wir vor Monaten besucht hatten. Nach dem zweiten Mondzyklus waren Drachen groß genug, einen gebundenen Reiter in Erwägung zu ziehen. Somit wurde es noch dringender, Eltanin zu uns zurückzuholen, da Auster ihn sonst womöglich zwingen konnte, sich mit *ihm* zu verbinden. Das wäre zwar eine außergewöhnliche und grausame Vorgehensweise, aber möglich. Zwangsbindungen waren seit dem Zeitalter der Drachen verboten, aber in seiner Entschlossenheit, mich zu besiegen, fühlte Auster sich vermutlich keinerlei Gesetz und Moral verpflichtet.

»Gehen wir«, sagte ich. »Für heute haben wir genug Blut vergossen.«

Was ich brauchte, hatte ich gefunden. Ich hatte nicht in Erfahrung bringen wollen, *wo* ich eindringen sollte, sondern *wann*. Jene, die sich auf der Suche nach mir aus der Stadt wagten, lieferten mir entscheidende Informationen, die ich mit ihrem letzten Atemzug aus ihnen herauspresste. Daher wusste ich, dass Auster alle Bürgerinnen und Bürger von Vesitire aufgerufen hatte, sich in wenigen Tagen vor dem Schloss zu versammeln.

Aus dem Augenwinkel sah ich, wie schwarze Federspitzen den Schnee streiften, als ich meine Flügel hervorholte. Ihre auffällige Farbe war ein Mal des Todes – ein düsteres Omen für mein Volk, die Celestials, deren Flügel normalerweise in Silbertönen schimmerten. Und doch hatte ich mich noch nie selbstbewusster gefühlt als mit diesem Hauch von Dunkelheit.

Ohne länger zu warten, stieg ich in die Lüfte und flog zurück zu Nadirs Haus, in dem wir die letzten Wochen über Unterschlupf gefunden hatten. Nadir konnte Magie wirken und lebte in einer hoch aufragenden und wackelig anmutenden Holzturmkonstruktion, durch einen magischen Schleier geschützt und verborgen, und hatte großzügigerweise angeboten, unsere Truppe Gesuchter zu verstecken.

Den Schild zu durchschreiten, brachte meine Haut zum Kribbeln und ließ meine silbernen Tattoos aufglimmen. Nadia und Davina würden zu Fuß noch länger zurück brauchen.

Ohne Nadir groß Beachtung zu schenken – wie üblich hielt sier eine Pfeife in der Hand –, marschierte ich durch das Wohnzimmer. Die Pflanze, die Nadir rauchte, hatte offenbar eine entspannende Wirkung, wie ich mittlerweile gelernt hatte. Sier versuchte wohl, den Eindruck zu erwecken, dass wir hier nicht den Frieden störten.

Zwei Stockwerke weiter oben verlangsamte ich kurz vor Zathrians Zimmer meine Schritte. Die Tür stand einen Spaltbreit offen. Egal, wie oft ich ihn dort im Bett liegen sah, Rose an seiner Seite sitzend, mein Herz wurde jedes Mal schwer. Die Enthüllung, dass Zath ein Nephilim war – halb Celestial, halb Mensch –, hatte mich mehr als überrascht. Aber da der Schwertstich durch seinen Bauch ihn sonst getötet hätte, war ich froh darüber. Seit Austers Angriff war er bewusstlos. Doch sein Herzschlag war stark und ließ auf eine baldige Genesung hoffen – Nytes hingegen war schwach wie ein sanfter Trommelschlag in der Ferne.

Ich ging an Zaths Zimmer vorbei und stieg zwei weitere Stockwerke hinauf.

Jedes Mal, bevor ich die Tür öffnete, hinter der Nyte lag, flackerte ein Fünkchen Hoffnung in meiner Brust auf, dass er überraschend aufgewacht sein könnte. Dass er im Bett saß und seine Bernsteinaugen bei meinem Anblick heller aufleuchteten als jede Morgendämmerung, die unsere Welt verloren hatte.

Schon unzählige Male war dieser Funke jetzt wieder erloschen, sobald ich ihn totenstill im Bett liegen sah. Es würde sich wohl immer, wenn ich ihn erblickte, so anfühlen, als hätte eine Faust meinen Brustkorb durchstoßen und mein Herz eisern im Griff.

Ich legte Waffen, Umhang und Stiefel ab und kletterte zu ihm ins Bett, schob mein Bein über seine und presste mich an seine Seite. Er fühlte sich kühl an, aber in meiner Handfläche glühte die Magie und wärmte uns beide. Vorsichtig spürte ich nach der schwachen Melodie seines Herzens. Als ich sie fand, durchströmte mich Erleichterung, und ich schloss die Augen.

Kaum mehr als eine kurze Minute des Friedens war mir vergönnt, bis ich Schritte im Flur hörte und die Tür ohne Klopfen aufgestoßen wurde. Ich schlug die Augen auf und funkelte Drystan an. Das aufgeregte Leuchten in seinem Blick ging mir angesichts meiner gereizten Stimmung gehörig gegen den Strich.

»Drachenbünde«, sagte er grinsend.

So fröhlich hatte seit Wochen niemand in diesem Haus ausgesehen.

»Erklär, was du meinst, bevor ich dich rausschmeiße, ohne mich auch nur zu bewegen«, sagte ich warnend.

Die Stimmung zwischen uns war weiterhin angespannt. Zwar hatten wir uns zusammengetan, um die Macht von Lightsdeath zu erlangen, aber da hätte unser Bündnis auch enden sollen. Er gab mir dafür die Schuld, vor langer Zeit gegangen – *gestorben* – zu sein und ihm seinen Bruder geraubt zu haben, weil Nyte sich daraufhin von allen abgekapselt hatte. Und jetzt war Nyte wieder meinetwegen fort. Ich war mir nicht sicher, ob meine Freundschaft mit Drystan sich noch flicken ließ, falls er mir jemals vergeben sollte. Aber ich gab die Hoffnung nicht auf, auch wenn ich es momentan nicht zeigen konnte.

»Dein Bund mit Nyte bestand bereits, als der Fluch ihn uns genommen hat«, fuhr er fort. »Aber was, wenn er noch nicht abgeschlossen gewesen wäre? Wenn du jetzt deinen Bund mit ihm verkünden würdest und er *antworten* müsste? Was, wenn das reichen würde, um ihn wieder aufzuwecken?«

»Du hast es selbst gesagt. Der Bund ist geschlossen, also ist das keine Option mehr.«

»Was, wenn es auch mit einem anderen Bund funktionieren könnte?«

Ich setzte mich auf und dachte stirnrunzelnd nach. »Ein Drache?«, fragte ich schließlich.

Drystan nickte, dann ging er zu seinem Bücherstapel auf der anderen Seite des Raums. Die meiste Zeit verbrachte er mit seinen Studien allein in seinem Zimmer, aber manchmal kam er mit seinen Büchern und Notizen hierher. Selbst schweigend war es eine Erleichterung, die Last eine Weile gemeinsam zu tragen.

»Eltanin hat noch keinen gebundenen Reiter. Wenn wir ihn vor Abschluss seines zweiten Zyklus zurückholen, können wir ihn vielleicht überzeugen, Nyte zu wählen. Der Bund erreicht womöglich einen Teil von Nytes Unterbewusstsein, der ihn aus seinem Schlaf reißt«, fuhr Drystan fort, während er durch ein Buch blätterte.

Auf der Bettkante sitzend, stützte ich mich auf die Oberschenkel und überlegte.

Je länger ich über diese Theorie nachdachte, desto heller glühte ein Hoffnungsfunken in mir auf. Ich hatte immer schon eine Art von *Vertrautheit* zwischen Nyte und Eltanin gespürt. Es war also nicht weit hergeholt, dass der schwarze Celestiale Drache Nyte als Reiter wählen könnte.

Drystan schlug das Buch wieder zu, als er die verzauberte Karte gefunden hatte, mit der er sich offenbar irgendwann mal die Seite gemerkt hatte. Ich erinnerte mich, dass unter seinen Besitztümern schon immer völliges Chaos geherrscht hatte.

Das hatte sich nicht geändert. Und doch wusste er stets genau, wo alles war, wenn er es brauchte.

»Das Konzept Lesezeichen sagt dir wohl immer noch nichts«, sagte ich amüsiert.

Es sollte ein Versuch von Normalität und neckischer Freundlichkeit zwischen uns sein, aber selbst das fühlte sich merkwürdig an. Ich hasste diese Kluft, die ich einfach nicht zu überbrücken wusste.

Drystan warf mir einen Blick zu und schien zu überlegen, ob er mit mir über die Vergangenheit reden wollte. Mit fest zusammengepressten Zähnen wandte er sich wieder einem Papierstapel zu. »Erinnerst du dich wieder an alles aus der Vergangenheit?«

»Nicht wirklich. Meistens fallen mir in bestimmten Momenten Dinge wieder ein, wie gerade zum Beispiel dein Unvermögen, Ordnung zu halten.«

»Ich habe meine eigene Ordnung.«

Das brachte mich zum Lächeln. »Es tut mir leid«, flüsterte ich. Drystans Schultern verkrampften sich. »Ich weiß nicht, wo ich anfangen soll.«

»Dann lass es. Lass die Vergangenheit ruhen.«

»Das kann ich nicht«, sagte ich verzweifelt und stand auf. »Du warst mein Freund. Mein *erster* Freund außerhalb meines erdrückenden Lebens mit den High Celestials und all meinen Pflichten.«

»Und dann hast du mich *verlassen*. Ihr *beide* habt mich verlassen. Ich hatte *niemanden*. Du kannst es mir nicht übel nehmen, dass ich diese Wunde die letzten Jahrhunderte über habe heilen lassen und dir jetzt nicht wieder die Waffe in die Hand drücke, mir das Gleiche noch mal anzutun.«

Seine Worte schmerzten so sehr, dass es mir lieber gewesen wäre, wenn er mir eine körperliche Wunde verpasst hätte. Die wäre leichter zu ertragen gewesen.

»Ich werde diesen Krieg gewinnen. Nyte wird aufwachen. Und dann bleiben wir bis ans Ende unserer Tage bei dir.«

Drystans Blick blieb kalt, aber seine Augen verengten sich leicht. Statt zu antworten, widmete er sich wieder seinen Notizbüchern. Er breitete die verzauberte Karte, die er mir während des Libertatems geliehen hatte, auf dem Tisch aus und legte ein neues durchsichtiges Blatt darauf.

Ich ging zu ihm, um es mir anzusehen.

»Es gibt noch sechzehn weitere Tempel mit Drachenbildern in Solanis. Also sechzehn Drachen, die wir so wie Athebyne befreien können – das hoffe ich zumindest. Du meintest zu Nyte, er soll mir sagen, dass der Schlüssel bei den Drachen ist. Als du ihn zerbrochen hast, hast du die Einzelteile zu den Tempeln geschickt, nicht wahr?«

»Ja. Deinem Vater wurde von meinen Schöpfern die Fähigkeit verliehen, ihn zu verwenden, ohne Schaden zu nehmen. Anscheinend wollen sie mich genau wie Auster tot sehen. Ich konnte nicht riskieren, dass die Waffe ihnen in die Hände fällt, und dort im Tempel hatten sie uns umzingelt. Also habe ich den Schlüssel zerbrochen. Ich wusste, falls ich Auster nicht entkommen konnte, würdest du verstehen, was ich damit gemeint habe, und ihn ohne mich zurückholen.«

»Clever. Aber brauchen wir den Schlüssel überhaupt noch?«

»Lightsdeath zu sein ist nur die eine Hälfte dessen, was ich benötige, um Abendrot und Morgengrauen zu töten. Der Schlüssel ist die andere.«

Im Schlaf hatte ich manchmal das Gefühl, den Schmerz des Schlüssels zu spüren. Dann hörte ich die Schreie gebrochener Macht, wie der Klang einer schlecht gestimmten Geige. Schrille Forderungen, jemand möge das Instrument wieder in seinen ursprünglichen, makellosen Zustand versetzen. Ich fragte mich, ob es noch ernstere Auswirkungen auf mich haben würde als gelegentliche Kopfschmerzen und ein paar schlaflose Nächte, wenn ich das Verlangen des Schlüssels, wieder zusammengesetzt zu werden, weiterhin ignorierte.

»Es könnte Monate dauern«, sagte ich und spürte unsere geteilte Verzweiflung. »Aber falls Eltanin sich nicht für einen Bund mit Nyte entscheidet, haben wir dann immerhin noch sechzehn weitere Drachen, mit denen wir es versuchen können.« Das ließ meine Hoffnung gegen meinen Willen zu einer größeren Flamme auflodern. »Glaubst du wirklich, das könnte klappen?«, flüsterte ich.

Drystan blickte auf und sah mich zum ersten Mal wirklich teilnahmsvoll an. Nach mehreren Wochen hatte ich mich daran gewöhnt, dass er mir ständig nur die kalte Schulter zeigte. Nachdem wir keine Lösungen gefunden und immer wieder nur auf Sackgassen gestoßen waren, konnte ich nachvollziehen, dass er meine Gegenwart schwer ertragen konnte.

»Das hoffe ich wirklich«, sagte er, bevor er das Thema wechselte. »Da du meinen Vater erwähnt hast: Hast du ihn beim Auskundschaften der Stadt irgendwann mal gesehen?«

»Nein«, sagte ich. Tatsächlich hatte ich überhaupt nicht mehr an ihn gedacht, da meine Rachepläne um Auster kreisten.

Drystan wandte sich von mir ab und ging zur Tür, blieb aber mit der Hand auf der Klinke noch einmal stehen. »Vielleicht hat Auster ihn schon aus dem Weg geräumt. Schade. Ich hatte mich schon so darauf gefreut, das selbst zu erledigen.«

Seine Worte waren eiskalt und völlig emotionslos. Doch seine Gleichgültigkeit war nur eine Maske, hinter der er sich vor dem Schmerz versteckte. Er verdiente es zwar, das Monster, das sein Vater war, zu konfrontieren und ihm ein Ende zu setzen – genau wie Nyte –, aber ich war mir auch sicher, dass es für beide das Schwerste wäre, was sie je tun würden.

Gerade wollte ich zurück ins Bett schlüpfen, da tauchte ein vertrauter pinker Haarschopf im Türrahmen auf. Ich öffnete den Mund, doch mir kamen keine Worte über die Lippen.

Noch nie hatte ich Rose so müde und ängstlich gesehen wie in den letzten Wochen. Sie aß kaum und sprach fast nie. Bei all dem Chaos in meinem eigenen Leben hatte ich übersehen, wie nah sie Zath mittlerweile gestanden hatte. Doch jetzt war etwas an ihr anders. In ihren Augen strahlte ein Licht, das ich schon lange nicht mehr gesehen hatte. Ich richtete mich auf und spürte, wie mein Herz einen Schlag aussetzte, noch ehe sie etwas gesagt hatte.

»Er ist wach.«

3

Astraea

Ich wusste auch nicht, warum es mich so nervös machte, zu Zathrian zu gehen. Er war immer noch derselbe, egal, *was* er war. Und doch bekam ich jetzt schwitzige Hände und Herzklopfen. Als ich eintrat und ihn sah, blieb ich wie angewurzelt stehen. Gegen einen Berg aus Kissen gelehnt, saß er aufrecht da und *lächelte*.

Als wäre er nicht gerade erst dem Tod von der Schippe gesprungen. Als müsste seine bandagierte Wunde nicht noch heilen. Er war einfach … Zath. Strahlend blaue Augen und ein charmantes Grinsen. Als er zu mir herübersah, entwich mir ein Wimmern.

»Sehe ich so schlimm aus?«, fragte er, mit vom langen Schlaf belegter Stimme. »Schön, dich zu sehen, Stray.«

Bei dem Spitznamen hob ich die Augenbrauen. Er erinnerte mich daran, was für ein guter Freund er für mich gewesen war, als ich meinen Weg noch finden musste.

Ich lachte heiser auf, und je näher ich herantrat, desto mehr trübten aufsteigende Tränen meine Sicht.

»Wie geht's ihm?«, fragte ich Lilith, seine Retterin. Ihre Kenntnisse natürlicher Heilmittel und ihre Magie hatten ihn am Leben gehalten.

»Die Wunde heilt gut«, antwortete Lilith und richtete sich

auf, nachdem sie die Verbände um seinen nackten Oberkörper überprüft hatte.

»Fühlt sich aber gar nicht mal so gut an«, sagte Zath und begutachtete sich selbst. Statt seiner üblichen gesunden Bräune hatte er jetzt einen fahlen Teint und vor Schweißperlen glänzende Haut. Seine Augen glitzerten zwar fröhlich, waren aber von dunklen Ringen unterlegt.

»Ich hole dir etwas Wasser«, sagte Lilith.

»Ja, ich weiß, ich sehe sehr gut aus. Aber ich bin schon versprochen. Du kannst also aufhören, mich so anzustarren«, sagte Zath.

Ich warf Rose einen kurzen Blick zu. Sie errötete und fixierte Zath mit ihrem üblichen mürrischen Blick. Er zwinkerte ihr zu. Zu sehen, dass ihr Temperament langsam zurückkehrte, ließ mich aufatmen.

»Ich verspreche dir gleich was. Pass bloß auf«, gab sie zurück.

»Komm schon, Dornröschen. Lass mir nach der Rückkehr von der Schwelle des Todes doch meine Tagträume.«

»Du hast geschummelt«, entgegnete Rose.

»Freust du dich gar nicht, dass sich herausgestellt hat, dass ich ein übernatürliches Wesen bin und deshalb überlebt habe?«

»Doch, natürlich«, sagte sie zerknirscht und verschränkte die Arme vor der Brust.

»Nephilim«, sagte ich.

Zath sah wieder zu mir und warf mir ein schuldbewusstes Lächeln zu. »Überraschung?«

Ungläubig schüttelte ich den Kopf. »Warum hast du mir nichts gesagt?«

»Wie denn? Du musstest ja erst mal damit klarkommen, dass du *selbst* kein Mensch bist.«

»So hätte ich mich vielleicht weniger allein gefühlt.«

Es sollte nicht wie ein Vorwurf klingen, aber ich war verletzt, weil er ein so entscheidendes Geheimnis für sich behalten und ganz allein mit sich herumgetragen hatte. Die Celestials hatten sich lange Zeit hinter dem Schleier verborgen. Doch jetzt, da sie zurückgekehrt waren, mussten Zath und alle seiner Art sich genauso verstecken wie die Fae vor nicht allzu langer Zeit vor den Truppen des Königs. Die Abscheu, mit der Auster Zath betrachtet hatte, brachte mein Blut jetzt noch in Wallung. Die Nephilim wurden gejagt und entweder getötet oder verstoßen.

»Tut mir leid«, sagte er. »Ehrlich gesagt habe ich selbst lange versucht, zu leugnen, was ich bin. Ich wollte nicht glauben, dass ich anders bin.«

»Was bedeutet es, ein Nephilim zu sein?«, fragte Rose.

»Dass ich noch bezaubernder bin, als du je gedacht hättest.«

»Pah, bezaubernd. Nervtötend würde ich das nennen.«

Zath fing an zu lachen, musste sich jedoch sofort mit schmerzverzerrtem Gesicht den Bauch halten.

Rose schnaubte, rückte seine Kissen zurecht und brachte ihn dazu, sich zurückzulehnen. Bei ihrer Fürsorglichkeit, wenn auch von einer mürrischen Miene begleitet, wurde mir ganz warm ums Herz.

»Was ist der Plan, Sternenmaid?«, fragte Zath.

»*Dein* Plan lautet Bettruhe. Du bist noch nicht über den Berg.«

»Jaja. Ich habe mich schon viel zu viel ausgeruht. Aber darin muss der dunkle Albtraum-Arsch mich ja unbedingt auch noch übertrumpfen, was?«

Über seine Bemerkung zu Nytes Zustand konnte ich nicht lachen.

Zaths Miene wurde ernst. »Ist er …?«

»Er wird sich wieder erholen«, sagte ich schnell, eher um meine eigene plötzlich aufsteigende Panik zu unterdrücken, als um Zath zu beruhigen. »Aber ihm würde ich genau dasselbe sagen, wenn er jetzt aufwachen würde: Du gehst nirgendwohin, solange du keinen Nahkampf ohne Wimmern durchstehst.«

Zath stöhnte, als er versuchte, sich weiter aufzurichten. Ein Schwert würde er offensichtlich nicht so bald in die Hand nehmen, geschweige denn schwingen.

»Die Herausforderung nehme ich an«, presste er hervor und versuchte, sich die Schmerzen nicht anmerken zu lassen.

»Jetzt sei nicht so dickköpfig«, wies Rose ihn an.

»Wir haben wohl die Rollen getauscht«, bemerkte Zath.

Roses Kiefer mahlte, und unter anderen Umständen hätte sie ihn wohl genervt sitzen lassen, aber sie blieb da. Erst jetzt, als sie wieder Platz nahm, bemerkte ich ihr Strickzeug und einen halb fertigen, überraschend säuberlich gearbeiteten Schal.

Ich kam nicht dazu, Fragen über ihr unerwartetes Hobby zu stellen, da sie mir zuvorkam: »Was ist denn jetzt der Plan? Ich habe gehört, du hast die Stadt ausgekundschaftet?«

»Wir beobachten Austers Verteidigungsmaßnahmen, um Lücken darin zu finden und Eltanin zu befreien.«

»Eli?«, fragte Zath mit erst besorgtem, dann wütendem Gesichtsausdruck. »Der Arsch hat *Eli?*«

Meine traurige Miene bestätigte es ihm.

Die Neuigkeit war anscheinend Anlass genug für Zath, alle Anweisungen seiner Heilerin zu ignorieren, denn er schlug die Decke zurück und schaffte es, die Füße auf den Boden zu stellen. Dann musste er jedoch innehalten, um zu Atem zu kommen, und verriet damit seine Schwäche.

»Ich muss mich erst noch ein bisschen dehnen und vollständig aufwachen, aber wenn ihr ihn holen geht, komme ich mit.«

Seine Haut glänzte vor Schweiß, und er atmete unregelmäßig. Ich verzichtete darauf, gegen seine Entschlossenheit anzureden. Das würde den Sturkopf womöglich noch zu weiteren Anstrengungen anstacheln und seine Heilung verzögern.

»Vom Tod erholt man sich nicht so schnell«, sagte ich leise.

Er blickte auf und schien zu verstehen. »Sieht so aus, als ob wir langsam eine Bande vom Tod Berührter bilden.« Dann sah er mit einer Spur von Angst im Blick zu Rose hinüber. »Aber ich werde dafür sorgen, dass du kein Mitglied wirst.«

»Pass du lieber auf dich selbst auf«, sagte sie, doch ihr Blick schien bei seinen fürsorglichen Worten etwas weicher zu werden. Eine solche Behandlung war sie nicht gewohnt.

»Sie hat recht«, sagte ich. »Ich bin längst nicht mehr das ängstliche, verletzliche Mädchen aus dem Herrenhaus. Jetzt ... erinnere ich mich wieder an vieles von dem, was ich mal war. Wozu ich fähig bin.«

Ich hätte die Veränderung in mir gerne besser erklärt, aber Lightsdeath kam mir weiterhin unvorstellbar vor, ein Teil von mir, den ich selbst noch nicht verstand.

»Das merkt man«, sagte er sanft. »Du bist merkwürdig einschüchternd.«

Ich schnaubte. »Du brauchst mir nicht so zu schmeicheln.«

Er lächelte und vertrieb damit ein paar der dunklen Wolken, die über mir zu hängen schienen. »Es ist dein ganzes Auftreten. Du wirkst wie die Anführerin, zu der du geboren wurdest. Selbst die selbstbewusste Art, wie du sprichst. Das ist ... Ich bin stolz auf dich.«

Meine Augen brannten, und ich beugte mich zu ihm herab und ergriff seine Hände.

»Aber egal, was du bist oder welche Macht du besitzt: Du bist immer noch meine Freundin, und ich möchte dir zur Seite stehen«, fügte er hinzu.

»Bald«, versprach ich.

Ich war unglaublich dankbar, Zath in meinem Leben zu haben. Er war kein Schild, der mich beschützte, sondern ein Grundpfeiler der Stärke für mich – und das nicht nur auf dem Schlachtfeld. Aber ich konnte nicht erst seine Genesung abwarten, bis ich Eltanin zurückholte.

»Wie geht's ihm?«, fragte Rose leise. In ihrer Frage schwang eine Spur von Schuldgefühlen mit, dass sie sich erst jetzt, nach

Wochen, nach Nyte erkundigte. Auch wenn sie seine Gegenwart kaum ertragen konnte, wenn er bei Bewusstsein war.

»Den Umständen entsprechend«, sagte ich.

»Zath kann vielleicht nicht helfen, aber ich schon. Wenn ihr das nächste Mal auskundschaften geht, möchte ich mitkommen.«

»Ich sag dir dann Bescheid«, versprach ich, auch wenn mir die Lüge in der Kehle brannte.

Seit Wochen sehnte ich mich danach, die beiden im Kampf wieder an meiner Seite zu haben, und doch würde ich jetzt ohne sie handeln. Ich hatte Auster lange genug dabei zugesehen, wie er sich mein Reich unter den Nagel riss und in der Bewunderung meines manipulierten Volks badete.

Ich wünschte den beiden eine gute Nacht – auch wenn ich mir nicht sicher war, ob es zur Tageszeit passte, da der Blutmond ununterbrochen den Himmel erleuchtete. Dann ging ich nach unten, wo ich die Stimmen von Davina und Nadia hörte. Im Erdgeschoss sprachen sie gerade mit Nadir. Ihre Wangen waren vom Fußmarsch durch die Kälte zurück noch gerötet.

»Das mit den Flügeln ist echt unfair«, grummelte Nadia, als sie mich sah, und fegte sich den Schnee von den Schultern.

Sie warf einen Blick auf die Erfindung über dem Feuer, die uns die Zeit anzeigte. Nadir hatte ein Talent für ungewöhnliche Tüfteleien. Diese ähnelte einer Sanduhr, gab uns aber den ganzen Tag über Orientierung, indem der Sand in einer langsamen Spirale zu Stundenmarkierungen hinabrieselte. Wir steckten längst mitten im bitterkalten Winter, aber zu so später Stunde wie jetzt, kurz vor Mitternacht, fielen die Temperaturen auf neue, lebensgefährliche Tiefpunkte.

»Wärmt euch auf«, sagte ich an die beiden gewandt.

Davina schien meine Niedergeschlagenheit zu bemerken. Sie kam zu mir herüber und legte mir die Hände auf die Oberarme. »Morgen wird ein besserer Tag«, sagte sie, stets optimistisch.

Ihre und Liliths Gegenwart waren oft das Einzige, was uns alle davor bewahrte, vollends die Hoffnung zu verlieren.

Ich rang mir ein Lächeln ab, auch wenn es wohl niemanden überzeugte. Morgen … tja. Nicht einmal Davinas Wärme konnte die düsteren Vorahnungen vertreiben, die mir Schauer den Rücken hinabjagten.

Sie gingen auf ihre Zimmer, um sich im Warmen auszuruhen, sodass ich mit Nadir allein zurückblieb. In sies Gesellschaft fühlte ich mich oft gleichzeitig auf merkwürdige Art entspannt und unruhig. Sier saß zurückgelehnt in einem Sessel am Feuer, die nackten Füße auf einem Holzschemel aus der Küche. Sies smaragdgrünes, filigran verziertes Hemd steckte in der schwarzen Hose, die meisten Knöpfe waren jedoch offen und entblößten sies braune Brust.

Nadir rauchte vor sich hin und schwenkte dabei mit der anderen Hand gedankenversunken eine Teetasse. Sies wortlose Blicke gaben mir oft das Gefühl, keins meiner Geheimnisse sei sicher. Nicht einmal die, von denen ich selbst noch nichts wusste.

»Selbstaufopferung liegt in deiner Natur«, sagte Nadir in singendem Ton und ließ den Blick träge umherwandern – wohl eine Auswirkung von was auch immer in dieser Pfeife steckte.

»Wenn es um unsere Liebsten geht, gilt das doch für uns alle.«

»Nein, nicht für alle. Das Monster der Selbstsucht triumphiert allzu oft.«

Über Nadir hatte ich schon einige Vermutungen angestellt. Konnte sier in die Zukunft sehen? Übertrafen sies Fähigkeiten die üblichen Grenzen menschlicher Magie? Oder verlieh das Kraut in der Pfeife siem einfach nur eine besonders überzeugende Aura der Weisheit?

Ich setzte mich dazu. Irgendetwas an Nadirs Art verschaffte mir Erleichterung, selbst wenn sier nur unzusammenhängendes Gerede von sich zu geben schien, in dem ich selbst einen Sinn finden musste.

Nadir blies einen weiteren Schwall Rauch in die Luft und lächelte mich schief an. Als ich sien zum ersten Mal getroffen hatte, waren sies Augen gelb mit senkrechten Pupillen gewesen. Jetzt benutzte Nadir offenbar eine andere Sternenstaubverzauberung. Diese Substanz wurde aus gefallenen Sternen hergestellt und mit Zaubern für die verschiedensten kosmetischen und praktischen Anwendungen versehen. Jedenfalls waren sies Augen jetzt leuchtend grün mit runden Pupillen.

Mein Blick fiel auf die fluoreszierenden blauen Blüten der hochgewachsenen, dornigen Pflanze vor dem Fenster. Eine schöne, harmlos wirkende Blume, die für meine Art allerdings giftig war. Je nach Verwendung und Dosierung konnten damit die magischen Fähigkeiten und körperliche Stärke von Celestials geschwächt werden.

Nadir folgte meinem Blick. »Beunruhigt dich die Nebulora?«

»Warum baust du diese Pflanze an?«

Sier zuckte unbekümmert mit den Schultern. »Das ist nichts Persönliches gegen dein Volk. Ich besitze Obsidian, das Celestials ebenfalls schaden kann, und Sturmstein, der für Vampire tödlich ist. All diese Materialien verstecken sich hier in für dich unerkennbarer Form.«

Verwirrt runzelte ich die Stirn. »In unerkennbarer Form?«

»Es geht nicht immer darum, die Waffe zu besitzen, sondern sie auf unerwartete Art einsetzen zu können.«

Nadir sprach gerne in Rätseln. Normalerweise würde ich mitspielen, aber dazu war ich heute zu angespannt.

»Die Nebulora ist ziemlich offensichtlich.«

»Jetzt ist sie fast vollständig aufgeblüht. Danach wirst du sie womöglich nie wieder sehen.«

Unwillkürlich überlief mich ein Schauer, als ich die kosmische Pflanze noch einmal ansah, die aus der vom weißen Schnee unberührten Erde wuchs. Wenn ich an Waffen dachte, kamen mir scharfe Klingen und magische Kräfte in den Sinn. Aber hier sah ich etwas so Stilles und Wunderschönes vor mir, von dem ich doch wusste, dass es mich auf viel listigere Weise töten konnte.

»In deinem Zimmer wartet ein Geschenk auf dich«, sagte Nadir.

Das kam überraschend. Ich wollte Nadirs Freundlichkeit nicht infrage stellen, aber es war unerwartet, jetzt etwas zu bekommen, nachdem wir bereits wochenlang hier wohnten.

»Was ist es?«, fragte ich argwöhnisch.

»Ich kann doch nicht zulassen, dass du sowohl unbegleitet als auch schlecht ausgerüstet bist.« In Nadirs Blick lag ein stummer Vorwurf.

Ein weiteres Mal fragte ich mich, ob Nadir irgendeine Art hellseherischer Gabe besaß. Ich bestätigte nicht, dass ich vorhatte, allein loszuziehen. Das war auch gar nicht nötig.

»Danke«, sagte ich.

»Unbegleitet wohin?«, fragte Drystan, als er eintrat. Er umrundete den Kamin, griff sich Nadirs Pfeife und nahm einen langen, tiefen Zug.

So entspannt, wie er wirkte, sobald er den Rauch wieder ausgeatmet hatte, regte sich doch langsam Interesse in mir, das Kraut auch zu probieren, oder zumindest herauszufinden, worum es sich handelte.

»Ich wollte morgen trainieren, aber offenbar wird mein Gegner irgendein kräftiger Baum sein müssen«, log ich, ohne zu zögern.

Drystan zog eine Augenbraue hoch und machte es sich auf dem Kaminvorleger bequem. Ein Bein aufgestellt, saß er entspannter da, als ich ihn seit Langem gesehen hatte. Vielleicht lag es an unserer neuen, vielversprechenden Theorie dazu, wie wir Nyte wecken könnten. Falls es nicht funktionierte, hoffte ich bloß, dass die zerstörte Hoffnung ihn nicht noch niedergeschlagener zurücklassen würde.

»In dir steckt unbegrenzte Macht, und du willst mit Fechttraining deine Zeit verschwenden?«

»Sie kann sich nicht auf eine Fähigkeit verlassen, die ihr genommen werden könnte.«

Erneut blieb mein Blick an der leuchtend blau blühenden Nebulora hängen, und ich bekam eine Gänsehaut. Sie war eine Mahnung, dass keine Macht unaufhaltsam war.

»Beeinflussen die herabstürzenden Sterne deine Magie?«, fragte Drystan mich neugierig, als wäre ich ein Forschungsobjekt, zu dem er sich Notizen machte.

Die Sterne verursachten mehr Zerstörung als je zuvor. Schon früher waren die Lücken zwischen ihnen immer weitergewachsen, aber jetzt rauschten sie zum ersten Mal in Form von katastrophalen, brennenden Felsbrocken auf die Erde zu.

»Nein. Das kosmische Ungleichgewicht scheint mich nicht so sehr zu beeinflussen wie andere Celestials.«

»Wenn wir Eltanin zurückhaben, sollten wir vielleicht einfach abwarten, bis die celestiale Magie so sehr geschwächt ist, dass wir einen Vorteil haben«, überlegte Drystan laut.

Ich schüttelte den Kopf. »Meinen Krieg habe ich mit Auster und deinem Vater auszutragen, sonst niemandem. Ich will so viele aus meinem Volk verschonen wie möglich. Je länger wir warten, desto mehr Unschuldige können sie gegen mich aufstacheln.«

»Außerdem«, warf Nadir ein, »würde es Jahrzehnte dauern, bis sie merklich geschwächt sind, und ihre Fähigkeiten mit den Waffen Normalsterblicher werden dadurch nicht beeinflusst.«

Drystan brummte und nahm einen weiteren tiefen Zug aus der Pfeife, bevor er sie Nadir zurückgab. Dann zog er ein kleines Notizbuch aus der Gesäßtasche. Ich ließ ihn in Ruhe, während er gedankenversunken seine Aufzeichnungen durchblätterte.

»Ich gehe mich jetzt hinlegen«, murmelte ich.

Drystan blickte nicht auf. Doch Nadir schenkte mir die Andeutung eines Lächelns, begleitet von einem Kopfnicken und einem unausgesprochenen, zärtlichen Abschied in den hellgrünen Augen.

In meinem und Nytes Zimmer entdeckte ich Nadirs Geschenk sofort. Die schönste lederne Kampfmontur, die ich je gesehen hatte, hing auf eine hölzerne Schneiderpuppe drapiert in der Ecke. Von Ehrfurcht erfüllt, ging ich hinüber und bewunderte die erstaunliche Handwerksarbeit. Die Montur war nicht komplett schwarz. Die Schultern waren von dunklen, aus Leder gearbeiteten Federn mit lila Spitzen bedeckt. Als ich die Kleidung mit der Kerze in der Hand umrundete, wurde das Licht an verschiedenen Stellen des Materials unterschiedlich zurückgeworfen. Die Farbe des eng anliegenden Mieders wechselte je nach Lichteinfall zwischen Schwarz und einem schillernden, dunklen Lila.

In einer Wanne voll dampfend heißem Wasser, die Nadir wohl ebenfalls mit Magie gefüllt und hergebracht hatte, nahm ich ein Bad. Das Kinn auf meinen Händen am Badewannenrand abgelegt, betrachtete ich Nyte mit trauerndem Herzen und verlorener Seele.

»Wenn der Plan nicht aufgeht …«, flüsterte ich und musste gegen den Kloß in meinem Hals anschlucken. »Den einzig verbleibenden Weg, wie wir dich noch retten könnten, habe ich noch nicht angesprochen. Drystan hat sicher auch schon daran gedacht und hofft, dass es nicht so weit kommt. Ich glaube nicht, dass ich mit dir durch die Welten reisen kann. Ich muss hierbleiben und meine Schuld dem Tod gegenüber begleichen. Aber Drystan könnte dich durch den Spiegel dorthin bringen, wo du herkommst, wodurch der Fluch aus dieser Welt seine Wirkung verlieren würde. Dort müsstest du vielleicht nicht mehr der Böse sein. Zu Hause könntest du … frei sein.«

Bei dem Gedanken rollte mir eine Träne über die Wange. War es selbstsüchtig von mir, zu versuchen, ihn über einen Drachenbund mit Eltanin zurückzuholen? Nyte verdiente so viel mehr als das grausame Schicksal, das das Leben und der Tod ihm zugeteilt hatten. Er war zu dem geworden, was er sein musste, um zu überleben und seinen Bruder zu schützen. Jetzt könnte er ein neues Leben beginnen, aber ich konnte ihn einfach nicht loslassen.

Er war so schön, wie er da vor mir lag. Der Schmerz in meiner Brust wuchs an. Ich liebte ihn so sehr und wollte nie damit aufhören, aber all die Liebe fraß mich auch von innen heraus auf, egal was kommen mochte.

Ich seufzte. Dann wusch ich mir die Haare mit einem honigduftenden Shampoo, bevor ich aus der Wanne stieg und mich abtrocknete. Nur in einen Morgenmantel aus Baumwolle gewickelt, krabbelte ich ins Bett, beugte mich über Nyte und legte die Hand an seine Wange. Sanft presste ich meine Lippen auf seine, doch sie waren so kalt, dass mir fast ein Wimmern entfuhr.

»Du hast jahrhundertelang auf mich gewartet. Ich werde immer auf dich warten, egal wie lange. Bis in alle Ewigkeit, wenn es sein muss. Jede unendliche Lebensspanne lang, bis wir schließlich triumphieren.«

4

Astraea

Müsste ich raten, hätte ich geschätzt, dass mindestens zwei Stunden vergangen waren, seit ich Nadirs Haus verlassen hatte. Schuldgefühle erschwerten mir das Vorankommen. Oder vielleicht lag es auch nur an der dicken Schneedecke, in der sich jeder Schritt anfühlte, als würde ich einen Berg hinaufsteigen.

Der Himmel war wolkenfrei, sodass ich nicht fliegen konnte, ohne möglicherweise gesehen zu werden.

Mein Plan war … na ja, konnte man es überhaupt einen Plan nennen?

Ich wusste, dass ich es allein schaffen konnte, mich in die Stadt zu schleichen. Sobald ich drinnen war, konnte jedoch alles Mögliche passieren. Falls ich gefangen genommen wurde, wäre ich vielleicht gezwungen, noch mehr vom Blut der Meinen zu vergießen. Aber ich hoffte darauf, Eltanin ohne größeren Aufruhr befreien zu können, während Auster mit seiner Ansprache ans Volk beschäftigt war.

Auch wenn das wahrscheinlich bloßes Wunschdenken war.

Ich zweifelte ja sogar an meiner Selbstbeherrschung, sobald Auster in der Nähe war. Denn ich würde ertragen müssen, wie er *meinen* Thron für sich beanspruchte, die Gedanken *meines* Volkes vergiftete, und daran erinnert werden, wie er *meine*

Freunde verletzt hatte, ohne zur Rechenschaft gezogen worden zu sein.

Bis jetzt.

Aber die Rache würde ihn noch einholen. Und die Rache war ich.

Ich fragte mich, ob die Grenzkontrollen zwischen den Königreichen abgeschafft worden waren, da Nytes Vater sie als Kontrollmaßnahmen während des Libertatems eingeführt hatte. Auster hätte keinen Grund, sie beizubehalten. Vielleicht nutzte er die Auflösung der Grenzen, um noch heldenhafter dazustehen. Er war der High Celestial, der den Kontinent erst vom Tyrannenkönig und dann von der dunkelherzigen Maid und ihrem bösen Gegenstück befreit hatte.

Der Gedanke brachte mich zum Grinsen. Diese Sicht auf uns war gleichzeitig amüsant und irgendwie passend. Genau das waren Nyte und ich ja, nur dass all unsere boshaften Aktivitäten sich gegen Auster und Nytes Vater richten würden.

Ich blieb wachsam und still, den Blick auf den Pfad gerichtet, aber vor allem lauschte ich aufmerksam. Nach einer Weile hatte ich das Gefühl, verfolgt zu werden. Zwar hatte ich noch keine Schritte oder knackenden Zweige gehört, doch Unruhe machte sich in meinem Magen breit, und ich bekam eine Gänsehaut.

Wenn mir jemand folgte, war er oder sie *sehr* vorsichtig.

Ich lockerte die Finger und zog einen Handschuh aus. Ohne die Lederschicht war meine Magie viel stärker. Mit einem Schnipsen leuchtete ein winziges Licht in meiner Hand auf, ein sanftes violettes Glimmen. Es war wunderbar warm, aber vor allem sollte, wer auch immer mich gerade verfolgte, angesichts meiner unberechenbaren Magie noch einmal überdenken, was er oder sie gerade tat.

Die Person verriet sich mit einem zu schnellen Schritt im frisch gefallenen Schnee – vielleicht sogar absichtlich.

Sofort schleuderte ich Magie in Richtung des Geräuschs, aber die Person war wendig, und ich traf nur den Baum, hinter den sie gesprungen war.

»Das konntest du schon mal besser«, rief er mir zu.

Sofort gab ich meine Kampfhaltung auf und ließ die Magie verglühen.

»Drystan?«, fragte ich verärgert.

»Mach weiter«, sagte er und trat mit einem Schwert in der Hand aus der Deckung hervor. Mit erhobener Waffe kam er auf mich zu.

»Was soll das?«, fauchte ich.

Er zuckte mit den Schultern und griff ohne weitere Vorwarnung an.

Mit einem Keuchen wich ich seinem senkrechten Hieb aus und zog ungeschickt meine eigene Waffe. Unsere Klingen krachten aufeinander, und er ließ mir keine Zeit, seinen nächsten Schritt zu erahnen, sondern nutzte meine Wut zu seinem Vorteil.

»Wenn du mich töten willst, hättest du mir längst einen Dolch mit Nytes Blut in die Brust rammen können«, presste ich zwischen den Zähnen hervor.

Meine zurückkehrenden Erinnerungen waren nicht immer klar. Oft verwirrten und frustrierten sie mich sogar, so traumähnlich konnten sie sein: Leute und Ereignisse blitzten vor meinem inneren Auge auf, ohne sich ganz real anzufühlen. Aber ich wusste, dass Drystan nie ein Kämpfer gewesen war. Offensichtlich hatte sich das in den Jahrhunderten meiner Abwesenheit geändert.

»Sieh es als Zurechtweisung für deine Dummheit«, blaffte er zurück, ohne seine gnadenlose Angriffsserie abreißen zu lassen.

»Du hast über die Jahre ein bisschen was gelernt.«

»Und du hast einiges *ver*lernt.«

Schon jetzt war ich außer Atem. Ich musste wirklich härter

trainieren. Es frustrierte mich, zu wissen, wie fähig ich früher gewesen war, während ich mir angesichts Drystans kämpferischen Könnens jetzt fast wie eine Anfängerin vorkam. Bisher hatte ich die meisten mit Magie effektiv besiegen können, oder ich hatte einfachen Leuten und wilden Vampiren gegenübergestanden, deren Waffenfertigkeiten keine echte Herausforderung darstellten.

In einem unkoordinierten Moment blieb ich mit dem Knöchel an einem unter dem Schnee verborgenen Ast hängen. Ich fiel flach auf den Rücken und konnte Drystan nur verärgert anfauchen, als er mir mit der Schwertspitze in die Brust piekte.

Er grinste mich von oben herab an. Seine Belustigung provozierte meine wachsende Wut nur weiter.

»Wolltest du mir beweisen, dass du mich schlagen kannst?«, stieß ich hervor.

»Ich wollte sehen, wie lange du dein wagemutiges Vorhaben durchhältst«, sagte er, nahm mir das Schwert von der Brust und stützte sich stattdessen darauf ab. »Meiner Schätzung nach würdest du in der Stadt nicht mal einen Tag durchhalten, bis du gefasst wirst.«

»Wie nett, dass du so viel Vertrauen in mich hast.« Ich stand auf, bevor die Kälte in meine Ledermontur eindringen konnte.

»Hast du wirklich gedacht, du könntest Eltanin *allein* befreien?« Zwischen seinen Augenbrauen hatte sich eine tiefe, wütende Furche gebildet.

»Eine Person schafft es leichter über die Mauer und kann sich besser versteckt halten. In ein paar Tagen wäre ich zurück gewesen.«

Drystan schnaubte ungläubig. »Ich bin mir noch nicht sicher, ob deine Arroganz komplett irre oder auch ein bisschen bewundernswert ist«, erwiderte er und blickte mich ernst an. »Diesmal kriegst du keine zweite Chance. Wenn du stirbst, stirbt diese Welt mit dir, ob nun durch Austers Verdorbenheit oder Nytes Rache.«

»Ich bin jetzt Lightsdeath. Mich dazu zu machen, war *dein* Plan. Und ich habe aufgehört, mich selbst zu unterschätzen, also brauchst du gar nicht erst damit anzufangen.«

Wir funkelten uns gegenseitig wütend an, während unser Atem in Dampfwolken zwischen uns aufstieg.

»Astraea, ich kenne dich. Du wärst in die Stadt marschiert und hättest dein Ziel völlig aus den Augen verloren, sobald du Auster gesehen hättest.«

»Ich weiß genau, was ich zu tun habe. Du hältst mich dabei nur auf.«

Ich wollte mich an ihm vorbeischieben und registrierte gerade noch rechtzeitig seine Armbewegung, um den Schwerthieb zu parieren. Über die gekreuzten Klingen hinweg funkelten wir uns mit so glühendem Zorn an, dass er die beißende Kälte der Nacht abschwächte.

Dann waren wir wieder in Bewegung, und diesmal gingen die Angriffe von mir aus. Ich nahm ihn so unbarmherzig ins Visier wie jeden anderen Gegner, betrachtete ihn nur noch als Barriere zwischen mir und Eltanin, Nytes Rettung. Wenn er nicht nachgeben wollte, würde ich es auch nicht tun.

Meine Schritte folgten einem Tanz, der mir aus einem fernen Teil meines Gedächtnisses wieder in Erinnerung kam. Im gleichen Moment wurde mir klar, dass ich mich noch so heftig gegen ihn stellen und ihn zum Rückzug durch die Bäume zwingen konnte, ihn dabei aber niemals verletzen würde. Ein Riss zog sich durch meine Seele, weil unsere Freundschaft zerbrochen war. Als Drystan um einen Baum herumtrat, traf mein nächster waagerechter Hieb den Stamm.

Ich ließ den Griff los und das Schwert im Baum stecken und atmete durch.

»Dann hat eine Welt, die vom Krieg auf den Kopf gestellt

wurde, dir also gezeigt, dass deine Bücher im Kampf nutzlos sind?«, fragte ich, in Gedanken bei dem Mann, den ich früher gekannt hatte, den immer nur der Wissenserwerb und die Künste interessiert hatten, nie das Kämpfen.

Drystan schnaubte bitter. »Hundert Bücher können den Geist schärfer schleifen als jede Stahlklinge. Aber mir ist klar geworden, dass ich mich häufig in Bücher geflüchtet habe, um der Wut und dem Schmerz zu entkommen. Der einzige Weg, mich von diesen Gefühlen nicht umbringen zu lassen, war, zu kämpfen. So konnte ich der Welt den Schmerz zurückzahlen.«

Diese unerwartete tiefgründige Offenbarung traf mich viel stärker als jeder Schwerthieb. Mit geweiteten Augen sah ich ihn an, aber er tat seine verletzlichen Worte einfach ab, indem er sein Schwert in die Scheide schob. »Wir sollten gehen, ehe die anderen deine Abwesenheit bemerken und dir ebenfalls folgen«, sagte er mit distanzierter Kühle.

Jetzt dämmerte es mir. »Du bist mir nicht nachgelaufen, um mich zurückzuschleifen?«

Er grinste mich ohne jede Spur von Humor an. »Natürlich nicht. Wir haben vielleicht die Lösung, um Nyte zurückzuholen. Die überlasse ich doch nicht deinem Leichtsinn.«

Gerade wollte ich widersprechen, da richtete sich Drystan auf, warf einen Blick in den Wald und hob warnend die Hand. Als ich schnelle Schritte auf uns zukommen hörte, versteifte ich mich und nahm hastig eine Verteidigungshaltung ein.

»Scheiße«, fluchte Drystan und zückte sein Schwert. »Nachtwandler. Ein Seelenloser oder Schattenloser könnte auch dabei sein.«

»Du hast sie ja auch angelockt, mit der ganzen unnötigen Kämpferei«, zischte ich.

Ihm blieb keine Zeit, zu antworten. Der erste Vampir hatte ihn bereits erreicht. Drystan im Nahkampf zu beobachten, führte mir deutlich vor Augen, wie viel sich verändert hatte. Er war gut. Sogar großartig. Ich konnte nur hoffen, mich irgendwann auch wieder so elegant und taktisch wie er bewegen zu können.

Mein Blick fiel auf das Schwert, das immer noch im Baum steckte. Als ich noch mehr Vampire fauchend näher kommen hörte, streckte ich die Hand danach aus. Ein violetter Lichtstrahl schloss sich um die Klinge, und ich verlagerte mein Gewicht für mehr Stabilität. Dann fokussierte ich meine Kraft, schrie auf und durchtrennte mit dem magiedurchfluteten Schwert sauber den Stamm.

Der Baum fiel um, und mehrere Vampire schafften es nicht, dem mächtigen Stamm rechtzeitig auszuweichen. Das Schwert kam zu mir geflogen und riss schwungvoll meinen Arm herum, als ich die Hand um das Heft schloss. Ich bekam es gerade noch richtig zu fassen und verletzte dabei gleich den ersten Nachtwandler, den der Baum gerade so verfehlt hatte. Der dumpfe Aufschlag des Stamms hallte noch immer durch den Wald.

»War das wirklich nötig?«, rief Drystan, ohne sich vom Kampf ablenken zu lassen.

»Der hat fünf auf einen Streich erledigt!«, schrie ich zurück. »Gern geschehen.«

»Und wahrscheinlich noch hundert weitere angelockt.«

Da hatte er vermutlich recht. Andererseits hatte ich ohnehin vor, mich schnell um die letzten paar Vampire zu kümmern und längst über alle Berge zu sein, ehe weitere folgen konnten. Töten war alles, woran ich dachte. Es löste ein bestimmtes düsteres Hochgefühl in mir aus. Ich spürte das nasse Reißen von Fleisch und triumphierte beim Klang ihrer Schreie. Die Befriedigung darüber kam mir nicht falsch vor, da meine einzige Wahl zwischen töten und getötet werden bestand. Den Großteil meines Lebens seit meiner Rückkehr vor mittlerweile fast sechs Jahren war ich von Goldfell manipuliert worden – dem Mann, der mich damals verirrt im Wald gefunden und aufgenommen hatte. Er hatte mich glauben lassen, ich wäre nicht mehr als ein Körper, um sein Bett zu wärmen, nichts als eine hübsche Trophäe.

Jetzt rechnete ich mit allen ab, die sich mir in den Weg stellten.

Meine Magie zerschnitt die Flügel eines Nachtwandlers, und meine Klinge versank in seiner Kehle und erstickte seinen durchdringenden Schrei. Sein Körper sank als letzter zu Boden, dann waren in der Stille nur noch Drystans und meine keuchenden Atemzüge zu hören.

»Gehen wir«, sagte ich und beeilte mich, den blutbesudelten Schnee hinter mir zu lassen.

Wir rannten durch den Wald. Die eisige Luft stach mir in die Kehle und brachte meine Lunge zum Brennen. Bald spürte ich den Schmerz nicht mehr. Auch wenn er später umso heftiger zurückkehren würde.

Erst am Waldrand, auf dem vertrauten Hügel, von dem aus man die leuchtende Hauptstadt Vesitire überblicken konnte, blieb ich stehen. Beim Anblick ihrer Schönheit vergaß ich fast die Verderbnis, die sich darin ausgebreitet hatte.

»Was ist dein Plan, um die Hochsicherheitsmauer zu überwinden?«, fragte Drystan trocken und beobachtete die Gegend vom Schatten der Bäume aus.

»Es gibt eine Lücke in der Bewachung. Klein, aber wenn wir vorsichtig sind …«

Mit einem Schnauben verwarf er die Idee. »Du hast Glück, dass ich dabei bin.«

Mit selbstgefälliger Miene, die mich unfassbar wütend machte, lief er den Hügel hinab. Leise vor mich hin fluchend folgte ich ihm, auch wenn er nicht die Richtung einschlug, in die ich gezeigt hatte.

»Ignorierst du jetzt meine Idee, bloß weil es nicht dein eigener ausgefeilter Masterplan war?«, murrte ich.

»Kleinliche Arroganz ist nicht meine Art.«

»Du kanntest die ganze Zeit schon einen Weg hinein?«

Aufgewühlt marschierte ich Drystan hinterher, während er völlig ruhig und beherrscht blieb.

»Du hast von dieser Stadt aus vielleicht ein Jahrhundert lang geherrscht, aber du warst nie darin eingeschlossen. Als Gefangener kann man eine ziemliche Besessenheit entwickeln, alle unauffälligen Wege nach draußen zu entdecken.«

»Du warst doch nicht gefangen«, widersprach ich. Aber noch während ich es sagte, wurde mir klar, wie wenig ich über Drystans Leben innerhalb dieser Mauern nach meinem Tod wusste.

»Nyte konnte alle Freiheiten genießen«, erklärte er. »Er war unserem Vater nützlich, vor allem, als er in deiner Abwesenheit immer zerstörerischer wurde. Mein Vater wusste wohl, dass Nyte sich gegen ihn und die Stadt wenden würde, sollte er versuchen, ihn bei sich zu behalten. Also war das meine Rolle. Der perfekte Prinz, immer hübsch und beherrscht und im Schloss. Derjenige, der eines Tages den Thron erben und für den man eine politisch vorteilhafte Ehe arrangieren würde.«

Mir wurde eng ums Herz. »Ein Glück, dass es dazu nicht gekommen ist.« Die Worte klangen hohl, aber etwas anderes fiel mir nicht ein.

»Das wäre es aber fast. Er wollte unbedingt, dass ich eine der Vampirältesten heirate, um sie als Verbündete zu gewinnen.« Die Erinnerung ließ ihn auflachen, aber es klang bitter. »Sie hätte niemals zugestimmt, also hat mein Vater mich gezwungen, sie zu *umwerben,* damit sie sich in mich verliebt. Das war nicht das erste Mal, dass er vorgeschlagen hat, ich sollte die Leute so für mich gewinnen. Nyte war sein Schwert, und ich diente ihm als Kurtisan ebenfalls als Waffe. Wir sind beide sehr gut in dem, was wir tun.«

Mir war so schlecht, dass ich stehen bleiben musste. Voller Mitleid beobachtete ich ihn, auch wenn ich wusste, wie sehr er das hasste. Drystan war bildschön. Die Erkenntnis, wie geschickt er jemanden mit Worten oder auch nur gezielten Blicken umgarnen konnte, traf mich wie ein Schlag.

»Wir haben keine Zeit für Pausen«, sagte er und warf mir einen kühlen Blick zu.

Uns war beiden klar, dass ich nicht deshalb angehalten hatte, aber offenbar wollte er nicht länger über das Thema reden.

»Als du einen Weg aus der Stadt gefunden hast … Wo bist du hingegangen?«

»Ganz egal. Weit bin ich natürlich nicht gekommen, aber du wärst überrascht, wie viele Wunder sich an Orten verstecken, die einem zu vertraut für tiefergehende Erkundungen vorkommen.«

Zum ersten Mal regte sich ein Funke der Inspiration für etwas abseits von Rache und Zorn in mir. Ich wollte, dass er mir die Orte zeigte. Wollte erleben, was er entdeckt hatte. Und sobald der Krieg gewonnen war … könnten wir überallhin reisen.

Drystan setzte sich wieder in Bewegung, und ich folgte ihm. Die Anspannung zwischen uns war spürbar, aber ich sah ein kleines Licht, nach dem ich mich ausstrecken wollte.

»Von deinen Erkundungen hast du doch sicher Aufzeichnungen«, sagte ich und hoffte, dass sich mit meinem Interesse daran der Riss in unserer Freundschaft vielleicht ein oder zwei Stiche weiter zunähen ließ. »Schreibst du solche Dinge in deine Notizhefte?«

»Unter anderem.«

Auf seine Fähigkeit, sich Zeit für seine Umgebung und Beobachtungen zu nehmen und die Erinnerung für später festzuhalten, war ich neidisch.

»Dürfte ich da irgendwann mal reinschauen?«

Mit hochgezogener Augenbraue warf er mir einen Blick über die Schulter zu. Dann atmete er tief durch und wandte sich wieder nach vorn. »Wenn wir das alles überleben, denke ich mal darüber nach. Oder vielleicht nehme ich dich lieber mit.«

Das entlockte mir ein Lächeln. Ich hielt diese Worte als Versprechen fest, das meine Entschlossenheit, den Krieg zu gewinnen, noch weiter stärkte.

Drystan führte uns wachsam den Hügel hinab und ein Stück um die Stadt herum. Ein fernes Geräusch ließ mich aufhorchen – als würde der Wind selbst in Flammen stehen. Es bewegte sich in unsere Richtung. Instinktiv sah ich nach oben und riss die Augen auf.

»Scheiße«, fluchte Drystan und rannte los.

Ich folgte ihm sofort.

»Die Sterne …«, setzte ich an, doch der Satz endete in keuchenden Atemzügen. Der tiefe Schnee erschwerte die Flucht erheblich.

»Vielleicht der Zorn deiner Eltern«, überlegte Drystan laut.

Bisher hatten wir die Feuerkugeln nur von Weitem gesehen und manchmal die Erschütterung eines Einschlags gespürt. Jetzt mussten wir zum ersten Mal davonrennen, weil wir uns direkt in der Schusslinie befanden.

Frustriert biss ich die Zähne zusammen und spürte, wie mir Schweiß den Rücken runterlief. Wir würden es nicht rechtzeitig aus dem Einschlagbereich schaffen. Ich schickte einen magischen Hitzeschwall voraus, um den Schnee zu schmelzen, damit wir schneller rennen konnten.

»Keine gute Idee. Deine Magie ist wie ein Leuchtfeuer«, zischte Drystan.

»Willst du lieber Dutzende Meter unter der Erde begraben werden?«, blaffte ich ihn an.

Falls jemand das kurze Aufleuchten gesehen hatte, hoffte ich, man würde es dem Feuerball zuschreiben, der auf uns zuraste. Das rote Licht des Mondes und der herabstürzenden Sterne verwandelte unsere Welt in ein Land von Blut und Feuer. Wie lange würde es noch dauern, bis alles verwüstet und nichts mehr zu retten war? Vorausgesetzt, wir konnten erst Auster und dann die Götter besiegen.

Wenigstens war dieser Stern eher klein und würde außerhalb der Stadt landen, in der Tausende lebten.

Das Rauschen und Knacken des Meteors wurde immer lauter, und die Hitze brannte mir bereits im Rücken. Panik stieg in mir auf, doch da erreichten wir eine Höhle am Ufer des Flusses, der sich um die Stadt Vesitire herumschlängelte.

Drystan packte mich an der Hand und zog mich hinein. Ich klammerte mich verzweifelt an ihn, als der Einschlag in den Fluss den Boden zum Beben brachte und eine heftige Vibration durch meinen ganzen Körper sandte. Ich spannte einen magischen Schild über dem Höhleneingang auf und hoffte, er würde uns zumindest ein wenig Schutz bieten.

Die Wucht, mit der der Stern im Fluss landete, verursachte eine derartige Flutwelle, dass sie uns hier in der Höhle sofort ertränkt hätte. Krampfhaft kämpfte ich gegen die Macht an, die auf meine Magie eindonnerte. Einen Moment lang dachte ich, der Schild würde brechen. Endlos lange schien der Druck auf mich einzuwirken.

»Du schaffst das«, sagte Drystan. Seine ermutigende Stimme war im Tosen der Wassermassen kaum zu hören.

Er presste mich an sich, und die spürbare Versicherung, nicht allein zu sein, verlieh mir die Stärke, mit jeder Faser standzuhalten.

»Ich kann … ihn nicht halten …«, presste ich mit gequälten Atemzügen hervor.

»Du kannst jetzt loslassen. Aber pass auf«, sagte er.

Das musste er mir nicht zweimal sagen. Die Magie brannte in meinen Adern.

Einmal konnte ich erleichtert Luft holen, bevor das Wasser auf uns zurollte und ich den Atem anhielt.

Keiner von uns beiden war dafür gewappnet, mit welcher Wucht die abgeebbte Welle uns von den Beinen riss und tiefer in die Höhle spülte.

Zum Schwimmen war das Wasser zu flach. Es blieb mir nichts anderes übrig, als mich vom Strom mitziehen zu lassen, bis er versiegte. Oder, wie unsere Pechsträhne es wollte, bis wir gegen eine Wand krachten und das Wasser weiter um die Kurve schoss.

Das Wasser reichte mir in der hockenden Position nur bis zum Ellbogen. In meinen Venen pulsierte das Adrenalin, und ich atmete möglichst tief ein, in der Angst, eine weitere Welle könnte jeden Moment durch die Höhle rauschen.

»Ich bin noch nie gerne geschwommen«, sagte Drystan.

Der gequälte Klang seiner Stimme lenkte meine Aufmerksamkeit auf ihn. In nassen Stiefeln schlurfte er zu mir, beugte sich vor, und ich ließ mich von ihm hochziehen.

Drystan musterte mich von Kopf bis Fuß. »Du blutest am Kopf«, sagte er. Nicht besorgt, sondern eher, als könnte das unseren Plan durcheinanderbringen.

»Wag es ja nicht«, murmelte ich und trat zurück.

Drystan lachte trocken auf. »Ob du es glaubst oder nicht, ein bisschen Blut verwandelt mich noch nicht in ein unkontrollierbares Monstrum. Nicht mal deins.«

»Gut zu wissen.«

»Allerdings macht mich das Verlangen danach ziemlich reizbar.«

»Von mir bekommst du jedenfalls keins angeboten«, grummelte ich und betastete die Wunde über meiner Schläfe.

»Alles klar. Dann muss ich mir wohl einen Imbiss besorgen, sobald wir hier raus sind.«

Ich versuchte, mich zu orientieren, aber mein Puls pochte mir immer noch heftig und unregelmäßig in den Ohren, und jedes Gluckern ließ meinen Adrenalinpegel in die Höhe schießen. »Bitte sag mir, dass wir hier eh lang wollten und es noch einen anderen Ausgang gibt.«

»Von hier aus kommen wir bis in die zweite Ebene der Stadt.«

Dann würden wir also noch ein paar Stunden in der dunklen, nassen Höhle verbringen. Ein Schauer überlief mich, und ich versuchte, meine Laune nicht noch weiter sinken zu lassen.

»Warum hast du mir nicht schon früher von diesem Eingang erzählt?«

»Mit einem sicheren Weg hinein wärst du schon längst losgezogen.«

Da … hatte er womöglich recht. Auch wenn ich es nicht zugeben würde.

»Ich glaube, ich mag Schwimmen auch nicht«, sagte ich. Das kalte Wasser auf meiner Haut brachte mich zum Zittern.

»Eingeschlossen zu sein, magst du nicht«, sagte er. »Du kannst nicht gut schwimmen, aber du mochtest flache Seen. Besonders im Sommer, ehe diese wunderbar warme Zeit jedes Jahr kürzer geworden ist. Weißt du noch?«

Mein Herz machte einen Hüpfer, weil Drystan sich an solche unwichtigen Einzelheiten über mich erinnern konnte.

Aber noch bevor ich antworten konnte, zog er die Tür der Freundschaft wieder zu, die sich gerade einen Spaltbreit geöffnet hatte.

»Komm schon. Je schneller wir sind, desto weniger Zeit müssen wir hier drinnen verbringen.«

Trotz meiner Angst, in der Höhle eingeschlossen zu sein, hatte ich keine andere Wahl. Wir *mussten* es in die Stadt schaffen und Eltanin retten. Ich klapperte mit den Zähnen und kam langsamer voran als Drystan, der entschlossen durch das flache Wasser marschierte.

Die Arme um den Oberkörper geschlungen, lief ich ihm nach. Ich musste ein erbärmliches Bild abgeben, denn nach einem kurzen Stück drehte er sich mit einem Stöhnen zu mir um. »Nimm meine Hand«, sagte er, als würde das Angebot ihm Schmerzen bereiten.

»Geht schon.«

Er sagte nichts. Ein Duell der unnachgiebigen Blicke brach zwischen uns aus. Viel von ihm sehen konnte ich im schwindenden Licht nicht, aber die Reflexion des Wassers half etwas.

Mit einem genervten Schnauben ließ ich meine Hand in seine fallen. Sofort packte er sie und zog mich hinter sich her. Nach ein paar Sekunden fühlte ich mich schon viel entspannter und sicherer. Wenn wir einander festhielten, wäre das auch bei einer zweiten Welle hilfreich. Bei dem Gedanken drückte ich ebenfalls zu.

»Du könntest uns beide aufwärmen«, sagte Drystan nach einer Weile.

Jetzt, da nicht mehr alles in mir in der Erwartung Alarm schlug, gleich zu ertrinken, und ich mein Licht auch nicht mehr verbergen musste, entspannte ich mich langsam und konnte nach meiner Magie greifen. Meine silbernen Zeichnungen leuchteten schwach auf und spendeten uns etwas Licht zur Orientierung. Langsam breitete sich Wärme in mir aus, und ich seufzte erleichtert auf. Sie reichte allerdings nicht, um uns zu trocknen, und wir mussten auch nach wie vor durchs Wasser stapfen.

Irgendetwas an der Dunkelheit ließ einem keine andere Wahl, als zu vertrauen. Und ganz unabhängig davon wusste mein Herz, dass ich mich auf Drystan verlassen konnte, selbst wenn mein Kopf dazu nicht in der Lage war.

5

Astraea

Vom Höhleneingang aus bis hoch zur zweiten Ebene zu gelangen, stellte sich als der schwierigste Teil heraus. Die Treppenstufen waren abgenutzt und einige über die Jahrhunderte weggebröckelt, in denen der Fluchtweg in Vergessenheit geraten war. Zwar schafften wir es nach oben, aber nicht, ohne mehrmals fast in den Tod zu stürzen – zumindest Drystans anhaltenden Klagen zufolge, während mir dank meiner Flügel ja angeblich gar nichts passieren konnte.

Unsere Kleidung war immer noch unangenehm feucht. Zwar hatte meine Magie uns ein wenig Wärme verschafft, aber wir befanden uns nach wie vor in einem erbärmlichen Zustand. Nicht unbedingt der beste Start für unsere Mission. Jetzt drückten wir uns in einer engen, dunklen Gasse an eine Hauswand. Wir hatten unsere Kapuzen aufgesetzt und die untere Hälfte unserer Gesichter bedeckt. Derart verdächtig aussehenden Personen begegnete man in der Stadt nicht selten. Meist waren es Auftragsmörder oder zwielichtige Söldner, denen man lieber aus dem Weg ging. Aber wir mussten vorsichtig sein. Sollte uns auch nur eine Person erkennen, würde man uns durch das Straßenlabyrinth jagen, in dem wir gefangen waren.

Ich könnte zwar fliegend entkommen, doch ich würde Drystan nicht zurücklassen.

»Wir müssen trocknen und uns ausruhen, bevor wir unsere Leben ein weiteres Mal riskieren«, sagte Drystan und blickte weiter die Straße auf und ab, um zu entscheiden, wo lang wir gehen sollten.

Falls wir auf unserer Mission zu Eltanins Rettung sterben sollten, wäre es immer noch besser, dabei trocken und ausgeruht zu sein. Mittlerweile befanden wir uns auf der obersten Stadtebene, in der es von Austers Wachen nur so wimmelte. Jeder Nerv in meinem Körper war in Alarmbereitschaft.

»Ich finde es extrem beleidigend, dass die Belohnung für meine Gefangennahme niedriger ausfällt als die für dich und Nyte«, grummelte Drystan beim Blick auf eine Reihe von Fahndungsplakaten auf der anderen Straßenseite.

Das ignorierte ich gekonnt und entschied mich stattdessen, unser Versteck zu verlassen und die Straße hinunterzulaufen. Um ans Ziel zu gelangen, blieb uns wohl keine andere Möglichkeit, als uns einfach unter die Leute zu mischen. Hier waren zwar Wachen unterwegs, aber sie liefen genauso entspannt und ahnungslos herum wie die Zivilisten. Ganz unbemerkt als ihre größten Feinde an ihnen vorbeizulaufen, verlieh mir ein gewisses Gefühl der Befriedigung.

»Willst du, dass wir gefasst werden, noch bevor ich mir das Gefühl von trockenen Socken auch nur vorstellen kann?«, zischte Drystan durch seine Maske, als er mich einholte.

»Es ist eindeutig unauffälliger, wenn sich zwei ganz normale Bürger durch den öffentlichen Raum bewegen, als wenn zwei zwielichtige Gestalten in den Schatten herumschleichen.«

Unser bemitleidenswerter Zustand brachte uns dazu, einen Moment später schon ins nächste Gasthaus einzukehren. Damit wir in der geschäftigen Menge untergehen konnten, hatten wir nach einem etwas abgelegenen, aber gut gefüllten Lokal Ausschau gehalten.

Wir bestellten Eintopf mit Brot und bezahlten vom restlichen Geld ein Zimmer für die Nacht. Als wir ganz hinten in der Ecke des Gastraums Platz genommen hatten und uns das heiße Essen serviert wurde, konnte ich ein dankbares Stöhnen nicht unterdrücken.

»Wenn das unsere letzte Mahlzeit ist, bin ich damit zufrieden«, sagte Drystan, ebenfalls in die Bewunderung des Eintopfs versunken.

»Meinst du, die anderen sind schon aufgestanden und haben unsere Abwesenheit bemerkt?«, fragte ich mit einem Anflug von Schuldgefühlen.

»Es sollte langsam Morgen sein, aber wir haben keinen Zeitanzeiger.«

»Was, wenn sie uns folgen?«

»Dagegen können wir nichts tun.«

»Das klingt, als wäre dir ganz egal, ob ihnen etwas zustößt.«

Drystan stierte nachdenklich in die Luft. »Sollte es das nicht sein?«

Mir klappte die Kinnlade runter. »Bist du mittlerweile wirklich unfähig, jegliche Art von Freundschaft in dein Leben zu lassen?«

»Ich habe mir nur einen Schutzpanzer wachsen lassen, an den Stellen, die vorher weich waren, Maid. Das solltest du auch versuchen.«

Die Kälte in seiner Stimme traf mich. Er setzte meinen Titel wie eine Klinge ein, mit der er jede freundschaftliche Ranke, die in seine Richtung wuchs, zurückstutzen konnte.

»Du kannst mich weiter abweisen, aber ich werde nicht weggehen«, sagte ich. Dann löffelte ich mir noch mehr Eintopf in den Mund und warf ihm dabei finstere Blicke zu.

Er verzog die Lippen zu einem Lächeln, doch es lag keine Wärme darin. »So hat es aber nicht gewirkt, als du ohne jeden Abschied abgehauen bist, um herzukommen, obwohl dein überstürzter Plan mit deinem Tod enden könnte. Deinem *endgültigen* Tod.«

»Das habe ich getan, damit niemanden von euch das gleiche Schicksal ereilt.«

Völlig unerwartet knallte Drystan den Löffel auf den Tisch und brachte unsere Becher zum Schwanken. »Und genau *deshalb* habe ich keine Freunde«, fauchte er. »Sie machen einen nur schwach und zwingen einen zu Dummheiten, um sie zu schützen. Und selbst dann verlassen sie einen wahrscheinlich oder sterben viel zu früh.«

Bevor ich antworten konnte, wurden zwei Pergamente auf den Tisch zwischen uns geschoben. Wir hatten uns zu sehr in unsere hitzige Diskussion hineingesteigert, um zu bemerken, dass jemand näher getreten war. Instinktiv griffen wir beide nach unseren Waffen. Dann sah ich auf … und meine Furcht wurde durch Überraschung ersetzt.

Drystan stützte die Hand auf den Tisch, um aufzustehen.

»Setz dich, Prinz. Wir wollen doch keine Aufmerksamkeit auf uns ziehen. Nicht, dass noch irgendjemandem zwei der meistgesuchten Kriminellen von ganz Solanis auffallen«, sagte Tarran leise, in amüsiertem Tonfall.

Der Blick aus seinen braunen Augen sprang zwischen mir und Drystan hin und her. Ich blieb stumm, im Gedankenkarussell verloren, das eine Erinnerung nach der anderen vor meinem inneren Auge aufblitzen ließ, bis mir ganz schwindelig wurde.

»Willst du dir das Kopfgeld abholen?«, zischte Drystan und riss die Plakate mit unseren Gesichtern an sich. Stirnrunzelnd betrachtete er die Pergamente. »So sieht meine Nase überhaupt nicht aus.« Als er zu mir hinübersah, glättete seine Miene sich etwas. »Du siehst aus, als hättest du ein Gespenst gesehen und nicht nur einen uralten rothaarigen Mistkerl«, sagte er.

Uralt. Tarran war ein Vampirältester … und er war noch viel mehr.

»Ich habe gehört, deine Erinnerungen kehren zurück«, sagte Tarran.

In seine Stimme mischten sich eine irritierend sanfte Note und ein Hauch von Anspannung. Ich konnte ihm kaum in die Augen sehen, weil ich nicht wusste, wie ich reagieren sollte. Wie ich Vergangenheit und Gegenwart entwirren konnte, um ihn zu verstehen.

»Was machst du hier?«, fragte ich und hielt mich zunächst bedeckt, indem ich ihm bloß einen strengen Blick zuwarf.

»Ich behalte alle Seiten des sich zusammenbrauenden Sturms im Auge, damit ich nicht auf ein sinkendes Schiff setze. Darf ich?« Ohne auf eine Antwort zu warten, ließ sich Tarran neben Drystan auf die Bank sinken.

»Uns auszuliefern würde Austers *Schiff* sicher stärken«, sagte Drystan vorsichtig. Seine Hand schwebte noch immer über dem Dolch an seiner Seite.

»Womöglich. Aber ich halte die Fähigkeiten des Kapitäns für entscheidender als die Stabilität des Gefährts.« Bei diesen Worten fiel sein lauernder Blick auf mich.

»Erklär einfach, wie du uns gefunden hast«, blaffte ich, von seiner Gegenwart und unklaren Loyalität verunsichert.

»Das war nicht schwer. Selbst unter Mantel und Kapuze stichst du für jeden heraus, der weiß, wonach er Ausschau halten muss.« Er stützte sich auf die Unterarme und legte den Kopf schief, als wäre ich Beute, die ihm in die Falle gegangen war. »Die Selbstsicherheit in deinem Gang ist endlich wieder da. Das hat mich neugierig gemacht.«

Drystan sah verwirrt zwischen uns hin und her.

»Kanntet ihr euch in deinem früheren Leben?«, fragte er mich.

Während ich »Nein« sagte, antwortete Tarran gleichzeitig mit »Ja«.

Drystan schüttelte den Kopf, als könnte er so verstehen, was denn jetzt stimmte.

Ich schloss die Augen und atmete tief durch. Warum ich die unvermeidliche Enthüllung aufschieben wollte, wusste ich selbst nicht genau.

»Er ist nicht nur ein Vampirältester«, sagte ich. »Er ist auch der Sohn zweier meiner Hüter. Einer Seelenlosen und eines Fae.«

Drystan sah genauso geschockt aus, wie ich erwartet hatte.

»Nein. Das kann nicht sein. Wie konntest du das vor Nyte und mir verborgen halten?« Drystan stützte den Ellbogen auf dem Tisch ab und kniff sich in den Nasenrücken, offenbar gedanklich in der Vergangenheit auf der Suche nach Einzelheiten, die ihm entgangen waren.

»Man könnte sagen, Astraea und ich haben uns damals etwas auseinandergelebt«, sagte Tarran.

Ich zuckte leicht zusammen. Die Härte in seinen Worten galt mir.

»Du hast den Vampiren und mir gegenüber behauptet, dass du die Sternenmaid als Kriegsvorteil für die Vampire gefangen nehmen wolltest«, sagte Drystan bitter. »Und jetzt erfahre ich, dass sie quasi zu deiner *Familie* gehört? Willst du mir auch noch erzählen, du hättest sie aus purer Zuneigung verfolgt?«

Ich blickte Tarran mit zusammengekniffenen Augen an. »Wann hast du mich gesucht?«

»Bevor du im Königreich der Mitte angekommen bist und der Welt mehr oder weniger verkündet hast, dass die Sternenmaid zurückgekehrt ist. Ich habe den einen Teilnehmer am Libertatem getötet und seinen Platz eingenommen, um in deiner Nähe sein zu können und sicherzustellen, dass du am Leben bleibst, gewinnst und den Schlüssel findest. Was ich dann tun würde, wusste ich auch nicht so genau. Aber natürlich ist Rainyte uns allen zuvorgekommen – mir, Auster und Drystans Vater. Wenig überraschend.«

»Und was hast du jetzt vor? Ein starkes Bündnis mit Auster schließen, indem du mich auslieferst?«

Tarrans Blick verdunkelte sich, aber er hatte kein Recht, wegen der Frage beleidigt zu sein, wenn man bedachte, dass er hier rein zufällig zum richtigen Zeitpunkt aufgetaucht war.

»Meinst du nicht, dann wärst du längst geknebelt und gefesselt auf dem Weg zum Schloss?«

»Nicht, wenn du dir noch irgendwas anderes erhoffst, bevor du uns verrätst«, sagte Drystan.

Tarran warf ihm einen gelangweilten Blick zu. »Und was, wenn ich euch stattdessen etwas geben möchte?«

Drystan zerknüllte das Plakat mit seinem Bild. »Wir brauchen keine Souvenirs.«

Sie starrten sich gegenseitig herausfordernd an. Die Intensität ihrer Blicke und Tarrans leicht gehobener Mundwinkel zwangen mich fast, wegzusehen.

»Auster hat die Bürgerinnen und Bürger von Vesitire aufgerufen, morgen vorm Schloss seine Rede anzuhören«, teilte Tarran uns mit.

»Das wusste ich schon«, sagte ich.

Drystan warf mir einen vorwurfsvollen Blick zu. »Noch irgendwas, was du mir nicht gesagt hast?«

Beschämt schüttelte ich den Kopf.

»Ihr wollt euren Drachen zurück, nehme ich an«, sagte Tarran. »Was, wenn ich euch dabei helfen könnte?«

»Wir vertrauen dir nicht«, sagte Drystan.

»Ich habe weder die Zeit noch das Verlangen danach, euer Vertrauen zu gewinnen«, sagte Tarran und genehmigte sich gelangweilt einen Schluck aus Drystans Becher. Mit einem Seufzer stand er gemächlich auf. »Auster Nova ist kein Idiot. Er wird weiterhin wachsam sein. Wollt ihr meinen Rat? Die einzige Möglichkeit, ihn ausreichend abzulenken, besteht darin, ihm zu geben, was er am meisten will.« Als er meinen Blick mit seinen braunen Augen auffing, lief mir ein Schauer den Rücken hinab.

»Ich muss der Köder sein«, sagte ich.

»Auf keinen Fall«, fuhr Drystan dazwischen.

»Mein kleines Geschenk ist die Information, dass ich, während Astraea die gesamte Aufmerksamkeit auf sich zieht, Vampire, die mir loyal sind, in Austers Reihen einschleusen kann. Sie könnten einen einzelnen Schatten schnell übersehen, der an ihnen vorbei durch den Seiteneingang in die Bibliothek huscht, wo ein schwarzer Celestialer Drache grausam in Ketten gelegt wurde.«

Mir drehte sich der Magen um bei der Vorstellung, dass Eltanin am gleichen Ort angekettet worden war wie zuvor Nyte. Ganz allein und verängstigt.

»Was hast du davon, wenn du uns hilfst?«, fragte Drystan bitter.

Tarran zuckte mit den Schultern und ließ den Blick durch die volle Schenke schweifen. »Was habe ich davon, wenn ich Auster helfe?«

Mit diesen Worten wandte Tarran sich zum Gehen.

»Tarran«, rief ich drohend, ehe er verschwinden konnte. »Wenn du irgendwas tust, das meine Freunde gefährdet, bringe ich dich um.«

»Du bist wirklich gut im Töten, oder? Auster verbreitet nicht nur Unwahrheiten über dich, Maid.«

»Nein, aber er verdreht die Wahrheit. Als Herrscherin muss man auch schwierige Entscheidungen treffen und mit Blut an den Händen leben.«

Das Gespräch war plötzlich sehr persönlich geworden. Gebraut aus Erinnerungen an vergangene Ereignisse, die uns entzweit hatten, obwohl wir von den gleichen Eltern großgezogen worden waren.

»Du hättest sichergehen sollen, dass das Blut an deinen Händen keine Racheakte nach sich zieht.«

Tarran schlängelte sich durch den vollen Schankraum. Irgendwann verlor ich ihn aus den Augen, und seine Abwesenheit hinterließ eine angespannte Stille. Ich war mir nicht sicher, ob wir ihm vertrauen konnten oder ob er sich gerade auf gemeine Weise seine Rache holte.

»Was ist zwischen euch beiden vorgefallen?«, fragte Drystan.

»Ich habe ihm eine geliebte Person genommen.« Mehr sagte ich nicht.

Drystan ließ sich genervt im Stuhl zurückfallen. »Wie zur Hölle sollen wir dann auch nur einem Wort aus seinem Mund trauen?«

»Weil es eine Person gibt, die Tarran mehr hasst als mich, und das ist Auster Nova – eigentlich alle High Celestials. Dafür, wie sie die Vampire jahrhundertelang behandelt haben. Mich verabscheut er vielleicht, aber er ist immer noch der Sohn zweier meiner Hüter. Und ich … Ich muss einfach glauben, dass sein Herz weiterhin zum Teil ihnen gehört und er mir nicht wirklich schaden will.«

Drystan saß still da, um meine Worte zu verarbeiten.

»Wenn wir sein Angebot annehmen wollen und du dich als Köder verletzlich machst, musst du mir versprechen, dass du entkommen und mir nachfliegen kannst, sobald ich Eltanin habe.«

Mein Herz raste allein beim Gedanken daran, was wir tun mussten. Während ich den klebrigen Holztisch anstarrte, ging ich im Kopf Dutzende mögliche Situationen durch, mit denen wir morgen konfrontiert sein könnten.

»Ich habe meine Rolle, du hast deine. Das Entscheidende ist, dass du Eltanin zu Nyte zurückbringst. Egal, was passiert. Abgemacht?«

Drystan wusste, was ich damit sagen wollte. Sollte mich etwas daran hindern, ihm zu folgen, musste er mich zurücklassen.

»Scheiße.« Drystan strich sich mit der Hand übers Gesicht, dann leerte er seinen Becher in einem Zug. »Falls er durch den

Bund mit Eltanin aufwacht und du nicht da bist, wird er ausrasten. Keine schönen Aussichten.«

Die Anspannung in meinen Schultern lockerte sich, weil er den Plan nicht ablehnte. In Drystans Augen erkannte ich Sorge, aber er wandte den Blick ab, als ob er sie nicht zeigen wollte.

»Ich bin gespannt, was der High Celestial von Haus Nova zu erzählen hat. Vielleicht kündigt er ja seine eigene Krönungszeremonie an«, sagte ich voller Verbitterung.

Drystan starrte düster die Wand an. »Viel länger wird er wohl nicht warten, bis er sich die Krone sichert, als Retter des Reiches vor der auf Abwege geratenen Sternenmaid.«

Dunkelheit erfasste mein Herz bei dem Gedanken an Auster, der meinen Thron für sich beanspruchte und zu seinem eigenen Vorteil noch mehr bösartige Lügen über meine Freunde und mich verbreitete.

»Die Krone mag er sich aufsetzen, aber solange ich lebe, wird er nicht lange auf dem Thron bleiben.«

6

Astraea

Die Straßen pulsierten vor Aufregung. Von rastloser Energie getrieben, strömte die Menge als geschlossene Welle zum Schloss. Vorfreudiges Gemurmel erklang von allen Seiten, von gelegentlichen Juchzern und Aufschreien unterbrochen, wenn Kinder für eine bessere Aussicht auf Schultern gehoben wurden oder Freunde gegen den Sog ankämpften, um im Gemenge beieinanderzubleiben.

Allein mein Groll Auster gegenüber ließ mich wünschen, die Atmosphäre bei der Versammlung auf dem Schlossvorplatz wäre niedergeschlagen und ablehnend statt derart fröhlich.

Über den Köpfen der Menge ragte das Schloss in den Himmel, schwarze Türme im roten Schein des Blutmonds, der der Szenerie einen düsteren Ernst verlieh. Von den Steinmauern hingen Banner herab, königlich und leuchtend, die sanft in der Brise wehten, als würden sie uns alle herbeiwinken.

Doch statt violett waren sie marineblau, und darauf abgebildet war *seine* Konstellation, nicht die der Sternenmaid. Das Wappen von Haus Nova, das auf den Fahnen am Schloss von Vesitire wehte, war bereits die Einleitung zu Austers Rede.

»Letzte Chance, es uns anders zu überlegen«, murmelte Drystan neben mir.

Wir standen an die Wand unseres Gasthauses gedrückt, ohne

dass irgendjemand in der vorfreudigen Menge Notiz von uns genommen hätte.

»Dann sehen wir uns am Ende wieder?«, gab ich zurück, während ich auf eine Lücke im Gedränge wartete.

Drystan schwieg, und ich warf ihm einen Blick zu.

Er richtete gerade seine Maske und starrte mich dabei besorgt an. »Bleib einfach am Leben«, murrte er.

Ich konnte mir ein Lächeln unter dem Tuch nicht verkneifen. »Ebenfalls.«

Er setzte sich als Erstes in Bewegung. Dann war ich an der Reihe und schob mich durch die wogende Masse, entgegen meinem inneren Drang, lieber irgendwo anders zu sein, egal wo.

Mitten im Gedränge fühlte ich mich einfach nicht wohl.

Vielleicht entstammte diese Furcht meinem kurzen Leben unter Goldfells Fuchtel, der mich von der restlichen Welt abgeschnitten und mir Angst davor gemacht hatte. Es schien egal zu sein, wie viele meiner Erinnerungen ich zurückgewann, in meinem Körper würden immer zwei Versionen von mir stecken, die miteinander rangen. Die sagenumwobene Sternenmaid der Vergangenheit und das Mädchen aus Haus Goldfell, das immer noch versuchte, mutig und widerstandsfähig zu sein.

Obwohl die Masse gleichmäßig voranströmte und ich problemlos mitlaufen konnte, schnürte sich mir die Kehle zu. Ich versuchte, mich etwas schneller vorwärtszubewegen, ohne Aufmerksamkeit zu erregen. Mein Körper war nur einer von vielen, und es fühlte sich fast so an, wie zusammen mit Drystan in der Höhle von der Wucht der Welle erfasst zu werden.

Ich habe die Füße auf dem Boden und Magie in den Venen.

Mit gleichmäßigen Atemzügen versuchte ich, meine irrationale Angst zu beruhigen. Trotz des eisigen, dunklen Winterwetters war ich unter meiner Ledermontur mittlerweile nass geschwitzt. Wenn ich den Blick nach oben richtete, konnte ich mich auf den höchsten Turm des Schlosses konzentrieren, dem ich immer näher kam, während ich weiter mit der Menge schwamm.

Schließlich entschieden die Leute anscheinend, nah genug zu sein, und die Masse verlangsamte sich.

Aber nicht ich. Ich schob mich weiter nach vorne, durch jede Lücke, die sich auftat.

Beim Gedanken, wie nah ich Auster jetzt sein musste, schwoll mein Puls zum dröhnenden Rhythmus einer Kriegstrommel an. Stand er bereits zwischen den Säulen, um sich in seiner neuen Autorität zu suhlen und zuzusehen, wie die Leute herbeiströmten?

Während ich mich weiter durch die ohrenbetäubende Menge schlängelte, wurde meine Angst vor dem Ersticken unter vom Zorn befeuerten Adrenalinschüben begraben. Je weiter ich vordrang, desto langsamer kam ich voran. Um meinem Ziel noch näher zu kommen, hätte ich Leute zur Seite schieben müssen und dabei mehr Aufmerksamkeit auf mich gezogen, als ich gerade gebrauchen konnte. Einige Personen vor mir waren größer als ich und versperrten mir die Sicht auf die Eingangstreppe. Doch mit einem Mal kam Bewegung auf …

Da war er: Auster Nova, High Celestial von Haus Nova, mit der Macht, Stürme zusammenzubrauen und Blitze zu beschwören. Er stand auf der Freitreppe und strahlte eine ruhige Autorität aus, die von der Menge mit Ehrfurcht aufgenommen wurde. Sein braunes Haar, säuberlich halb hochgebunden, fiel ihm mit müheloser Eleganz über die Schultern. Sein kantiger, bärtiger Kiefer strahlte gelassene Selbstsicherheit aus, die Hände hielt er hinter dem Rücken auf typische Weise verschränkt; seine ganze Haltung vermittelte Standhaftigkeit und Stärke.

Die Menge blickte voller Bewunderung zu ihm auf, wie zu einer perfekten, unerreichbaren Marmorskulptur. Sie konnten nicht hinter die glanzvolle Fassade sehen – erkannten nicht, welche finstere Gerissenheit sich hinter seinem ruhigen Blick verbarg.

Genauso hatten sie auch zu mir früher aufgesehen, als wäre meine bloße Anwesenheit tröstlich und mein Blick auf das Volk ein Schutzschild gegen die restliche Welt.

Doch jetzt hatte Auster mich zur Bösen gemacht. Dabei war er es, der seine kalte Skrupellosigkeit als Waffe gebrauchte, aber unter einem goldenen Deckmantel verbarg.

Neben ihm standen zwei weitere der vier High Celestials – Brüder, nicht im Blute, aber in ihrer Bestimmung. Einen Schritt hinter ihm zu seiner Linken erspähte ich Notus und zu seiner Rechten Zephyr. Meinen guten Freund direkt neben meinem größten Feind zu sehen, löste ein flaues Gefühl in mir aus.

Hinter dem Rücken von Auster, Notus und Aquilo, die flügellose Celestials und Nephilim aus Althenia verbannten, hatten Zephyr und ich einen Plan ausgeheckt. Wir hatten einen Zufluchtsort für alle Ausgestoßenen erbaut. Was Auster tun würde, sollte er erfahren, dass Zephyr mir nach dem hinterhältigen Angriff auf Althenia zur Flucht verholfen hatte, wollte ich gar nicht wissen.

Erst auf den zweiten Blick bemerkte ich Aquilos Abwesenheit. Nachdem die aufständischen Nephilim und Celestials ihn bei meiner Rettung gefangen genommen hatten, hatte ich ihm die Flügel ausgerissen.

Hatten Auster und Notus sich wirklich an ihr strenges Gesetz gehalten und ihrem Bruder Land und Titel entzogen?

Falls es so wäre, konnte ich nicht gerade behaupten, dass ich Mitleid mit ihm hatte. Aquilo war schon immer grausam und kalt gewesen. Ihm die Flügel zu nehmen, war mir wie die gerechteste Bestrafung für die Kaltblütigkeit vorgekommen, mit der er seinem eigenen Volk diese barbarische Strafe angetan hatte.

Lightsdeaths geflüsterte Spötteleien umschwirrten mich, wollten die Menge zum Schweigen bringen, um sich Gehör zu verschaffen. Unter meiner Haut summte es, und ich lockerte meine Finger, die vor lauter Macht, die sich Bahn brechen wollte, kribbelten. Eine viel tödlichere, ungewissere Magie als die, die ich ohne Lightsdeath heraufbeschwören konnte.

Jetzt nicht die Kontrolle verlieren.

Je gestresster ich wurde und je mehr Wut in mir hochstieg, desto lauter wurde Lightsdeath – mittlerweile war sie kaum mehr zu ignorieren.

Dabei half es nicht gerade, dass ich unverwandt Notus anstarrte. Aber ich konnte den Blick nicht von ihm losreißen, und das Flüstern wurde immer lauter. Wie gefühllos er danebengestanden hatte, zugesehen hatte, wie Aquilo mich bei Austers Überfall in Ketten gelegt und ausgepeitscht hatte …

Es fiel mir schwer, stillzustehen.

Ich kniff die Augen zusammen und presste mir die Hände auf die Ohren.

Bloß nicht die Kontrolle verlieren.

Hier, inmitten von Zivilisten, wäre der schlechteste Ort, eine gefährliche Macht zu entfesseln, die sich wohl kaum darum scheren würde, wie viele Leben mein Vergeltungsschlag auslöschte.

Wenn das, was jetzt in mir lebte, Nightsdeath ähnelte, konnte ich das Risiko nicht eingehen.

Auster hob eine Hand, und die unruhige Menge verstummte. Die Ablenkung drängte Lightsdeath wieder in den Hintergrund. Etwas Düsteres lag in der Luft, eine Dunkelheit, die dem Volk von Vesitire nicht entgehen konnte.

»Die Finsternis und die Zerstörung, die unsere geliebte Sternenmaid uns beschert hat, erschöpft uns alle. Sie hat die Götter verärgert, die sie erschaffen haben, und damit den Fluch des Blutmondes auf uns gezogen. Sie hat zugelassen, dass Nightsdeath in Althenia die Provinz Nova angreifen und dabei viele aus meinem Volk niedermetzeln und mein Schloss zerstören konnte. Gemeinsam stellen sie die größte Bedrohung dar, der unser Reich je gegenübergestanden hat. Aber ich verspreche euch: Wir ruhen nicht eher, als bis wir die Sternenmaid aufgehalten und Nightsdeath vernichtet haben«, verkündete er mit magisch verstärkter Stimme.

Mit geballter Faust schob ich mich langsam weiter vor und behielt Auster dabei im Blick wie ein Raubtier seine Beute, sämtliche Muskeln angespannt, und musste mich zusammenreißen, nicht auf ihn loszugehen.

»Sie wird mit ihrer Schreckensherrschaft scheitern. Sobald wir sie finden und für ihre Verbrechen vor die Götter bringen, werden Tageslicht und Gleichgewicht in unsere Welt zurückkehren. Das verspreche ich euch.«

Lügen. Auster predigte im Namen der Götter, dabei wollte er mich aus seiner eigenen egoistischen Motivation heraus tot sehen. Er selbst hatte Angst und Zerstörung über die Provinz Nova gebracht, nur um Nyte und mir die Schuld zuschieben zu können.

»Wir sind heute hier versammelt, weil wir keine Zeit verschwenden dürfen. Ich habe mich mit meinen Brüdern und den Lords von Solanis beraten, und wir haben entschieden, mich zum König zu krönen. Nur ich kann die Sternenmaid ihrem gerechten Urteil zuführen. Da sie mein Gegenstück ist, ist diese Aufgabe für mich so schmerzhaft wie zwingend. Was es auch koste, ich werde uns zurück ins Tageslicht führen. Das verspreche ich euch.«

Unsere Verbindung setzte er geschickt zu seinem eigenen Vorteil ein. Überall um mich herum hörte ich mitleidiges Murmeln. Wie niederschmetternd, dass sein Gegenstück die herzenskalte Maid war. Viele erlagen seinen falschen, leeren Versprechungen. Unter den Schrecken des Blutmonds und der erschütterten Monarchie klammerten die Leute sich an jeden Hoffnungsschimmer.

Und Auster war sehr überzeugend.

Ich riss mir die Maske vom Gesicht, um genug Luft zu bekommen, und schob mich weiter zwischen den Leuten hindurch. Immer mehr beschwerten sich unwirsch, während ich mich nach vorne durchquetschte.

Ich konnte nicht anders. Je näher ich Auster kam und je besser ich sehen konnte, wie stolz er dastand – zufrieden mit allem, was er durch grausames Blutvergießen erreicht hatte –, desto mehr setzte ein innerer Drang sich gegen meinen Verstand durch.

Ehe ich es mir anders überlegen konnte, hatte ich auch die Kapuze abgestreift. Mein silbernes Haar fiel mir über die Schultern, und eine kalte Brise strich mir über den Nacken. Mein Ziel ließ ich dabei nicht aus den Augen. Er war mir ein größerer Feind, als Nyte es je für mich und als sein Vater es je für das Reich gewesen war.

Den Aufruhr, als man mich zu erkennen begann, registrierte ich kaum. Aber immerhin musste ich mich jetzt nicht mehr durch winzige Lücken zwängen. Die Leute machten mir freiwillig Platz, und die Magie pulsierte unter meiner Haut. Ich war bereit, falls irgendjemand versuchen sollte, mich aufzuhalten.

Endlich fing Auster meinen kalten Blick auf, mit dem ich ihm den Tod versprach. Finsterer Zorn durchzuckte seine dunkelbraunen Augen, und seine Hand schwebte knapp über seinem Schwert. Die Menge hatte sich geteilt und einen Gang zur Freitreppe gebildet, sodass ich nun direkt auf ihn zuschreiten konnte.

»Jede Krone auf deinem Kopf wird vom Wahnsinn darunter wieder abgestoßen«, sagte ich, laut genug, dass es in der nun herrschenden angespannten Stille weithin hörbar war. »Früher oder später werden alle das erkennen.«

Eine Mischung aus Hass und Schmerz ließ mich die Hände noch fester zusammenballen, jetzt, da ich ihm von Angesicht zu Angesicht gegenüberstand. Rachegelüste für alles, was er getan hatte, stießen auf hochsteigende liebevolle Erinnerungen. Unsere lange gemeinsame Geschichte: wie wir zusammen aufgewachsen waren und eine tiefe Freundschaft geschlossen hatten. Einen Teil von mir würde es immer schmerzen, was aus uns geworden war.

»Ergreift sie!«, schrie Auster.

Sogar seine eigenen Soldaten zögerten. Als sie sich schließlich anschickten, dem Befehl Folge zu leisten, flammte meine Magie warnend auf, wand sich in silbernen Fäden um meine Hände und ließ einen warmen Wind um mich wirbeln. Die umstehenden Leute wichen noch weiter zurück.

»Das hier ist eine Sache zwischen dir und mir, Auster Nova. Oder hast du Angst, es allein mit mir aufzunehmen?«

»Mutig von dir, hierherzukommen«, sagte er.

»Ich fürchte dich nicht«, sagte ich herausfordernd. »Weder werde ich mich verstecken, während du Angst und Lügen über mich verbreitest, noch lasse ich zu, dass du dich hinter der Tyrannin verbirgst, zu der du mich machen willst.«

»Deine Handlungen sind es, die dieses Reich zerstören, Maid«, sagte Notus.

Das zustimmende Gemurmel um mich herum brachte meine Beherrschung gefährlich ins Wanken.

»Wo ist dein Gegenstück, Astraea?«, fragte Auster höhnisch. »Wo ist das Monster, das dir wichtiger ist als dein eigenes Volk und deine Pflicht, das Reich zu schützen?«

Er hatte offenbar vor, mich hier vor versammelter Stadt vor Gericht zu stellen.

»Du fürchtest ihn nicht wegen seiner Fähigkeiten. Du fürchtest ihn, weil er dir einen Spiegel vorhält.«

Die Menge keuchte auf, und meine Zeichnungen leuchteten heller.

»Weshalb bist du hier?«, fragte Notus.

Ich traute mich nicht, Zephyr anzusehen, wusste aber, dass er voller Anspannung danebenstehen musste und sich wahrscheinlich fragte, ob mir jeglicher Selbsterhaltungstrieb abhandengekommen war.

»Ihr habt mich gesucht. Hier bin ich.«

»Du bist allein«, sagte Auster herausfordernd. Er öffnete die Schulterschnalle seines Umhangs und ließ ihn sich abnehmen, während er auf mich zukam. Dann legte er auch seinen silbernen Reif ab. »Bist du hier, um gegen mich zu kämpfen?«

»Wenn ich gewinne, lässt du Eltanin frei und verlässt Vesitire«, sagte ich.

Sein grausames Lächeln traf mich schmerzhaft.

»Und wenn ich gewinne …«, sagte er und genoss die Spannung, die er mit der Pause aufbaute. »Bleibst du bei mir. Ich glaube noch immer daran, dass unsere Maid geläutert werden kann. Dass ich dich wieder auf den rechten Pfad führen kann.«

Seine widerwärtige Schauspielerei erntete Bewunderung im Publikum. Wie barmherzig, dass er mir nach allem, was ich getan hatte, noch vergeben wollte.

Er war wirklich gut, das musste ich ihm lassen.

Vielleicht lag in dem Bild von mir als der Bösen, das er in den Köpfen der Leute heraufbeschwor, ein Körnchen Wahrheit, denn während er völlig beherrscht blieb, stand ich kurz davor, die Stadt in Schutt und Asche zu legen, um sie zurückzugewinnen.

»In Ordnung.«

Falls Drystan zusah, würde er mich sicher verfluchen. Aber ich hoffte, dass er in diesem Moment bereits unter der Bibliothek war und Eltanin befreite.

»Ich bewundere deine Willensstärke«, sagte Auster, während er die Stufen hinab auf mich zuschritt.

Um uns herum wichen die Leute noch weiter zurück, aber für mich existierte nur noch Auster.

Er und mein brodelnder Zorn.

»Dasselbe kann ich von dir nicht behaupten. Du hast noch nie ein Rückgrat besessen.«

»Alles eine Frage der Perspektive. Du hast mich nur zu deinem Gegner gemacht, weil ich getan habe, was getan werden musste, um aufzuhalten, wozu du geworden bist.«

Er blieb vor mir stehen, und ich behielt ihn weiter aufmerksam im Auge. Keiner von uns griff zur Waffe.

»Wie du schon gesagt hast, alles eine Frage der Perspektive.«

Die erste Bewegung ging von mir aus, doch es war kein Angriff. Ich richtete die Handfläche nach unten, und meine Magie grub sich um uns herum tief in den Boden. Nur mit einem leichten Anstoß durch Lightsdeaths Stärke schaffte ich es, all meine Macht als Druck nach unten abzugeben. In einer gezackten Linie brach das Licht aus dem Boden hervor und bildete einen großen unregelmäßigen Kreis um uns herum. Mit einem Kampfschrei packte ich den Felsen unter uns mit meiner Magie und stieß die Hände nach oben, als würde ich ihn darin emporheben. Mit Auster und mir darauf erhob die Plattform sich in die Luft, sodass wir weit über der versammelten Menge schwebten.

»Beeindruckend«, kommentierte Auster.

»Ich lasse nicht zu, dass du mein Volk verletzt.«

Die Plattform schwebte nur, solange ich meine Konzentration aufrechterhielt. Aber das hier war etwas zwischen Auster und mir – sollte er seine Magie gegen mich richten, wären die Folgen auf dem Boden inmitten so vieler Unschuldiger katastrophal.

»Wärst du mir vor fünf Jahren nicht davongerannt, wäre alles ganz anders gelaufen«, sagte er.

Das Arschloch wagte es, *gequält* zu gucken.

»Ein Glück. Hättest du mich mit ausgelöschten Erinnerungen gefangen, hätte ich an deiner Seite ein noch miserableres Leben als mit Goldfell führen müssen.«

Als ich zurück auf die Erde gefallen war, hatte ich für kurze Zeit noch all meine Erinnerungen gehabt. Auster hatte mich im Tempel von Alisus erwartet. Doch ich hatte gewusst, dass er mich getötet hatte, und war vor ihm geflohen, war barfuß und frierend durch die Wälder in der Nähe von Haus Goldfell gerannt. Als Nächstes hatte Drystan mich gefunden, mir bei der Flucht geholfen und mich Goldfell in die Arme laufen lassen, der mich die nächsten fünf Jahre in seinem Herrenhaus verborgen gehalten hatte.

Trotz Goldfells Grausamkeit und der Jahre in einsamer Abgeschiedenheit ließ die Alternative Übelkeit in mir aufsteigen: dass Auster mich ohne Erinnerung hätte finden können und ich, ohne es zu ahnen, in den Fängen meines Mörders gelandet wäre.

»Schon lange, bevor ich dich getötet habe, habe ich bereits um dich getrauert«, sagte er. Die Beichte schien ihm herausgerutscht zu sein.

Ich presste die Zähne zusammen, verwandelte den Schmerz in meinem Inneren in eine Waffe und schoss mit der Hand einen Strahl violetten Lichts auf ihn ab. Ein blauer Blitz von Auster fing meine Magie gerade noch ab. Anders als im Kampf mit Nytes Macht war die Energie zwischen uns nicht mit Begehren aufgeladen. Sie übertrug nur reinen, abgrundtiefen Hass.

Ich konnte durch seine Magie nicht sterben. Er durch meine schon.

Allerdings würde es nur alle Geschichten über meine Bosheit bestätigen, die er jenen unter uns über mich erzählt hatte, wenn ich ihn jetzt tötete. Den Schaden zu beseitigen, wäre nicht so einfach, wie den Verursacher loszuwerden.

»Wäre ich wirklich eine so schlechte Wahl für dich gewesen?«, brüllte er, als die magische Kollision abklang.

Wir gingen im Kreis, ohne den Abstand zwischen uns zu verringern.

»Ich habe das alles hier nie gewollt. *Du* warst es, der einfach nicht ertragen konnte, dass ich Nyte gewählt habe.«

»Du hast mir nie gesagt, warum.«

»Doch. Aber das konntest du mit deinem Ego nicht vereinbaren.«

Erneut schlug ich zu. Er duckte sich unter dem Strahl hindurch und feuerte einen weiteren Blitz in meine Richtung ab. Ich wirbelte beiseite und warf einen Lichtpfeil. Eine ganze Weile duellierten wir uns so, trieben unseren Puls in die Höhe und ließen unseren Rachegelüsten freien Lauf.

»Du warst mein *Freund*. Ich habe dir *vertraut!*«, schrie ich.

Tränen sammelten sich in meinen Augen und brannten auf meinen Wangen. Gut so. Ich wollte seinetwegen keinen Schmerz mehr mit mir herumtragen. Er verdiente keinen Platz in meinem Herzen.

Für den Bruchteil einer Sekunde trafen sich unsere Blicke. Er zog die Augenbrauen zusammen, und ein Ausdruck der Reue flackerte über sein Gesicht. Ich stockte, doch schon hatte sich die Reue wieder in Feindseligkeit verwandelt. Unglücklicherweise hatte ich mich so sehr davon ablenken lassen, dass sein nächster Blitz mich mitten in die Brust traf. Ich wurde von den Füßen gefegt und musste mich mit den Flügeln in der Luft abfangen.

Ich blickte in den Schlossvorhof hinab, von wo aus alle gebannt zusahen. Einige hielten sich erschrocken den Mund zu, manche klammerten sich verängstigt aneinander.

Aus Furcht vor meinen schwarzen Flügeln.

Sie hielten sie für ein Zeichen der Todsünde. So, wie die High Celestials es ihnen *eingeredet* hatten.

»Wie gut, dass deine arrogante Überzeugung, gegen mich gewinnen zu können, dich hergebracht hat«, rief Auster höhnisch von der Plattform. »Du machst es mir wirklich leicht. Ich kann ihnen nur Worte bieten, aber du lieferst die Beweise.«

Ich fokussierte meinen tödlichen Blick wieder auf ihn und zitterte vor Verlangen, ihm das triumphierende Grinsen aus dem Gesicht zu wischen. Ein für alle Mal.

Noch ehe ich auf die Plattform zurückkehren konnte, ging ein ängstliches Raunen durch die Menge. Jetzt starrten die Leute nicht mehr mich mit aufgerissenen Augen an, sondern etwas anderes am Himmel. Sie fingen an, sich gegenseitig aus dem Weg zu schieben, und Schreie wurden laut: »Schnell! Weg hier!«

Ich folgte ihren Blicken und keuchte auf, als ich den brennenden Stern sah, der in mörderischer Geschwindigkeit genau auf uns zugerast kam. Diesmal gab es keine Frage, ob er die Stadt treffen würde. Es war egal, wie schnell die Leute unten wegrannten – der Einschlag würde die gesamte Stadt zerstören, so viel stand fest.

Als ich zu Auster blickte, war er verschwunden. Dann sah ich ihn am Boden, in eine hitzige Debatte mit seinen Brüdern vertieft. Sie hatten ihre Flügel hervorgeholt. Viele Celestials flohen bereits eilig durch die Lüfte. Sie und die Nachtwandler hatten als Einzige eine Chance, dem Einschlag zu entkommen.

Die High Celestials würden den Rest doch nicht etwa dem Tod überlassen?

Gemeinsam könnten sie mit ihrer Magie den Meteor vielleicht verlangsamen oder sogar aufhalten.

Mein Zorn kannte keine Grenzen, als ich sah, wie sie einfach nur *dastanden.*

Beschissene Feiglinge.

Ich landete auf der Plattform. Mir blieb keine Wahl. Ich öffnete der andersweltlichen Magie in mir die Pforten und hoffte, dass sie nicht vollständig die Kontrolle übernehmen oder mich zerstören würde. Hoffte, dass ich mich nicht in Lightsdeath verlieren würde, wie Nyte es manchmal im tödlichen Nightsdeath getan hatte.

Mit einem tiefen Atemzug versank ich in meiner Magiequelle, ging über meine Grenzen hinaus und ließ das Sternenlicht durch mich hindurchfließen. Nur daraus bestand ich. Aus reinem, strahlendem Sternenlicht. Genug, um die Welt darin zu ertränken, wenn ich wollte.

Ich verbarg meine Flügel, fand einen stabilen Stand. Und dann konnte ich in der aufsteigenden Hitze nicht mehr ausmachen, welche Macht stärker war: die Magie, die mich durchströmte, oder der zerstörerische Felsbrocken, der mich jeden Moment dem Erdboden gleichmachen würde. Ich stieß eine Hand nach oben. Meine Magie legte sich um den Stern, der sich gegen meinen Versuch sträubte, ihn vom Erdboden fernzuhalten. Die Welt erstrahlte in einem silbernen Schein, und ich war nichts als Lightsdeath.

Der Felsen verlangsamte sich, aber nicht ausreichend. Ich ignorierte das wilde Pochen in meinem Kopf, das Brennen auf meiner Haut, meine zitternden Beine und presste noch mehr Magie aus mir heraus. Schmerzen schossen durch meinen Körper, aber ich konnte nicht aufgeben.

Schließlich streckte ich beide Arme vor mir aus, und ein wilder Schrei entrang sich meiner Kehle. Die größte Welle von Magie, die diese Welt je gesehen hatte, ließ den Stern zerbrechen. Stück für Stück verwandelte mein Sternenlicht ihn in Staub, bis nur noch ein großer Brocken übrig blieb, dessen Flamme erloschen war.

Ich konnte nicht mehr. Mir blieb keine andere Wahl, als mich von der Wucht des letzten Stücks treffen zu lassen. Der Tod war ein Freund, der mich mit Kälte empfing.

7

Astraea

Langsam kam ich zu mir, atmete tief ein und musste prompt heftig husten. Verwirrt nahm ich wahr, wie heiß und staubig die Luft war. Der Boden unter mir war so fest, wie ich es erwartet hätte. Doch mit den Fingern ertastete ich eine warme, sandige Oberfläche.

Als ich die Augen aufschlug, wurde ich nicht von der rötlichen, eisigen Nacht meiner Welt begrüßt. Stattdessen lag ich mit der Wange auf trockenem, rissigem Erdboden. Ich setzte mich auf und rechnete dabei mit Schmerzen, allein schon von der unbequemen Position, in der ich auf dem harten Boden gelegen hatte.

Doch ich spürte nichts. Es fühlte sich eher so an, als wäre mein Körper nicht ganz … da.

Im Aufstehen sah ich mich um. Panik formte einen Kloß in meinem Hals, weil ich die farblose Einöde unter wolkenverhangenem Himmel nicht erkannte. Den Bäumen in der Ferne mangelte es an jeglicher Farbe und Lebendigkeit. Wie Skelette, die ihre krummen Finger nach jedem Wesen, das an ihnen vorbeikam, ausstreckten, standen sie auf weiter Fläche verteilt. Raben kreisten lautlos über ihnen und ließen sich selbstsicher auf den Ästen nieder. Der Wind pfiff mir um die Ohren, heulte, als wären verlorene Seelen in seinen Böen gefangen.

Ich schlang die Arme fest um mich selbst, um das Prickeln auf meiner Haut zu unterdrücken. Dann drehte ich mich um und erblickte eine zweite Person, die nur wenige Schritte entfernt mit dem Rücken zu mir dastand. Noch ehe ich mich zwischen Angst und Erleichterung entscheiden konnte, wurde beides von Schock und völligem Unglauben erstickt.

Das war unmöglich.

»Nyte«, flüsterte ich.

Ich hätte ihn aus jedem Winkel erkannt. Seine hochgewachsene Figur, die breiten Schultern. Die einzelnen dunklen Haarsträhnen, die lang genug waren, um im Wind zu wehen.

Gerade noch hatte ich versucht, den Meteor aufzuhalten, damit er die Stadt Vesitire nicht völlig zerstörte. Doch der letzte Felsbrocken hatte sich nicht von meiner Magie auflösen lassen und mich getroffen.

Ich war nicht bewusstlos. Was mich nach dem Aufprall umschlossen hatte, war eiskalt und strahlend hell gewesen, nur um mich dann in absoluter Dunkelheit zurückzulassen. Ich war mir ganz sicher: Der Meteor hatte mich getötet.

Nyte drehte sich um, aber nicht er sah mir ins Gesicht. Es war Nightsdeath. Schwarze Linien durchzogen seine Haut, die hier noch blasser wirkte. Seine Augen glühten, als wäre die Sonne darin gefangen. Dunkelheit umwehte ihn, als wäre er teils Fleisch, teils Schatten. Trotz seines Furcht einflößenden Äußeren und des tödlichen Blicks trat ich näher an ihn heran, als er nicht antwortete.

»Astraea.«

Sobald ich nah genug war, um eine Hand an sein unheimlich schönes Gesicht zu legen, reagierte er sofort. Panisch zerrte ich an den Fingern, mit denen er mir fest und unnachgiebig die Kehle zudrückte.

»Du wirst dir wünschen, niemals geboren worden zu sein, Lightsdeath«, fauchte er und stieß mich zu Boden.

Ich hustete und spuckte, die Sicht verschwamm vor meinen Augen.

Konnte er mich hier endgültig töten?

Vor lauter Angst krabbelte ich auf Ellbogen und Knien weg, während ich meine Gedanken zu ordnen versuchte. Ich bezweifelte, dass ich wieder in meiner Welt erwachen könnte, sollte er mir in dieser Ebene zwischen Leben und Tod ein Ende setzen. Aber ich konnte ihn hier auch nicht zurücklassen. Es musste einen Weg geben, Nyte durch die dunkle, vorherrschende Macht hindurch zu erreichen, genau wie in meiner eigenen Welt.

Nightsdeath packte mich am Knöchel, und ich versuchte, mich irgendwo festzukrallen. Doch dabei riss ich mir am trockenen, zerfurchten Boden nur die Finger auf. Ich schrie auf, als er mich mit Schwung auf den Rücken drehte.

Er hockte sich neben mich, betrachtete mein Gesicht und wickelte sich eine Strähne meines silbernen Haars um die Finger. Selbst wenn er Nytes Gewohnheiten nachahmte, sprach aus Nightsdeaths Augen nichts als Abscheu.

»Du hast einen gewaltigen Fehler gemacht, wenn du dachtest, du könntest zu etwas werden, das mir ebenbürtig ist, Maid«, sagte er, seine Stimme ein unheimlicher Singsang.

»Wo ist Nyte?«, flüsterte ich und versuchte, die Angst herunterzuschlucken, die mich am Boden hielt.

Ein bösartiges Lächeln erschien auf seinem Gesicht. Aus Augen, die leuchteten wie zwei Sonnen, blickte er mich unverwandt an. »Hier bin ich. Jetzt bin ich bloß endlich die schwachen, feigen Anteile los, die mich schon seit Ewigkeiten plagen.«

Ich kroch ein Stück zurück, als ich zu verstehen begann. Das hier war Nightsdeath. *Nur* Nightsdeath. Eine Kreatur, die ihren Ursprung in einer vom Tod verliehenen Macht hatte, die sich von Schmerz und Leid ernährte. Meine Augen brannten, als ich verstand, dass alles, was Nyte in seinem Leben hatte ertragen müssen, diese Seite so stark hatte werden lassen.

Vor mir sah ich die fleischgewordene, ungeschönte Spiegelung von Nytes geplagter Seele.

Sein ganzer Schmerz und all sein Leid hatten sich in eine Kreatur verwandelt, die alles, was ihr begegnete, in die Dunkelheit zerren wollte. Sein Elend fütterte seine Grausamkeit. Anderen Schmerzen zuzufügen, war der einzige Weg gewesen, die in ihm schwelenden Qualen zu lindern.

»Wie kannst du hier sein, wenn Nytes Körper … sein gesunder Verstand … es nicht ist?«

»Wie kommst du darauf, dass ich nicht sein *gesunder* Verstand bin? Ohne die *schwache* Seite, die sich deinen ach so tollen Idealen anpassen will, denke ich viel klarer. Es wird Zeit, die Welt von ihren Sünden zu säubern.«

Es war verwirrend und schwierig für mein Herz und meinen Kopf: Das hier war, in gewisser Weise, ebenfalls Nyte. Er stand vor mir, nur ohne jegliches Empfindungsvermögen. Der Teil, bei dem ich ihn sonst packen konnte, um seine mitfühlende Seite zurück an die Oberfläche zu ziehen, war weg. Ich hoffte, dass er irgendwo in Sicherheit war und nur darauf wartete, von diesem Fluch zu erwachen.

»Was ist das hier für ein Ort?«, fragte ich.

»Die Kluft zwischen Leben und Tod. Ich hatte gehofft, du würdest hier früher oder später vorbeikommen, ehe du mich in deiner Welt aufweckst.«

Ein Schauer überlief mich. Nightsdeath hatte die ganze Zeit hier auf mich gewartet.

»Warum?«, wagte ich zu fragen.

»Wenn du es schaffst, den Fluch zu beenden, will ich die vollständige Kontrolle über unseren sterblichen Körper übernehmen. Ich will den Teil von mir, den du Rainyte nennst, so tief begraben, dass er nie wieder ans Licht kommt.«

»Nein«, flüsterte ich.

Das würde ich niemals zulassen. Ich musste hier weg.

Als ich einen Strahl meiner violetten Macht abfeuerte, fauchte Nightsdeath und beschwor eine Wolke vollständiger Dunkelheit herauf, die ihn verschluckte. Anders als Nytes Schattenmagie enthielt diese kein Sternenfunkeln. Ein weiteres Merkmal, das Nightsdeath von Rainyte unterschied.

Ohne zu wissen, wie ich den Weg hinaus finden sollte, rannte ich los. Ich wusste nur, dass ein Monster mir direkt auf den Fersen war und ich mich nicht von ihm hier gefangen halten lassen durfte.

Kam Nyte immer, wenn er starb, an diesen Ort? Die Vorstellung, wie er allein durch die verlorene, karge Landschaft strich, tat mir in der Seele weh.

Ob es schon Momente gegeben hatte, in denen er nicht wieder ins Leben hatte zurückkehren wollen?

Gestorben bin ich schon häufiger; ich bin darin ziemlich gut.

Natürlich war er das. Er war ein Meister darin, mehr Schmerz zu ertragen, als irgendjemand sollte. Er hatte jeden Grund, der Welt, die ihn so schrecklich verletzt hatte, das alles durch Nightsdeaths Hand heimzuzahlen. Und doch setzte er sich jeden Tag gegen diesen Teil von ihm zur Wehr.

Für ihn, für das Gute in ihm, würde ich niemals aufhören zu kämpfen. Um ihn an diese Seite in ihm zu erinnern und daran, dass er etwas viel Besseres verdient hatte als sein bisheriges grausames Schicksal.

Mit meiner Magie formte ich Stufen, die ich eilig hinaufrannte. Schatten umspielten sanft meine Knöchel. Weil ich auf dem Boden orientierungslos war, jagte ich in den Himmel hinauf, die einzige Richtung, in der hinter dicken, traurigen Wolken das Licht wartete.

Vielleicht bildete ich es mir nur ein, aber vor mir schien sich eine Art helles Fenster abzuzeichnen. Vor lauter Angst, es nicht rechtzeitig zu erreichen, entfuhr mir ein Wimmern. Ich floh vor den Schatten, die sich um mich zu legen begannen, vor Nightsdeaths schleichender Umarmung, wie die kalten Hände eines Geliebten.

Von der nächsten Stufe sprang ich in genau dem Moment ab, als sein Griff sich festzog. Dann stürzte ich – ob in die Freiheit oder in mein Verhängnis, wusste ich nicht.

8

ASTRAEA

Alle meine Muskeln krampften vor Schmerz. Jeder Pulsschlag rief mir auf brutale Weise die letzten Ereignisse in Erinnerung, bevor ich hier aufgewacht war, als verknoteter Haufen Gliedmaßen in einer Erdspalte. Erneut liefen die Bilder vor meinem inneren Auge ab: der katastrophale, herabstürzende Stern, die Welle purer Macht, mit der ich ihn aufgehalten hatte, und der niederschmetternde Schlag, mit dem der letzte Rest mich getroffen und in den Boden gerammt hatte.

Die Erde um mich herum strahlte noch immer Hitze ab, Überreste der Energie des Sterns, die noch in zersplitterten Felsen und Pflastersteinen steckten. Meine Glieder waren schwer wie Blei, und bei jeder Bewegung schoss Schmerz durch meinen Körper, wie um mir zu zeigen, wie nah ich meiner völligen Zerstörung gekommen war. Vor meinen Augen verschwamm alles, und ich gab es einen Moment lang auf, mich bewegen zu wollen.

Ein leichtes Wackeln mit den Fingern gab mir immerhin das Gefühl, noch ein kleines bisschen Kontrolle zu besitzen. Ich musste aufstehen. Einen Moment lang genoss ich die Ruhe des rötlichen Sternenhimmels über mir. Ich suchte Cassias und Calix' Konstellationen – meine zwei lieben Freunde, deren

Seelen ich nach ihrem Tod zu den Sternen geschickt hatte –, um mit dem Schmerz nicht ganz allein zu sein.

Schatten tauchten an den Rändern meines Blickfelds auf. Meine Lider wogen so schwer, dass ich nicht sicher sein konnte, ob es an meinem schwindenden Bewusstsein lag. Ich hoffte es. Nichts hätte ich lieber getan, als den Schmerz vom Schlaf betäuben zu lassen. Aber durch das Pfeifen in meinen Ohren hindurch hörte ich knirschende Schritte auf mich zukommen.

Wenn es Auster war, war ich ihm komplett ausgeliefert. Erneut begann ich, mit mir zu kämpfen, versuchte, wieder Herrin meiner Sinne zu werden, und kramte nach einem Hauch von Magie irgendwo in mir.

Doch mein Körper war zu schwach für den Funken, der sich in mir entfachen wollte.

Die Schatten krochen näher heran, und eine vertraute Furcht und Ungläubigkeit machten sich in mir breit. Meine Ängste bestätigten sich, als der Schemen sich neben mich kniete, ich den Kopf in seine Richtung kippen ließ und tödlicher Schönheit ins Gesicht blickte.

»Danke, dass du mich befreit hast, Maid«, sagte Nightsdeath. »Ich hätte wirklich nicht gedacht, dass es möglich ist. Aber du hast dort drüben fast schon mir gehört, und dann hast du mich mit zurückgebracht, statt bei mir zu bleiben.«

Wie war das möglich? Bedeutete das, Nyte war aufgewacht?

Die aufflackernde Hoffnung wurde sofort von einer Welle des Entsetzens erstickt, weil Nightsdeath in dieser Welt war, losgelöst von Nytes Körper.

O Sterne, was habe ich nur getan?

Da ich nicht in der Lage war, mich zu wehren oder zu protestieren, musste ich zulassen, dass Nightsdeath mich hochhob. Bei jeder Bewegung meines kaputten Körpers schrie ich vor Schmerz. Dann waren wir aus dem Erdspalt gestiegen und standen auf dem Vorplatz.

»Du kommst zu spät, Rainyte«, rief Auster uns zu.

Ich verkrampfte mich, als Nightsdeath stehen blieb und sich Auster, Zephyr und Notus zuwandte, die vor dem Schloss standen.

»Rainyte ist nicht hier«, sagte er mit einer Ruhe, die mich schaudern ließ.

Nightsdeath hatte keinen sterblichen Körper. Er wirkte wie eine Mischung aus Fleisch und reinen Schatten, mit glühenden Bernsteinaugen wie Strudel aus geschmolzenem Erz.

Auster lachte böse und ignorierte seine Aussage. »Du wirst nicht weit mit ihr kommen.«

»Das habe ich auch nicht vor. Tatsächlich gehe ich nur ins Schloss, damit sie sich dort erholen kann.« Er sah zu mir herab, streichelte mich mit seinem himmlischen, goldenen Blick. Die Stimme senkte er zu einem schattenhaften Hauch. »Wir haben noch viel zu tun, bevor ich dich töte, mein Stern.«

Sein zärtlicher Ton in Kombination mit dem unheilvollen Versprechen ließen mich zittern. Als ich mich von seiner Brust wegdrückte, hielt er nicht dagegen, sondern ließ mich einfach fallen. Ich schrie auf, als scharfer Schmerz wie ein Gongschlag durch meinen ganzen Körper vibrierte.

Schritte näherten sich und erstarben wieder. Als ich aufsah, erkannte ich, dass Auster und Zephyr vorgetreten waren. Aber Nightsdeaths herausfordernde dunkle Ausstrahlung hielt sie davon ab, noch näher zu kommen. Seine Aura umfasste uns alle, als wäre der Tod nur eine Berührung, einen Atemzug entfernt.

»Was soll das?«, fauchte Auster.

»Sie ist ihm in diesem Zustand egal«, schlussfolgerte Zephyr.

In Austers Kiefer zuckte ein Muskel, als er zwischen mir und Nightsdeath hin- und herblickte. Entgegen Austers eigenen Worten und trotz seiner Feindseligkeit sorgte er sich offenbar doch noch um mich. Er wollte mich nicht wirklich tot sehen. Er wollte mich *ändern*. Mich *läutern*. Er wollte unsere Freundschaft wiederhaben, vielleicht sogar mehr – aber nur nach seinen Spielregeln, indem ich zu der Person wurde, die er wollte.

»Er war schon immer eine Gefahr für dich. Und mit so einem bist du einen Bund eingegangen«, sagte Auster giftig. »Du hast es wohl nicht besser verdient.«

Ich biss die Zähne zusammen und sammelte alle meine Kräfte, um schwankend aufzustehen. Das da hinter mir entsprach nicht dem echten Nyte. Selbst wenn Nightsdeath alles tat, um seine Gedanken und Handlungen zu übernehmen, ließ sich immer noch Nytes guter Kern erreichen.

Wir alle wären verdammt, würde unser Leid für uns als ganze Person stehen.

»Ich lasse dich am Leben, Auster Nova, weil wir im Moment ein gemeinsames Ziel haben.« Nightsdeath strich mir das zerzauste silberne Haar hinter die Schulter. »Und mit ihr in unserem Besitz können wir es noch schneller erreichen.«

»Was redest du da?«, blaffte Zephyr. Sein Blick wurde immer besorgter.

»Wir beide wollen Rainyte finden.«

Die Verwirrung der High Celestials zeichnete sich in ihren Gesichtern ab.

»Das ist nicht er«, krächzte ich.

»Du behauptest also, du bist *nicht* Rainyte?«, fragte Auster ungläubig. »Hältst du mich für einen Idioten?«

»Ja. Aber aus ganz anderen Gründen, keine Sorge. Aus dem Weg jetzt.«

Blitze zuckten in Austers Händen auf, und ich versteifte mich, unfähig, mich zu verteidigen, wenn Chaos ausbrechen sollte.

»Du setzt keinen Fuß ins Schloss«, knurrte Auster und blieb zwischen Nightsdeath und der Festung von Vesitire stehen.

»Mein Geduldsfaden ist gerade sehr kurz. Ich könnte euch einfach alle umbringen und diese erbärmliche Stadt übernehmen. Aber ich würde es mir gerne ersparen, Zeit damit zu vergeuden, eure Armeen zu Gehorsam zu zwingen, um endlich zu bekommen, was ich brauche.«

Anscheinend war Nyte mit der Gabe, Gedanken zu kontrollieren, geboren worden und hatte sie nicht Nightsdeath zu verdanken. Sonst wäre es kein Problem für ihn gewesen, die Generäle folgsam zu machen, um einen glaubhaften Machtwechsel zu inszenieren.

»Was willst du?«, fragte schließlich Notus. Seine Stimme verriet keinerlei Emotionen.

»Ich will Rainyte töten.«

Mein Herz setzte einen Schlag aus. Bei dieser undenkbaren Vorstellung stockte mir der Atem.

Diesmal verhöhnten die High Celestials ihn nicht. Sie waren nach wie vor verwirrt, aber Auster war jetzt sichtlich interessiert. Warum sollte Nyte schließlich so etwas sagen?

Nightsdeath strich mir über den Nacken und durchs Haar. Ich schrie auf, als er plötzlich fest zupackte.

»Ich werde dich brechen und herausfinden, wo Rainyte ist«, sagte er – ein eiskaltes Versprechen. Dann wandte er sich an Auster, in dessen Augen Widerstreben gegen meine unsanfte Behandlung aufblitzte. »Das willst du doch auch, oder nicht?«

Auster trat nachdenklich von einem Bein aufs andere, während Notus keinerlei Regung zeigte. Zephyr konnte seine Wut nur mit Mühe bändigen, und ich fürchtete, er könnte die Beherrschung verlieren und seine tiefgehende Sorge um mich offenbaren.

»Das stimmt«, sagte Auster schließlich, noch immer verwirrt und misstrauisch.

Ein Brüllen unterbrach ihre angespannten Überlegungen, und ich keuchte auf und blickte voller Hoffnung zum Himmel auf. Als Nächstes war das Bersten von Glas zu hören, und dann …

Eltanin schoss in die Höhe, Drystan auf dem Rücken.

Meine Augen brannten vor Erleichterung, als ich sie sah.

Bis sie auf uns zuflogen.

Nein. Nein, sie dürfen nicht versuchen, mich zu holen.

Nightsdeath stieß mich von sich, und ich biss mir vor Schmerz auf die Lippe. Sein Blick folgte dem schwarzen Drachen, der gerade in den Sinkflug ging. Vor Panik, die in meiner Brust hämmerte und meine Sicht verschwimmen ließ, konnte ich kaum einen klaren Gedanken fassen. Nightsdeaths ruhiger Gang, die Aufmerksamkeit ganz auf den Drachen gerichtet, ließ eine schreckliche Vorahnung in mir aufsteigen.

Haut ab!, schrie ich im Geiste so laut wie möglich, hoffte, dass die Verbindung zwischen Eltanin und mir, wie ich sie schon gespürt zu haben meinte, real war und er meinen Befehl wahrnahm. *Fliegt zu Nyte. Nur so könnt ihr mir helfen. Haut ab, sofort!*

Der Drache brüllte erneut. Diesmal fasste ich mir an die Brust, so gequält klang sein Aufschrei. Eltanin wollte mir nicht gehorchen, aber ich wiederholte meine drängende Aufforderung.

Dunkelheit sammelte sich um Nightsdeath, und mein Herz klopfte wie wild, als ich sah, wie er einen riesigen Speer daraus formte und über seiner erhobenen Handfläche schweben ließ.

Ein trockener Schluchzer entfuhr mir, als Eltanin endlich die Richtung änderte. Kurz konnte ich Drystans gequälten Gesichtsausdruck erahnen, dann entfernten sie sich wieder von uns.

Nightsdeath zuckte nur einmal kurz mit der Hand, und der gigantische Todesspeer aus dunkler Magie flog mit der Geschwindigkeit eines Armbrustbolzens auf den schwarzen Drachen zu.

»Nein!«, schrie ich und schickte unbeholfen einen Lichtstrahl hinterher, der den Speer jedoch nicht aufhalten konnte.

Ich schlug die Hände vor den Mund.

Er würde sie treffen.

In allerletzter Sekunde kippte Eltanin zur Seite und schaffte es fast, der Flugbahn des Geschosses auszuweichen, doch es erwischte ihn gerade noch am Flügelrand. Sein Schmerzensschrei traf mich tief, aber er flog schnell und kraftvoll weiter.

Nightsdeath unternahm keinen zweiten Versuch. Stattdessen drehte er sich wieder zu mir um. Sein Gesicht war halb in seinen Schatten verborgen, aber der Ausdruck darauf verriet nichts als Langeweile.

Wut darüber, dass er versucht hatte, Eltanin und Drystan zu töten, kochte in mir hoch, und ich feuerte eine zweite schwache Attacke auf ihn ab. Er wehrte sie mit einer trägen Handbewegung ab und kam mit langsamen, gelassenen Schritten auf mich zu. Ich versuchte es wieder, und wieder, und wieder. Bis er vor mir stand und mich mit festem Griff an der Kehle packte.

»Du kannst es im Moment nicht mal mit einem Eichhörnchen aufnehmen. Wirklich unterhaltsam«, sagte er ruhig und legte den Kopf schief.

Hasserfüllt funkelte ich ihn an. Es tat weh, ihm in die Augen zu blicken und *meinen* Nyte zu sehen, wenn auch in seiner schlimmsten Form. Mein Herz wollte ihn trotz allem lieben.

»Warum … warum willst du Nyte töten?«, krächzte ich und krallte die Finger in seine Hand an meinem Hals, aber er schien sie gar nicht wahrzunehmen.

Dennoch lockerte er den Griff und legte mir stattdessen eine Hand in den Nacken. Unsere Gesichter waren sich jetzt viel zu nah. Sein warmer Atem strich mir über die Lippen, als er antwortete.

»Damit ich etwas fühlen kann«, flüsterte er sehnsuchtsvoll.

»Wenn ich sein Herz bekomme, kann ich vollständig Gestalt annehmen. Nicht so wie jetzt, als Fluch in Schattenform. So spüre ich gar nichts. Ich weiß, wie es sich anfühlen sollte, weil ich jahrhundertelang an Rainytes Körper gebunden war. Deine Haut zum Beispiel. Oh, wie er sich mehr als alles andere nach deiner Berührung verzehrt. Sie löst so viel in ihm aus. Was für ein seltsames Ding du doch bist. Du kannst ihm fast so viel Schmerz wie Lust bereiten.«

Bei seinen Worten zog sich ein Knoten in meiner Brust zusammen.

Er war mir so nah, dass ich dachte, er würde mich küssen. Während er nur zu mir sprach, raste mein Herz in ängstlicher Erwartung dessen, was er als Nächstes tun würde.

»Er hat was Besseres verdient, als von dir geplagt zu werden«, gab ich wütend zurück.

Nightsdeath schenkte mir ein grausames Lächeln. »Ich bin die Dunkelheit, die im Herzen eines jeden steckt. Etwas von *mir* ist auch in *dir*. Du musst nur lang genug in den Spiegel schauen, bis deine Dunkelheit zurücklächelt. Meine Schuld ist es nicht, dass er nie genug Licht genossen hat, um mich schwach zu halten.« Dann verschwand sein Lächeln wieder. Nachdenklich blickte er mir in die Augen. »Bis du aufgetaucht bist. Davor war alles besser.«

»Lass sie los«, verlangte Zephyr.

Meine Gefühle in den Armen dieses geplagten Schattens von Nyte waren mir selbst ein Rätsel. Vielleicht war es töricht von mir, zu glauben, dass sich auch in Nightsdeath noch ein letzter Rest Wärme erreichen lassen müsste, wie winzig und tief vergraben er auch sein mochte.

Nightsdeath wandte sich von mir ab, um zu den High Celestials zu sprechen. »Seid ihr bereit, meinen Vorschlag anzunehmen?«, fragte er.

»Du willst ein Bündnis eingehen, um Rainyte zu finden und

zu töten?«, wiederholte Zephyr, der den Vorschlag als Einziger noch mit vollständiger Verachtung zu betrachten schien.

»Genau.«

»Und was genau wird aus dir, wenn wir erfolgreich sind?«, fragte Auster.

Ich bemühte mich um Fassung, als ich hörte, wie zuversichtlich Auster klang.

»Dann erhalte ich Rainytes Fähigkeit, den Verstand zu beeinflussen. Ich kann dafür sorgen, dass die Maid ihn, *mich,* vergisst und vollständig dir gehört. Wenn du im Austausch nach Althenia zurückkehrst und mir den Rest dieser unersättlichen, hässlichen Welt überlässt.«

»Was wirst du dann tun?«, wagte Auster zu fragen.

»Sie säubern.«

Bei dieser Schreckensvorstellung taumelte ich rückwärts.

Auster schwieg und blickte zu mir; er schien das Angebot offenbar ernsthaft in Betracht zu ziehen.

»Ich werde nie dir gehören. Ob mit oder ohne mein Gedächtnis, Auster Nova. Niemals werde ich dich wollen.«

Bei meinen Worten überlagerte finstere Entschlossenheit seinen begehrlichen Blick. »Wir wären verheiratet, hätte Rainytes Gift dich nicht davon abgebracht.«

Ich blinzelte und durchforstete meine flimmernden Erinnerungen. Hatte ich mich damals wirklich bereits in mein Schicksal begeben, Auster zu heiraten, trotz meiner Unsicherheit, was ich für ihn empfand – schon bevor ich Nyte kennengelernt hatte? Die Erinnerung, die Nyte mit mir geteilt hatte, kam mir in den Sinn. Ich hatte zugegeben, für Auster weder Lust noch Zuneigung wie für einen Geliebten zu empfinden, obwohl ich glaubte, es zu müssen. Und dann hatte ich diese und noch viel tiefere Empfindungen stattdessen für Nyte entwickelt.

Als ich mich in die Vergangenheit hineinbohrte, entdeckte ich mit einem Keuchen die Erinnerung an die Verlobung.

Weiße Kleider, Blumengestecke, der Tempel der Göttin, in dem er die Feierlichkeiten hatte abhalten wollen. Es hatte eine Zeit gegeben, als mir die Gründe ausgegangen waren, die Lebenspartnerschaft mit Auster abzulehnen. Er war mein Gegenstück gewesen, ein High Celestial, und wir, in den Augen aller, das perfekte Paar.

An dem Tag, als ich in einer Zelle in Nytes Schloss gesessen hatte und wir uns das erste Mal begegnet waren, hatte ich ihn nicht bloß aus Sorge um die Beben aufgesucht. Ich hatte einen letzten Ausbruch gewagt. Mein finaler Akt der Rebellion, der verzweifelte Versuch, die Hochzeit so lange wie möglich aufzuschieben. Nie hätte ich damit gerechnet, wie sehr ich mich von da an nach Nytes Gesellschaft sehnen würde. Wie besessen ich von jeder faszinierenden Facette des Albtraums des ganzen Reichs sein würde.

»Ich wollte dich nie wirklich heiraten«, flüsterte ich.

Auster zuckte zusammen, als hätte ich ihn ins Gesicht geschlagen. Ich wollte kein Mitleid mehr für ihn empfinden und tat es doch. Das würde wohl meine ewige Strafe sein: für immer von Schuldgefühlen wegen meiner Entscheidungen geplagt zu werden. Ich blickte Auster an, als wäre er ein Monster, das ich mit meiner eigenen Selbstsucht erschaffen hatte.

»Abgemacht«, sagte Auster kalt und ohne den Blick von mir abzuwenden.

»Dann kannst du mich genauso gut sofort töten. Ich werde euch niemals verraten, wo Nytes Körper ist«, fauchte ich.

Nightsdeath griff nach meinem Ellbogen, aber ich entriss ihn ihm sofort wieder. Hasserfüllt funkelte ich ihn an, und doch zerriss es mich gleichzeitig, unter seinen Schatten Nytes Gesicht zu sehen.

»Du bereitest mir schon jetzt solches Vergnügen«, sagte er.

Ich presste die Zähne zusammen, als er direkt vor mich trat. Doch statt mich gegen meinen Willen durch die Leere nach drinnen zu bringen, beugte er sich vor und warf mich sich kurzerhand über die Schulter.

»Lass mich runter, sonst verbrenne ich dich von innen heraus«, rief ich. Würdelos und ohne jeden Erfolg versuchte ich, mich seinem eisernen Griff zu entwinden.

»Dazu bist du gerade wohl kaum in der Lage.«

Er hatte recht. Ich war viel zu ausgelaugt, um irgendetwas zu bewirken. Auch im Schloss ließ er mich nicht runter, und das Blut schoss mir in den Kopf und raubte mir noch mehr die Orientierung.

»Du kannst nicht durch die Leere reisen, oder?«, stellte ich fest.

»Mit Rainytes Körper werde ich es können.«

Die Erinnerung an seinen Plan ließ Adrenalin in mir aufsteigen, und ich konnte ausreichend Magie aufbringen, um ihn zum Fauchen zu bringen. Er ließ mich so grob auf die Füße fallen, dass ich stolperte und mich an der Wand festhalten musste.

Einen Moment lang starrten wir uns an, dann legte Nightsdeath den Kopf schief und musterte mich neugierig. Er kam näher, und ich richtete mich trotzig auf.

»So muss das nicht laufen«, sagte er mit verlockend sanfter Stimme. »In der Ruine von Schloss Nova habe ich es gesehen … wie großartig wir beide zusammen sein könnten. Diese Welt hat es nicht verdient, unter Gier und Macht zu gedeihen. Wir können sie ihnen allen entziehen, bis sie sich vor uns verneigen.«

»Ich sorge dafür, dass du ihn nie wieder beherrschen kannst«, zischte ich.

»Ich habe ihn *geschaffen*. Ich *bin* er. Du hast die Wahl zwischen Pest und Cholera, Maid«, sagte er und blickte dann ans andere Ende der Eingangshalle.

Die High Celestials standen weit genug entfernt. Sie folgten uns, wahrten aber auch einen sicheren Abstand zum Schattenmonster, das sie in ihr Schloss gelassen hatten. Sie tuschelten miteinander und warfen uns verunsicherte, argwöhnische Blicke zu.

Leise sprach er weiter. »Widersetze dich mir, und er bekommt, was er will. Du wirst dein Gedächtnis erneut verlieren, und ich werde mich nicht einmischen. Oder lass sie nur im Glauben, dass das geschehen wird. Hilf mir, und wir können gemeinsam siegen.«

Er betrachtete eine meiner silbernen Strähnen, die er sich um den Finger gewickelt hatte, dann traf mich sein geradezu unwiderstehlicher Blick. Die ganze Welt lag als Versprechen in seinen Augen. Ich wusste, dass Nightsdeath Seite an Seite gleichberechtigt mit mir herrschen würde. Er wollte mich nicht wie Auster zum Schweigen bringen und in einen Glaskasten sperren. Durch seine glühenden Bernsteinaugen stellte ich mir vor, wie die Welt um Nightsdeath und Lightsdeath herum brannte. Zwei Wesen, die in der neuen Welt, die wir aus der Asche errichten könnten, keine Herausforderer mehr hätten.

Es war eine verlockende Vision der Macht.

»Keine Macht, die du mir versprechen kannst, wäre jemals den Verlust von Nytes Liebe wert.«

»Du glaubst nicht, dass ich dich lieben könnte?«

»Du wirst immer nur meine Macht lieben.«

»Falsch«, hauchte er mir ins Ohr. »Ich würde deinen Schmerz lieben. Deine Trauer. Deine Einsamkeit. Danach sehne ich mich sehr. Und dabei ist die Welt schon voller Grausamkeit, an der ich mich laben kann. Sie erzeugt sie in einem fort.«

Natürlich. Er war ein Stück dunkler Macht, das Nyte eingepflanzt worden war und sich von all seinen negativen Gefühlen ernährte. Ohne Leid war er nichts – und ihn auszuhungern war schier unmöglich in dieser brutalen Welt.

»Ich werde nie die Hoffnung an das Gute in Nyte aufgeben«, sagte ich voller Zuversicht.

»Wir werden sehen.«

Nightsdeath strich mir über die Wange und trat zurück. Die Berührung und der Blick passten nicht zu seinen scheußlichen Worten. Dann umfasste er mein Gesicht mit beiden Händen. Ich keuchte und erahnte das ruckartige Knacken meines Genicks im gleichen Moment, in dem die Dunkelheit mich überrollte.

9

ASTRAEA

Ich war es verdammt noch mal leid, in absolut elendem Zustand aufzuwachen. Diesmal bemerkte ich mit einem erstickten Stöhnen, dass ich senkrecht von irgendetwas herabhing, mit den Knien auf dem Boden. Mein Kopf fühlte sich an wie ein Findling, den mein Hals kaum tragen konnte, und meine Arme … waren über meinem Kopf gefesselt. Bei jeder kleinsten Bewegung durchzuckten Schmerzen meine steifen und in einer unnatürlichen Haltung fixierten Muskeln.

»Astraea, warum bist du bloß hergekommen?«, fragte eine leise, besorgte Stimme.

Ich schaffte es, meine Sicht ausreichend zu fokussieren, um Zephyr in der Tür des ausladenden Raums auszumachen. Ich antwortete nicht sofort, weil meine Aufmerksamkeit zuerst von den furchtbaren purpurroten Flecken überall an den Wänden des dunklen, fensterlosen Raums angezogen wurde. Nur rechts und links von mir brannte jeweils eine Fackel.

»Wir mussten Eltanin holen«, sagte ich heiser. Das Sprechen tat weh.

»Zu diesem Preis? Ich hätte dich für klüger gehalten«, zischte er, während er auf mich zukam.

Mein Kopf sackte zur Seite, aber ich bemühte mich, bei Bewusstsein zu bleiben. Bei jeder Bewegung schoss mir schwindelerregender Schmerz in die Handgelenke, also blieb ich so regungslos wie möglich.

»Ist Auster wirklich ein Bündnis mit der bösartigsten Kreatur des Reichs eingegangen?«, fragte ich.

»So scheint es. Zumindest fürs Erste.«

Ich konnte mir ein Kichern nicht verkneifen, obwohl es wehtat. Mein Lachen klang gespenstisch, aber ich hatte Freude daran.

»Was soll man von einem so verzweifelten Idioten auch anderes erwarten.«

»Du bist selbst nicht besser«, gab Zephyr zurück.

Ich funkelte ihn an. »Ich weiß, was ich tue.«

Zephyr lachte trocken. »Klar, das sieht man.«

»Was habt ihr mit Aquilo gemacht? Er war gar nicht dabei.«

Er starrte mich an, und ich konnte ein fieses Grinsen nicht unterdrücken. Zephyr schien sich noch nicht sicher zu sein, ob er Verständnis für das aufbringen sollte, was ich seinem Bruder angetan hatte, oder meine Taten ablehnen sollte.

»Auster und Notus haben entschieden, dass für ihn das gleiche Urteil wie für alle anderen gelten muss. Er wurde verbannt.«

Ich musste zugeben, dass ihre Entscheidung mich überraschte. Eigentlich hatte ich erwartet, dass sie ihn versteckt halten und lügen würden, um den Schein von Gerechtigkeit zu wahren.

»Gut. Hoffentlich hast du ihn aus unserer Zufluchtsstätte ebenfalls verjagt, falls er dort angekrochen gekommen ist.«

Ein Muskel in seinem Kiefer zuckte. »Er war nicht dort. Und ich war auch schon viel zu lange nicht da. Bei Katerina.«

»Geh. Du musst nicht meinetwegen hierbleiben.«

»Darum geht es nicht. Die Lage hier ist zu ungewiss und angespannt. Und nach der Zerstörung der Provinz Nova und dem Verschwinden des Schleiers ist ganz Althenia erschüttert. Ich muss mich um mein Volk und meine Provinz kümmern. Sie alle fürchten, dass ihnen dasselbe passiert.«

Ich seufzte traurig. »Alle haben Angst.«

Zephyrs Herz war reiner als meines. Oft dachte ich mir, die Welt sollte lieber *ihn* ihren Retter nennen.

»Aquilo war ein grausamer Tyrann«, sagte ich kalt.

Sein Blick verurteilte mich, aber ich würde mir keine Schuldgefühle einreden lassen, weil Aquilo jetzt ohne Land und Titel dastand. Ich war die Göttin der Gerechtigkeit, und wenn ich mir bei einer Person sicher war, dass sie ihr grausames Schicksal verdient hatte, dann bei Aquilo Sera.

»Ich weiß«, sagte Zephyr knapp.

Stöhnend verlagerte ich mein Gewicht auf den Knien. Diese Haltung war schon Folter genug. Ich wollte gar nicht wissen, wie lange ich diesmal *tot* gewesen war. Nightsdeath hatte mir so beiläufig das Genick gebrochen …

Es würde wohl nicht das letzte Mal gewesen sein, dass er mich umbrachte.

»Also …« Ich versuchte, kurz zu Atem zu kommen. Jede Bewegung war so unglaublich anstrengend. »Übernimmst du die erste Wache, während deine Brüder beim Kaffeekränzchen mit Nightsdeath sind?«

»Immerhin kannst du noch Witze machen.«

Meine Handgelenke brannten so sehr, dass ich scharf die Luft einsog. Offenbar waren die Fesseln mit Nebulora behandelt. »Die ganzen Sicherheitsmaßnahmen schmeicheln mir.«

»Nightsdeath wollte dich frei herumlaufen lassen. Er meinte, er würde die Aufregung genießen, solltest du versuchen zu fliehen oder Chaos stiften. Auster und Notus haben das hier angeordnet. Sie haben dir Blut abgenommen und Nebulora in die Wunden gegeben, um deine Magie zu schwächen, falls du dich aus den Fesseln befreien kannst.«

Beim letzten Satz verzog er das Gesicht. Ich hob den Blick und betrachtete die langen Schnitte auf meinen Unterarmen. Unerwartet kam das alles nicht, aber das machte es nicht besser.

Dass sie glaubten, ich könnte fliehen, entzündete jedoch einen Funken der Freude in mir.

»Meine Flügel«, sagte ich.

Im Moment waren sie verborgen, aber Auster hatte gedroht, sie zu entfernen, als er ihre schwarze Färbung gesehen hatte.

»Ich kann mir nicht vorstellen, dass Auster dir das wirklich antun würde. Aber wenn er die Aufgabe an Notus weitergibt …«

Solange ich sie verborgen hielt, würden sie mir die Flügel nicht nehmen können, aber kalte Angst lief mir den Rücken hinab bei der Vorstellung, was Notus tun würde, um mich gefügig zu machen.

»Ich weiß nicht weiter«, flüsterte Zephyr kaum hörbar. »Hier kann ich dir nicht helfen.«

»Das erwarte ich auch nicht«, sagte ich sanft. »Aber … bitte lass nicht zu, dass sie mich völlig brechen.«

»Was kann ich tun?«

»Erinnere mich daran, wer ich bin. Wen ich liebe. Mehr brauche ich nicht, um weiterzukämpfen.«

Zephyr nickte grimmig.

»Wie lange bin ich schon hier?«, fragte ich.

»Erst seit ungefähr einer Stunde«, sagte Zephyr.

Vermutlich würde ich jedes Mal, wenn ich starb, länger zwischen den Welten umherirren, ehe mein Bewusstsein sich wieder hier verankern konnte.

»Sterben ist echt verdammt anstrengend«, sagte ich und wünschte mir, mich einfach nur hinlegen zu können.

Zephyr verzog das Gesicht. »*Ich* wäre auch fast gestorben, als er dir so beiläufig das Genick gebrochen hat. Er meinte, dass er dich so in einen ›effektiven Schlaf‹ versetzt – seine Worte!«

Ich knurrte und wünschte, Nightsdeath wäre hier, damit ich *ihn* in einen *effektiven Schlaf* versetzen konnte. Ob es wohl möglich wäre, ihn in das Reich zwischen Leben und Tod zurückzuschicken?

Sobald ich diesen Fesseln entkommen war, würde ich es jedenfalls versuchen.

Mindestens eine Woche lang war ich Auster jetzt ausgeliefert. Bis zum nächsten Vollmond, wenn Eltanin wieder wachsen würde. Standen die Sterne günstig, würde er Nyte als seinen gebundenen Reiter auserwählen und ihn damit von seinem Fluch befreien. Wenn er mich dann holen kam, würden wir gemeinsam einen Plan schmieden, wie wir Nightsdeath bezwingen konnten, jetzt da er ein von ihm getrenntes Wesen war. Und dann Auster. Danach würden wir Nytes Vater ausfindig machen. Und schließlich die Götter besiegen.

Die Liste unserer Feinde war lang, aber gemeinsam würden wir diese Welt für uns beanspruchen und wieder zusammenflicken, egal wie groß der Trümmerhaufen war, aus dem wir sie bergen mussten.

Frieden. Wir wären wieder vereint, nur um im Kampf um Frieden vielen weiteren Schrecken und Kriegen gegenüberzustehen. Aber ich hatte keine Angst. Ich hatte keine Angst vor mir selbst, und an Nytes Seite auch vor nichts anderem.

Die Tür hinter Zephyr öffnete sich knarzend, und ich schauderte, als rechnete ich mit dem Tod selbst. Es war Auster. Ich war mir nicht sicher, ob er das größte Übel war, das hätte auftauchen können.

»Du bist wach«, sagte er in irritierend sorgenvollem und überraschtem Ton.

»Tut mir leid, diesmal bin ich nicht wirklich gestorben.«

Das wischte ihm die versehentliche Gefühlsregung aus dem Gesicht.

»Was haben wir mit ihr vor?«, fragte Zephyr.

Ich funkelte sie an, bemüht, Zephyr ebenfalls mit Abscheu zu betrachten.

»Sie muss uns verraten, wo Rainyte ist. Das ist die dringendste Forderung des *Wesens.* Und ich muss zugeben, dass es für mich auch eine große Erleichterung wäre, ihn ein für alle Mal los zu sein.«

»Wie sollen wir ihm denn vertrauen?«, fragte Zephyr angespannt.

»Könnt ihr nicht«, sagte ich und genoss die Ironie, dass sie sich mit genau der Person verbündeten, die sie hassten. »Nightsdeath wird euch alle vernichten, wenn er mit euch durch ist. Falls ihr es tatsächlich schaffen solltet, Nyte zu töten, schließe ich mich Nightsdeath mit Vergnügen an, um die Welt in Schutt und Asche zu legen. Und ihr seid dann die Ersten, die brennen. Dieses Bündnis wird nicht gut für euch ausgehen.«

»Das ist nicht deine Angelegenheit«, zischte Auster.

»Ganz im Gegenteil, alle deine Pläne kreisen doch um mich«, erwiderte ich, während ich seine rechte Hand im Blick behielt, die er zur Faust geballt hatte.

»Er wird dir erneut das Gedächtnis nehmen, und du wirst alle Rachegelüste und Trauer vergessen«, blaffte er und kam auf mich zu. Als er mich am Kinn packte und dazu zwang, ihm in die braunen, vor Demütigung und Zorn funkelnden Augen zu sehen, schenkte ich ihm nicht die Genugtuung einer Reaktion. »Sobald Rainyte erledigt ist, kehren wir nach Althenia zurück. Ein neuer Schleier wird erschaffen, und wir herrschen über die Celestials als unabhängige Nation. Du wirst nur mich und dein Volk kennen, so, wie es immer sein sollte.«

Angst vor diesem potenziellen Schicksal stieg in mir auf. Ehe ich mich versah, spuckte ich Auster ins Gesicht.

Er knurrte, ließ mich los und gab mir eine heftige Ohrfeige, die meinen Kopf auf die Seite warf. Schmerz explodierte in meinem Gesicht, und ich konzentrierte mich auf meine Atmung. Mit jedem wütenden Atemzug tanzten die dreckigen Strähnen meines silbernen Haars vor meinem Gesicht.

»Du bist ein Tyrann, Auster Nova«, sagte ich mit eiskalter

Stimme, ohne aufzusehen. »Ein giftiges Gewächs, das ich aus diesem Land reißen werde.«

»Du bist eine verwöhnte Göre, und ich freue mich darauf, dich zu brechen. Und dann werde ich es genießen, wie du mir völlig verfällst.«

Allein die Vorstellung eines weiteren Lebens ohne meine Erinnerungen, in dem er mich noch dazu so manipulierte, dass ich mich in ihn verliebte, weckte in mir den Wunsch nach dem wahren Tod, sollte es jemals so weit kommen.

Ich bin Astraea Lightborne. Ich gehöre zu Nyte. Ich lasse mich nicht brechen. Das werde ich nicht vergessen.

Von Austers abartigen Fantasien durfte ich mich nicht unterkriegen lassen. Ich würde einen Weg hier rausfinden. Und ich würde zu Nyte zurückkehren.

Ich bin die Sternenmaid. Ich bin Lightsdeath. Ich lasse mich nicht brechen. Das werde ich nicht vergessen.

Auster Nova war so gut wie tot.

»Ich habe euch nicht erlaubt, sie grundlos zu verletzen.« Nightsdeaths Stimme kribbelte auf meiner Haut wie lebendige Schatten. So gut wie unsichtbar stand er auf der anderen Seite des Raums – wären da nicht seine glühenden Augen gewesen.

»Was ich mit meinem Gegenstück tue, geht dich nichts an. Das war die Abmachung«, sagte Auster und drehte sich zu ihm um.

Nightsdeath kam näher, ohne Auster auch nur eines Blickes zu würdigen. Sein Bernsteinblick ruhte auf mir. »Bis ich meinen Körper habe, gehört sie nicht dir.«

»Ich gehöre *keinem* von euch«, fauchte ich.

Nightsdeaths Mundwinkel kräuselte sich zu einem kaum wahrnehmbaren Lächeln, eher zustimmend als amüsiert. Er steckte eine Hand in die Tasche. »Lasst uns allein.«

Austers Zorn lag spürbar in der Luft, aber mit Nightsdeath im Raum war er mir plötzlich egal. Auch wenn ich wusste, dass es nicht mein Nyte war, nicht der Teil von ihm, der mich liebte, fiel es mir immer schwerer zu glauben, dass diese Kreatur völlig gnadenlos und grausam war und mich schon endgültig getötet hätte, hätte ich nicht noch einen Zweck zu erfüllen.

»Wir haben keine Zeit zu verlieren«, gab Auster zu bedenken.

»Was hattest du vor? Sie ins Gesicht schlagen, bis sie Rainytes Aufenthaltsort verrät? Sie auspeitschen? Du vergisst wohl, mit wem du es zu tun hast, wenn du sie für so banale Foltermethoden ankettest. Du hattest genug Zeit für deine Fantasien. Jetzt gehört sie mir.«

Auster klappte die Kinnlade runter. Vermutlich war er noch nie auf derart beleidigende Weise in die Schranken gewiesen worden. Aber er war nicht so töricht, es mit einer reinen Manifestation des Todes aufzunehmen.

Ich fing Zephyrs besorgten Blick auf und nickte ihm zur Beruhigung unauffällig zu, während die anderen mit ihrem stummen Kräftemessen beschäftigt waren. Dann verließ er mit Auster den Raum, aber ich entspannte mich kein bisschen. Ein Schauer der Vorahnung überlief mich, ganz allein mit der Gesellschaft von Nytes schattenumwabertem Spiegelbild.

»Freu dich nicht zu früh, Maid. Du wirst Austers Methoden, dich zum Reden zu bringen, noch vermissen, wenn du meine erst mal gekostet hast.«

Ich zitterte. Ohne Vorwarnung schickte er mir eine präzise ausgerichtete Sense aus Dunkelheit entgegen. Die Kette, an der ich hing, riss, und ich konnte mich nicht rechtzeitig abfangen. Ein Schluchzer entfuhr mir, als ich mit voller Wucht mit der Schulter auf den Boden knallte. Der Schmerz war so heftig, dass ich kaum bei Bewusstsein bleiben konnte, dabei hatte die Folter noch nicht einmal begonnen.

Ich werde nicht brechen.

Ich werde nicht brechen.

Ich werde nicht brechen.

Wenn es darum ging, Nyte zu schützen, konnte ich alles durchstehen, egal, was sie mit mir anstellten.

Ich konnte nicht aufstehen, also blieb ich auf dem kalten Steinboden liegen und drückte mir die Arme an die Brust, die Handgelenke immer noch aneinandergekettet. Das Nebulora in meinem Kreislauf hemmte die Verbindung zu meiner Magie. Wenn ich mich wirklich darauf konzentrierte, konnte ich die Wirkung der kosmischen Pflanze überwinden – in meinem letzten Leben hatte ich ausreichend qualvolle Gelegenheiten gehabt, genau das zu üben, und im Moment hatte ich zumindest die mentale Stärke, dass ich kämpfen *wollte*.

Schatten umgaben mich, als Nightsdeath neben mir in die Hocke ging. Sanft strich er mir das Haar aus der Stirn.

»Du scheinst so ein verletzliches kleines Ding zu sein. Aber ich spüre, wie stark dein Geist ist – und den muss ich brechen.«

Angst hatte ich nie vor ihm gehabt. Selbst wenn er in Nyte an die Oberfläche gekommen war und mein Leben bedroht hatte, hatte ich immer die Hand nach seiner Dunkelheit ausgestreckt.

»Ich kann dich in mir fühlen«, sagte er und strich mir mit den Knöcheln über die wunde Wange. Mit dem Daumen wischte er mir einen Tropfen Blut von Austers Ohrfeige aus dem Mundwinkel und kostete ihn. Mit einem leisen Seufzer schloss er kurz die Augen.

Ein Schauer lief mir den Rücken hinab.

»Unseren Bund«, flüsterte er. »Auch ohne meine schwächere Hälfte ist er noch ein Teil von mir.«

»Du bist nichts als eine Last, um die er nie gebeten hat«, zischte ich. »Ein Parasit, der sich an all seinem unverdienten Leid ergötzt und satt gefressen hat.«

»Und doch hat er jahrhundertelang gelitten, und hier bin ich. Er hat meine Macht benutzt und es *genossen*. Bilde dir nicht ein, er wäre besser als das, was du in mir siehst. Ich habe ihm die Werkzeuge gegeben, aber er hat sie verwendet.«

»Er hatte keine Wahl.«

»Keine Wahl. Man hat *immer* eine Wahl. Das hat ja all die Übeltaten für ihn umso süßer gemacht. Ihr Sterblichen versucht, jegliches Fehlverhalten einem Mangel an Entscheidungsfreiheit zuzuschreiben, um das eigene schlechte Gewissen zu beruhigen und euch nicht für unschöne Resultate verantwortlich fühlen zu müssen. Einfach nur erbärmlich.«

Ich konnte nichts dagegen tun, dass er sich hinter mich setzte und mich hochzog, bis ich in seinen Armen lag. Nur mit Mühe unterdrückte ich ein Wimmern. Nicht, weil mir der Schmerz erneut durch den ganzen Körper schoss, sondern weil meine Seele sich so sehr nach Rainyte sehnte, dass ich mich für den Moment der Illusion von Geborgenheit hingab. Um uns herum wogte die Dunkelheit und erinnerte mich daran, dass er nicht Nyte war. Seine Berührungen und sein Äußeres bestanden aus wispernden Schatten.

»Ich könnte dich retten«, sagte er täuschend sanft, während er mir das zerzauste Haar aus den Augen strich.

Vor Tränen verschwamm mir die Sicht.

»Du leidest so sehr – körperlich und auch, weil deine Gefühle dir keine Ruhe lassen. Wenn du Lightsdeath nachgibst, so wie auch Nyte mir beizeiten nachgegeben hat, dann wirst du frei von solchen Schwächen sein.«

»Ich hätte gedacht, dass eine dir entgegengesetzte mächtige Entität dich abstößt.«

»Die Dunkelheit kann ohne das Licht nicht existieren, das Licht nicht ohne die Dunkelheit. Es geht um nichts anderes als Akzeptanz.«

»Du willst die Welt zerstören.«

»Ich will sie stärker machen. Es wird Opfer geben. Aber es muss sein.«

»Tote. Es würde *Tote* geben.«

»Ja. Aber der Tod ist unausweichlich, und wir sind seine Diener.«

Seine Worte jagten mir Angst ein. Nightsdeath würde ganze Arten auslöschen, sollte er es für angebracht halten, und keinen Funken Reue oder Schuld empfinden, wenn der Zweck seiner Ansicht nach die Mittel heiligte. Genau das machte ihn aus.

Sanft drehte er meinen Kopf am Kinn zu sich herum, sodass ich zu ihm aufsehen musste. Selbst als fleischgewordener Tod war er immer noch so schön, dass es wehtat. Ich hob die zusammengeketteten Hände und strich ihm mit den Fingern über die Narbe auf seiner Wange.

»Du kannst mich überhaupt nicht spüren? Körperlich?«, fragte ich leise.

»Nein.«

Anspannung lag in diesem einen Wort. Vielleicht war ich eine Närrin, die sich verzweifelt an jede Spur von Nyte klammerte, als wäre sie wirklich ein Stück von ihm. Jeder Anflug einer Gefühlsregung, den Nightsdeath zeigte, musste ein kleiner Rest der Person sein, die ich über alles liebte.

Kühn drückte ich meine Lippen auf seine. Es war ein keuscher Kuss. Nightsdeath reagierte nicht, blieb so regungslos, als wüsste er nicht, was er tun sollte. Nur seine Augenbrauen zuckten, deuteten Verwirrung darüber an, was ich getan hatte, vielleicht gepaart mit der Erinnerung daran, wie es sich anfühlen *sollte*.

Dann spannte er den Kiefer an. »Was du auch sehen oder fühlen magst, das sind nur Echos von ihm. Ärgerlicherweise habe ich seine Schwächen übernommen, aber nach und nach werde ich sie auslöschen.«

Mein Herz setzte kurz aus. »Ich werde nicht zulassen, dass du alles Gute, was du von ihm hast, abtötest.«

Aus seinem Gesicht war wieder jedes Gefühlsanzeichen verschwunden, und seine kalte, emotionslose Miene zeigte mir deutlich, dass ich nichts als Grausamkeit von ihm erwarten durfte.

Doch er hob mich hoch und trug mich aus der unterirdischen Zelle.

»Wohin bringst du mich?«, fragte ich, hasste die Panik, die in meiner Brust aufstieg.

»Keine Sorge, Maid. Wir fangen gerade erst an.«

10

Astraea

Nightsdeath hatte mich mittlerweile dreimal getötet. Jedes Mal dauerte das Erwachen länger, und mein Leid nach der Rückkehr war kaum mehr zu ertragen. Eine Träne kullerte mir aus dem Augenwinkel und fiel auf den kalten Marmorboden, auf dem ich lag.

Verschwommen konnte ich seine schwarzen Stiefel ausmachen, die von unheimlichen, unnatürlichen Schatten umwirbelt wurden.

Er hatte es sich über mir auf meinem violetten Thron gemütlich gemacht, dessen einst satte Farbe in seiner Gegenwart eher gedeckt wirkte, als hätte auch sie sich seiner Herrschaft unterworfen. Entspannt zurückgelehnt saß er da, eine Hand auf der Armlehne, die andere im Schoß. Sein Blick hingegen lastete spürbar auf mir. Obwohl ich den Kopf nicht heben konnte, um ihn zu erwidern, fühlte ich, wie er mich in eisige Tiefen zog.

So lag ich da, zu seinen Füßen, hilflos und gedemütigt. Jeder flache Atemzug brannte in meiner Brust, aber das war nichts im Vergleich zu dem Schmerz in meiner Seele. Das war mein Thron, mein Königreich – und doch lag ich gebrochen vor ihm, mit nur einem mickrigen Überrest der Macht, die ich einst besessen hatte, während er über mir thronte wie ein Eroberer, der sein Raubgut betrachtete.

Nicht die körperlichen Schmerzen waren der Grund, warum ich lautlos weinte, sondern die Qual, bei jedem Erwachen, ob vom Tod oder aus dem Schlaf, wieder von den grausamsten Anteilen Nytes terrorisiert zu werden. Das Schlimmste daran war, dass ich Nightsdeath nicht einmal hassen, nicht gegen ihn kämpfen konnte.

Mein Herz wollte ihn trotz allem lieben.

»Ich weiß, dass du mit Lightsdeath ringst. Lass sie raus, Astraea. Lass mich dich leuchten sehen«, säuselte Nightsdeath, sein Ton so sanft wie ein Wiegenlied.

Er hatte recht. Während der ganzen Tortur rüttelte die gefährliche Macht in mir an ihren Fesseln. Nur mit größter Mühe behielt ich sie fest im Griff, sodass sie nicht an die Oberfläche gelangen und die Kontrolle über meine Handlungen und Gefühle übernehmen konnte. Allein, dass Nightsdeath mich anstachelte, sie freizulassen, war Grund genug, sie unter Verschluss zu halten. Wenn er mit Lightsdeath sprechen könnte und sie ein Bündnis schlossen … dann lief ich Gefahr, mein Urteilsvermögen völlig zu verlieren, so wie auch Nyte ein paarmal den Kampf mit Nightsdeath verloren hatte.

»Warum traust du dich nicht, deine neuen Kräfte auszuprobieren? Du könntest mit nur einem Gedanken das ganze Schloss in Sternenstaub verwandeln und deine Feinde, die High Celestials, dabei töten.«

Ich kniff die Augen zusammen. Meine Haut brannte vor Anstrengung, das Monster in mir zu beherrschen. Er ließ es so verlockend klingen, so einfach und folgenlos. Aber unbedachte Gewalt hatte immer Konsequenzen.

»Zu viele Unschuldige. Sie sind nicht Teil meines Krieges«, krächzte ich.

»Dein Gewissen macht dich schwach und liefert dich Austers Willkür aus. Wie tragisch, jemand derart Mächtiges so erbärmlich am Boden liegen zu sehen.«

Mein Mund schmeckte nach Asche, und ich biss mir auf die Lippe, um vor Schmerzen nicht aufzuschreien, als ich versuchte, mich zu erheben. Das schreckliche Gefühl in meinen wiedererwachenden Muskeln war mir langsam vertraut, wurde aber nicht gerade erträglicher. Aus dem Tod zurückzukehren, fühlte sich ähnlich an wie der Morgen nach einem Weingelage, nur viel schlimmer.

Die Foltermethode seiner Wahl hinterließ ein Brennen in meinen Adern. Als ich mich auf einem wackeligen Ellbogen aufzurichten begann, musste ich husten, und es fühlte sich an, als würden sich Glasscherben in meine Kehle bohren. Vom Nachhall seiner Schatten, die mir wie eiskalte Flammen in den Körper gefahren waren, zitterte ich noch immer, obwohl meine Haut schweißbedeckt war.

»Ich würde es gerne vermeiden, dich noch mal zu töten. Es langweilt mich, auf deine Rückkehr warten zu müssen. Also raus damit«, sagte er, die Unterarme auf die Beine gestützt, um mich von Nahem zu betrachten. »Wo ist Rainytes Körper?«

Erst nach mehreren Atemzügen hatte ich nicht mehr das Gefühl, an Rauch zu ersticken.

»Du kannst mich noch tausendmal töten, ich werde es dir nie verraten.«

Es war fast Vollmond. Mein Blick blieb sehnsüchtig an der roten Scheibe am Himmel hängen, die durch das hohe Buntglasfenster schien. Ein Teil von mir hatte Angst, dass Nyte kommen und von Nightsdeath getötet werden könnte, der dann seinen Körper übernehmen würde. Mit Nytes Fähigkeit, Gedanken zu beeinflussen, wäre er nur umso tödlicher.

Nyte würde gewinnen.

Ich würde an seiner Seite kämpfen, und *wir* würden gewinnen.

Nightsdeath riss der Geduldsfaden. Er fauchte, packte mich an der Kehle, sodass ich kaum Luft bekam, und zerrte mich auf die Füße. Doch genauso schnell, wie die Gewalt aus ihm hervorbrach, wechselte er wieder zu ruhiger Sanftheit und zog mich mit einem Arm um meine Hüfte an sich. Seine Schatten glitten mir neugierig streichelnd über die Haut. Schwer zu sagen, welche seiner Seiten furchteinflößender war.

»Warum versuchst du nicht, dich mir zu widersetzen?«, fragte er nachdenklich, während er mein Gesicht genau betrachtete und mir eine Strähne hinters Ohr strich.

»Würde es Nyte Schaden zufügen?«, wagte ich zu fragen.

»Am liebsten würde ich dir das Herz herausschneiden, damit es deinen Verstand nicht länger auf so erbärmliche Weise beeinflussen kann. Ich hätte erwartet, dass du dich viel erbitterter wehrst. Stattdessen bist du das perfekte Opfer, und ich kann dich biegen und brechen, wie es mir beliebt.« Mit den Fingern hob er mein Kinn an. »Du bist so furchtbar schön, dass es mich anekelt. Ich will dich fast so sehr besitzen, wie ich dich töten will.«

In Gegenwart von Nightsdeath fühlte ich mich, als müsste ich eine endlose Planke über einen tödlichen Ozean überqueren. Ich konnte sein Verhalten nie vorhersehen – ob er mich im nächsten Moment sanft und entwaffnend streicheln würde oder so heftig schlagen, dass ich direkt in der Besinnungslosigkeit versank. Seine Wirkung auf mich war gleichzeitig magnetisch und Furcht einflößend. Da war eine gewisse Spannung, die mich anzog, obwohl mein Überlebensinstinkt um jeden Preis Abstand halten wollte. Mein Herz raste nicht nur vor Angst, sondern auch wegen des Nervenkitzels im Angesicht des Unbekannten. Jeder Atemzug in seiner Nähe fühlte sich an wie ein Wagnis, ein weiterer Schritt in die Untiefen, in denen ich ertrinken könnte – oder, noch viel schlimmer, aus denen ich vielleicht nicht mehr auftauchen wollte.

»Das geht mir ähnlich«, sagte ich, verlor mich beinahe in seiner tödlichen Verführung.

Aber ich musste endlich seine Schwächen finden.

Aus der Leere zog ich meinen Sturmsteindolch hervor und holte gerade weit genug aus, um ihn Nightsdeath mit beiden Händen ins Herz zu rammen.

Mein Puls raste erwartungsvoll und dröhnte mir in den Ohren. Doch Nightsdeath hielt still und zuckte nicht einmal zusammen.

»Schon besser«, sagte er erfreut. Er umfasste meine Hand und zog die Klinge langsam heraus.

Keine Ahnung, womit ich gerechnet hatte, aber ich hatte zumindest gehofft, ihn mit dem Angriff zu verletzen, selbst wenn er ihn nicht zurück in die Welt zwischen Leben und Tod versetzte.

Seine Bernsteinaugen leuchteten lebhaft auf, als würde er sich freuen. Ich riss den Blick von ihnen los, um die Klinge zu betrachten, die seinen Körper verließ. Es hatte sich genauso angefühlt, wie sie in lebendiges Fleisch zu stoßen. Und sie glitt auf ebenso Übelkeit erregende Weise aus ihm heraus wie aus einem echten Körper – aber er blutete nicht. Und es blieb keine Wunde zurück. Er trug nicht einmal einen Kratzer davon, was meine schlimmsten Befürchtungen bestätigte: Er konnte nicht einmal vorübergehend getötet oder auch nur mit irgendeiner Waffe verletzt werden.

Vor Entsetzen und aus Angst vor seiner Reaktion beschwor ich instinktiv meine Magie herauf. Er war darauf vorbereitet und erstickte mein Licht sofort mit Dunkelheit, doch ich gab nicht auf. In meinen Venen vibrierte Lightsdeath wie flüssiges Silber, direkt unter der Oberfläche.

Mit meinem nächsten Angriff brachte ich Abstand zwischen uns, aber er wehrte ihn mühelos ab und beobachtete mich obendrein mit einem leisen Lächeln, das mich herausforderte, weiterzumachen. Er wollte, dass ich mich vollständig meiner Welten zerstörenden Macht ergab. Damit er sie für seine Zwecke einsetzen konnte.

Ich hielt inne, um zu Atem zu kommen, und stieß mit dem Rücken gegen die Wand, als er näher trat.

»Das war es schon, mein Stern?«, schnurrte er.

»Ich werde Nyte nicht verraten, also tu, was du tun musst«, sagte ich kalt.

An seinem schattenüberzogenen Kiefer zuckte ein Muskel. »Du begehrst mich auch«, sagte er und zog mich mit einer Hand auf meinem unteren Rücken näher an sich heran. »Mit Rainyte wolltest du sehen, wie ich die Kontrolle übernehme, du wolltest, dass ich dich will und dich nicht nur als unerträgliches Licht sehe, das es auszulöschen gilt. Dein Herz hat sich immer nach der Dunkelheit gesehnt.«

Doch du wirst nicht zu ihr werden.

Das hatte Nyte auch schon einmal zu mir gesagt, nur dass jetzt der letzte Satz fehlte, der die dunkle von der guten Seite seines Verstandes trennte. Die eine Seite wollte Hand in Hand mit mir die Welt brennen sehen, die andere wollte mir helfen zu retten, was es noch zu retten gab.

»Du bist ein Stück seiner dunklen Macht, die nur aus seinem Schmerz erwachsen konnte. Das macht dich zu einem Teil von ihm, den ich immer lieben werde.«

»Wie poetisch«, sagte er und kam meinen Lippen immer näher. »Warum widersetzt du dich mir dann?«

»Weil er vor langer Zeit zu dir hätte werden können. Er hätte dem Schmerz erliegen und die Welt der Verdammnis überlassen können. Aber er hat immer dagegen angekämpft, der gnadenlose Bösewicht zu werden, für den ihn alle gehalten haben. Ich lasse nicht zu, dass sein Kampf umsonst war.«

»Eure sterblichen Herzen sind so schwach und verletzlich.«

»Aber …« Mein Herzschlag beschleunigte sich, als ich ihm eine Hand auf die Brust legte. Seine Schatten verwoben sich mit meinen Fingern, und ihre Berührung hatte etwas Angenehmes. »Du hast recht. Ich wollte dich, weil ich wollte, dass dieser

Teil von Nyte mich genauso sehr liebt wie der Rest. Ich wollte ihm zeigen, dass ich keine Angst vor Nightsdeath habe. Wenn du zulässt, dass ich ihn wecke, bist du immer noch ein Teil von ihm. Dann kannst du gemeinsam mit mir herrschen.«

»Warum sollte ich mich wieder unterdrücken und ignorieren lassen, in einem Körper, der sich weigert, für sein Leid die verdiente Rache zu nehmen?«

»Weil er in uns allen steckt. Der Schmerz, den wir der Welt heimzahlen wollen. Aber wenn wir ihm alle nachgeben, gehört die Welt niemandem mehr, sondern liegt in Schutt und Asche.«

»Dafür hältst du mich also? Die Verkörperung des Aufgebens?«

»Ja.«

Nightsdeath lächelte amüsiert. »Ach, mein Stern, ich habe doch noch nicht mal richtig angefangen. Ich bin nicht die Kapitulation, ich bin die Befreiung.«

Mit den Lippen streifte er sachte meine, und ich musste mich beherrschen, um nicht nachzugeben. Seine Berührungen kamen mir neugierig vor, als wäre er auf der Suche nach etwas, ohne zu wissen, wonach.

Bisher waren wir im Thronsaal allein gewesen, doch jetzt hörte ich draußen Stimmen. Als sie näher kamen, erkannte ich, dass eine von ihnen Notus gehörte. Mein Herz setzte aus, und ich packte panisch Nightsdeaths Arme. Zu beiden Seiten war ich von Feinden umgeben. Ich musste einen Ausweg finden.

»Ich brauche deine Hilfe«, flüsterte ich.

Er strich mir mit den Knöcheln über die Wange. »Welch wunderschöne Worte aus deinem Mund.«

Mit geschlossenen Augen genoss ich die friedliche Berührung. Dann brachte ich es in zwei Atemzügen über die Lippen. »Wir finden gemeinsam den Schlüssel. Aber erst musst du mir helfen.«

Seine Augen weiteten sich bei meinem Angebot. Dann schwang die Doppeltür auf, und sie betraten den Thronsaal.

»Sie sollte im Verlies angekettet bleiben«, brüllte Notus.

Nightsdeath hielt mich eng an sich gepresst – noch fester, als Auster ebenfalls eintrat. Beim Anblick unserer körperlichen Nähe begann er augenblicklich, mit dem Kiefer zu mahlen.

»Auch noch dem abscheulichsten Teil von ihm biederst du dich also an wie eine verzweifelte Hure«, zischte Auster.

Die Beleidigung in Anwesenheit seiner Wachen trieb mir die Röte ins Gesicht, aber meine Scham verwandelte sich sofort in Wut, und ich hoffte, dass er meinen stechenden Blick spüren konnte.

»Anders als ihr brauche ich keine Fesseln, um sie bei mir zu behalten.«

Nightsdeath verhöhnte sie beide, gab sowohl mit seiner mächtigen Magie als auch mit dem festen Griff an, mit dem er mein Herz umklammert hielt.

»Du hast hier nichts zu sagen«, blaffte Auster.

»Dann hol sie dir doch.«

Niemand regte sich.

»Wir hatten eine Abmachung«, presste Auster hervor.

»Ich sehe jetzt, wie wenig du mir anzubieten hast, Nova«, sagte Nightsdeath gelangweilt.

Er hatte hier die wahre Macht, das war allen klar.

Meine Gedanken ratterten. Inmitten ihrer Auseinandersetzung versuchte ich, selbst einen Plan zu schmieden. Auster kontrollierte das Volk. Nightsdeath hatte genug Macht, um alles zu zerstören. Es galt, die Waage im Gleichgewicht zu halten, und ich musste clever genug sein, sie beide nach meiner Pfeife tanzen zu lassen.

»Schön, wie ihr Männer euch über eure Macht streitet, während die eigentliche Macht in den Händen der Frau hinter euch liegt.«

Nightsdeath wandte sich mir milde überrascht wieder zu, während Auster mich herausfordernd, aber misstrauisch anstarrte. Notus hingegen konnte seinen Hass kaum unter Kontrolle halten.

Zur Verdeutlichung zog ich eine Barriere aus Licht zwischen uns hoch. Sobald sie mich nicht mehr klar sehen konnten, bewegte ich mich durch die Leere auf die andere Seite des Raums. Dann ließ ich die Lichtwand wie einen Wasserfall zu Boden rauschen.

»Immer einen Schritt voraus«, sagte ich und zwang sie damit alle, zum Eingang herumzuwirbeln. Die Wachen zogen ihre Schwerter, doch ich lächelte sie nur müde an. »Ihr wisst also nie, wann es euch an den Kragen geht.«

»Ergreift sie«, befahl Notus seinen in Gold gekleideten Wachen.

Ich leistete keinerlei Widerstand, als sie mit sorgfältig in Stoff gewickelten Handschellen auf mich zukamen. Offenbar waren sie in Nebulora getränkt. Ich machte mich auf das Brennen gefasst und verbarg mit zusammengebissenen Zähnen meinen Schmerz. Stattdessen grinste ich sie so breit an, dass es vielleicht etwas manisch aussah, so wie Auster zurückwich.

Nightsdeath beobachtete das alles belustigt. Wir tauschten einen Blick, der für mich einen vorübergehenden Vertrauenspakt besiegelte, auch wenn die Pläne erst noch geschmiedet werden mussten.

Er sah mir mit amüsiert funkelnden Augen nach, als die High Celestials mich abführten.

11

Astraea

In meine komfortablen Gemächer im Schloss gebracht zu werden, hatte ich nicht erwartet. Auster stand nur wenige Schritte entfernt von mir im Zimmer, wie ein in den Schatten lungerndes Raubtier.

Die roten Schwellungen an meinen Handgelenken juckten höllisch. Meine Handschellen waren nicht mit einer Kette miteinander verbunden, ich konnte mich also ohne Hilfe und ohne, dass sie entfernt werden mussten, selbst entkleiden, um in die Badewanne zu steigen, die mich erwartete. Misstrauisch beäugte ich das milchige, dampfend heiße Wasser darin.

»Honigmilchseife mochtest du ja immer am liebsten«, sagte Auster und trat langsam näher.

Bei jedem Schritt, den er auf mich zukam, wurde mir noch flauer im Magen.

»Mittlerweile nicht mehr«, log ich, um ihm nicht das Gefühl zu lassen, mich gut zu kennen.

Ich spürte die Wärme seines Körpers hinter mir, während er mir über den Nacken strich. Früher einmal hatte ich gerne seine Hand gehalten und mich sicher gefühlt, doch jetzt löste der einst willkommene Körperkontakt nur noch Übelkeit in mir aus. Ein Schauer lief mir den Rücken hinab, als er mir immer näher kam. Fast wünschte ich, meinen Körper verlassen zu können, um ihm zu entkommen.

»Du nimmst jetzt ein Bad, und dann ziehst du die Kleidung an, die ich dir rausgelegt habe«, sagte er, eine grollende Warnung direkt an meinem Ohr.

Als ich zum Bett hinüberblickte, sah ich einen Berg aus weißem Stoff auf der lilafarbenen Bettdecke liegen.

»Warum?« Ich traute mich kaum, zu fragen.

Auster liebte es, wenn ich Weiß trug. Seiner Meinung nach war es ein Symbol meiner Anmut und Hingabe als Sternenmaid, und er bestand immer auf dieser Farbe, wenn ich vor mein Volk trat.

»Wir werden der Welt zeigen, dass du noch zu retten bist. Dass dein Herz noch nicht verloren ist, sondern auf den rechten Pfad zurückkehren kann.«

Er wollte mich präsentieren und eine Lüge nach außen tragen. Ich, folgsam an seiner Seite, willig, zu büßen, wofür er mich verurteilt hatte.

»Nein.«

Plötzlich krallte er die Hand fest in meine Haare. Ich fauchte. »Das war keine Bitte. Knie nieder oder blute.«

»Dann lass mich ausbluten, Auster Nova. Für dich werde ich mich niemals hinknien.«

Er zerrte mich am Kopf herum, bis unsere hasserfüllten Blicke aufeinandertrafen. Metallene Kälte strich mir über die Kehle, aber nicht mein Fleisch wurde aufgerissen, sondern mein Oberteil. Mit der Klinge zerschnitt er den Stoff bis zum Bauchnabel. Schnell bedeckte ich mit den Händen meine Brüste.

»Das habe ich doch alles schon von Nahem gesehen«, sagte er in düsterem Ton.

Nie wäre ich auf die Idee gekommen, dass Auster mich vergewaltigen könnte. Aber so verletzlich vor ihm zu stehen, brachte meine Fassung ins Wanken.

»Wenn du mich anfasst, bringe ich dich um«, versprach ich.

»Damit hast du mir doch eh schon gedroht. Also kann ich dich vorher auch noch anfassen.«

Auster drehte die Klinge von mir weg und zerriss den restlichen Stoff mit den Händen. Ich stolperte rückwärts und stieß gegen den Frisiertisch hinter mir. Mit beiden Händen und den Überresten meiner Kleidung versuchte ich, mich zu bedecken. Mein Herz klopfte wie wild, aber Auster folgte mir nicht.

Mit aufgerissenen Augen starrte ich ihn an. Vor Wut kochte mir das Blut in den Adern. Er ließ einen gefühllosen Blick über meinen Körper gleiten, aus dem zu meiner Erleichterung weder Lust noch Begehren sprach. Nein – sollte er sich entscheiden, mir gegen meinen Willen etwas anzutun, dann nur, um auf kranke Weise seine Dominanz zu beweisen.

Bei sämtlichen Göttern schwor ich, dass ich es nicht so weit kommen lassen würde, egal, was ich dafür tun musste.

Einige angespannte Sekunden lang bewegte sich keiner von uns, und ich bereitete mich auf das Schlimmste vor.

»Ich schicke dir Dienerinnen«, sagte er kalt. »Weigerst du dich, die Kleidung zu tragen oder wie aufgefordert zu erscheinen, wirst du es bitter bereuen, Maid.«

Eine bissige Antwort auf seine Abschiedsworte brannte mir auf den Lippen, aber ich behielt sie für mich, während ich zusah, wie er mit wehendem marineblauem Umhang aus dem Raum marschierte.

Als ich endlich allein war, fiel die Spannung von mir ab, und ich ließ die Überreste meines Hemds zu Boden gleiten. Einen Moment lang musste ich mich noch sammeln, dann trat ich an die Wanne und tauchte die Finger ins Wasser. Es brannte nicht, sondern hatte eine angenehme Temperatur, was mich trotzdem ärgerte, einfach nur, weil Auster dieses wunderbare Bad bereitgestellt hatte.

Nein. Das hier war *mein* Schloss, und *er* war der Eindringling ohne jeglichen Anspruch darauf.

Indem ich mir das in Erinnerung rief, konnte ich friedlich baden.

Die Dienerinnen kamen. An den Fae, die mir mit sanfter Hand in die weißen Gewänder halfen, konnte ich meine Wut nicht auslassen. Sobald ich in dem bodenlangen Kleid aus perlenbestickter Seide und Spitze steckte, wurde mir als Letztes noch ein Schleier über den Kopf gelegt, der mein Gesicht verhüllte.

Sollte das eine Strafe von Auster sein? Ein Symbol der Scham? Oder wollte er nur sichergehen, dass das Volk den kalten Hass, den ich für ihn hegte, nicht erkennen konnte?

Von jeweils zwei Wachen vor und hinter mir wurde ich zum Hauptportal des Schlosses geführt. Auster stand mit Zephyr und Notus bereits draußen auf der großen Eingangstreppe, genau wie beim letzten Mal.

Das Volk hatte sich erneut im Vorhof versammelt, diesmal um den Einschlagskrater des Meteors herum. Das Stimmengewirr schwoll an, als ich vortrat. Nie hatte ich mich so sehr geschämt wie jetzt, da ich mich hinter einem Schleier verborgen als Austers fügsames Schoßhündchen präsentieren musste.

Trotz allem blieb ich aufrecht und hocherhobenen Hauptes stehen.

Auster streckte mir die Hand entgegen, und ich hoffte, dass er das zornige Funkeln meiner Augen durch die Spitze hindurch wahrnahm, als ich meine behandschuhte Hand in seine legte, froh über zumindest diese dünne Barriere zwischen uns.

Er hatte seine Stimme verstärkt, um zu den Leuten zu sprechen. »Die Unterbrechung bei unserem letzten Zusammenkommen hier kann ich nur als Wink des Schicksals verstehen. Das tragische Ungleichgewicht, von dem unsere Welt erschüttert wird, hat Leben gekostet. Aber unsere Maid ist zurückgekehrt und willig, sich zu läutern. Und so können wir mehr denn je hoffen, das Fallen der Sterne aufzuhalten und den Frieden in der Natur wiederherzustellen.«

Es juckte mich in den Fingern, mir den Schleier herunterzureißen. Nicht aus Rebellion, sondern um direkt zu meinem Volk zu sprechen und nicht durch einen Mittelsmann, der im Namen des *Friedens* seine eigenen egoistischen Ziele verfolgte.

Schon hob ich die freie Hand an den Schleier, der mir bis zum Bauch hinabreichte, aber Austers Finger schlossen sich warnend fester um meine.

»Deshalb hat Astraea Lightborne zugestimmt, mich zu heiraten.«

Ich war sprachlos, aber die Menge brach in Ausrufe der Überraschung und des Jubels aus. Jetzt verstand ich den Zweck des Schleiers – ich wäre nicht in der Lage gewesen, mein angewidertes Entsetzen zu verbergen. Für alle, die jetzt Freudenrufe ausstießen, wäre sofort offensichtlich gewesen, dass ich definitiv nicht eingewilligt hatte.

Ich traute mich, den Kopf ein Stück zu Auster zu drehen, und sah das einnehmende Lächeln, das er für die Menge aufgesetzt hatte und das eine Spur von Arglist nur für mich zu enthalten schien.

Wie konnten die Leute ihm das nach unserer letzten Konfrontation so leicht abkaufen?

Hoffnungslosigkeit überkam mich. Auster hatte ihre Herzen und ihre Loyalität gewonnen. Ihm, nicht mir, würden sie folgen.

Jahrhundertelang hatte ich sie allein gelassen.

Jäh wurde ich aus meinen verzweifelten Gedanken gerissen, als jemand auf eine Kiste stieg, um aus dem Meer an Köpfen hervorzuragen. Die Person streckte entschlossen ein lilafarbenes

Banner in die Luft, auf dem *mein* Symbol zu erkennen war: der Schlüsselstab unter meiner Konstellation, und ein Paar Flügel, bisher silbern, jetzt jedoch *schwarz*.

Stolz explodierte in meiner Brust, als ich das Zeichen stillen Aufbegehrens sah. Mein Herz pochte vor Aufregung, als weitere Banner in die Höhe gehalten wurden, in der ganzen Menge verteilt als stolze Leuchtfeuer der Unterstützung.

Nicht für Auster. Sondern für mich. Diese Leute glaubten an mich allein.

Ein Lächeln breitete sich auf meinem Gesicht aus und nahm mir einen Teil der Last, die meine Seele bedrückte. Bis Soldaten sich durch die Masse zu schieben begannen. Als die erste Person von ihrem selbst errichteten Podest gezerrt wurde, hielt ich es nicht mehr aus.

Ich warf den Schleier zurück, konnte aber keinen Schritt machen, da hatte Auster mich schon fest am Ellbogen gepackt und begann, mich zurück ins Schloss zu zerren.

»Lasst sie in Ruhe!«, schrie ich, aber mein Aufschrei und Kampf gingen im allgemeinen Tumult unter.

Die Versammlung endete im Chaos, als Celestialsoldaten sich gewaltsam Platz verschafften und die Rebellen ergriffen. Trotz der in Nebulora getränkten Fesseln summte meine Magie in mir auf. Am liebsten hätte ich jedem Celestial, der Austers grausamen Befehlen folgte, die Flügel verbrannt.

Ich wurde zurück ins Schloss gezogen, das Portal schlug zu, und der Lärm verstummte. Mit wild funkelndem Blick entriss ich Auster meinen Arm.

»Wenn du auch nur einen von ihnen verletzt, sorge ich dafür, dass du ihre Schmerzen zweifach zu spüren bekommst.«

Auster schäumte vor stiller Verachtung. Mit öffentlicher Gegenwehr hatte er offensichtlich nicht gerechnet, was das Ganze umso befriedigender machte.

»Man wird ihnen in Erinnerung rufen, dass du ohne uns

nichts bist. Du wirst meine Frau sein, ein Teil von Haus Nova, mehr nicht. Das Zeitalter der Sternenmaid ist vorbei.«

Ich wagte es, direkt vor ihn zu treten, wobei mein entschlossener Blick nie von ihm wich. »Mein Zeitalter beginnt gerade erst, Auster Nova. Das kannst selbst du sehen, du kannst es *spüren*. Du versuchst bloß verzweifelt, dich an etwas zu klammern, das du längst verloren hast. Die Kontrolle.«

Er legte mir eine Hand an die Kehle und drückte mich gegen die Wand. Seine plötzliche Aggression ließ die Wachen um uns herum unruhig werden. Austers Hand zitterte, als müsste er sich davon abhalten, mich zu würgen. Doch er tat mir nicht weh. Auch wenn wir uns gegenseitig mit hasserfüllten Blicken durchbohrten, schien der Faden unserer früheren Freundschaft nie vollständig abreißen zu können.

Eine umso größere Folter für uns beide.

Auster senkte die Stimme, damit nur ich ihn hören konnte. »Diese Heirat wird nicht nur eine rechtlich bindende Angelegenheit sein. Du kennst dich ja ganz gut mit Pakten aus, oder? Vom Greciea-Pakt hast du sicher schon mal gehört, meist wird er einfach nur Heiratspakt genannt.«

Mir gefror das Blut in den Adern. Natürlich kannte ich den Pakt. Er wurde von Paaren verwendet, die eine Paarverbindung eingehen wollten, auch wenn sie nicht das Gegenstück des anderen waren. Damit ließ sich eine starke emotionale Verbindung herstellen sowie die Fähigkeit, im Geiste miteinander zu kommunizieren.

»Der Pakt lässt sich nicht ohne vollständige Intimität miteinander schließen.«

»Das stimmt.«

»Und zwar freiwillig«, zischte ich durch meine zusammengepressten Zähne. »Das wird niemals passieren.«

»Du hast deine Erinnerungen schon mal verloren«, erwiderte er, und sein Adamsapfel hüpfte, als er mich losließ.

Ich fragte mich, ob das ein Zeichen der Abscheu seinen eigenen Andeutungen gegenüber war.

»Das ist nichts anderes, als mich gegen meinen Willen zu nehmen, und das weißt du ganz genau«, fauchte ich.

»Ach ja? Ich würde dich ja nicht zwingen. Ich müsste dir bloß zeigen, was wir zusammen sein könnten, und was für ein Reich wir gemeinsam aufbauen könnten, ohne all die Lasten, die Rainyte in dein Leben gebracht hat.«

»Er hat noch nie eine Bürde für mich dargestellt, sondern immer nur die Freiheit, aus dem Käfig auszubrechen, in dem du mich gefangen halten willst.«

Ich schubste Auster weg, um mir Platz zu verschaffen.

»Bringt Astraea in ihre Gemächer«, sagte er, ohne eine bestimmte Wache anzusprechen. »Ohne meine Zustimmung wird sie sie nicht verlassen und niemand sie betreten.«

Er ging davon, und beim Gedanken an die lilafarbenen Banner im Hof stieg erneut Wut in mir hoch. Ich würde die ganze Welt mit ihnen überziehen.

Ich hatte keine Möglichkeit, die Zeit zu messen, aber mein knurrender Magen deutete darauf hin, dass das Abendessen längst fällig gewesen wäre. Offenbar hatte Auster entschieden, mir diese Mahlzeit vorzuenthalten, da er mich nach wie vor in meinen Gemächern eingesperrt hielt. Um mich vom Hunger abzulenken, lief ich vor dem prasselnden Kaminfeuer auf und ab und ließ meine Gedanken wandern.

Ein unerwartetes Geräusch ließ mich zusammenzucken und herumwirbeln. Da war es wieder, als ob jemand über Glas kratzte. Vorsichtig wandte ich mich dem Balkon zu.

Ohne den allgegenwärtigen roten Mondschein hätte ich die schwarze Katze draußen gar nicht gesehen. Einen Moment lang blinzelte ich nur verwirrt, dann keuchte ich auf und öffnete ihr hastig die Tür.

Kurz flackerte ein helles Licht auf, ich kniff die Augen zusammen, und schon hatte Davina sich verwandelt. Mit aufgerissenen Augen und offenem Mund starrte ich sie an.

»Ich bin wirklich sehr sauer auf dich«, sagte sie, die Hände in die Hüften gestützt. »Haust einfach mitten in der Nacht ab und … oh …«

Ungestüm warf ich ihr die Arme um den Hals und unterbrach sie damit mitten im Satz, aber ich konnte einfach nicht anders. Sie war so warm, fühlte sich nach Sicherheit und Geborgenheit an. Ich kniff die Augen zusammen, um die Tränen zurückzuhalten.

Nach ein paar Sekunden ließ sie mit einem Seufzer ihren Ärger weichen und drückte mich ebenfalls. »Ach, Astraea. Warum musst du deine Rolle als Retterin denn im allerschlechtesten Moment annehmen?«

»Es ging nicht anders«, brachte ich heraus. »Ich wollte euch nicht in Gefahr bringen, und ich dachte, es geht schneller, wenn ich es allein mache.« Langsam ließ ich von ihr ab und legte ihr stattdessen die Hände auf die Oberarme. »Drystan hat es mit Eltanin zurückgeschafft?«

»Ja.«

»Eltanin wurde verletzt.«

»Mit Liliths Hilfe heilt der Riss in seinem Flügel gut. Es könnte aber eine Narbe geben, und er sollte eine Weile lieber nicht fliegen. Sie hofft, dass bei seinem nächsten Wachstumsschub seine Flugfähigkeit keinen dauerhaften Schaden davonträgt.«

Ich nickte. Außer hoffen konnte ich nichts weiter tun.

»Was machst du hier?«, fragte ich, voller Angst, dass sie gesehen werden könnte. Ich warf einen kritischen Blick aus dem Fenster, dann zog ich die Vorhänge zum Balkon zu und führte sie ins Esszimmer.

»Nach dir sehen, natürlich! Bei den Sternen, was für Sorgen wir uns alle um dich machen. Und …« Sie keuchte, als sie all die blauen Flecken und Kratzer bemerkte, die mein kurzer seidener Morgenmantel nicht verdeckte.

Ich verschränkte die Arme. »Das heilt alles. Kommt hauptsächlich vom Meteoriteneinschlag.«

Sie sah mich traurig an und legte mir eine Hand an die Wange. »Davon habe ich gehört. Die ganze Stadt redet darüber, wie du sie gerettet hast. Das war unfassbar mutig.«

»Es war notwendig.«

»Die kombinierte Magie der High Celestials hätte ihn wahrscheinlich auch aufhalten können«, gab sie mit unzufriedener Miene zu bedenken.

»Vielleicht hätten sie es versucht, aber darauf wollte ich mich nicht verlassen.«

Davina sagte nichts und musterte mich weiter still.

Ich griff nach ihren Händen. »Ich muss dir was erzählen«, sagte ich leise.

So genau wie möglich versuchte ich, ihr zu beschreiben, wie ich gestorben und Nightsdeath mir durch den Schleier zwischen Leben und Tod gefolgt war. Ich erklärte, so gut es ging, was er war und was er bisher getan und gesagt hatte, aber vieles davon musste ich selbst erst noch verstehen.

»Sterne im Himmel«, murmelte sie.

Wir saßen auf dem Bett, und sie starrte in die Luft und versuchte offenbar, das alles zu begreifen.

»Nyte geht es … unverändert?«

Davina war noch immer in Gedanken versunken, nach allem, was ich ihr gerade erzählt hatte, und antwortete nicht sofort. Angst stieg in mir auf, und ich schüttelte sie an der Schulter.

Das brachte sie zurück in die Gegenwart. »Nyte? Also Rainyte? Vielleicht benutzen wir lieber seinen vollen Namen, um ihn von seinem bösen Zwilling zu unterscheiden, der die Welt erobern will. Ja! Ihm geht es genauso gut wie vor deiner Abreise.«

Erleichtert atmete ich aus. »Hat Drystan dir von seiner Theorie erzählt, dass man Nyte durch einen Drachenbund wecken könnte? Ist er noch zuversichtlich, dass es funktionieren kann?«

»Ja, aber er redet nicht viel darüber. Er redet allgemein kaum, seit er zurückgekehrt ist. Die meiste Zeit brütet er noch besorgter als sonst über seinen Büchern. Wenn man ihn dabei stört, schnauzt er einen geradezu an. Ich glaube, er macht sich große Sorgen um dich, auch wenn er es nicht zugeben will.«

Mein Herz wurde schwer. Drystan mochte weiter so tun, als wäre ihm alles egal und als bräuchte er keine Freunde, aber seine Taten widersprachen seinen dickköpfigen Behauptungen.

»Er will unbedingt Nyte aufwecken. Die nächsten Tage werden hart.« Ich seufzte.

Auf mehr als nur eine Art. Aber was Nightsdeath oder Auster mir auch antun würden, ich konnte es ertragen.

»Ich kann dich nicht hier allein lassen«, sagte Davina und drückte meine Hand.

»Das musst du aber. Wenn Auster und Notus dich erwischen, bist du tot. Aber erst nachdem sie dich benutzt haben, um mir Nytes Aufenthaltsort zu entlocken. Das Risiko kann ich nicht eingehen. Und ich werde dich nicht verlieren.«

Sie kniff die Augen zusammen. »Ich verabscheue Auster Nova wirklich.«

»Ich werde schon mit ihm fertig.«

Sie drückte erneut meine Hände. »Ich weiß.« Dann traten ihr plötzlich Tränen in die Augen. »Ach, selbst als du noch eine ahnungslose, verängstigte Teilnehmerin am Libertatem warst, wusste ich, dass du am Ende die Widerstandsfähigste und Cleverste von allen sein würdest.«

Bei ihren Worten wurde ich wehmütig und spürte Dankbarkeit für alles, was diese großartige Fae für mich getan hatte.

»Na gut«, sagte sie, wischte sich die Verletzlichkeit aus dem Gesicht und richtete sich auf. »Nyte wacht Ende der Woche besser auf. Und dann stürmen wir dieses Schloss, um dich zu holen.«

Ich lächelte und erlaubte der Hoffnung, in mir zu keimen. Die Vorstellung, meinen Nyte wiederzuhaben, den echten, vollständigen Nyte, ließ alles möglich scheinen.

»Sag Drystan, dass ich schon klarkomme und dass er euch netter behandeln soll.«

Sofort hatte ich Drystans mürrische Reaktion darauf vor Augen und unterdrückte ein Lächeln.

Davina gluckste, dann grinste sie mich durchtrieben an. »Unsere Nachricht hast du gesehen, oder? Die Leute haben dich nicht aufgegeben.«

Ich keuchte auf. »Die Banner? Das wart ihr?«

»Das warst *du,* Astraea. Viele von ihnen gehören zum Fae-Widerstand. Aber jetzt haben sich uns auch Menschen angeschlossen. Viel mehr Leute stehen hinter dir, als du sehen kannst. Der Glaube an die Sternenmaid ist überall um dich herum lebendig. Lass zu, dass er deine innere Stärke nährt.«

Nie hatte ich mich entschlossener gefühlt.

Davina musste gehen, und ich schlang die Arme um meinen Oberkörper, als könnte ich die Wärme ihrer letzten Umarmung so länger speichern. Ich sah zu, wie sie sich in einen kleinen schwarzen Vogel verwandelte und vom Balkon abhob.

Dann folgte ich ihr nach draußen in den peitschenden, eiskalten Wind, um mich umzusehen. Vor meiner Tür standen Wachen, aber als ich mich über die Brüstung beugte, konnte ich unten keine entdecken. Ohne Flügel wäre es zum Springen zu hoch, aber in Haus Goldfell war ich zu einer guten Kletterin geworden, also begutachtete ich die Mauer und ihre Vorsprünge.

Ich hatte nicht vor, zu fliehen. Aber wenn Auster mich nicht mit Nahrung versorgte, würde ich eben selbst die Küche aufsuchen. Ob man mich danach erwischte, war mir egal. Es würde mir sogar Genugtuung verschaffen, zu beweisen, dass ich seiner Gefangenschaft jederzeit entkommen könnte.

Ich zog Stiefel und die praktischste Kleidung an, die ich finden konnte, dann schwang ich mich auf die Balkonbrüstung und ließ alle Vorsicht fahren. Aus der Schlossmauer sprangen überall Gesimse hervor, und die rauen Steine boten guten Halt, sodass ich ohne allzu große Mühen über die Fassade kraxeln konnte.

Zwei Stockwerke tiefer fand ich schließlich ein offenes Fenster. Nachdem ich die Luft als rein eingeschätzt hatte, schlüpfte ich hindurch. Drinnen rieb ich mir zitternd die Hände, bis sie wieder halbwegs warm waren.

Ich mochte den Winter und liebte Schnee, aber ohne die passende Kleidung war dieses Wetter kaum zu ertragen.

»Ich muss wissen, wo sie den verdammten Schlüssel versteckt hat«, fauchte Auster.

Kurz erstarrte ich, dann drückte ich mich an die Wand, als könnte sich dort ein Durchgang öffnen, der es mir ermöglichte, Auster zu entkommen. Offenbar hatte ich mir den ungünstigsten Einstiegsort ausgesucht.

»Dabei kann ich womöglich helfen, aber was bietest du mir im Gegenzug an?«

Mit Tarrans Stimme hatte ich nicht gerechnet. Am liebsten wäre ich um die Ecke gestürmt und hätte ihn erdrosselt.

»Ich habe dir bereits die Herrschaft über die Vampire versprochen. Reize meine Großzügigkeit nicht aus.«

Tarran lachte gackernd auf, und ich versteifte mich. Langsam schlich ich in Richtung der Stimmen, bis ich um die Ecke lugen konnte. Die beiden standen nicht weit entfernt von mir im ansonsten verlassenen Korridor. Tarran hatte die Arme verschränkt und schien keinerlei Angst vor Auster zu haben.

»Auf deine Versprechen gebe ich nicht besonders viel. Nicht, wenn du jetzt schon Bündnisse mit gefühllosen Kreaturen eingehst, die aus den tiefsten Tiefen der Hölle gekrochen sind«, sagte Tarran.

Auster wusste selbst nicht, wie er mit Nightsdeath umgehen sollte, das zeigte sein Zögern allzu deutlich. Er senkte die Stimme zu einem Flüstern, während ich die dunklen Ecken um uns herum musterte, als könnte Nightsdeath irgendwo lauern.

»Um ihn kümmern wir uns, wenn Rainyte erledigt ist.«

Tarrans Lachen klang gleichzeitig amüsiert und bitter. »Wenn du Rainyte schon für einen gnadenlosen Schurken gehalten hast, dann ist er ohne jeden Rest von Güte ein paar Nummern zu groß für dich. Nichts anderes ist Nightsdeath nämlich.«

»Er wird einen sterblichen Körper haben. Das ist alles, was wir brauchen.« Austers Stimme nahm einen leisen, drohenden Ton an. »Zweifle mich nicht an, *Seelenloser*. Ich kann mir die Informationen auch einfach von jemand anderem beschaffen.«

»Kannst du eben nicht. Dir gehen die Verbündeten und die Optionen aus, Nova. Ist er die unnachgiebige Verfolgung wirklich wert?«

Das traf offenbar eine empfindliche Stelle. Auster stieß Tarran mit der Hand an seinem Hals gegen die Wand. Blitze zuckten über seine Knöchel, und Tarran gab einen gequälten Laut von sich. Dann lächelte er. Und sah angesichts der Drohung geradezu … erfreut aus. Auster funkelte Tarran hasserfüllt an, stieß den seelenlosen Vampir grob von sich, wirbelte herum und stürmte davon.

Was, bitte, hatte das zu bedeuten?

Tarran sah ihm einen Moment lang nach. Dann drehte er sich zu meinem Entsetzen direkt zu mir um. Das Herz rutschte mir in die Hose, als ich schnell den Kopf zurückzog, mich an die Wand drückte und betete, dass sie mich verschlucken möge.

Instinktiv wollte ich mich aus dem Staub machen, aber noch bevor ich einen Schritt in die andere Richtung setzen konnte, hielt eine Hand mich am Ellbogen fest. Ich wurde gegen die Wand gestoßen und blickte in Tarrans amüsiertes Gesicht.

»Das mit dem Spionieren kannst du eigentlich besser«, sagte er belustigt.

»Woher wusstest du, dass ich hier bin?«

»Du weißt doch, dass Vampire und Fae schärfere Sinne als Celestials haben. Noch bevor du durchs Fenster gestiegen bist, habe ich dich schon gerochen.«

»Was machst du hier?«, fragte ich anklagend.

Tarran zuckte mit den Schultern. »Ich habe nie behauptet, nur auf deiner Seite zu stehen.«

»Was erhoffst du dir wirklich – unabhängig davon, wer am Ende auf dem Thron sitzt?«

Er ignorierte meine Frage. »Riskierst du eine Bestrafung dafür, deine Gemächer verlassen zu haben, einfach nur, um es ihnen zu zeigen?«

»Ich hatte Hunger. Er hat wohl vergessen, mich mit Essen zu versorgen.«

»Was für ein miserabler Haustierhalter.«

Ich blickte ihn finster an.

Tarran kicherte. »Ich weiß, wo es langgeht. Du solltest dir aber vielleicht einen Mantel überwerfen.«

»Mit dir gehe ich nirgendwohin«, fauchte ich. »Wo ist Nightsdeath?«

»Er hat wohl die Jagd nach … seinem Körper begonnen.«

Ich erstarrte. »Das ist aussichtslos.«

»Er glaubt, Rainyte spüren zu können, wenn er nah genug ist. Allerdings verursacht er nebenbei bereits ziemlich viel Chaos.«

Plötzlich traf mich eine schreckliche Erkenntnis.

»Er braucht Schmerzen, um zu überleben«, murmelte ich vor allem zu mir selbst. »Vielleicht sogar Tote.«

Ein Monster auf freiem Fuß. Und Auster und die anderen

Celestials waren so sehr auf mich fokussiert, dass sie ihn ungestört den Kontinent terrorisieren ließen.

»Du weißt, dass er aufgehalten werden muss«, sagte Tarran vorsichtig, als könnte ich anfangen, Nightsdeath vehement zu verteidigen.

Tatsächlich war ich zwiegespalten.

»Ich muss herausfinden, was es bedeutet, dass er jetzt hier ist. Nyte ist noch nicht aufgewacht, sonst hätte er mich schon geholt. Nightsdeath kann ich nichts antun, ohne zu riskieren, dass es auch Rainyte umbringt.«

Tarran drehte sich um und lief den Korridor hinab. Entweder ich folgte ihm, oder ich musste hoffen, dass ich mich zumindest unentdeckt bis in die Küche schleichen konnte.

Innerlich stieß ich einen Fluch aus, dann lief ich ihm hinterher und verließ mich darauf, dass er Wachen oder die High Celestials frühzeitig bemerken und mich warnen würde.

»Unsere Schwester ist in Vesitire«, sagte Tarran beiläufig, aber seine Worte trafen mich wie aus heiterem Himmel.

Ich war mir nicht sicher, was mich stärker schockierte: die enge Verbindung, die *unsere* Schwester zwischen Tarran und mir herstellte, eine Nähe, von der ich gedacht hätte, dass er sie gerade nicht zulassen wollte – oder die Erwähnung einer *Schwester,* bei der mein Kopf sofort meinen Erinnerungskatalog durchratterte, um einen zugehörigen Namen und ein Gesicht zu finden.

»Lavinia«, sagte ich langsam.

Plötzlich sah ich sie deutlich vor meinem inneren Auge. Zweifarbiges, schwarz-weißes Haar, stechend grüne Augen und kantige, aber wunderschöne, elegante Züge. Sie war die Tochter zweier meiner Hüter: einer Schattenlosen und eines Celestials.

Niemand von uns war blutsverwandt, aber da wir zusammen aufgewachsen waren – auch wenn sie bereits vor meiner

Ankunft geboren worden waren –, hatten wir uns immer als eine Familie betrachtet.

»Wo?«, fragte ich.

»In den äußersten Bezirken, soweit ich weiß.«

»Weißt du, was sie hier macht?«

»Vermutlich führt sie immer noch die Gleichberechtigungsbewegung der Vampire an.«

Weitere Erinnerungsstränge verwoben sich in meinem Gedächtnis.

»Wenn du nicht Teil dieser Gruppe bist, welcher gehörst du dann an?«

»Wer sagt denn, dass ich das nicht bin?«

Tarran würde wohl niemals eine Frage vollständig beantworten oder mir einen klaren Einblick in seine Pläne gewähren.

Nachdem wir an einigen Stellen kurz hatten abwarten müssen, erreichten wir dank Tarrans Führung und seiner geschärften Sinne den Küchentrakt, ohne erwischt zu werden.

Ich bediente mich an allen Resten, die ich in verschiedensten Behältnissen oder in Tücher eingewickelt finden konnte, und stopfte mir den Mund mit Brot, Käse und Fleisch voll.

Als ich mich nach Wasser umsah, hielt Tarran mir mit angeekelter und angesichts meiner Hemmungslosigkeit auch leicht besorgter Miene einen Becher hin. Verlegen nahm ich ihn entgegen.

Noch war ich mir nicht sicher, ob Tarran für seine Hilfsbereitschaft, wie geringfügig sie auch sein mochte, irgendwann eine Gegenleistung fordern würde.

»Ich möchte dich auf meiner Seite haben«, platzte ich heraus.

Überraschung und Erleichterung schienen sich für den Bruchteil einer Sekunde auf seinem Gesicht abzuzeichnen. Doch dann presste er die Lippen zusammen, und sein Blick wurde eiskalt.

»Du hast mein Gegenstück umgebracht, Astraea. Du hast

Gresham hingerichtet, weil er Unschuldige getötet hat, genau wie *dein* Gegenstück. Was soll daran gerecht sein? Deine Voreingenommenheit macht mich krank.«

Alles Blut wich mir aus dem Gesicht. Er hatte recht. Ein Teil von mir hatte meine Entscheidung an jenem Tag schon immer infrage gestellt. Doch dann erinnerte ich mich an die Einzelheiten, die Greshams Verbrechen unverzeihlich gemacht hatten.

»Die Tode von Nytes Hand waren immer Kollateralschäden. Unschuldige, ja. Aber Gresham hat eine Stadt voller Frauen und Kinder abgeschlachtet. Er hat sie gezielt angegriffen, weil er wusste, dass ihr Tod die High Celestials und ihr Volk am meisten schmerzen würde. Und er hat es nicht mal bereut.«

An Tarrans Kiefer zuckte ein Muskel. Mir tat es genauso weh wie ihm, die Wunden aus der Vergangenheit erneut aufzureißen.

»Die Tat bleibt die gleiche.«

»Aber die Absichten machen den Unterschied.«

Ich konnte den inneren Kampf in seinen Augen erkennen, und sein Schmerz ließ mich zerbrechen. Das hatte ich schon einmal gesehen. Tarran war am Boden zerstört gewesen, als er erfahren hatte, was sein Gegenstück getan hatte. Aber ich wusste auch, wie Liebe das Moralempfinden trüben konnte. Selbst hinter der unverzeihlichsten Sünde versuchte man, eine nachvollziehbare Begründung zu finden.

»Es tut mir leid«, sagte ich. Auch wenn meine Beileidsbekundung nicht einmal einen einzelnen Stich beitragen konnte, um den Riss in seiner Seele zu flicken.

»Ich weiß«, sagte er emotionslos. »Bevor meine Eltern ins Reich der Hüter gegangen sind, haben sie uns alle schwören lassen, dass wir uns um dich kümmern. Genau das tue ich: Ich erfülle meine Pflicht. Aber du machst es mal wieder besonders schwierig.«

»Wir standen uns nah … bevor das mit Gresham pass…«

»Bevor du ihn *hingerichtet* hast.«

Ich zuckte zusammen, nickte aber.

»Du verdienst keine Gefallen von mir«, sagte er.

»Ich weiß.«

Angesichts meiner Zustimmung verdrehte er genervt die Augen.

»Du musst Nightsdeath töten«, sagte Tarran dann und wandte sich zum Gehen.

»Ich kann nicht sicher sein, dass Nyte dabei nicht ebenfalls stirbt!«, rief ich ihm hinterher.

»Er ist schon so gut wie tot. Die Nacht ist auf mehr als nur eine Art hereingebrochen. Du weißt, was du zu tun hast, Lightsdeath.«

12

Astraea

Widerwille stieg in mir auf angesichts der mir allzu vertrauten weißen Tür zu Austers Zimmer, vor der ich stand. Seit ich sie das letzte Mal gesehen hatte, waren ein paar Schrammen hinzugekommen. Oder vielleicht hatte ich auch noch nie lange genug gezögert, einzutreten, um all die kleinen Makel im Holz zu bemerken.

Er hatte mich herbeordert, und ich musste die Zähne zusammenbeißen und mich davon abhalten, abzuhauen, ehe ich den Grund dafür erfahren konnte. Die Wache, die mich hierher eskortiert hatte, war gegangen, was mich zusätzlich beunruhigte.

Nicht weglaufen. Nicht weglaufen.

Von drinnen waren Geräusche zu hören.

Waren das Stimmen?

Mit klopfendem Herzen lauschte ich den näher kommenden Schritten, und als die Tür aufschwang, wurde mir eiskalt.

Austers verärgertes Stirnrunzeln wegen der Störung glättete sich, als er mich erkannte. Ich spannte den Kiefer noch fester an, weil er tat, als wüsste er nicht, warum ich hier war. Seine bloße Gegenwart bewirkte, dass alles in mir die Flucht ergreifen wollte. Und dann stand er auch noch mit nacktem Oberkörper da.

Ich ließ den Blick nur tiefer wandern, um seinen fehlenden linken Arm zu betrachten, der durch eine Metallprothese ersetzt worden war, die mit Lederriemen über Brust und Schulter befestigt war. Er war wunderschön gefertigt.

Wie konnte es sein, dass er nicht zu schwer war, obwohl er komplett aus Silber zu bestehen schien?

Doch als ich daran dachte, weshalb er ihn brauchte, löste meine Bewunderung sich in Luft auf. Der Schlüssel hatte seinen Arm zerstört, als Bestrafung dafür, dass er mich damit umgebracht hatte. Wäre ich nicht sein Gegenstück gewesen, hätte es ihn ebenfalls getötet. Ich konnte mich nicht einmal über die unmittelbare Strafe freuen.

Er hatte einen Arm verloren, ich mein Leben.

»Was willst du von mir?«, presste ich hervor.

»Reden.«

Er war nicht allein. Eine Frau tauchte hinter ihm auf, und Auster ließ den Türrahmen los, damit sie an ihm vorbeischlüpfen konnte. Mir drehte sich der Magen um.

Noch nie war mir jemand anders mit Haaren wie meinen begegnet. Aber da stand sie vor mir. Welche Sternenstaubtränke sie auch einnehmen mochte, um mir zu ähneln: Ihr silbernes Haar und die schillernden Tattoos, die ihre Arme bedeckten, sahen völlig falsch aus.

Verlegen lächelte sie mich an. Obwohl ich die beiden offensichtlich gestört haben musste, waren ihre Kleidung und ihr Haar in bester Ordnung. Sie schob sich an mir vorbei, und ich blickte ihr mit einer Million widersprüchlicher Gedanken im Kopf nach.

»Eine Kurtisane, die du häufiger triffst?«, fragte ich.

»Ja«, antwortete er, ohne beschämt zu wirken.

Angesichts seiner sehr spezifischen *Gelüste* wallte Ekel in mir hoch, und ich war sicher, dass er sich auf meinem Gesicht abzeichnete.

Auster trat beiseite, damit ich hereinkommen konnte. Dazu musste ich meine angewurzelten Füße mühsam vom Boden losreißen.

Die Vertrautheit des Zimmers traf mich heftig und brachte meine Gedanken ins Trudeln. Ich sah mich um und verlor mich in einem Reigen aufblitzender Erinnerungen. Das Schlimmste daran war, dass die meisten gar nicht unangenehm waren.

In den Sesseln am Kamin hatten wir ganze Nächte durch geredet. Über unsere Wünsche und Träume, über Vesitire und Althenia, oder auch über Belanglosigkeiten.

An seinem Esstisch hatten wir unzählige Mahlzeiten geteilt, und ich konnte den Widerhall unseres Gelächters fast noch hören.

In seinem Bett …

Ich wirbelte herum und schloss die Augen, versuchte zu atmen. Ich dachte zurück an die Zeiten, als alles an unserer Beziehung leicht gewesen war. Als wir einfach nur Freunde gewesen waren. Sehr gute Freunde. Dann waren wir erwachsen geworden, und eine romantische Beziehung und Heirat in der Zukunft waren uns fast selbstverständlich vorgekommen, weil wir uns schon als Kinder so nahegestanden hatten. Als junge Erwachsene hatten wir beide geahnt, das Gegenstück des anderen zu sein. Auster hatte sich ein Leben als verbundenes Paar ausgemalt, und ich hatte versucht, es ebenfalls zu tun.

Hätte ich mit Nyte nicht Liebe und Leidenschaft kennengelernt, hätte ich in meinem Leben mit Auster womöglich nie entdeckt, was das überhaupt bedeutete. Ungeachtet dessen hatte ich Auster in meinem Leben behalten wollen. Damals hatte ich ihn auf andere Art trotzdem geliebt – und würde es wahrscheinlich immer tun.

»Warum war das nicht genug für dich?«, flüsterte ich gequält, ehe ich mir auf die Zunge beißen konnte.

Als ich die Augen öffnete und mich zu ihm umdrehte,

bemerkte ich erleichtert, dass er sich ein schlichtes weißes Hemd übergestreift hatte.

Voller Verbitterung fragte ich diesmal mit lauter, rauer Stimme: »Warum hat meine Freundschaft dir nicht gereicht?«

Einen Moment lang überlegte er und ging dabei langsam aufs Bett zu. »Darum ging es nicht. Sondern darum, für *wen* du mich zurückgewiesen hast. Allem, das wir gemeinsam aufgebaut haben, hast du den Rücken zugekehrt. Für *ihn*.«

»Du hast mir keine Chance gegeben, es dir zu erklären.«

»Da gab es nichts zu erklären.«

»Du hattest immer schon eine dermaßen voreingenommene, engstirnige Wahrnehmung. Nach allem, was wir gemeinsam durchgemacht haben, hast du mir nicht mal erlaubt, dir zu erklären, was ich in ihm sehe und warum ich mich in ihn verliebt habe.«

»Glaubst du wirklich, das hätte ich hören wollen?«, fauchte er. Dann stieß er ein einzelnes, giftiges Lachen aus. »Du bist wirklich verdammt egoistisch, Astraea. Und naiv. Und dickköpfig.«

»*Ich* bin egoistisch?«, zischte ich vor Wut brodelnd. »Du kannst nicht ewig vorgeben, dass du das alles nur aus Pflichtgefühl heraus getan hast, um die Leute vor Nyte zu schützen. Du hast es nicht über dich gebracht, deinen Stolz beiseitezuschieben und die Möglichkeit in Erwägung zu ziehen, dass wir alle uns getäuscht haben, was ihn betrifft.«

Die Fluten der Vergangenheit drohten uns beide zu ersticken.

»Du hättest mit jemand anderem Liebe finden können«, fuhr ich fort, und meine Verbitterung nahm mit jedem Wort zu. »Aber du wolltest mich nicht loslassen, weil ich dir eine Stellung oberhalb deiner Brüder und mehr Macht verschafft hätte. Mittlerweile hasst du mich, und doch spinnst du diese Idee von uns beiden zusammen immer weiter. Wozu?«

»Um dich genauso zu brechen, wie du mich gebrochen hast.«

Wir stachen mit Worten wie mit Messern zu, und ich war mir nicht sicher, wer zuerst verbluten würde.

»Auster Nova, ich habe dich nicht gebrochen. Das hast du ganz allein geschafft. Rede dir ein, was du willst, aber wenn wir zusammen waren, hat nicht nur auf meiner Seite die Leidenschaft gefehlt. Du warst mit dem Kopf immer irgendwo anders.« Mein Lachen klang fast schon irre. »Ich dachte immer, es liegt an mir. Dass du mich einfach nicht attraktiv fandest. Auf alle anderen Arten konnte ich deine Liebe spüren, nur nicht, wenn wir versucht haben, intim zu werden. Als ich mit Nyte dann endlich empfunden habe, was mir immer gefehlt hat, dachte ich …« Ein weiteres Stück meines Herzens brach ab, als ich dastand und Kummer sich in mir ausbreitete. Auch in seinen Augen konnte ich Schmerz erkennen. »Einen wahnwitzigen Moment lang dachte ich, du könntest dich für mich *freuen*.«

Auster krallte die Hand um den Bettpfosten, an dem er stand. Seine Miene wurde auf unheimliche Weise starr. »Mich freuen?«, fragte er gehässig. »Du dachtest, ich würde mich *freuen,* die mir zustehende Herrscherrolle abzugeben? Mein Gegenstück, die Person, die *mir* gehören sollte? Du dachtest, ich *freue* mich, wenn die abscheulichste Kreatur des Landes das alles an meiner statt bekommt? Nein, Astraea. Als ich von Nytes Vater alles erfahren habe, wollte ich Nyte dringender denn je töten. Ich wollte *dich* töten. Ich wollte euren gemeinsamen Plänen ein Ende setzen, von denen ich nicht mal wusste, wie weit sie schon fortgeschritten waren. Es gab nur noch eine Möglichkeit: Ich musste dich aufhalten.«

»Nytes Vater?« Die Neuigkeit traf mich bis ins Mark.

Bisher hatte ich angenommen, Auster hätte von einem Vampir, der den Widerstand verlassen hatte, oder auf einem anderen indirekten Weg von uns erfahren.

Auster richtete sich auf und schien erst jetzt zu bemerken, was ihm rausgerutscht war. »Nie hätte ich geglaubt, dass ich mich mal mit seinem verachtenswerten, machtlosen Vater verbünden müsste, um meine eigene Partnerin daran zu hindern, das Reich zu zerstören.«

Eine Welle der Übelkeit brachte mich aus dem Gleichgewicht, und ich musste einen Schritt zurücktreten. Ich ging die Ereignisse der Vergangenheit durch und versuchte zu verstehen, wie mir Austers schändliches Bündnis hatte entgehen können, aber es war einfach zu viel. Blut und Chaos und Streit hatten das letzte Jahr meines vorherigen Lebens geprägt. Alles fühlte sich zerbrechlich an, und tief in meiner Seele wusste ich bereits, dass mir Schreckliches bevorstand.

Auster hatte sich schon einmal mit Nytes Vater verbündet … ihre aktuellen Absprachen waren also nichts Neues. Sie hatten das Bündnis nur wiederbelebt.

»Wo ist sein Vater jetzt?«, presste ich zwischen zusammengebissenen Zähnen hervor.

»Er hat einen Plan, mit dem du ein für alle Mal aufgehalten werden kannst, sollte deine Läuterung erfolglos bleiben. Unsere Götter werden auf der Erde wandeln.«

Sterne im Himmel.

Nytes Vater arbeitete daran, den Gott des Abendrots und die Göttin des Morgengrauens in unsere Welt zu bringen – meine Eltern würden mich holen. Ich musste sie unbedingt töten, bevor sie mich töten konnten. Das Wettrennen hatte begonnen, und wir hatten noch nicht einmal angefangen, die Schlüsselstücke zu suchen.

Kontrolliert atmete ich durch, um mein schwindendes Selbstbewusstsein und meine zunehmende Beklommenheit nicht zu zeigen.

»Die schrecklichsten Bösewichte sind die mit dem freundlichsten Gesicht«, sagte ich gedankenverloren und stierte in den

Schneesturm, der vor dem Fenster tobte. Dann blickte ich in Austers dunkelbraune Augen. »Das größte Monster predigt in aller Öffentlichkeit, als wäre es ein Heiliger.«

»Im Gegensatz zu dir habe ich meinen Glauben an Abendrot und Morgengrauen nie verloren. Die Gnade der Götter hat uns Celestials mit der Macht und dem Privileg gesegnet, unser Volk zu schützen.«

»Im Namen der Religion haben die Celestials tiefe Wurzeln der Arroganz geschlagen. Ich verneige mich nicht vor Gottheiten, die erwarten, dass ich mich für sie verbiege.«

Auster schnaubte höhnisch. »Dann bist *du* die wahrhaft Arrogante. Du glaubst, über ihnen zu stehen und dich keinem Urteil beugen zu müssen.«

»Ich bin nicht arrogant, sondern frei.«

Für meine Schöpfer, und offenbar auch für Auster, schien ich kaum mehr als ein gescheitertes Experiment von Abendrot und Morgengrauen zu sein.

Auster setzte sich aufs Bett, das trotz seiner vorherigen Gesellschaft völlig unberührt wirkte. Weil ich nicht stillstehen konnte, lief ich auf und ab und ließ den Blick über die Einrichtung wandern, entdeckte, was sich verändert hatte und was seit Jahrhunderten gleich geblieben war.

»All die Jahre, die ich weg war – wie konntest du dich so sehr selbst täuschen, dass du friedlich dein Leben weiterführen konntest, während der restliche Kontinent unter Blutvergießen und Terror leiden musste?«

»Ich bin ein High Celestial. Meine oberste Pflicht gilt den Celestials. Und sie waren geschützt und glücklich.«

»Das hattet ihr *Nyte* zu verdanken«, blaffte ich. »Er hat euren hübschen Schutzschleier um Althenia herum errichtet, ehe nach meinem Tod der Schlüssel zerbrochen ist.«

»Erwarte von mir keine Dankbarkeit dafür, wenn er doch der Grund ist, warum unsere Welt überhaupt erst in Stücke gebrochen ist«, sagte er kühl und warf mir einen finsteren Blick über die Schulter zu. »Noch bevor er dich verdorben hat, war er ein Parasit in unserer Welt, und das weißt du auch. Er gehört nicht hierher. Ja, ich habe dich getötet. Zugegeben, es war das Schwerste, was ich je tun musste. Aber ihr habt mir keine Wahl gelassen! Du hast dich in eine Kreatur verliebt, die uns alle verdammt hat. Du hast alles, wozu du erschaffen wurdest, aufgegeben, um ein *Monster* zu lieben.«

Nichts, was ich sagen konnte, würde seinen unnachgiebigen Hass durchdringen. Also entschied ich, dass er es gar nicht verdient hatte zu erfahren, wie lieb und unverwüstlich Nyte alle beschützte, die ihm etwas bedeuteten.

»Ist das alles, was ich für dich bin? Eine Schöpfung mit Pflichten und ohne eigenes Herz, dem ich folgen sollte?«

»Nicht nur, aber an erster Stelle. Du hast vergessen, wer du bist, Astraea, und du tust mir leid. Du wurdest nicht wie wir anderen geboren, sondern uns *gegeben,* um eine bestimmte Rolle zu erfüllen. Zu diesem Zweck wurdest du von sechs sorgfältig ausgewählten Hütern aufgezogen. Und das alles wirfst du im Namen der *Liebe* weg.«

Meine Unterlippe zitterte, aber ich wandte mich von ihm ab, um ihm die Genugtuung meiner Schwäche nicht zu gönnen. Auf seinem Nachttisch bemerkte ich eine kleine Flasche, die mein gebrochenes Herz kurz ablenkte. Ich nahm sie in die Hand und erkannte, dass es ein Schlafelixier war.

»Du hast mich auch mal geliebt. Wirst du von dem verfolgt, was du mir angetan hast?«

»Ja«, sagte er geradeheraus.

»Jede Nacht?«, fragte ich und löste den Blick von der so gut wie leeren Flasche, um ihn anzusehen.

»Fast.«

»Möchtest du wissen, was ich denke?«, fragte ich und stellte das Elixier zurück. »Jeder trägt ein Monster in sich. Schlaflose

Nächte sind eine Warnung: In den stillsten Stunden kratzt das Monster von innen an seinem Käfig, weil es deine volle Aufmerksamkeit hat. Leute, die bei Tag völlig beherrscht sind, genau genommen *viel zu* beherrscht sind, haben ihr Monster zu lange eingesperrt und werden früher oder später auf irgendeine Art dem Wahnsinn erliegen.«

Auster schnaubte und fuhr sich durch das schulterlange, offene Haar. »Ist das der Grund, warum du trotz allem, was du angerichtet hast, nachts schlafen kannst?«

»Ich kann schlafen, weil ich keine meiner Taten verleugne oder mich dafür schäme.«

»Und wieder offenbart sich dein Hochmut.«

»Nur unsichere Männer halten das Selbstbewusstsein einer Frau für Hochmut.«

Auster kam zu mir herüber. Als er vor mir stand, strich er mir leicht übers Kinn. »Wir alle haben einen Platz in dieser Welt. Du hast deinen aus den Augen verloren.«

Ich konnte ein amüsiertes Lächeln nicht unterdrücken. »Wer von uns trägt hier wirklich die Handschellen?«

Verachtung angesichts meiner Unerschrockenheit blitzte in seinen Augen auf. »Nightsdeath will die Orte der Schlüsselteile genauso dringend aus dir herausholen wie ich. Und er wird sicher viel effizientere Methoden einsetzen.«

Ich blähte die Nasenflügel vor Zorn. »Weil du ein Feigling bist.«

Mit einer falschen Geste der Zuneigung strich er mir mit dem Handrücken über die Wange. »Ob du es glaubst oder nicht: Ich finde keinen Gefallen daran, dir wehzutun.«

»Warum hast du mich hergerufen, Auster?«

»Um dir mitzuteilen, dass die Hochzeit in drei Tagen stattfindet.«

Heftig zuckte ich zurück.

Sein Blick wurde kalt. »Für den Pakt werden wir länger

brauchen, aber mit der offiziellen Heirat können wir für die Leute ein Zeichen setzen. Wenn sie deine Gefügigkeit sehen, wird die Rebellionsbewegung der Dunklen Maid zerfallen.«

Die Zeit rannte mir davon. Die Hochzeit durfte auf keinen Fall stattfinden.

»Morgen Abend wirst du mit den anderen High Celestials und mir als Teil der vorbereitenden Zeremonien zu Abend speisen. Dort geben sie uns ihren Segen«, fügte Auster hinzu.

Mir wurde immer übler, je länger er redete.

»Wo ist Aquilo?«, fragte ich bei der Gelegenheit. »Er war bei euren letzten Auftritten vor dem Volk nicht dabei.«

Austers Blick verdunkelte sich. »Was du ihm angetan hast, war gesetzeswidrig und abscheulich. Du hattest nicht das Recht dazu.«

»Du kannst dich nicht auf Recht und Gesetz berufen, wenn du mir alle Rechte genommen hast«, sagte ich, vor Wut fast zitternd.

»Du bist meine Gefangene.«

Ohne auf seine Erlaubnis zu warten, marschierte ich auf die Tür zu. »Und ich werde dein *Ende* sein.«

13

Astraea

Erneut fand ich mich von Kopf bis Fuß in Weiß gekleidet, diesmal für das Festmahl mit den High Celestials vor der Hochzeit. Das Trugbild, das Auster zu erschaffen versuchte, war so lächerlich wie demütigend.

Ich betrat den Speisesaal als Erste, nachdem ich schon früh meine Gemächer verlassen und den Wachen keine andere Wahl gelassen hatte, als mir zu folgen. Sie hätten versuchen können, mich aufzuhalten, aber bevor ich den Schleier vor mein Gesicht hatte fallen lassen, hatten sie wohl meine herausfordernde Miene gesehen und beschlossen, dass es das nicht wert war. Schließlich ging ich genau dorthin, wo Auster mich haben wollte.

Nachdem ich die Gedecke begutachtet und ein paar Besteckteile und Gläser zurechtgerückt hatte, setzte ich mich neben das Kopfende, an dem Auster Platz nehmen würde, und warf den Celestialwachen, die mich nervös beobachteten, ein freundliches Lächeln zu. Auch wenn sie es durch den Schleier womöglich nicht sehen konnten.

Auster trat ein. Überrascht bemerkte er, dass ich bereits da war, doch dann bemühte er sich, einen gleichgültigen Gesichtsausdruck aufzusetzen.

»Du bist früh dran«, sagte er mit durchblitzendem Ärger.

Er nahm seinen Platz ein, der seinen höheren Rang verdeutlichte, aber davon ließ ich mich heute nicht beirren. Auster konnte sich so viele Kronen aufsetzen, wie er wollte, und sich den Platz aussuchen, den er für angemessen hielt – je mehr sein Ego anschwoll, desto befriedigender würde es sein, wenn ich es schließlich platzen ließ.

»Ich habe einen ziemlich großen Hunger. So wenige Mahlzeiten, wie man mir serviert hat, habe ich mir schon Sorgen gemacht, dass im Schloss Nahrungsmittelknappheit herrscht. Fast hätte ich ohne euch angefangen.«

Er beäugte mich misstrauisch, als würde mein fröhlicher Ton ihn verunsichern. Ungeduldig angelte ich mir ein Stück Hühnchen und häufte mir eine großzügige Portion Gemüse auf den Teller, ohne zu warten, bis ich bedient wurde. Mein Hunger war wirklich *riesig*.

Dann hob ich den Schleier an, um zu essen.

»Ich habe dir nicht erlaubt, den zu entfernen«, sagte er.

Ohne den Blickkontakt zu unterbrechen, warf ich den Spitzenstoff über den Kopf zurück. »Wie soll ich denn sonst essen, *Eure Majestät?*«

Ich glaubte nicht einmal, dass Auster vor den Wachen zögern würde, mir wehzutun – es war mir einfach egal. Er verengte die Augen, sagte aber nichts.

»Ist der Schleier wirklich nötig?«

»Du sollst vor allen anderen Blicken außer meinem verborgen bleiben, von der Hochzeitsankündigung bis wir verheiratet sind.«

»Das ist eine veraltete, dämliche Tradition.«

»Das ist deine Strafe.«

Mein Griff um die Gabel wurde fester. Am liebsten hätte ich sie ihm in die Hand gerammt.

»Soll ich deine Frau oder dein Kind sein?«, stieß ich hervor.

Auster sah mich ausdruckslos an. »Der Schleier bleibt, bis wir vermählt sind.«

Jedes Mal, wenn er mir seine scheußlichen Pläne in Erinnerung rief, wurde mir übel.

Als Nächstes betrat Zephyr den Saal, und seine Gegenwart löste die Spannung etwas. Er nahm mir gegenüber Platz. Dankbarerweise blieb es mir so erspart, die ganze Zeit Notus' hasserfüllten Blick erwidern zu müssen, der sich schließlich neben ihn setzte. Zephyr und ich lächelten nicht, um den Anschein zu wahren, ich würde ihn genauso verabscheuen wie seine Brüder, aber ich war froh, ihn zu sehen.

»Ganz wie in alten Zeiten«, sagte ich, während ich mir ein Stück Fleisch abschnitt. »Bis auf ein Gesicht. Allerdings bin ich nicht besonders enttäuscht, dass Aquilo nicht dabei ist, um mir den Appetit zu verderben.«

Notus durchbohrte mich mit seinem zornigen Blick, Austers Griff um den Weinkelch spannte sich an, und Zephyr sah warnend zu mir herüber. Ich setzte ein freundliches Lächeln auf.

»Du hattest weder das Recht noch die Befugnis, einen High Celestial auf diese Weise zu bestrafen«, fauchte Notus.

»Das sehe ich anders. Aquilo hat bekommen, was er verdient hat – und das wirst auch du noch.«

Notus wandte sich wutentbrannt an Auster. »Wann wird sie für ihren Verrat bestraft?«

Auster kaute nachdenklich ein Stück Fleisch. Zephyr trank einen Schluck und beobachtete uns drei nervös über den Rand des Kelchs.

»Gerade wäre es unklug, die Allgemeinheit darüber in Kenntnis zu setzen«, sagte Auster. »Soweit die Leute wissen, ist Aquilo mit privaten Angelegenheiten an seinem eigenen Hof beschäftigt.«

»Der Plan war, das Volk glauben zu lassen, dass sie genauso böse und verdorben wie Rainyte ist. Und jetzt hast du sie unter Kontrolle und veranstaltest königliche Festessen für sie.« Notus knallte sein Messer so heftig auf den Tisch, dass das Geschirr klirrte.

»Unsere Pläne haben sich geändert, weil sich neue Vorteile dadurch ergeben haben, dass sie hergekommen ist. Das haben wir doch schon alles besprochen«, antwortete Auster ruhig.

»Ich bin keine Königin«, sagte ich an Notus gewandt. »Mit solchen Titeln gebt nur ihr euch ab. Ich bin eine Göttin. Der Unterschied liegt nicht in einer größeren Krone, sondern einer Macht, die du nicht provozieren solltest.«

Notus' Hass war so deutlich spürbar, dass meine Haut kribbelte.

»Sie gehört im Verlies angekettet«, zischte Notus. »Das verlange ich im Namen des Hauses Aura. Sie hat mir gedroht, das lasse ich mir nicht gefallen.«

»Dann drohe ich dir gleich noch mal: Leg meine Hände in Ketten, und ich erwürge dich damit.«

Notus stieß einen Schrei der Empörung aus und sprang auf. Das helle Klirren seines gezückten Schwerts hallte durch den Saal. Wir hatten nicht einmal zehn Minuten bei Tisch zusammen ausgehalten. Notus hielt sein Sturmsteinschwert über die Festtafel hinweg auf mich gerichtet, und sämtliche Wachen traten näher. Zephyr erhob sich ebenfalls und behielt Notus und die Waffe genau im Blick. Auster hörte auf zu essen.

Ich erwiderte Notus' hasserfüllten Blick, dann griff ich über den Tisch, um mir ein Stück Brot zu nehmen. Beleidigt, weil ich mich offenbar über seine Drohgebärden, die mir keinerlei Angst einjagten, lustig machte, schlug er mit dem Schwert zu.

Statt mir die Hand abzutrennen, traf seine Klinge über meiner bloßen Haut jedoch auf einen unsichtbaren Widerstand, als meine Magie von selbst zu meiner Verteidigung erwachte. Mit großer Anstrengung schob ich die Wirkung des Nebulora beiseite, mit dem sie mich kontinuierlich zu schwächen versuchten. Schweiß trat mir auf die Stirn, und ich begann zu zittern.

»Wie ist das möglich? In den Handschellen steckt genug Nebulora, um ein Dutzend Celestials außer Gefecht zu setzen«, sagte Auster ungläubig.

»Du kennst mich wirklich nicht«, sagte ich, mit vor Anstrengung brechender Stimme. »Hättest du mich jemals gut gekannt, wüsstest du, dass ich jahrzehntelang eine Toleranz gegen den Hautkontakt mit Nebulora aufgebaut habe.«

In meinem Kopf erklang Lightsdeaths unheilvolles Flüstern. Die Handschellen, die trotz allem einen Großteil meiner Kraft unterdrückten, hätte ich problemlos in Staub verwandeln können. Lightsdeath konnte das ganze Schloss zum Einsturz bringen und die High Celestials darin begraben, wenn ich einfach nur *nachgab*.

Silberne Sternensprenkel ließen meine Sicht verschwimmen und mahnten mich, dass diese tödliche Macht sich in meinem Unterbewusstsein an die Oberfläche arbeitete. In Gegenwart von Auster und Notus und von gleißendem Zorn erfüllt, war die Verlockung groß, aber mein Verstand warnte mich, dass ich mit Lightsdeath noch zu unerfahren war und sich im Schloss nicht wenige Unschuldige aufhielten. Ich konnte es nicht riskieren, diese rücksichtslose Magie zu entfesseln.

Lass einfach los.

Die Macht liebkoste meine Gedanken. Voller dunkler Absichten, aber anders als Nightsdeath wollte sie mich in reines, strahlendes Sternenlicht verwandeln.

Als ich die Hand zurückzog, streifte ich dabei die Spitze von Notus' weiterhin auf mich gerichtetem Schwert. Ein Tropfen Blut trat hervor und steigerte die Macht meiner Magie noch weiter. Violettes Licht zuckte um sein Schwert wie Blitze. Dann zerbrach die Sturmsteinklinge in tausend Teile.

Die Kontrolle liegt bei mir. Ich beruhigte meine eigenen Gefühle, zähmte die wilde Magie, die nach diesem Vorgeschmack von Gewalt aus mir hervorquellen wollte. *Ich habe keine Angst vor mir selbst.*

Notus zog die Hand zurück, mit der er nur noch das Heft umklammerte. Schock und Wut waren ihm ins Gesicht geschrieben. Ich ließ meine Magie versiegen und bemühte mich, wieder zu Atem zu kommen.

Er stieß ein Brüllen aus, mit dem er mir den Krieg erklärte. »Wachen!«, schrie Notus.

Die im Gold seines Hauses gekleideten Soldaten traten vor, doch Austers marineblaue Wachen schnitten ihnen den Weg ab. Zephyrs kleine Truppe in Türkis rührte sich nicht, war jedoch jederzeit bereit, einzugreifen, sollte ihr High Celestial den Befehl geben. Eine ungemütliche Stille breitete sich aus, und unsichere Blicke wurden ausgetauscht. Die Luft schien vor erwartungsvoller Spannung zu vibrieren, die mit jeder Sekunde weiter anstieg.

Notus und Auster uneinig zu sehen, erfüllte mich mit düsterer Genugtuung. Vielleicht brauchte es gar nicht viel, um ihr Bündnis zum Einsturz zu bringen und sie tief darunter zu begraben.

Langsam stand ich auf und blickte zu Auster. »Er hat mich schon immer gehasst. Dabei war ich heute absolut gefügig.«

In Austers Kiefer zuckte ein Muskel. Er warf mir einen Blick zu, der eine Sekunde lang fast sanft wirkte, dann wandte er sich an Notus. »Es ist wohl das Beste, wenn du die Maid von jetzt an meine Sorge sein lässt. Du solltest nach Althenia zurückkehren.«

Triumph stieg in mir auf.

»Das kann nicht dein Ernst sein«, fauchte Notus.

Nichts hasste Auster mehr, als in seiner Autorität angezweifelt zu werden. Irgendwie ironisch, nachdem er unbeeindruckt zugesehen hatte, wie ich Notus' Macht infrage gestellt hatte.

Als zarte Stimme der Vernunft mischte sich Zephyr in die

angespannte Situation ein. »Bruder, dort brauchen wir auch eine Führungsfigur. Und hier machen deine Gefühle Astraea gegenüber nur vieles komplizierter.«

Notus lief rot an, und seine Augen traten hervor, aber er hielt die Wut zurück, die aus ihm hervorzubrechen drohte. Fluchend stürmte er aus dem Saal, lächerlicherweise immer noch das Heft seines zerstörten Schwertes in der Hand.

»Ich sollte lieber sichergehen, dass er seinem Ärger nicht andernorts Luft macht«, sagte Zephyr und warf mir einen tadelnden Blick zu, ehe er seinem Bruder nacheilte.

Erdrückende Stille folgte. Obwohl ich ihn nicht erwiderte, konnte ich Austers Blick auf der Haut spüren.

»Du hast also nur vorgeschützt, von den Handschellen und dem Nebulora deiner Fähigkeiten beraubt zu sein? Du hättest jederzeit fliehen können?«

Den Vorteil hätte ich eigentlich lieber noch nicht verraten, aber noch weniger hatte ich meine Hand durch Notus' Schwert einbüßen wollen. Jetzt musste ich mir schnell eine Ausrede ausdenken.

»Sie schwächen mich erheblich. Hätte Notus mich zum Kampf herausgefordert, hätte er gewonnen, solange ich die hier trage«, sagte ich tonlos.

Ich hob die Hand, sodass der Ärmel meines weißen Kleids runterrutschte und die rissige rote Haut um die Handschellen herum sichtbar wurde.

Auster zeigte keine Reaktion auf den Anblick. Er musterte mich nur weiter aus misstrauischen braunen Augen.

»Ich glaube dir kein Wort. Du warst schon immer viel zu gerissen«, sagte er. Angesichts seines kühlen, distanzierten Tons machte ich mich auf das Schlimmste gefasst. Er gab ein Handzeichen, und Wachen kamen auf mich zu. »Mir bleibt nur eine Möglichkeit, deine Fähigkeiten gegen die Wirkung von Nebulora zu testen.«

Zunehmend trotzig funkelte ich Auster an. Dann hörte ich das Klirren von Ketten, die kurz darauf an meinen Handschellen befestigt wurden. Jetzt wurde ich zu beiden Seiten von Wachen gehalten wie ein unartiger Hund.

Als Nächstes würden die Schmerzen kommen. Er würde meine Grenzen austesten, bis ich brach und ihm bewies, dass ich ihn und alle anderen im Schloss die ganze Zeit schon hätte töten können. Lightsdeath war nicht so einfach zum Schweigen zu bringen. Zwar könnte ich mit einem Ausbruch grausamer Gewalt mein Ziel erreichen, Auster zu töten, aber am Ende hätte er dann selbst im Tod noch gewonnen. Ein zu großer Teil dieser Welt glaubte weiterhin an ihn und die Ordnung der High Celestials. Um ihren über die Jahrhunderte gefestigten Ruf und ihre Herrschaft zu demontieren, musste ich eindeutig planvoller vorgehen.

Auster rührte mich nicht an, aber seine Worte trafen mich tiefer als jeder Pfeil.

»Deine Freundin hätte nicht sterben sollen.«

Damit konnte er nur eine Person meinen. Vor meinem inneren Auge erschien ihr wunderschönes Gesicht, umrahmt von rabenschwarzem Haar. Ihr strahlendes Lächeln und die großen saphirblauen Augen erfüllten meinen Verstand und rissen eine schmerzvolle Wunde in meiner Seele wieder auf.

»Du hast mir die Vampire auf den Hals gejagt, damit sie mich in diesem Gasthaus ermorden«, sagte ich leer.

Wie hatte mir das entgehen können?

Mittlerweile kam mir das alles wie ein anderes Leben vor – dieser sorgenfreie Abend voller Gelächter, Spiele und Alkohol mit meiner lieben Freundin, der sich am Ende in meinen schlimmsten Albtraum verwandelt hatte.

»Sie sollten dich nicht töten, sondern mitnehmen. Zadkiel hat mir von eurer Begegnung berichtet. Daraufhin habe ich noch mehr Leute auf die Suche nach dir ausgeschickt, und wir erfuhren, dass du auf dem Weg nach Vesitire warst. Also habe ich einer Gruppe Vampiren eine Belohnung angeboten, die sie nicht ausschlagen konnten, damit sie dich lebend zu mir bringen.«

»Du hast Cassia getötet.«

Mein Sichtfeld begann an den Rändern zu leuchten, und meine Hände zitterten. Auster wusste, dass er mich mit körperlichen Schmerzen nicht dazu bringen konnte, die Beherrschung zu verlieren und ihm meine Karten zu zeigen. Stattdessen ging er auf meine Gefühle los, meinen Schwachpunkt.

»Sie war ein bedauernswerter Kollateralschaden. Auch wenn ich dann erfahren habe, dass ihr sowieso nicht mehr viel Zeit geblieben wäre.«

Er sprach von ihrer *Zeit,* als wäre sie wertlos gewesen. Als hätte ich nicht alles gegeben, um mich noch von ihr verabschieden zu können, um ihre letzten Tage mit ihr zu verbringen, bis ihr grausames, aber natürliches Schicksal sie einholte. Stattdessen war sie mir entrissen worden, als ich sie am meisten gebraucht hatte, und als *sie* kurz davorgestanden hatte, ihren größten Traum und ihre selbst gewählte Aufgabe zu erfüllen. Ihre Zeit war kostbar gewesen.

Und Auster Nova hatte sie ihr genommen.

»Jeden Tag nimmt mein Hass auf dich neue, ungeahnte Ausmaße an«, sagte ich mit eisiger Ruhe.

Diesmal drängte Lightsdeath zu gewaltsam voran. Mir entglitt die Kontrolle; elektrisch pulsierendes, flüssiges Sternenlicht rauschte mir durch die Adern, bereit, in Austers Richtung entfesselt zu werden …

Ein plötzlicher Stich in den Arm entlockte mir ein Keuchen. Mir wurde eine Flüssigkeit in die Venen gespritzt, die das Brennen in meinem Körper erstickte und mein Blut stattdessen gefrieren ließ. Unter Schmerzen blinzelte ich an mir herab und sah die Spritze, aus der gerade die letzten Reste einer silbernen Flüssigkeit gepresst wurden.

Ein Bild blitzte vor meinem inneren Auge auf: Nyte, der eine der Pillen zerquetschte, die Goldfell mir verabreicht hatte. Sie waren mit Sternenstaub gefüllt gewesen und so verzaubert, dass sie die gesamte Zeit über, die er mich wie ein Schoßhündchen gehalten hatte, meine Magie unterdrückt hatten.

Mit entsetzt aufgerissenen Augen blickte ich Auster an. Obwohl ich ihn längst als Feind betrachtete, versetzte mir der erneute Verrat einen heftigen Schlag in die Magengrube.

»Wie konntest du nur?«, flüsterte ich.

Lightsdeath heulte auf und driftete davon, als die Wirkung des Sternenstaubs vollständig einsetzte. Ein vertrautes Gefühl breitete sich in mir aus, ließ meinen Körper schwer werden und meinen Kopf müde. Nyte hatte wochenlang an meiner Seite gewacht, während ich mich aus der Abhängigkeit gekämpft hatte. Für diesen Missbrauch hasste ich Goldfell noch heute.

»Du hast mir keine Wahl gelassen«, sagte Auster.

Vielleicht war da sogar so etwas wie Schmerz, was ich da wegen dieser niederträchtigen Maßnahme aus seiner Stimme heraushörte.

»Du Feigling.« Eigentlich wollte ich es ihm giftig entgegenspucken, aber dazu war ich nicht in der Lage.

Ich fühlte mich nicht schläfrig, eher ausgelaugt und verletzlich. Nur gedämpft hörte ich, wie mir die Ketten abgenommen wurden, dann spürte ich Austers Wärme.

»Um in die Zukunft zu schreiten, müssen wir die Vergangenheit loslassen«, sagte er sanft. Vorsichtig ergriff er meine Arme und entfernte sogar die Handschellen. »Lieber würde ich keinen Sternenstaub einsetzen, aber fürs Erste geht es nicht anders. Nebulora würde dir von innen Schmerzen bereiten, das hier betäubt dich nur ausreichend, um dich gefügig zu machen.«

Ich nickte umgänglich. Es fühlte sich gut an. Als meine Handgelenke vom schweren Metall befreit worden waren, lehnte ich mich vor und legte die Wange an die warme Brust vor mir. Auster strich mir über den Kopf und legte mir den anderen Arm um die Taille. Die Welt fühlte sich leicht und warm an.

»Egal, was ich getan habe – ich kenne dich, Astraea. Du bist nicht in der Lage, hinter dir zu lassen, was wir mal waren. Alles, was wir zusammen durchgestanden haben. Die fünf Jahre mit Cassia sind gar nichts im Vergleich zu unserer lebenslangen Verbindung.«

Cassia.

Ich runzelte die Stirn. Die angenehme Wärme um mich verwandelte sich in erdrückende Hitze, und ich schob Auster, so fest ich konnte, von mir, stolperte rückwärts, kämpfte gegen den Schwindel durch die zu schnelle Bewegung an.

Heftig blinzelnd klammerte ich mich an meine letzten klaren Gedanken, während mein Verstand sich vernebelte.

Wutentbrannt starrte ich Auster an. »Jede einzelne Erinnerung an die Zeit mit dir würde ich dafür eintauschen, mit Cassia auch nur fünf weitere *Tage* verbringen zu können. Du hast die Person getötet, die dich mal geliebt hat. Ich fühle absolut *gar nichts* mehr für dich.«

»Du wärst so viel erträglicher ohne deine Erinnerungen. Diesmal dauerhaft.«

»Ebenso«, fauchte ich.

Wir standen uns in einem Kampf der gebrochenen Herzen und unnachgiebigen Willen gegenüber. Auster streckte so plötzlich den Arm aus, dass ich keuchte und es nicht schaffte, auszuweichen. Mit der Hand in meinem Nacken zog er mein Gesicht so nah heran, dass es nur wenige Zentimeter von seinem entfernt war.

»Er wollte dich auch mal umbringen«, flüsterte er.

Mein Herz setzte einen Schlag aus. »Nyte hätte es niemals wirklich getan. Nicht mal, wenn ich mich für dich entschieden hätte.«

»Das kannst du nicht wissen. Warum solltest du mir nicht genauso vergeben können, wie du ihm vergeben hast?«

Einem winzigen Teil von mir tat Auster mit seiner grandiosen Selbsttäuschung vielleicht sogar leid.

»Du bist für Cassias Tod verantwortlich. Zathrian hättest du auch fast umgebracht. Nyte hast du die Flügel ausgerissen und mich bedroht. Du hast mir meine eigene Waffe in die Brust gerammt, im Glauben, ich würde nie zurückkehren. Gerade eben hast du mich unter *Drogen* gesetzt, und du weißt genau, dass mir das auch schon von einem anderen angetan wurde. Du bist keinen Deut besser als Goldfell und tausendmal schlimmer, als Nyte je sein könnte. Ich werde dir nie vergeben, Auster. Du siehst deinem Ende ins Gesicht und bettelst darum, dass ich meinen Zorn vergesse, weil du die Schlinge bereits um deinen Hals spürst.«

Mit mahlendem Kiefer und weit aufgerissenen Augen starrte er mich an. Offenbar kostete es ihn gerade größte Mühe, weder mir noch sich selbst etwas anzutun. Einen kurzen Moment lang hatte ich sogar Angst, dass er mich küssen könnte.

»Ich will dir nicht wehtun«, flüsterte er kaum hörbar. Eine Beichte, die ihm herausgerutscht war, während er versuchte, seine unbarmherzige Fassade aufrechtzuerhalten.

Die Droge ließ meine Gedanken verschwimmen. Mein Hass und mein Mitleid verwischten, und ich konnte den Kampf nicht länger weiterführen, weder mit Worten noch mit Magie. Aber einen Giftpfeil konnte ich noch abschießen.

»Sei der beste Bösewicht, der du sein kannst, Auster Nova. So wie Nyte es schon immer war, und so wie ich es sein werde, um dir ein Ende zu setzen.«

14

Astraea

Noch nie war ich von so vielen Leuten umgeben gewesen und hatte gleichzeitig das Gefühl gehabt, die Welt hielte in betrübter Stille den Atem an. Selbst ohne den Sternenstaub, den Auster mir heute Morgen injiziert hatte, in Vorbereitung auf unseren vorhochzeitlichen Spaziergang durch die Stadt, wären die Leute mir auffällig verhalten vorgekommen.

Dabei sollte es eigentlich ein Tag des Jubels und der Hoffnung sein. Die Heirat der neuen Herrscher von Solanis müsste einen Bund versprechen, der die Nation stärken und schützen würde. Stattdessen brannten mir Tränen in den Augen, und ich machte durch den Schleier und meine unter Drogeneinfluss verschwimmende Sicht hindurch immer wieder traurig gebeugte Köpfe aus.

Ich konnte frei herumlaufen, war aber erneut abhängig von der gleichen Substanz. Immer wieder versuchte ich, Lightsdeath zu erreichen. Mit Funken aus meinen Fingerspitzen konnte ich die Ränder der Macht berühren, aber meine Magie reichte nicht aus, um sie zu nutzen. Wenn ich mich der Macht vollständig hingab, konnte ich vielleicht den Sternenstaub aus meinem Körper verdrängen. Dann blieb nur zu hoffen, dass ich nicht rückfällig werden würde, sobald ich davon befreit war.

Untergehakt bei dem Mann, den ich am meisten hasste,

überlegte ich fieberhaft, wie ich ihm oder einer nahen Wache zur Beruhigung meiner Nerven eine Waffe stehlen könnte.

Als wir die untere Ebene der Stadt erreichten, in der hauptsächlich Menschen und Fae lebten, begannen die Leute, ihre Hände nach mir auszustrecken. Also hob ich ebenfalls den Arm und strich über die Fingerspitzen vieler, was eine kleine Flamme in mir entzündete. Ich streifte meinen Handschuh ab, und jeder direkte Hautkontakt ließ die Flamme heller brennen.

Auster drückte warnend meine andere Hand auf seinem Arm, wohl weil es nicht vorgesehen war, dass ich meinen Handschuh auszog. Doch das war mir egal.

Erst jetzt schwoll das Gemurmel der Menge an. Die Droge betäubte immer noch meine Sinne, sodass ich ihre Worte nicht verstand, aber gelegentlich traf mein Blick auf traurige Augen, in denen Hoffnung und Erstaunen aufleuchteten. Dankbar nahm ich lächelnde Gesichter jeden Alters wahr, während ich weiter über die Hände all jener strich, die mich noch nicht aufgegeben hatten.

Jemand drückte mir ein warmes Stoffbündel in die Hand. Ich entfaltete den lilafarbenen Stoff, erkannte schwarze Flügel, den Schlüssel und die stolz darüber prangende Konstellation … und blieb stehen.

Als ich zurückblickte, wusste ich nicht mehr, wer mir das neue Banner der Sternenmaid gegeben hatte. Fast hätte ich den Schleier zurückgeschlagen, um die Menge besser erkennen zu können. Doch da zog Auster mich schon enger an sich. Die Reihen der Wachen um uns schlossen sich, und ich fragte mich, ob sie etwas bemerkt hatten, das ich noch nicht wahrgenommen hatte, oder ob es bloß daran lag, dass Auster das Geschenk in meiner Hand gesehen hatte.

Schnell pflückte er mir das Banner aus den Fingern. Ich griff danach, aber meine Bewegungen waren zu träge.

»Ertränke die Welt in Sternenlicht!«

Der Ausruf kam aus den Tiefen der Menge, ein Kampfesschrei von einem der Umstehenden. Die Wachen zückten ihre Waffen. Ein lauter Knall dröhnte in meinen Ohren, und plötzlich waren wir von violettem Rauch umgeben. Weitere Explosionen folgten, und ich hatte in meinem benebelten Zustand Schwierigkeiten, zu folgen.

Irgendwie wurde ich von Auster getrennt und fand mich inmitten der Menge wieder. Der Rauch, den ich mit jedem panischen Atemzug einatmete, brachte mich zum Husten.

Reiß dich zusammen.

Ich zerrte mir den Schleier vom Gesicht. Überall auf meinem Kleid und meiner Haut waren lilafarbene Rußstreifen. Das Adrenalin schärfte meine Sinne wieder etwas, ich schüttelte den Kopf und orientierte mich im Gedränge. Einige der Leute *kämpften* gegen die Celestials in Austers Uniform. Überall bemerkte ich Armbinden an den Oberarmen der Kämpfenden – *mein Banner.*

Ich streckte die Finger und *suchte* Lightsdeath, die einzige Kraft, die mir noch helfen konnte.

Ich behalte die Kontrolle.

Ich verletze keine Unschuldigen.

Wieder brachte ich zunächst nur ein Kribbeln in den Fingerspitzen zustande, aber ich tauchte immer tiefer ein, rang mit der abstumpfenden Wirkung des Sternenstaubs.

»Schützt die Maid!«, schrien Austers Männer.

Aber sie wollten mich nicht schützen, sie wollten mich fangen.

Hektisch blickte ich mich nach Auster um, nicht aus Sorge, sondern in plötzlich aufsteigender Wut. So einfach würde er mir nicht entkommen. Die Leute rebellierten, weil sie seine Lügen nicht glaubten. Dieser Konfrontation durfte er sich nicht einfach feige entziehen.

Aber um mich waren einfach zu viele Körper, zu viel Rauch. Also suchte ich die Verbindung zu ihm, die ich immer spüren würde, solange er lebte. Ich nahm eine Richtung wahr, wirbelte herum und erspähte eine kleine, eng stehende Gruppe Wachen, die offensichtlich eine wichtige Person schützten.

Schwankend schob ich mich durch die Menge, getrieben vom Adrenalin.

»AUSTER!«, brüllte ich.

Er hörte mich. Zwischen den Wachen hindurch fingen seine braunen Augen meinen Blick auf. Doch er wandte sich ab, zog sich weiter zurück.

Mein Rachedurst gewann gegen meinen Verstand.

Unbemerkt zog ich ein Messer aus dem Gürtel einer Person neben mir, aus reinem Instinkt, getrieben von meiner Wut. Eine Sekunde später hatte der Dolch bereits wieder meine Hand verlassen und steckte im Nacken einer von Austers Wachen. Als sein Körper zu Boden sackte, wirbelte Auster wutentbrannt zu mir herum.

Ich rannte auf ihn zu und schnappte mir das Schwert der Wache, die ich gerade getötet hatte. Im gleichen Moment hob Auster seins zum Angriff.

Die Klingen trafen aufeinander, und das durchdringende Klingen von Metall auf Metall schrie unser beider Schmerz heraus.

»Du magst vielleicht große Reden schwingen, Auster. Aber deine Taten sind nichts als kleinlich und armselig«, zischte ich.

Dann ließ ich mein Schwert an seinem entlanggleiten und griff an, so gut ich konnte.

Mir war klar, dass ich im Moment völlig unterlegen war. Die Waffe in meiner Hand war zu schwer für mich, der Sternenstaub schwächte nach wie vor meine Muskeln, das Kleid schränkte meine Bewegungen ein, aber ich war so verdammt sauer, dass ich es trotzdem versuchte.

»Steckst du hinter alldem?«, fragte er, während er meine Attacken abwehrte. »Sieh nur, was für ein Blutvergießen du ausgelöst hast. Diese Leute verlieren für dich sinnlos ihre Leben, Astraea.«

»Sie kämpfen für einen guten Zweck, den sie im Herzen tragen. Sie wehren sich gegen Tyrannen wie dich.«

Mein Bedürfnis, ihn zu treffen, auch nur ein paar Tropfen Blut zu sehen, war so überwältigend, dass ich wie eine Besessene vordrang.

»Dein Gift hat diese Lande verdorben«, sagte Auster. »Aber *ich* bin das Gegenmittel.«

Ich lachte wie im Wahn, bereits am Ende meiner Kräfte angekommen. Und trotzdem schwang ich immer wieder das Schwert gegen ihn.

Auster trat zwei Schritte zurück, um meinem nächsten Angriff auszuweichen.

Ich blieb schnaufend stehen und versuchte, in der Kampfpause wieder zu Atem und zu Verstand zu kommen. »Beenden wir es, Auster. Hier und jetzt.«

»So kämpfe ich nicht gegen dich. Nicht in deinem Zustand.«

»Wieso? Du fühlst dich doch immer nur stark, wenn ich schwach bin.«

Austers Blick verdunkelte sich. Hinter seinen Augen zuckten blaue Blitze, und ein Sturm braute sich zusammen. Abwehrbereit hob ich das Schwert, und er schleuderte mir einen Blitz entgegen. Mit breit aufgestellten Füßen spannte ich in Erwartung des Einschlags meinen ganzen Körper an. Der Strom floss in die Klinge und rauschte durch mich hindurch. Ich kannte seine Magie gut und würde mich davon nicht zu Boden bringen lassen.

Ganz entgegen seiner Absicht verdrängte der durch mich summende Blitz einen Großteil des Sternenstaubs, der mich körperlich und mental schwächte.

»Ergreift sie!«, befahl Auster.

Als Antwort auf seinen feigen Befehl entfuhr mir ein Knurren. Jetzt musste ich gleichzeitig ihn und die näher kommenden Wachen im Blick behalten, die mich in eine bestimmte Richtung drängten.

Auster warf mir noch einen eiskalten Blick zu, dann wandte er sich ab, zog sich zurück und überließ es anderen, mich *festzunehmen.*

»Du kannst mir nicht entkommen, Auster Nova!«, schrie ich.

Er blieb stehen, seine Schultern versteiften sich, aber er drehte sich nicht um.

»Wenn die Dunkelheit hereinbricht, steige ich aus den Schatten auf – und du wirst in ihnen versinken. Das Letzte, was du siehst, bevor das Licht für dich für immer verlischt, wird mein Gesicht sein.«

Er ballte die Hände zu Fäusten, und kurz rechnete ich damit, dass er umkehren würde, doch er tat es nicht.

In der Hand einer der Wachen sah ich etwas aufglänzen. Noch mehr Sternenstaub.

Waren sie etwa alle damit ausgestattet, damit nur einer von ihnen mir nah genug kommen musste, um mich wieder zu sedieren?

Diese Konfrontation schien mir immer aussichtsloser. Ich musste einen Ausweg finden, auch wenn Auster noch so nah war, dass ich mich trotz der geringen Aussicht auf Erfolg am liebsten noch einmal mit erhobenem Schwert auf ihn gestürzt hätte.

Gleich würden sie mich wieder ergreifen …

Doch da flog ein kleiner schwarzer Vogel über die Köpfe der Celestials vor mir hinweg.

Ich war nicht allein. Ich war nie allein. Alle, die jetzt unter meinem Banner kämpften, sowohl Menschen als auch Fae, hatten genau gewusst, wann sie wo sein mussten. Der Vogel stürzte sich in die Menge und verschwand mit einem Lichtblitz.

Dann erspähte ich im Gedränge Davina, und sie *zwinkerte mir zu.*

Sie schloss sich nahtlos dem Kampf an und feuerte elegant tänzelnd Dolche aus ihrem Fächer ab. Da wusste ich, dass Rose und Zath auch irgendwo sein mussten. Davina hatte ihren Einfluss im Fae-Widerstand genutzt, um ihn zum Widerstand der Maid zu machen und für weitere Arten als nur Fae zu öffnen.

An dem Tag, als Auster mich vor dem Schloss präsentiert hatte und seine Hochzeitsankündigung ruiniert worden war – das war eine Warnung gewesen.

Das hier … das war der erste Schritt eines Aufstandes gegen die Ordnung der High Celestials.

Ehe Austers Soldaten mich erreichen konnten, stellten sich bereits andere im Kreis um mich herum mit gezückten Waffen auf, auch wenn sie gegen die Macht der Celestialsoldaten wenig ausrichten konnten. Es sollte nicht ihre Aufgabe sein, mich zu verteidigen.

Es war *meine* Aufgabe, *sie* zu beschützen.

Ertränke die Welt in Sternenlicht.

Das war zum Kampfschrei der Leute geworden, die jetzt meinen eisernen Willen weckten, für sie stark zu sein.

Ich bin Astraea Lightborne. Die Sternenmaid. Tochter von Abendrot und Morgengrauen. Die Göttin der Gerechtigkeit.

Ich bin Lightsdeath.

Der feste Glauben entzündete ausreichend unterdrückte Magie in mir, um mich daran festzuklammern. Mit einem Urschrei zog ich sie aus den tiefsten Tiefen hervor, fiel auf die Knie und rammte die Faust in den Boden. Die Steine barsten unter dem Stoß, der sämtliche Soldaten um die Leute direkt an meiner Seite herum zurückschleuderte. Die Risse im Pflaster füllten sich mit flüssigem Silber, als würden meine Tattoos mir von der Haut rinnen und ein Netz um mich bilden.

Die glitzernden Silberpfützen lenkten mich einen Moment lang ab. Sie ähnelten dem Sternenstaubelixier so sehr, dass mir das Wasser im Mund zusammenlief.

Nein. Ich habe kein Verlangen danach.

Ich habe kein Verlangen danach.

Ich kniff die Augen zusammen und unterdrückte mein Begehren nach der Droge, das sich prickelnd unter meiner Haut ausbreitete und mir als metallischer Geschmack auf der Zunge lag.

Die Hand auf den Boden gepresst, verharrte ich immer noch in der Position meines magischen Angriffs, als ich spürte, wie ein Schatten meine Finger streichelte.

Ich öffnete die Augen. Dunkelheit überzog die silbernen Bäche und verwob sich mit meinen Fingern. Ich blickte auf und sah die Quelle der Schatten auf mich zukommen, vollkommen gelassen inmitten des Chaos. Zu meiner Erleichterung und Überraschung schienen die Leute um mich herum Nightsdeath genauso wenig zu fürchten wie ich. Sie ließen ihn bis zu mir durch. Dann hockte er sich vor mich.

»Hallo, Starlight«, schnurrte er.

Er benutzte Nytes Spitznamen für mich, was mir fast ein Wimmern entlockt hätte. Nightsdeath pflückte mir den Kamm, an dem mein Schleier befestigt war, aus dem Haar und warf ihn beiseite. Als er mir die Hand entgegenstreckte, ergriff ich sie und erhob mich mit zittrigen Knien.

Ich blickte mich in der Menge um, die sich den Celestials, die wieder Ordnung herstellen wollten, nach wie vor widersetzte. Die Soldaten wendeten rohe Gewalt und Magie an, und all die Schreie, die den Tod oder die Niederlage Unschuldiger verkündeten, trafen mich tief in der Seele.

»Rette sie«, bat ich ihn.

Nightsdeath legte den Kopf schief. Offenbar fand er meine Bitte gleichermaßen amüsant wie interessant. Doch wenn Nightsdeath den Leuten half, während ich nicht dazu in der Lage war, könnte er damit seine Treue beweisen. Das könnte der erste Schritt der Wiedergutmachung für Nyte sein, den ich hoffentlich bald wieder vollständig bei mir haben würde.

»Bitte«, sagte ich und umfasste seine Hand fester.

Er legte mir die andere an die Wange und sah mir tief in die Augen. »Und dann suchen wir gemeinsam den Schlüssel«, sagte er und strich mir die Haare über die Schulter.

»Ja.«

»Also gut.«

Nightsdeath bewegte sich so schnell und elegant wie eine Klinge aus Schatten, die von einer unsichtbaren Hand durch die Reihen der Celestials geschwungen wurde. Er schien kaum mehr einen Körper zu haben, sondern eher ein lebendiger Streifen reiner Dunkelheit zu sein. Fasziniert und voller Grauen sah ich dabei zu, wie er Seelen erntete und Blut vergoss, ehe auch nur eines seiner Opfer ihn kommen sah.

Erst als ich einen rosa Fleck in der Menge bemerkte, verlor ich Nightsdeath aus den Augen. Rose starrte den Schatten, der zwischen den Celestialwachen hindurchpflügte, an, als wäre ihr größter Albtraum wahr geworden. Mit weit aufgerissenen, angsterfüllten Augen fing sie meinen Blick auf.

Alles, was ich tun konnte, war, einmal kurz den Kopf zu schütteln.

Keiner von ihnen konnte mir zu Hilfe eilen. Sie hatten Verstärkung im Kampf gegen Auster gewonnen und würden weiter Verbündete suchen, während wir getrennt waren. Aber Nightsdeath durfte sie nicht sehen. Fand er auch nur einen meiner Freunde, hätte er jemanden, den er foltern oder töten konnte, um mir zu entlocken, wo Nyte sich befand.

Zath betrat mein Sichtfeld, und mir tat das Herz weh, so sehr vermisste ich ihn. Er griff nach Roses Arm und flüsterte ihr etwas ins Ohr. Jetzt, da Nightsdeath den Kampf übernommen hatte, war es Zeit für sie, sich zurückzuziehen. Zath blickte mich direkt an, und sein besorgter Gesichtsausdruck brachte meinen Puls zum Rasen, weil ich Angst hatte, dass er in seiner beschützerischen Dickköpfigkeit den Plan über Bord werfen und zu mir kommen könnte. Er hätte nicht einmal hier sein sollen. Seine Verletzungen mussten schließlich noch heilen.

Doch er hob nur den Blick. Als ich mich umwandte, sah ich den Blutmond am Himmel prangen. Ein leuchtender, perfekter Kreis.

Mir stockte der Atem, als ich verstand …

Ich wirbelte wieder herum, und Zaths Miene erstickte meine aufkeimende Hoffnung sofort. Mit einem knappen Kopfschütteln ließ er das Gewicht der ganzen Welt auf meine Schultern fallen.

Eltanin war alt genug, um einen Reiter zu wählen. Entweder hatte der Drachenbund Nyte nicht wecken können, oder Eltanin hatte ihn nicht gewählt.

Vielleicht bleibt noch etwas Zeit. Es könnte immer noch funktionieren, und dann kommt Nyte mich holen.

In mir rang ein letzter Rest Hoffnung mit meiner Verzweiflung.

Zath und Rose wurden von der hastig flüchtenden Menge mitgerissen, und nur meine schwachen Knie hielten mich davon ab, ihnen hinterherzurennen. Auch für mich war es jetzt Zeit für den Rückzug, Hand in Hand mit der gefühlskältesten Kreatur dieser Welt.

»Bist du bereit zu gehen, mein Stern? Oder möchtest du, dass ich weiter deine Feinde niedermetzele?«

Ich blickte auf, direkt in zwei wild glühende Sonnen inmitten der Dunkelheit, die Nytes Gesicht imitierte, allerdings ohne jedes Zeichen von Lebendigkeit in seiner Hautfarbe. Er war auf gespenstische Art und Weise hypnotisierend.

Fürs Erste war das der einzige Teil von Nyte, den ich hatte, so Furcht einflößend und unberechenbar er auch war. Und doch – als ich eine Hand in die seine schob, gemacht aus sich kräuselnden Schatten, fühlte sich ein Teil meiner Seele zu Hause.

TEIL ZWEI

DU WARST MEIN BESTER FREUND

15

Astraea – Vergangenheit

An Nytes Seite war Astraea auf dem Weg, ihr Bündnis der unwahrscheinlichsten Gruppe zuerst zu verkünden. Seine Hand streifte ihre, und sie bekam Schmetterlinge im Bauch, als er sie ergriff.

»Wie fühlst du dich?«, fragte er leise – in dieser Höhle wurde jedes Wort als Echo zurückgeworfen.

»Als würde ich gleich mitten in ein Nest von Vampiren spazieren, die mich tot sehen wollen.«

Im Dunkeln konnte sie sein Lächeln erahnen. Es wurde begleitet vom zuversichtlichen Streicheln seines Daumens.

»Genau das wollen wir ja ändern. Aber wenn einer von denen dich auch nur schief anguckt, wird es das Letzte sein, was er oder sie je tut.«

»Warum kommt es mir so vor, als würdest du hoffen, dass genau das passiert?«

»Sonst komme ich noch aus der Übung.«

»Immer dieser unersättliche Hunger nach Gewalt.«

»Das musst *du* gerade sagen. Du hast in letzter Zeit wenigstens ein paar Kämpfe erlebt.«

Als vor ihnen das Echo von Stimmen erklang, wurde sie immer unruhiger.

»Wie kannst du sicher sein, dass keiner von ihnen es deinem Vater erzählen wird?«

»Das kann ich nicht. Darum muss ich mich dann eben kümmern, falls er die Neuigkeiten erfährt. Aber die Vampire hier folgen ihm nicht und stimmen auch nicht mit seinen Methoden überein. Sie haben eine eigene Armee gebildet, geführt von Vampirältesten, die nach Frieden und Gleichheit streben.«

Er hatte ihr das bereits erklärt, und sie vertraute Nyte bedingungslos. Trotzdem konnte sie sich schwer vorstellen, dass es eine solche Vampirtruppe tatsächlich gab. Schenkte man den High Celestials Glauben, hatten sich sämtliche Vampire Nytes Vater angeschlossen, um sie und die Celestials zu stürzen und die Herrschaft über Solanis zu übernehmen.

»Und sie waren bereit, mich zu empfangen?«

Nyte zögerte einen Moment zu lange, bis er antwortete. Ihr Blick zuckte zu ihm hoch, und eine neue Welle der Beunruhigung überrollte sie.

»Könnte sein, dass ich ihnen noch nichts davon erzählt habe«, gab er zu.

Sie wollte ihrem Unglauben Ausdruck verleihen, doch mittlerweile waren sie am Ende des Tunnels angelangt, und sie konnte hinter dem Durchgang bereits mehrere Gestalten erkennen. Nyte verschränkte einfach nur seine Finger mit ihren als Zeichen ihrer Zusammengehörigkeit, dann zog er sie, ohne zu zögern, mitten durch die Vampirmenge, die sich für ihn teilte, sobald die Ersten ihn bemerkt hatten.

Astraeas gesamter Körper spannte sich mit jeder finsteren Miene, die sie erblickte, weiter an. Die gefauchten und gemurmelten Unmutsbekundungen brachten ihr Herz zum Pochen, und sie umklammerte Nytes Hand so fest, dass ihre Knöchel weiß hervortraten. An der Hüfte trug sie den Schlüssel in Form eines kurzen Stabs, aber in diesem Raum wimmelte es nur so von Vampiren. Sie kam sich weit unterlegen vor.

»Entspann dich«, sagte Nyte durch ihre Verbindung zu ihr, ohne sie anzusehen.

»Du willst mich wohl verarschen.«

Der Mistkerl wagte es, den Mundwinkel zu einem angedeuteten Lächeln zu verziehen, während er sich in der riesigen Höhle umblickte. An mehreren Stellen öffneten sich Höhlengänge zu balkonartigen Vorsprüngen, auf die weitere Vampire hinaustraten, um zu ihnen hinabzusehen. Sie vermutete, dass viele Nachtwandler hier lebten, bei all den roten Augen und ledernen Flügeln um sie herum.

Nachdem die letzten Vampire beiseitegetreten waren, blieb Nyte vor einem massiven Tisch stehen. Zu beiden Seiten saßen jeweils acht Vampire, die sich jetzt wütend und überrascht erhoben.

Alle bis auf eine.

Astraeas Blick ruhte auf der Vampirin, die sitzen geblieben war. Die eine Hälfte ihres schulterlangen glatten Haars war schwarz, die andere weiß. Sie blickte von ihren verschränkten Fingern auf und musterte Astraea aus neugierigen grauen Augen.

»Was hat das zu bedeuten?« Einer der anderen, die sich von ihren Stühlen erhoben hatten, bellte die Frage heraus, die sich vermutlich gerade alle stellten.

»Meines Wissens ist das ein ganz normales Treffen des Vampirwiderstands«, antwortete Nyte gelassen.

»Warum hältst du mit der Maid Händchen, statt sie in Ketten hereinzuführen?«, fauchte ein anderer.

»Sie ist mein Gegenstück. Das ist die einzige Warnung, die ich euch gebe. Passt auf, was ihr über sie sagt und wie ihr mit ihr redet.«

Ein kollektives Keuchen ging durch die Menge. An ihrer Abneigung Astraea gegenüber schien das erst einmal nichts zu ändern. Aber sie hatte sich bereits darauf eingestellt, dass es ein langer Weg werden würde, Vertrauen auf beiden Seiten zu gewinnen.

Schließlich stand auch die letzte Vampirin langsam auf.

»Ich habe nicht erwartet, dich hier zu treffen«, sagte Astraea.

Sie konnte Nytes fragenden Blick spüren. Als die Vampirin sie schließlich anlächelte, lächelte Astraea zurück.

»Genauso wenig, wie ich dich erwartet habe, Astraea Lightborne.«

Astraea versuchte, Nytes Hand loszulassen, aber er hielt sie noch fester als zuvor.

»Laviana ist die Tochter zweier meiner Hüter. Sie wird mir nicht wehtun«, teilte sie ihm durch ihre Verbindung mit.

Daraufhin ließ er sie los, aber sie spürte weiterhin die Anspannung, mit der er nach jeder verdächtigen Regung Ausschau hielt.

Als Astraea fast vor der Vampirin stand, verlangsamte sie ihre Schritte, unsicher, wie sie sich nach mehreren Jahrzehnten der Entfremdung begrüßen sollten. Die Schattenlose zögerte jedoch nicht, Astraea an sich zu drücken. Erst jetzt wurde ihr klar, wie sehr sie diese Umarmungen vermisst hatte.

»Schön, dich zu sehen, Laviana.« Astraea wurde plötzlich von einer Gefühlswelle überrollt, als all die schönen Erinnerungen an Lavianas Eltern hochkamen, die Schattenlose und den Celestial unter ihren Hütern.

»Deine Herrschaft muss viel von dir gefordert haben, seit die Hüter von uns gegangen sind«, sagte Laviana mit einer Spur von Mitgefühl.

»Nicht mal sie hätten wohl diese Wendung des Schicksals vorhersagen können.«

»Und sie hätten auch keine bessere Arbeit als du leisten können, um das Reich zusammenzuhalten.«

Bei diesen Worten breitete sich stolze Wärme in ihr aus – vor allem, da sie von dieser Person stammten, die für sie wie eine entfernte Schwester war. Die sechs Hüterinnen und Hüter waren auch Astraeas Eltern gewesen.

»Wir brauchen eure Hilfe«, sagte Astraea leise.

»Dann bin ich froh, dass du dich hergetraut hast.«

»Weißt du, wo die anderen sind?«

Seit die Hüter sie vor Jahrzehnten verlassen hatten, hatten ihre Kinder sich über den Kontinent Solanis verstreut, um ihre eigenen Lebenswege einzuschlagen.

»Die Zwillinge sind, nicht lange nachdem unsere Eltern gegangen sind, zu den Inseln im Osten von Althenia aufgebrochen. Sie wollten sich dort niederlassen. In Althenia bist du ihnen nicht begegnet?«

Astraea schüttelte den Kopf. Sie hatte die Nachtwandlerbrüder zuletzt gesehen, kurz bevor ihre Hüter gegangen waren.

»Tarran?«, fragte Astraea, und ihre Brust verengte sich.

Lavianas Gesicht nahm einen sorgenvollen Ausdruck an. »Er will nach wie vor nicht gefunden werden.«

Selbst wenn er hier wäre – Astraea wäre sicher die letzte Person, die er gerne sehen wollte. Wie sollte er auch derjenigen gegenübertreten können, die seinen Partner zum Tode verurteilt hatte? Die bisher schwerste Entscheidung ihrer gesamten Herrschaft. Tarrans Gegenstück war ein Nachtwandler gewesen, der sich bereits vor Jahrzehnten Nytes Vater angeschlossen hatte. Mit einer Gruppe anderer Vampire war er gefasst und seiner gerechten Strafe zugeführt worden.

Wie Tarran sie um sein Leben angefleht hatte, verfolgte Astraea bis heute. Tarran hatte bis dahin nichts von Greshams Verstrickung in diese dunklen Machenschaften geahnt. Doch selbst für Tarran, ihren Freund und auf gewisse Weise auch ihren Bruder, konnte sie Greshams Verbrechen, die Morde an so vielen Unschuldigen, nicht entschuldigen.

Egal, wie sehr es ihr im Herzen wehtat.

Nyte legte ihr eine Hand um die Taille, und ihre verkrampften Muskeln entspannten sich ein wenig. »Du hast nie erwähnt, dass du Astraea persönlich kennst«, sagte er zu Laviana.

»Wieso sollte ich? In den Augen aller hier Anwesenden ist sie genauso sehr unsere Feindin wie die High Celestials.«

»Und du selbst hast das nicht geglaubt?«, fragte Astraea.

»Nein, nie. Ich kann verstehen, in was für einer schwierigen Position du steckst, was den bevorstehenden Krieg angeht. Das konnte ich hier bloß nicht herausposaunen«, sagte sie. »Ich bin froh, dass du endlich zu uns gekommen bist.«

»Das klingt, als hättest du mich erwartet.«

Sie lächelte warm. Astraea hatte sie vermisst. »Du bist die Sternenmaid, du sprichst für uns alle. Ich wusste, dass du die Hüter nicht enttäuschen und dich nicht nur deiner Schöpfer wegen den Celestials anschließen würdest.«

Lavianas Blick fiel auf Nytes Arm um ihre Taille. »Aber das hier kommt unerwartet. Ich hätte gedacht, dass der berüchtigte Nightsdeath dein größter Feind ist.«

»Das ist er auch«, sagte Astraea und warf ihm einen necken-den Blick zu.

In Nytes Lächeln verbarg sich eine Spur Unruhe, weil es stimmte. Nightsdeath würde sie immer töten wollen. Bisher hatten sie Glück genug gehabt, dass er in ihrer Gegenwart nicht die Kontrolle an diese reine Dunkelheit verloren hatte. Die Welt ahnte nicht, dass *Nyte* mit dem Boten des Todes und des Blutvergießens in einem Körper lebte. Nyte, eine Person, die Liebe und Zuneigung mit so viel Bedacht schenkte, dass alles Materielle für ihn wertlos war.

»Jetzt lasst uns die aufgebrachten Gemüter hier beruhigen und mit dem Treffen fortfahren«, sagte Laviana.

»Was hat eure Verbindung zu bedeuten?«, fragte ein Seelenloser, der von Nytes und Astraeas Bekanntgabe nicht gerade begeistert zu sein schien.

Die Frage ließ erneut Unruhe in der angespannten Zuhörerschaft aufkommen – von Empörung über Verwirrung bis zu Neugier. Vielleicht sogar Hoffnung. Einige sahen Nyte und Astraea an, als könnten sie die Antwort sein, von der sie gar nicht gewusst hatten, dass sie sie suchten.

»Bist du auf unserer Seite?«, fragte ein anderer sie.

»Ja … und nein«, antwortete sie ehrlich.

Es prasselten so viele Fragen und Meinungen auf sie ein, dass Astraea nicht mehr hinterherkam.

»Würdest du dich wirklich gegen die High Celestials wenden?«

»Eingebildeter Abschaum!«

»Was ist mit der Treue zu deinem Vater?«

Von allen Seiten hagelte es Fragen für sie beide. Sie spürte Nytes zunehmende Verärgerung über das sinnlose Chaos. Plötzlich wurden die lautesten Stimmen von Würgelauten erstickt. Nyte war in mehrere Köpfe eingedrungen und hatte ihnen die Fähigkeit genommen, zu sprechen. Das ließ auch die restlichen Wortmeldungen schnell verstummen. Er konnte diese invasive Fähigkeit so mühelos anwenden, dass es einem beim Zusehen schauderte. Nach wenigen Augenblicken zog Nyte sich wieder aus ihrem Geist zurück, und plötzlich herrschte absolute Ruhe.

»Ich habe dieses Treffen einberufen, um euch allen zu verdeutlichen, was es für unser Ziel, Gleichberechtigung für Vampire zu erreichen, bedeuten kann, dass wir verbündet und verbunden sind. Astraea stellt mit ihrer Anwesenheit hier alles aufs Spiel, also erweist ihr gefälligst Respekt – sonst bekommt ihr meine Wut zu spüren.«

Nyte führte Astraea ans Kopfende des Tisches. Er ermunterte sie, Platz zu nehmen, und setzte sich schließlich selbst auf ihre Armlehne, als wäre das die übliche Sitzordnung.

Dann ergriff er ihre Hand und blickte ihr tief in die Augen, was ihr etwas von ihrer Nervosität nahm, obwohl sie von Hunderten von Vampiren beobachtet wurden.

»Zeig ihnen, wie hell du leuchtest, Starlight«, sagte Nyte in Gedanken zu ihr.

»Das lief besser als erwartet«, bemerkte Nyte, als sie nach dem Vampirtreffen wieder durch den dichten Wald liefen.

»Ich konnte nichts tun außer zuhören«, sagte Astraea weniger begeistert.

Nyte drückte ihre Hand. »Du hast gehört, was sie zu sagen hatten, und sie wissen auch, dass sich nicht alles über Nacht ändern kann. Aber du hast dir Zeit für sie genommen. Das ist schon mal ein entscheidender Schritt, um herauszufinden, wie sich die Welt für sie gerechter gestalten lässt.«

Schon lange wurden die Vampire von den Celestials unterdrückt und ausgenutzt. Die Nachtwandler jagten für sie Nephilim. Die Schattenlosen waren aufgrund ihrer natürlichen Anziehungskraft nützlich. Wenn sie von einer Person tranken, wurde dabei ein Aphrodisiakum ausgeschüttet, das es erleichterte, Verräter und Verbrecherinnen zu entlarven oder dem Gegenüber Informationen zu entlocken. Die Seelenlosen verspeisten die Seelen von solchen Kriminellen.

Aber obwohl sie von den Celestials kontrolliert wurden und sich für sie die Hände schmutzig machten, wurden sie selbst wie Abschaum behandelt.

An diesem Abend hatte Astraea sich viele Berichte aus erster Hand angehört. Jetzt wirbelten ihre Gedanken wild umher, und sie fragte sich, wo man ansetzen sollte, um die Machtverhältnisse gerechter zu gestalten. Sie war vielleicht die Sternenmaid, aber die vier High Celestials konnten sie in Althenia mit ihrer Autorität mühelos überstimmen.

»Also doch kein Blutvergießen heute, tut mir leid«, sagte Astraea abwesend.

Dann keuchte sie auf, als Nyte sie plötzlich an der Hüfte packte und mit dem Rücken gegen einen Baumstamm drückte.

»Der Abend ist noch nicht vorbei«, sagte er und hauchte ihr verführerisch über den Hals. »Blutest du für mich, Starlight?«

Alles in ihr schrie danach, Ja zu sagen und ihn von ihr trinken zu lassen, aber noch lustvoller war die köstliche Spannung, die sie aufbauen konnte, indem sie es ihm verwehrte.

»Du willst mein Blut? Verdien es dir.«

Er strich ihr mit den Lippen über die Kehle, und Astraea schloss die Augen. Als er die Zähne über ihre Haut kratzen ließ, schob sie ihm eine Hand in die Haare. Aber er biss nicht zu.

»Und wie?«, fragte er mit rauer Stimme.

»Nicht schummeln. Das musst du schon selbst herausfinden.«

»Keine Sorge, ich weiß genau, was du willst.«

Mit den Zähnen durchstieß er fast ihre Haut, sodass sie bereits einen scharfen Schmerz spürte und sich auf die Lust einstellte, die sie überrollen würde, sobald er sie in ihr versenkte. Aber er tat es nicht. Das Stechen legte sich und wurde durch das sanfte Streicheln seiner Lippen ersetzt. Frustriert packte sie seine Haare noch fester.

»Habe ich mich heute nicht gut genug benommen, es zu *verdienen?*«, fragte er und versuchte, sie zum Nachgeben zu bringen.

Aber sie würde ihn nicht bitten, sie zu beißen. Dieses Spielchen spielten sie häufiger, und es entfachte jedes Mal ein Feuer in ihr. Astraeas Lust regte sich, als sie daran dachte, wie Respekt einflößend und attraktiv er bei dem Treffen gewirkt hatte, als er einen Saal voller Vampire dominiert hatte. Zum ersten Mal hatte sie miterlebt, wie er von seinem berüchtigten Ruf Gebrauch gemacht hatte. Doch das war nicht alles. Die Vampire des Widerstandes fürchteten ihn offensichtlich, aber sie begegneten ihm auch mit Respekt und teilweise sogar *Ehrfurcht*.

Astraea betrachtete den Abend als Hoffnungsfunken für die Zukunft. Wenn sie den Rest des Kontinents überzeugen konnten, ihn durch ihre Augen zu sehen und nicht nur als gnadenloses Monster, dann wuchsen auch ihre Chancen, Seite an Seite zu herrschen.

»Du warst wirklich sehr artig«, schnurrte sie zustimmend und zog ihn am Revers näher an sich heran.

Ihre Lippen berührten sich fast, da versteifte er sich plötzlich, und sie hörte einen Zweig knacken. Nyte drehte sich um und streckte einen Arm nach hinten, wie um sie vor dem Störenfried abzuschirmen. Eine Gestalt tauchte in Astraeas Sichtfeld auf, und sie erkannte einen der Vampire vom Versammlungstisch wieder. Er war nicht allein. Sie bemerkte einen weiteren, dann noch einen, dann hörte sie auf zu zählen, als immer mehr Vampire langsam und raubtierhaft zwischen den Bäumen hervortraten.

»Ich warne dich genau einmal. Heute Abend habe ich keine Lust auf Scherereien, Zender«, sagte Nyte ruhig.

Astraea legte Nyte eine Hand auf den Arm, und er hielt sie nicht davon ab, neben ihn zu treten.

»Wir sollten sie gegen die Celestials verwenden und uns nicht mit diesem lächerlichen Bündnis abgeben, das auf nichts als deiner eigenen Lust beruht, *Nightsdeath*«, sagte der Blutvampir bitter.

»Also wollt ihr sie gefangen nehmen«, stellte Nyte fest.

»Rück sie heraus, dann gibt es keine Schwierigkeiten.«

Nyte blickte zu ihr herab. »Was meinst du?«

Sie verkniff sich ein Grinsen und seufzte stattdessen dramatisch. »Na ja, ich bin schon ziemlich müde.«

Astraea trat vor und streckte ihnen die Arme entgegen, wie um sich fesseln zu lassen.

Die Vampire tauschten nervöse Blicke aus, wollten ihre unmittelbare Kapitulation anscheinend nicht wahrhaben.

»Wenn ihr kämpfen wollt, dürft ihr nicht so zögerlich sein«, sagte Nyte und griff an.

Hinter sich hörte Astraea nur ein lautes Knacken und einen Schmerzensschrei, schon legte sie ebenfalls los.

Sie feuerte eine Lichtkugel auf einen Vampir ab, während sie nach dem Schlüssel griff und ihn in ein Schwert verwandelte, das sie dem nächsten Vampir in den Bauch stieß.

Sie hatte wirklich gedacht, das Treffen wäre gut gelaufen, aber offenbar hatte sie sich in einem Moment der Leichtgläubigkeit täuschen lassen. Natürlich ließ sich nicht jeder überzeugen, mit der Person, die vermeintlich die Hauptschuld am eigenen Unglück trug, ein Bündnis einzugehen. Astraea fühlte sich schuldig, aber sie musste auch akzeptieren, wie viele entgegengesetzte Seiten sie in jedem Konflikt zu bedenken hatte.

Mittlerweile hatte sie fünf Angreifer getötet, doch es kamen immer noch neue nach. Obwohl sie sie gefangen nehmen wollten – und ihre weiteren Pläne wollte sie sich gar nicht erst vorstellen –, tat es ihr um jedes Leben leid, das sie beendete. Manchmal war die einzige Wahl, zu töten oder selbst getötet zu werden – nichtsdestotrotz waren alle Leute auf diesem Kontinent *ihr Volk*. Egal, ob sie an sie glaubten und ihr folgten oder nicht.

Nach dem achten toten Vampir wurde sie langsamer. Sie wollte nicht immer weiter töten. Gerade um das zu vermeiden, war sie ja hergekommen.

»Schluss jetzt«, rief sie, während sie sich nur noch verteidigte.

Doch die Gegner drangen unbeirrbar auf sie ein, während sie sie mit Lichtschilden und gezielten Schwerthieben abwehrte.

Erneut versuchte sie es mit Worten. »Ich bin nicht eure Feindin.«

Nachdem sie drei weitere abgeblockt hatte, kam Zender, das Ratsmitglied, auf sie zu. In seinen hasserfüllten Augen sah sie keine Spur von Gnade. Keine Kompromissbereitschaft, kein

Mitgefühl. Aber ihn zu töten, gefährdete die fragilen Anfänge des Bündnisses, das sie heute mit dem Vampirwiderstand zu schmieden versucht hatten.

»Was kann ich tun oder sagen, damit du mir glaubst, mit welcher Hingabe ich mich eurer Sache anschließen will?« Langsam wich Astraea zurück, um wieder zu Atem zu kommen.

Bis sie den Rand eines Abhangs hinter sich wahrnahm und keine Ausweichmöglichkeit mehr hatte.

»Der größte Gefallen, den du uns tun kannst, ist, zu sterben.«

Zender holte aus, aber noch bevor er den Arm richtig heben konnte, durchtrennte eine Klinge aus Dunkelheit seinen Hals. Seine geweiteten Augen wurden glasig, dann stürzte sein Körper zu Boden, und hinter ihm wurde die unheimliche Gestalt Nytes sichtbar.

Nein … das war *Nightsdeath*.

Noch nie hatte sie diesen Teil von ihm vollständig zu sehen bekommen. Bisher hatte Nyte sie immer nur einen flüchtigen Blick auf ihn erhaschen lassen. Sein verändertes Aussehen kannte sie bereits, aber er hatte stets die volle Kontrolle behalten. Sie musste schlucken. Jetzt stand er wie angewurzelt da, die Hände zu zitternden Fäusten geballt, und starrte sie aus hellgoldenen Augen an. Offenbar rang er mit seiner Selbstbeherrschung.

Angst kroch ihr das Rückgrat hinauf, als sie verstand. Er hatte sie gewarnt, hatte gehofft, dass es nie einen Anlass für Nightsdeath gäbe, in ihrer Gegenwart vollständig an die Oberfläche zu steigen. Denn ihr Licht stieß die Dunkelheit ab.

»Lauf *weg*«, presste er hervor, als könnte er jeden Moment den Kampf mit dem Monster verlieren, das sie umbringen wollte.

»Ich lass dich nicht zurück«, sagte sie mit schwacher Stimme, die ihre Angst verriet.

Sein Kopf zuckte zur Seite, das Gesicht schmerzverzerrt. »Du bist zu … zu hell, Astraea.«

»Ja, das bin ich«, sagte sie so ruhig wie möglich und ging langsam auf ihn zu.

»Stopp.« Er stieß dieses eine Wort hervor, ohne sie anzusehen.

»Du brauchst mich genauso sehr wie ich dich. Diese Seite an dir macht mir keine Angst.«

Bei diesen Worten zuckten seine Augen zu ihr. Glühende Sonnen ohne jede Spur von Sanftheit.

»Ich brauche dich nicht.« Die Stimme klang nicht mehr nach seiner. Jedes Wort vibrierte in einem tiefen Bariton.

Astraeas nächster Atemzug brach ab, als er sich in Sekundenschnelle zu ihr herüberbewegte und ihr die Hand an die Kehle legte. Sie taumelte rückwärts, bis ihre Fersen über die Felskante hinter ihr rutschten und sie sich an seinem Arm festklammern musste, um nicht abzustürzen. Er bebte vor Anstrengung, ihr nicht die Kehle zuzudrücken.

»Schon gut. Alles ist gut«, presste sie hervor und bemühte sich, ihre Panik im Zaum zu halten.

Seine Ohrenspitzen waren wie in Kohle getaucht. Er sah Furcht einflößend und wunderschön zugleich aus. Schwarze Linien überzogen seinen Hals und allmählich auch seinen Kiefer, als hätte ihm jemand mit einer Schreibfeder in die Haut gestochen, sodass jetzt Tinte durch seine Adern strömte.

Und diese Augen … noch nie hatte etwas sie so sehr in den Bann gezogen. Das Gold in ihnen waberte wie flüssiges Metall.

Nyte griff nach dem Schlüssel an ihrer Hüfte. Erst als er sich in seiner Hand zu einem Dolch formte, ohne ihm dabei Schaden zuzufügen, verstand sie, was es bedeuten konnte, sich mit jemandem zu verbinden, der reine Dunkelheit in sich trug. Ihre Waffe, die einzige, mit der sie getötet werden konnte, konnte er ebenfalls benutzen.

Er presste die Klinge an ihre Rippen und schickte dabei Schockwellen summender Magie durch ihren Körper, die sich völlig falsch anfühlten.

Bisher hatte sie nicht geglaubt, dass er sie tatsächlich umbringen könnte. Trotz all seiner Warnungen, der Angst, die ihm ins Gesicht geschrieben stand, wenn er von Nightsdeath sprach, und der großen Mühe, mit der er dagegen ankämpfte, ihn die Kontrolle übernehmen zu lassen. Doch jetzt, nur einen Dolchstich vom Tod entfernt, konnte sie die reale Gefahr nicht mehr leugnen.

»Alles ist gut«, wiederholte sie. Sie würde das hier nicht zwischen sie kommen lassen. »Ich liebe dich, und ich vertraue dir.«

»Wie kannst du das nur sagen?« Seine Stimme schwankte zwischen verärgert fauchend und tief betrübt. »Deine Liebe für mich ist tödlich.«

»Wir schaffen das. Die Dunkelheit kann lernen, das Licht zu lieben.« Sie öffnete die Lippen, unterdrückte jedoch ein Wimmern, als der Schlüsseldolch ihr Ledermieder durchstieß und ihre Haut berührte. »Bleib bei mir, Rainyte.«

Die Klinge schnitt ihr in die Haut, als sie sich vorbeugte und ihre Lippen auf seine presste. Schon diese oberflächliche Wunde brannte heiß wie Feuer, und der Schmerz breitete sich in ihrem gesamten Oberkörper aus.

Dann verschwand er. Nyte hatte den Schlüssel in die Leere geschickt, und jetzt umfasste er ihr Gesicht und erwiderte den Kuss mit Leib und Seele. Küsste sie, als könnte sie jeden Moment in seinen Armen sterben. Küsste sie, wie um jeden ihrer Atemzüge mitzuatmen, falls es ihr letzter war.

Dann richtete er sich verstört keuchend auf und legte die Stirn an ihre. Astraea schob die Hände auf seiner Brust ein Stück höher, bis zu der Stelle, an der die schwarzen Venen sich wieder unter seinen Kragen zurückzogen.

»Stell dich mir niemals wieder in den Weg, wenn ich so bin. Hörst du?«, presste er hervor, die Stimme rau und voller Emotionen.

Sie antwortete nicht, konnte noch gar nicht glauben, was gerade geschehen war. Die Schlüsselmagie in ihrem Körper klang bereits ab, ließ aber noch eine pulsierende Warnung zurück.

Nyte trat zurück und sah ihr fest in die Augen. »Wenn ich sage, dass du vor mir weglaufen sollst, dann *rennst* du, verdammt noch mal. Ohne zu zögern, ohne zurückzublicken. Dieser Teil von mir kennt keine Gnade, vor allem nicht für jemand so strahlend Helles, so Mächtiges wie dich. Und falls ich jemals … *Götter*, sollte ich jemals …«

Sie vergrub die Hände im Stoff seines Mantels. Nyte konnte den Satz nicht beenden, aber sie wusste nur zu gut, wie es hätte ausgehen können. Sie war leichtsinnig gewesen, von ihrer Liebe für ihn so geblendet, dass sie den Tod herausgefordert hatte.

Und doch wusste sie, dass sie es jederzeit wieder tun würde.

»Mein Herz gehört sowieso dir«, sagte sie. Als sie zu ihm aufblickte, hatten seine wunderschönen Augen wieder ihren üblichen sanften Bernsteinton angenommen. »Ich werde immer nur mit dir rennen, nicht vor dir weg. Zusammen schaffen wir das schon. Vielleicht musst du diese Seite von dir öfter zumindest zum Teil herauslassen, um in meiner Gegenwart immer mehr Kontrolle darüber zu gewinnen. Auf diesem Kontinent könnte bald Krieg ausbrechen, und dann habe ich vor, an deiner Seite zu kämpfen. Auch dann, wenn du womöglich Nightsdeath sein musst.«

Sie erkannte die innere Zerrissenheit in seinen Augen. Er sehnte sich danach, Seite an Seite mit ihr zu kämpfen, ohne die Kontrolle über Nightsdeath zu verlieren, aber da er bisher keinen Grund gehabt hatte, seine dunkle Macht zu zügeln, hielt er es nicht für möglich.

Sie legte ihm eine Hand an die Wange. »Wir gehen einen Tag nach dem anderen an.«

Nyte nickte kaum merklich. »Meine Tage gehören dir, bis in die Unendlichkeit.«

16

Astraea

Nie hätte ich gedacht, meine Rettung aus dem Schloss von Vesitire könnte in der leibhaftigen Gestalt von Nightsdeath daherkommen.

Bisher waren uns keine von Austers Truppen gefolgt. Nach dem Blutvergießen in der Stadt hatte ich mit Schuldgefühlen zu kämpfen. Ich hatte Nightsdeath gebeten, anzugreifen – ihn geradezu von der Leine gelassen, als wäre er meine persönliche Waffe.

Wer nicht auf meiner Seite steht, ist mein Gegner.

Ich seufzte, und mein Atem stieg in einer dicken Wolke vor mir auf, während wir bei Schneefall durch die Landschaft außerhalb der sich in Terrassen erhebenden Stadt stapften. Zumindest musste ich stapfen. Nightsdeaths Gang wirkte so mühelos, als würde er dahingleiten. Da er die Kälte nicht spürte, trug er nicht einmal einen Mantel oder Handschuhe.

Im Moment beneidete ich ihn fast um seine Empfindungslosigkeit. Es herrschte mittlerweile ein derart erbarmungsloser Winter, dass meine Wangen in der Kälte schmerzten und ich immer wieder meine laufende Nase hochziehen musste. Dabei war ich schon in mehrere Schichten eingepackt, mit Kapuze, Handschuhen und dicken Stiefeln.

Allerdings hätte ich gerne so schnell wie möglich meine mit Blutspritzern bedeckte weiße Kleidung abgelegt.

»Ich kann deine Zähne klappern hören. Das nervt«, sagte Nightsdeath.

Solche beiläufigen Kommentare ließen mich immer wieder aufmerken, als könnte auf wundersame Weise Nytes vollständiger Geist erwacht sein. Doch die Schatten, die er wie Rauchwolken hinter sich herzog, und das übernatürliche Leuchten seiner Augen erstickten diesen Hoffnungsfunken sofort wieder.

»Eine weitere sterbliche Schwäche«, grummelte ich.

»Dann werde gemeinsam mit mir unsterblich. Ich wette, Lightsdeath würde diese elende Jahreszeit genauso wenig spüren wie ich.«

Danach hörte ich lieber auf, mich innerlich über die Kälte zu beschweren.

Eine Weile liefen wir schweigend weiter. Ich wickelte den Mantel eng um mich. Vor Anstrengung, durch den Schnee zu laufen, taten meine Beine bereits weh, aber ich sagte nichts dazu. Er würde nur wieder mit schneidenden Kommentaren oder verlockenden Angeboten antworten, zum Beispiel, dass ich mich seiner ewigen dunklen Herrschaft anschließen sollte.

»Bei deinem langsamen Tempo brauchen wir über eine Woche, um das Schlüsselstück zu holen. Und krank oder tot nützt du mir auch nichts.«

»Danke, dass du dich so um mich sorgst. Aber ich bin nicht so schwach, wie ich gerade wirke.« Langsam kehrte meine Magie zurück, und von Zeit zu Zeit konnte ich mich daran wärmen.

»Wenn du mir sagst, wo es ist, hole ich es allein.«

Weil ich wusste, dass er genau das tun würde, hatte ich Nightsdeath den genauen Ort nicht verraten.

»Zu zweit macht Reisen doch viel mehr Spaß.«

Seine Lippen verzogen sich zu dem echtesten Grinsen, das ich bisher bei ihm gesehen hatte.

»Du könntest mir durch die Leere entkommen, und ich könnte nichts dagegen tun«, merkte er an.

»Dann würdest du wahrscheinlich mit Mord und Totschlag auf dich aufmerksam machen, bis ich zurückkehre.«

»Nicht unwahrscheinlich. Du kennst mich viel zu gut. So wie ich weiß, dass dein endloses Mitgefühl, selbst für Fremde, es mir leicht macht, dich zu steuern.«

»Unschuldige haben es nicht verdient, grundlos zu sterben.«

»Alle Sterblichen tragen ungebüßte Sünden mit sich herum. Warum sollte ich mir die Zeit nehmen, ihre Beichten anzuhören?«

»Bagatellen verdienen nicht dieselbe Strafe wie Taten aus reiner Bosheit«, gab ich gereizt zurück.

Nightsdeath brummte, als müsste er darüber nachdenken. »Deine weichherzige sterbliche Moral ist wirklich unterhaltsam. Aber sie klingt auch ziemlich anstrengend. Kein Wunder, dass du so lange schläfst. Lässt sich da was machen?«

Damit war meine Frage wohl beantwortet: Gerechtes Urteilen und Argumentieren würde er nie nachvollziehen können.

»Sicher brauchst du auch Schlaf«, sagte ich und hob eine Augenbraue. Doch noch während ich es aussprach, fiel mir auf, dass ich nie darüber nachgedacht hatte, ob ein Wesen wie er sich ausruhen musste.

»Nein«, sagte er. Man hätte fast meinen können, dass er enttäuscht oder leicht verwirrt klang. »Du hingegen bist im Schlaf wirklich faszinierend.«

Ich riss die Augen auf. »Du beobachtest mich dabei?«

»Bisher fast jede Nacht. Apropos: Die ewige rote Nacht ist überwältigend, nicht wahr?«

Mit den Händen in den Taschen schlenderte er entspannt dahin und schloss kurz die Augen, um den blutroten Mondschein zu genießen wie andere Leute die Sommersonne.

Sein Verhalten wirkte so … *normal.* Ich konnte ein Lächeln

nicht unterdrücken. Meine Augen wurden feucht. Schnell wandte ich den Kopf ab, bevor er es sehen konnte, und verkniff mir die Tränen. Was er mir und der Welt auch antat, er war immer noch ein Teil von Nyte. Dieser Fakt wirkte auf gefährliche Art beruhigend auf mich.

»Ehrlich gesagt vermisse ich die Sonne. Es fühlt sich schon viel zu lange wie ein ewiger Winter an«, antwortete ich.

Er runzelte die Stirn und versuchte offenbar, meine Gefühle zu verstehen.

»Vermisst du die Wärme oder die Helligkeit?«

»Beides, würde ich sagen. Ich liebe die Nacht zwar auch mehr als den Tag, aber es muss ein Gleichgewicht geben. Und die Wärme … klingt gerade besonders verlockend.«

»Sicher, dass du für deinen schwachen, sterblichen Körper ausreichend gekleidet bist?«

»Mit noch mehr Schichten wäre ich deutlich langsamer. Auch wenn ich gerne etwas weniger Schreckenerregendes anhätte.«

»Witzig. Die Schichten verlangsamen dich, also musst du mehr Zeit in der Kälte verbringen. Ohne die Schichten ist die Kälte vielleicht schmerzhafter, aber du musst sie nicht so lange ertragen.«

Langsam hatte ich Freude an Nightsdeaths Gedankengängen. Er stellte Fragen, auf die ich nie gekommen wäre.

»Eine weitere sterbliche Schwäche sind Krankheiten. Diesen Temperaturen auch nur kurze Zeit ohne angemessenen Schutz ausgeliefert zu sein, kann tödlich enden. Sicher, dass du dir immer noch die Last eines sterblichen Körpers wünschst?«

»Ich muss zugeben, dass deine Schwierigkeiten mir zu denken geben. Bis auf …« Nightsdeath sah gedankenverloren vor sich hin, ohne den Satz zu beenden.

»Bis auf was?«, hakte ich nach.

Er atmete tief ein. »Rainytes Fähigkeit, Gedanken zu kontrollieren, wäre sehr vorteilhaft.«

Ich hatte etwas anderes erwartet. Die Vorstellung ließ mich schaudern. »Würdest du dann meine Gedanken lesen?«

»Natürlich. Ich bin sehr neugierig.«

»Weshalb?«

»Auf deinem Gesicht tauchen ständig unausgesprochene Gefühle auf.«

Dass ihm so etwas auffiel … Empfand Nightsdeath womöglich doch etwas dabei?

Nein. Er wollte meine Gedanken lesen, um sie zu seinem Vorteil manipulieren zu können. Und doch wollte mein weiches Herz glauben, dass sein Wunsch eine Spur von Zuneigung verriet.

»Nyte würde meine Gedanken nie lesen.«

»Woher willst du das wissen?«

»Ich vertraue ihm.«

»Eine weitere …«

»Sterbliche Schwäche«, beendete ich seinen Satz und grinste ihn herausfordernd an, aber er ging nicht darauf ein. »Aber diesmal hast du unrecht. Ich habe Nyte schon vertraut, bevor ich mich in ihn verliebt habe. Vertrauen ist mächtiger als Liebe.«

»Ich habe dich von Auster befreit, und trotzdem traust du mir nicht?«

»Du hast mich befreit, weil du meine Macht willst. Nyte hat mich befreit, weil er *mich* will.«

»Du meinst also, ich will dich nicht?«

Nightsdeath drehte sich zu mir um, und fast wäre ich in ihn hineingerannt. Unsere Blicke trafen sich, und ich spürte eine unleugbare Anziehung.

»Du willst, was wir zusammen sein könnten«, gab ich zurück.

»Genau wie meine andere Hälfte – Rainyte.«

Darüber dachte ich einen Moment lang nach, während ich

in diese goldenen Augen starrte, die der Mittelpunkt meines Universums waren. Selbst in seiner ganzen Dunkelheit.

»Bei dir – wenn Nyte dir manchmal erlegen ist – habe ich immer darauf vertraut, dass du mich nicht wirklich töten *wolltest.* Ich kann verstehen, dass wir in unseren dunkelsten Momenten Licht und Hoffnung abstoßend finden, aber gleichzeitig wollen wir eigentlich nicht, dass sie verschwinden.«

Nightsdeath kam langsam auf mich zu. Eine Windböe riss mir die Kapuze vom Kopf, aber er bekam sie zu fassen und setzte sie mir vorsichtig wieder auf.

Konnte ich vielleicht doch irgendeinen verborgenen Funken in Nightsdeath erreichen? War es möglich, die scharfen Kanten des von ihm verkörperten Schmerzes und Leids zu glätten?

»Du bist töricht, wenn du glaubst, du wärst in meiner Gegenwart sicher. Dass ich dich nicht töten, *wirklich* töten würde, wenn ich die Gelegenheit hätte.«

»Ich habe nicht behauptet, dass du mich nicht töten würdest, sondern dass du es nicht willst.«

»Die Teile von ihm, die dich geliebt haben, gibt es nicht mehr.«

Seine Worte legten sich wie eine eiserne Faust um mein Herz, und doch glaubte ich ihm nicht.

Er fing eine im Wind flatternde Haarsträhne von mir auf und schob sie unter meine Kapuze. »Bilde dir nicht ein, ich könnte barmherzig sein. Das bin ich nicht mal für ein so atemberaubendes Wesen wie dich.«

Wie gnadenlos er sein konnte, hatte ich bereits am eigenen Leib erfahren. Bei der Erinnerung an die Folter im Thronsaal schmeckte ich Asche und meinte, wieder die eiskalten Flammen in meinen Adern zu spüren.

Als wir die nächste Ortschaft erreichten, blieb mein Blick sehnsüchtig an jedem einzelnen Wirtshaus hängen, aber Nightsdeath hatte offenbar keine Lust, eine Pause einzulegen.

Dabei mussten wir schon stundenlang unterwegs sein, und die Kälte war kaum noch zu ertragen.

»Ich muss mich aufwärmen«, sagte ich, angesichts des Wetters in meiner schlechtesten, jammervollsten Laune. »Wenigstens eine Stunde.«

Er drehte sich alles andere als begeistert zu mir um. »Wir müssen also wirklich alle paar Stunden anhalten, damit du an einem Feuer sitzen kannst? Noch mehr Hindernisse, auf die ich mich vorbereiten sollte?«

Ich funkelte ihn an. »Ab und zu muss ich auch was essen«, sagte ich mürrisch.

»Ah, ja. So wie ich. Nun gut. Wir rasten eine Stunde.«

In der Nähe gab es ein Lokal namens *Sternenhafen,* und Nightsdeath steuerte direkt darauf zu, bis ich ihn am Arm festhielt. Seine Bernsteinaugen glühten noch heller auf, als hätte ich ihn gerade persönlich beleidigt.

»Wir werden nach wie vor auf dem ganzen Kontinent gesucht, mit einem *sehr* großzügigen Kopfgeld«, zischte ich leise.

»Wo ist das Problem?«

»Wir können uns keine fünf Minuten ausruhen, geschweige denn eine Stunde, wenn da drinnen sofort Chaos ausbricht, weil wir erkannt wurden.«

»Oder wir haben unsere Ruhe, sobald ich jeden umgebracht habe, der auch nur so aussieht, als könnte er auf uns zugehen wollen.«

Ich zog die Augenbrauen hoch.

Nightsdeath wandte den Blick ab, wie um sich um Geduld zu bemühen. »Was ist dein Vorschlag?«

Gute Frage. Selbst wenn Nightsdeath sich ebenfalls einen Mantel überwarf und sein Gesicht verbarg, war die lebendige Dunkelheit, die zu jeder Zeit um ihn herumwaberte, Grund genug, Aufmerksamkeit und Angst zu erregen. Ich selbst beobachtete häufig wie hypnotisiert die sich um ihn windenden

Schatten und hätte sie am liebsten berührt, war mir aber recht sicher, dass Nightsdeath meine Neugier nicht wertschätzen würde.

»Wir könnten jemanden suchen, der Sternenstaub verkauft.« Ob ein Fläschchen davon, so verzaubert, dass es das Aussehen veränderte, bei ihm wohl Wirkung zeigen würde?

»Nein«, sagte er tonlos.

Dann entschlüpfte er meinem Griff. Wortwörtlich. Es war, als könnte er jeden Teil seines Körpers einfach in Rauch auflösen. Er schritt voran und marschierte geradewegs in den Ausschank.

Ich hatte ihn noch nicht einmal eingeholt, da hörte ich schon den Aufruhr, den seine bloße Anwesenheit verursachte. Als ich hinter ihm den Raum betrat, sah ich, dass er den verängstigten Leuten keine Beachtung schenkte, die von ihren Sitzplätzen aufsprangen, um vor seinen Schattenschlangen zu flüchten, als könnten sie gleich nach ihnen schnappen. Nightsdeath schlenderte zur Bar, wo ein Mann furchtsam zurückwich und dabei prompt einen Humpen fallen ließ, dessen Inhalt sich über den Tresen ergoss.

»Da hätten wir Auster genauso gut einen Abschiedsbrief mit einer Wegbeschreibung hinterlassen können«, zischte ich Nightsdeath zu.

Er blickte sich um und schien jetzt erst wahrzunehmen, welchen Aufruhr er verursachte. »Was für ein köstliches Aroma ihre Angst der Luft verleiht. Dabei habe ich ihnen noch gar keinen Grund gegeben, sich zu fürchten. Erhitztes, angstdurchströmtes Blut schmeckt so viel süßer«, sagte er und ließ den Blick kritisch über die Menge schweifen.

»Du wirst hier niemandem Schaden zufügen.«

»Du musst essen, um zu überleben. Genau wie ich.«

Jetzt verstand ich, was er meinte. Nightsdeath musste Blut trinken. Er musterte die Leute, als stünden sie auf der Speisekarte.

Offenbar wären diejenigen, die am meisten Angst, Schmerz oder Leid verspürten, für ihn die nahrhafteste Mahlzeit.

»Aber du musst niemanden töten«, korrigierte ich mich.

Davon, dass er sich nahm, was er brauchte, konnte ich ihn nicht abhalten, aber ich konnte zumindest verhandeln.

»Musst du mir den ganzen Spaß verderben?«

Plötzlich mischte sich jemand von hinten ein. »Hier gibt es großartige Sternenmineras. Dein Lieblingsdrink, wenn ich mich recht erinnere.«

Die Frauenstimme kam mir sofort bekannt vor. Ich drehte mich um und erkannte den zweifarbigen, schwarz-weißen Haarschopf. Vor Überraschung, wem ich da gegenüberstand, war ich kurz sprachlos.

»Laviana?«, presste ich schließlich hervor und fragte mich einen Moment lang, ob es eine Täuschung sein konnte.

»Ich habe dich gesucht, Maid. Gefunden habe ich dich auch schon ein paarmal, aber ich konnte dich nie allein erwischen.«

Ich zog die Brauen zusammen und stand wie angewurzelt da. Verunsichert, weil es schon so lange her war – in einem anderen Leben –, dass ich die Tochter meiner schattenlosen Hüterin und meines celestialen Hüters zuletzt gesehen hatte.

Sie stützte sich auf den Tresen und gab beim Barmann in barschem Befehlston eine Bestellung auf, um ihn aus seiner Schockstarre zu wecken. Dann blickte sie an mir vorbei neugierig und vorsichtig Nightsdeath an.

»Sind die Schatten ein neuer Spezialeffekt, um Gesellschaft abzuschrecken? Der Aufwand ist, glaube ich, nicht nötig«, merkte sie beiläufig an.

Sie hatten sich früher gekannt. Laviana war eine Blutvampirälteste. Eine Anführerin des Vampirwiderstands.

Ob die Bewegung wohl noch existierte?

Ich wusste nicht, wie ich erklären sollte, dass meine Begleitung in gewisser Weise nur … ein halber Nyte war.

»So was in der Art«, sagte er, um mitzuspielen, auch wenn er leicht genervt klang, weil wir nicht mehr unter uns waren.

Ich entspannte mich ein wenig.

»Sind wohl nicht so praktisch, wie ich gehofft hatte«, fügte er dann noch hinzu.

Laviana schnaubte amüsiert, während der Barmann zu uns herüberkam und einen Becher Wein und zwei Getränke in durchsichtigen Gläsern vor uns hinstellte. Sternenminera war immer meine erste Wahl gewesen, wenn es welchen gab. In den meisten Kneipen stand er nicht auf der Karte, weil er einfach zu teuer war. Der Alkohol enthielt eine Prise Sternenstaub, die ihn schneller wirken ließ, aber auch dafür sorgte, dass man noch so viel davon trinken konnte und am nächsten Morgen trotzdem nie mit Kopfschmerzen oder Übelkeit erwachte. Bisher hatte ich völlig vergessen, wie sehr ich mich nach diesem Drink gesehnt hatte.

»Bei mir musst du dir mehr Mühe geben, Nyte«, sagte sie und schob ihm einen der Mineras zu.

Er beäugte das silbern glitzernde Getränk skeptisch. »Heute Abend wollte ich eigentlich was anderes genießen«, sagte er und schob das Glas zurück, sodass jetzt zwei davon vor mir standen.

Warnend blickte ich zu ihm auf, aber er lächelte nur täuschend charmant. Schauspielern konnte er.

»Ich lasse euch zwei mal in Ruhe reden. Bis später.« Bevor er sich aus dem Staub machte, beugte er sich noch einmal nahe an mein Ohr. »Benimm dich, Maid. Wenn du wegrennst, fange ich dich. Betrachte das gerne als Herausforderung. Ich hätte nichts dagegen, dich ein wenig zu jagen.«

Ein Schauer lief mir den Rücken hinab, als seine Schatten mir noch einmal über die Haut strichen, ehe er im Gang verschwand. Am liebsten wäre ich ihm gefolgt, aus Angst, welche Schandtaten er in meiner Abwesenheit verrichten könnte, aber noch dringender wollte ich Lavianas lange vermisste Gesellschaft genießen und herausfinden, warum sie mich gesucht hatte.

»Er wirkt … verändert«, sagte Laviana, die ihm ebenfalls nachsah.

»Er muss gerade ein paar Dinge verarbeiten«, sagte ich. Wirklich gelogen war das ja nicht. Schnell wechselte ich das Thema. »Wusstest du, dass sich Tarran mit Auster verbündet hat?«, fragte ich, während wir auf den Barhockern Platz nahmen.

Sie hob die Augenbrauen, während sie sich einen Schluck Wein genehmigte, dann stellte sie den Becher ab. »Mit Auster Nova? Warum zu den sieben Höllen sollte Tarran sich *ihm* anschließen?«

Abgesehen von mir hatten die Hüter insgesamt vier Kinder gehabt. Laviana, die nach ihrer schattenlosen Mutter geraten war. Tarran, ein Seelenloser wie sein Vater. Und die Nachtwandlerzwillinge, in denen sich ebenfalls das Erbe ihres Vaters zeigte. Am allerlängsten hatte ich die Zwillinge nicht mehr gesehen, wir hatten uns bereits in meinem vergangenen Leben entfremdet.

Auch wenn sie nicht blutsverwandt waren, betrachteten die Kinder der Hüter sich als Geschwister. Als ich geschaffen und der Fürsorge ihrer Eltern übergeben worden war, waren sie alle schon fast erwachsen gewesen. Trotzdem waren die Hüter auch meine Eltern, und mit ihren Kindern verband mich die geschwisterähnlichste Beziehung, die ich mir erhoffen konnte.

Was den Bruch zwischen Tarran und mir umso schmerzlicher machte.

»Sein Hass auf mich muss der Grund sein. Schließlich kann er sich nicht mehr mit dem König oder Drystan zusammentun, um meinen Untergang herbeizuführen.«

»Ach, der Prinz und du, ihr habt euch zerstritten?«

»Wir haben uns wohl so einiges zu erzählen.«

Ich nippte an meinem Sternenminera und nahm gleich darauf mehrere tiefe Schlucke, als sich das erste angenehm süße Kribbeln auf meiner Zunge ausgebreitet hatte. Im Gegensatz zu anderen alkoholischen Getränken hatte dieses keine bittere Note, und ich musste mich in Acht nehmen, es nicht zu übertreiben. Schon einer würde für einen leichten Schwips ausreichen, und vor mir standen zwei.

Ich trank den ersten aus.

»Du hast wohl ein paar Sorgen zu ertränken?«, merkte Laviana an.

»Vielleicht vertreibt das zumindest ein bisschen die Kälte. Ich kann nicht lange bleiben.«

»Wohin bist du unterwegs?«

Kurz hielt ich inne, um mein Gedächtnis nach Lavianas und meiner gemeinsamen Vergangenheit zu durchkämmen, konnte mir aber nicht alles zugleich in Erinnerung rufen. Womöglich versteckten sich noch Einzelheiten in meinem Kopf, die erst bei einem konkreten Anlass wieder zutage kommen würden.

»Wir suchen eine Möglichkeit, die Götter zu erreichen«, sagte ich ausweichend. »Genauer gesagt meine Schöpfer.«

Laviana sah mich amüsiert an, aber als ich ernst blieb, wurde ihre Miene skeptisch. »Du kannst sie doch im Tempel in Vesitire aufsuchen.«

Ich konnte ihr vertrauen. Zumindest glaubte ich das.

»Ich … habe meinen Schlüssel verlegt. Und ich brauche ihn, um sie zu töten.«

Sie spuckte den Wein zurück in ihren Becher. »Bist du verrückt geworden? Der wahnsinnige König hatte genau *das* vor, und du wusstest damals schon, welche ernsten Folgen das für die Welt hätte.«

»Ich habe keine andere Wahl«, antwortete ich.

Mit mitleidigem Blick musterte sie mich eingehend. »Ach, Astraea, was ist nur mit dir passiert?«

Ich biss die Zähne zusammen, um die aufsteigenden Tränen zurückzuhalten. »Sehr viel«, flüsterte ich. Aber ich hatte keine Zeit für Selbstmitleid, also richtete ich mich auf. »Dem König war das Ungleichgewicht völlig egal, zu dem er unser Reich mit ihrem Tod verdammen würde. Es muss einen Weg geben, davon verschont zu bleiben.«

»Was können wir tun, um zu helfen?«, fragte Laviana leise.

Ihre Frage erfüllte mich mit Dankbarkeit. Sie erinnerte mich daran, dass ich nie so allein war, wie ich mich manchmal fühlte.

»Du hast doch mich gesucht, also was kann ich für dich tun?«

Sie atmete tief durch, und ich griff nach dem zweiten Minera.

»Man munkelt, dass du Drachen hast.«

Damit hatte ich nicht gerechnet.

»Nur zwei. Und einer ist noch nicht ausgewachsen.«

»Ja. Eltanin. Der legendäre schwarze Celestiale Drache.«

Ich spürte ein stolzes Flattern in der Brust, gleichzeitig meldete sich aber auch mein Beschützerinstinkt für Eltanin. »Warum interessiert dich das Thema?«

»Weil ich auch gehört habe, dass der andere Drache – ein roter, nicht wahr? – sich an Drystan gebunden hat. Einen Blutvampir.«

Das ließ sich nicht leugnen. »Ja. Er hat die Drachen, und wie man sie befreit, überhaupt erst entdeckt.«

»Habt ihr vor, die restlichen auch zu befreien? Wie viele gibt es denn? Und wie geht das?«

Der Eifer, mit dem sie versuchte, mir Informationen zu entlocken, die mir heilig und gleichzeitig gefährlich vorkamen, gefiel mir nicht. Laviana war für mich wie eine Schwester. Aber nach so langer Zeit musste das Vertrauen zwischen uns erst wieder aufgebaut werden.

»Das ist gerade unsere geringste Sorge«, sagte ich im Versuch, die wackelige Verbindung zwischen uns nicht gleich wieder zu erschüttern.

Ein leichtes Kratzen im Hals brachte mich zum Husten. Ich trank noch einen Schluck.

»Suchst du mit Nyte gerade einen weiteren?«

»Nein.«

Das war keine richtige Lüge. Zwar sollte es am Tempel, zu dem wir unterwegs waren, ein Drachengemälde geben, aber ohne Eltanins Tränen konnten wir ihn nicht befreien.

Laviana hob die Augenbraue. »Du warst noch nie eine gute Lügnerin.«

»Das ist keine Lüge«, widersprach ich. »Wir haben gerade wirklich dringendere Anliegen. Du und der Vampirwiderstand doch sicher auch.«

Ihr Gesicht nahm einen gequälten Ausdruck an. »Nichts ist mehr wie früher. Nachdem du weg warst und der König die Kontrolle übernommen hat, haben sich ihm noch mehr angeschlossen. Vampiren wurde die Illusion eines freien Willens vorgegaukelt, aber zusammen mit einigen anderen erkannte ich, dass es nur ein weiteres System der Kontrolle war. Nachdem wir so lange Zeit von den Celestials ausgenutzt und unterdrückt worden waren, ergriffen viele die Gelegenheit, endlich selbst gefürchtet zu werden. Sie haben genau die blut- und seelengierige Seite an uns gezeigt, vor der die Celestials schon immer alle gewarnt haben. Vom *Aufstand* ist nicht viel übrig geblieben. Unsere Gruppe zerbricht sich eher den Kopf, wie wir den entstandenen Schaden eingrenzen können, sollten wir jemals von der Tyrannei befreit werden.«

Das Herz wurde mir schwer. »Warum interessierst du dich dann so sehr für die Drachen?«

»Verstehst du nicht, was das für uns bedeuten könnte? Ich hatte gehofft, Drystan wäre bei dir. Er könnte ein großartiger Anführer für uns sein. In der Geschichtsschreibung war noch nie die Rede davon, dass Drachen sich mit Vampiren verbinden. Die legendärsten, mächtigsten Wesen, die es je gegeben hat. Wenn sich noch mehr von uns mit ihnen verbinden könnten … Das könnte endlich dazu beitragen, unseren Ruf zu verändern und uns etwas Macht zurückzugeben.«

Das war die gefragteste aller Währungen: Macht. Dafür wurde geblutet, verraten, gelogen und betrogen. Noch hatte ich niemanden gesehen, der nach Macht strebte und ihrer würdig gewesen wäre. Selbst, wer einst ehrbare Ziele gehabt hatte … Wie jede andere Droge konnte Macht zu einer zerstörerischen Sucht werden.

»Wenn du mir noch so vertrauen kannst, wie du es mal getan hast, dann glaube mir, dass wir einen Schritt nach dem anderen gehen müssen, um den Frieden und die Gleichberechtigung zu erreichen, für die wir seit Jahrhunderten kämpfen.«

Ihr Kiefer zuckte. Das hatte sie nicht hören wollen, und ich konnte es ihr nicht verdenken. Sie jetzt, nach all der Zeit, um Geduld zu bitten, war, als würde ich von ihr verlangen, dass sie nach Jahrhunderten der Dürre einfach weiter auf den Regen warten sollte.

»Können wir dich begleiten, wo auch immer du gerade hingehst?«, fragte sie.

Bei der beiläufigen Andeutung, dass Laviana nicht allein hier war, ließ ich unauffällig den Blick durch das Lokal schweifen. Es war gut besucht. Überall wurde geredet, angestoßen, gelacht. Im Raum verteilt entdeckte ich ein paar spitze Ohren, doch die dazugehörigen Personen schenkten uns keine Beachtung.

»Das wäre gerade nicht das Beste«, antwortete ich vorsichtig.

»Nyte kann dich nicht immer für sich allein haben. Du musst dich doch auch nach anderer freundlicher Gesellschaft sehnen.«

»Er ist gerade … nicht in der Laune für Gesellschaft.«

Ich befürchtete, dass Nightsdeath sie eher alle töten würde, als die Begleitung in Kauf zu nehmen.

Der Alkohol fing langsam an, mir zu Kopfe zu steigen. Gerade schob ich das halb volle zweite Glas von mir, als mich auf einmal ein Schwindelanfall überkam. Das Kratzen in meinem Hals war auch schlimmer geworden.

Ich griff mir an den Hals, und plötzlich erkannte ich das Gefühl wieder. Ungeschickt rutschte ich vom Stuhl und starrte Laviana dabei mit schreckgeweiteten Augen an.

»Dachte ich mir doch, dass du dich sträuben würdest. Das ist nichts Persönliches, Astraea. Wir tun dir nichts, versprochen.«

Rückwärtstaumelnd stieß ich mit einem großen Mann zusammen, aber als er mich packte, erwachte meine Magie, und er fluchte, als sie ihm die Hände verbrannte.

Dann ließ ich vor Schreck und Wut – Wut, weil ich mich nie wieder von jemandem würde gefangen nehmen lassen – silberne und violette Flammen durch den Raum fegen. Dabei behielt ich jedoch die Kontrolle, um niemanden zu verbrennen.

»Dachtet ihr wirklich, ein bisschen Nebulora in meinem Getränk würde mich aufhalten?«, fauchte ich.

Den bösartigen Unterton in meiner Stimme erkannte ich selbst nicht wieder. Da waren nur Schmerz und Verrat. Noch nie hatte ich mich Nightsdeath so nah gefühlt, und das brachte mich erst recht zur Verzweiflung.

»Das war eine sehr hohe Dosis. Die ließ sich nur von deinem Lieblingsgetränk überdecken«, sagte Laviana kleinlaut.

Vor Anstrengung zitterte ich. Meine Haut war schweißnass. Das Nebulora zeigte eine gewisse Wirkung, das musste ich zugeben. Aber jetzt hatte ich auch Lightsdeath. Über die Ränder meines Sichtfelds legte sich bereits ein schimmernder Silberschein.

»Raus hier, alle!«, schrie ich.

Die meisten stürzten sofort zum Ausgang. Diejenigen, die blieben, wirkten nervös. Ich nahm an, dass sie zu Laviana gehörten.

»Warum?«, presste ich zwischen den Zähnen hervor.

Meine Augen brannten. Auch wenn wir uns über die Jahre auseinandergelebt hatten und mit meinem Tod viele Versprechen gebrochen worden waren, versetzte die Tatsache, dass sie bereit war, mich zu ihrem eigenen Vorteil zu überwältigen, mir tiefe Stiche.

»Hättest du nicht so überreagiert, wärst du bei bester Gesundheit in unserem Lager wieder aufgewacht.«

Ich lachte trocken und ließ die Flammen um uns herum auflodern. »Und dann?«

Ihr Gesichtsausdruck veränderte sich, nicht wegen meiner Frage, sondern weil ihr, während sie mich und meine Magie beobachtete, langsam zu dämmern schien, wen sie da eigentlich herausgefordert hatte.

»Was ist mit dir geschehen?«, fragte sie erneut, und ihr sanfter Ton ließ mich fast zusammenbrechen.

»Was hattet ihr mit mir vor?«, zischte ich noch einmal.

»Wir wollten dich überzeugen, dich uns anzuschließen und uns zu zeigen, wo die Drachen sind, damit die Vampire als Erste versuchen können, sie an sich zu binden.«

»Und du dachtest, mich zu entführen wäre ein guter Ausgangspunkt für ein Bündnis?«

»Ich konnte mir nicht vorstellen, dass Nyte einwilligen würde, und ich musste dich allein sprechen.«

»Er ist nicht hier!«

Auf mehr als nur eine Art. Mit langsamen Atemzügen arbeitete ich gegen den Kloß in meinem Hals an, damit meine Stimme nicht brüchig wurde.

»Verschwindet lieber, bevor er zurückkehrt«, sagte ich warnend. »Ich kann euch versprechen, dass er nicht so lange zögern wird wie ich, euch unter den Trümmern dieses Hauses zu begraben.«

»Deshalb musst du allein mit uns kommen.«

Ich schob meine eigenen Gefühle beiseite, um ihre Verzweiflung nachzuvollziehen. »Glaubt mir, ich will euch wirklich helfen. Aber es gibt noch andere Dinge, die ich zuerst erledigen muss. Und die Drachen … Sie gehören niemandem. Es lässt sich nicht vorhersagen, mit wem sie sich verbinden. Aus einem ganzen überfüllten Marktplatz voller Vampire wählen sie womöglich keinen einzigen aus. So einfach ist das nicht.«

»Bei Drystan scheint es ja so gewesen zu sein«, sagte sie mit einer Spur Bitterkeit in der Stimme.

»In letzter Zeit war überhaupt nichts einfach«, sagte ich ruhig. Auf keinen Fall durften meine Emotionen überhandnehmen, sonst würde ich explodieren.

Viel länger konnte ich meine Magie nicht aufrechterhalten, aber sie war das Einzige, was mir Lavianas Truppe vom Leib hielt.

»Bitte, geht«, sagte ich. »Wenn es so weit ist, finde ich euch. Wir stehen in diesem Krieg gegen Auster auf derselben Seite. Ich wünsche mir genauso sehr wie ihr Gleichberechtigung für Vampire.«

Ihr Lachen triefte vor Bitterkeit, was mir viel mehr wehtat als Wut. Es wirkte, als hätte sie aufgehört, sich auf mein Wort zu verlassen. Das Schlimmste daran war, dass sie damit womöglich recht hatte.

»Du behauptest, unvoreingenommen zu sein und für uns alle zu kämpfen – dabei wählst du immer wieder eine Seite, und du merkst es nicht mal.«

Das waren ihre Abschiedsworte, bevor sie den anderen mit einem Kopfnicken bedeutete, zu gehen. Bis ihr zweifarbiges Haar um die Ecke verschwunden war, klammerte ich mich an meiner Magie fest, Tränen in den Augen.

Dann ließ ich mit einem lauten Schluchzer los.

Um nicht umzukippen, stützte ich mich auf meinen Oberschenkeln ab. Der Magieschub hatte einen Großteil des Alkohols aus meinem Körper vertrieben, aber nicht alles. Dazu kam die Anstrengung, die Flammen trotz des Nebuloras aufrecht zu halten …

Ich fluchte laut.

Hereingekommen war ich, um mich aufzuwärmen und einen Moment auszuruhen. Bei der Vorstellung, jetzt wieder stundenlang durch den Schnee zu stapfen, fielen mir geradezu die Augen zu.

»Jemand hat meinen Stern verärgert.« Die ruhige Beherrschung, mit der Nightsdeath den Raum betrat, ließ mich schaudern. »Aber offenbar hast du es ihnen heimgezahlt, so leer wie es hier drinnen ist. Gefällt mir.«

Mit einem schattenumwirbelten Finger hob er mein Kinn an, und ich zwang mich, mich aufzurichten.

Nach wenigen Sekunden verlor ich wieder die Balance, aber Nightsdeath fing mich auf, hob mich hoch, und ich wehrte mich nicht.

»Muss ich jemanden jagen gehen?«, fragte er leise.

»Nein … das war alles nur ein Missverständnis.«

Plötzlich war ich viel zu müde. Er war zwar nicht warm, aber ich genoss die kaum wahrnehmbare Spur von Nytes Geruch so sehr, dass ich den Kopf an seine Schulter lehnte.

»Klingt nach Grund genug für eine Jagd.«

»Können wir einfach gehen?«

Er war bereits auf dem Weg hinaus. Ich bereitete mich auf die schneidende Kälte vor. Aber draußen war die Luft so angenehm, dass ich mich verwirrt umsah. Der Wind pfiff uns immer noch um die Ohren, aber ich spürte ihn kaum.

»Deine Schatten funktionieren wie ein Schild«, stellte ich leise fest.

Nightsdeath brummte. »Wenn es dich davon abhält, ständig auf der Suche nach einem warmen Feuer anzuhalten, dann kann ich diese Nähe wohl tolerieren, so abstoßend sie auch für mich ist.«

Seine Worte beleidigten mich nicht. Er mochte sagen, was er wollte, trotzdem trug er mich eng an sich gedrückt in den Armen und schritt vorsichtig voran.

Das war immer noch mein Nyte.

17

NIGHTSDEATH

Sie war ein so zerbrechliches kleines Wesen. Die Sternenmaid schlief tief und fest, mit dem Kopf gleich neben meinem Schoß, damit die Schatten um mich herum die in die Höhle hereinziehende Kälte abhalten konnten. Astraea hatte darauf bestanden, hier anzuhalten, damit sie sich ausruhen konnte. Seit wir das Wirtshaus verlassen hatten, waren einige Stunden vergangen, aber ihre begrenzte Ausdauer behinderte unseren Fortschritt in Richtung Tempel merklich. Langsam begann ich, unseren Plan infrage zu stellen.

Astraea regte sich im Schlaf. Sie zog die Knie an die Brust, vielleicht weil die Luft, die sie als eiskalt bezeichnete, immer noch ihre Knöchel erreichte. Jedes Zucken und jeder Laut von ihr in diesem unbewussten Zustand waren faszinierend. Anders als sonst wirkten all ihre Bewegungen im Schlaf vollkommen unschuldig.

Wie sie sich so entspannen konnte, während Tausende Dinge um sie herum tödliche Gefahren für ihren verletzlichen Körper darstellen konnten, war mir unbegreiflich. Direkt neben der schlimmsten Bedrohung von allen war sie eingeschlafen.

Ich berührte eine ihrer silbrigen Strähnen. Ihr Haar sah weich aus und glitt durch meine Finger wie Schatten. Der lästige Wunsch, wirklich spüren zu können, wie es sich anfühlte, drängte sich mir auf. Wieder veränderte sie ihre Position, und ich versteifte mich, als sie dabei mit der Hand mein Bein streifte, auch wenn ich nichts spürte. Mit überschlagenen Knöcheln saß ich da. Dann rutschte sie zu meinem Entsetzen sogar noch näher heran und legte den Kopf in meinem Schoß ab.

Mit vor Schreck erhobenen Händen blickte ich voller Abscheu auf diese leuchtend helle Kreatur hinab, die es sich auf mir bequem gemacht hatte. Ich musste dem Impuls widerstehen, sie von mir zu stoßen. Widerwärtige, verräterische Gefühle überkamen mich. Ein Widerhall der schwachen, schmachtenden Teile meiner anderen Hälfte, die sich immer schwerer ignorieren ließen, je länger sie in meiner Nähe war.

Was sie frustrierenderweise ja immerzu war.

Rainyte betete sie an, als gäbe es nirgends in der ganzen Galaxie einen größeren Schatz. Seine Bindung an sie war tief in ihm, *in uns,* verankert. Das Ganze ging weit über körperliche Anziehung hinaus. Es war eine Liebe, die mit Vernunft nichts zu tun hatte. Wenn es um Astraea ging, war kein Liebesbeweis zu groß.

Es hatte eine Zeit gegeben, als ich sie ganz und gar abstoßend gefunden hatte. Ich hatte mich immer tiefer in die schattigen Ecken von Rainytes Bewusstsein zurückziehen müssen, während er in ihrem Licht gebadet hatte. Bis sie gekommen war, hatten wir die absolute Dunkelheit genossen, hatten uns an Verzweiflung gelabt. Aber von dem Moment an, als sie in unseren Geist eingedrungen war, war ich immer kleiner geworden. Meine Stimme wurde immer schwächer, übertönt von trügerischen Flüstereien über *Zuneigung* und *Hoffnung.*

Während mir die Gedanken in einer scheußlichen Spirale durch den Kopf wirbelten, strich ich ihr mit den Fingerspitzen über den Hals. Sie hatte uns vergessen lassen, welches Unrecht uns angetan worden war, all die Dinge, die mich in dieser verdorbenen Welt Tag für Tag dunkler und mächtiger werden ließen.

Ich könnte sie einfach töten. Irgendwann würde ich Rainytes Körper schon finden, und wenn ich dazu jedes einzelne Gebäude in dieser Welt auseinandernehmen müsste.

Doch ich schaffte es nicht. Die Vorstellung, diesen glänzenden Stern für immer zum Erlöschen zu bringen, war zu tragisch, selbst für meinen verkommenen Geist.

Sie war mein Fluch, meine ewige Folter. Ich musste sie überzeugen, sich Lightsdeath vollständig hinzugeben. Nur so konnte ich sie behalten und den Körper bekommen, den ich brauchte. Es würde nicht leicht werden, die mächtige Kreatur in ihr zu erreichen und mit ihr eine Abmachung zu treffen. Aber als die leibhaftige Dunkelheit und das leibhaftige Licht – daran glaubte ich fest – würden wir die Welt beherrschen und nach unseren Wünschen formen können.

Bei dieser großartigen Vorstellung legte sich der Drang, die Hand um ihre Kehle zu schließen. Stattdessen verlor ich mich in einem Trancezustand, während meine Dunkelheit ihr durch das sternenglänzende Haar strich.

Ich hätte sie weiter foltern können, bis sie die Orte verriet, an denen die Schlüsselteile versteckt waren, sodass ich sie zurücklassen und sie allein holen konnte. Aber ihr Leid … es schmeckte nicht so süß wie das anderer. Ihre Schmerzen schienen zu mir zurückgeworfen zu werden. Schließlich hatte ich erkannt, dass die Paarverbindung die Ursache sein musste.

Einmal hatte sie mit einer lächerlichen Klinge auf mich eingestochen, um mich zu verletzen. Sie wusste nicht, dass sie dazu keine Waffe brauchte. Astraea glaubte, dass ich keinen Schmerz empfand, aber auf eine Art konnte ich ihn spüren: Wenn es *ihr* Schmerz war.

Vielleicht wäre ich diese erbärmliche Schwäche endlich los, wenn das Herz in Rainytes Körper nicht mehr schlug.

Fürs Erste strich ich ihr eine Strähne hinters Ohr, um ihr friedlich ruhendes Gesicht besser betrachten zu können.

»Ich werde dich zerstören, Astraea Lightborne. Ich bin reiner Schmerz, und ich kenne nichts als Leid – und du ertränkst mich in deinem Licht, das hell genug ist, die tiefste Dunkelheit zu durchdringen.«

18

Astraea

Fünf Tage lang stapfte ich durch kniehohen Schnee, jeder Schritt ein Akt des Widerstands gegen die eisige Kälte, die wie ein Messer durch jede meiner Kleidungsschichten drang. Wir waren gefährliche Berghänge hinaufgekraxelt, schmale, vereiste Vorsprünge entlangbalanciert, hatten endlose, windgepeitschte Ebenen durchquert, in denen jede Böe an mir gezerrt hatte, als wollte sie mich wieder in die entgegengesetzte Richtung zurückschleifen.

Mein Atem stieg in Wolken auf, die vor dem endlosen Weiß verschwanden. Jeder einzelne Muskel in meinem Körper brannte, aber ich zwang mich, einen Fuß vor den anderen zu setzen.

Nightsdeath konnten das Wetter und die Steigungen nichts anhaben, was mich nervte und meine üble Laune noch weiter verschlechterte.

Doch jetzt, durch den glitzernden Schleier herabfallenden Schnees, war es endlich sichtbar: ein Gebäude, das geradezu am Berghang zu schweben schien, direkt aus dem Fels gehauen, oder vielleicht aus einem uralten, seltenen Material erbaut. Es war eindeutig ein Tempel. Seine Türme ragten hoch in den Himmel auf und warfen lang gezogene Schatten auf die Schneefläche. Das Gebäude war gleichzeitig unheimlich und wunderschön, ein uralter Wächter, der Zeit und Wetter getrotzt hatte und auf alle zu warten schien, die stark genug waren, ihn zu erreichen.

Der Anblick raubte mir den Atem. Doch vor Angst verwandelte die Bewunderung sich bald schon in Übelkeit. Welche Hindernisse würden uns darin beim Versuch, ein Schlüsselteil herauszuholen, wohl erwarten? Während wir weiter auf den Tempel zugingen, spürte ich, wie eine Macht sich über mich legte – wie eine unsichtbare Hand, die unsere Stärke und unsere Absichten prüfen wollte. Die darüber urteilte, ob wir würdig waren, den Tempel zu betreten.

Wir waren schon zu weit gekommen, um jetzt noch umzukehren. Also hielt ich an meiner Entschlossenheit fest und dachte an die Verheißungen im Tempel, wickelte mich fest in meinen Mantel und machte einen weiteren Schritt darauf zu. Über unseren Weg fiel der kalte Schatten des Tempels.

Ich blieb nah an Nightsdeaths Seite, und seine Dunkelheit schirmte mich zu großen Teilen vom üblen Wetter ab. Zuerst versuchte ich noch, etwas Abstand zu halten, aber je näher wir uns kamen, desto erträglicher wurde die Kälte, bis unsere Arme sich bei jedem Schritt streiften.

Keiner von uns beiden schenkte dieser körperlichen Nähe Beachtung – zumindest ließen wir es uns nicht anmerken. Von Zeit zu Zeit sah ich ihn von der Seite an und spürte den inneren Drang, mich bei ihm unterzuhaken oder so unter seinen Arm zu schlüpfen, wie ich es bei Nyte tun würde. Seine mitfühlende, zarte Seite vermisste ich so sehr, dass ich es kaum aushielt. Vielleicht war Nightsdeath meine zunehmende Verzweiflung sogar schon aufgefallen. Ganz entgegen seiner emotionslosen Art fragte er mich jetzt mindestens einmal am Tag, wie es mir ging.

»Endlich«, sagte er gedehnt.

Mitten auf dem Vorhof blieb ich stehen. Es widerstrebte mir, den Mantel loszulassen, den ich eng um mich gewickelt hielt, aber ich brauchte meine Magie. Wenn dieser Tempel so aufgebaut war wie der letzte, musste sich direkt unter unseren Füßen, unter einer tiefen Schneeschicht, die Abbildung des Drachen befinden. Zwar konnte ich ihn nicht befreien, dazu hätte ich Eltanins Tränen gebraucht, aber ich musste einfach überprüfen, ob hier ein weiterer uralter Drache auf wundersame Weise seit Jahrtausenden verborgen lag.

»Warum stehst du da so rum?«, fragte Nightsdeath genervt.

»Ich will nur was nachsehen«, murmelte ich abwesend, während ich versuchte, mich zu konzentrieren. »Vielleicht trittst du lieber ein Stück zurück. Gleich wird es dir zu hell.«

Als seine Schatten sich von mir zurückzogen, zitterte ich sofort heftig und verfluchte die elende Kälte. Ich hob die Hände. Magie überzog meine Haut mit einer summenden, kribbelnden Wärme, die ich dankbar willkommen hieß. Ein Wirbel aus Wind und Licht formte sich. Dann richtete ich die Handflächen auf den Boden und sandte eine Druckwelle aus, die in einem großzügigen Radius um mich herum genau das freilegte, was ich mir unter der Schneedecke erhofft hatte.

Ich ging in die Hocke und zog mit behandschuhten Fingern die blauen Umrisse des atemberaubenden Drachen nach. In diesem Moment verfluchte ich mich selbst dafür, Drystan nicht über all die verschiedenen Drachenarten und ihre Farben ausgefragt zu haben. Würde der Atem des blauen Drachens sich von Athebynes sengenden Flammen und Eltanins Sternenrauch unterscheiden?

Im Aufstehen stieß ich ein frustriertes Stöhnen aus, weil ich es heute nicht erfahren würde.

»Natürlich«, sagte Nightsdeath und betrachtete das Bild. »Drystan hat mir kurz vor Eintreten des Fluchs von den Drachen und ihren Aufenthaltsorten berichtet. Warum hast du nichts gesagt?«

»Ich dachte nicht, dass dich das interessiert. Du willst doch den Schlüssel, keine Drachen.«

»Diese Kreaturen sind so alt wie die Götter selbst. Manche halten sie sogar für Götter. Der Bund mit einem Drachen ist im Kampf von unschätzbarem Wert – ganz zu schweigen von über einem Dutzend, die den Himmel beherrschen könnten, wenn du sie alle befreist.«

»Niemand kann vorhersehen, welche Seite jeder einzelne Drache wählen wird, wenn er sich für einen Reiterbund entscheidet.«

»Warum dann das Risiko eingehen, sie zu befreien?«

Ich strich über die blaue Farbe. »Kein Wesen hat es verdient, gefangen zu sein.«

Nightsdeath blickte zum Tempel auf. »Fürs Erste können wir nur das Schlüsselteil holen«, sagte er.

Anders als der Tempel in Alisus, in dem ich mit meinen Hütern gesprochen hatte, wurde dieser nicht von stummen Skelettwesen bewacht. Ich war mir noch nicht ganz sicher, ob ich erleichtert war oder eher besorgt, dass Nightsdeath mich hineinbegleiten konnte.

Welche Art von Prüfung der Schlüssel uns hier stellen würde, um einen Teil von ihm zu holen, ließ sich nicht vorhersagen. Wir konnten uns keinen Plan zurechtlegen, uns nicht vorbereiten. Uns blieb nichts als blinde Zuversicht. Der Schlüssel war schlau und schützte sich selbst, sogar vor mir – schließlich hatte ich ihn zerbrochen.

Dass ein nach bestandener Prüfung gewonnenes Schlüsselstück immer noch unecht sein konnte, sagte ich Nightsdeath nicht.

Es gab sechzehn Tempel, die wir besuchen konnten, und nur fünf echte Schlüsselteile.

Keine Ahnung, was ich vom Inneren des Tempels erwartet hatte, aber in diesem führten nur ein paar einfache Stufen in ein einziges Stockwerk, das … keine Decke hatte. Nur blickte ich nicht in unsere allgegenwärtige rötliche Nacht hinauf, sondern in einen tiefschwarzen Mitternachtshimmel, übersät von Millionen von Sternen, deren Anblick ich sehnlichst vermisst hatte.

Als ich den Blick wieder senkte, keuchte ich auf, taumelte rückwärts und tastete innerlich bereits nach meinen Flügeln, bis ich erkannte, dass wir uns nicht im freien Fall befanden. Der Boden spiegelte jetzt den Himmel wider, als stünden wir auf einer Glasscheibe, durch die wir in die endlose Nacht hinabblicken konnten.

»Was denkst du, wie wir es holen können?«, fragte Nightsdeath.

Mit gerunzelter Stirn sah ich mich um, aber er starrte unverwandt in die Tiefen unter unseren Füßen. Also ging ich vorsichtig in die Hocke und ließ den Blick systematisch zwischen den Sternen hin und her wandern, bis …

Da war es!

Das Schlüsselstück tarnte sich perfekt als ein weiterer funkelnder Stern. Aus der Ferne ließ es sich nur an seiner Drehung erkennen, bei der es in regelmäßigen Abständen aufblitzte.

»Auster hat dir die Flügel genommen …«, murmelte ich, und die Galle stieg mir hoch.

»Er hat mir meine celestialen Flügel genommen.«

Voller Ehrfurcht sah ich zu, wie sich die Schatten um ihn wirbelnd in Bewegung setzten, auf seinem Rücken zusammenliefen und schließlich ein riesiges, atemberaubendes Paar Flügel aus reiner Dunkelheit formten. Meine Augen wurden groß bei diesem überwältigenden Anblick.

»So findest du mich also noch attraktiver?«, fragte Nightsdeath, der mich aufmerksam beobachtete.

Du bist das schönste Wesen auf der ganzen Welt. Ob mit oder ohne Flügel.

Doch das sagte ich nicht laut. Er würde nur auf einer Erklärung beharren. Ununterbrochen bemühte er sich, die Funktionsweise von Gefühlen zu verstehen – und sei es nur, um sie besser ausnutzen zu können.

»Körperliche Anziehung liegt in der menschlichen Natur.«

»Ich bin kein Mensch und fühle mich trotzdem von dir angezogen.« Meine Wangen begannen zu glühen, bis er hinzufügte: »Und abgestoßen.«

Mein Lächeln verschwand, und ich funkelte ihn mürrisch an. »Können wir uns einfach auf das hier konzentrieren?«

Prompt hob Nightsdeath die Hand und feuerte einen Energiestoß in Form eines schattigen Blitzes nach unten ab. Mit Wucht prallte er auf die Glasscheibe, die heftig erzitterte, aber intakt blieb und die Energie in alle Richtungen zurückwarf. Die Welle traf mich, noch bevor ich mich darauf einstellen konnte, fegte mich von den Füßen und schleuderte mich mit schwindelerregender Geschwindigkeit rückwärts.

Ich krachte gegen die Steintreppe hinter mir, wobei sich die Kante jeder einzelnen Stufe erbarmungslos in meinen Rücken bohrte. Ein stechender Schmerz fuhr mir durch Schulter und Hüfte, als ich treppab rollte und schließlich mit unangenehm verdrehten Gliedern auf dem kalten Boden liegen blieb. Einen Moment lang herrschte Stille, bis auf den noch in der Luft vibrierenden Nachhall seiner dunklen Macht.

Er war nicht einmal zusammengezuckt.

Ächzend richtete ich mich langsam auf und überprüfte, ob ich mir etwas gebrochen hatte. »Nächstes Mal wäre eine kurze Warnung ganz nett«, presste ich angesichts des stechenden Schmerzes hervor.

Nightsdeath sah sich nicht einmal zu mir um, sondern stieg die Stufen hinauf zu einem kleinen Podest, das mir bisher nicht aufgefallen war. Genervt stand ich auf und schleppte mich hinterher.

In den Händen hielt er jetzt eine Augenbinde, die er wie ein seltsames Artefakt untersuchte. Außerdem war auf dem Podest ein kurzer Vers in den Stein graviert.

Die Dunkelheit sieht nicht, das Licht spürt nicht.

Einen kurzen Moment dachte ich darüber nach, dann stieß ich ein lautes Lachen aus. Ich erhob mich aus der Hocke und streckte vorsichtig meine schmerzenden Glieder.

»Was?«, fragte er, während ich mir meine Schlussfolgerung noch einmal durch den Kopf gehen ließ.

»Der Schlüssel stellt unser gegenseitiges Vertrauen auf die Probe«, sagte ich und betrachtete den Sternenhimmel unter und über uns.

»Wirklich ein sehr humorvolles Ding«, grummelte er.

Mein Kichern mochte ein Anzeichen ausbrechenden Wahnsinns sein, aber immerhin legte sich meine Nervosität anscheinend. Als ich mich Nightsdeath zuwandte, starrte er mich an. Stirnrunzelnd sah er mich an, und Verärgerung huschte über sein schönes Gesicht. Seine Bernsteinaugen jedoch musterten mich interessiert.

»Was?«, fragte ich und betastete mein Gesicht. Vielleicht hatte ich nicht bemerkt, dass ich blutete.

Ein Muskel an seinem Kiefer zuckte. »Bringen wir es hinter uns.«

Aufgeregt folgte ich ihm zurück auf die Glasfläche. »Sicher, dass du das Zeug hast, mir für diese Aufgabe zu vertrauen?«

»Was ist denn die Aufgabe?«

Gute Frage. Ich betrachtete die Augenbinde in seiner Hand. »Die muss wohl jemand anlegen.«

Ohne zu zögern, streckte er sie mir entgegen.

Ich kniff die Augen zusammen. »Die Dunkelheit sieht nicht, das Licht spürt nicht«, rezitierte ich. »Das bedeutet vermutlich, dass *du* sie aufsetzen musst. Ich kann dich ja eh nicht töten.«

»Aber du könntest das Schlüsselstück ohne mich holen und mich zurücklassen.«

Gerade wollte ich mit einer sarkastischen Spitze antworten, da ließ sein Ton mich bei den letzten zwei Wörtern innehalten. Er klang … verletzlich. War es möglich, dass, je mehr Zeit er mit mir verbrachte, Nytes wahre, gute Gefühle immer stärker wurden? Mir war aufgefallen, wie reizbar und nervös Nightsdeath in den letzten Tagen geworden war. Immer wieder hatte er mich mit Mordlust in den Augen angesehen, aber irgendetwas hatte ihn zögern lassen, mich auch nur zu foltern.

»Ich gehe nirgendwohin«, flüsterte ich und blickte ihm fest in die glühenden, bernsteinfarbenen Augen. »Wir holen das Teil zusammen.«

Dann schnappte ich mir die Augenbinde und legte sie ihm auf Zehenspitzen stehend um den Kopf. Sobald der Stoff ihm die Sicht nahm, zuckten seine Hände zu meinen hoch. Ein paar pochende Herzschläge lang standen wir so da, bis er den Griff lockerte und zuließ, dass ich die Enden zusammenknotete. Ich ließ los, und er fauchte scharf, als der Stoff sich magisch zusammenzog, sodass er die Binde nicht würde abnehmen können, bis wir das Schlüsselstück gefunden hatten.

Einen Moment lang raubte mir seine Verletzlichkeit den Atem. Die Schatten um ihn herum waren wachsam und lebendig und wütender denn je, aber er hatte mir ein Stück Vertrauen entgegengebracht.

Wenn ich jetzt aus dem Tempel rannte, würde er die Binde dann jemals wieder ablegen können?

»Und jetzt?«, fragte er leise mit den ersten Anzeichen von Verunsicherung, die er je gezeigt hatte.

Gerade wollte ich nach seiner Hand greifen, als der Boden plötzlich unter meinen Füßen verschwand. Meine Flügel hatte ich noch nicht hervorgeholt. Doch nach wenigen Sekunden legte sich ein Arm um mich und beendete meinen Sturz. Durch mitternächtliche Wirbel und zerbrochene Konstellationen schwebten wir dahin, gehalten von seinen Schattenflügeln.

»Vielleicht solltest du auch deine Flügel entfalten«, schlug er vor.

Die unfreiwillige Nähe zwischen unseren Körpern verlieh seiner Stimme einen rauen Ton. Die Beine hatte ich eng um seine Hüfte geschlungen. Auch wenn er mich nicht wirklich spüren konnte – hatte diese intime Haltung trotzdem eine Wirkung auf ihn?

Ich tastete nach meinen Flügeln, aber da war … nichts. Dann dämmerte es mir.

»Kann ich nicht«, flüsterte ich und klammerte mich umso fester an ihn, jetzt, da ich erkannte, dass nur er mich davor bewahrte, in die Unendlichkeit zu stürzen. »Vertrauen basiert auf Gegenseitigkeit. Lass mich nicht los.«

Als er verstand, was ich meinte, versteifte sich Nightsdeath, und die furchtbare Angst, er könnte mich fallen lassen, kroch mir das Rückgrat hinauf. Doch stattdessen zog er mich fester an sich und legte eine Hand unter meinen Oberschenkel, damit ich in eine sicherere Position rutschen konnte. Mein Puls setzte kurz aus, und ich konnte nicht widerstehen, mich so eng wie möglich an ihn zu schmiegen.

»Dann mach es dir besser bequem. Wer weiß, welche Überraschungen uns noch erwarten. Halt dich fest«, sagte er.

Sein Atem streifte meine Lippen, und ich musste ein Wimmern unterdrücken, so sehr wollte ich von ihm geküsst werden.

Nightsdeath flog los, und ich blickte über meine Schulter, um ihn in die richtige Richtung zu lotsen. »Tiefer.« Dann: »Links. Nein, mein Links, dein Rechts.«

Die Situation war so absurd, dass ich mir auf die Lippe beißen musste, um nicht loszulachen.

»Wir hätten es andersrum machen sollen«, grummelte er, aber als ich ihm das Gesicht wieder zuwandte, waren seine Mundwinkel ebenfalls leicht nach oben gekräuselt.

»Das war nun mal die Anweisung. Runter. Nicht so weit!«

Zunehmende Frustration breitete sich in mir aus, weil ich selbst keine Flügel hatte und mir nicht einfach im Sturzflug das Schlüsselstück schnappen konnte. Nightsdeath schwebte auf der Stelle, und ich blickte ihn an. Die Augenbinde machte es schwieriger, in seinem Gesichtsausdruck zu lesen, warum er innegehalten hatte.

»Ich will dich spüren«, sagte er.

Die vier Wörter verschlugen mir die Sprache, verknoteten sich in meiner Magengrube. So wie er mich fester an Hüfte und Oberschenkel packte, blieb kein Zweifel, welche Art von *spüren* er meinte.

»Das ist das Einzige, worum ich Rainyte beneide.«

Unwillkürlich schob ich die Finger in seine Haare. »Ein Verlangen nach körperlicher Berührung … dem muss zuerst eine innere Empfindung vorausgehen.«

»Für Lust braucht es keine Zuneigung.«

»Das empfindest du also für mich? Lust?«

Einen Moment lang überlegte er. »Nein. Ich empfinde ein tiefes, nie endendes Verlangen, dich umzubringen. Weil es eine nutzlose Ablenkung ist, dass du mich dazu bringst, über so banale Dinge wie Lust nachzudenken. Genau deshalb versagt Rainyte immer wieder.«

In meiner Brust schwoll etwas an. Vielleicht war es reine Verzweiflung, die mir eine neue Hoffnung einpflanzte.

Was, wenn ich über die in Nightsdeath unterdrückten Anteile von Nyte seinen Körper wieder aufwecken konnte?

Vielleicht war es weit hergeholt, aber mein Licht wurde immer schwächer, je länger der Fluch ihn von mir fernhielt. Nein, nicht fern – er war ja hier bei mir. Ich hielt ihn fest umschlungen.

»Komm zu mir zurück«, flüsterte ich, dann presste ich die Lippen auf seine.

Es dauerte einen Moment, die Dunkelheit zu überzeugen,

aber dann erwiderte er den Kuss. Voller Verlangen, verzweifelt, suchend. Die Dunkelheit hieß das Licht willkommen, Nacht und Sterne kollidierten und akzeptierten ihre Unvermeidbarkeit und ihr gemeinsames Chaos.

Und dann, als ob er erkannt hatte, was sein Verlangen ihn kosten würde, ließ er mich los.

Ich hätte mich weiter an ihm festgehalten, doch plötzlich traf mich ein magischer Schlag, und so heftiger Schmerz durchfuhr mich, dass ich mich nicht mehr halten konnte.

Nightsdeaths Macht war es nicht, die mich in die Tiefe trudeln ließ. Blaue Streifen durchzuckten die Dunkelheit, und ich wusste sofort, wer uns eingeholt hatte. Doch bald schon wäre das irrelevant und ich in völliger Dunkelheit verloren, wenn ich weiter hinabstürzte. Nightsdeath und Auster würden aus meiner Sichtweite verschwinden. Flügel hatte ich vielleicht keine, aber meine Magie konnte ich noch spüren.

Mit einem Adrenalinschub setzte mein Überlebenstrieb ein.

Ich drehte mich in der Luft um die eigene Achse, erschuf eine Scheibe aus Licht unter mir und stellte mich auf die Landung ein. Der Aufprall durchfuhr meinen ganzen Körper, aber ich hatte keine Zeit, weiter nachzudenken. Sofort ließ ich vor mir eine Stufe erscheinen, dann noch eine, und noch eine, und noch eine. Ich rannte die Treppe hinauf, so wie ich es in der Welt zwischen Leben und Tod getan hatte. Über mir schwebte das Schlüsselstück, dem ich auf den hinter mir verschwindenden Stufen entgegeneilte.

Zu meiner Bestürzung wurde meine Magie immer schwächer, als ob die Prüfung es als Betrug ansah, meine Flügel so zu ersetzen. Nightsdeath und ich mussten das Schlüsselstück gemeinsam holen – es war eine Vertrauensprobe.

Aber hatten wir die nicht durch unsere Bereitschaft, so weit zu gehen, schon bestanden?

Trotz allem machte ich weiter.

Ich war so … dicht … dran …

Nur noch von der letzten Stufe abspringen …

Gleich hatte ich es …

Mit den Fingerspitzen streifte ich das Metall und versetzte die Scherbe in schnellere Drehung. Dann stürzte ich wieder in die Tiefe, diesmal ohne eine Möglichkeit, mich abzufangen.

Tiefer und immer tiefer. Durch dunkle, einsame Leere.

Eine Windböe erfasste mich, und Arme schlossen sich um mich. Mit aller Kraft krallte ich mich fest, und wir schossen wieder in die Höhe.

Nightsdeath war mir gefolgt.

»Du hast mich aufgefangen«, flüsterte ich.

Er antwortete nicht.

Wir erreichten wieder die Höhe der Sterne und des Schlüsselstücks. Diesmal packte ich es und presste es an meine Brust, während Nightsdeath mich in den Armen hielt und immer weiter nach oben flog.

Als wir endlich wieder im Tempel ankamen, schnappte ich nach Luft.

Er landete auf dem Boden, der jetzt wieder aus matten, angeknacksten, sandfarbenen Steinplatten bestand. Kurz wurde mir angesichts all der Illusionen schwindelig. Aber wir hatten es geschafft – wir hatten das erste Schlüsselstück geholt.

Strahlend blickte ich zu Nightsdeath auf, der gerade die Augenbinde ablegte. Doch als seine mit der Intensität zweier Sonnen glühenden Augen zum Vorschein kamen, richtete er den Blick nur kurz auf mich, dann auf etwas hinter mir. Mein ganzer Körper erstarrte, als mir wieder einfiel, wer die Prüfung gestört hatte.

Das war nicht Teil der Täuschung gewesen. Auster war tatsächlich hier. Zusammen mit seinen zwei Brüdern, Tarran und einer Truppe Celestialsoldaten.

»Das nehme ich«, sagte Auster und streckte die Hand nach dem Schlüsselstück aus.

Im gleichen Moment, in dem Nightsdeath näher an mich herantrat, ging ich auf Auster zu.

Mein Herz pochte wild, als ich ihn erreichte und ihm das Schlüsselstück in die offene Hand legte. Mein Magen verknotete sich, und ich wandte mich wieder um.

Nightsdeath beobachtete das Geschehen mit stillem, blankem Zorn.

»Ich verstehe. Vertrauen ist mächtiger als Liebe.« Damit zitierte er, was ich selbst vor ein paar Tagen gesagt hatte. Meine eigenen Worte versetzten mir jetzt einen Stich direkt ins Herz. »Denn Vertrauen kann die schärfste Klinge sein. Hut ab, Maid. Ich hätte es dir fast abgenommen.«

Hinter meinen Rippen tobte ein so wilder Trommelsturm, dass mein Herz drohte mir aus der Brust zu springen. Einen kurzen Blick zu Tarran konnte ich mir nicht verkneifen. Er nickte nur einmal kaum merklich, und ich hörte die unausgesprochenen Worte in meinem Kopf.

Du musst Nightsdeath töten.

Zum ersten Mal hatte ich sie im Hütertempel in Alisus gehört und sofort zurückgewiesen. Dann hatte Tarran sie wiederholt, als wir kurz im Küchentrakt des Schlosses allein gewesen waren.

Jetzt verstand ich.

»Von allen bösartigen Wesen sollte das gerade dich doch nicht überraschen«, antwortete ich Nightsdeath kalt.

Seine bernsteinfarbenen Augen leuchteten eine Nuance heller auf. Herausfordernd kam er einen Schritt auf mich zu. Austers Wachen wappneten sich, aber ich trat ebenfalls einen Schritt vor.

»Überrascht bin ich nicht, aber enttäuscht. Du bist genauso schwach, wie ich dachte, wenn du dich einem so rückgratlosen

Herrscher unterordnest. Zusammen hätten wir die Welt erobern können.«

»Ich ordne mich niemandem unter. Ich bin die Sternenmaid.«

»Ein Titel ist nur ein Wort. Alles, was ich sehe, ist, dass ihr zwei euch verdient habt. Und ich verdiene es, die Welt für all den Verrat, den sie fördert, die Gier, die sie mästet, den verdammten Schmerz, den sie verursacht, in Stücke zu reißen.«

In meinen Handflächen glommen Lichter auf, und Nightsdeaths Schatten antworteten mit wütendem Wirbeln.

Wenn wir hier unsere Magie aufeinander abfeuerten, würden wir dabei den Tempel zum Einsturz bringen. Also trat ich durch die Leere. Im nächsten Augenblick ersetzte die schneidende, in dieser Höhe geradezu unbarmherzige Winterluft wieder die erträglichen Temperaturen im Tempel. Nightsdeath sollte mich lieber hier draußen angreifen.

Lange ließ er nicht auf sich warten.

Das vertraute Gefühl einer dunklen Präsenz strich mir über den Nacken, die einzige Warnung für mich, herumzuwirbeln und seiner sternenlosen Druckwelle einen hellen Lichtstrahl entgegenzuschleudern.

Der Zusammenprall beider Kräfte war so wunderschön wie zerstörerisch. Als der Energiefluss abbrach, jagten wir uns durch das Schneegestöber, das nur für mich ein Hindernis darstellte. Dafür konnte ich mich durch die Leere bewegen und so Ausgewogenheit herstellen. Genervt davon, wie ich mit ihm spielte, indem ich immer wieder an anderen Stellen auftauchte, schleuderte er mir seine Attacken zunehmend schneller entgegen.

Da war er, der Nightsdeath, der mich immer wieder und wieder töten konnte, ohne einen Funken Reue. Er war rasend vor Wut, weil ich Auster offensichtlich unser Ziel verraten hatte. Ganz wohl fühlte ich mich auch nicht mit der Täuschung, zu der ich gezwungen gewesen war.

Aber das alles diente nur zur Ablenkung.

Du musst Nightsdeath töten.

Meine Seele weinte beim bloßen Gedanken, aber wenn es noch nicht zu spät war, musste ich es wenigstens *versuchen.*

»Du lügst genauso hübsch, wie du aussiehst. Kompliment«, rief Nightsdeath. Doch in seinem Ton lag keine Bewunderung.

Ein Streifen aus Dunkelheit schoss auf mich zu, und ich wirbelte aus dem Weg. Er flog jedoch nicht an mir vorbei, sondern wickelte sich, angefangen bei meinen Knöcheln, um meinen Körper. Eine Hand hatte ich zum Glück noch frei, um die Schatten mit einer Spirale aus Licht zu verjagen.

Nightsdeath hob die Arme und ließ mit einer einzigen eleganten Geste alle Dunkelheit um uns vor ihm zusammenfließen, wo sie sich in eine gigantische, hoch aufragende Schlange verwandelte, die gemeinsam mit ihm auf mich zukam.

Die lebendige Schlange aus wogenden Schatten ließ mich rückwärtstaumeln, aber schnell sammelte ich meine eigene Magie und beschwor einen riesigen Lichtwolf herauf, der sich ihr entgegenstellte.

Mein Herz hämmerte, und ich atmete schwer. Ich wusste nicht, wie viel länger ich es noch mit ihm aufnehmen konnte.

Durch den wilden Sturm der durch unsere kollidierenden Mächte freigesetzten Energie hindurch erregte ein leises Krächzen meine Aufmerksamkeit. Ich blickte auf. Über uns kreiste durch die Wirbel aus Licht und Dunkelheit hindurch eine große Krähe. Seltsam. Sie kam mir fast … vertraut vor. Der schwarze Vogel erinnerte mich an meine Hüter. Unter den Umständen ein krasser Gedankensprung.

Du musst Nightsdeath töten.

Die Ablenkung kam mich teuer zu stehen.

Nightsdeaths Hand legte sich um meine Kehle und schnürte mir die Luft ab. Ich krallte die Fingernägel in seinen Arm. Mit weit aufgerissenen Augen starrte ich in die leuchtenden Bernsteinkreise vor mir. Er fauchte, als mein Lichtwolf den Kopf der Schlange zwischen die Kiefer nahm. Das verschaffte mir eine Sekunde, ihn von mir zu stoßen und mich für seinen nächsten Angriff zu wappnen.

Während die gespenstisch schöne Version von Nyte schon auf mich zustürmte, erstarrte ich. Wie konnte ich sicher sein, dass es nicht auch den schwachen Herzschlag in seinem echten Körper beenden würde, wenn ich Nightsdeath tötete?

Wie Geister stiegen um mich herum Schatten auf.

Alle, die Nightsdeath begegneten, sahen ein Monster, einen gnadenlosen Mörder. Niemand nahm sich die Zeit, zu erkennen, dass es der Schmerz war, aus dem solche Übel entstanden. Schmerz kannte nur den Gegenangriff. Um das Schlimmste abzuwehren. Unser Leid ausreichend zu lindern, dass wir überleben konnten.

»Ich liebe dich«, sagte ich. Die Dunkelheit zeigte keine Reaktion. »Ich liebe jede Version der Nacht, die du bist.«

Eine Träne rollte mir über die Wange, während ich einen festen Stand einnahm.

»Liebe ist kein Heilmittel, sondern ein Gift«, zischte Nightsdeath.

Ich hatte es nicht gesagt, um ihn zu überzeugen. Er würde alles Warme, Wahre abwehren. Das wusste ich schon.

Und doch liebte ich ihn.

Nightsdeath stand direkt vor mir, und ich versuchte nicht, anzugreifen oder mich zu verteidigen. Als er mich packte, strich ich ihm über die Wange. Wut und Abscheu verzehrten sein Gesicht. Dann begann seine Dunkelheit, mich zu verschlingen.

Schatten überzogen meinen Körper, und meine Augen brannten, als ich in Verheerung versank. Seine lodernden Bernsteinaugen behielt ich dabei die ganze Zeit im Blick. Die Dunkelheit drang in mich ein – durch meine Augen, meine Nase, meinen Mund –, erfüllte meinen gesamten Körper mit dem unerträglichen Gefühl von Asche, die mein Blut verklumpen ließ.

Ich konnte kaum mehr aufrecht stehen. Die Schatten zerrissen mich innerlich, verbrannten und zerfetzten und verzehrten mich. Mit aller Kraft wehrte ich den Tod ab, der mich holen wollte.

Nur noch ein kleines bisschen.

Ich musste so viel von ihm in mich aufnehmen, wie ich ertragen konnte.

Auf den Zehenspitzen lehnte ich mich Nightsdeath entgegen, der den Arm um mich legte, als unsere Lippen sich trafen.

Es war Zeit, loszulassen. Zeit, die gesamte Macht von Lightsdeath gegen ihn zu entfesseln.

Meine Haut leuchtete in einem kalten silbernen Licht auf. Zuerst kaum merklich, nicht mehr als ein leichtes Schimmern in der Dunkelheit. Aber dann wurde das Leuchten immer heller, zog sich in verwobenen, komplizierten Mustern über meine Arme, ergoss sich als Sternenlicht in meine Adern. Ein Schauer überlief mich, als ich das kühle Strahlen wie einen zweiten Herzschlag in mir spürte.

Lightsdeath erfüllte meine Lunge, meine Gedanken, meine Knochen mit unendlicher, kalter Energie. Irgendwo in den Tiefen meines Verstandes hallte noch meine eigene Stimme wider – leise, entfernt und kaum mehr hörbar. Eine Bitte, die von einem Himmel voller Sterne verschluckt wurde, ein Flüstern, das sich in der endlosen Nacht verlor.

All die dunkle Macht, die ich in meinen Körper aufgenommen hatte, explodierte bei der Berührung mit dem Licht, zu dem ich jetzt wurde.

Nightsdeath packte mich noch fester, wollte mich offenbar gleichermaßen von sich stoßen und an sich ziehen. Er küsste mich voller Leid und Trauer, als wüsste er schon, dass es vorbei war, während aus uns Sternenlicht und Dunkelheit wurde und alles, was dazwischen existiert. Während wir zu einer katastrophalen kosmischen Explosion wurden, mit der alles begann und alles endete.

Als ich mich von ihm löste, sah Nightsdeath so verletzlich aus wie noch nie. Goldene Tränen rollten ihm über die Wangen, als würde das flüssige Metall seiner Iris überlaufen. Eine wunderschöne Tragödie.

»Alles wird gut«, flüsterte ich und streichelte ihm die Wange. Sie fühlte sich schon weniger fest an. »Es muss nicht mehr wehtun.«

Er blickte mich aus kummervollen Augen an. Die schwarzen Ranken unter seiner Haut waren so Furcht einflößend wie eh und je, die Schatten, aus denen er gemacht war, bäumten sich immer noch zornig auf, aber in seinen Augen lag … Verständnis. Die Konturen seines Körpers wurden vom Wind erfasst, glitten mir aus den Händen, verließen mich.

Die Akzeptanz in seinem Blick zu sehen, vielleicht sogar einen Moment der Gnade, als er seine Hände betrachtete, die sich langsam auflösten …

Ich brach.

Noch ein letzter geteilter Blick der Trauer, dann verschwand er vollends.

Genau wie ich in dunkler, verlockender Besinnungslosigkeit verschwand.

19

ASTRAEA

Ich fiel auf die Knie, aber statt im feuchten Schnee meiner Welt zu landen, spürte ich unter mir den trockenen, rissigen Boden des Reichs zwischen Leben und Tod. Von Trauer, Erschöpfung und einem wunden Herzen zu Boden gedrückt, konnte ich mich nicht bewegen.

»Was habe ich nur getan?«, flüsterte ich.

»Das, was vom Schicksal vorherbestimmt war.« Die hallende Stimme des Todes fuhr mir bis ins Mark.

Als ich zur Seite blickte, sah ich ihn in Größe eines Sterblichen auf mich zukommen. Im schwarzen Umhang mit leerer Kapuze und der Sense in der Hand. Nicht zum ersten Mal fragte ich mich, woher der Sprung in der Klinge stammte.

»Bricht die Nacht herein«, rezitierte ich. »Nightsdeath?«

Der Tod nickte. »Wird die Welt von Sternenlicht erfüllt sein. Dein Zeitalter ist angebrochen, mein Kind.«

Aber noch wusste ich nicht … ob mein Sternenlicht alles verwüsten oder das Land von bösartiger Dunkelheit reinigen würde.

»Ist Nyte … lebt er noch?«

Der Tod antwortete nicht.

»Komm«, sagte er stattdessen.

Ich hatte nichts zu verlieren, und so ging ich Seite an Seite mit dem Tod durch sein endloses Land.

»Du hast gesagt, ich werde das Ende von Abendrot und Morgengrauen herbeiführen … Aber wie kann eine Sterbliche allein die Götter töten?«, fragte ich.

»Du bist keine Sterbliche. Das warst du noch nie. Und du wirst es auch nicht allein schaffen müssen.«

»Aber ich will sie nicht verlieren. Meine Freunde«, flehte ich.

»Du kannst niemals verlieren, was du für immer im Herzen trägst.«

Meine Lippe zitterte, weil er mir nicht versprach, dass ihnen nichts zustoßen würde.

»Du hast mich zu Lightsdeath gemacht, und jetzt soll ich meine Schöpfer töten. Warum? Ich weiß doch noch nicht mal, ob du auch nur einen Deut besser bist als sie.«

»Ich bin der Ursprüngliche. Der Anfang der Zeit und der Schöpfung. Ich bin weder gut noch böse. Ich bin weder freundlich noch grausam. Ich *bin* einfach nur. Die Leute fürchten nicht mich, sie fürchten das Unbekannte. Aber der Tod ist genauso unsicher wie das Leben. Ein Mann wird geboren, und niemand kann sagen, was aus ihm werden wird. Eine Frau stirbt, und niemand weiß, wohin sie geht. Das Leben bietet ebenso viele Gründe, ängstlich zu sein, und die Zeit verbindet uns beide. Doch Abendrot und Morgengrauen haben diese göttliche Ordnung gestört. Seit Langem schon bestehlen sie mich, denn ich brauche Seelen, damit mein Reich überleben kann. Alles hat ein Ende.«

Ich ließ den Blick über die Einöde schweifen. Endlose, triste Weiten rissiger Erde, krumme, leblose Bäume, die wie Skeletthände am trüben, grauen Himmel zu kratzen schienen. Der Boden war ausgedörrt und aufgeplatzt, tiefe Furchen zogen sich wie ein Spinnennetz durch die Landschaft, als hätte der Boden selbst sich mit einem Schmerzensschrei in Stücke gerissen. Staub wehte über die karge Ebene, hin und wieder von kraftlosen Winden aufgewirbelt, die keine Linderung von der drückenden Stille boten.

Dann blieb mein Blick aus irgendeinem Grund am leeren Firmament über uns hängen, und ich fragte mich …

»Unsere Sterne haben eine Geschichte, nicht wahr?«, hauchte ich.

»Vor langer Zeit haben die Erzengel für mich gearbeitet. Sie brachten die Seelen in mein Reich. Bis Abendrot und Morgengrauen selbst eine Kopie der Engel erschufen: die Celestials. Ihre Schöpfungen schickten die Seelen stattdessen zu den Sternen hinauf, und nie da gewesene kosmische Mächte bildeten sich in eurem Reich. Du hast vermutlich noch nie vom Krieg der Götter gehört, in dem die Erzengel, die schwarze Flügel hatten, von der neuen Art der Celestials ausgelöscht wurden.«

»Manche werden noch heute mit schwarzen Flügeln geboren«, sagte ich, wobei ich langsam eins und eins zusammenzählte. »Also hat es nichts mit einem celestialen Fluch oder einer Brandmarkung für ihre Sünden zu tun.«

»Nein. In denen, die mit schwarzen Flügeln geboren werden, erwacht das Blut ihrer Vorfahren, der Erzengel, wieder zum Leben. Wenn die vier High Celestials von Abendrot und Morgengrauen ausgewählt werden, müssen sie schwören, das Wissen über ihre Vorgänger geheim zu halten.«

»Aber die Seelen, die wir zu den Sternen aufsteigen lassen, können in einem neuen Körper zurückkehren«, sagte ich.

»Eine poetische Vorstellung, das gebe ich zu. Hoffnung ist mächtig, und wenn sie mit Täuschung verwoben wird, tödlich. Die Geschichten über die Seelen in euren Sternen sind nicht wahr. Seit Jahrtausenden dienen sie als Energiequelle, um die Lichtmagie zu stärken. Wenn sie völlig leer geschöpft sind, stürzen ihre Überreste vom Himmel. Die Sterblichen finden diese schwachen Bröckchen Seelenenergie, und jene mit magischen

Fähigkeiten haben herausgefunden, wie sie sie nutzen können. Sternenstaub sagt ihr dazu, soweit ich weiß.«

»Cassia und Calix …«

Wenn der Tod die Wahrheit sagte …

O Götter, was habe ich nur getan?

»Du kannst das Ungleichgewicht noch beheben, Maid. Auch wenn es dir das ultimative Opfer abverlangen wird.«

»Was muss ich tun?«

»Jenen, deren Energie noch immer die Sterne auflädt, kann die letzte Ruhe gewährt werden. Das ist meine Aufgabe. Du hast mein Wort, dass ich den Seelen in euren Sternen den Übergang ermöglichen werde. Aber die Zeit läuft ab. Auch eure wahren Sterne stürzen bereits zur Erde. Bald wird euer Reich so öde und leer sein wie meins.«

»Und ich muss nur meinen Schlüssel zurückholen, dann kann ich damit die Götter töten, die mich erschaffen haben?«

»Du musst auch ihre wahren Namen herausfinden. Für kurze Zeit werden sie sterbliche Gestalt annehmen. Nach dem Versagen all ihrer Schöpfungen und Bündnisse wollen sie ihr Reich selbst in Ordnung bringen. Um ihre Herrschaft zu sichern, werden sie sich so verwundbar machen, wie eine Urgewalt nur sein kann.«

»Was sind ihre Namen?«

»Das weiß ich nicht. Der Name ist für unsereins das bestgehütete Geheimnis. Spricht ein Sterblicher ihn aus, hat er damit die gefährlichste Waffe gegen uns in der Hand und kann uns in Ketten legen und unterwerfen.«

»Es muss einen Weg geben, sie zu erfahren.«

»Gäbe es doch nur ein Wesen, das Gedanken lesen kann. Aber Vorsicht: Der Geist eines Gottes ist gefährliches Terrain. Er lässt sich nicht ohne Folgen betreten.«

Wir hatten eine wachsende Öffnung aus Licht erreicht, und ich wusste, dass mein Bewusstsein in meinem Reich wieder erwachte.

Furchtlos wandte ich mich dem Tod zu. »Kann ich dich eine Sache fragen?«

Er hatte keine Augen, in die ich hätte blicken können, aber auf unheimliche Weise wirkte diese Urgewalt fast wie eine normale Person.

»Was kommt nach dem Tod?«

Die Kapuze wandte sich dem Licht zu, das uns langsam erfasste. Mich erfasste.

»Das, liebe Maid, ist die spannendste Unbekannte von allen.«

20

Nyte

Aufzuwachen fühlte sich an wie ein Sturz vom Himmel auf den Erdboden. Meine Seele raste abwärts und krachte in einen Körper, der zu zerbrechlich für den Aufprall war. Stückweise kehrte mein Bewusstsein zurück und verdrängte die Dunkelheit. Ich konnte sehen – geradeso. Über mir bewegte sich ein verschwommenes Muster aus Licht und Schatten. Aber meine Lunge wurde noch von keinem Atemzug gefüllt. Meine Brust war wie von Stein ummauert. Jede einzelne Rippe schien von einem unsichtbaren Gewicht niedergedrückt zu werden.

Ich war ein Gefangener in meinem eigenen Körper.

Alle meine Muskeln waren steif, im Schockzustand eingefroren, als ob meine Knochen sich an den Sturz erinnerten, wie der Boden mir entgegengekommen war. Meine Finger zuckten, ein schwacher Widerhall des Lebens pulsierte darin, mehr nicht. Ich öffnete die Lippen, wollte ein Wort, einen Laut ausstoßen, irgendwie die Stille brechen, aber selbst dieses simple Vorhaben zerfiel zu Staub.

Panik rührte sich unter der reglosen Oberfläche. Tief in meinem Inneren flatterte sie, aber mein Körper weigerte sich, darauf zu reagieren. Ich konnte nichts tun, als die Schemen über mir zu beobachten, in einer schrecklichen Ruhe gefangen, gebunden an einen sich unbekannt anfühlenden Körper – wie ein Fremder in meiner eigenen Haut.

In diesem Moment zwischen der Welt der Lebenden und was auch immer jenseits von ihr lag, fragte ich mich, ob ich wirklich zurückgekehrt war – oder ob irgendein Teil von mir beim endlosen Sturz abhandengekommen war.

Geräusche drangen an meine Ohren und gaben mir zumindest eine Teilantwort auf die Frage, wo ich war und warum. Zuerst ein sanfter Wind und raschelnde Blätter. Dann wurde die friedliche Ruhe durch Gewalt gestört: ein mächtiges, unverwechselbares Brüllen ließ meinen ganzen Körper erbeben. Der Ruf des Drachen war ein Seil, das ich packen und an dem ich mich aus der Leere, in der ich schwebte, herausziehen konnte.

»Wir können nicht noch länger warten. Astraea hat recht: Das ist momentan unsere einzige Hoffnung.«

Ich kannte die Stimme. Die kleine Draufgängerin war da – Nadia.

Meine Schmerzen, meine Verwirrung, alles war egal, als ich den einen Namen hörte, der es vermochte, meine Schwäche zu vertreiben, sodass ich mit einem Mal endlich tief Atem holen konnte.

Astraea.

Die Erinnerung daran, wie ich orientierungslos und bewegungsunfähig dagelegen hatte, kam nun mit vollständiger, schrecklicher Klarheit zurück. Abendrot und Morgengrauen hatten gewonnen, sie hatten mich mit einem Fluch ewiger Ruhe belegt.

Doch … jetzt war ich wach.

Wie lange war ich bewusstlos gewesen?

Jede Faser meines Körpers sträubte sich dagegen, sich zu bewegen. Aber meine Starlight war irgendwo da draußen, und ich würde sie finden – sei es auch mit zersplitterten Knochen und vor Schmerz brennenden Muskeln.

»Ich weiß nicht, ob wir es je hierher zurückschaffen würden.«

Das war Drystans Stimme.

Die beiden klangen gar nicht, als könnten sie sich jeden Moment gegenseitig umbringen.

Träumte ich vielleicht doch noch?

»Wenn du damit sagen willst, dass du mich vermissen wirst: Das weiß ich doch«, gab Nadia zurück, aber der Antwort fehlte eine Spur ihrer üblichen Arroganz.

»Es ist bloß …« Drystan beendete den Satz nicht, stattdessen hörte ich Schritte im Schnee.

Endlich schaffte ich es, die Augen ganz zu öffnen, und kniff sie geblendet gleich wieder zu. Die beiden standen nah beieinander. So nah, dass ich zu erkennen versuchte, ob die Draufgängerin meinem Bruder bereits ein Messer in die Brust gerammt hatte. Ganz sicher konnte ich nicht sein, weil sich, als ich mich auf die Seite rollen wollte, plötzlich der Boden unter mir bewegte. Ich erkannte erst, dass ich im Begriff war, von irgendetwas herunterzufallen, als ich auch schon mit einem Ächzen in den Schnee plumpste, der immerhin tief genug war, um meine Landung ein wenig abzufedern.

»Scheiße!«, rief Nadia.

Ich blinzelte, konnte sie aber nicht mehr sehen. Dafür erkannte ich jetzt, dass ich eben noch auf dem Sattel eines schwarzen Drachen gelegen hatte, der aber viel zu groß war, um …

Eltanins Größe überraschte mich so sehr, dass ich mich ruckartig aufsetzte und dabei das quälende Pochen in meinem Kopf und den gleißenden Schmerz in meinen Knochen einfach ignorierte.

»Wo ist sie?«, fragte ich.

Dankbar nahm ich das Adrenalin in meinem Kreislauf wahr, das alle körperlichen Warnsignale übertönte.

»Wieso zur Hölle bist du wach?«, fragte Drystan, der sofort herübereilte und mich wie ein Gespenst anstarrte.

»Du musst dich ja nicht gleich so freuen, Bruder«, presste ich heiser hervor.

Je länger ich hier auf dem Boden herumsaß, desto würdeloser fühlte ich mich.

Ich blickte mich um, in der Hoffnung, Astraea zu sehen, auch wenn ich schon wusste, dass sie nicht hier war. Kälte kroch mir langsam unter die Haut, und als Drystan sich vorbeugte, ließ ich mich von ihm hochziehen. Sofort musste ich mich bei Eltanin anlehnen, um nicht wieder umzufallen. Seine Federn kitzelten angenehm auf meiner Haut, und das Gefühl knüpfte an einen Faden in meinem Inneren an.

»Wie lange?«, flüsterte ich kaum hörbar, so sehr fürchtete ich die Antwort.

Eltanin war mittlerweile so groß wie Athebyne.

»Einen Monat«, antwortete Nadia. »Grob geschätzt. Einen Monat lang warst du im Land der Träume.«

Ich schloss die Augen, um die verlorene Zeit zu akzeptieren. Es hätte viel mehr sein können … eigentlich hätte es für immer anhalten sollen. Mein Kopf quoll über vor Fragen, aber im Moment zählte nur eine einzige.

»Wo ist Astraea?«, fragte ich erneut.

So wie Drystan das Gesicht verzog, stellte ich mich auf eine Antwort ein, die mir nicht gefallen würde.

»Sie … ist bei Auster.«

Ich ballte die Hand zur Faust und zwang mich, mich kurz zu sammeln. »Gegen ihren Willen?«

»Es ist ein bisschen komplizierter.«

»Dann erkläre es mir«, fauchte ich.

»Nicht mal ein ganzer Monat Schlaf reicht aus, um dich weniger griesgrämig zu machen«, murmelte Nadia und verschränkte die Arme.

Als ich zur Seite blickte und ein Haus sah, so hoch, dass mir der Nacken wehtat, als ich das Dach zu erspähen versuchte, wusste ich sofort, wo wir waren. Bei Nadir zu Hause.

»Wo wolltest du mich hinbringen?«

Drystan versuchte, eine weitere Grimasse zu unterdrücken, und kratzte sich am Hinterkopf. »Nordstern.«

Ich riss die Augen auf. Es gab nur einen Grund, diese Insel in Althenia aufzusuchen.

»Du wolltest mit mir diese Welt verlassen«, stellte ich fest, kaum in der Lage, meine Entrüstung zu verbergen. »Du wolltest mich von ihr *trennen?*«

Drystan trat von einem Fuß auf den anderen und hob dann abwehrend die Hände.

Aber Nadia war es, die mit dem Finger auf mich zeigte, die Augenbrauen zornig zusammengezogen. »Du hast kein Recht, aufzuwachen und sauer zu sein«, blaffte sie. »Er hat jede freie Minute damit verbracht, einen Weg zu suchen, um dich aus dem Schönheitsschlaf zu holen, den du deiner eigenen Dummheit zu verdanken hast.«

So wütend Drystans Vorhaben und Nadias Ton mich auch machten, bei ihren Worten musste ich schlucken. Als ich meinen Bruder ansah und die Müdigkeit in seinem Gesicht wahrnahm, stiegen Schuldgefühle in mir auf.

»Ich wusste nicht, dass der Fluch schon so bald eintreten würde«, gab ich zu.

»Aber dass er irgendwann eintreten würde, wusstest du, und du hast niemandem davon erzählt«, erwiderte er verärgert.

»Ich hatte gehofft, wenigstens noch ein paar Jahrzehnte zu haben und vielleicht vor Einbruch der ewigen Nacht einen Ausweg zu finden.«

Ich ließ den Blick über den merklich leereren Sternenhimmel und den fahlen Mond schweifen.

»Der Himmel ist nicht mehr rot«, merkte Nadia an.

Ich hatte keine Ahnung, was das bedeutete, aber Drystan offenbar schon. »Eigentlich sollte es mitten am Tag sein. Und die Sterne stürzen auch noch zur Erde. Das Ungleichgewicht besteht also weiterhin.«

Während er das sagte, beobachtete ich einen heller werdenden Lichtstreifen am Himmel. In der Ferne hörte ich den Aufschlag, aber der Stern fiel zu weit entfernt zu Boden, als dass wir die Vibrationen gespürt hätten.

»Das passiert öfter?«, fragte ich.

»Ja. Astraea konnte verhindern, dass ein Meteor Vesitire zerstört, kurz bevor sie gefangen genommen wurde. Die Leute reden immer noch darüber. Ach, übrigens gibt es jetzt auch einen Aufstand in ihrem Namen. Sie tragen lilafarbene Armbinden mit ihrem Zeichen – wobei die Flügel darauf jetzt *schwarz* sind.«

In meinem Kopf drehte sich alles, während ich versuchte, diese erstaunlichen Neuigkeiten über Astraea zu verarbeiten. Sie erfüllten mich mit Stolz und gleichzeitig mit Sorge.

»Ich gehe sie holen«, sagte ich.

Eine düstere Ruhe breitete sich bei dem Gedanken in mir aus, mit Auster weiterzumachen, wo wir aufgehört hatten. Ich freute mich schon darauf, ihm so viele Schmerzen zu bereiten, dass er seinen eigenen Namen vergessen und um Erlösung betteln würde.

Eltanin gab einen rasselnden Laut von sich, der wie eine Mischung aus Zwitschern und Knurren klang. Er legte den riesigen Kopf auf die Seite, und als ich in seine sternglänzenden, lila Augen blickte … schien in mir ein Faden zu reißen, und mein Atem setzte aus, bis der Faden sich dehnte, sich ausstreckte, um eine neue Verbindung zu schmieden, einen kühnen, triumphalen Bund. Es war, als ob in mir ein Stern erwachte, ein leises Brennen, das Wärme durch meine Adern pumpte, die sich zu einer goldenen Hitze anstaute, die ich kaum halten konnte.

Eltanin verband sich mit mir als seinem Reiter.

Unsere Geister streiften sich, betasteten sich vorsichtig, und doch spürte ich sofort das Gewicht der Drachenseele, die mir jetzt innewohnte. Gedanken, nicht Worte, schwangen zwischen uns hin und her, jeder wie das Echo meines eigenen Herzschlags.

»Was passiert hier gerade?«, flüsterte ich.

Das war unmöglich. Eltanin war Astraeas Drache.

»Wir hatten gehofft, der Drachenbund könnte deinen Fluch beenden, aber es hat nicht funktioniert.«

Drystan erklärte, dass Eltanin erst nach seinem zweiten Mondzyklus ausgewachsen genug gewesen war, um einen Reiter zu wählen.

Ein unsichtbares Band zwischen uns zog mich näher an den Drachen heran. Das war alles zu schön, um wahr zu sein. Ein viel zu großes Geschenk. Allerdings konnte ich auch nicht leugnen, dass mich vom ersten Moment an etwas an diesem Drachen angesprochen hatte, was jetzt dazu beitrug, meine Zweifel zu beseitigen. Vielleicht war es seine Dunkelheit gewesen, seine Schattenmagie. Genau sagen konnte ich es nicht.

Als Eltanin mir über unseren Bund zum ersten Mal etwas mitteilte, vielleicht nicht in Worten, aber auf irgendeine Weise doch für mich verständlich, war ich ihm endgültig verfallen.

Deine Flügel, das bin jetzt ich.

Fast wäre ich angesichts dieses Segens auf die Knie gefallen. Meine celestialen Flügel waren nicht endgültig verschwunden. Hier waren sie, mächtiger als je zuvor. Flügel, die mich auffangen würden, wie oft ich auch fiel.

Ich strich ihm über die gefiederte Mähne. Er schloss die Augen, und ein sanft vibrierendes Schnurren drang aus seinem Hals.

»Kannst du mich zu Astraea bringen?«, fragte ich ihn laut.

Eltanins violette Augen klappten sofort auf, und er durchbohrte mich beim Klang von Astraeas Namen mit einem Blick geteilter Entschlossenheit und Sorge. Dieser Celestiale Drache war nicht allein meiner – er war unserer, Astraeas und meiner, bis ans Ende der Zeit.

Ich zuckte zurück, als Eltanin ein gequältes Brüllen ausstieß, weil er wusste, dass Astraea in Schwierigkeiten steckte. Erneut fiel mein Blick auf den beeindruckenden Sattel auf seinem Rücken.

»Sicher, dass du stark genug bist, um einen Drachen zu reiten und Auster Nova gegenüberzutreten?«, fragte Drystan skeptisch.

»Es gibt genau einen Grund, warum ich dankbar bin, dass der Fluch gebrochen ist. Einen verdammten Grund, warum ich froh bin, in dieser Hölle wieder erwacht zu sein. Ich werde sie keine Scheißsekunde länger allein lassen!«

Ich machte mich bereit, aufzusteigen, aber als Drystan schwieg, warf ich ihm einen Blick zu. Seine Miene war hart und abweisend, und sofort erkannte ich, dass ich mit meinem wütenden Ausruf einen Fehler gemacht hatte.

»Ich meine natürlich nicht …«

»Lass gut sein. Ich weiß doch, dass sie der einzige Grund zum Atmen für dich ist, dein Ein und Alles, der Stern an deinem Nachthimmel.« Drystan winkte ab und lief auf Athebyne zu, seinen riesigen roten Drachen. »Manche Dinge ändern sich eben nie.«

Er schleuderte mir seine Antwort wie beiläufig entgegen, und ich verfluchte mich innerlich selbst. Wieder einmal hatte ich ihm das Gefühl gegeben, mir nicht wichtig zu sein, obwohl das alles andere als wahr war.

Nadia blickte einen Moment lang zwischen Drystan und mir hin und her, dann folgte sie Drystan, der gerade aufstieg.

»Keine Ahnung, wo sie ist. Zuletzt war sie im Schloss in Vesitire, aber das war vor über einer Woche«, sagte Drystan.

Ich rieb mir die Brust und tastete innerlich nach unserer Verbindung, in der Hoffnung, dass sie mich zu ihr führen würde, falls Auster sie aus Vesitire weggebracht hatte.

»Drystan …«, rief ich, wusste aber nicht mehr, was ich hatte sagen wollen, als er mich ansah.

Es war ein seltsames Gefühl … diese Spannung zwischen uns. Ich wollte sie beseitigen, wusste aber nicht, wo ich anfangen sollte, wie ich ihm eine Hand entgegenstrecken konnte. Drystan schien mein kommunikatives Versagen zu verstehen. Er blickte wieder nach vorne und setzte sich fest in den Sattel, während Athebyne sich bereit machte, abzuheben. Nadia schlang die Arme um Drystans Bauch.

»Wenn du von Eltanin runterfällst, fang ich dich nicht auf«, sagte Drystan.

Als die Drachen sich in die Lüfte schwangen, musste ich vor lauter aufgewirbeltem Schnee die Augen abschirmen.

»Holen wir unsere Starlight«, murmelte ich Eltanin zu.

Mit jeder Faser meines Körpers sehnte ich mich danach, mit Astraea wieder vereint zu sein. Und all meine bösartige Dunkelheit lechzte danach, Höllenfeuer auf Auster Nova herabregnen zu lassen, für alles, was er ihr in der Vergangenheit und der Gegenwart angetan hatte.

21

Astraea

Ich hatte Nightsdeath getötet – und ich trauerte um ihn. Mein Körper war noch eingefroren, während ich langsam wieder zu Bewusstsein kam. Der einzige Ort, an dem ich jetzt sein wollte, war an Nytes Bett. Bis mir wieder einfiel, dass er womöglich nicht dort war. Vielleicht war er gar nicht mehr auf dieser Welt, nach dem, was ich getan hatte.

Als ich die Augen öffnete, hatte der Himmel die schönste Farbe, die ich je gesehen hatte. Die Sterne waren wieder in ein tiefes, fast vergessenes Mitternachtsblau gebettet. Der Fluch des Blutmonds war aufgehoben.

»Nyte.« Ich flüsterte seinen Namen, als könnte ich ihn so aus den Sternen heraufbeschwören.

Dann stiegen mir Tränen in die Augen, als mir der schlimmstmögliche Gedanke einen plötzlichen Schlag versetzte: Was, wenn der Fluch aufgehoben war, weil Nyte ein für alle Mal gestorben war? Was, wenn ich das einzige Stück von Nyte getötet hatte, das noch übrig gewesen war?

Wie ich so dalag, wurde alles in mir nach und nach so taub wie mein Körper.

Durch die Tiefen meiner Verzweiflung drangen entfernte Kampflaute zu mir herüber. Aufeinandertreffender Stahl, Schmerzensschreie. In der Nähe war offenbar eine Schlacht ausgebrochen. Ich erinnerte mich, dass Auster da gewesen war.

Aber gegen wen kämpfte er, jetzt, da Nightsdeath besiegt war?

Beim Aufsetzen entfuhr mir ein leises Wimmern, so sehr schmerzten all meine Muskeln. Als ich mich in dem kleinen Waldstück umsah, erkannte ich sich bewegende Gestalten. Viele. Das Adrenalin in meinen Adern wärmte mich ausreichend von innen, dass ich aufstehen konnte, ohne zu schwanken.

»Ich hätte wissen müssen, dass ein Teil von dir ihm immer treu bleiben würde.«

Die Stimme ließ mich zusammenzucken. Als ich mich umwandte, stand ich Laviana gegenüber, flankiert von zwei weiteren Vampiren. Sie kamen auf mich zu.

»Du bist mir gefolgt?«

»Natürlich. Hältst du uns wirklich für so dumm, dass wir nicht verstehen, welchen unvergleichlichen Vorteil die Drachen, die du suchst, ihrer gewählten Seite verschaffen werden?«

»Ihr habt eure Zeit und eure Leben umsonst verschwendet. Der Drache kann nicht befreit werden«, zischte ich durch zusammengepresste Zähne.

»Was braucht man dazu?«

Ich schürzte die Lippen. Mit diesem Wissen musste ich sorgsam umgehen. Auster hatte bereits einen Preis auf all unsere Köpfe ausgeschrieben, da brauchte es nicht noch einen Grund für Laviana und die anderen Vampire, meine Freunde als Geisel zu nehmen, um an Eltanin heranzukommen.

»Einen besonderen Stein. Er ist gut versteckt, ich trage ihn nicht bei mir.«

Laviana lächelte ohne jede Spur von Freundlichkeit. »Wie gesagt, Astraea: Du bist eine wirklich schlechte Lügnerin. Wir waren früher mal Verbündete.«

»Das sind wir immer noch. Du kannst nicht von mir erwarten, dass ich mich für eine Seite entscheide, während viel größere Dinge auf dem Spiel stehen.«

Hinter mir erklang plötzlich Tarrans samtweiche Stimme. »Unsere liebe Schwester war noch nie besonders geduldig.«

»Soweit ich weiß, ist auf dich erst recht kein Verlass mehr, jetzt, da du Austers kleines *Schoßhündchen* bist«, gab Laviana höhnisch zurück.

Der Ausdruck gefiel Tarran gar nicht. Er warf mir einen so anklagenden Blick zu, dass ich leicht zusammenzuckte. »Manchmal spioniert es sich ganz unversteckt am besten«, sagte er und schob die Hände in die Taschen.

Laviana schnaubte. »Das soll ich dir also abnehmen?«

Tarran zuckte mit den Schultern. »Mir ist egal, was du glaubst, Schwesterchen.«

»Nenn mich nicht so. Wir alle stehen uns schon seit Jahrhunderten nicht mehr nahe.«

»Das ist also dein Plan? Du trennst dich von deinen Wurzeln, um Macht zu gewinnen?«

»Ich trenne mich nur von Schwächen. Du bist einfach verschwunden. Und als ich das nächste Mal von dir gehört habe, hattest du Anhänger um dich geschart, auf der Jagd nach dem Schlüssel und der Maid. Hast du ihnen gegenüber auch von Astraea als deiner *Schwester* geredet?«

Vom Hin-und-Herblicken zwischen den beiden und der stetig wachsenden Anspannung wurde mir ganz schwindelig. In der Ferne waren weiterhin Schreie zu hören. Nichts wollte ich dringender, als mich dem Kampf anzuschließen und das unnötige Blutvergießen endlich zu beenden.

»Ruf deine Streitkräfte zurück«, sagte ich eindringlich an Laviana gewandt.

Ihr kühler, gekränkter Blick traf mich. »Also hat Auster zwei Schoßhündchen. Verstehe.«

»Ich bin kein *Schoßhund,* sondern eure Sternenmaid. Wenn du sie nicht zurückrufst, werde ich es tun.«

Sie verschränkte die Arme, offenbar bereit, sich meiner Autorität zu widersetzen. Aber ich würde nicht länger zögern.

»Tu, was du nicht lassen kannst«, sagte sie.

Die eiserne Faust um mein Herz drückte bei ihrer Ansage noch einmal fest zu. Kampfbereit und unnachgiebig stand Laviana da.

War das der Fluch des Krieges? Dass Freunde auf dem Schlachtfeld zu Feinden wurden?

»Sie sagt die Wahrheit«, warf Tarran ein. »Der Drache kann im Moment nicht befreit werden.«

»Zumindest wissen wir jetzt, wo er ist. Und Astraea wird früher oder später alles Notwendige beschaffen. Wenn wir heute zumindest eine von Austers Truppen auslöschen können, hat der Kampf sich gelohnt.«

»Ich will dir nicht wehtun«, sagte ich leise flehend.

Das entlockte Laviana nur ein Grinsen, als wäre ich kaum mehr als ein Insekt, das sie beiseiteschnipsen konnte, um sich der Schlacht hinter mir anzuschließen.

»Ich will dir auch nicht wehtun. Aber wenn du mir keine andere Wahl lässt, dann ist es eben so.«

»Geh«, zischte ich Tarran zu.

Er sah mir in die Augen. Irgendetwas an meinem Gesichtsausdruck brachte ihn dazu, nur kurz zu nicken, Laviana einen letzten ungläubigen Blick zuzuwerfen und widerspruchslos zu gehen.

»Einmal ein Feigling, immer ein Feigling«, murmelte Laviana, während sie ihm hinterherblickte.

Sie trat vor, und die Vampirsoldaten taten es ihr gleich. Schon eine ganze Weile hatte ich meine Magie in den Handflächen gesammelt. Sie strömte mir bereits kribbelnd durch den ganzen Körper. Bei ihrem nächsten Schritt schleuderte ich ihnen einen Bogen aus violettem Licht entgegen, der sie alle rückwärts fliegen ließ. Ein paar krachten heftig in umstehende Bäume, andere stürzten von der Klippe.

Ich musste meine Gefühle von den Todesopfern abkapseln. Gewinnen konnte ich diese Schlacht nur mithilfe von Lightsdeath.

Ich stand allein am Rand des Abhangs und betrachtete die wunderschöne, im Mondlicht glitzernde, verschneite Gebirgslandschaft. Die Hauptstadt lag in weiter Ferne. Und je mehr Lightsdeath die Kontrolle übernahm, desto stärker glitzerte alles.

Plötzlich fiel mir wieder ein, warum ich so gerne tanzte. Mein Körper war ein Instrument, meine Magie ein Lied. Wie einen Bogen über Geigensaiten bewegte ich Arme und Beine in flüssigen Bewegungen durch die Luft. Ich kanalisierte Magie wie Noten, ließ eine Melodie aus Schmerz und Zerstörung erklingen. Der friedlich zu Boden gerieselte Schnee wurde wieder zu einem Sturm aufgewirbelt.

Meinem Sturm.

Die Welt lag in Mondschein und Sternenglanz gebadet da. Ein schimmerndes, schwarz-weißes Gefäß für Leben, Tod und Seelen. Ich gab mich dem machtvollen Zorn hin, der in meinen Gedanken flüsterte und in meinem Blut kochte. Ich hörte Lightsdeath zu und wurde eins mit ihr.

Als mein Tanz endete, wandte ich mich um und erblickte eine gigantische Wölfin aus Sternenlicht. Sie schimmerte in übernatürlichem Glanz, der sich in silbervioletten Wellen auch auf dem Boden ringsherum ausbreitete. Ihr Kopf überragte die Baumwipfel, in ihren silbern leuchtenden Augen erkannte ich meine eigenen wieder. Geduldig erwartete sie mein Kommando. Der Wald war still, sämtliche Tiere verstummt, als traute die Welt sich nicht, den Bann zu brechen. Da stand ich, winzig im sternenglänzenden Schatten der Wölfin, und doch oblag mir der Befehl über dieses mächtige Wesen.

»Astraea …«

Ich blickte mich nach der Stimme um, die meinen Namen geflüstert hatte, und sah, wie eine Schattenlose mit schwarzweißen Haaren sich mühsam vom Boden aufrappelte und mich zu meiner großen Freude mit angstgeweiteten Augen anstarrte. Als ich auf sie zuging, taumelte sie rückwärts, sah jedoch nicht länger mich an, sondern die enorme Kreatur, die jeder meiner Bewegungen folgte.

Ich war diese Kreatur.

Irgendetwas ließ mich innehalten. Bevor ich die Schattenlose erreicht hatte, musste ich einen Moment lang nachdenken.

Ein lautes Brüllen ertönte vom Nachthimmel. Die Wölfin und ich blickten gemeinsam auf. Ein Streifen Dunkelheit zog an den Sternen vorbei. Sofort entbrannte in mir das Bedürfnis, den fliegenden Schatten in Sternenlicht zu ertränken.

Also ließ ich die unbedeutende Vampirin links liegen und folgte der Dunkelheit ins Herz der Unruhe.

Der Wolf glitt durch die Bäume, ohne die kostbare Natur zu beschädigen. Schließlich erreichten wir eine Lichtung. Der schneebedeckte Boden war zu großen Teilen nicht mehr weiß, sondern rot. Vampire, Celestials, auch einige Fae kämpften und fielen hier. Ich sah keine Körper mehr, nur noch Seelen, die unterschiedlich hell leuchteten. Die dunkelsten wollte ich auslöschen, alle, die fast schwarz und nicht mehr zu läutern waren.

Das erbitterte Gefecht kam zum Erliegen, als Freunde und Feinde der Reihe nach erkannten, welchem Tod sie nun ins Gesicht blickten.

So viele dunkle Seelen.

Die Wölfin … griff an.

Ich folgte ihr, während die Seelen auseinanderstoben, versuchten, ihrem Schicksal zu entfliehen. Die erste dunkle Seele, die ich erntete, schlug wie ein Brandeisen in meine Brust ein, sodass ich mich einen Moment lang vor Schmerzen krümmte.

Mir blieb kaum Zeit, mich zu erholen, als mich bereits die nächste traf. Und die nächste. Keuchend rang ich um Atem.

Das hier war meine Bestimmung.

Die Wölfin fuhr fort, sich die dunkelsten Seelen einzuverleiben.

Ein weiteres ohrenbetäubendes Brüllen ließ mich zusammenzucken, und ich wirbelte herum, um die Kreatur auszulöschen, ehe sie mich erneut ablenken konnte.

Da stand ich der schwärzesten Seele von allen gegenüber. Je länger ich sie anstarrte, desto schärfer zeichnete sich in den Schatten ein Gesicht ab.

Er war so unglaublich schön, dass sich etwas in mir dagegen sträubte, ihn umzubringen. Regungslos stand er da und starrte mit aufgerissenen Augen mich und die Wölfin an, die das Gemetzel ebenfalls unterbrochen hatte, um sich diesem Wesen zuzuwenden.

»Astraea.«

Seine Stimme … die dunkle Magie und die Aura, die ihn summend umgaben, fühlten sich an, als müssten sie sich mit dem Lied, das mich erfüllte, zu einem Duett zusammenfügen.

Ich schüttelte den Kopf, um mich wieder aufs Wesentliche zu konzentrieren. Etwas auf seinem ansprechenden Gesicht veränderte sich, und Staunen und Sorge wurden zu Angst und Berechnung.

Er korrigierte sich: »Lightsdeath.«

Der Name ließ eine Flamme in mir auflodern, und ich lächelte.

Die Wölfin aus Sternenlicht knurrte hinter mir und in mir. Sie war bereit, diese Seele zu verschlingen, deren Gegenwart sie kaum ertragen konnte.

Er schien zu wissen, dass er gleich sterben würde. Trotz all der Dunkelheit in ihm hatte er mir nichts entgegenzusetzen. Nicht mehr. Mir kam es so vor, als ob er einst die Macht dazu besessen hätte. Aber jetzt hatte sich etwas in ihm verändert. Fasziniert dachte ich, welch eine Verschwendung sein baldiges Ende sein würde.

»Ich bin hier«, sagte er, als könnte er mit diesen Worten den Sturm beruhigen, der sich über ihm zusammenbraute.

Langsam ging ich auf ihn zu, und er wich nicht zurück. Je näher ich ihm kam, desto mehr zog mich die in ihm wirbelnde Dunkelheit in den Bann. Etwas an ihm ließ mich näher treten, seine Seele immer tiefer durchforsten, als erwartete ich irgendwo … ein Licht.

Es war so klein und kostbar wie ein einzelner Stern am leeren Firmament. Die Dunkelheit erstickte es nicht, sie schützte es.

Ich wollte in ihn hineingreifen und es hervorholen. Er ließ mich und die Wölfin hinter mir ganz nah heran, rannte nicht weg wie die anderen, sondern kam mir sogar noch entgegen.

»Die dunkelste Nacht«, flüsterte ich und legte ihm eine Hand auf die Brust.

Er verkrampfte und stieß ein Stöhnen aus. Ich tat ihm weh. Das Licht brannte sich durch die Dunkelheit. Und trotzdem floh er nicht.

Er hob eine Hand, und ich wollte sie an meiner Wange spüren. »Mein hellster Stern.«

Ich verlor mich in seinen Augen, so leuchtend hell trotz der wirbelnden Schatten, die seine Seele ausmachten. Seine Lippen trafen auf meine … und die Nacht ließ die Sterne zerbrechen.

Der sofort in mir aufsteigende Ekel legte sich, als sein Duft all meine Schmerzen linderte. Seine Wärme meine Wut dämpfte. Sein Name Lightsdeath das Steuer entriss.

»Nyte«, wimmerte ich ungläubig an seinen Lippen.

War ich noch einmal gestorben? Hatte ich in meinem unkontrollierbaren Zustand etwas Schreckliches getan?

»Ich hab dich, Starlight.«

»Das ist nicht echt. Du kannst nicht wirklich hier sein.«

»Ich bin echt, Astraea. Ich bin wirklich hier.«

Er gab mir einen Kuss auf die Stirn, und ich weinte. Ich zerbrach. Meine Knie gaben nach, aber er fing mich auf. Seine Arme umschlossen mich fest und sicher, aber ich glaubte immer noch, dass es eine Illusion war, die schließlich in sich zusammenstürzen würde.

Was für ein schöner Traum, dachte ich. *Nach all den Albträumen, so ein schöner Traum.*

Aber in einer Welt der Monster waren Träume nur Trugbilder und Albträume die Realität. Nur den Bruchteil einer Sekunde lang nahm ich den in Purpur getauchten Pfeil wahr, der von hinten auf Nytes Herz zielte, und schon drängte Lightsdeath wieder an die Oberfläche und übernahm, um ihn zu retten.

22

Nyte

Gerade erst hatte ich es geschafft, Astraea durch die überwältigende Macht von Lightsdeath hindurch zu erreichen, als irgendetwas geschah, das sie so schnell wieder dieser Macht erliegen ließ, dass ich ihr nicht helfen konnte.

Auch als die Luft um sie herum bereits vor roher Energie knisterte, ließ ich sie nicht los. Ich spürte die Hitze ihrer Magie auf meiner Haut. Sie glühte, war eine einzige lodernde Kraft, und ihre Magie sprudelte hervor und hüllte sie in blendendes, wie ein Herzschlag pulsierendes Licht. Sie sah nicht mehr aus wie von dieser Welt. Wild und unberührbar, so hell leuchtend, als hätte sie die Sterne verschluckt.

Aber ihre silbrigen Augen waren fokussiert. Wut stand ihr mit kalter Entschlossenheit ins Gesicht geschrieben – sie war bereit, den Sturm zu entfesseln, der sich in ihr zusammenbraute.

Mir wurde kalt, als ich mich umwandte, um zu sehen, was ihren Ärger erregt hatte.

Einen Arm hatte sie ausgestreckt, und ein Fühler aus Licht hatte sich um einen Pfeil gewickelt, der mich direkt ins Herz getroffen hätte … und getötet.

Als ich Astraeas Blut auf der Pfeilspitze roch, überkam mich Angst. Wahre Angst, wie ich sie noch nie gefühlt hatte, sank in meine Eingeweide.

Ich konnte sterben. *Wirklich* sterben.

Die Erkenntnis war mit einer gewissen Erleichterung verbunden. Das neue Gefühl der Sterblichkeit ließ mir alles auf der Welt gleich viel kostbarer erscheinen. Es ließ die Frau in meinen Armen so viel zerbrechlicher erscheinen.

Aber nein. Nicht sie war zerbrechlich. *Ich* war es.

Mit der Kraft von Lightsdeath ließ Astraea den Pfeil zu Splittern zerstieben, die in den Schnee hinabrieselten.

Jetzt standen wir Auster Nova direkt gegenüber.

»Rainyte.«

Sobald er mich bei meinem Namen rief, überrollte mich eine Welle von Wut und Abscheu.

Mit dem nächsten Atemzug durchquerte ich die Leere, packte Auster am Mantel und griff nach Nightsdeath, um meine gnadenlose Rache an ihm zu üben. Aber da, wo das Schattenwesen einst meinen Geist bewohnt hatte, war nichts. Die Stimme, mit der ich ein Leben lang gerungen hatte, gegen deren Hohn und dunkle Einflüsterungen ich mich hatte zur Wehr setzen müssen, war verstummt.

Auster *lächelte*. Als wüsste er Bescheid.

Seine gekräuselten Mundwinkel ließen meinen Hass noch heißer auflodern. Ich schob die Verwirrung beiseite und bediente mich stattdessen der gefährlichen Fähigkeit, mit der ich bereits zur Welt gekommen war.

Auster keuchte, als ich seine geistigen Schutzmauern zerschmetterte und seinen Körper in den Schnee fallen ließ.

»Solange ich atme, kann ich dich für all deine Schandtaten zahlen lassen«, zischte ich und umkreiste ihn wie ein wildes Tier.

Jetzt, da er mir zu Füßen lag, wusste ich nicht, wo ich anfangen sollte. Ich wollte ihm auf so viele, so abscheuliche Arten Schmerz bereiten, dass noch der ungeheuerlichste Mann dabei blass geworden wäre. Töten würde ich ihn nicht, außer auf Astraeas Bitte hin, denn sein Tod stand ihr zu.

»Ich habe ein Stück vom Schlüssel«, sagte Auster, als könnte er mit mir verhandeln.

Doch bei der Erwähnung der Waffe, mit der er Astraea umgebracht hatte, brodelte meine Wut nur noch heftiger. Grausame Erinnerungsblitze durchzuckten mich: Wie er sie damit vor meinen Augen durchbohrt hatte, während ich hinter dem Schleier hilflos zusehen musste … Ich verlor derart die Kontrolle, dass ich mich nicht einmal mehr erinnern konnte, wann ich auf die Knie gegangen war, oder wie oft ich ihm ins Gesicht geschlagen hatte, bis meine Knöchel aufgerissen und blutig waren.

»Stopp.« Nur Astraeas Stimme konnte mich in meinem Zustand der hemmungslosen Raserei erreichen.

Keuchend stand ich auf und starrte auf Austers blutüberströmtes Gesicht hinab, das für meinen Geschmack immer noch viel zu heil war. Ich zwang mich dazu, stattdessen Astraea anzusehen.

Sie war geradezu betörend. Die Macht von Lightsdeath ließ sie noch immer erstrahlen – eine Göttin, die ihren Treueeid einforderte.

»Steh auf«, sagte sie zu Auster, der um Atem ringend dalag und Blut spuckte.

Auster schaffte es, sich auf die Seite zu rollen. »Abendrot und Morgengrauen werden bald unter uns wandeln. Ihr habt keine Chance, den Krieg zu gewinnen.«

Jedes Wort aus dem Mund dieses Arschlochs weckte in mir den Wunsch, die Welt entzweizubrechen und ihn im Erdkern verbrennen zu sehen.

Noch ehe ich bemerken konnte, dass ich erneut die Beherrschung verlor, hatte ich Auster bereits gepackt und hochgezerrt und war in seinen Verstand eingedrungen, um herauszufinden, wovon er da redete.

Dass ich als Erstes auf meinen Vater stoßen würde, hatte ich nicht erwartet. Aber sobald der Gedanke auftauchte, wusste ich sofort, wo er sich aufhielt.

Achtlos ließ ich Auster wieder in den Schnee fallen. Mit aufgerissenen Augen starrte ich ins Nichts, während sich der womöglich bereits in Gang gesetzte Plan rund um meinen Vater in meinem Kopf entfaltete. Als ich mich vom ersten Schock erholt hatte, wollte ich seine Gedanken nach weiteren Antworten durchsuchen, aber Astraea war schneller.

»*Aufstehen,* habe ich gesagt.« Astraeas violettes Licht wand sich um Austers Körper und brachte ihn in eine aufrechte Position. »Du sollst mir in die Augen sehen, wenn ich dich töte. Du sollst mit mir fliegen, damit ich dir die Flügel ausreißen und dich vom Himmel stürzen lassen kann.«

So gerne ich das auch hörte, wusste ich doch, dass Lightsdeath gerade ihren Verstand übernahm und ihre gnadenlosen Rachefantasien fütterte. Bei klarem Verstand würde diese Konfrontation Astraea das Herz brechen, trotz allem, was Auster ihr angetan hatte. Ihr Herz war zu rein, und sie könnte niemals die lange Freundschaft vergessen, die seinem Verrat vorausgegangen war.

Wenn sie ihn als Lightsdeath tötete, würde sie nie ihren Frieden damit schließen können.

»Astraea. Starlight.« Sanft versuchte ich, ihr wahres Ich zu erreichen, aber sobald ich einen Schritt auf sie zumachte, errichtete sie wie zur Warnung eine glühende Barriere aus Licht zwischen uns.

Der Klang aufeinanderkrachender Schwerter kam näher. Die Schlacht zwischen Vampiren und Celestials war aufs Neue entbrannt. Drystan war in den Kampf verwickelt, seine verunsicherten Blicke verrieten jedoch, dass er Freund und Feind kaum unterscheiden konnte, bis sie ihn angriffen. Nadia hingegen ging, ohne zu zögern, auf alle Celestials los.

Scheiße.

Astraea konnte auf sich selbst aufpassen, das wusste ich. Aber ich war mir nicht sicher, ob sie meine Einmischung nicht vielleicht wollte, *brauchte,* um sie hinter Lightsdeath hervorzuholen, ehe sie etwas tat, das sich nicht rückgängig machen ließ. Niemand wusste besser als ich, wie tief die Krallen eines Wesens wie Lightsdeath sich in den Kern des eigenen Selbst bohren konnten, besonders wenn man gerade vor Wut und Rachegelüsten tobte.

»Rette mein Volk, Rainyte«, sagte Astraea.

Sie bemerkte mein Zögern, und als ich ihr in die leuchtenden Augen blickte, verstand ich. Für sie gab es auf diesem kleinen Schlachtfeld keine zwei Seiten. Sie alle gehörten zu ihrem Volk, und sie bat mich, den Kampf zu beenden, während sie Auster tötete.

Ich neigte den Kopf und nahm den Befehl an. Sie war meine Partnerin, meine Königin, meine Göttin.

Durch die Leere huschend, schnappte ich mir das Schwert einer Gefallenen und rammte es einem Seelenlosen in den Bauch. Dann erlag ich dem Zauber der Klingen und versank im Tanz des Seelenerntens. Alles sprudelte aus mir heraus, und ich konnte nicht aufhören. Obwohl ich mich immer weiter von Astraea entfernte, verlor ich nie die innere Verbindung zu ihr. Ich raste so vor Wut, dass ich mir nicht vorstellen konnte, jemals Erleichterung zu empfinden, selbst wenn ich alles bisher Unterdrückte jetzt herausließ.

Mein Ruf als gnadenloser, rücksichtsloser Killer eilte mir zwar voraus, aber in Wahrheit hatte ich selten die Gelegenheit gehabt, meinen Schmerz zu entfesseln und all das zu vergelten, was mein Vater mir angetan hatte. Meinen Frust über das Schicksal auszuleben, das mir immer wieder das Eine nehmen wollte, was ich *brauchte,* um einen Herzschlag in meiner Brust zu spüren und zu wissen, dass ich eine Seele besaß, die *irgendetwas* wert war.

Die *ihrer* wert war.

Wenn die Welt in Stücke brechen musste, damit ich Astraea behalten konnte, dann war es eben so.

Meine Klinge war in Purpur getränkt, und ich sah dabei zu, wie das Blut von ihr herab in den reinweißen Schnee tropfte. Erst als keine Angreifer mehr nachkamen, blickte ich mich nach dem Grund um. Ein Kreis aus Blut und Eingeweiden umgab mich, aber wer noch übrig war, schenkte mir gar keine Beachtung mehr. Sie wichen vorsichtig zurück, kreidebleiche Gesichter und geweitete Augen auf irgendetwas Großes hinter mir gerichtet.

Zuerst fühlte ich es in meinem Innersten. Dann hörte ich ein Krachen, spürte ein Beben unter den Füßen. Als ich mich umwandte, traute ich meinen eigenen Augen nicht.

Der Boden erwachte zum Leben. Blaue Farbstriche bewegten sich, formten sich zu einer Gestalt, die sich aus dem Gemälde erhob, in dem sie so lange eingeschlossen gewesen war. Voller Faszination sah ich zu, wie der gemalte Drache aus seinem langen Schlaf erwachte, einen tiefen Atemzug nahm und zu Fleisch und Blut wurde.

»Da gewöhne ich mich nie dran«, sagte Drystan dicht hinter mir.

Athebyne blickte von einer anderen Lichtung aus über die Baumwipfel zu uns herüber, aber Eltanin war gleich hier bei uns. Er hatte einen weiteren Artgenossen befreit. Der blaue Drache stieß ein ganz eigenes Brüllen aus, höher als das von Athebyne oder Eltanin.

»Sie ist unglaublich«, sagte Drystan.

»Woher weißt du, dass es eine *Sie* ist?«

»Die Weibchen haben keine Hörner.«

Dieser Unterschied zwischen Eltanin und Athebyne war mir nie so richtig aufgefallen. Einen magischen Moment lang war die Schlacht am Boden vollständig zum Erliegen gekommen. Am Himmel hingegen …

Ein helles Aufblitzen zog meine Aufmerksamkeit auf sich, und ich erkannte, dass Astraea und Auster sich die ganze Zeit unnachgiebig über uns duelliert hatten. Ich wusste, dass sie ihm weit überlegen war, aber manchmal fehlte der eine gut platzierte Treffer zum Sieg.

Der blaue Drache warf den Kopf in den Nacken, als würde sie ebenfalls Astraea und Auster zusehen. Dann mischte sich ein helles Kreischen in ihr Brüllen, das mir in den Ohren klingelte und alle zusammenzucken ließ. Wir mussten die Augen abschirmen, als sie die Flügel aufspannte und beim Abheben dermaßen starke Windböen erzeugte, dass sie uns fast umwehten.

»Wo fliegt sie hin?«, fragte Nadia.

Mein Magen verknotete sich in übler Vorahnung, als der blaue Drache auf Astraea zusteuerte.

Nein, nicht auf Astraea.

Als sich eine Lücke zwischen den Kämpfenden bildete, änderte der Drache die Richtung und flog zu …

»Sie hat Auster auserwählt«, hauchte Drystan ungläubig.

»Warum? Er hat doch schon Flügel!«, rief Nadia aufgebracht.

»Sie wählen nicht nach Arten. Sie gehen dorthin, wo sie gebraucht werden.«

Ich konnte es kaum glauben: Astraeas violettes Licht traf Auster so hart, dass er abstürzte. Und der blaue Drache *fing ihn auf.*

»Arsch«, zischte ich leise.

Das Brüllen des Drachen ließ die Sterne erzittern, dann wandte sie sich ab und flog davon. Mit unglaublicher Geschwindigkeit trug sie den feigen Auster außer Reichweite von Astraeas Rache.

Die Schlacht schien beendet – bis Astraea die Verfolgung aufnahm.

23

Astraea

Eigentlich wollte ich den wunderschönen blauen Drachen nicht verletzen, aber als er nicht aufhörte, meinen Versuchen auszuweichen, Auster von seinem Rücken zu stoßen, wurde ich immer rücksichtsloser.

Ich sammelte eine größere Portion Lichtenergie und feuerte sie direkt auf den Drachen ab. Der Treffer in die Seite ließ ihn vor Schmerz brüllen und warf ihn so sehr aus der Bahn, dass Auster von seinem Rücken stürzte.

Sofort ging ich in den Sturzflug, packte ihn und zog uns durch die Leere.

Sobald die Schatten sich auflösten und unsere Füße den Boden berührten, beschwor ich genug Magie herauf, um Austers Blitze abzuwehren. Mit einem schnellen Angriff vergrößerte ich den Abstand zwischen uns.

Keuchend und um Atem ringend, hielten wir beide kurz inne, auch wenn die Luft zwischen uns immer noch vor Schmerz und Anspannung knisterte.

Mit hasserfüllter Miene ließ Auster den Blick über die Schutthaufen um uns schweifen. Ich hatte ihn zur Ruine seines Schlosses gebracht. Dabei war noch viel mehr zerstört worden. Seinetwegen hatte seine gesamte Provinz gelitten.

»Wozu hast du uns hierhergebracht?«

»Um dich daran zu erinnern, was du angerichtet hast. Du hast dein eigenes Land in Schutt und Asche gelegt und mich zu deiner Feindin gemacht.«

Bei diesen anklagenden Worten nahm Austers Wut ungeahnte Ausmaße an, wie ich in seinen braunen Augen sehen konnte, die mich mit giftigen Blicken durchbohrten. »Das ist alles deine Schuld!«, schrie er.

Ich schüttelte den Kopf und verachtete mich selbst für das Mitleid, das ich trotz allem noch für ihn empfand. »Du gibst mir die Schuld. Aber an jeder Gabelung auf deinem Weg in den Wahnsinn hast du selbst eine *Entscheidung* getroffen.«

»Du glaubst, du stehst als einzig Unschuldige über allem, dabei sehen selbst die Götter, die dich erschaffen haben, wie sehr du deinen Zweck verfehlt hast. Du solltest ein Leuchtfeuer der Hoffnung sein, als diszipliniertes Beispiel für das Volk vorangehen. Stattdessen bist du das Inbild der Korruption. Eine aufwieglerische Anführerin, deren giftige Einflussnahme unterbunden werden musste.«

»Du tust mir leid, Auster Nova. Du warst so einsam und machthungrig, dass du alles verloren hast, was du hättest haben können.«

»Du hast mir keine andere Wahl gelassen!«

»Noch mehr Schuldzuweisungen. Du merkst noch nicht mal, dass deine Abwehrhaltung ein zweischneidiges Schwert ist, das du dir bei jedem Versuch, mich zu töten, selbst in die Brust rammst.«

»Genug große Töne gespuckt. Ich ertrage es kaum, dich anzusehen.«

Aus Austers Fingerspitzen brachen blaue Blitze hervor, und ich zog eine Wand aus Licht hoch, um seinen Angriff abzuwehren. Dann entfesselten wir unseren jahrhundertelang angestauten Schmerz. Die Scherben unserer uralten Freundschaft verwendeten wir als Waffen gegeneinander. Die Liebe, die wir einst füreinander empfunden hatten, verwandelten wir in Messer, um uns gegenseitig ausbluten zu lassen.

All die wirren Gefühle rund um ihn wollte ich endlich aus meinen Knochen verbannen, mein Blut endgültig von ihm reinwaschen. Gleichzeitig kam es mir falsch vor, unversehrt aus dem Kampf hervorzugehen. Teilweise hatte er ja recht: Ich gab mir auch die Schuld für das, was aus ihm geworden war. Bei jedem Zusammenprall unserer Magie trauerte ich um ihn. Wenn ich früher ehrlich zu ihm gewesen wäre, wenn ich ihm meine Entscheidung für Nyte besser erklärt hätte, wenn ich klargemacht hätte, dass ich Auster deshalb nicht verlassen wollte … vielleicht wäre dann alles anders gekommen. Ich hatte nie zwischen den beiden wählen wollen. Ich hatte nie glauben wollen, dass Auster mich dazu *zwingen* würde.

Tränen stiegen mir in die Augen, aber ich ließ keinen Moment von ihm ab. Immer weiter jagten wir uns durch die Ruine von Schloss Nova, während die Nacht sich weiter verdunkelte und bei jedem Aufeinandertreffen unserer Kräfte ein Donnergrollen über den Himmel rollte. Es war, als ob die Welt mit uns trauerte. Eine lebenslange Freundschaft, die sich in Feindschaft verwandelt hatte – und nur einer von uns beiden konnte den Kampf überleben. Mein zweites Leben würde ich nicht an denjenigen verlieren, der mir das erste genommen hatte.

Wir waren in einen gnadenlosen Tanz aus Sturm und Sternenlicht verwickelt, und das Lied, zu dem unsere Magie sich vereinte, steigerte sich zu einem trostlosen, tragischen Finale.

Während wir wieder aufeinander zukamen, begann Auster zu schwächeln. Schon von Beginn des Kampfes an war er nicht so stark gewesen, wie er hätte sein sollen. Panik flackerte in seinen Augen auf, während er sich fragte, warum seine Magie nicht so wirkungsvoll war wie gewohnt.

Angetrieben vom verzweifelten Wunsch, zu überleben, steigerte er sich in einen draufgängerischen Wahn hinein und traf mich mit dem nächsten Blitz in die Schulter.

Ich stürzte rückwärts zu Boden. Der Treffer hätte nicht viel Schaden angerichtet, wäre der Untergrund selbst nicht derart tödlich gewesen. Ich schrie laut auf, als sich etwas in meine Seite bohrte.

Auster marschierte auf mich zu und zückte einen Dolch, dessen Klinge mit getrocknetem Blut überzogen war. Es konnte nur Nytes sein. Auster hatte somit wieder eine Chance, mich tatsächlich zu töten.

Ich rappelte mich auf. Vom Adrenalin getrieben, packte ich das spitze Holzteil und zog es mir, ohne weiter nachzudenken, aus der Seite. Vor Schmerz wurde mir fast schwarz vor Augen, aber ich blinzelte die drohende Bewusstlosigkeit weg und stolperte über Balken und Schutt, um Abstand zu gewinnen.

Und Zeit.

Lightsdeath trabte als weiße Wölfin ungeduldig in mir auf und ab, aber noch würde ich sie nicht herauslassen. Dieser Kampf bedeutete mir zu viel, und ich wollte mir meiner Handlungen bewusst sein. Nach allem, was wir durchgemacht hatten, wollte ich auf alle gemeinsamen Erinnerungen vom Anfang bis zu unserem Ende zugreifen können.

»Wir hätten alles haben, alles *sein* können«, sagte Auster hasserfüllt.

»Deine Eifersucht hat unsere Beziehung zerstört«, rief ich und hielt mir keuchend die blutende Seite.

»Natürlich war ich eifersüchtig. Wie denn auch nicht? *Ich*, nicht er, wäre die perfekte Wahl für dich gewesen. Du hättest alles haben können: Liebe, eine mächtige Verbindung, eine lange Herrschaft über Solanis. *Ich* hingegen habe alles verloren.«

»Du warst ein High Celestial. Die Herrschaft über deine eigene Provinz hätte ich dir nie nehmen können. Mit jemand anderem hättest du sogar Liebe finden können. Der Machthunger hat dich in den Wahnsinn getrieben.«

»Es ging nicht um Macht an sich, sondern darum, dass du sie demjenigen, der das gesamte Land terrorisiert hat, auf dem Silbertablett serviert hast. Indem du die Beine für ihn breit gemacht hast«, zischte er.

Seine Worte waren wie Gift, und ich beantwortete sie mit einem Angriff. Der Lichtstrahl aus meiner Handfläche traf ihn unvorbereitet in die Brust und schleuderte ihn rückwärts. Er schaffte es, rechtzeitig die Flügel zu entfalten, um sich abzufangen und sich nicht wie ich beim Sturz zu verletzen.

Auster richtete zwei Finger auf mich, und seine blauen Blitze schossen auf mich zu. Doch die Attacke war so schwach, dass ich kaum etwas von meiner eigenen Magie brauchte, um sie abzuwehren. Vor Wut kochend und voller Verwirrung stand Auster da und starrte auf seine eigenen Hände hinab.

»Stimmt irgendwas nicht?«, fragte ich höhnisch.

Mit angespanntem Kiefer beschwor er Blitze zwischen seinen Händen herauf. Lange konnte er sie nicht aufrechterhalten, dann erloschen sie einfach.

»Was ist denn los …?«, murmelte er.

»Die Albträume sind wohl nicht besser geworden. Du hast jede Nacht den Schlaftrunk genommen, oder?«

In der tiefen Falte zwischen seinen Augenbrauen zeichnete sich seine Verwirrung ab.

Mir entfuhr ein trockenes Lachen. »Ich hätte nicht gedacht, dass es funktioniert. Zumindest hätte ich erwartet, dass du es fühlst, bevor es seine volle Wirkung entfaltet.«

»Was redest du da?«, blaffte er.

Ich konnte nicht anders, als meinen Triumph auszukosten, und richtete mich kerzengerade auf. »Ich habe deinen Schlaftrunk mit Nebulora versetzt. Beim Hochzeitsessen, zu dem du mich gezwungen hast, habe ich es zum ersten Mal getestet. Ein paar Tropfen in deinem Wein, um zu sehen, ob du es rausschmeckst. Aber das hast du nicht. Also habe ich deine Kurtisane aufgesucht und bestochen, damit sie es dir regelmäßig in den Schlaftrunk mischt. Nach und nach hat es deine Kräfte geschwächt.«

Seine bisherige Wut war nichts im Vergleich zu der Gefühlsexplosion, als er es endlich begriff.

Auster brüllte vor Zorn und Unglauben so laut, dass es mich wie eine Druckwelle durchlief, während Blitze aus ihm hervorbrachen.

Ich konnte einen Schutzschild hochziehen, ehe sie mich trafen, aber sie schossen so weit in alle Richtungen, dass weitere Gebäude auf seinem einst prächtigen Land einstürzten und ein heftiges Gewitter ausbrach.

Plötzlich erstarben seine Kräfte wieder, und ich rief meine hervor. Auster konnte keine Blitze mehr heraufbeschwören, das war der letzte verzweifelte Ausbruch gewesen.

Aber er würde nicht aufgeben. Niemals.

Regen prasselte in Sturzbächen auf uns nieder, und Auster zog sein mächtiges Schwert aus der Scheide. Wie er auf mich zumarschierte – die Haare in losen, nassen Strähnen herabhängend, die Augen wild und weit aufgerissen –, bot er einen wirklich furchterregenden Anblick. Bei jedem unserer bisherigen Kämpfe hatte ich unter all der Verbitterung und dem Hass immer noch den Mann gesehen, den ich einst gekannt und geliebt hatte.

Doch jetzt war nichts mehr von ihm übrig. Er war nur noch eine Hülle für all seine Verbrechen und den erlittenen Schmerz. Und mir gab er die Schuld dafür.

Ich hatte kein Schwert und behielt seine lila Klinge genau im Blick, um ihr auszuweichen. Er war so schnell, dass ich mir keine Fehler erlauben durfte, besonders auf dem unebenen Boden.

Auster legte all sein Leid in die Hiebe, aber als er auf nichts als Luft traf, schlug der Schmerz wieder auf ihn selbst zurück. Der reine Hass in seiner Miene zerbröckelte langsam, zurück blieben nur Niedergeschlagenheit und Kummer. Ich griff nach dem Dolch an meinem Oberschenkel und biss die Zähne zusammen, als die Klingen aufeinandertrafen. Für diesen Zweck war mein Dolch kaum geeignet, und doch ertönte jetzt der Klang von Metall auf Metall.

Sein Blick fiel auf meine gewellte Sturmsteinklinge, und die Erinnerung daran, wie er sie mir vor langer Zeit geschenkt hatte, schien ihn eine Sekunde lang abzulenken.

Ich musste den Moment nutzen. Hier musste es enden.

Meine Magie umhüllte sein Schwert und verwandelte es in Sternenstaub. Dann stieß ich zu, und unsere Blicke trafen sich.

Die Zeit schien fast stillzustehen.

Austers geschocktes, angsterfülltes Gesicht zerriss mich innerlich. Tränen trübten meine Sicht, aber ich biss die Zähne zusammen und drehte den gewellten Dolch in seinem Herzen um.

Er keuchte, spuckte Blut, und wir fielen beide auf die Knie.

»Du warst mein bester Freund«, krächzte ich.

Sein Atem stockte, und ich horchte nach jedem einzelnen seiner letzten Atemzüge. In diesen letzten Sekunden rissen die übrigen Fäden, die meine Seele noch mit ihm verbanden.

Auster hob eine zitternde Hand.

Die erste Träne kullerte mir über die Wange und vermischte sich mit dem Regen.

»Du warst mein Ein und Alles«, sagte er.

Meinem Herzen blieb keine Zeit zu brechen, weil ein alles überschattender Schmerz plötzlich meinen Bauch durchzuckte. Als ich an mir herabblickte, rutschte Austers Hand gerade von dem zweiten kleinen Dolch, und ich ließ den Griff los, der aus seiner Brust ragte.

Er fiel auf den Rücken, die glasigen Augen gen Himmel gerichtet, als seine Brust sich zum letzten Mal senkte. Ein schrilles Fiepen in meinen Ohren übertönte alles andere, und meine Hände zitterten, während ich das kleine Messer anstarrte, das niemals tödlich hätte sein können … keinen wirklichen Schaden hätte anrichten können … wäre es nicht in Nytes Blut getränkt gewesen.

Zwar hatte es mein Herz nicht durchbohrt, aber Panik erfasste mich, dass es mich trotzdem endgültig töten könnte.

Ich nahm meinen Mut zusammen und zog es heraus. Es war wirklich nicht sehr groß, aber das hatte nichts zu bedeuten. Die Wunde brannte so viel heftiger als die andere in meiner Seite. Das Messer fiel mir aus der zitternden Hand.

Ein hoher, gequälter Drachenschrei erklang. Die Umgebung verschwamm vor meinen Augen, als ich aufblickte und mit aufkeimender Angst einen blauen Streifen am Himmel erkannte.

Der blaue Drache landete vor mir und heulte erneut auf. Sein Atem traf mich wie eine kräftige Windböe. Er kam näher und schnüffelte immer wieder leise aufheulend an Austers Leiche. Mit dem Kopf stieß er seinen leblosen Körper an.

Aus irgendeinem Grund hatte er Auster als Reiter auserwählt. Ich verstand nicht, warum dieser zarte, kleine Drache sich mit jemand derart Bösartigem hatte verbinden wollen. Aber vielleicht hatte er gesehen, *gefühlt,* dass Auster nicht immer so gewesen war.

Als der Drache erkannte, dass Auster nicht mehr zu retten war, hob er den Kopf und blickte mich aus seinen wunderschönen blauen Augen direkt an. Das war der Moment, in dem ich einen wunderbaren Namen hörte.

Edasich.

Meine Bewunderung verwandelte sich schnell wieder in Angst, als *sie* sich aufrichtete, rasselnde und heulende Laute ausstieß und sich bereit machte, mich aus ihrem Leid heraus anzugreifen.

Als sie einen besonders lauten Klagelaut wie einen Kampfschrei ausstieß, tauchte ich in die tiefsten Tiefen meiner selbst ab und bemächtigte mich einer unerklärlichen Stimme, um zu ihr zu sprechen.

»Nein.« Ein einziges Wort mit dem Gewicht absoluter Dominanz.

Ich hatte keinen Schimmer, woher diese Fähigkeit, Drachen zu befehligen, stammte – aber, verdammte Scheiße, war ich froh, sie zu besitzen.

Edasich wich ein paar Schritte zurück. Unter meinem Befehl schien ihr Racheinstinkt sich zu legen.

»Es tut mir leid«, flüsterte ich.

Nicht nur ihretwegen drohte ich in Kummer zu ertrinken – es war auch für mich ein Verlust. Auster hatte immer eine zentrale Rolle in meinem Leben eingenommen. Rückblickend gab es mehr liebevolle, freudige Erinnerungen als grausame. Ich trauerte um den Mann, der er einmal gewesen war. Zusammengerollt auf dem Boden liegend, wurde mein ganzer Körper von Schluchzern erschüttert, und ich wünschte mir, dass alles anders verlaufen wäre.

Zum Teil gab ich den Göttern, meinen Schöpfern, die Schuld daran, was aus Auster geworden war. Ihr Einfluss hatte seinen Verstand mit Verbitterung und Überlegenheitsgefühlen vergiftet. Deshalb war Austers Geschichte für mich noch nicht abgeschlossen. Seinen Namen würde ich weiter in mir tragen, bis ich den Göttern ein Ende gesetzt hatte.

Mit zitternden Beinen stand ich auf und wandte mich von Austers Leiche und dem blauen Drachen ab, der sich schützend darum gelegt hatte. Bei meinem nächsten Schritt rutschte ich auf einem nassen Stück Holz aus und sackte wieder zu Boden.

Ich muss aufstehen.

Nur ein Gesicht, einen Namen gab es jetzt noch in meinen Gedanken.

Nyte war zu mir gekommen. War das wirklich geschehen?

Der Glaube, dass es der echte Nyte gewesen war, verlieh mir die Kraft, aufzustehen.

Er war zu mir zurückgekommen.

Meine Flügel trugen mich noch. Größere Anstrengung, als meinen Körper zu bewegen, kostete es mich, im Geiste wach zu bleiben. Ich war so müde.

Fest presste ich die Hand auf die Wunde, die Auster mir zugefügt hatte. Die panische Angst, dass ich sterben könnte, ließ meine Flügel weiterschlagen. Sobald Nytes Blut mein Herz erreichte … wäre ich tot, und zwar endgültig.

Ich hatte das Ungeheuer getötet, und trotzdem hatte es gewonnen. Entschlossen, mich mit in die Hölle zu schleifen.

Die Wolken waren dicht und nass und ließen ihre Trauer noch immer auf die Erde hinabregnen.

Mein Körper war so schwer. *So schrecklich schwer.*

Nyte. Nyte. Nyte.

Meine ewige Nacht.

Er umgab mich von allen Seiten. Ich umgab ihn. Ich trieb durch die endlose Nacht voller leuchtender Sterne.

Dann stürzte ich in die Tiefe.

24

Nyte

Ich schwang mich auf Eltanins Rücken, und wir stiegen so schnell wie möglich in den Himmel auf, um Astraea zu folgen. Aber sie hatte sich bereits weit vom Tempel entfernt und verschwand mit einem Mal außer Sichtweite. Sie musste durch die Leere gereist sein.

Verzweiflung pochte in meinen Adern. Wir mussten sie erreichen. Eltanin flog schnell, mit kräftigen Flügelschlägen, ein dahinflitzender Schatten im über uns hereinbrechenden mitternächtlichen Unwetter. Wir rasten durch den gnadenlos auf uns niederprasselnden Regen. Astraea war noch immer in den Kampf verwickelt; ihr Kummer und ihre Wut hallten dröhnend in mir wider.

Bis die Welt plötzlich stillstand. Mir stockte der Atem, als mich ein heftiger Phantomschmerz im Bauch zusammenzucken ließ.

Astraeas Schmerz.

Eltanin und ich brüllten gemeinsam unseren Zorn und unseren Wunsch nach Vergeltung in die Nacht hinaus. Ich beugte mich vor, und der Drache flog noch schneller.

»Nein«, flüsterte ich entsetzt.

Das war keine normale Verletzung.

Das Arschloch durfte sie mir nicht noch einmal nehmen.

Wie weit wir schon geflogen waren, wusste ich nicht. Wir ließen uns einfach von unserer Verbindung zu ihr leiten. Aber jetzt war sie wieder ganz nah.

Sehr nah.

Angst packte meine Seele, als ich sie sah.

Astraea befand sich im freien Fall durch die Lüfte. Ich blickte mich um, auf der Suche nach dem, was sie getroffen haben könnte, aber Auster war nirgends zu sehen. Ich richtete mich auf Eltanins Rücken auf.

»Flieg!«, schrie ich.

Ich glaubte nicht, dass Eltanin noch schneller werden konnte, aber er schaffte es. Und wir jagten unserem herabstürzenden Stern hinterher.

Sie war zu weit weg. Sie fiel zu schnell.

Sie ist außer Reichweite.

Schreckliche Gedanken kreisten in meinem Kopf, während der Regen auf meine Haut peitschte und mir die klare Sicht nahm.

»Komm schon«, knurrte ich.

Sie war so … verdammt … nah.

Eltanin ging in einen Sturzflug über, der ihm all sein Können abverlangte, um nicht zur Bruchlandung zu werden, doch dann war Astraea über uns, und nie hatte ich so große Erleichterung gespürt wie in dem Moment, als ich sie auffing. Ich schloss sie in die Arme, während ich mich mit den Beinen fest an den Sattel klammerte. Eltanin zog wieder hoch, nahm dabei jedoch mehrere Baumwipfel mit. Astraeas Glieder hingen schlaff vom Sattel herab, aber ich schützte sie mit meinem Körper vor den spitzen Zweigen, die mir Arme, Beine und Kopf zerkratzten. Das war alles egal. Solange sie in Sicherheit war.

Eltanin schaffte es, aus den Bäumen heraus wieder hochzusteigen. Als wir durch die Wolken brachen und sanft dahinglitten, konnte ich meine angespannte Haltung lockern, mich aufrichten und Astraea auf Verletzungen untersuchen.

Sobald ich sah, wie ihre Brust sich hob und senkte, konnte ich wieder einen ersten erleichterten Atemzug nehmen.

»Nyte«, flüsterte sie, so leise, dass ich schon fast glaubte, es mir im Pfeifen des Windes nur eingebildet zu haben.

»Ich hab dich. Scheiße. Ich hab dich.« Als ich sie auf die Stirn küsste, öffnete sie mühsam die Augen, und ein Stein fiel mir vom Herzen.

»Du lebst«, krächzte sie.

»Ich lebe. Wir leben beide.«

Astraea legte schwach eine Hand an meine Brust. »Du bist es wirklich«, flüsterte sie mit Tränen in den Augen, und als die erste ihr über die Wange rollte, versetzte es mir einen Stich ins Herz. »Du bist zurückgekehrt.«

»Solange du hier bist, werde ich immer zu dir zurückkehren«, sagte ich und legte meine Hand auf ihre.

Das Versprechen fühlte sich fast zu zerbrechlich an für diese Welt, eine sanfte Versicherung, unabhängig von jeder Entfernung und aller verstreichenden Zeit. Auch wenn ich wusste, dass es Momente der Stille geben würde, Zeiten, in denen wir uns einander fern fühlen würden, gab die schlichte Wahrheit meiner Worte uns beiden Halt.

Götter, wie schmerzhaft ich sie vermisst hatte.

Da ich sonst nichts tun konnte, knöpfte ich meinen Mantel und mein Hemd auf. Ihr leises Seufzen, als sie die Hand direkt an meine warme Brust legen konnte, war unübertrefflich schön. Gleichzeitig zuckte ich zusammen, so kalt war sie. Wenn ich gekonnt hätte, hätte ich ihr liebend gerne alle Schmerzen abgenommen und sie selbst ertragen.

»Kannst du deine Flügel verstecken? Dann können wir es uns bequemer machen, bis wir landen«, sagte ich leise.

Sie verzog das Gesicht bei dem Versuch und wimmerte leise auf, versuchte, sich nicht auf die Lippe zu beißen, als ihr Körper sich anspannte.

»Du bist so stark«, murmelte ich, gab ihr einen weiteren Kuss auf die Stirn und konnte sie nun ohne Flügel näher an mich heranziehen.

»Ich hab dich vermisst«, sagte sie schläfrig. »Ich hab dich so sehr vermisst, dass ich fast gestorben wäre.«

»Ich weiß. *Bei den Göttern,* ich weiß genau, was du meinst. Jetzt halte ich dich in den Armen und vermisse dich trotzdem noch.«

»Und es hat funktioniert? Nightsdeath ...«

»Ist nicht mehr da. Du hast mich zurückgeholt.«

Astraea betrachtete die Sterne, ihre Augen glänzten feucht. Ich betrachtete sie, das einzige wirklich perfekte Wesen auf dieser Welt. Gerade wirkte sie so zerbrechlich, dass es wehtat. Als ich über eine Schramme auf ihrer Wange strich, legte sie den Kopf in meine Hand. Jeder Kratzer auf ihrer Haut löste das Bedürfnis in mir aus, dem Verursacher ihren Schmerz hundertfach heimzuzahlen.

»Ich habe Angst ...«, flüsterte sie gequält.

Mein Blick wanderte ihren Körper hinab, bis zu der Stelle an ihrem Bauch, auf die sie eine Hand gepresst hielt. Ihre blasse Hand war komplett in dunkles Rot getränkt. Ich verlor fast den Verstand – nicht nur wegen der Wunde, sondern weil sich eine überwältigende Angst erneut in mir ausbreitete.

»Was ist passiert, Starlight?«

Am liebsten hätte ich die Antwort gar nicht gehört, die ein Aufschrei meiner Seele mir bereits verriet.

»An der Klinge war ... dein Blut.«

Die Welt geriet aus den Fugen. Brach auf. Und ich musste alle meine Kräfte zusammennehmen, um nicht in den Tiefen der Verzweiflung zu versinken, die sich aus den Rissen nach mir ausstreckte.

»Alles wird gut«, sagte ich mit einer düsteren Mischung aus grausamer und trotziger Selbsttäuschung. »Du bist immer noch hier. Das hat bestimmt was zu bedeuten. Du bleibst bei mir.«

Astraea nickte schwach, und ich konnte nichts gegen die sich zwischen uns ausbreitende Furcht tun, außer sie weiter im Arm zu halten.

»Austers Schlüsselstück war nicht echt. Es sind immer noch fünfzehn Tempel übrig, die wir nach den richtigen Stücken durchsuchen müssen«, sagte sie.

»Der Schlüssel ist mir egal«, sagte ich und strich ihr übers Haar. »Ist Auster …?«

»Tot.«

Die Freude, die das in mir auslöste, konnte ich nicht ungetrübt genießen. Sein Tod schmerzte sie – trotz allem, was er getan hatte, was er *ihr* angetan hatte.

Mich hingegen quälte der Wunsch, den Toten noch einmal zu töten. Ich hasste ihn so sehr, dass ich in die Unterwelt reisen und ihn ein zweites Mal umbringen wollte.

»Du hast getan, was nötig war. Er hätte nie aufgehört, nie von dir abgelassen«, sagte ich, um sie zu trösten.

»Ich weiß. Aber ich wünschte, es hätte nicht so kommen müssen.«

Mein größter Wunsch war, dass die ernsthafteste Bedrohung für uns beide mit Auster zusammen gestorben war. Aber in Wahrheit war unser Kampf um Frieden und das Glück, das uns zustand, noch lange nicht gewonnen. Mein Vater arbeitete daran, die Götter auf Erden wandeln zu lassen. Diese zwei tückischsten aller Wesen würden Astraea noch gnadenloser verfolgen, als Auster es getan hatte.

»Nyte«, hauchte sie und legte sanft eine Hand an meine Wange.

»Starlight.«

Sie zog die Brauen zusammen. Einen stillen Moment lang streichelte sie vorsichtig mein Gesicht und betrachtete mich gedankenverloren, wie um zu begreifen, dass ich wirklich hier bei ihr war.

Nachdem ich sie einen Monat lang *allein* gelassen hatte.

»Tut mir leid, dass ich nicht bei dir war«, sagte ich und strich ihr ein paar Haarsträhnen hinters Ohr, die der Wind ihr ins müde Gesicht geweht hatte.

Astraea packte mich am Kragen. »Mach das nie wieder.«

Sie schluckte heftig, ein leises Wimmern entschlüpfte ihr, und dann zog sie mich für einen Kuss an sich heran.

In ihren Armen war alles Leid plötzlich unbedeutend. Sie hatte keine Ahnung, dass nur sie mir die Stärke zum Überleben gab. Mit jedem Moment, den ich ihr Verlangen nach mir wahrnahm, wurde ich stärker und sicherer in meiner Bestimmung.

Der Kuss endete, sie schmiegte sich enger an mich, und ich hielt sie fest.

»Du hast dich mit Eltanin verbunden«, murmelte sie an meiner Brust.

»Das kann ich selbst noch gar nicht glauben.«

»Ich schon. Seit ich ihn das erste Mal im Arm hatte, konnte ich dich in ihm spüren. Von Anfang an wusste ich, dass er nicht auf die Art zu mir gehört, wie das Schicksal ihn für dich bestimmt hat.«

»Er gehört zu uns beiden«, sagte ich.

Zwischen sorgenvoll zusammengezogenen Augenbrauen blickte sie zu mir auf. »Deine Flügel …«

Ich hob ihr Kinn an und küsste sie sanft. »Egal.«

Ihr Gesichtsausdruck wurde nur noch trauriger, und das versetzte mir einen Stich.

»Es ist nicht richtig«, sagte sie leise, als sollte ich es gar nicht hören. »Du solltest nicht ständig Schmerzen und Leid erfahren. So wie du darüber redest, könnte man meinen, das müsste so sein. Ich will, dass dein Vater und diese Welt dafür bezahlen.«

»Astraea … Ich halte es auch nicht für richtig. Es ist mir nur mittlerweile egal, weil all mein Leid mich zu dir geführt hat.

Jeden düsteren Weg würde ich noch mal beschreiten, solange er bei dir endet.«

Sie küsste mich erneut. Mit jedem Wort, jeder Berührung, jedem Kuss erinnerte sie mich daran, dass selbst im tiefsten Leid noch ein Schatz geborgen werden konnte. Sie vergrub das Gesicht an meinem Hals, und ihr Duft knüpfte die Bänder meiner Seele wieder zusammen, die durch die Trennung von ihr zerrissen worden waren.

»Scheiße, habe ich dich vermisst«, murmelte ich noch einmal.

So, wie ihr Körper mich umschlang, fühlte ich mich ganz. Wir passten zusammen wie zwei Puzzleteile.

»Ich hatte Angst, dass du nie zurückkommen würdest«, flüsterte sie.

»In jeder Welt und zu jeder Zeit werde ich mit allen Mitteln darum kämpfen, zu dir zurückzukehren.«

Erleichterung machte sich in mir breit, als ich in der Ferne endlich die Spitze von Nadirs turmartigem Haus erkannte. Den gesamten Flug über war ich unruhig gewesen, hatte Astraeas Herzschlag und Atem genau überwacht. Beide klangen angestrengt, doch wenn man ihre Wunden bedachte, erstaunlich stabil.

Sie neckte mich für meine offensichtliche Besorgnis, aber ich wusste, dass sie sowohl ihre körperlichen als auch seelischen Schmerzen zu überdecken versuchte.

»O mein … *Nyte?!*« Quietschend stieß Davina meinen Namen aus, als wir landeten. »Du … du bist auf den Beinen! Du bist wirklich wach!«

»Das will ich hoffen«, sagte ich.

Ihre Augen weiteten sich, als sie Astraea musterte. »Was ist passiert?«

»Sie braucht Liliths Hilfe. Sofort.«

»Wir haben alle möglichen gewagten Pläne geschmiedet, um Astraea zu holen, seit Drystan mit dir abgehauen ist«, rief Lilith, als sie auf uns zugerannt kam.

Während ich Astraea eilig ins Haus trug, verschaffte sie sich bereits einen ersten Eindruck.

Drinnen legte ich Astraea auf dem Kaminvorleger ab, und Nadir richtete sich aus der entspannten Haltung am Feuer auf. Davina holte ein paar Kissen, und Lilith begann sofort, Astraeas Kleidung zu zerschneiden, um die Wunden behandeln zu können.

»Mein Blut war an der Klinge«, teilte ich ihnen mit.

Liliths Blick schnellte zu mir hoch, und die Angst darin ließ mich schlucken.

Als sie die Stoffschichten von Austers Stichwunde abzog … drehte sich plötzlich der ganze Raum. Die Haut um die schmale Einstichstelle herum war grau, und dünne, verwobene Linien, wie aufgefächerte Blattadern, spannten sich über ihren Bauch.

»Was bedeutet das?«, fragte ich verzweifelt.

Der Schreck in Liliths Augen wurde nur noch größer, als sie mich ansah. »Ich glaube … ich glaube, es ist eine Art Vergiftung. Die Ranken werden immer weiterwachsen, und wenn sie das Herz erreichen …«

Nein. Das konnte ich nicht akzeptieren.

»Wie können wir es aufhalten?«, fragte ich mit vorgeschützter Ruhe. Als niemand antwortete, knurrte ich leise und riss mir das Handgelenk mit den Zähnen auf.

Lilith packte mich am Arm, bevor ich Astraea etwas von meinem Blut geben konnte.

»Das macht es womöglich nur noch schlimmer … schließlich ist es jetzt dein Blut, das ihr schadet. Es zu trinken heilt sie vielleicht nicht mehr, sondern könnte die gegenteilige Wirkung haben.«

Völlig verzweifelt blickte ich auf Astraea hinunter.

Trotz allem lächelte sie und strich mir beruhigend über den Arm. »Wie viel Zeit bleibt mir?«, fragte sie Lilith.

Tief bestürzt zog ihre Freundin die Brauen zusammen. Ein paar endlose, angespannte Minuten lang untersuchte sie die Wunde genauer. »Es breitet sich nicht sehr schnell aus. Vielleicht drei Wochen. Oder weniger.«

Astraea atmete tief aus und dachte nach, den Blick abwesend auf die dunkle Holzdecke gerichtet. »Dann müssen wir so schnell wie möglich anfangen, die Götter aufzuhalten.«

Wie konnte sie so unbekümmert mit der Situation umgehen, während ich neben ihr fast den Verstand verlor?

»Das ist doch jetzt egal. Wir müssen ein verdammtes Gegenmittel finden und …«

»Nyte …«

»Nein. Du hast nicht nur drei Wochen, Astraea. Du hast noch die Ewigkeit mit mir zusammen vor dir.«

Sie lächelte wieder, konnte aber ihre schwerwiegenden Zweifel nicht verstecken. Sie mochte akzeptieren, dass ihre Zeit ablief, aber ich konnte es nicht.

Ich überließ Astraea Liliths Fürsorge und stand auf, um mich zu bewegen – um einen Plan zu schmieden, wie zur Hölle ich sie diesmal retten konnte.

»Wie schön, dass du wieder bei uns bist. Auch wenn du ein kaum erträglicher Griesgram bist«, sagte Davina liebevoll.

Ich versuchte mich an einem Lächeln, wusste aber, dass darin kaum ein Hauch von Wärme lag.

Dann kam jemand die schmale Treppe herab, und eine Sekunde lang wechselte meine Trauer den Fokus.

Es war Elliot. Der einzige Überlebende der Goldenen Garde.

Er versuchte zu lächeln, kam aber nicht näher. »Willkommen zurück.«

Sofort durchbohrte mich ein heftiger Stich der Trauer. Seine kummervolle Miene spiegelte meine eigenen Gefühle wider.

Wir beide waren in Gedanken bei dem Hinterhalt in den Bergen, einem von meinem Vater organisierten Überfall. Die Vampire hatten Sorleen, Zeik und Kerrah getötet – den Rest der Goldenen Garde.

Ehe ich Nightsdeath verloren hatte, hätte ich seine Kräfte einfach nutzen können, um jede Gefühlsregung zu unterdrücken. Ich hätte problemlos mit dem Verlust der einzigen Leute leben können, die ich langsam als *Freunde* betrachtet hatte. Jetzt konnte ich mich nicht mehr in der Dunkelheit verstecken. Den Schmerz des Verlustes und die Angst vor weiteren konnte ich nicht mehr den schattigen Untiefen meines Verstandes anvertrauen, um irgendwie weiterzumachen.

Diese Verletzlichkeit war so neu und … *Furcht einflößend.* Nie hätte ich geglaubt, dass mir etwas anderes als die Sorge um Astraeas Leben Angst einjagen könnte. Doch plötzlich hatte ich Angst vor meinen eigenen Gefühlen.

Noch bevor ich beginnen konnte, irgendetwas davon zu verarbeiten, wurde die Haustür mit Wucht aufgestoßen. Es war Drystan.

»Das war knapp!«, rief er unnötigerweise.

Meinen gereizten Blick, weil er uns so erschreckt hatte, beantwortete Drystan mit einer entschuldigenden Grimasse.

»Was ist aus Laviana und Tarran geworden?«, fragte Astraea, die gegen die Müdigkeit anzukämpfen schien, während Nadir ihr mehrere Kissen unter den Rücken stopfte.

»Von beiden Seiten sind kaum Streitkräfte übrig geblieben. Es waren nicht mehr genug Celestials oder Vampire da, um weiterzukämpfen. So eine unnütze Verschwendung von Leben.« Drystan legte seinen Mantel ab und fühlte sich offenbar ganz zu Hause.

Plötzlich wurde mir klar, wie viel Zeit sie alle hier verbracht haben mussten, während ich unbrauchbar und bewusstlos herumgelegen hatte.

Astraea erklärte allen, was geschehen war und dass Auster Nova tot war.

Ihre Trauer brachte mich fast um. Dabei hätte das Arschloch eigentlich ein noch viel schlimmeres Ende verdient.

»Endlich ist er tot«, murmelte Drystan.

»Jemand muss die Herrschaft über die Stadt übernehmen, bevor sich das herumspricht«, sagte Davina.

»Wir müssen den Schlüssel zurückholen. Ich werde nicht rumsitzen und den Thron warm halten, bis die Götter mich holen kommen«, sagte Astraea. Sie sah zu mir herüber, und ich erstarrte. »Wenn ich nicht mehr da bin, musst du herrschen. Vielleicht …«

Völlig unbewusst hatte ich eine kleine Vase aufgehoben, was ich erst bemerkte, nachdem mich eine Welle unkontrollierbarer Wut erfasst hatte und die Vase an der gegenüberliegenden Wand zerschellt war.

Plötzlich waren alle Blicke auf mich gerichtet. Zur Beruhigung musste ich ein paarmal tief ein- und ausatmen.

»Glaubst du wirklich, ich würde es ertragen, über diesen Kontinent zu herrschen, wenn du nicht mehr da bist?«, fragte ich. Eine vertraute, bösartige Dunkelheit breitete sich in mir aus. »Nein, Astraea. Eher reiße ich ihn in Fetzen.«

Sie bedachte mich mit einem herzerwärmend tadelnden Blick.

»Wenn du nicht mehr da bist?«, wiederholte Drystan.

Ich konnte es kaum ertragen, mir die Erzählung von Auster Novas Abschiedsfluch noch einmal anzuhören. So gut es ging, blendete ich das Gespräch der anderen aus, setzte mich zu Astraea auf den Boden und beruhigte die Panik in mir zumindest ein wenig, indem ich sie berührte.

»Du musst dich ausruhen«, sagte Astraea sanft, als könnte sie mein Gefühlschaos fühlen.

Lilith war mit den Verbänden fast fertig. »Die sollten gut genug halten, um damit ein Bad zu nehmen«, sagte sie.

Nach der ganzen Tortur wollte Astraea sich sicherlich das Blut und den Dreck von der Haut schrubben.

»Morgen früh treffen wir uns hier und besprechen, wie wir zu all den Tempeln reisen können, um den Schlüssel zurückzuholen«, sagte Drystan. Nadir reichte ihm die Pfeife, und er nahm einen langen Zug. »Wir sollten uns alle so gut wie möglich ausruhen. Irgendwie glaube ich, dass wir den Monat der Langeweile, während du geschlafen hast, noch vermissen werden – angesichts dessen, was uns jetzt bevorsteht.«

Gerade hatte ich Astraea auf die Beine geholfen – sie weigerte sich, getragen zu werden –, da nahm ich eine Bewegung vor der Tür wahr, und im nächsten Moment schwang sie auf.

Zath und Rose blieben abrupt stehen, als die Tür hinter ihnen wieder zufiel und die eisige Winterluft ausschloss. Abwechselnd glotzten sie Astraea und mich an.

»Den Sternen sei Dank!«, murmelte Zath und marschierte zu uns herüber.

Ich fing ihn ab, wohl wissend, wie stürmisch er Astraea im nächsten Moment in die Arme gezogen hätte.

»Sie ist schwer verletzt«, sagte ich warnend. Dann trat ich beiseite.

Zath ging etwas zögerlicher auf sie zu. Sein Ausdruck schwankte zwischen Sorge und Erleichterung, als er sie von oben bis unten musterte.

Astraea drückte ihn, auch wenn es ihr offensichtlich wehtat, und ich war so kurz davor, den Verstand zu verlieren, dass ich Zath deshalb am liebsten die Arme ausgerissen hätte.

»Ich bin so froh, dass es dir gut geht. Dich in Vesitire zurückzulassen, war das Schwierigste, was ich je tun musste«, sagte Zath.

»Danke«, krächzte sie. »Dass ihr gekommen seid und gekämpft habt.«

»Da müsste ich schon tot sein, um mir das entgehen zu lassen.«

Sie gluckste leise. »Ich weiß.«

»Dein Blick verbrutzelt mir die Nackenhaare«, murmelte er mir zu.

Als er sich von Astraea löste und sich zu mir umsah, machte ich mir nicht die Mühe, meine Miene zu glätten. Zath grinste und verzog gleich darauf das Gesicht zu einer Grimasse. Mein Blick fiel auf seine Wunde, und er legte schnell die Hand darüber, als könnte er so verbergen, dass sie noch nicht vollständig verheilt war. Es war schon ein Wunder, dass er überhaupt noch am Leben war, nachdem ein Schwert ihn tödlich in den Bauch getroffen hatte – selbst für einen Nephilim. Er bewies bewundernswerte Willensstärke.

»Das Risiko, von Schatten erstickt zu werden, wenn ich dich umarme, gehe ich lieber nicht ein. Aber ich bin verdammt froh, dass du wach bist. Wie habt ihr den Fluch gebrochen?«

»Ich habe Nightsdeath getötet«, gab Astraea leise zu und löste sich aus Roses Armen, die als Nächstes zu ihr gekommen war.

Hoffentlich sah sie nicht so traurig aus, weil sie glaubte, mich dabei irgendwie verletzt zu haben.

»Wie meinst du das? Er ist doch hier«, sagte Rose. Ihre Gereiztheit in meiner Anwesenheit hatte ich fast vermisst.

Astraea erläuterte, was mit Nightsdeath geschehen war. Ihre Erzählung riss mich geradezu entzwei – dabei war ich mir sicher, dass sie noch nicht einmal alles erwähnte, was *ich* ihr angetan hatte. Egal, wie losgelöst von mir Nightsdeath herumgelaufen war: Er war nichts als eine Machtquelle gewesen, bis *ich* ihm Leben eingehaucht hatte. Und dann war er stark genug gewesen, um ohne den Rest von mir zu überleben.

Es war eine schwer verdauliche Vorstellung. Ich zog mich von Astraea zurück, weil mir nicht klar war, wie ich das alles verarbeiten sollte.

Sollte ich trauern?

Ich wusste es nicht. In meiner Seele fühlte ich einen Schmerz, aber ich konnte selbst nicht sagen, weshalb. Warum setzte sich jetzt dieses erbärmliche Selbstmitleid in mir fest? Am liebsten hätte ich es mir eigenhändig aus der Brust gerissen.

»Nyte.« Astraeas leise Stimme begleitete die Wärme ihrer Hand, die sie von hinten in meine schob.

Erst jetzt bemerkte ich, dass ich abwesend direkt auf die Wand starrte.

»Es tut mir leid …«

»Hör auf«, konnte ich gerade so hervorpressen. »Bitte entschuldige dich nicht bei mir.«

»Kommst du mit?«, fragte sie sanft.

Sie zog mich am Arm, und ich folgte ihr wie ein Gespenst.

War das alles, was von mir geblieben war? Eine Hülle, in der nur noch die schwächsten Teile übrig waren?

Wünschte ich mir etwa Nightsdeath zurück?

Ein Leben lang hatte ich dieser bösartigen Macht alle Schuld zuschieben können. Sie benutzen können. *Scheiße.* Ich hatte sie ohne jede Reue verwendet und es *genossen.*

Ich war Nightsdeath gewesen. Dem Namen, dem Ruf und der bösartigen Herrschaft nach.

Jetzt, da er weg war … war ein Teil von mir endgültig gestorben.

Wie sollte ich so zurechtkommen? Ohne die skrupellose Dunkelheit, die mich zusammengehalten hatte?

Ich verschränkte meine Finger mit Astraeas und drückte geistesabwesend zu. Als wäre sie der einzige Anker, der mich davor bewahrte, mich im Nichts zu verlieren, weil ich nicht mehr wusste, wer ich war. Oder, womöglich noch besorgniserregender, wer ich sein würde.

25

Nyte

Astraea schlief. Der Gedanke, sie gleich erneut zu verlassen, nachdem ich sie gerade erst wieder hatte in den Armen halten können, gefiel mir nicht, aber gleichzeitig ging mir nicht aus dem Kopf, was ich in Austers Erinnerungen über meinen Vater erfahren hatte.

Ich musste herausfinden, ob es stimmte, und ob er seinen Plan vielleicht bereits verwirklicht hatte.

Nachdem ich ihren Geist beruhigt und in einen tiefen Schlaf versetzt hatte, aus dem sie hoffentlich nicht vor meiner Rückkehr erwachen würde, stieg ich ins Erdgeschoss hinab, wo ich Nadir mit der Pfeife in der Hand am Feuer vorfand.

»Langsam glaube ich, dass du überhaupt nicht schläfst«, sagte ich.

»Normalerweise genehmige ich mir ein paar Stündchen vor dem Morgengrauen. Meine Gedanken sind zu wichtig, um sie länger verstummen zu lassen.«

Irgendetwas an dieser Person brachte meine Nackenhaare dazu, sich aufzurichten. Nicht aus Angst, aber eine Spur Skepsis war auf jeden Fall dabei.

»Du suchst sicher deinen Bruder. Er und sein Drache warten draußen auf dich.«

Ich spähte durchs Fenster, konnte in der schweren Dunkelheit aber kaum etwas erkennen. Die Wolken verdeckten das Licht des Mondes.

»Woher wusste er, dass ich runterkomme?«

»Euer Vater muss aufgehalten werden, bevor die Götter tatsächlich unter uns wandeln.«

Ich machte einen Schritt auf Nadir zu. Noch nie war mir jemand so sehr wie ein Rätsel vorgekommen, das ich nicht lösen konnte. »Verleiht dir diese Pflanze, die du immer rauchst, hellseherische Kräfte?«

Nadir stieß ein leises Lachen aus, das sich in ein Husten verwandelte, als sier die Pfeife beiseitelegte. Aus leuchtend grünen Augen sah sier mich an. »Es gibt viele besondere Gaben auf der Welt, die wir nicht alle verstehen können.«

Mir war nicht entgangen, wie viele Waffen unauffällig in Nadirs Haus versteckt waren. Alltägliche Utensilien aus Sturmstein, für Vampire tödlich, oder Obsidian, lebensbedrohlich für Celestials. Getrocknete Kräuter, zwischen denen sich die kosmische Pflanze Nebulora verbarg, die Celestials ebenfalls Schaden zufügen konnte.

Was mochte Nadir noch alles verstecken? Welche Stoffe hatte sier womöglich entdeckt oder hergestellt, mit denen eine bestimmte Spezies verletzt werden konnte?

»Du vertraust mir nicht«, sagte Nadir und betrachtete mich wie ein Buch, das es zu lesen galt.

»Ich vertraue keiner Person, die in einem hinter Gemütlichkeit versteckten Waffenarsenal wohnt.«

Nadir grinste. »Gut beobachtet.«

Ich würde in Nadirs Nähe wachsam bleiben. Gleichzeitig ließ sich nicht leugnen, das sier uns allen Obdach geboten hatte, als wir es am meisten gebraucht hatten.

Genau in diesem Moment kam Drystan hereingeplatzt. Erleichtert sah er mich an. »Du weißt, wo Vater ist, oder?«

»Ich denke schon«, antwortete ich ernst.

»Worauf warten wir dann noch – beseitigen wir wenigstens einen Feind, solange wir es können.«

»Er ist auf dem Weg nach Nordstern.«

Drystan richtete sich auf.

»Falls er nicht längst dort ist«, fügte ich hinzu. »Oder, noch schlimmer, dort *war* und seine Pläne bereits in die Tat umgesetzt hat.«

»Er will das Spiegeltor nutzen, um die Götter des Abendrots und des Morgengrauens zu rufen und ihnen sterbliche Körper zu geben, damit sie die Sternenmaid töten können«, erläuterte Nadir.

Die Schwere des Schicksals traf uns alle. Wut erfüllte mich bis in die Knochen.

»Wir müssen vor ihm dort sein«, sagte Drystan, bereits auf dem Weg nach draußen.

Ich warf Nadir einen letzten Blick zu, bevor ich meinem Bruder folgte. Ganz wohl war mir nicht dabei, Astraea hier zurückzulassen. Andererseits vertraute ich voll und ganz darauf, dass Zath und die anderen sie mit allen Mitteln schützen würden, während sie heilen musste und verletzlich war.

Draußen bei Athebyne wartete Nadia und streichelte dem riesigen Drachen unbekümmert das Bein.

»Bei eurem Ausflug will ich dabei sein«, sagte sie und kletterte an einem Seil hoch in den Sattel.

Meinen ausdruckslosen Blick beantwortete Drystan nur mit einem Schulterzucken. »Ein weiteres Schwert kann nicht schaden.«

»Du bist für sie verantwortlich«, murrte ich.

Drystan grinste und ging zu seinem Drachen. »Sie ist für sich selbst verantwortlich.«

Die Insel Nordstern erhob sich wie ein Traum aus den Weiten des Ozeans, ihr Umriss zeichnete sich friedlich und zugleich beeindruckend vor dem Horizont ab. Sie war klein, aber wunderschön, gekrönt von zerklüfteten, in Nebel gehüllten Bergen, die sich dem Himmel entgegenreckten, ihre Gipfel vom Schimmern des ewigen Sternenlichts geküsst.

Auf den Klippen im Westen standen uralte Steinstelen in stummen Reihen hintereinander, von der Zeit gezeichnet und doch unverwüstlich, mit eingemeißelten Symbolen, die im Mondlicht glänzten. Der Legende nach bewachten sie die Geheimnisse von Nordsterns ätherischer Präsenz. Die Insel selbst bot Orientierung – nicht nur für auf dem Meer verirrte Seeleute, sondern auch für alle, die auf der Suche nach Wahrheiten waren, die nur die Sterne enthüllen konnten. Der Tempel, in dem sich das Spiegeltor befand, wurde von diesen Steinen stolz flankiert.

Die Drachen sanken langsam hinab und bereiteten sich auf die Landung vor. Ich machte mir keine Sorgen, von irgendjemandem in Althenia gesehen zu werden. Nordstern war unbewohnt und unabhängig – sie gehörte zu keiner der Provinzen der vier High Celestials.

Nach Nordstern hatte Drystan mich bringen wollen, um durch das sogenannte Spiegeltor in eine andere Welt zu reisen. Lange Zeit hatte ich einen Weg zurück in die Welt gesucht, in der ich geboren worden war, und schließlich von der Existenz des Spiegels erfahren. Damals hatte ich keine andere Möglichkeit gesehen, Astraea die Chance zu geben, ihre Welt nach ihrer Rückkehr wieder aufzubauen, als sie selbst zu verlassen.

Aber offenbar hatte das Schicksal für unsere Geschichte einen anderen Verlauf vorgesehen.

Schon vor ihrer Rückkehr hatte mein Vater mich reingelegt und mich, unter dem Vorwand, mich zum Spiegel zu bringen, hinter dem Schleier unter der Schlossbibliothek eingesperrt.

Dort war ich gezwungen gewesen, ein langes, qualvolles Jahrhundert auf Astraea zu warten. Um vor mir verborgen zu halten, wo der Spiegel sich befand, hatte mein Vater nicht einmal seine Fähigkeit, mich aus seinem Geist auszuschließen, benötigt. Er hatte einen Magier aufgesucht, der kleinere Erinnerungsfetzen ausradieren konnte, und ihn das Wissen um den Ort aus seinem Gedächtnis löschen lassen – denn mit diesem Wissen hätte ich ihn jederzeit verlassen können.

Drystan hatte schließlich den Magier ausfindig gemacht, zu dem unser Vater damals gegangen war, und so herausgefunden, dass der Spiegel sich auf Nordstern befand. Zu meinem Unglück allerdings erst, nachdem ich mich hatte überlisten und einkerkern lassen. Und Drystan hatte mich damit gefoltert, mit seinem Wissensvorteil zu prahlen, während mir die Hände gebunden gewesen waren. Dann war Astraea zurückgekehrt, und ein selbstsüchtiger Teil von mir war erleichtert gewesen, dass ich den Übergang nicht gefunden hatte. Sobald ich sie gesehen hatte, war mir klar gewesen, dass von mir aus ganze Städte niederbrennen und die Welt auseinanderfallen durften, wenn ich sie diesmal nur bei mir behalten konnte.

Als wir jetzt landeten, spürte ich sofort das Kribbeln von Magie auf der Haut, und eine böse Vorahnung stieg in mir auf. Wir saßen gleichzeitig ab. Der Tempel zwischen den Steinstelen zog all unsere Aufmerksamkeit auf sich.

»Ist ja ganz hübsch hier, aber irgendwie kriege ich auch eine Gänsehaut«, sagte Nadia und rieb sich die Unterarme.

Mit der Kälte, die das Gras unter unseren Füßen mit Raureif überzogen hatte und Wolken aus unserem Atem formte, hatte das nichts zu tun. Der Anblick war wirklich atemberaubend, und einen Moment lang lenkte mich die Vorstellung ab, wie gut er Astraea gefallen würde.

Ich war nicht so arrogant, völlig unbekümmert zwischen den uralten Steinen hindurch direkt auf den Tempel zuzugehen.

Nadia hingegen schon. Alles in mir spannte sich an, während ich ihr dabei zusah, als müsste sie jeden Moment gegen eine unsichtbare Wand rennen, die Eindringlinge fernhalten sollte. Aber sie erreichte ohne Zwischenfälle das Tor, das, wie wir nun alle bemerkten, einen Spaltbreit offen stand.

»Wir sind nicht allein«, sagte Drystan.

Trotzdem folgte er Nadia selbstbewusst. Natürlich war es reines Wunschdenken gewesen, vor unserem Vater hier anzukommen, um seinen Plan zu durchkreuzen. Aber vielleicht konnten wir ihn noch aufhalten.

Sobald wir die Schwelle überschritten, stieg mir der metallische Geruch von Blut in die Nase. Die Schönheit des Ortes war jetzt von Sünde befleckt.

Am Ende des düsteren Durchgangs lösten die bedrückenden Schatten sich auf, und wir betraten eine spektakuläre Halle, die vor Lebendigkeit selbst zu atmen schien. Weit über uns wölbte sich die Decke, ein kompliziertes Mosaik aus Steinen und Licht, das durch schmale Oberlichter fiel und den Boden mit blassen Sprenkeln übersäte. Säulen streckten sich in die Höhe wie uralte Bäume, elegant umwickelt von rankenden Pflanzen.

In der Mitte der runden Halle stand eine hoch aufragende Spiegelscherbe, wie ein gezackter Monolith aus glänzendem Silber, der die Lichtstrahlen einfing und im Raum streute. Die Spitze hatte sich tief in den Boden gebohrt, als wäre der Spiegel wie eine celestiale Klinge in den Stein gerammt worden. Der scheinbar gewaltsamen Herkunft zum Trotz war seine Oberfläche seltsam glatt und völlig frei von jeglichem Riss oder Makel, als würden die Gesetze der Natur für ihn nicht gelten.

Die Szene, die sich gerade in ihm spiegelte, beschwor sofort einen Sturm aus wildem Zorn und Unheil in mir herauf, der die gesamte Luft im Raum zum Kochen brachte.

Mein Vater wandte sich vom Spiegel ab und lächelte uns

grausam und erwartungsvoll an. »Ah, endlich wieder vereint mit meinen beiden Söhnen«, sagte er gedehnt.

Der Klang seiner Stimme kratzte mir wie Messerklingen über die Haut und löste das kaum beherrschbare Bedürfnis in mir aus, ihm die Kehle aufzuschlitzen, damit er kein weiteres Wort hervorbringen konnte.

»Dein Plan ist völlig verrückt«, sagte ich und behielt ihn genau im Blick, während ich näher herantrat.

Er war nicht allein. Zu seinen Füßen knieten ein Mann und eine Frau. Von ihnen rührte die metallische Note in der Luft her. Das Blut lief in Strömen von ihnen herab und über den unebenen Boden, wie um von dem gigantischen Spiegel aufgesogen zu werden.

Die Wände entlang standen einige Vampire Wache, aber ich war mir sicher, dass ich sofort ihren Verstand brechen könnte, sollten sie auch nur einen Schritt auf uns zumachen. Bis ich auf einmal eine Art Barriere um meine Fähigkeit herum wahrnahm und erkannte, dass an diesem Ort offenbar keine magischen Kräfte eingesetzt werden konnten.

Mit geballten Fäusten dachte ich nach. Sie von Hand zu eliminieren, würde mehr Anstrengung bedeuten und etwas länger dauern, andererseits wäre es eine Erleichterung, die in mir anschwellende Wut rauslassen zu können.

»Du hast also den Fluch der Götter gebrochen, Rainyte. Aber das ist jetzt auch egal. Abendrot und Morgengrauen werden eine dauerhaftere Lösung finden, wenn sie erst mal unter uns wandeln.«

»Bedeutet es dir denn wirklich gar nichts, dass wir deine Söhne sind?«, schrie Drystan und offenbarte damit einen kleinen Teil seines gebrochenen Kinderherzens.

Drystan und ich sind nicht seine einzigen Söhne.

In meinem tiefen Traumzustand … Ich war mir nicht sicher gewesen, ob die lebhaften Erinnerungen, mit denen ich erwacht war, bloß Träume waren oder ob ich auf wundersame Weise in der Zeit meines Fluches von Abendrot und Morgengrauen in die Welt meiner Geburt zurückgekehrt war.

Mit klopfendem Herzen erkannte ich, dass ich den Spiegel für Antworten nicht durchschreiten musste, als mir klar wurde …

»Du hast noch einen weiteren Sohn«, stellte ich fest und beobachtete dabei jede Reaktion meines Vaters ganz genau. »Du hast ihn zurückgelassen, als du mich hierhergebracht hast.«

Da war sie. In seinen sich verengenden Augen fand ich die Bestätigung. Darin lag weder Verwirrung noch Verleugnung – es war anklagende Überraschung.

Noch nie hatte ich mein Herz auf diese Art pochen spüren. Nervosität, dachte ich, und gleichzeitig Enttäuschung.

»Nicht mit meiner Mutter, sondern einer anderen Frau vor ihr. Der Sohn war dir wohl nicht mächtig genug, was? Willst du wissen, was aus ihm geworden ist?«

»Ich habe keine Ahnung, wovon du da redest«, blaffte Vater.

»Malin Ashfyre.«

Vater zuckte zusammen, als hätte ich ein Messer nach ihm geworfen.

»Was zur Hölle ist hier los?«, zischte Drystan und blickte zwischen uns hin und her.

»Wo hast du diesen Namen gehört?«, fragte Vater mit kalter, mordlustiger Stimme.

»Das einzig Wichtige ist doch, dass du ein beschissener Vater bist und wir nicht die Ersten sind, die dich enttäuschen.«

»Das Kind ist tot.«

»Nein. Fast wäre deine List aufgegangen. Dein Bruder war zum König bestimmt, aber du warst nichts, nur ein nutzloser Prinz. Das hat dich in den Wahnsinn getrieben. So sehr, dass du in der Schlacht deinen eigenen Tod vorgetäuscht hast, um dein Leben und deinen Sohn hinter dir zu lassen und stattdessen die

Person mit der größten Macht im ganzen Land aufzusuchen. *Meine Mutter.* Du hast sie vor einem tragischen Schicksal bewahrt, nur um sie zu verraten, sobald sie dir einen Sohn geschenkt hat, der der Prophezeiung zufolge noch mächtiger werden sollte als sie. Also hast du mich bei Nacht und Nebel entführt und in eine andere Welt gebracht, mit dem Plan, sie gemeinsam mit mir zu erobern. Denn Mutter hätte dich immer daran erinnert, wie machtlos du in Wahrheit bist. Immer nur zweitrangig, wie schon bei deinem Bruder.«

Ich hatte nicht damit gerechnet, dass mich derart heftige Gefühle überrollen würden, als wäre ich ein Fels in tosender Brandung. Bisher hatte ich mich zum Überleben immer auf Nightsdeath verlassen können, der mich davor beschützt hatte, im Meer der Emotionen zu ertrinken, und meinen Schmerz in Wut verwandelt hatte.

Jetzt … wusste ich nicht, wie ich mit all diesen schrecklichen Gefühlen umgehen sollte, die ich mir am liebsten aus der Brust gerissen hätte. Ich wollte mich nicht hintergangen fühlen, oder traurig – *so verdammt traurig.* Ich wollte mich der Wut bemächtigen, der ich mich immer hatte hingeben können, dank der ich alles, was ich innerlich empfand, an meiner Umgebung hatte auslassen können, ehe es mich umbringen konnte.

»Woher weißt du das alles?«, fragte Vater.

Seine tonlose Stimme verriet mir, dass all meine Erlebnisse echt gewesen waren. All meine unmöglichen Entdeckungen während meines Fluchs entsprachen der Wahrheit.

»Völlig egal«, sagte ich, meine Stimme nur ein mitleiderregendes Flüstern.

Auf eine Art konnte ich jetzt nachvollziehen, wie es Astraea mit ihrem zurückkehrenden Gedächtnis gehen musste. In mir schlummerten Erinnerungen, die sich wie halb vergessene Träume anfühlten – lebhaft, und doch undeutlich – aus dem Monat, den ich verflucht gewesen war. Mein Bewusstsein musste sich zum Selbstschutz in eine andere Welt versetzt haben. Oder aufgrund irgendeiner Einmischung von außen.

Aber da ich nicht vorhatte, den Spiegel jemals zu durchschreiten, spielte es keinerlei Rolle. Ich gehörte mit jeder Faser meines Wesens hierher, zu meiner Starlight.

»Mittlerweile habe ich gelernt, dass Blutsverwandtschaft keine Loyalität garantiert«, sagte mein Vater düster.

»Da hast du recht«, gab Drystan genauso gereizt zurück. »Nicht unser Blut, sondern unsere Taten lassen uns zusammenhalten.«

Mit diesen Worten schien Drystan das gerissene Band zwischen uns an den ersten paar Strängen wieder zusammenzuknüpfen.

Unser Vater betrachtete uns beide wie die größte Enttäuschung, die ihm je widerfahren war. »Es ist so weit«, sagte er. »Die zwölfte Stunde eines Halbmonds. Eure Anwesenheit wäre nicht nötig gewesen, aber vielleicht ist es angemessen, dass ihr das Ereignis bezeugt, das alles verändern und in die Geschichte eingehen wird.«

»Jetzt wäre ein guter Zeitpunkt gewesen, um deine besonders furchterregende Seite rauszuholen«, sagte Drystan zu mir.

Er hatte recht. Nightsdeath war keine magische Fähigkeit und hätte hier eine große Hilfe sein können.

»Leider müssen wir uns mit meiner mittelmäßig furchterregenden Seite zufriedengeben«, erwiderte ich.

Drystan warf mir einen Blick zu. »Na gut. Dann mach eben das andere.«

»Geht nicht. Offenbar wird Magie hier drinnen abgeblockt.«

»Ihr kommt zu spät, um es aufzuhalten.« Die Stimme meines Vaters ertönte, ohne dass seine Lippen sich bewegten.

Eine Bewegung hinter ihm lenkte meine Aufmerksamkeit auf sein Spiegelbild. Zu meinem Entsetzen drehte es sich langsam zu uns um, während er unverwandt stehen blieb, sodass der unheimliche Eindruck entstand, als gäbe es jetzt zwei von ihm.

»Als wäre der Anblick von einem nicht schon unerträglich genug«, sagte Drystan und zog fluchend sein Schwert.

»Nichts kann mich mehr aufhalten. Als Belohnung für meine Arbeit werde ich zum König der Götter aufsteigen.«

Seine Arroganz hatte wirklich schwindelerregende, neue Höhen der Blödheit erreicht.

»Egal, welche Krone du dir aufsetzt, darunter bleibst du immer der gleiche zitternde Feigling«, knurrte ich.

Jetzt nahm ich die beiden knienden Gestalten zum ersten Mal richtig wahr und erkannte, dass es keine Menschen waren, sondern Celestials. Dann hob der Mann den Kopf …

Ich konnte Entsetzen und Verwirrung kaum voneinander trennen, als ich Aquilo, dem High Celestial von Haus Sera, ins Gesicht blickte.

»Er wurde nach der Schlacht gefangen genommen«, informierte Drystan mich. »Astraea hat seine Flügel entfernt. Die High Celestials hatten wohl keine andere Wahl, als ihn zu verstoßen, wie sie es auch mit ihren übrigen flügellosen Bürgern tun. Ich hätte ja gedacht, dass sie ihn bloß versteckt halten, um die Fassade aufrechtzuerhalten, aber wenigstens war Nova in seiner gnadenlosen Herrschaft unparteiisch, was das betrifft.«

»Er ist das perfekte Gefäß für Abendrot«, sagte Vater mit einem Blick auf den High Celestial. Einst so stolz und mächtig, und jetzt … war er nichts mehr. Genauso verängstigt und geschockt, wie jeder andere es an seiner Stelle wäre.

Ich konnte kein Mitleid für ihn aufbringen. Am liebsten hätte ich sein Leben sofort beendet, wenn ich daran dachte, wie grausam er Astraea behandelt hatte. Er hatte sie *ausgepeitscht* und darüber gelacht. Das Echo dieser Szene hallte immer noch in mir nach. Wäre ich im Besitz aller meiner Kräfte gewesen, hätte ich mich vielleicht selbst nicht davon abhalten können zu tun, was immer nötig war, um ihn zu töten, bevor mein Vater ihn benutzen konnte.

Die Frau erkannte ich nicht sofort. Eine blonde Schönheit, die mit um sich selbst geschlungenen Armen zu mir aufblickte, als könnte ich sie retten. Ihr Gesicht war dreckverschmiert und ihr Haar wirr. Offenbar hatte sie sich heftig gewehrt.

Warum kam sie mir so bekannt vor?

»Zephyrs Gegenstück«, half Drystan mir auf die Sprünge. »Katerina Luna.«

Scheiße. Jetzt verstand ich, warum ein letzter tragischer Hoffnungsfunke in ihren meerblauen Augen glomm. Zephyr war Astraeas Verbündeter und Katerina ihre Freundin. Astraea hätte mich angefleht, sie zu retten.

Das machte die Situation umso schwieriger.

»Vergiss einfach deinen ganzen idiotischen Plan, dann lasse ich dich noch einen weiteren Tag am Leben«, sagte ich so unbeeindruckt wie möglich zu meinem Vater, während ich mich genau umsah und eine Möglichkeit suchte, zumindest Katerina lebend hier herauszubekommen.

Was aber noch viel wichtiger war: Mein Vater durfte die Götter nicht in unsere Welt rufen.

Astraeas Schöpfern gegenüberzutreten … Für meine entfesselte Wut über alles, was sie ihr angetan hatten, war ich noch nicht bereit.

»Mir ist klar geworden, dass ich auf die falsche Gottheit gesetzt habe. Der Tod hat dich mächtig gemacht und versprochen, dass du Reiche erobern wirst. Aber Abendrot und Morgengrauen sind viel gerissener und haben eine Vision von Macht und Wohlstand für diese Welt, in der ich den Thron von Vesitire besteige. Nachdem ich meine Seite der Abmachung eingelöst habe, wird Astraeas Macht mir gehören, sobald sie sie töten.«

»Nicht mal du kannst so naiv sein«, fauchte ich. »Sie *benutzen* dich. Du bist die gleiche verzweifelte Marionette wie eh und je.«

»Verblendeter Narr«, murmelte Drystan.

Hätte er uns nur mit Blicken töten können, wären bloß noch Aschehäufchen von uns übrig geblieben. Ich genoss seine heftige Reaktion, die seine irregeleiteten Überzeugungen nur noch stärker unterstrich.

Meine Fähigkeit der Gedankenmanipulation konnte ich nicht einsetzen, aber die Leere konnte ich ertasten. Im gleichen Moment, in dem ich hindurchtrat und einem der Vampire das Genick brach, schoss Drystan auf einen anderen zu. Kurz krachten ihre Schwerter aufeinander, dann versenkte Drystan seins auch schon in seinem Bauch.

Es war nur ein halbes Dutzend Vampire im Raum verteilt, und sie alle starben in weniger als einer Minute.

Doch während wir abgelenkt waren, hatte mein Vater einen kurzen Moment Zeit, um zu handeln.

Aquilos Schrei hallte von den Wänden des Tempels wider, und ich wirbelte zu ihm herum, während ich das Herz des letzten Vampirs zu Boden fallen ließ.

Mein Vater hatte die Hand des High Celestials in den Spiegel hineingeschoben. Von seinem bis zum Ellbogen versunkenen Arm aus liefen kleine Wellen über die Spiegeloberfläche. Mir blieb nichts anderes übrig, als voller Schrecken zuzusehen, wie seine Haut langsam von Silber überzogen wurde, als hätte der Spiegel sich verflüssigt, um ihn sich vollständig einzuverleiben.

Ich trat durch die Leere. Aus den Schatten auftauchend, packte ich meinen Vater am Revers und stieß ihn mit einem Wutschrei rückwärts gegen die nächste Säule.

»Du kannst es nicht mehr aufhalten, Rainyte«, presste er unter meinem eisernen Griff hervor.

»Du rückgratloses, machthungriges Arschloch«, spuckte ich ihm ins Gesicht.

So nah war ich ihm schon lange nicht mehr gewesen. Während ich ihm in die braunen Augen starrte, zitterte ich genauso sehr vor Angst wie vor Wut. Vor mir stand das Monster, das mich ein Leben lang gequält hatte, und ich konnte ihm endlich ein für alle Mal den Garaus machen.

»Du kannst mich nicht töten«, krächzte Vater, um Atem ringend und offenbar nur noch mit Mühe bei Bewusstsein. »Abendrot und Morgengrauen haben mir nicht nur die Fähigkeit verliehen, den Schlüssel der Maid zu verwenden, sie haben mich auch unsterblich gemacht, damit ich am Leben bleibe, um sie damit zu töten.«

Die Wut *verzehrte* mich.

Noch bevor ich weiter nachdenken konnte, hatte ich ihm das Genick gebrochen. Dann ließ ich seinen Körper zu Boden fallen und bemühte mich mit tiefen, gleichmäßigen Atemzügen um Beherrschung.

»Nyte.« Die Ruhe, mit der Drystan meinen Namen aussprach, ließ mich sofort aus meinem blindwütigen Zustand hochschrecken.

Über die Schulter sah ich mich nach ihm um. Mit der wehrlosen Position, in der er sich befand, hatte ich nicht gerechnet.

Und erst recht hätte ich nicht vorhersagen können, wer sein Leben von hinten zwischen zwei an seiner Kehle gekreuzten Klingen in der Hand hielt.

Nadia stand auf Zehenspitzen, während Drystan sich zurücklehnen musste. Meine Gewaltbereitschaft stieg in so ungeahnte Höhen, dass ich kaum mehr klar sehen konnte.

»Was zur Hölle tust du da?«, fragte ich in dermaßen kaltem, düsterem Ton, dass man meinen könnte, ein Überrest von Nightsdeath wäre in mir erwacht. Vielleicht war dieser Teil von mir auch nie wirklich gestorben, sondern könnte wiederauferstehen, stärker und tödlicher werden, je mehr man ihn mit Verrat, Gewalt und Verzweiflung fütterte.

»Ihr seid wirklich zwei absolute Volltrottel«, sagte sie, als wäre sie deshalb sauer auf uns.

»Lass ihn los, bevor ich dich dazu zwinge, kleine Draufgängerin«, sagte ich warnend.

»Wie bedenkenlos ihr mich willkommen geheißen habt«, fuhr sie fort.

Langsam verstand ich, was gerade geschah. Und sie hatte recht: Ich war ein verdammter Idiot gewesen, dass ich das nicht hatte kommen sehen.

»Na ja, darüber kann man durchaus diskutieren«, sagte ich ruhig, auch wenn ich innerlich vor Wut kochte.

»Ihr habt meine Geschichte, wie ich die Verbindung entdeckt habe, einfach so geschluckt. Und natürlich bin ich die einzige Person überhaupt, die davon weiß!«, zischte sie jetzt vor allem Drystan zu.

Die Wut stand meinem Bruder ins Gesicht geschrieben, aber er versuchte nicht, sich zu befreien. Er musste sich genauso hintergangen fühlen wie ich. Womöglich noch viel stärker.

Sie senkte die Stimme. »Ich war fuchsteufelswild, als euer Vater es mir erzählt hat. Er hat angeboten, mich aus der Höhle zu befreien, und mir einen Platz an seiner Seite versprochen, sobald er die Herrschaft wieder übernimmt. Ich hatte noch nie das Gefühl, meinen Platz oder meine Bestimmung gefunden zu haben, weshalb die Vorstellung verlockend war. Schließlich hatte ich nichts zu verlieren, nachdem auch der letzte Fetzen eines Selbst, der mir noch geblieben war, auseinandergerissen und in ein blutgieriges Ungeheuer verwandelt worden war. Ihm ist aufgefallen, dass alle verwandelten Vampire Drystan zu gehorchen schienen, und er hat vorhergesehen, dass du früher oder später zurück zu deinem Bruder rennen würdest. Eine derart riesige Armee, die keine andere Wahl hätte, als sich euch anzuschließen und sich gegen euren Vater zu wenden, durfte es nicht geben. Meine Mission war es, dir die Kontrolle über die verwandelten Vampire zu nehmen. Und ihr habt es mir zu … verdammt … einfach … gemacht.«

Jetzt ergab alles Sinn. Wieder einmal war es unserem listigen Vater gelungen, sich die Verbündeten zu verschaffen, die er gebraucht hatte. Er war clever, aalglatt und so was von *tot*.

»Bravo«, sagte Drystan schließlich mit brüchiger Stimme. Er klang … geschlagen. »Fast hättest du mich gehabt.«

In diesem Moment verstand ich … Zwischen all ihrem Gezanke und der Gewalt war Drystan auf bestem Weg gewesen, sich in sie zu verlieben.

»Was glaubst du denn, warum er mich ausgewählt hat?«, fragte sie bitter. »Männer lassen sich von einem hübschen Gesicht viel zu einfach verleiten.«

Drystan lachte zynisch und trocken auf. »Glaub mir, wäre es nach mir gegangen, hätte ich dich mitsamt deinem hübschen Gesicht schon vor langer Zeit umgebracht. Dass du es so weit gebracht hast, hast du meinem Bruder zu verdanken.«

Da Nadia mich hintergangen hatte, musste ich keine Rücksicht mehr auf ihr Vertrauen nehmen. Ich wollte ihren Verrat mit eigenen Augen sehen. Dazu musste ich sie nur aus diesem verdammten Tempel rausholen, um in ihren Verstand eindringen zu können.

»Noch hast du die Wahl«, sagte ich diplomatisch.

Diese Art gewaltfreien Verhandelns war eine neue Herausforderung für mich. Normalerweise wäre mittlerweile Blut geflossen.

»Als würdest du mich nach alldem jemals am Leben lassen«, sagte sie anklagend.

»Stimmt. Sobald ich kann, werde ich dich töten. Aber es könnte schmerzlos geschehen.«

»Wie nett.«

Ein ersticktes Geräusch lenkte unsere Aufmerksamkeit auf Aquilo. Die metallische Flüssigkeit umhüllte ihn jetzt fast vollständig. Wie eine in eine Ganzkörperrüstung gekleidete Statue kniete er da. Als Letztes erreichte sie seinen Mund und lief ihm die Kehle hinab. Selbst für mich ein schrecklicher Anblick.

Katerina kniete zitternd und mit weit aufgerissenen Augen daneben. Sie stand so sehr unter Schock, dass sie sich nicht bewegen konnte.

Ich machte einen Schritt auf sie zu …

Da stieß eine silberne Hand aus dem Spiegel hervor und packte Katerina an der Kehle.

»Nein!«

»Du kannst sie nicht retten!«, schrie Drystan. »Der Abstieg der Götter ist schon zu weit fortgeschritten.«

Zu unser beider Überraschung ließ Nadia plötzlich die Messer sinken und stieß Drystan von sich. Er wirbelte herum, und sie legte ihm eine Messerspitze aufs Herz.

»Ihr Idioten. Jetzt haut endlich ab, Scheiße noch mal«, zischte sie.

Einen Moment lang zögerten wir beide. Ich wollte ihr nach wie vor die Kehle rausreißen, aber Drystan kam langsam rückwärts auf mich zu.

»Das Beste, was wir jetzt tun können, ist, den anderen alles zu berichten und uns darauf vorzubereiten, was es bedeuten könnte«, sagte Drystan, den Blick unverwandt auf Nadia gerichtet.

»Wir sollen sie einfach so davonkommen lassen?«, fragte ich. Angesichts ihres Verrats war mir überhaupt nicht nach Gnade zumute.

»Fürs Erste. Sie ist nicht mehr als eine verzweifelte Draufgängerin.«

Ich spürte die Verletztheit hinter seinen Worten. Drystan hatte Nadia lieb gewonnen. Weil sie ihn so hinters Licht geführt hatte, wollte ich umso dringender Rache an ihr nehmen.

Aquilos und Katerinas Körper wurden weiter von Silber überströmt, und sie verwandelten sich in stumme Statuen. Meine einzige Hoffnung war, dass sie ihre Gesichter behalten würden. Dann wüssten wir wenigstens, wen wir jagen und vor wem wir uns verstecken mussten.

Die Vorstellung, mich verstecken zu müssen, gefiel mir gar nicht. Aber es ließ sich nicht vorhersagen, welche Kräfte den Göttern in sterblicher Form zur Verfügung stehen mochten.

Astraea würde am Boden zerstört sein, wenn sie erfuhr, welches Schicksal ihre Freundin ereilt hatte. Voller Wut, und mit dem Gewicht meines Versagens auf den Schultern, weil ich meinen Vater nicht hatte aufhalten können, verließ ich den Tempel. Wenn er die Wahrheit gesagt hatte, würde er von seinem Genickbruch wieder erwachen. Und Katerina Luna hatte ich auch nicht retten können.

Ich würde niemals frei sein, wenn ich es nicht schaffte, meinem Vater ein für alle Mal ein Ende zu setzen.

Auster Nova war tot.

Jetzt führten wir Krieg gegen die Götter.

TEIL DREI

DER ZORN DER GÖTTER

26

Astraea – Vergangenheit

Heute würde Astraea Auster von ihrer Verbindung mit Nyte erzählen. Den ganzen Flug quer durch die Provinz Nova über nagte die Nervosität ihr fast ein Loch in den Bauch. Sie glaubte nicht, dass er es besonders gut aufnehmen würde, zumindest vorerst nicht. Sicher würde es ihn verletzen. Das war unvermeidlich. Astraea hatte Angst, ihn wegen dieser Sache zu verlieren, weshalb sie das Geheimnis jetzt schon seit Wochen mit sich herumschleppte. Doch sie war fest entschlossen, alles dafür zu tun, ihn als Freund zu behalten.

Auster war nicht in seinem Schloss, weshalb Astraea den Anweisungen einiger Wachen folgte, die sie in ein kleines Waisenhaus mitten in der Stadt geschickt hatten. Auch wenn die Richtungsangabe sie überraschte.

Dort angekommen, wurde sie in ein Unterrichtszimmer geführt. Der Anblick von Auster, der in der Leseecke saß, von über einem Dutzend Celestialkindern umringt, rührte sie. Er las ihnen etwas vor, seine Stimme die eines erfahrenen Geschichtenerzählers.

Warum hatte sie diese Seite an ihm noch nie gesehen?

Völlig selbstverständlich bannte er die Aufmerksamkeit der Kinder, brachte sie zum Lachen und Staunen. Während er umblätterte, senkte sich gespannte Stille über den Raum, der gleichzeitig von den schillernden Fantasiewelten erfüllt war, die er den Seiten entlockte.

Als er sie bemerkte, geriet er jedoch ins Stocken.

»Hört nicht meinetwegen auf«, sagte sie lächelnd. »Gleich kommt die beste Stelle.«

Doch die Lesezeit war vorbei, sobald die Kinder sie sahen.

»Die Sternenmaid ist hier!«, sprudelte es aus einem hervor, während es sich aufrappelte, und schon waren alle abgelenkt.

Sie kamen auf sie zu, manche eher schüchtern, während andere mutig vorausrannten.

Astraea warf Auster einen entschuldigenden Blick zu, weil sie die ganze Aufmerksamkeit auf sich gezogen hatte, doch er grinste nur, legte das Buch beiseite und gesellte sich zu ihr.

»Kannst du Sterne regnen lassen?«, fragte ein kleiner Junge sie.

»Hm, mal sehen«, sagte sie und griff nach dem Schlüsselstab, der in seiner kurzen Form an ihre Hüfte geschnallt war. »Dann müsst ihr aber ein bisschen Platz machen.«

Aufgeregt vergrößerten die Kinder den engen Kreis um sie, sodass sie den Schlüssel herumwirbeln und in seine legendäre Stabform verwandeln konnte. Die Kinder jauchzten, und als sie den Stab auf den Boden stieß, ein silberner Blitz zur Decke hinaufschoss und anschließend Sternenstaub auf sie niederregnete, klatschten sie begeistert. Sie rannten in die Mitte und versuchten kichernd, den sich auflösenden Glitzerstaub zu fangen.

»Tut mir leid, dass ich dir die Show gestohlen habe«, sagte Astraea, als Auster sich neben sie stellte.

Er lachte leise. »Daran bin ich schon längst gewöhnt. Mit deinen Darbietungen kann doch niemand von uns mithalten.«

Sie erzeugte noch einen Sternenschauer, wodurch die Kinder weiterhin abgelenkt waren.

»Ich habe nicht erwartet, dich hier anzutreffen«, sagte sie.

»Ab und zu komme ich her, um sicherzugehen, dass sie alles haben, was sie brauchen«, antwortete er.

»Das ist aber großzügig von dir.«

»Das ist doch das Mindeste. Diese Kinder haben aufgrund tragischer Umstände keine Eltern mehr. Sie sollten nie wieder Not leiden müssen.«

Astraea brach das Herz, als sie den unschuldigen Kindern zusah. Auch wenn sie Austers Bemühungen zu schätzen wusste, fragte sie sich, wie viele der Kinder nur deshalb keine Eltern mehr hatten, weil Auster diese nach dem Verlust ihrer Flügel verbannt hatte.

In dem Moment kam eine Frau mit einem Kleinkind auf dem Arm herein. Sie sah nervös aus, auf der Suche nach einem weiteren Erwachsenen, doch als sie Astraea sah, weiteten sich ihre Augen. Sie kam zu ihnen herüber und versuchte sich an einer Verbeugung, doch Astraea hielt sie auf und streckte instinktiv die Arme nach dem Kind aus, als könnte es der Frau von der Hüfte rutschen. Irgendwie landete der winzige Celestial in Astraeas Armen, und überrascht stellte sie fest, dass sie noch nie ein Kind gehalten hatte.

»Oh, vielen Dank, ich brauche nur einen Moment. Zadkiel und Jack treiben mich noch in den Wahnsinn!«, ächzte die Frau.

Dann verschwand sie genauso schnell, wie sie gekommen war.

Neugierig betrachtete Astraea das Kleinkind auf ihrem Arm, das nach allem grapschte, was es erreichen konnte. Kleidung, Schmuck, Haare. Unsicher hielt sie das Kind mit gestreckten Armen von sich, und als Auster leise lachte, sah sie ihn um Hilfe suchend an.

»Entspann dich einfach«, sagte er in belustigtem Tonfall, während er ihrem Kampf mit dem Kind zusah.

Astraea fasste es schließlich so, wie auch die Frau es gehalten hatte, und benutzte die andere Hand, um mit den kleinen Patschehändchen zu spielen, die durchgehend an irgendetwas ziehen wollten. Nach einer Weile fühlte sich die Situation sogar irgendwie magisch an. Das kleine Bündel hatte große blaue Augen und weiche blonde Haare, und die silbernen Flügel waren so winzig, dass Astraeas Herz sich vor Rührung zusammenzog. Erst in gut zehn Jahren würde das kleine Wesen fliegen können.

Sie schaukelte das Kind in den Armen und fühlte eine ansteckende Freude in sich aufsteigen, wie sie sie noch nie gespürt hatte. Als sie sich wieder Auster zuwandte, bemerkte sie seinen liebevollen Blick, der sie erstarren ließ.

»Du wärst eine wunderbare Mutter«, sagte er.

Das warme Gefühl in ihr versiegte, und sie hielt Ausschau nach der Frau, damit sie ihr das Kind wieder abnehmen konnte.

»Was ist los?«, fragte Auster, der die Veränderung in ihrer Stimmung bemerkt hatte.

»Ich muss dir was sagen.«

»Ich bin ganz Ohr.«

Sie schluckte schwer.

»Können wir irgendwo unter vier Augen reden?«

Austers Gesicht nahm einen verschlossenen Ausdruck an, und sie hielt die Anspannung kaum noch aus.

Zu ihrer Erleichterung kam in dem Moment die Frau hereingerauscht und nahm ihr das Kind ab. Austers liebevoller Ausdruck von vor wenigen Sekunden ließ die Schuldgefühle über ihre Verbindung mit Nyte nur noch stärker in ihr rumoren. Nervös kaute sie auf ihren Nägeln.

Während die Frau auf Auster einredete, wollte Astraea am liebsten einfach nur verschwinden. »Würdest du noch mal mit ihm reden? Zadkiel tut sich hier aktuell ein wenig schwer.«

Auster versprach, bald wieder vorbeizukommen, dann verließen Astraea und er das Waisenhaus.

Sie waren gerade einmal zwei Straßen weit gekommen, als er sie am Ellbogen packte. »Du beißt dir noch das Nagelbett blutig, sag mir, was los ist.«

»Du bist mein bester Freund, und ich will dich nicht verlieren«, platzte es aus ihr heraus.

Sein Gesichtsausdruck wurde wachsam.

Verdammt, wie sollte sie es ihm nur sagen?

Egal, wie sie es in Gedanken formulierte, nichts davon hörte sich richtig an. Jedes Mal war ihre Enthüllung wie eine Bombe, die sie zwischen sie werfen und dann hoffen musste, sie würden die Explosion überleben.

»Was hast du angestellt?«, fragte er, doch es kam ihr vor, als wüsste er bereits Bescheid.

Sein Gesichtsausdruck verdüsterte sich, wie er es schon bei der bloßen Erwähnung von Nyte tat. Jetzt sah er sie so an, als würden Nytes Spuren auf ihr vor seinen Augen sichtbar werden.

»Ich hatte keine Wahl«, stammelte sie.

Doch das war gelogen. Nyte war vielleicht die Verbindung mit ihr eingegangen, um sie zu retten, doch sie hatte es gewusst … schon lange vorher hatte sie sich für ihn entschieden.

Astraea schüttelte den Kopf, versuchte es noch einmal. »Du musst mich ausreden lassen. Bitte versuch, es zu verstehen.«

Erschrocken keuchte sie auf, als Auster sie an den Armen packte. Er zog sie durch die Leere und transportierte sie an den Rand einer Klippe, von der aus sie im Licht der untergehenden Sonne seine Provinz überblicken konnten.

»Du wirst mich nicht vor den Ohren meines Volks demütigen«, sagte er ungehalten.

Astraea blinzelte. Ihr Herz schlug wie wild.

»Du weißt es schon?«, fragte sie ungläubig.

Wütend funkelte er sie an. »Du hast das abartige Mal an deinem Hals nicht besonders gut verborgen.«

Sie zuckte zurück, trat rückwärts einen Schritt auf den Abgrund zu. Sie wusste nicht genau, warum.

Auster würde ihr niemals wehtun … oder?

Tief in ihrem Inneren glaubte sie nicht, dass er dazu in der Lage wäre, doch sein hasserfüllter Blick auf ihren Hals zeigte eine beängstigende Seite an ihm, die sie bisher nie selbst zu spüren bekommen hatte.

»Lass mich erklä…«

»Ich will es nicht hören«, schnitt er ihr das Wort ab. Dann wurde sein Ausdruck auf einmal ganz weich, und er kam einen Schritt auf sie zu. »Wir kriegen das wieder hin. Lass uns in den Tempel von Abendrot und Morgengrauen in Vesitire gehen, sie werden wissen, wie man die Verbindung lösen kann.«

»Warum hast du mir nicht schon früher gesagt, dass du Bescheid weißt?«

»Nyte ist dank seiner Fähigkeiten unglaublich gut darin, Gedanken zu beeinflussen. Er hat dir den Kopf verdreht und sich gegen deinen Willen mit dir verbunden, um mir eins auszuwischen. Ich wusste, dass du ihn in Schutz nehmen würdest, wenn ich dich darauf anspreche, also habe ich die Zeit genutzt und nach einer Lösung gesucht. Der Heiratspakt könnte …«

»Hör auf«, sagte sie barsch.

Sie ertrug nicht auch nur ein weiteres Wort, konnte kaum glauben, welche Schlüsse Auster gezogen hatte.

Zögerlich kam er weiter auf sie zu, nichts als Mitgefühl in seiner Miene. »Ich werde dafür sorgen, dass alles gut wird«, sagte er sanft.

»Alles ist genau so, wie ich es will.«

Auster verzog das Gesicht, als hätte sie ihn geschlagen. »Komm, wir gehen direkt zum Tempel.«

Er streckte die Hand nach ihr aus, doch Astraea zuckte zurück, bevor er sie durch die Leere ziehen konnte. Ihre Eltern waren die Letzten, denen sie jetzt gegenübertreten wollte. Ohne

Zweifel waren sie außer sich, weil Astraea sich mit Nyte verbunden hatte.

»Wenn du mich immer noch so gernhast, wie du vorgibst, dann vertrau mir bitte. Sobald die Verbindung gebrochen ist, wirst du sehen, dass alles nur eine böse Lüge war, die dich auf seine Seite ziehen sollte.«

Allein beim Gedanken daran, die Verbindung zwischen sich und Nyte zu trennen, spürte sie ein unangenehmes Ziehen. Am liebsten wäre sie noch weiter vor Auster zurückgewichen, doch ihre Fersen hingen schon in der Luft, und hinter ihr drohte der Abgrund.

»Du irrst dich in ihm. Wärst du noch mein Freund, dann würdest du mich alles erklären lassen. Er hat mich nicht verletzt und mich auch nicht manipuliert. Wäre das sein Plan, hätte er schon weit mehr Schaden angerichtet, und das weißt du.«

»Ich bin mehr als dein verdammter Freund, Astraea, *ich* bin dein Gegenstück.«

Sein wütender Tonfall erschütterte sie.

Hatte sie gerade ernsthaft Angst vor Auster?

»Bitte«, krächzte sie.

Das hier war so unglaublich schiefgelaufen. Sie hatte gewusst, dass es nicht leicht werden würde, doch die Tatsache, dass Auster schon länger von ihrer Verbindung zu Nyte gewusst hatte, änderte alles.

»Es ist zu deinem Besten.«

Als er erneut die Hand nach ihr ausstreckte, ließ sie sich nach hinten fallen und überließ sich der Schwerkraft.

Ihr Sturz dauerte nicht besonders lange, und es waren nicht ihre eigenen Flügel, die sie auffingen. Die Umarmung, in der sie sich wiederfand, barg sowohl einen immensen Trost als auch eine ungute Vorahnung.

Nyte schoss mit ihr in die Höhe, stieß wieder hinab und landete ein Stück von Auster entfernt auf der Klippe.

Wutentbrannt wirbelte Auster zu ihnen herum.

»Ich glaube, du hast ein Problem mit mir und nicht mit ihr«, sagte Nyte leise, aber bedrohlich.

»Geh weg von ihr«, knurrte Auster.

Astraea war hin- und hergerissen. Auster glaubte ernsthaft, er würde sie beschützen, was ihre Schuldgefühle nur noch mehr verstärkte, bis sie glaubte, daran zu ersticken.

»Es ist längst überfällig, dass wir uns mal begegnen, Auster Nova.«

»Ich werde dich verdammt noch mal umbringen.«

»Viel Erfolg dabei.«

»Du musst verschwinden«, sagte Astraea zu Nyte.

Er blickte sie an, und für einen Moment wurde sein kalter Blick weich. »Ich werde dich nicht mit ihm alleine lassen, wenn er so drauf ist. Ich konnte deine Angst spüren.«

»Du bist derjenige, der Angst und Schrecken in dieser Welt verbreitet«, fauchte Auster.

Noch nie hatte Astraea ihn so wütend gesehen. Er schien fast zu zittern vor Hass.

»Das mag sein, aber nie in ihr.«

»Lügner.«

»Dein Leugnen verwandelt sich langsam in Wahnsinn. Akzeptier es einfach, Nova: Sie hat sich für mich entschieden.«

Nyte streckte den Arm aus, um ihn Astraea um die Taille zu schlingen, doch ein blauer Blitz, begleitet von Austers Wutschrei, zuckte auf sie zu. In Windeseile wurde der Schlüssel in Astraeas Hand zu einem Stab, um Austers Angriff abzuwehren, doch Nytes sternenerfüllte Dunkelheit war schneller.

Dann, bevor sie einschreiten konnte, waren die beiden in einen brutalen Kampf verwickelt, Blitze gegen Dunkelheit.

Die Situation war von schlimm zu verdammt katastrophal mutiert. Sie musste sie aufhalten, doch sich einfach dazwischenzuwerfen wäre tödlich. Astraea knurrte leise, wütend auf alle beide und diese alberne Zurschaustellung von Dominanz. Darauf, dass die beiden sie benutzten, um diese Fehde anzuzetteln.

Sie ließ ihre Flügel erscheinen und hüllte sich in eine Lichtkugel. Dann flog sie von oben zwischen die beiden Kämpfenden und wappnete sich dagegen, das volle Ausmaß ihrer jeweiligen Kräfte zu spüren, die von beiden Seiten auf ihren magischen Schild einprasseln würden. Der Ansturm der Dunkelheit ließ sofort nach, doch die Blitzmagie wurde nur noch stärker. Sie musste die Füße in den Boden stemmen und sich ganz auf Auster konzentrieren, um die brutalen blauen Stromstöße abzuwehren, die über ihre Lichtkugel zuckten.

Sie wollte ihm nicht wehtun, doch er hörte einfach nicht auf.

War er so in seinem Hass versunken, dass er sie nicht wahrnahm? Bemerkte er nicht, dass er mittlerweile gegen das Licht kämpfte und nicht mehr gegen die Dunkelheit?

Sie sah nur einen Weg, seinen Fokus zu brechen. Sie senkte ihren Schild und ließ zu, dass Austers nächster Blitz sie in die Brust traf und durch die Luft schleuderte.

Nyte fing sie auf, doch Astraea konnte ihn kaum spüren, weil ihr Körper immer noch von den Überresten der Elektrizität in ihr geschüttelt wurde. Als die letzten Schockwellen abebbten, schnappte sie keuchend nach Luft. Es fühlte sich an, als hätte sie minutenlang den Atem angehalten.

Nyte murmelte ihr beruhigende Worte ins Ohr und strich ihr das Haar aus dem Gesicht, während sie wieder zur Besinnung kam.

»Astraea, das wollte ich nicht …« Auster klang aufrichtig, und sie gab ihm nicht die Schuld.

Sie setzte sich auf und akzeptierte Nytes Hilfe beim Aufstehen. Seine Wut war deutlich spürbar, und sie hatte Angst, dass er jeden Moment einen neuen Angriff starten würde.

»Du musst verschwinden«, sagte sie.

Verzweiflung trat in Austers Blick, doch Astraea blickte Nyte an, für den die Worte bestimmt gewesen waren.

Ein Muskel in seinem Kiefer zuckte.

»Ich glaube nicht, dass ich dazu körperlich in der Lage bin, solange er noch atmet«, sagte er in Gedanken zu ihr.

»Ich muss mit ihm reden. Versuchen, die Sache zu klären. Er wird mir nicht wehtun.«

»Das hat er schon.«

»Weil ich es zugelassen habe.«

Nytes Widerstand schmerzte sie. Dennoch gab er nach. Allerdings nicht, ohne Auster einen warnenden Blick zuzuwerfen.

»Wenn du ihr auch nur ein Haar krümmst, werde ich diese Provinz niederbrennen und dich in die Flammen werfen.«

Na toll, die Worte würden Astraea nicht gerade dabei helfen, seine Unschuld und Güte zu beteuern.

Schließlich hob Nyte sanft eine Hand an ihr Gesicht und strich ihr kaum merklich über die Wange, bevor die Leere sich hinter ihm öffnete und er hineintrat.

»Wenn ich dich nicht in einer Stunde im Glockenturm sehe oder erneut auch nur den Anflug von Angst in dir bemerke, komme ich dich holen.«

Mit diesen Worten verschlang die Dunkelheit ihn. Ihr Herz sehnte sich danach, ihm zu folgen, doch es wollte auch gerne die Beziehung zu Auster kitten.

Sobald sie allein waren, wandte sie sich zu ihm um und fiel ihm quasi in die Arme. Erleichterung machte sich in ihr breit. Sie konnten es schaffen. Sie glaubte fest daran, dass ihre über Jahrzehnte gewachsene Freundschaft das alles überleben würde.

»Ich wollte dir nicht wehtun«, murmelte er an ihren Haaren.

»Das weiß ich«, flüsterte sie.

Doch sobald die Worte ihren Mund verließen, war sie sich nicht mehr sicher, ob sie sie wirklich glaubte. Sie hatte die gesteigerte Kraft seiner Angriffe gespürt, sobald er statt gegen

Nytes Dunkelheit gegen ihr Licht gekämpft hatte. Am liebsten hätte Astraea all die furchtbaren Gedanken einfach beiseitegeschoben, doch es war, als drängten sie sie dazu, in Erwägung zu ziehen, dass …

Könnte Auster, dieser Mann, den sie liebte und respektierte, der fast ihr ganzes Erwachsenenleben lang ihr Freund gewesen war … könnte er ihr wirklich schaden wollen?

27

Astraea

Nachdem Nyte mich zurück zu Nadirs Haus gebracht hatte, hatte ich das Bett ein paar Tage lang nicht verlassen. Nicht die Wunden an meinem Körper hinderten mich daran, sondern der Schmerz in meiner Seele, der nach meinem Kampf mit Auster noch immer in mir tobte.

Du warst mein Ein und Alles.

Austers letzte Worte quälten mich. Sie brachen mir das Herz, obwohl mir gleichzeitig bewusst war, dass jede einzelne seiner Taten in krassem Gegensatz dazu gestanden hatte.

Niemanden hatte er so sehr verletzt wie mich. Und gleichzeitig hatte er niemanden so geliebt wie mich.

Nein, das stimmte nicht. Er hatte *mein Potenzial* geliebt, nicht mich, sonst hätte er mich nicht verraten.

Jedenfalls waren das die Gedanken, die in meinem Kopf ihr Unwesen trieben.

Lilith half mir mit meinen Verletzungen, und mittlerweile war die Stelle, wo das spitze Holzteil mich aufgespießt hatte, so gut wie geheilt. Was die kleine Stichwunde anging, die der Dolch mit Nytes Blut daran mir zugefügt hatte … Die Adern um die Einstichstelle hatten sich dunkelgrau verfärbt, und wir wussten alle, dass es nur eine Frage der Zeit war, bis sein Blut mein Herz erreichen würde.

Jemand betrat das Zimmer. Ich drehte mich nicht um, sondern starrte weiter auf der Seite liegend aus dem Fenster. Auch wenn mir klar war, dass ich mich nicht viel länger meinem Kummer hingeben konnte.

»Hey, Stray«, sagte Zath sanft.

Beim Klang seiner Stimme stiegen mir Tränen in die Augen, und als das Bett auf der anderen Seite einsank, drehte ich mich zu ihm um, auch wenn meine Wunden dabei schmerzten. Er schenkte mir ein warmes Lächeln und lehnte sich gegen das Kopfteil des Betts. Dann streckte er die Hand aus, um mir eine Haarsträhne aus dem Gesicht zu streichen.

»Ich habe dich vermisst«, sagte ich, meine Stimme ganz heiser nach den Tagen des Schweigens.

»Natürlich hast du das. Ich bin deutlich angenehmere Gesellschaft als Nyte«, neckte er mich. »Wie geht's dir?«, fragte er dann.

Etwas an seiner aufrichtigen Frage ließ den Damm in mir brechen, hinter dem sich meine Emotionen aufgestaut hatten. Als ich leise schniefte, blickte er betroffen drein und rutschte näher heran, bis ich den Kopf auf seine Brust betten konnte.

»Ich bin wütend, dass ich traurig bin«, gab ich zu.

»Das verstehe ich.«

»Auster verdient es nicht, dass ich um ihn trauere, nach allem, was er getan hat.«

»Warum weinst du dann?«

»Weil ich die Person vermisse, die er mal war.« Damit war es endgültig vorbei. Heftige Schluchzer schüttelten meinen Körper, doch Zaths sanftes Streicheln über meinen Rücken half gegen den Schmerz. »Ich wünschte, er hätte nicht *so* werden müssen.«

»Man sollte sich nicht nach der Vergangenheit sehnen, sonst bleibt man für immer in ihr gefangen.«

»Was, wenn es meine Schuld war? Er hat sich meinetwegen selbst zerstört.«

»Wir dürfen uns nicht die Schuld für das Handeln anderer geben, auch nicht, wenn wir sie lieben. Du glaubst, du hättest ihn *reparieren* können, aber Personen sind keine Maschinen. Du hättest dich immer für Nyte entschieden, und Austers Reaktion darauf wäre niemals anders ausgefallen. Solange du diese Entscheidung nicht bereust, ist es am besten, du schließt deinen Frieden damit und lässt die Gefühle und Handlungen aller anderen los.«

»Ich könnte es niemals bereuen, mich für ihn entschieden zu haben. Niemals.«

Während ich die letzten Tage hier gelegen hatte, war ich in Gedanken immer wieder Erinnerungen an die Vergangenheit durchgegangen, wie um den Moment zu finden, an dem ich hätte wissen müssen, dass Austers Verachtung für mich groß genug war, mir den Tod zu wünschen. Die Erinnerung an den Tag, an dem ich ihm von Nyte erzählt hatte, lief quasi in Dauerschleife in meinem Kopf ab, als könnte ich so neue Details entdecken, die enthüllen würden …

Plötzlich setzte ich mich auf, auch wenn der scharfe Schmerz an meinen Rippen mich zusammenzucken ließ.

»Wo ist Nyte?«, fragte ich.

»Keine Ahnung. Er meinte nur, er wäre bald zurück, falls du fragen solltest.«

Ich schwang die Beine aus dem Bett.

»Du solltest dich noch ausruhen«, schalt Zath mich.

Doch ich war schon dabei, mich umzuziehen, zu aufgewühlt, um mir Gedanken darüber zu machen, dass Zath im gleichen Raum war. Man musste ihm jedoch zugutehalten, dass er mir sofort den Rücken zuwandte. Nachdem ich in meine Stiefel geschlüpft war, verließ ich das Zimmer, dann das Haus.

Meine Instinkte führten mich durch den umliegenden Wald, bis ich am Rand einer Klippe ankam. Der Klippe, auf der ich Nyte gefunden hatte, kurz bevor der Fluch in Kraft getreten war.

Ich blickte auf und erinnerte mich …

Am Boden lasten immer so viele Erwartungen auf mir.

Ohne meine Flügel herauszuholen, rannte ich durch den Schnee, holte ordentlich Schwung und sprang von der Klippe. Dabei stellte ich sicher, nicht mit dem Kopf voran zu springen, sondern mich im Flug zusammenzurollen.

Starke Arme fingen mich auf, und weil ich genau damit gerechnet hatte, klammerte ich mich an ihn.

Nyte war so wunderschön, mit seinen blassgoldenen Augen und seinen windgepeitschten schwarzen Haaren, dass mir einen Moment lang die Worte fehlten.

»Da bist du ja«, flüsterte ich.

»Das war sehr gewagt von dir«, sagte er.

»Wenn du mich nicht aufgefangen hättest, hätte ich meine Flügel benutzt.«

Er half mir, mich so in Eltanins Sattel zu positionieren, dass ich ihm gegenübersaß, halb auf seinem Schoß. Bevor ich ihm jedoch sagen konnte, was ich aufgrund meiner Erinnerungen vermutete, lenkte sein hoffnungsloser Gesichtsausdruck mich ab.

Er sah mir nicht ins Gesicht, stattdessen hob er den Saum meines Hemds an, um die Stichwunde zu begutachten, die Auster mir zugefügt hatte.

»Ich weiß nicht, was ich tun soll, und ich habe verdammt noch mal Angst, dich zu verlieren.«

»Vielleicht heilt es einfach. Wir wissen nicht mit Sicherheit, dass es sich weiter ausbreiten wird.«

Das war ein schwacher Hoffnungsschimmer, doch mehr konnte ich ihm im Moment nicht geben.

»Weißt du noch, wie ich nach dem Überfall im Sterben lag, wegen der mir durch den Schlüssel zugefügten Wunde, und zu dir gekommen bin?«, fragte ich ihn.

»Meine Angst in dem Moment werde ich wohl nie vergessen«, antwortete er grimmig.

Mein Herz setzte einen Schlag aus, dann zog es sich zusammen. »Ich glaube, dass Auster den Angriff auf mich befohlen hat. Ich glaube, dass er ganz genau wusste, dass ich anschließend zu einem von euch kommen müsste, um die Verbindung einzugehen. Das Ganze war ein Test.«

Nyte runzelte die Stirn. »Zu dem Zeitpunkt wusste Auster doch noch nicht von uns, oder?«

»Das dachte ich auch … Aber rückblickend ergibt es Sinn. Dein Vater muss es ihm gesagt haben, um ihn gegen uns aufzubringen und einen potenziellen neuen Verbündeten zu gewinnen, sollte er ihn brauchen. Um die Wahrheit herauszufinden, hat Auster den Überfall geplant und gehofft, dass ich zu ihm komme und er das kriegt, was er sich immer gewünscht hat: die Verbindung mit mir und dadurch Zugriff auf meinen Schlüssel und meine Macht.«

Einen Moment lang schloss Nyte die Augen. Wie um sich in Erinnerung zu rufen, dass der Auslöser seiner Wut nicht mehr am Leben war.

»Stattdessen bist du zu mir gekommen«, murmelte er. »Deine Intuition hat dich noch nie in die Irre geführt, selbst wenn die Menschen, denen du vertraut hast, Zweifel in dir gesät haben.«

Ich nahm sein Gesicht zwischen die Hände. »*Du* hast mich nie in die Irre geführt, Rainyte.«

28

Astraea

Wir flogen auf Eltanin durch die Lüfte, bis unsere Sorgen uns leicht genug vorkamen, dass wir das Gewicht des Bodens wieder ertragen konnten. Jetzt lagen wir in der Badewanne in unserem Zimmer in Nadirs Haus, Nytes Wärme an meinem Rücken. Seine nackte Haut kam mir wie ein Schild vor gegen die Leere, die sich stets in mein Inneres zu schleichen drohte.

Mit langsamen, bedachten Bewegungen malte er Muster auf meine Arme, wodurch ich eine Gänsehaut bekam – nicht, weil ich fror, sondern weil ich Angst hatte, das alles wäre vergänglich, ein flüchtiger Augenblick, der jeden Moment vorbei sein könnte.

Jedes Streicheln seiner Fingerspitzen fühlte sich wie ein Versprechen an, das er mir nicht geben konnte. Eine unsichtbare Verbindung, die uns jeden Tag ein Stück näher zusammenbrachte, in deren Stärke ich jedoch nicht vertrauen konnte, voller Angst, die Verbindung könnte reißen und wir erneut getrennt werden. Mein Atem stockte, als er erneut mit der Hand meinen Arm entlangstrich. Seine Anwesenheit war so greifbar, so echt, und doch beteuerte mir ein verletzlicher Teil in mir, dass es nicht von Dauer sein würde. Er war mir schon so oft genommen worden.

Bereits vor Tagen hatte Nyte seinen Vater aufgesucht, und auch wenn seine Erzählungen mir Angst machten und ich wütend gewesen war, dass er so kurz nach seiner Rückkehr sein Leben aufs Spiel gesetzt hatte … in diesem Moment konnte ich nicht anders, als dankbar für seine Anwesenheit zu sein.

»Wie soll ich das Zephyr nur beibringen?«, flüsterte ich in Gedanken an Katerina, diese mutige und ermutigende Person, die mir so viel Hoffnung geschenkt hatte, als wir gemeinsam in der Festung von Alisus gefangen gewesen waren.

»Wir machen es gemeinsam«, sagte er.

Mehr konnte er mir nicht bieten.

Je mehr er mich berührte, desto mehr sehnte ich mich danach, ihn noch fester zu halten. Zephyr hatte sein Gegenstück verloren, und er war nicht einmal dabei gewesen, hatte nicht einmal die geringste Chance gehabt, sie zu retten. Diese Tatsache schmerzte mich tief in der Seele.

»Verlass mich nicht.« Die Worte rutschten mir voller Angst heraus. »Ab jetzt machen wir alles zusammen, versprochen?«

Nyte drückte mir die Lippen auf die nasse Schulter. »Du und ich«, murmelte er an meiner Haut. »Versprochen.«

Nach einem furchtbaren Monat ohne diese echten und sanften Anteile von ihm machte die gemeinsame Zeit im heißen Badewasser das Leid, das ich dafür hatte aushalten müssen, absolut wett.

Die Wunde an meiner Seite war dank Liliths Hilfe fast vollständig verheilt. Über Austers Stichwunde hatte sich mittlerweile auch eine Kruste gebildet, doch die feinen schwarzen Adern mit Nytes Blut breiteten sich immer weiter aus, auch wenn ihr Fortschritt kaum wahrnehmbar war. Nyte bemerkte jedoch jeden Millimeter, den sie in Richtung meines Herzens krochen.

Aber davon durfte ich mich nicht ablenken lassen. Solange

ich noch Atem in der Lunge und Kraft im Körper hatte, würde ich weiterkämpfen, mit dem Ziel, die Götter endgültig zu verbannen.

Nyte presste die Lippen auf meinen Hals, und ich seufzte zufrieden. Er war die letzten Tage über so sanft und vorsichtig mit mir umgegangen, doch ich brauchte mehr Nähe von ihm, als er aktuell zuließ.

Jetzt, da ich ausreichend geheilt war, drückte ich meinen Hintern an ihn und ermutigte ihn, von mir zu trinken. Er stöhnte an meiner Kehle.

»Du wirst mich noch tief in dir spüren«, murmelte er heiser. »Aber nicht so.«

»Bitte«, bettelte ich.

»Ich brauche dein Blut nicht, und ich werde nicht riskieren, dass ich dir in deinem Zustand Schaden zufüge.«

Diese Möglichkeit hatte ich gar nicht in Erwägung gezogen, und eine weitere Welle der Wut auf den Fluch, den Auster in Gang gesetzt hatte, durchflutete mich. Nyte spürte meinen Zorn und ließ ihn schnell verpuffen, indem er eine Hand immer tiefer schob und mit den Lippen eine Spur von sanften Küssen auf meiner Schulter verteilte.

»Das mache ich auf andere Weise wieder gut, versprochen.«

Er schob eine Hand zwischen meine Beine. Als er meine Klit umkreiste und gleichzeitig mit den Fingern in mich eindrang, wölbte ich den Rücken und spreizte die Beine, so weit es die Badewanne zuließ.

Mit der anderen Hand erstickte er meinen Lustschrei, wahrscheinlich ahnte er, dass mein Höhepunkt nicht weit entfernt war.

»Willst du die anderen wissen lassen, was ich mit dir anstelle?«, fragte er neckend. »Mir ist das egal. Ich kann dich gerne loslassen und dich meinen Namen so laut hinausschreien lassen, dass das ganze Haus es hört.«

In meiner Blase der Lust hatte ich gar nicht an die anderen gedacht. Ich war froh, dass Nyte noch genug bei Verstand war und wusste, wie sehr ich mich sonst beim Frühstück schämen würde. Also biss ich ihm stattdessen in die Hand.

»Komm für mich, Starlight«, flüsterte er mir ins Ohr, dann leckte er über das Zeichen unseres Bundes.

In seinen Armen wurde ich zu explodierenden Sternen. Er hielt mich fest an sich gedrückt, während mein Körper unkontrolliert zitterte. Seine Finger glitten weiter in mich hinein, wurden jedoch immer langsamer, während ich mich erholte.

»Gutes Mädchen«, sagte er gepresst und drückte mir sanfte Küsse auf den Hals.

Auch wenn ich noch keuchte und zitterte, war ich nicht fertig mit ihm. Mit einer fließenden Bewegung drehte ich mich zu ihm um. Die Wanne war groß genug, dass ich mich auf ihn setzen konnte. Das Gefühl seines harten Schwanzes an meiner noch überempfindlichen Vulva war unglaublich, und ich musste mich am Rand der Wanne festklammern. Pure Lust legte sich auf sein Gesicht, als er meine Hüften packte und so mein Reiben an seinem Schwanz steuerte.

»Das reicht dir wohl noch nicht, was?«, stichelte er.

»Nicht mal annähernd.«

»Heute will ich es langsam angehen«, sagte er sanft.

Mit der Zunge strich er über einen meiner Nippel und stöhnte, als ich ihm die Brust für mehr entgegenreckte.

»Ich will jede einzelne Stunde mit dir genießen. Da du ja darauf bestehst, dass wir nicht noch ein paar Tage hierbleiben können, werden wir sonst wohl keine Gelegenheit mehr dazu haben.«

»Da draußen findet ein Wettrennen statt. Um die Drachen und die Schlüsselstücke.«

»Da hast du recht. Auch wenn ein Teil von mir dich immer noch davon überzeugen will, gemeinsam dem Weltuntergang zuzusehen, weil ich auch dann noch alles Wichtige hätte. Nämlich dich.«

In diesem Moment, dank seiner wunderbaren Worte und unerschütterlichen Hingabe, wusste ich, dass mein Herz jedes Mal heilen würde, egal, wodurch es verletzt würde. Solange ich wieder zu ihm finden konnte, wäre ich nie vollständig verloren. Ich bestand aus vielen Bruchstücken, doch Nyte war all das Licht und all die Dunkelheit in den Rissen, die mich zusammenhielten. So waren die unzähligen Einzelteile stärker als je zuvor.

Ich küsste ihn leidenschaftlich. Mit der Art von Kuss, die einen von innen wärmt und unsere Seelen verband.

Als unsere Münder sich wieder voneinander trennten, blieben unsere Gesichter doch nah beieinander, und ich strich gedankenverloren über die Narbe an seiner Schläfe. Die Narbe, die ich ihm zu einer Zeit zugefügt hatte, als ich dachte, er hätte mich verraten. Verletzlichkeit zeigte sich immer in den perfektesten Momenten. Die Erinnerung an das Chaos vor dem Tempel hatte eine neue Angst in mir entfacht.

»Als ich Lightsdeath war, wusste ich nicht, wer du bist. Jetzt erinnere ich mich an alles, aber in dem Moment … deine Seele war so dunkel, und ich hätte sie am liebsten einfach *geerntet*. Ich will dich nie wieder ansehen, ohne zu wissen, wer du bist, und ich habe Angst, dass ich diese neue Macht in mir nicht kontrollieren kann.«

Trotz meines Geständnisses wirkte Nyte kein bisschen besorgt.

»Ich weiß«, sagte er nachdenklich und spielte mit meinen nassen Haaren. »Aber wir haben das Ganze mit Nightsdeath schon hinter uns, und du hast mich nie verlassen. Ich werde dich auch nie verlassen, selbst wenn du mich umbringen willst.«

Seine Lippen zuckten belustigt, was auch meine Anspannung abklingen ließ.

»Ich muss dringend lernen, sie zu kontrollieren. Angesichts all dessen, was auf uns zukommt, wird Lightsdeath wieder an die Oberfläche kommen, und ich will keine Angst davor haben. Ich will nicht, dass sie ein Fluch ist. Ich will diese Macht nutzen.«

»Gut. Wir werden auf der Reise jeden freien Moment zum Üben nutzen.«

Er küsste meinen Arm, meine Brust. Nyte war so entspannt und sorglos, dass er mich damit ansteckte.

Doch dann schien ihn ein neuer Gedanke zu beschäftigen. »Ich kann mich nicht oft genug dafür entschuldigen, was du meinetwegen durchgemacht hast.«

Einen Moment lang wusste ich nicht, was er meinte, bis es mir klar wurde. »Nightsdeath ist nicht du.«

»Das stimmt nicht.«

»Doch. Wir sind nicht unsere schlimmsten Seiten. Du trägst so viel Gutes in dir, Rainyte.«

»Für dich. Aber solltest du mich noch mal verlassen … ich würde nicht nur dem Weltuntergang zusehen, ich würde ihn herbeiführen. Wenn ich Gift bin, bist du das Gegengift. Wenn ich Feuer bin, bist du Wasser. Ohne dich bin ich Zerstörung pur. Das hat sich nicht verändert.«

Ich dachte über seine Worte nach. »Wenn ich die Sterne bin, bist du die Nacht. Wenn ich die Rose bin, bist du die Ranke. Ohne dich bin ich verloren. Deshalb ist es wahrscheinlich in jedermanns Interesse, dass wir den Krieg gemeinsam gewinnen.«

Nytes Lächeln war fast schon schmerzhaft zärtlich, bevor er mich sanft küsste. Ich krallte die Finger in seine Haare und öffnete leicht den Mund, um seiner Zunge Einlass zu gewähren. Leise stöhnte ich, während unsere Atemzüge immer schneller wurden.

Als ich das nächste Mal die Hüfte nach vorne schwingen ließ, war sein Schwanz in der perfekten Position, um in mich zu gleiten. Dieses Mal konnte ich das Stöhnen nicht unterdrücken und unterbrach damit unseren Kuss.

Nyte bestrafte mich mit einem Zwicken in die Brustwarze, was jedoch den gegenteiligen Effekt hatte.

»Ich wünschte, wir wären allein, sodass du deine Lust herausschreien könntest«, sagte Nyte, die Stimme ganz rau vor Begehren.

Keiner von uns bewegte sich, während er mich ganz ausfüllte. Nyte strich mir die Haare über die Schulter, sodass er die Bissspuren an meinem Hals betrachten konnte.

»Wunderschön«, sagte er. »Ich habe dich so sehr vermisst.«

Langsam hob ich die Hüfte, wodurch das Wasser um uns herum fast aus der Wanne schwappte.

»Ich will dich ficken, aber wenn wir hierbleiben, setzen wir das ganze Zimmer unter Wasser«, sagte Nyte.

Als er mit mir auf den Hüften aufstand, keuchte ich auf und klammerte mich an ihn.

»Wir machen alles nass«, protestierte ich quietschend, als er kurz davor war, mich einfach klatschnass aufs Bett fallen zu lassen.

»Wenn du willst, dass ich dich an die Wand gelehnt vögle, musst du das nur sagen.«

Er ging auf eine andere Seite des Zimmers zu, setzte mich aber auf einer Kommode ab.

»Mach es dir selbst, für mich«, bat er und hob eins meiner Beine an, sodass ich weit gespreizt dasaß, während er mir zusah.

Hitze stieg mir in die Wangen, doch ich schob eine Hand zwischen meine Beine und rieb meine Klit.

Nyte fluchte und fuhr mit der Hand seinen Schwanz rauf und runter, die Augen fest auf jede meiner Bewegungen geheftet. Ich schob zwei Finger in mich hinein und wechselte dann immer zwischen meiner Klit und meiner Vagina hin und her.

»Das geht aber noch tiefer«, feuerte er mich keuchend an.

Beim nächsten Vorstoß schob ich die Finger bis zum Anschlag in mich hinein, woraufhin Nytes Ausdruck fast schon schmerzhafte Erregung zeigte.

Als ich meine Finger das nächste Mal herauszog, trat Nyte vor und versenkte sich vollständig in mir, ohne Vorwarnung. Die Hände hinter meinem Kopf gegen die Wand gestützt, keuchte er heftig, was meine Brust erzittern ließ. Er starrte auf den Punkt, an dem wir uns vereinten.

»Einfach unglaublich.« Langsam und tief stieß er in mich, schien zu genießen, wie perfekt wir zusammenpassten, und auch ich genoss, wie sehr er mich ausfüllte.

Vorsichtig strich Nyte über die schwarzen Adern auf meinem Bauch. Ich wünschte, ich könnte den Schmerz und die Panik auslöschen, die sein Gesicht bei dem Anblick jedes Mal überzogen. Er glitt aus mir heraus und kniete sich hin, dann drückte er den Mund auf die dunkel gefärbte Haut.

»Ich komme mit dir«, murmelte er. Das Grollen seiner Stimme strich über meinen Bauch. Dann küsste er das Ende der Verfärbung, direkt am Ansatz meiner Rippen. »Wo auch immer du hingehst, ich komme mit.«

Auch in den Tod, meinte er, auch wenn er es nicht aussprach.

Der Gedanke schmerzte mich tief in der Seele.

»Du kannst das Leben nicht so einfach aufgeben«, sagte ich leise.

Nyte saugte an meiner Brustwarze, und ich biss mir auf die Lippe. Dann küsste er mich aufs Brustbein, legte mir eine Hand in den Nacken und verschlang mich anschließend mit einem Kuss, nach dem mir ein kleines bisschen schwindelig war.

»Habe ich mich nicht deutlich genug ausgedrückt? Du bist mein Leben.«

Er versenkte sich wieder in mir, und diesmal stieß er schneller in mich. Ich klammerte mich an ihn, während er mich immer wieder küsste, um so viele der Laute, die mir entwichen, wie möglich abzudämpfen. Doch bei seinem Tempo und seiner Dringlichkeit waren schon die Geräusche der Kommode zu viel. Das schien auch Nyte zu merken, denn er hob mich herunter, stellte mich daneben auf die Füße und drehte mich um. Meine Gedanken waren so von Lust benebelt, dass ich kaum Zeit hatte, mich neu zu orientieren, bevor er meine Beine auseinanderschob.

»Leg die Hände an die Wand und drück den Rücken für mich durch«, wies er mich an.

Ich tat wie geheißen, und er verschwendete keine Zeit, sondern versenkte sich sofort wieder in mir. In dieser Position gaben wir deutlich weniger Geräusche von uns, nur seine Haut auf meiner und das lusterfüllte Keuchen, das wir, so gut es ging, zu unterdrücken suchten.

Es war eine Qual, so sehr auf die anderen ... Rücksicht nehmen zu müssen.

Als unsere Lust sich eine Zeit lang aufgebaut hatte, schlang Nyte mir eine Hand um die Kehle und testete meine Beweglichkeit, indem er mich zu sich heranzog, während mein Rücken immer noch so durchgedrückt war, dass er mich ficken konnte.

»Ich habe von dem Zuhause geträumt, das wir haben könnten. Nicht nur im Schloss. Ich würde dir ein Haus bauen, wo und wie du es willst. Ein Ort, der nur uns gehört.«

»Ja ...«, keuchte ich, nichts wollte ich mehr. »Nur uns.«

Der hoch oben gelegene Glockenturm war ein wichtiger Ort für uns beide gewesen, doch sobald wir für Frieden gesorgt hatten – und wenn ich diese tödliche Wunde überleben würde –, gäbe es keinen Grund mehr, sich zu verstecken. Ich wollte ein Haus mit Wasser und einem Wald in der Nähe. Einen privaten Ort, aber kein Versteck. Dieses Geschenk wünschte ich mir mehr als alles andere. Wir hatten es verdient.

Plötzlich zog Nyte sich zurück, und ich unterdrückte ein Wimmern, als er mich losließ.

»Ich muss dich einfach schmecken«, sagte er gepresst.

Er führte mich zum Kamin hinüber und kniete sich auf den Teppich. Ich machte es ihm nach, und er küsste mich fordernd und ausgiebig, drückte mich dabei sanft nach hinten. Er hielt kurz inne, um zwei Kissen von einem Sessel zu nehmen. Das eine schob er mir unter den Kopf, das andere unter den Hintern. Seine Fürsorge ließ mich innerlich schmelzen vor Glück.

»Denk dran, keinen Mucks. Sonst muss ich dich bestrafen«, murmelte er und schob sich tiefer.

Gierig hob ich die Hüften, in Erwartung seiner Lippen zwischen meinen Beinen.

Er tauchte die Finger in meine feuchte Vulva, und ein kehliger Laut entwich seiner Kehle.

»Du bist so feucht für mich«, sagte er und küsste die Innenseite meines Oberschenkels. »Genau so, wie ich gehofft hatte.«

Nyte leckte mich, und ich vergrub die Finger in seinen Haaren. Erst ließ er sich Zeit, reizte mich, bis ich so atemlos und geil war, dass ich mich an seinem Gesicht rieb.

»So ungeduldig«, sagte er amüsiert.

Dann verschlang er mich.

Er legte die Hände um meine Oberschenkel, um mich festzuhalten, doch ich jagte dem Orgasmus hinterher, mit zuckenden Hüften im Takt seines Ansturms. Er schob die Zunge in meine Vagina und leckte meinen Eingang. In diesem Moment konnte ich mich nicht entscheiden, ob ich seine Finger oder seinen Schwanz in mir spüren oder nur dank seiner Zunge kommen wollte.

Doch ich hatte auch keine Wahl, als er sich komplett auf meine empfindliche Klit konzentrierte und mich damit auf ein weiteres erschütterndes Finale zutrieb. Mit einem stummen Schrei umklammerte ich seinen Kopf mit den Beinen, die Hände zu beiden Seiten ausgestreckt und den Rücken durchgedrückt. Hilflos zitternd kam ich wieder zu Sinnen, während Nytes Bewegungen immer langsamer wurden.

Während der Höhepunkt noch auf meiner Haut kribbelte, stieß er mit dem Schwanz in meine enge Vagina. Es fühlte sich so an, als würde mein Orgasmus nie enden, sondern sich zu einem weiteren auftürmen, weil er die perfekte Stelle in mir traf.

»Scheiße«, keuchte er, die Stimme ganz heiser aufgrund der bevorstehenden Erlösung. »Sag, dass du mir gehörst.«

»Ich gehöre dir«, flüsterte ich und kam ihm bei jedem Stoß mit den Hüften entgegen.

Ich gehöre dir. Ich gehöre dir. Ich gehöre dir.

»Bereit, noch mal mit mir zu kommen?«

»Ja«, wimmerte ich.

»Verdammt gutes Mädchen.« Jedes Wort wurde von einem Stoß begleitet, bevor er sich mit langen, bebenden Schüben in mich ergoss.

Abrupt zog er sich aus mir heraus, ersetzte seinen Schwanz durch seine Finger und schob sein Sperma zurück in mich hinein. Dieser Anspruch, den er auf mich zu erheben schien, ließ mich erneut kommen. Er hörte nicht auf, bis ich ein zittriges, schweißbedecktes Wrack war. Währenddessen kniete er zwischen meinen Beinen und rieb seinen Schwanz, bis es vorbei war.

Als ich nach dem umwerfenden Orgasmus völlig erledigt dalag, erfüllte mich eine tiefe Freude und Liebe. So viel Liebe für Rainyte, der meinen Körper von unten bis oben mit Küssen bedeckte.

Dann stand er auf, um alle Kissen vom Bett zu holen und vor den Kamin zu legen, da ich mich noch nicht von der angenehmen Wärme entfernen wollte. Als ich die beiden dunkelvioletten Narben auf seinem Rücken sah, verkümmerte jedoch ein Teil von mir.

Ich setzte mich unter dem schwarzen Bettlaken auf, das mich nun bis zur Hüfte bedeckte, während er sich wieder zu mir gesellte und die Kissen zurechtlegte. Sobald ich seine Schultern berührte, hielt er inne.

Niemand von uns sagte etwas, doch als Nyte mir ein wenig mehr den Rücken zudrehte, sah ich das als Einladung an, die Finger darüber wandern zu lassen.

»Ich vermisse sie nicht«, sagte Nyte, als wäre das meine Sorge gewesen. »Jetzt habe ich ja viel größere Flügel. Ich bin mir noch nicht ganz sicher, ob ich das ironisch finden soll oder eher nicht.«

Er schien zu verstecken, was der Verlust seiner Flügel für ihn bedeutete. Auch wenn er jetzt mit Eltanin fliegen konnte, konnte ich mir nicht vorstellen, was für eine Leere seine fehlenden Flügel in ihm aufgetan hatten. Ich verspürte den Drang, die groben Narben zu berühren, als würden sie mich dazu auffordern, etwas über ihn herauszufinden.

Sobald ich die Finger auf eine der Narben legte, keuchte ich auf und spürte ein Ziehen in der Brust, als würde ich durch die Leere gezogen. Ich wusste nicht, wo ich war, jedenfalls nicht mehr in unserem Zimmer. Das Gefühl ähnelte dem, als meine eigenen verlorenen Erinnerungen sich einen Weg in die Gegenwart gebahnt hatten, damit ich etwas verstand, an das ich mich nicht erinnerte. Nur war es dieses Mal Nytes Erinnerung.

Ich sah eine Frau mit flammend roten Haaren, die zu schön war, als dass sie sterblich sein konnte. Sie wirkte unglaublich wütend, doch es war eine Art von Wut, die aus Schmerz erwächst. Sie erinnerte mich sehr an … Nyte.

Plötzlich war ich zurück in der gemütlichen Umgebung von Nadirs Haus, neben Nyte, der mich am Handgelenk festhielt, während das Feuer über sein besorgtes Gesicht flackerte.

»Als du bewusstlos warst … wo warst du da?«, fragte ich, ein wenig außer Atem, weil sich die Vision so verletzlich und echt angefühlt hatte.

Nyte verband mit der Frau sowohl einen starken Schmerz als auch eine starke Sehnsucht. Das Echo seiner Gefühle ließ mir Tränen in die Augen steigen.

Überraschung glättete Nytes Stirn. »Ich glaube, ich war … zu Hause. Oder zumindest mein Geist war es.«

»Wer war die Frau? Mit den roten Haaren?«

Er runzelte die Stirn und starrte ins Nichts. »Meine Mutter.«

Erschrocken zuckte ich zurück. Mehr sagte er nicht, und ich versuchte, seine Miene zu lesen, fragte mich, ob ihr Aufeinandertreffen ihn nur noch mehr verletzt oder einen notwendigen Abschluss gebildet hatte.

»Wie war sie so?«, fragte ich und strich gedankenverloren über die goldenen Zeichen auf seinem Unterarm.

»Sie war … alles, was ich hätte sein können«, sagte er in gequältem Tonfall, schien aber aufrichtig. »Ich wäre … Wenn du gestorben und nicht zurückgekehrt wärst, wäre ich wohl auf einem ähnlichen Pfad gelandet. Sie hat meinetwegen einen kontinentweiten Krieg angezettelt. Vor fünfhundert Jahren, als ich ihr entrissen wurde. Schon vorher hat sie viel gelitten, und ich vermute, mein Verlust hat ihr den Rest gegeben.«

Mein Herz zog sich zusammen, doch ich presste nur die Lippen auf seine Schulter und kuschelte mich in unserem gemütlichen Knoten verschlungener Gliedmaßen enger an ihn.

»Hast du in dieser Welt gefunden, wonach du gesucht hast?«

Ein Teil von Nyte war stets verloren gewesen, und auch wenn ich nicht wusste, wie sein Erlebnis möglich war, hoffte ich doch, dass er seine Mutter und die Welt seiner Geburt jetzt hinter sich lassen konnte, auch wenn das nicht sein Ziel gewesen war.

»Ich glaube schon«, sagte er leise. »Oder zumindest … weiß ich jetzt zweifellos, dass ich nicht dorthin zurückkehren will. Ich habe herausgefunden, wo ich herkomme, aber auch, dass der einzige Ort, an den ich gehöre, an deiner Seite ist. Wo auch immer du uns hinführst.«

Ich küsste ihn auf den Mundwinkel, und er legte mir eine Hand an die Wange.

»So wie ich zu dir gehöre. Schon immer«, flüsterte ich.

Ich kletterte auf seinen Schoß und grinste, als ich ihn unter mir spürte.

»Eventuell sind morgen früh einige unserer Freunde ein bisschen genervt von uns«, murmelte er heiser, offensichtlich mit den gleichen Gedanken im Kopf wie ich. Er schlang die Arme um mich und zog mich an seinen hart werdenden Schwanz.

»Freunde?«, wiederholte ich und küsste ihn sanft.

Aus seinem Mund war die Bezeichnung so rührend, so voller Hoffnung. Er hatte den Großteil seiner Goldenen Garde verloren. Sie waren vor seinen Augen ermordet worden, als er gerade erst begonnen hatte, sie als Freunde zu betrachten. Hoffnung breitete sich in mir aus, weil er sein Herz dennoch nicht komplett verschlossen zu haben schien.

»Eigentlich eher wie nervige kleine Nagetiere, die wir nicht mehr loswerden«, murrte er.

Ich kicherte, und Nyte lächelte. Dieser Anblick war so unglaublich kostbar.

»Ich will mehr über dein Reich erfahren«, sagte ich.

Nyte atmete seufzend aus, scheinbar in Gedanken verloren. »Das ist eine sehr lange Geschichte.«

Ich hob die Hüfte, griff zwischen uns und nahm ihn wieder in mir auf. Er grub mir die Finger in die Seiten, den einen Arm noch immer um mich geschlungen, und stöhnte, die Lippen an meiner Brust.

»Erzähl sie mir, wenn wir gewonnen haben«, flüsterte ich.

29

Astraea

Ich hockte auf dem Boden, während Nyte hinter mir auf dem Bett saß und mir die Haare flocht. Ausgiebiger als nötig und langsamer, als er es konnte, das wusste ich aus Erfahrung. Vermutlich wollte er damit meine Gedanken und mein Herz beruhigen, die sich beide am liebsten Hals über Kopf in die vor uns liegende Aufgabe gestürzt hätten. Gleichzeitig hätte ich es problemlos stundenlang in dieser bequemen Position ausgehalten.

»Du bist jedenfalls noch genauso vernarrt in meine Haare wie früher«, sinnierte ich. Beim angenehmen Gefühl seiner Finger auf meiner Kopfhaut schloss ich genießerisch die Augen.

»Erinnerst du dich an alles aus der Vergangenheit?«, fragte er, völlig in seine Beschäftigung versunken.

»Mehr oder weniger«, sagte ich, auf der Suche nach passenden Worten für das Gefühl, mich in meinen Erinnerungen sowohl verloren als auch gefunden zu haben. »Oft wirken die Erinnerungen auf mich nicht wie die eindeutige Wahrheit. Mein früheres Leben kommt mir wie ein langer, lebhafter Traum vor, an den ich mich plötzlich wieder erinnern kann. Zum Beispiel, wenn ich in diesem Leben etwas mache und mir dann wieder einfällt, dass ich es früher geliebt oder gehasst habe.«

Es hatte mich überrascht, dass Nyte heute Morgen darauf bestanden hatte, mir die Haare zu machen. Bis eine lang vergessene Erinnerung an uns im Glockenturm an die Oberfläche gestiegen war. Wie ich ihn mit seiner Fixierung auf meine Haare aufgezogen und ihn spielerisch aufgefordert hatte, dass er sich nützlich machen und sie für mich flechten solle. Er hatte seine Aufgabe *sehr* ernst genommen.

»Das muss verwirrend sein.«

»Ich erinnere mich an viele Momente mit dir. Bestimmte Aktivitäten oder Dinge, die du gesagt, und wie du mich berührt hast. Sie fühlen sich jetzt noch vertrauter an. Ich glaube, es wird sich immer so anfühlen, als hätte ich zwei Leben gelebt, aber das ist in Ordnung für mich. Ich bin bereit, mich auf dieses zu konzentrieren. Dafür zu kämpfen. Die Vergangenheit hat ein Ende genommen, das ich nicht wiederholen möchte, also muss ich besser sein als mein vorheriges Ich. Schlauer.«

»Du bist absolut perfekt«, murmelte er und drückte mir einen Kuss auf die Schläfe, ohne mit dem Flechten aufzuhören. »Damals, jetzt und für immer.«

»Da bist du allerdings ziemlich voreingenommen.«

»Wahrscheinlich würden einige Leute behaupten, du hättest auch deine Fehler. Zufälligerweise mag ich die halt.«

Nyte war jetzt mit dem letzten von vielen Zöpfen fertig, wie ich im großen Spiegel vor mir sehen konnte. Ich musste schon zugeben, dass seine Liebe zu meinen Haaren und die damit erworbenen Fähigkeiten praktisch waren.

Ich drehte mich um, stützte mich auf seinen Oberschenkeln ab und kniete mich vor ihn. »Was genau sind denn meine Fehler?«

»Du bist verdammt stur.«

»So wie du.«

»Und ziemlich rücksichtslos.«

»Sagt derjenige, der erst Leute umbringt und hinterher darüber nachdenkt.«

Sein freches Lächeln verursachte ein heftiges Kribbeln in meinem Bauch. »Du fühlst dich zu allem hingezogen, was nicht gut für dich ist.«

»Meinst du damit dich?«

Unsere Lippen waren kurz davor, sich zu berühren, als völlig unangekündigt jemand hereinplatzte.

Es war Drystan, und er sah ziemlich angepisst aus. »Ich würde ja um Entschuldigung bitten, allerdings warten wir anderen wie befohlen schon seit Sonnenaufgang unten auf euch, trotz der Lärmbelästigung, die wir die ganze Nacht über ertragen mussten.«

Sein Vorwurf machte mich sprachlos. Wir waren doch extra vorsichtig und leise gewesen letzte Nacht … oder?

Nachdem Drystan wieder verschwunden war, blickte ich mit heißen Wangen Nyte an, der jedoch unbeeindruckt wirkte. Die Situation schien ihn eher zu amüsieren.

»Ich habe dich doch ermahnt, leise zu sein«, sagte er, stand auf und griff nach meinem Umhang. Er nutzte wirklich jede Gelegenheit, um mich zu berühren, legte ihn mir um und befestigte ihn an meiner Schulter. Doch ich war zu konzentriert darauf, aus seinem anzüglichen Blick herauszulesen, was er wohl als Nächstes sagen würde. »Ich kann es kaum erwarten, dich zu bestrafen.«

Ich funkelte ihn an und knuffte ihn gegen die Brust. »Du warst auch nicht gerade leise.«

»Das ist in deiner Gegenwart auch unmöglich.«

Unten warteten schon alle auf uns. Sie saßen um einen großen Esstisch, leere Schüsseln vor sich. Die Verärgerung war deutlich spürbar. Beschämt und mit gesenktem Kopf nahm ich Zathrian gegenüber Platz.

Drystan kam mit einer großen Karte zu uns herüber, hielt dann jedoch inne und sah erwartungsvoll auf den Tisch hinunter. Nadir wedelte mit der Hand, und die Schüsseln verschwanden, sodass Drystan die Karte ablegen konnte.

»Wir sollten uns wahrscheinlich am besten aufteilen. Nachdem wir Athebyne und Edasich befreit haben, sind jetzt noch fünfzehn Tempel übrig. Athebyne war in dem einzigen Tempel in Alisus. Der blaue Drache, Edasich, war in Vesitire, womit hier nur noch zwei Tempel übrig bleiben. Ein weiterer ist im Norden, in Astrinus, und jeweils einer in Fesaris, Arania und Pyxtia, was drei im Westen macht. Die restlichen neun, und damit der Großteil, befinden sich östlich von uns, wobei sieben von ihnen hinter den Sterlingbergen in Althenia liegen«, beendete Drystan seine Ausführungen und verschränkte die Arme vor der Brust.

Suchend ließ er den Blick durch den Raum schweifen, bis er die Schachfiguren entdeckte. Er holte sie herüber und platzierte sie auf der Karte, dort, wo die Tempel sich befanden, um uns einen besseren Überblick zu geben.

»Lilith und ich können die Tempel im Westen übernehmen«, sagte Davina und nahm einen Schluck von ihrem Tee.

Lilith lächelte und nickte zustimmend.

»Rose und ich können uns die zwei hier in Vesitire vornehmen«, sagte Zath.

Auf einmal stieg mir der Duft von Zimt und Honig in die Nase, und Nyte stellte eine Schüssel vor mir ab. Von einer so einfachen Freude wie leckerem Haferbrei beglückt, lächelte ich. Noch schöner war allerdings Nytes Grinsen als Erwiderung, dessen Anblick mein Herz zum Hüpfen brachte. Keinen einzigen gemeinsamen Moment würde ich mehr für selbstverständlich hinnehmen.

»Jetzt reicht es aber mal mit dem Flirten, ob stumm oder nicht«, grummelte Drystan. »Wir haben genug zu tun.«

»Dafür müssen wir uns aber stärken«, erwiderte Nyte und setzte sich mit seiner eigenen Schüssel neben mich auf die Bank.

»Wärt ihr pünktlich gewesen, hätten wir das schon hinter uns«, argumentierte Rose.

»Also ich hätte nichts gegen ein zweites Frühstück«, mischte sich Zath ein.

Drystan ignorierte uns alle. »Ich selbst werde nach Astrinus im Norden gehen und anschließend die beiden östlichen Tempel außerhalb von Althenia abklappern.«

»Du wirst nicht alleine gehen«, sagte Nyte bestimmt.

»Ich habe nicht um deine Gesellschaft gebeten, Bruder.«

Ihre Konfrontation ließ Anspannung im Raum aufsteigen. Ich blickte mich um.

»Wo ist Nadia?«, fragte ich.

Bei meiner Frage zuckte ein Muskel in Drystans Kiefer. »Ihre Loyalität lag stets woanders«, sagte er ausdruckslos, ohne es weiter auszuführen.

Nyte sah mir in die Augen und erklärte es mir durch unsere Verbindung. *»Sie war die ganze Zeit die Augen und Ohren meines Vaters.«*

Zuerst wollte ich es abstreiten, doch Drystans Reaktion zeigte mir …

O Götter.

»Ich kann mich Drystan anschließen«, sagte Elliot. Er lehnte an der Wand, als wüsste er nicht, wie er sich in diese neue, bunt zusammengewürfelte Freundesgruppe einfügen sollte, nachdem er alle verloren hatte, mit denen er seit Jahrhunderten in der Goldenen Garde gedient hatte.

»Nichts für ungut, aber ich gehe lieber allein«, sagte Drystan.

»Das steht nicht zur Debatte«, wiederholte Nyte. »Entweder begleitet Elliot dich, oder du schließt dich Astraea und mir an. Dann schließt Elliot sich Zath und Rose an. Niemand geht alleine da raus, das ist einfach zu gefährlich.«

Nyte schien, was Drystan anging, einen starken Beschützerinstinkt entwickelt zu haben. Besonders jetzt, wo ihr Vater wieder sein Unwesen trieb. Auch wenn er wahrscheinlich abstreiten würde, dass das der Grund war, warum er ihn nicht alleine losziehen lassen wollte.

Drystan schien protestieren zu wollen, wurde zum Glück jedoch von Zath unterbrochen.

»Hast du am Tempel mit Nightsdeath ein Schlüsselstück gefunden?«, fragte er.

»Ja, aber es war kein echtes.«

»Es gibt nur fünf wahre Schlüsselstücke, ich hatte gehofft, du wüsstest, wo sie sind«, seufzte Drystan.

»So funktioniert das nicht«, sagte ich. »Der Schlüssel schützt sich selbst, indem er seine Verfolger auf die Probe stellt. Im Libertatem hat er sich an die Ideale des Königs angepasst, um ihn zu testen und seine Überzeugungen zu hinterfragen. Dass Gier, Neid, Wollust, Jähzorn und Hochmut die schlimmsten Fehler der Menschen sind.«

»Deine Waffe hat einen verdrehten Sinn für Humor«, murmelte Rose.

»Niemand weiß vorher, welche Art von Test wir jeweils durchlaufen müssen. Niemand hat es bisher versucht. In der einen Prüfung, die ich mit Nightsdeath absolviert habe, mussten wir einander vertrauen.«

Nytes Hand auf meiner Schulter drückte sanft zu, und ich legte meine tröstend über seine.

»Immerhin werden wir weitere Drachen befreien können, selbst wenn an einigen der Tempel kein echtes Schlüsselstück auf uns wartet. Ich vermute, das wissen wir eh erst, wenn du sie untersucht hast«, überlegte Drystan laut.

»Ich oder Nyte, ja. Der Schlüssel reagiert auf uns beide.«

»Die Drachen werden der entscheidende Faktor in diesem Krieg sein«, sagte Zath hoffnungsvoll.

»Außer sie verbinden sich mit einem von Austers Verbündeten, oder denen des Königs«, warf Lilith ein.

Das war eine Möglichkeit. Sobald ein Drache befreit war, konnte man nicht mehr vorhersagen, welcher Seite er sich anschließen würde. Mit Eltanin und Athebyne hatten wir Glück gehabt, doch das Leben hatte mir gezeigt, dass man sich nach einem sonnigen Tag immer auf einen drohenden Sturm vorbereiten sollte.

»Im Anschluss an den Besuch in Astrinus werden wir uns nach Althenia wenden. Dort wird es am gefährlichsten sein, und ich muss … ich muss mit Zephyr reden.«

»Was ist mit unserer Schlange von Vater und seinen göttlichen Verbündeten, die auf Rache aus sind?«, fragte Drystan mit besorgtem Blick an Nyte gewandt.

»Wir brauchen den Schlüssel, bevor wir uns ihnen stellen können. Gerade können wir nur hoffen, ihnen nicht zu begegnen, egal, was sie anrichten«, antwortete dieser.

»Das klingt gar nicht gut«, sagte ich.

Ich war zutiefst beunruhigt, weil ich den Göttern, die mich erschaffen hatten, freie Hand lassen musste, während wir auf der Suche nach der Waffe waren, die sie zerstören könnte.

»Dann lass uns keine Zeit mehr verlieren.« Drystan schnappte mir die Schüssel unter der Nase weg, als ich gerade nach dem Löffel greifen wollte.

Nyte schob mir seine zu, doch auch die griff Drystan sich blitzschnell.

»Ein paar Minuten mehr, um etwas zu essen, wird den Göttern keinen besonders großen Vorsprung verschaffen«, bemerkte Nyte, stand aber auf.

»Du hast doch früher Armeen angeführt und mehr Zeit auf dem Schlachtfeld verbracht als woanders, du solltest wissen, wie entscheidend fünf Minuten sein können.«

Nyte und ich tauschten einen Blick, weil wir plötzlich beide bereuten, dass er uns auf der Reise begleiten würde statt eine der anderen Gruppen. Ich unterdrückte ein Lächeln. Auch wenn es eigentlich nicht witzig war, konnte ich nicht anders. Vielleicht war das die einzige Möglichkeit, nicht unter dem immensen Druck der bevorstehenden Aufgabe zusammenzubrechen.

Der Abschied von den anderen vor Nadirs Haus verursachte mir Bauchschmerzen.

Ich umarmte Zath länger als sonst.

»Bist du sicher, dass es dir gut genug geht?«, flüsterte ich und hoffte auf eine Antwort, die nicht kommen würde. Eine, die ihn hier, in Sicherheit, bleiben lassen würde.

»In einem Testkampf habe ich Dornröschen besiegt …«

»Nein, hast du nicht«, unterbrach Rose ihn sofort.

»Ich hätte sie *fast* besiegt«, gab er zu und ließ mich mit einem jungenhaften Grinsen in ihre Richtung los. »Mir geht's so gut, wie es mir gehen kann. Auf keinen Fall werde ich hier herumsitzen, während ihr anderen alle eure Leben riskiert.«

Als er wieder mich ansah, verschwand sein Lächeln. Die Sorge um ihn lag mir wie ein Stein im Magen. Um ihn und Rosalind, die ich als Nächstes umarmte.

»Passt aufeinander auf«, murmelte ich.

Ausnahmsweise verzog Rose dieses Mal nicht das Gesicht oder machte eine abfällige Bemerkung. »Das werden wir«, sagte sie stattdessen.

»Wir sehen uns auf der anderen Seite«, sagte Drystan und ging ohne richtige Verabschiedung zu Athebyne hinüber.

Nyte beendete sein Gespräch mit Elliot, klopfte ihm auf die Schulter, und kurz dachte ich, sie würden sich vielleicht umarmen. Mitgefühl erfasste mich beim Gedanken an ihren Verlust. Sie hatten nicht einmal die Zeit gehabt, in Ruhe zu trauern.

Nadir hatte Pferde besorgt, auf die Davina und Lilith jetzt stiegen. Zath und Rose würden zu Fuß gehen, weil wir uns sowieso schon in Vesitire befanden.

»In spätestens zwei Wochen treffen wir uns wieder hier, selbst wenn wir nicht alle Tempel geschafft haben«, erinnerte ich alle.

Sie nickten und machten sich nacheinander auf den Weg. Ich sah ihnen nach und hatte dabei das Gefühl, als würde jede Person ein Stück meines Herzens mit sich nehmen. Nyte strich mir sanft über den Rücken und berührte mich durch unsere Verbindung, als könnte er so meine Sorgen vertreiben.

»Bevor du es dich versiehst, sind wir alle wieder beisammen«, sagte er.

Es war kein Versprechen, nur eine verzweifelte, geteilte Hoffnung.

Ehe wir aufbrachen, drehte ich mich zu Nadir um, dier Pfeife rauchend in der offenen Tür stand, trotz der Kälte nur in einen dünnen Morgenrock und eine Hose gekleidet.

»Danke für alles, was du für uns getan hast«, sagte ich, auch wenn ich damit nicht ausdrücken konnte, wie viel ich siem schuldete.

»Wenn du die Ketten brichst, wird mir das Dank genug sein, Maid. Befreie uns alle.«

Die Worte erfüllten mich mit Zuversicht, und ich nickte siem zu. Dann gingen Nyte und ich zu Eltanin hinüber, der geduldig auf uns wartete.

Zum Glück hatte Drystan schon viel Zeit damit verbracht, Drachen zu studieren, bevor überhaupt jemals klar gewesen war, dass sie zurückkehren würden. Und auch wenn es sehr viel Geld gekostet hatte, das höchst diskret von Nadir zur Verfügung gestellt worden war, hatte Drystan von einem Sattler aus Vesitire Sättel für Athebyne und Eltanin anfertigen lassen.

Nyte stieg zuerst auf, und ich folgte. Aufregung erfasste mich beim Gedanken daran, wieder auf einem Drachen zu fliegen. Ihnen wohnte irgendwie eine ganz besondere Kraft und Schönheit inne, die nicht mit meinen eigenen Flügeln vergleichbar war. Als ich mich vor Nyte setzte, zog er mich sofort so eng an sich, dass kein Raum mehr zwischen uns blieb.

»Vielleicht weigert sich Eltanin, mit uns zu fliegen, wenn du dich unanständig verhältst«, warnte ich ihn.

»Was genau meinst du?«

Ich rutschte herum, um mich besser am Griff des Sattels festhalten zu können und ihm zu zeigen, was ich meinte, woraufhin er warnend meine Oberschenkel packte, weil ich meinen Hintern an ihm rieb.

»Sicher, dass du nicht lieber vorne sitzen willst?«, fragte ich unschuldig.

»Ganz sicher.«

Ich umklammerte den Griff fester, und als Eltanin sich zur Vorbereitung auf den Abflug aufrichtete, kribbelte es in meinem Bauch. Er war so viel größer als das eine Mal, als ich während des Kampfes in der Provinz Nova kurz auf ihm geflogen war. Nyte beugte sich zu mir vor, und ich musste zugeben, dass ich ein bisschen eingeschüchtert war.

»Erinnerst du dich daran, wie du Austers Pegasus gestohlen und es mit pinker Mähne zurückgebracht hast?«, fragte Nyte, vielleicht, um mich von meinem Unwohlsein abzulenken.

Ich lehnte mich an ihn, von seinen Armen fest umschlungen, als Eltanin absprang und in den Himmel emporschoss. Bilder erschienen in meinem Kopf. Fast hätte ich gekichert, bis mir wieder einfiel …

»*Du* hast den Sternenstaub in sein Futter getan, damit seine Haare pink werden!«

»Habe ich das? Vielleicht sind meine Erinnerungen auch nicht mehr die besten.«

»Auster war wochenlang angefressen, bis die Mähne endlich wieder weiß war«, erwiderte ich, während Windböen mein Haar aufwirbelten.

»Dann übernehme ich gerne die Verantwortung dafür.«

Ich grinste und war dankbar für die Leichtigkeit, die er uns in diesem Moment geschenkt hatte. Sie fühlte sich wie ein leuchtender Schatz an in all der Dunkelheit, die vor uns lag.

Um patrouillierende Celestials zu meiden, flogen wir hoch über den Wolken. Die Luft war dünn und eisig, zwickte mir in die Wangen und ließ meine Nase taub werden. Ich zog mir die Handschuhe aus und erschuf mit zitternden Händen eine warme Lichtkugel. Seufzend zog ich sie an mich und legte Nyte eine Hand auf den Oberschenkel, um ihm auch etwas von der Wärme abzugeben. Er drückte mich an sich, und wenn man alles andere für einen Moment ausblendete, war es eigentlich sogar ganz romantisch.

»Ich dachte, das Tageslicht würde vielleicht zurückkehren, sobald du aufwachst«, sagte ich nachdenklich, während ich den Halbmond anstarrte.

Zumindest blutete er nicht mehr, der rote Schein war verschwunden.

»Ich mag die Nacht ganz gerne.«

Lächelnd schloss ich die Augen und lehnte meinen Kopf an seine Brust. »Ich auch, lieber als alles andere.«

30

Astraea

Ich hob die Hand, und mit einem magischen Flüstern schmolz der Schnee langsam von dem Drachengemälde. Das Eis verwandelte sich in kleine Rinnsale aus Wasser, die glitzernd am Stein hinuntertropften. Licht sammelte sich an meinen Fingerspitzen, tanzte wie kleine Sterne über die Oberfläche des Bildes und beleuchtete das Meisterwerk, das darunter zum Vorschein kam.

Als es endlich vollständig freigelegt war, schnappten Nyte, Drystan und ich kollektiv nach Luft. Das Gemälde war atemberaubend, die Farben unglaublich lebhaft, obwohl so viel Zeit vergangen war. Der Drache erstreckte sich in blutroten, geschwungenen Linien über den Steinboden, und die Lichtreflexion ließ es so aussehen, als stünden seine Schuppen in Flammen.

Voller Ehrfurcht standen wir vor ihm, bewunderten die Kunstfertigkeit des Künstlers und die schiere Präsenz des Wesens, das er oder sie eingefangen hatte. Um das Bild wogten kaum erkennbare Gravuren in einer uralten Handschrift wie Rauch und lockten mit Geheimnissen, die wir noch nicht verstanden. Einen Moment lang vergaßen wir die Kälte und den Schnee um uns herum. Nur der Drache zählte noch, und das seltsame, aufregende Gefühl, dass er uns beobachtete, auf uns wartete.

»Er ist rot, wie Athebyne«, sagte ich staunend und bewunderte das feurige Abbild auf dem matten, grauen Stein. »Wie viele Drachenfarben gibt es überhaupt?«

Drystan hockte sich hin und ließ eine Hand über eins der langen, geschwungenen Hörner auf dem Kopf des Drachen gleiten. »Am Anfang der Welt war das Chaos. Sturm, Feuer, Wind, Meer und Dunkelheit kämpften miteinander. Aus jedem Element wurde eine Kreatur geboren, die die Natur dieses Elements verkörperte. Der Drache mit feuerroten Schuppen und einem Atem so heiß wie die Sonne. Der Drache mit Schuppen so graublau wie Tanzanit und einem blitzerfüllten Sturmatem. Der Drache mit Schuppen wie der Wald und einem Atem aus tödlichen Windstößen. Der Drache, der aus Wasser zu bestehen schien und ganze Inseln überfluten konnte. Und dann die gefiederten Drachen, die über die anderen herrschen sollten, schwarz oder weiß, mit Atem aus Sternenfeuer, das einem Menschen alle Sinne rauben und jegliches Leben verrotten lassen konnte. Die anderen Drachen unterwarfen sich ihnen, weil die Celestialen Drachen mit ihrer Magie allen anderen lebenden Wesen ihre Magie nehmen konnten.«

Nach seiner Beschreibung stellte ich mir die verschiedenen Drachen vor und auch die Zeit, in der es Unzählige von ihnen auf dieser Welt gegeben hatte. Jetzt gab es, wenn Drystan recht hatte, nur noch achtzehn von ihnen, wenn wir sie alle befreiten.

»Wie ging das Zeitalter der Drachen zu Ende, wenn ihre Macht so unvergleichlich ist?«, fragte Nyte, der mit verschränkten Armen dastand und genauso fasziniert von der Geschichte schien wie ich.

»Aus dem gleichen Grund, aus dem jedes Reich eines Tages zugrunde geht«, sagte Drystan im Aufstehen. »Habgier und Neid. Diejenigen, die keinen Drachen an sich binden konnten, begannen, sie zu jagen. Drachenschuppen, ihr Blut und ihre Knochen – all das konnte für sehr mächtige, dunkle Magie und

Arzneien verwendet werden. Ein Bürgerkrieg brach aus, alle gegen alle. Es war ein riesiges Blutbad, bis jemand namens Meister Decotu, zusammen mit siebzehn anderen Magiern und Magierinnen, die Drachen in diesen Gemälden versteckte, um ihr Erbe zu schützen. Er und die anderen starben dabei, und nur sein eigener weißer Celestialer Drache, Fesarrah, blieb übrig. Sie sollte das Ei legen, das der Legende nach die anderen Drachen befreien sollte, wenn die Königin der Könige an der Macht wäre.«

Sein letzter Satz erinnerte mich an etwas. Ich hatte diesen Ausdruck schon einmal gehört. Cassia hatte von der *Königin der Könige* gesprochen, wie von einer ihrer Lieblingsgeschichten.

»Wir werden ihn befreien, sobald wir das Schlüsselstück haben«, sagte Nyte und wandte sich als Erster vom Gemälde ab und dem Tempel zu.

Drystan verweilte auch nicht länger und folgte ihm, doch ich zögerte, einen Moment lang in meinen eigenen Gedanken gefangen, die noch von dem Wunder und der Grausamkeit der Geschichten über die Drachen erfüllt waren.

»Astraea«, rief Nyte.

Ich riss den Blick von dem roten Drachen los und ging auf ihn zu, kam aber nur ein paar Schritte weit, bevor ich in eine Wand aus Energie lief, die mich ein gutes Stück zurückwarf. Nyte kam sofort auf mich zu, doch auch er konnte nicht zu mir gelangen.

Wir waren getrennt worden.

»Sieht so aus, als sollten nur wir beide uns dieser Prüfung stellen, Bruder«, sagte Drystan.

Nyte und ich tauschten einen besorgten Blick. Sein Kiefer war angespannt, als würde er darüber nachdenken, wie er die Wand zwischen uns zerstören könnte.

»Ich komme schon zurecht«, versuchte ich, ihn zu beruhigen.

»Hier«, sagte Drystan. Ich konnte kaum sehen, was er mir zuwarf, bevor ich es auffing. Die Phiole mit Eltanins Tränen. »Befrei den Drachen, während wir dein Schlüsselstück besorgen.«

Die Phiole segelte ohne Widerstand durch die Wand aus Energie, aber als ich vorsichtig die Finger nach dem Schleier ausstreckte, spürte ich wieder das elektrische Kribbeln unter der Hand.

Wie nervig, dass ich den spannendsten Teil verpasse.

»Du weißt, wie du mich erreichst«, sagte Nyte leise, offensichtlich unglücklich darüber, mich hier zurückzulassen.

Ich lächelte ihm ermutigend zu. »Ja. Lass uns das Ganze nicht mehr als nötig in die Länge ziehen. Geh. Ich warte hier.«

Er nickte gequält, drehte sich dann um und ging auf den Tempel zu, der kleiner war als die, die ich bisher gesehen hatte. Nur ein gleichförmiger Kasten mit einer Öffnung, die hinabzuführen schien.

Als Drystan im Inneren verschwand, drehte sich Nyte noch einmal zu mir um. *»Benimm dich«,* sagte er in Gedanken zu mir.

»Das gilt auch für dich. Versucht bitte, euch nicht gegenseitig umzubringen.«

Als ich seine Berührung durch die Verbindung spürte, wie ein sanftes Streicheln über meinen Rücken, erzitterte ich. Dann war ich allein und seufzte tief. Doch sobald mein Blick auf die Phiole in meiner Hand fiel, war mein Missmut darüber, hier zurückgelassen worden zu sein, verflogen, und ich wandte mich wieder dem Gemälde zu.

Gespannt bereitete ich mich darauf vor, ein weiteres wunderbares Wesen in diese Welt zu holen. Was für eine Ehre!

»Ach, meine Liebe«, erklang eine vertraute Stimme voller Resignation hinter mir.

Als ich herumwirbelte, fiel mein Blick auf Katerinas blondes Haar und blaue Augen, und Freude erfüllte mich. Bis ich im nächsten Augenblick auch schon erstarrte.

Eine Welle der Angst ließ meine Knie ganz weich werden.

Wenn Nyte und Drystan die Wahrheit gesagt hatten … Wenn ihr Vater es wirklich geschafft hatte …

Je länger ich in das Gesicht meiner Freundin blickte, desto mehr Bestätigung fand ich: In ihren Augen entdeckte ich nichts Vertrautes.

»Morgengrauen«, sagte ich ungläubig.

»Hast du dich so sehr von mir entfremdet, dass du mich nicht länger Mutter nennst?«

Der Ausdruck lief mir eiskalt den Rücken hinunter.

»Die Anrede verdienst du nicht. Du bist eine gnadenlose, gefühlskalte Gottheit, mehr nicht.«

»Gnadenlos? Alles, was ich getan habe, ist, die perfekte Welt zu erschaffen. Ich habe *dich* erschaffen, das größte Geschenk für die Menschheit, und du hast entschieden, ein Ungeheuer zu lieben. Nicht *ich* bin es, die gnadenlos ist, mein Kind.«

»Was hast du mit Katerina gemacht?«, fragte ich.

Meine Hände waren zu Fäusten geballt und zitterten, und ich musste zugeben, dass meine Angst bei dieser unerwarteten Begegnung größer war als mein Mut.

»Momentan ist sie noch in dieser Hülle. Je nachdem, wie lange ich bleiben muss, wird sie entweder sterben, oder es wird noch genug von ihr übrig sein, um wieder aufzuwachen, wenn ich in mein eigenes Reich zurückkehre. Man könnte also sagen, ihr Leben liegt in deiner Hand.«

»Was willst du?«

»Durch deine Abmachung mit dem Tod hast du die Verbindung zu uns, deinen Elterngöttern, gekappt. Wir können nicht zulassen, dass eine weitere Kreatur der Dunkelheit die perfekte Ordnung bedroht, die wir wiederherstellen wollen.«

»Du bist hier, um mich zu töten?«

»Erinnerst du dich daran …?«, begann sie, ohne auf meine Frage einzugehen.

Mein ganzer Körper begann zu kribbeln, und Panik stieg in mir auf.

»Als du nichts als Sternenstaub warst?«

Meine Hände wurden warm, ganz ohne mein Zutun, und als ich sie hob, leuchteten sie leicht. Panik ergriff mich, als sich meine Fingerspitzen langsam in Partikel aus Sternenstaub verwandelten.

»Aufhören. Bitte«, flehte ich und blinzelte heftig, in der Hoffnung, es sei nur ein grausamer Trick.

Sie konnte mich nicht zurück zu den Sternen schicken!

»Du existierst nur wegen Abendrot und mir. Du bist nichts anderes als kosmische Energie.«

»Das stimmt nicht«, krächzte ich.

»Du bist keine Sterbliche. Du bist nicht mal eine Celestial. Du bist eine Göttin und gehörst nicht zu den anderen hier. Das weiß ich jetzt. Es war die falsche Entscheidung, dich herzuschicken, als Beispiel für alle anderen, an dem sie sich orientieren sollen.«

Meine Hände waren verschwunden, und nun begannen auch meine Arme, sich aufzulösen. Der glitzernde Staub flog gen Himmel, und ich sah entsetzt dabei zu, während ich den Sog der Sterne spürte.

Ich darf nicht zurückgehen. Ich darf nicht zurückgehen.

Das hier ist nicht echt.

Ich kniff die Augen zusammen, aber das schwache Brennen, das meine Arme emporkroch, ließ nicht nach.

Verzweifelt versuchte ich, in mich zu gehen und nach Nyte zu rufen, doch sobald ich daran dachte, explodierte ein Feuer in meiner Brust, und ich sank weinend zu Boden.

Sie wird nicht gewinnen. Ich werde nicht zulassen, dass sie mich auf das reduziert, was sie in mir sieht.

»Ich bin mehr als Sternenstaub. Ich bin mehr als nur kosmische Energie«, flüsterte ich mir selbst zu. Verzweifelt biss ich die

Zähne zusammen und öffnete die Augen, um Morgengrauen mit einem tödlichen Blick zu bedenken. »Ich bin mehr als das, zu dem ihr mich machen wolltet.«

Durch das Pochen des Adrenalins in meinen Adern hörte ich ein lautes Krächzen, direkt gefolgt vom Anblick eines großen Raben, der auf Morgengrauen herabstieß. Als er ihr mit den Krallen die Wange aufschnitt, schrie sie auf. Staunend beobachtete ich den Vogel. Ein glänzender Rabe, zu groß, um natürlichen Ursprungs zu sein, und die Art und Weise, wie er mir half …

Er war ein Schutzgeist.

Ich hatte den Panther getroffen, den manifestierten Geist zweier meiner Hüter – Menschenfrau und Nachtwandler –, im Heiligtum des Schweigens. Dann erinnerte ich mich an die Schlange im Labyrinth. Sie war das Geisterwesen eines anderen Hüterpaars gewesen, der Seelenlosen und des Fae. Beim Anblick des dritten Wesens, das zu der Schattenlosen und dem Celestial gehörte und mir nun half, traten mir Tränen in die Augen.

Wieder und wieder stieß der Rabe hinab, und ich nutzte die Ablenkung, um in meine Magie einzutauchen. Sie schoss durch meine Adern, über meine Arme und in meine Hände, die nun wieder aus Fleisch und Blut bestanden.

In diesem Reich mochte ich zwar aus Haut und Knochen und damit verletzlich sein, doch ich wollte nirgendwo anders sein.

Licht sammelte sich in mir, und ich atmete tief ein, führte Lightsdeath in Versuchung, ohne ihr die volle Kontrolle zu überlassen. Ein heller Wirbelsturm drehte sich zwischen meinen Händen, und ich ließ ihn nach vorne schießen, schleuderte ihn auf Morgengrauen, jedoch nicht mit genug Wucht, um sie zu töten. Katerina war noch am Leben, und ich klammerte mich an die Hoffnung, dass ich sie irgendwie retten konnte, auch wenn ich Morgengrauen umbrachte.

Als der Schnee und der Wind sich legten, stand ich keuchend da.

Morgengrauen war verschwunden.

Ich stürzte nach vorne, sah mich hektisch um, doch anders als erwartet war Katerinas Körper nirgendwo zu sehen.

Nur der Rabe war noch da und landete krächzend auf einem Ast.

»Es gibt einen zu großen Feind, als dass du dich auf diejenigen konzentrieren solltest, die von den Schwächen der Sterblichen in die Irre geführt wurden«, sagte der Rabe.

Ich nahm seine Worte wie ein Lied in meinem Kopf wahr statt mit den Ohren.

»Was soll das heißen?«, fragte ich und ging einen Schritt auf ihn zu, verzweifelt auf der Suche nach jeglicher Art von Führung in der Frage, wie ich mich meinen zahlreichen Widersachern entgegenstellen sollte.

»Du weißt genau, was ich meine, Maid. Dein Herz ist so menschlich wie das aller anderen Sterblichen in diesem Land. Es trifft egoistische Entscheidungen und sieht weg, wenn es andere verletzt. Du kannst vergeben und nie vergessen, aber wenn du vergisst, wirst du niemals vergeben.«

»Warte …!«

Doch der Rabe verschwand zu schnell.

Wie erstarrt drückte ich mir eine Hand auf die Brust, in der jeder seiner sich entfernenden Flügelschläge schmerzhaft widerzuhallen schien.

Ich musste daran denken, dass sie nicht mehr meine Hüter waren. Sie gehörten jetzt in ihr eigenes Reich und schuldeten mir nichts mehr. Auch wenn ich mich danach sehnte, nach Alisus zurückzukehren und sie noch einmal in ihrer sterblichen Form zu sehen, jetzt, wo ich meine Erinnerungen wiederhatte.

Eine Träne lief mir über die Wange. Ich wischte sie weg,

dann wandte ich mich wieder der Aufgabe zu, die ich zu erledigen hatte.

Der Drache stärkte meine erschütterte Entschlossenheit, selbst in seiner regungslosen, stummen Form. Es gab keinen besseren Verbündeten als ihn, aber auch keinen tödlicheren Feind.

Wie bei jedem Drachen, den wir befreiten, blieb auch bei ihm unklar, mit wem er sich verbinden, auf welche Seite er sich schlagen würde.

31

NYTE

Was, wenn der einzige Ausweg darin besteht, dass einer von uns den anderen umbringt?«, überlegte Drystan laut und brach damit die unheimliche Stille, die uns auf unserem Abstieg in die Dunkelheit begleitete.

»Dann war es schön, dich gekannt zu haben. Ich kann nicht umgebracht werden«, antwortete ich ausdruckslos.

»Ich könnte Astraeas Blut dabeihaben.«

»Hast du aber nicht.«

»In einer fest verschlossenen Flasche würdest du es nicht riechen.«

»Würde ich wohl.«

Drystan schnaubte verärgert. »Ist das alles, was du zu sagen hast?«

»Ich verschwende meine Zeit nur ungern mit rein theoretisch möglicherweise benötigten Abschiedsworten.«

»Das Ganze haben wir ja irgendwie auch schon hinter uns.«

An diesen schrecklichen Moment wollte ich nicht erinnert werden. Kurz nachdem ich von Drystans und Astraeas geheimem Plan erfahren hatte, war ich dem Fluch erlegen. Als sie ihm die Klinge des Sturmsteindolches in die Brust gerammt hatte … hatte ich es für echt gehalten. Dass sie ihn umgebracht hatte.

Die Erinnerung ließ die Wut über ihre Täuschung in mir hochkochen, die ich bisher noch an keinem von beiden hatte auslassen können.

»Nächstes Mal werde ich mir meine Worte sparen.«

»Du musst zugeben, der Plan, Astraea vom Tod verwandeln zu lassen, war genial.«

»Er war dumm und ohne jegliche Garantie. Du hättest es verdient, endgültig tot zu sein.«

Der Gedanke allein schmerzte mich insgeheim tief, doch das würde ich nicht preisgeben.

»Stimmt wahrscheinlich, aber hey, ein paar Tricks müssen wir schließlich von unserem Vater gelernt haben, oder? Wenn hier einer in diesem götterverdammten Land wirklich unsterblich ist, dann wohl dieses Arschloch.«

Ich brummte zustimmend und war völlig zufrieden damit, wieder Stille einkehren zu lassen. Die Treppe wollte einfach kein Ende nehmen.

»Hast du dir jemals ausgemalt, wie du es anstellen würdest …?«, fragte Drystan, nun mit leiser Stimme aufgrund des düsteren Themas. »Wie du ihn umbringen würdest, wenn er direkt vor dir stehen würde?«

»Um ehrlich zu sein, nein. Ich stelle mir immer vor, dass wir in dem Moment keine Zeit hätten, darüber nachzudenken, und hoffe, dass es stimmt.«

Angespannte Stille machte sich zwischen uns breit.

»Manchmal wünschte ich mir, dass wir mehr Zeit hätten«, gab er zu. »Um ihn nach dem *Warum* zu fragen, aber dann … weiß ich selbst nicht so genau, was ich wissen will. Warum war er so grausam? Warum konnte er nicht mit dem zufrieden sein, was er hatte? Warum konnte er uns nicht einfach lieben?«

Ich mochte es nicht besonders, die Gefühle anderer mit mir herumzutragen, doch bei Drystan und Astraea blieb immer ein

Echo ihrer Emotionen in mir hängen, der guten wie der schlechten.

»Die Wahrheit ist oft schmerzhafter als die Ungewissheit.«

»Willst du nicht, dass die Ungewissheit ein Ende hat?«

»Wir sind schon lange Waisen, Drystan. Das ist alles, was ich wissen muss. Es gibt kein *Warum,* das diese Tatsache ändern oder sie auch nur leichter aushaltbar machen könnte. Ich bin einfach nur froh, dass du … dass trotz allem, was er mit dir angestellt hat, du nicht so geworden bist wie er.«

Drystan schwieg eine Weile.

»Du meintest, dass er einen weiteren Sohn hat«, sagte er schließlich. »Das heißt, ich habe noch einen Halbbruder?«

»Hattest«, korrigierte ich ihn mit einem Ziehen in der Brust. »Als ich vom Fluch gefangen war, hat mein Unterbewusstsein mich an den Ort getragen, von dem ich komme. Nachtwandern, in seiner unglaublichsten Form – die Fähigkeit kommt von dort. In diesem anderen Reich habe ich unseren Halbbruder gesehen, aber er wusste nicht, wer ich bin. Ich hatte immer Angst, dass du oder ich uns unter dem Einfluss unseres Vaters verändern könnten, zu einer bestimmten Art von Person werden könnten. Er ist so eine Person geworden. Das Ironische daran ist, dass gerade die Abwesenheit unseres Vaters unseren Halbbruder, Malin, dazu gebracht hat, zum Bösewicht zu werden, für sich selbst und seine Welt. Ich glaube, gerade weil er verlassen wurde, wollte er sich beweisen. Wir hingegen haben unseren Vater gesehen und uns gedacht, dass wir niemals so enden wollen. Warum sollten wir ihm also gefallen wollen?«

Einen Moment lang dachte Drystan schweigend nach. »Wahrscheinlich sind wir gar nicht mal so schlimm«, sagte er schließlich.

Endlich erschien ein Licht am Ende des Tunnels, doch als ich es sah, musste ich mich dazu zwingen, nicht davor zurückzuweichen. Wir landeten direkt in einer perfekten Kopie des Wohnzimmers unseres alten Zuhauses.

»Bleib dicht bei mir«, sagte ich, doch die Worte lagen mir schwer wie Blei auf der Zunge.

Mit meinem nächsten Schritt nach vorne überkam mich eine Welle des Schwindels, plötzlich und heftig. Ich blinzelte und stützte mich auf der Lehne eines Stuhls ab.

Bleib dicht bei mir.

Bleib dicht bei mir.

Meine Worte hallten durch den Raum, verspotteten mich.

Als ich mich aufrichtete, starrte ich auf das quälend vertraute Muster des beige-roten Teppichs vor mir. Dann hörte ich ein unterdrücktes Schniefen neben mir, wagte einen Blick zur Seite und sah eine jüngere Version von Drystan, die mir gerade einmal bis zur Schulter reichte. Seine Augen waren rot gerändert, und seine Unterlippe bebte.

Mir fiel wieder ein, warum er so niedergeschmettert war, und im nächsten Moment sah ich ein Stück vor uns auf dem Teppich den Hund mit dem gebrochenen Genick.

»Du hättest dich selbst trainieren sollen, nicht diesen kümmerlichen Köter«, fauchte Vater, außer sich vor Zorn, weil er meinen jüngeren Bruder mit dem Tier entdeckt hatte.

Ich biss die Zähne zusammen und erinnerte mich an seinen kaltblütigen Befehl von vor wenigen Sekunden. Unser Vater hatte Drystan befohlen, den Hund umzubringen, doch das hätte er nie über sich gebracht. Stattdessen hatte er sich zu dem Biest gehockt und es an sich gezogen, während der Hund fröhlich mit dem Schwanz auf den Teppich geklopft hatte, ohne zu ahnen, wie nah der Tod war. Ich hatte danebengestanden und dabei zugesehen, wie der Geduldsfaden unseres Vaters immer dünner geworden war. Wahrscheinlich hätte Vater Drystan so lange geschlagen, bis er sich gefügt hätte. Selbst damals wusste ich, dass Drystan es nie über sich gebracht hätte, den Hund umzubringen, sein Herz war noch zu rein und unschuldig gewesen.

Also war ich in den Kopf des Hundes eingedrungen und hatte einen schnellen, schmerzlosen Genickbruch befohlen. Das Gebrüll unseres Vaters und Drystans Protestschreie hatten sie beide genug abgelenkt, dass ich es problemlos so hatte aussehen lassen können, als hätte Drystan gehorcht.

Falls unser Vater es durchschaut hatte, sagte er nichts. Immerhin war *ich* sein Auftragsmörder.

Der Blick absoluten Entsetzens und Verrats, den Drystan mir, den schlaffen Körper des Hunds in den Armen, anschließend zugeworfen hatte, würde mich noch jahrelang verfolgen.

»Nichts in der Welt ist es wert, dass man deswegen heult. Solltest du auch nur eine einzige Träne vergießen, werde ich dich echten Schmerz spüren lassen.«

Man musste Drystan zugutehalten, dass er anschließend in Vaters Anwesenheit keine einzige Träne mehr vergossen hatte, obwohl sein Leid deutlich spürbar war. Als Vater gegangen war, rührte Drystan sich nicht von der Stelle, und ich konnte ihn nicht allein lassen. Also standen wir gemeinsam dort und ließen die Trauer langsam über uns hinwegrollen. Ein Teil von mir fühlte mit ihm, mit seinem verletzlichen Herzen.

»Alles, was du liebst, ist es wert, dass du es beweinst«, sagte ich schließlich. »Unser Vater hat nie etwas geliebt.«

»Ich hasse dich«, sagte Drystan, drei Worte, die mich auch durch meinen Schutzschild der Gefühlskälte hindurch trafen. Er richtete seinen gebrochenen, jetzt mit Wut durchsetzten Blick auf mich, dann fiel die erste Träne.

»Hass … das wiederum ist etwas, das dich nur verletzen wird, wenn du nicht einen Weg findest, ihn in eine Waffe zu verwandeln.«

»Du klingst genau wie Vater«, fauchte er, das Gesicht zu jung, um derartige Schmerzen zu spüren.

Mit diesen Worten stürmte Drystan aus dem Raum und warf die Tür hinter sich zu. Ich versuchte nicht, es abzustreiten. Ich hielt ihn nicht auf. Ich tröstete ihn nicht.

Vater gab die Befehle, ich führte sie aus.

Wir *waren* ein und derselbe.

Immer ein und derselbe.

Das war mir so lange nicht klar gewesen, dass es mir in dem Moment so vorkam, als hätte Drystan seine kleine Hand in meinen Brustkorb gestoßen und mir das schwarze Herz herausgerissen.

Es war mir egal, wie unser Vater mich sah. Dass das Volk mich als seinen schlimmsten Albtraum wahrnahm.

Drystan war mir wichtig. Wie *er* mich sah, war mir wichtig.

In dem Moment war ich *für ihn* ein Monster.

Ich wollte ihm folgen, tat es jedoch nicht. Ich wollte uns in diesem Raum einschließen und ihm erklären, warum ich es getan hatte. Doch auch das tat ich nicht …

Weil ich wusste, dass es nicht das letzte Mal sein würde, dass Vater seine Grausamkeit auf Drystan niederregnen lassen würde, und ich es für das Beste hielt, wenn sein Herz ein paar Risse bekam, damit er es beschützen lernte, bevor es gänzlich zersprang.

Ich hatte unrecht gehabt. Er war noch ein Kind gewesen.

Bei meinem ersten Schritt ihm hinterher bewegte sich der Boden unter mir, und ich ruderte wild mit den Armen, um nicht zu stürzen oder gegen die Wand zu krachen, während der ganze Raum anfing, sich zu drehen.

»Drystan!«, rief ich.

Götter, ich hatte ihn im Stich gelassen. Ich hätte mich auf seine Seite stellen sollen. Stattdessen hatte ich nicht nur dabei zugesehen, wie ihm das erste Stück seiner Unschuld geraubt worden war, ich war auch noch der Dieb gewesen.

»Es tut mir leid, Drystan«, sagte ich geschlagen und ließ zu, dass mein Körper durch den Raum purzelte.

Er hörte auf, sich zu drehen, und ich kam hart auf Händen und Knien auf. Starke Schmerzen in Gesicht und Bauch durchzuckten mich, als wäre ich gerade verprügelt worden.

»Wenn ich einen Mord in Auftrag gebe, erwarte ich, dass meinem Befehl Folge geleistet wird«, brüllte mein Vater.

Sofort wusste ich, dass wir in der großen Halle waren. Ich erinnerte mich an diesen Moment.

Ein weiterer Tritt einer der Wachen ließ mich beinahe rücklings zu Boden gehen, doch ich biss die Zähne zusammen, spannte mich an und blieb an Ort und Stelle.

Ich sah auf und erblickte Drystan, der äußerlich so aussah, als wäre er gerade mal zwölf Jahre alt. Er stand neben Vater und sah mich ausdruckslos an, auch wenn die auf mich niedergehenden Prügel ihn immer wieder zusammenzucken ließen. Er hatte Vater verraten, dass ich den Feind, den ich hatte töten sollen, am Leben gelassen hatte.

Bei meiner Ankunft war alles perfekt vorbereitet gewesen. Es handelte sich um einen Vampir, der Vaters Aufstand untreu geworden war, und als Strafe sollte an ihm und seiner Familie ein Exempel statuiert werden. Doch er hatte eine Frau und zwei unschuldige Kinder. Hartnäckig hatte er zu meinen Füßen gebettelt, bis ich ihren Tod schließlich nur inszeniert hatte.

Es war das erste Mal gewesen, dass ich Drystan auf einen meiner Aufträge mitgenommen hatte, nachdem er mir ewig damit in den Ohren gelegen hatte. Vielleicht hatte ich aufgrund seiner Anwesenheit die Gnade in mir gefunden und den Soldaten verschont. Denn ich war nicht bereit gewesen, ein weiteres Stück von Drystans Unschuld aufs Spiel zu setzen.

Die Ironie, dass ich ohne Mühe jede Person in diesem Raum umbringen könnte, brachte mich fast zum Lachen. Die Wache, die mich verprügelte, würde irgendwann sterben, sicher rechnete Vater sogar damit. Und doch kniete ich hier und akzeptierte meine Bestrafung wie das erbärmliche Kind, als das er mich gerade sah. Täte ich das nicht, würde er es an Drystan auslassen, damit hatte er mir vorher gedroht.

Ich wusste nicht, warum mein kleiner Bruder mich verraten hatte. Vielleicht aus Rache, weil ich sein Haustier getötet hatte. Es war auch egal, denn in Wahrheit wollte ich der Strafe nicht entgehen.

»Ihr seid beide entlassen, geht mir aus den Augen«, zischte Vater und wandte sich ab.

Mühsam rappelte ich mich auf und schwankte Drystan hinterher. Ein Teil von mir verstand, warum er es getan hatte, doch der Schmerz in meinem Körper ließ meine Wut ins Unermessliche wachsen. Sobald wir im Gang allein waren, schubste ich ihn gegen die Wand.

»Du bist jetzt wohl Vaters kleine Ratte, was?«, fauchte ich.

»Besser eine Ratte als ein kaltblütiger *Mörder*«, gab Drystan zurück.

Das verletzte mich mehr als jede körperliche Wunde. Nicht der schroffe Kommentar, sondern dabei zuzusehen, wie Drystans Herz vor meinen Augen zu Eis erstarrte – etwas, das ich um jeden Preis hatte verhindern wollen. Er durfte nicht so werden wie ich. Einer von uns musste gut sein, *besser* sein.

Vergebung regte sich in meiner Brust, doch ich konnte sie nicht herauslassen. Dabei wäre es so leicht, ihm zu sagen, dass ich ihm nicht die Schuld für all das gab.

Drystan stieß mich von sich, und sein Blick bohrte sich in meine Brust. Kurz dachte ich, er wollte noch etwas hinzufügen, doch es schien, als würden in uns undurchdringliche Dornen wachsen, als Abwehr gegen jegliches Mitgefühl. Ich sah ihm nach und spürte seinen Hass auf mich mit jedem Schritt über mich hinwegrollen.

Vergib ihm einfach.

Er ist alles, was du hast.

Vergib ihm. Vergib.

Mit einem Kopfschütteln machte ich mir bewusst, dass das hier nur eine Erinnerung war.

Es ist ewig her, dass das passiert ist.

Wo war ich jetzt …?

Sobald ich versuchte, das herauszufinden, drehte der Raum sich erneut, doch ich behielt meinen Fokus auf die Realität bei, wehrte mich dagegen, eine weitere grausame Erinnerung zu durchleben, als wäre sie echt.

Das hier ist eine Prüfung.

Für mich und Drystan.

Eine Prüfung der Vergebung.

Um den Teufelskreis zu brechen, in dem wir aufgewachsen waren.

Drystan war gescheitert, als er mir nicht den Tod seines Hundes verziehen hatte, auch wenn ich keine Wahl gehabt hatte. Ich war gescheitert, weil ich ihm nicht verziehen hatte, dass er mich an Vater verraten hatte. Das waren nur zwei Ereignisse in unserer weit zurückreichenden Geschichte. Sollte ich mich ganz auf all diese Erinnerungen einlassen, gäbe es Tausende Situationen, die die Prüfung uns noch einmal durchleben lassen könnte.

Wir müssen hier raus. Astraea wartet auf uns.

Der Gedanke an sie war wie ein Faden aus Licht, der mich bei Sinnen hielt und an den ich mich mit aller Kraft klammerte.

Als der Raum das nächste Mal zur Ruhe kam und mich gegen eine der Wände krachen ließ, landete ich immerhin auf den Füßen, meine Hände um etwas Festes geklammert. Erst als etwas mit einem hohen Klirren davon abprallte, erkannte ich, dass es eine Klinge war. Sobald ich mich orientiert hatte, sah ich hinter den gekreuzten Schwertern Drystans entschlossene Miene.

Er war mein Gegner.

»Das hier endet nicht, bevor einer von euch den ersten Treffer gelandet hat.« Die Stimme meines Vaters hallte durch den Trainingssaal.

Drystan drückte sich als Erster ab und griff an, doch er war kein Schwertkämpfer. Er konnte sich nicht einmal ansatzweise mit mir messen. Das hier war nicht lange, nachdem wir Astraea zum ersten Mal getroffen hatten, passiert. Vater war so wütend gewesen, dass er es an uns, an seinen Soldaten, an einfach allen ausgelassen hatte, um die Scham darüber zu verbergen, wie leicht sie ihm entwischt war.

Astraea. Meine Starlight. Sie leuchtet mir den Rückweg.

»Drystan, bitte reiß dich zusammen, das hier ist nicht echt«, sagte ich und wehrte jeden seiner laienhaften Angriffe ab.

Auch wenn er mittlerweile kein Anfänger mehr war, fehlten ihm in dieser Erinnerung noch die Jahrhunderte des Trainings, die er später absolvieren würde. Die Jahrhunderte, in denen er sich dazu zwang, jemand zu werden, der er nicht sein wollte. Ein Kämpfer, um zu überleben.

»Du warst schon immer sein Liebling.«

»Das ist nicht gerade eine Auszeichnung«, antwortete ich gepresst.

Ich schüttelte den Kopf. *Lass dich nicht ablenken.*

Die Anstrengung, meine Sinne bei mir zu behalten, ließ mir den Schweiß über die Stirn rinnen.

»Mittlerweile bist du viel besser. Du kannst sogar mit mir mithalten«, sagte ich und bewegte mich, von seinen Angriffen verfolgt, durch den Saal.

Er hatte keinerlei Finesse und keine gute Technik, aber seine Wut trieb ihn trotzdem zu beachtenswerten Hieben.

»Hör auf, mich zu schonen, Bruder«, knurrte er.

»Du warst schon immer schwach, Drystan«, rief mein Vater. »Du wirst nie so stark sein wie Nyte.«

Wut kochte in mir hoch, doch ich wandte den Blick nicht von Drystan ab. Meinen Vater anzusehen würde mich nur wieder in die Fänge der Illusion treiben.

»Das ist genau das, was er will. Dass wir einander bekämpfen, einander verraten. Es wäre ihm egal, wenn einer von uns den anderen umbringt«, sagte ich.

»Das Ganze ist sowieso unausweichlich.« Drystan keuchte, und mir war klar, dass er bald an seine Grenzen stoßen würde.

»Nein, das ist es nicht. Vater konnte nie irgendjemandem vergeben. Aber *ich* vergebe dir, und ich werde weiter versuchen, jemand zu werden, dem du vergeben kannst. Egal, wie lange es dauert.«

Drystan griff mich weiter an, ohne aus der Illusion auszubrechen. Ich konnte mich an Astraea klammern, um bei Bewusstsein zu bleiben, aber Drystan … hatte er wirklich nichts und niemanden, an den oder das er denken könnte? Nichts, wofür er kämpfen würde?

Bei seinem nächsten Angriff … senkte ich das Schwert.

Drystans Klinge schlitzte mich von der rechten Seite meiner Brust bis zur linken Hüfte hin auf. Ein Brennen breitete sich auf meinem Oberkörper aus. Das war echt. Unsere Schwerter waren echt, nicht nur Teil der Erinnerung.

Ich fiel auf die Knie, und mein Blut benetzte den Boden.

»Nyte.« Drystans Stimme brach.

»Mi…mir geht's gut«, sagte ich, war mir aber nicht ganz sicher, ob das stimmte.

Eine Art Nebel legte sich über meine Gedanken, und ich hoffte inständig, dass das nur an der Prüfung lag und ich heilen würde, sobald wir sie geschafft hatten.

»Ich wollte einfach nur so sein wie du«, gab Drystan zu und fiel auf die Knie, während sein Schwert klirrend neben meinem zu Boden fiel.

Vaters Stimme wurde unerträglich laut, stach uns in die

Ohren und ließ unsere Knochen erbeben. »Steht auf, ihr unsäglichen Blagen. Steht auf und kämpft!«

Doch ich war zu sehr von Drystans Worten eingenommen, um auf die Illusion unseres Vaters an einem seiner schlechten Tage zu achten.

»Und ich wollte doch nur, dass du nie so endest wie ich«, sagte ich.

Verdammt, ich verlor zu viel Blut. Auch wenn es mich nicht wirklich umbringen würde, wollte ich nicht riskieren, die Prüfung noch einmal von vorne anfangen zu müssen. »Es tut mir leid, dass du das Gefühl hattest, ich hätte dich verlassen. Dass ich grausam zu dir war und dich verurteilt habe, so wie Vater. Ich dachte, wenn du das Monster in mir siehst, würdest du nie so werden wollen.«

»Ich verge…«

Bevor Drystan seinen Satz beenden konnte, nahm ich eine Bewegung am Rand meines Sichtfelds wahr. Eine große Gestalt, ein verzerrtes, gnadenloses Gesicht, das Aufblitzen einer Klinge, die auf Drystan niederging. Schmerz schoss durch meinen Körper, ließ mich nach vorne schnellen, um Drystan aus dem Weg zu schubsen. Der Aufprall der Klinge auf meiner Schulter ließ die Welt verschwimmen.

Alles um mich herum wurde schwarz.

»Nyte!«

Der Klang meines Namens drang wie ein Echo an meine Ohren, gedämpft und verzerrt, als würde ich in einem endlosen Ozean treiben. Er wiederholte sich, war wie eine Rettungsleine, an die ich mich klammern und mich daran an die Oberfläche ziehen konnte, bevor ich ertrank.

»Scheiße. Wehe, du Mistkerl stirbst mir hier weg«, sagte Drystan.

Seine Stimme wurde sicherer und lauter, und ich hörte den Frust, der darin lag. Druck auf meinem Unterleib ließ eine weitere Welle des Schmerzes über mich hinwegrollen, und ich keuchte auf und öffnete die Augen.

Meine Sicht war verschwommen, doch ich blinzelte heftig und versuchte, nicht wieder ohnmächtig zu werden.

»Scheiße, das sieht gar nicht gut aus. Kannst du nicht schneller heilen?«

Ich rang um Atem, was nicht gerade einfach war. Mein Körper fühlte sich schwer und warm und *nass* an. Ich lag in einer Lache meines eigenen Bluts.

»Hör auf zu *bluten!*« Drystan drückte wieder auf meine Wunde, was mir den Atem raubte.

»Hör auf, mich noch schneller umbringen zu wollen«, knurrte ich, setzte mich auf und schob ihn weg. Schnell suchte ich ihn nach Verletzungen ab, fand jedoch nichts. »Immerhin ist einer von uns unversehrt geblieben.«

Drystan ignorierte mich und hob etwas auf, das hinter ihm lag. Beim Anblick des Schlüsselstücks vergaß ich einen Moment lang mein Schicksal.

»Ist das ein echtes?«, fragte Drystan und betrachtete es genau, bevor er es mir reichte.

Verzweifelt griff ich danach, besudelte es mit dem Blut an meinen Händen, während ich es herumdrehte und wartete. *Bitte.*

Als ich nichts spürte, schloss ich es wütend in die Faust und ließ mich zurück zu Boden sinken.

»Eine weitere Fälschung«, verneinte ich seine Frage.

Drystan fluchte und stand auf. Ich sah mich in dem Raum um, in dem wir gelandet waren und der wie ein verwahrloster Lagerraum des Tempels aussah. Drystan stöhnte und wischte genervt ein paar Bücher und Papierstapel von einem Tisch neben ihm.

»Dann war all das umsonst«, fauchte er.

Mühsam hievte ich mich hoch und stützte mich an einem

Stuhl ab, der jedoch unter meinen Händen zerbröselte. Gerade so eben konnte ich mich noch an einem Tisch festhalten, bevor ich erneut auf dem Boden landete.

»Wir müssen dich zu einem Heiler bringen …«

»Es war nicht alles umsonst«, sagte ich durch zusammengebissene Zähne, während der Blutverlust und der stechende Schmerz mir den Atem raubten.

Warum heilte ich nicht schneller?

»All die Zeit, die wir auf ein wertloses Stück Metall verschwendet haben …«, fluchte Drystan.

»Ich habe jedes Wort gemeint, das ich … *da drinnen* gesagt habe.«

Ich spürte geradezu, wie Drystan bei meinen Worten seinen Schutzwall hochzog, und ich konnte es ihm nicht verdenken.

»Tja, es hat sich schon ganz gut angefühlt, endlich mal einen Treffer zu landen.«

Mein Lachen verwandelte sich in ein schmerzerfülltes Keuchen. Verdammt, tat das weh. Aber es war ein ehrliches Lachen gewesen.

»Ich habe dich treffen lassen.«

»Pass auf, sonst fordere ich dich noch mal heraus. Ich kann dir noch weit mehr Schaden zufügen.«

Auch wenn Drystan sich von den ungefilterten Gefühlen ablenkte, die von tief unten an die Oberfläche getragen worden waren, nahm er es wenigstens mit Humor.

»Lass uns von hier verschwinden. Wir müssen noch genug andere dieser verdammten Tempel besuchen. Wahrscheinlich bekommst du noch deine Revanche. Und ich warne dich, ich bin mittlerweile ziemlich gut.«

Wir schleppten uns die endlose Treppe hinauf, die sich in meinem Zustand wie ein unendlich steiler Berg anfühlte. Zuerst stützte ich mich an der Wand ab, bis Drystan einen Arm um mich schlang und mir half. Als wir endlich das Licht am

Ende der Treppe erspähten, war ich kurz davor, bewusstlos umzufallen. Oder tot.

Schweiß bedeckte meine Haut, und mein Körper war schwer wie Blei. Die eisige, frische Luft fühlte sich himmlisch an.

Sofort versuchte ich, meinen verschwommenen Blick zu schärfen und Astraea zu finden, doch ich konnte sie nirgendwo entdecken.

»Der Drache ist weg«, bestätigte Drystan.

Genauso wie Astraea. Dieser Umstand sorgte dafür, dass Adrenalin durch meine Adern jagte und ich mich aufrichten konnte, bereit, mich auf die Suche nach ihr zu machen.

Ein heftiger Windstoß ließ mich den Blick heben, und da entdeckte ich einen roten Drachen, kleiner als Athebyne, ein gehörntes Männchen, das über die Baumwipfel hinwegfegte. Dann hörte ich, zu meiner immensen Erleichterung, Astraeas Lachen von seinem Rücken.

»Hm, das ist interessant«, sagte Drystan und zückte ein Notizbuch. Gedankenverloren blätterte er ein paar Seiten um, fand schließlich eine leere, in der ein schmales Stück Kohle steckte, und notierte sich etwas. »Die Drachen lassen normalerweise nicht einfach jeden auf sich reiten, der nicht ihr Reiter ist, solange die Person nicht dabei ist. Und selbst dann sind sie häufig sehr wählerisch.«

»Hat er sich Astraea ausgesucht?«

»Ich glaube nicht.«

Während ich dabei zusah, wie die beiden ihre Kreise drehten, vergaß ich sogar einen Moment lang meine Verletzungen. Als ich das nächste Mal gequält das Gesicht verzog, kam der Drache jedoch auf uns zu und landete vor uns, wobei ich die Erde unter meinen Füßen zittern spürte.

Astraea rutschte von seinem Rücken und lief durch den Schnee auf uns zu, Sorgenfalten im Gesicht.

»Was zur Hölle ist da drinnen passiert?«, fragte sie besorgt.

Allein ihre Anwesenheit linderte meine Schmerzen.

Sie legte mir eine Hand auf die Wange und begutachtete mich. Dann keuchte sie auf und strich sanft an der langen Schnittwunde entlang, die leider nicht so schnell heilte, wie sie sollte. Zumindest die Blutung hätte mittlerweile aufhören sollen.

»Wir haben gekämpft«, sagte Drystan immer noch gedankenverloren und blickte von seinen Notizen über den Drachen auf, bevor er das Buch wieder wegsteckte und auf ihn zuging.

Astraea sah ihm schockiert nach und blickte dann mich fragend an.

»Das ist die Kurzform der Ereignisse«, bestätigte ich.

Die Missbilligung auf ihrem Gesicht sah irgendwie süß aus. »Ich will die *lange* Version hören, sobald wir an einem Ort sind, an dem du dich in Ruhe erholen kannst.«

Mit diesen Worten schlang sie mir einen Arm um die Taille und zog mich mit sich.

»Während ich sichergestellt habe, dass mein Bruder mich nicht umbringt, hast du also entdeckt, dass alle Drachen dich mögen?«, fragte ich interessiert.

Wir gingen an Drystan vorbei, der sich vorsichtig dem Drachen näherte, nicht so selbstverständlich wie bei Athebyne, aber trotzdem sehr gefasst. Vermutlich würde er noch eine Weile hierbleiben und alles dokumentieren, was er eben so dokumentierte. Er konnte uns später in der Stadt treffen.

»Ich weiß es nicht. Ich habe die Tränen benutzt, und es war wunderbar, den Drachen lebendig werden zu sehen.« Am Waldrand blieb sie stehen und rief Drystan über die Schulter zu: »Sein Name ist Alrakis!« Dann führte sie mich weiter durch das kleine Waldstück und nahm ihre Erzählung wieder auf. »Während ich auf euch gewartet habe, wollte Alrakis nicht hier weg. Ich habe mich über seine Gesellschaft gefreut, sie war irgendwie sehr beruhigend. Irgendwann bin ich dann einfach auf seinen Rücken gekrabbelt, und wir sind eine Weile umhergeflogen. Astrinus ist wirklich schön von oben. So viele Berge mit kleinen Dörfern in den Tälern.«

»Ja, dadurch ist das Königreich sehr friedlich und gut geschützt, weil keine größere Armee vom Boden aus angreifen kann«, erinnerte ich mich.

Der Fußmarsch zur nächsten Stadt war extrem beschwerlich. So schwach und erschöpft hatte ich mich schon lange nicht mehr gefühlt. Wir versuchten es im ersten Gasthaus, an dem wir vorbeikamen, doch sie hatten nichts frei. Im nächsten war es genauso. Als wir auch am dritten Gasthaus abgewiesen wurden, bekamen wir langsam das Gefühl, dass es an meinem Zustand lag und wir zusätzlich wahrscheinlich erkannt wurden, auch wenn niemand uns darauf ansprach.

»Dem letzten Wirt habe ich genug Geld geboten, um jedes einzelne Zimmer des vermaledeiten Hauses zu kaufen«, murrte Astraea.

»Geld bringt einem auch nichts mehr, wenn das Haus niedergebrannt oder man selbst umgebracht wird. Sie machen sich Sorgen, dass unsere Anwesenheit derartige Gefahren mit sich bringt.«

Mittlerweile fielen mir ständig die Augen zu, und ich konnte mich kaum noch aufrecht halten, während die Sorge auf Astraeas Gesicht immer weiterwuchs.

Sie führte mich um ein Gebäude herum, und ich ließ mich auf ein schneebedecktes Fass sinken. Inzwischen musste es spät sein, so kalt, wie es geworden war.

»Versuch einfach, hier ein bisschen was von meinem Blut zu trinken«, sagte sie, hockte sich vor mich und schob einen ihrer Ärmel hoch.

Ich wollte ablehnen, weil das Risiko bestand, dass ich mehr als nötig trank, um mich zu heilen, und sie dadurch geschwächt würde. Aber wenn ich ohnmächtig würde, wäre ich ihr auch keine besonders große Hilfe, und sie müsste mich irgendwie mitschleppen. Davor hatte ich noch mehr Angst.

»Sobald du auch nur ein kleines bisschen müde wirst, sagst du Bescheid, okay?«, warnte ich sie.

Astraea nickte mit einem leichten, ermutigenden Lächeln.

Ich nahm ihre Hand, führte ihr Handgelenk an meine Lippen und vergrub die Zähne in ihrem Fleisch. Normalerweise löste der erste Tropfen ihres Bluts auf meiner Zunge einen extremen Durst und ein fiebriges Verlangen in mir aus, doch irgendetwas stimmte nicht. Ihr Blut schmeckte nach Asche und Rauch, und ich spuckte zur Seite aus, während sich ein Brennen in meiner Brust ausbreitete.

»Was stimmt nicht, Nyte?«, fragte Astraea panisch.

Mittlerweile verhinderte nur noch ihr Arm um meine Mitte, dass ich seitlich von dem Fass kippte.

»Ich weiß es nicht«, keuchte ich.

Lag es an meinem Blut in ihr, mit dem sie verletzt worden war?

Nein. Das glaubte ich nicht. Ich hätte von Natur aus viel schneller heilen sollen, weshalb ich vermutete, dass diese Prüfungen besonders schwer waren, irgendwie sicherstellten, dass die darin geschlagenen Wunden nicht so leicht geheilt werden konnten.

»Astraea, ich halte nicht … ich halte nicht viel länger durch.« Ich hatte Angst um sie. Davor, sie hier panisch und allein zurückzulassen, mit meinem regungslosen Körper in dieser unbekannten Gegend. »Du musst mich hierlassen und Drystan suchen«, sagte ich verzweifelt und kämpfte gegen die schwarzen Punkte vor meinen Augen.

»Ich hab dich. Alles wird gut, Nyte.«

Die Flecken aus Dunkelheit liefen langsam zusammen, ließen ihr wunderschönes Antlitz vor meinen Augen verschwimmen. Trotzdem versuchte ich irgendwie, ihren Anweisungen zu folgen. Die Anstrengung, einen Großteil meines Gewichts zu tragen, war ihr deutlich anzuhören, auch wenn alle Geräusche wie durch Watte an meine Ohren drangen. Sie schaffte es, sich meinen Arm über die Schultern zu legen und mich langsam vorwärtszuziehen. Einen Moment lang versiegte der eisige Wind um uns herum. Astraea benutzte die Leere, zog uns beide hindurch, doch ich wusste nicht, wohin.

»Wir müssen nur irgendwo Schutz suchen, dann hole ich Hilfe«, sagte sie.

Sie war direkt neben mir, doch ihre Stimme hörte sich unfassbar weit weg an.

Plötzlich hielt sie inne, und ich klammerte mich an die letzten Reste meines Bewusstseins. Erst dachte ich, dass Bäume uns umgeben würden, bis sie anfingen, sich zu bewegen, auf uns zuzukommen. Zu viele Körper, die ich kaum sehen, geschweige denn bekämpfen konnte.

»Lauf, Astraea.«

Doch sie verstärkte nur ihren Griff um mich, und ich biss schmerzerfüllt die Zähne zusammen. Manche der Gesichter wurden kurz scharf, nur um dann wieder zu verschwimmen. Ich erkannte sie nicht, doch alles, was ich sehen musste, war das Wappen von Astrinus auf ihren Umhängen. Das hier waren Wachen des hiesigen Lords.

»Sieht aus, als würdest du es uns leicht machen, Nightsdeath«, sagte einer von ihnen und kam auf uns zu.

Dass er diesen Namen für mich benutzte, verdeutlichte, dass ich in diesem Königreich nur für meinen Ruf bekannt war, der hier seinen Anfang genommen hatte.

»Bleibt zurück«, warnte Astraea sie.

»Bitte, kämpf nicht meinetwegen«, brachte ich unter größter Anstrengung hervor. »Benutz deine Magie und lauf.«

»Ganz sicher nicht«, sagte sie bestimmt.

»Maid«, grüßte derselbe Soldat sie. Der Respekt in seiner

Stimme erleichterte mich. »Wir wollen dir nicht schaden, das versichere ich dir.«

»Ihr wollt *uns* nicht schaden«, korrigierte sie ihn, wie um ihn zu testen.

»Du weißt nicht, wen du da bei dir hast. Dieses Monster hat Astrinus in Schutt und Asche gelegt. Unser Lord, Viscarus, hat alles wieder gerichtet, sobald Nightsdeath und sein niederträchtiger Vater und Bruder verschwunden waren.«

Ich erinnerte mich noch genau daran, wie wir alles zurückgelassen hatten. Mein Vater hatte Jahrzehnte hier verbracht, um seine Vampirarmee aufzubauen und ihnen die Überreste der Menschen und Celestials zu überlassen. Als Astraea gestorben war, hatte mein Vater das Schloss von Vesitire besetzt, und seine Anhänger waren ihm gefolgt. Astrinus war völlig zerstört von zu vielen Jahren des Grauens und Blutvergießens zurückgeblieben.

»Ich werde nicht zulassen, dass ihr ihm wehtut«, sagte Astraea, und ich spürte die Wärme ihrer erwachenden Magie.

»Es stimmt also, was man über dich sagt?«, fragte der Soldat, und sein Tonfall wurde so abfällig, dass Wut in mir aufstieg. »Du hast wirklich dein Volk und deine Pflichten verraten, um ein Monster zu schützen und zu verteidigen?«

»Nein. Deine Geschichte führt dich in die Irre, wir versuchen, die *wirkliche* Gefahr zu bannen«, sagte sie. Die Sicherheit in ihrer Stimme machte mich stolz.

»Ich hoffe, du vergibst mir, Maid, doch es sieht nicht so aus, als würdet ihr freiwillig mitkommen.«

Nie hätte ich gedacht, auch noch nur ein Fitzelchen Kampfgeist in mir zu haben, doch die Drohung in seinen Worten ließ etwas in mir aufbegehren. Einen Willen, der jede Regel der Physik außer Kraft setzte und mich die Kontrolle über alle übernehmen ließ, die uns umgaben. Ein Dutzend, vielleicht auch mehr, ich konnte sie nicht zählen, da ich jeden Moment das Bewusstsein verlieren würde.

»Töte sie nicht!« Astraeas Warnung durchdrang das heftige Dröhnen in meinem Kopf.

Ich hatte nur Sekunden, um mich zu entscheiden. Sie bedrohten Astraea, und ich wollte sie alle umbringen, doch die Stimme der Vernunft würde immer gegen meinen Rachedurst gewinnen. Sie war die einzige Moral, die mir noch blieb.

»Dann, bitte, *lauf!*«, sagte ich niedergeschlagen, kontrollierte die Wachen aber immer noch, um ihr diese letzte Chance zu geben.

Doch ich wusste, dass sie mich nicht verlassen würde. Das war gleichzeitig das Einzige, was mich am Leben hielt und, in Momenten wie diesen, der Grund dafür, dass ich mir wünschte, sie würde sich nicht meinetwegen in Gefahr begeben.

Astraea sank mit mir auf die Knie und legte mir die Hände an die Wangen. Ihre wunderschönen, silbrig blauen Augen waren das Letzte, was ich sah, bevor die Dunkelheit mich verschluckte.

»Lass los, Rainyte. Ich werde nicht zulassen, dass irgendjemand dir wehtut.«

32

Astraea

Ungeduldig stand ich dem Lord von Astrinus gegenüber. Falls er mich noch viel länger von Nyte fernhielt, würde er meinen Zorn zu spüren bekommen.

Nachdem wir herbegleitet worden waren – Nyte hatte von einigen Wachen getragen werden müssen –, waren sie meiner Aufforderung nachgekommen, es ihm so bequem wie möglich zu machen und einen Heiler zu holen. Anschließend war ich vor diesen Mann gerufen worden. Er hatte lange weiße Haare, die in seinen Bart übergingen, und faltige Haut. Er rieb sich die Wange und betrachtete mich, als wäre ich ein seltener Wertgegenstand.

»Ich muss sagen, nie hätte ich gedacht, dass ich das noch erleben würde, die Sternenmaid in all ihrer Pracht.«

Das Kompliment und der sanfte Tonfall seiner Stimme, die aufgrund der beeindruckenden Anzahl an Jahren, die er als Mensch auf dem Buckel hatte, krächzte, besänftigten meine Feindseligkeit ein wenig.

»Warum wolltest du, dass wir herkommen?«, verlangte ich zu wissen.

»Weil ich natürlich den ersten und einzig wahren gefallenen Stern der Welt sehen wollte.«

»Ist das alles?«

Ein warnendes Aufflackern in seinen grauen Augen ließ mich aufmerken.

»Ich werde dich nicht beleidigen, Astraea. Du weißt genau, dass du mit dem größten Albtraum des Reichs unterwegs bist. Ich muss zugeben, dass es meinem Volk guttun würde, seiner Hinrichtung auf dem Land beizuwohnen, das er besudelt hat.«

Sofort rauschte Magie durch meine Adern, bis am Rand meines Sichtfelds Sternenstaub erschien. Lightsdeath war jederzeit in Reichweite, sollte dieser Lord Nytes Hinrichtung befehlen.

»Wenn jemand ihn auch nur mit bösen Hintergedanken berührt, werde ich der Person die Hand abtrennen«, warnte ich ihn.

Der alte Mann hob das Kinn. »In den Legenden warst du nie diejenige, die gewalttätig wird. Du bist die Göttin der Gerechtigkeit und des Friedens.«

»Dann hör mir genau zu, wenn ich dir sage, dass deine Rache nicht Rainyte gilt, sondern seinem Vater, der unser gemeinsamer Feind ist. Hör dir unsere Geschichte an und verbünde dich mit uns.«

Das war zwar nicht der Grund, aus dem wir hergekommen waren, doch es könnte eine gute Möglichkeit sein, mehr Verbündete im Kampf gegen die Götter und Nytes Vater zu gewinnen, sobald es dazu kam.

»Du willst, dass ich Nightsdeath als Verbündeten ansehe? Das ist eine Beleidigung für mich und mein ganzes Königreich«, fauchte Viscarus. Die ersten Anzeichen von Wut verunstalteten sein freundliches, vom Alter gezeichnetes Gesicht.

»Sein Name ist Rainyte. Und ich bitte dich darum, mir, deiner Maid, zu vertrauen. Mein Urteilsvermögen ist nicht irregeleitet, auch wenn die High Celestials euch das glauben machen wollten. Rainyte ist nicht euer Feind.«

»Deine schönen Worte sind hier nichts wert, Maid. Du warst eine lange Zeit fort, von den Göttern zurückgeholt, nachdem du in deinen Pflichten das erste Mal versagt hast. Und wie ich gehört habe, hast du Auster Nova getötet.«

Ich erstarrte. Eigentlich hatte ich gehofft, die Nachricht seines Todes durch meine Hand hätte sich noch nicht so weit herumgesprochen.

»Er hat mich zuerst umgebracht«, sagte ich.

Viscarus neigte den Kopf zur Seite, die Ellbogen auf den Armlehnen seines mit dunkelgrünem Stoff gepolsterten Sessel aufgestützt, die Hände verschränkt. In der folgenden Stille schien er sich ein Bild von mir zu machen.

Die Anspannung wurde mir zu viel. »Was können wir tun, um uns zu beweisen?«

Sofort setzte er sich aufrechter hin, und mir wurde klar, dass er genau das gewollt hatte. Der Lord hatte uns nicht abgefangen, weil wir in sein Reich eingedrungen waren oder weil er sich an Nyte rächen wollte. Er hoffte, dass wir etwas für ihn tun könnten.

»Sobald Nights…«

»Rainyte.«

Seine Augen verengten sich. »Sobald Rainyte sich genug erholt hat, werde ich euch beide rufen lassen. Dann werde ich über euch richten.«

Wir wussten beide, dass er Nyte und mich nicht wirklich hier gefangen halten konnte, sollten wir ernsthaft fliehen wollen. Doch wir brauchten Verbündete, und meine Mission war es, das Misstrauen und die Kluft zwischen den verschiedenen Ländern und Völkern zu beseitigen.

Respektvoll neigte ich den Kopf. »Ich freue mich schon darauf, dich wiederzusehen und zu helfen, wo immer wir können. Vielen Dank für deine Gastfreundschaft in der Zwischenzeit.«

Überrascht von meiner Geste, hob er die Augenbrauen, doch dann nickte er nur, bevor er den Wachen auftrug, mich zu Nyte zu geleiten.

Einen Moment lang herrschte Einvernehmlichkeit.

Dann drehte ich mich um und sah Drystan in Begleitung eines Mannes hereinschlendern, der sich offensichtlich betrunken auf ihn stützte. Ich hatte den Mann noch nie gesehen, aber irgendetwas an Drystans hinterhältigem Lächeln ließ eine ungute Vorahnung in mir aufsteigen.

»Was zur Hölle ist mit meinem Sohn passiert?«, brüllte Viscarus.

Scheiße. Der fragile Frieden, den ich gerade mit dem Lord geschlossen hatte, geriet mächtig ins Wanken.

»Ihm geht's gut«, sagte Drystan gedehnt.

Ungefähr auf halbem Weg durch den Saal hob Drystan eine Hand an den Mund und wischte sich einen Blutstropfen weg. Erst da sah ich die Bissspuren am Hals von Viscarus' Sohn.

Was zur Hölle hast du angestellt, Drystan?

Doch ich äußerte meine Gereiztheit und Empörung nicht laut, denn mit einem Mal erfüllte das Singen aus der Scheide gezogener Schwerter den Raum. Die Wachen hatten nicht nur Drystan als Ziel auserkoren, auch ich wurde nun wieder mit feindlichen Blicken bedacht.

»Ich habe zufällig mitbekommen, wie Lyonel mit der Gefangennahme von Nightsdeath und der Sternenmaid angegeben hat«, sagte Drystan. »Nicht besonders schlau von ihm, das so in der Öffentlichkeit herauszuposaunen.«

»Lass ihn los«, befahl Viscarus.

»Wie du sehen kannst, halte ich ihn nicht fest.«

Das stimmte. Drystan versuchte sogar, sich von seinem Begleiter zu entfernen, doch Lyonel klammerte sich schläfrig an ihn.

»Wusstet ihr, dass der Biss eines Blutvampirs gewisse aphrodisierende Eigenschaften hat? Ob du es glaubst oder nicht, dein Sohn hat mich *angebettelt.* Allerdings …«

Anspannung machte sich breit, als Drystan sich blitzschnell

umdrehte, Lyonel von hinten umschlang und seinen Kopf zur Seite bog. Dann entblößte er seine Reißzähne, eine deutliche Drohung, dass er Lyonel innerhalb eines Sekundenbruchteils die Kehle herausreißen oder ihn leer saugen konnte, bevor ihn jemand aufhalten könnte.

»Ich bitte dich höflichst, meinen Bruder gehen zu lassen, bevor ich ihn umbringe.«

Gerade wollte ich Drystan ermahnen und versuchen, die Situation zu retten, als eine wunderschöne, rothaarige Frau hinter ihm durch die Tür glitt. Ihr feuriges Haar floss über die blauen Stoffbahnen ihres Kleids.

»Mein Bruder war schon immer neugierig und unersättlich«, sagte sie mit kühler Stimme, die den Raum sofort zu beruhigen schien.

Ihr Blick blieb nur kurz an Lyonel hängen, bevor sie im Vorbeigehen mir ihre Aufmerksamkeit schenkte. Sie strahlte Gelassenheit aus. Auch wenn sie nicht viele Gefühle zeigte, konnte ich keinen Böswillen entdecken.

»Lasst uns allein«, befahl sie.

Sofort verließen die Wachen den Saal, und ich betrachtete sie fasziniert.

»Das ist meine Erbin, Gweneth«, stellte Viscarus sie vor.

Ich neigte den Kopf. »Mein Name ist …«

»Astraea Lightborne. Die Sternenmaid.«

Ich nickte.

Einen Moment lang musterte Gweneth mich, und ich wusste nicht, warum ich mich davon abhalten musste, nervös von einem Fuß auf den anderen zu treten.

»Du bist kleiner, als ich dachte.«

Ich musste lachen und war froh, damit einiges der Anspannung, die Drystan mitgebracht hatte, auflösen zu können. Zu meiner Verteidigung: Gweneth war *sehr* groß für eine Frau.

Sie wandte sich ihrem Vater zu. »Zeig es ihnen. Es gibt keinen Grund, unsere Bitte bis zu Rainytes Erwachen geheim zu halten.«

Unter dem Blick seiner Tochter wurde Viscarus' Miene weich. Ihr Wortwechsel gab mir das Gefühl, dass Gweneth nicht auf den Tod ihres Vaters wartete, sondern schon seit Jahren die Aufgaben einer Herrscherin übernahm, während ihr Vater immer älter wurde.

Doch es gab etwas, das sie belastete, das sie vermutlich mit uns teilen würden, weil sie hofften, wir könnten ihnen helfen.

»Ihr habt keinen Grund, mir zu vertrauen, Nyte und Drystan noch weniger. Aber ich verspreche, dass wir euch helfen werden, wenn es in unserer Macht liegt. Manchmal muss man einen kleinen Vertrauensvorschuss geben«, sagte ich.

Viscarus sah mich kurz an, dann nickte er Gweneth zu.

»Folg mir, Maid«, sagte sie. Auf dem Weg nach draußen sprach sie Drystan im Vorbeigehen an. »Du kannst entweder mit meinem Bruder ins Bett gehen, da er sich nach einer durchzechten Nacht anscheinend erst mal erholen muss, oder du kommst mit.«

Drystan ließ Lyonel los und packte mich am Arm. »Das könnte eine Falle sein«, zischte er leise.

»Vertrauen beruht auf Gegenseitigkeit«, sagte ich. »Du hast schon genug Schaden angerichtet, also komm.«

Ich packte ihn am Unterarm und zog ihn mit mir.

»Wo ist Nyte?«, fragte Drystan ungeduldig und sehr leise, damit niemand uns hörte.

Doch Gweneth antwortete ihm, bevor ich es konnte. »Unsere Heiler kümmern sich um ihn. Wahrscheinlich wacht er erst morgen früh wieder auf.«

»Ich will ihn sehen«, verlangte Drystan.

»Als Erstes werdet ihr sehen, warum mein Vater nicht direkt befohlen hat, ihn in Ketten legen und foltern zu lassen. Ihr seid Feinde dieses Königreichs, dessen könnt ihr euch gewiss sein, aber manchmal muss man seinen Hass ablegen, um geliebten Personen zu helfen.«

Wir bewegten uns hier auf ganz dünnem Eis.

»Was ihr euch von uns erhofft, hat mit Nytes Gedankenfähigkeit zu tun, oder?«, schlussfolgerte ich.

Sie hätten ihn in den Kerker werfen und ihm einen Heiler verweigern können, wenn sie meine Magie bräuchten.

»Ja«, antwortete Gweneth.

Ein paar Bedienstete kamen auf uns zu und boten uns dicke Wintermäntel an. Ich nahm dankend an, doch Drystan lehnte ab und blickte weiterhin griesgrämig drein. Ich verdrehte die Augen.

Draußen raubte mir der Anblick der glitzernden, schneebedeckten Berggipfel unter dem fahlen Mondlicht den ersten Atemzug eisige Luft. Astrinus war spektakulär, jetzt, wo ich Zeit hatte, die Schönheit wertzuschätzen. Zwischen den gezackten Felsen gedieh das Leben – kleine Dörfer, deren warmes Licht in der Kälte einladend wirkte. Das Ganze war wie ein Teppich sanfter Schönheit, der in die harsche Natur gewoben war.

Es kam mir so vor, als hätten die Berge selbst entschieden, diese Rückzugsorte an sich zu drücken, sie vor dem Rest der Welt zu verbergen. In diesem geheimen Reich aus Felsen und Schnee gedieh das Leben im Stillen. Widerstandsfähig und doch unglaublich zart, als forderte es den Himmel heraus, seine Schönheit wahrzunehmen.

Je weiter wir uns, von Gweneth angeführt, von der Festung entfernten, desto nervöser wurde ich. Immer wieder blickte ich zurück und versuchte, die vergangene Zeit abzuschätzen, falls es doch eine Falle war und ich schnell zurück zu Nyte gelangen musste, sollte er Probleme bekommen.

»Ich hätte in der Festung bleiben sollen«, sagte Drystan, nachdem ich das dritte Mal über die Schulter geblickt hatte.

So langsam wollte ich ihm recht geben.

Hinter der nächsten Kurve verlangsamte ich mein Tempo, da ich nun das große Gebäude sah, auf das wir zugingen. Ich hatte schon ähnliche Orte in Büchern und meiner eigenen Vorstellung gesehen, heraufbeschworen von den Worten der Autorin. Doch dieser Ort … kam mir so *traurig* vor. Eine lang gezogene, verlassene Halle, die einst eine bunte Menschenmenge angezogen hätte, die sich die Vorführungen auf der Bühne ansehen wollte.

»Was machen wir hier?«, fragte ich. Mittlerweile war mir unbehaglich zumute.

»Verliere doch nicht jetzt das Vertrauen«, sagte Gweneth und schien amüsiert, was ich erst recht nicht verstand. Sie ging weiter, bis wir das Gebäude erreicht hatten.

»Das ist keine gute Idee«, sagte Drystan zu mir.

»Vielleicht wartest du besser draußen«, erwiderte ich.

Mit geschürzten Lippen schien er abzuwägen, ob er besser mit reinkommen sollte, um uns dort helfen zu können, oder draußen warten, um im Notfall Hilfe holen zu können. »Im Gegensatz zu Nyte kann ich nicht deine Gedanken hören, also schrei besser besonders laut, wenn du mich brauchst«, murrte er, verschränkte die Arme und hielt Ausschau nach möglichen Anzeichen drohender Gefahr.

Das unheimliche Knarzen der Tür beim Öffnen verursachte mir eine Gänsehaut. Die unheilvolle Stille, die mich beim Eintreten umfing, war wie das kalte Gegenteil der Freude, die diesen Ort einst erfüllt haben musste. Ein dunkler Gang öffnete sich in einen großen Saal mit zwei Etagen. Ich war schon einmal in einem Theater gewesen – dort, wo Davina damals die Treffen des Fae-Widerstands in Vesitire abgehalten hatte. Es hatte genauso heruntergekommen gewirkt.

Meine Seele schmerzte beim Gedanken daran, was diese verlassenen Orte bedeuteten. Eine Welt, die plötzlich von Krieg und Gier überrollt worden war. Oder vielleicht war die Leidenschaft für derartige Aufführungen einfach verloren gegangen.

Wir waren nicht allein. Gweneth hielt nach den ersten paar Reihen staubiger, zerschlissener Samtsitze inne, und ich sah, was – *wer* – ihre Aufmerksamkeit auf sich gezogen hatte.

Eine Frau mit langen grauen Haaren saß auf der Bühne. Lärm ging von dem Turm aussortierter Instrumente aus, den sie leise vor sich hin murmelnd durchwühlte.

»Meine Mutter. Ich bin nach ihr benannt.«

Gweneth ging nicht auf ihre Mutter zu. Wir standen einfach nur da und sahen ihr zu, bis mir ihr seltsames Verhalten bewusst wurde. Die alte Frau schien gleichzeitig verloren und energiegeladen. Sie ging auf der Bühne umher und blieb immer mal stehen, lächelte und verbeugte sich, wie vor einem unsichtbaren Publikum.

»Ist sie krank?«, fragte ich vorsichtig.

»Ja, psychisch krank. Kein Magier oder Heiler kann ihr helfen. An den meisten Tagen erinnert sie sich nicht an uns. Jeden Abend kommt sie her und will dann nicht mehr weg, aber Vater kommt sie zur Schlafenszeit holen.«

Ihre Familie tat mir leid. Wie schlimm es sein musste, wenn sich eine geliebte Person nicht mehr an einen erinnerte.

»Was ist mit diesem Ort passiert?«, fragte ich, kaum mehr als ein Flüstern in diesem Raum, der sich heilig anfühlte.

»Er wurde verlassen und zerstört, lange bevor mein Vater an die Macht gekommen ist. Meine Mutter war früher Mitglied einer Gruppe fahrender Spielleute. Sie wollte diesen Ort eines Tages wiederbeleben, doch es gab so viele andere Gebäude, die wieder aufgebaut werden mussten, dass es zu lange ein Traum blieb. Dann kam ihre Krankheit. Seit zehn Jahren versuchen wir alles, was wir können, um ihr zu helfen.«

»Es tut mir so leid«, sagte ich.

Gweneth riss den Blick von ihrer Mutter los und sah mich

an. Ich spürte ihre Trauer. »Glaubst du, Rainyte kann ihr helfen?«

Ich schluckte, weil ich ihr nicht zu viele Hoffnungen machen wollte.

»Das hoffe ich sehr. Und ich bin mir sicher – er wird alles in seiner Macht Stehende tun, um es zu versuchen.«

Sie lächelte, glaubte mir, glaubte an Nyte, obwohl er in diesem Land so viele Narben hinterlassen hatte.

»Es hat schon seinen Grund, dass du die Göttin der Gerechtigkeit bist, Astraea. Unsere Sternenmaid. Alle sagen, du wärst einem Monster verfallen, dabei warst du einfach die Erste, die offen und geduldig genug war, ihn seine Geschichte erzählen zu lassen. Viele urteilen hart über andere, nur aufgrund irgendwelcher Geschichten, und verschließen ihre Augen vor dem, was Licht auf das fallen lässt, was sie in die Dunkelheit verbannt haben.«

Stolz und Erleichterung regten sich in mir. Jeder neue Verbündete brachte uns der Welt näher, von der Nyte und ich gemeinsam träumten. Ich legte meine Hand auf die Wunde, von der aus Nytes Blut sich langsam in mir ausbreitete. Der Schmerz war kaum merklich, aber hin und wieder verspürte ich ein Stechen, wie eine Warnung, eine grausame Erinnerung daran, dass meine Tage gezählt waren. Ich wusste nicht, ob ich die Zukunft, die ich gemeinsam mit Nyte aufbauen wollte, noch erleben würde, doch ich würde nicht aufhören, dafür zu kämpfen.

33

Astraea

Ich saß auf der Kante von Nytes Bett und legte ihm einen neuen kalten Lappen auf die Stirn. Sein Fieber war seit der Behandlung durch die Heiler gestern deutlich gesunken. Sein Oberkörper war nackt und bandagiert. Von nun an musste die Wunde von selbst heilen, aber sie gingen davon aus, dass er in ein paar Tagen bereit für die Weiterreise wäre.

Drystan stand neben der Tür zum Ankleidezimmer und starrte den Türrahmen an. Er hob die Hand und strich über das Holz. Neugierig stand ich auf, nachdem ich Nyte fertig versorgt hatte, und näherte mich ihm vorsichtig. Er schien in Gedanken verloren zu sein.

Als ich die Kerben im Holz sah, verstand ich. Neben jeder Kerbe war einer von zwei Buchstaben eingeritzt worden – D oder N.

Wärme erfüllte meine Brust, und ich musste lächeln, als ich die Überbleibsel ihrer Vergangenheit, ihres gemeinsamen Aufwachsens hier sah.

»Ich wusste gar nicht, dass wir in seinem alten Zimmer sind«, sagte ich leise.

Drystan senkte die Hand und atmete tief ein, bevor er einen Schritt zurücktrat. »Sind wir auch nicht. Das hier war mein Zimmer.« Er lachte leise, während er die Kerben betrachtete.

»Ich war so fest entschlossen, ihn einzuholen – als könnte ich das irgendwie beeinflussen. Jahrzehntelang habe ich ihn jedes Jahr aufgefordert, herzukommen.«

Nun musste auch ich lachen, weil ich mir vorstellte, wie sie in Momenten fernab der Kontrolle ihres Vaters solche Alltäglichkeiten hatten erleben können.

»Du hast es fast geschafft«, murmelte ich und strich mit den Fingern über eine Markierung, die nicht weit über meinem Kopf lag.

Jetzt, im ausgewachsenen Zustand, waren sie beide ein gutes Stück größer als ich. Traurig senkte ich die Hand und betrachtete die höchste Kerbe, das letzte Mal, dass Drystan ihre Größe dokumentiert hatte.

»Das Arschloch ist immer noch knapp fünf Zentimeter größer als ich.«

»Der Wettstreit hatte wohl immer ein vorherbestimmtes Ende«, sagte ich und spürte die Bedeutung meiner Worte.

Wie viele Dinge im Leben verfolgten wir voller Hoffnung, obwohl das Schicksal unser Scheitern vorsah?

»Das stimmt, aber die Hoffnung stirbt zuletzt.«

Wir sahen einander an. In diesem Moment hätte ich ihn am liebsten umarmt, hoffte, dass auch er die Anspannung zwischen uns brechen wollte …

»Ich hatte eigentlich gehofft, diesen Raum nie wiederzusehen«, sagte Nyte mit rauer Stimme.

Wir wirbelten zu ihm herum, und ich war sofort an seiner Seite, um ihm beim Aufsetzen zu helfen.

»Aber besser als eine Zelle«, sagte Drystan. »Kriegt ihr denn gar nichts ohne mich hin? Lasst euch einfach gefangen nehmen …«

Ich ignorierte ihn. »Wie fühlst du dich?«, fragte ich Nyte.

»Furchtbar. Die Wunde von der Prüfung ist echt verdammt nervig.« Er funkelte seinen Bruder wütend an.

Drystan verdrehte die Augen und ging zur Tür.

»Wo willst du hin?«, rief ich ihm hinterher.

»Schauen, ob Lyonel noch mal sündigen will.«

»Er ist tabu«, warnte ich ihn.

Drystan grinste mich von der offenen Tür aus an. »Das kann er selbst entscheiden.«

Ich warf ihm einen wütenden Blick zu, doch er war schon verschwunden.

»Offensichtlich habe ich einiges verpasst«, sagte Nyte und strich mir über den Rücken. »Erzählst du es mir, angefangen damit, warum ich nicht, wie Drystan schon angemerkt hat, in einer Zelle stecke, wenn man bedenkt, wer uns aufgelauert hat …?«

Ich setzte mich neben ihm aufs Bett und berichtete ihm alles, was in den letzten zwei Tagen passiert war.

Nyte spielte gedankenverloren mit meinen Haaren, während er aufmerksam zuhörte und immer wieder Nachfragen stellte.

»Wir müssen uns bald wieder auf den Weg machen.« Er versuchte, aufzustehen und dabei seine Schmerzen zu verbergen.

»Erst musst du hier was erledigen«, erinnerte ich ihn.

Er hatte zugestimmt, Gweneths Mutter mit allen ihm verfügbaren Mitteln zu helfen, wie ich es vorhergesehen hatte.

»Ich komme schon klar, lass uns dorthin gehen.«

Am liebsten hätte ich widersprochen und ihn gezwungen, sich auszuruhen und zu heilen, aber der Krieg war schon zu sehr im Gange, als dass wir uns eine längere Pause leisten konnten.

»Ich werde dich nicht noch einmal aus den Augen lassen. Schon auf gegenüberliegenden Seiten eines Innenhofs zu stehen, ist zu viel Abstand«, sagte ich.

»Das Schlüsselstück war nicht echt«, sagte er, während er sich anzog.

»Ich weiß, ich habe es in deiner Jackentasche gefunden.«

Niedergeschlagen seufzte er. »Wenn noch jemand von uns derartig verletzt wird … macht das uns alle angreifbar.«

Seit Nyte seine Verletzungen erlitten hatte, machte ich mir Sorgen um unsere Freunde, die vor den gleichen, brutalen Prüfungen standen, jeweils auf sie abgestimmt.

»Eure Prüfung … was musstet ihr tun? Warum hat es so geendet?«, fragte ich vorsichtig, während Nyte sich das Hemd über den bandagierten Oberkörper zog.

»Wir sind in alte Erinnerungen eingetaucht. Von uns und unserem Vater in dieser Festung. Am Anfang waren wir noch jung. Es waren Erinnerungen daran, wie wir uns gegenseitig verraten haben. In der letzten mussten wir gegeneinander kämpfen, und es hat einiges an Überzeugungskraft gekostet, Drystan aus der Illusion zu holen.«

Mein Herz schmerzte beim Gedanken daran, dass die beiden furchtbare Momente ihrer Vergangenheit erneut hatten durchleben müssen. »Es scheint ihn nicht besonders mitgenommen zu haben.«

»Er ist ja auch nicht derjenige, der verletzt wurde.«

»Du hast es zugelassen.«

»Das musste ich. Du warst mein Anker, der mir ermöglicht hat, die Illusion zu durchschauen. Während der Prüfung ist mir klar geworden, dass er niemanden hat, an den er sich klammern kann. Früher wäre ich das vielleicht mal gewesen, deshalb habe ich zugelassen, dass er mit dem Treffer seine jahrhundertealte Wut auf mich rauslässt.«

Bei seinen Worten stiegen mir Tränen in die Augen. Als ich an meine Zeit vor dem Tempel zurückdachte, fiel mir auf, dass ich ihm noch gar nicht erzählt hatte …

»Ich habe Morgengrauen gesehen.«

Sofort richteten sich Nytes goldene Augen auf mich und wurden eine Spur dunkler, als wäre die Göttin hier und er könnte gegen sie kämpfen. »Wie bist du ihr entkommen?«

»Sie … hat mich gehen lassen. Ich bin mir nicht ganz sicher, ob sie nicht nur eine Illusion war, um mich zu ärgern. Ich dachte, sie wollte mich zurück zu den Sternen schicken, als meine Hände … sie haben sich vor meinen Augen in Sternenstaub verwandelt, und ich dachte …«

Nyte legte die Hände an mein Gesicht, und erst da wurde mir klar, dass ich auf meine Finger hinuntergestarrt und den Moment noch einmal durchlebt hatte. Wie es sich angefühlt hatte, meinen Körper Stück für Stück zu verlieren, obwohl ich ihn behalten und als Sterbliche hierbleiben wollte, solange auch Nyte es war.

»Sie werden dich nicht zurückschicken. Nie wieder. Du gehörst mir, und ich werde die Namen von Morgengrauen und Abendrot auslöschen, um dich zu behalten.«

Ich lehnte mich an ihn, ließ mich von seiner Wärme und seinem Geruch trösten.

»Es tut mir leid, dass ich deine Freundin nicht retten konnte«, sagte Nyte betrübt.

»Morgengrauen hat Katerinas Leben bedroht. Noch lebt sie, aber je länger Morgengrauen in ihr wohnt, desto schwächer wird sie. Wenn Morgengrauen mich schnell umbringt und dann verschwindet, wird Katerina es überleben. Wenn ich hingegen Morgengrauen umbringe … was, wenn ich damit Katerina umbringe?«

»Sie versucht, dich zu manipulieren. Es ist nicht möglich, dass die Gedanken zweier Personen in einem Gehirn koexistieren. Glaub mir, ich weiß, wovon ich rede.«

Nyte war ein Meister der Gedanken, und er sah mich so aufrichtig an, dass ich ihm glaubte. Was hieß, dass ich Katerina nicht retten konnte. Sie war wirklich und wahrhaftig verloren, und ich musste Zephyr davon erzählen. Ob er wohl auf der Suche nach ihr war?

»Wir brauchen den wahren Namen von Morgengrauen, um sie töten zu können.«

»Das nächste Mal, wenn sie auftaucht, werde ich bei dir sein. Ich werde ihn in ihren Gedanken ausfindig machen.«

Ich musste an meinen Spaziergang mit dem Tod in seiner Welt denken, an die Warnung, die er mir mitgegeben hatte.

Aber Vorsicht, der Geist eines Gottes ist gefährliches Terrain. Er lässt sich nicht ohne Folgen betreten.

»Du könntest ernsthafte Schäden davontragen«, sagte ich besorgt.

»Zweifelst du an mir, Starlight?«, sagte Nyte neckend und drückte mich an sich.

Doch ich konnte mich nicht zu einem Lächeln durchringen. »Ich meine es ernst. Versprich mir, dass du nicht über deine eigenen Grenzen gehst.«

Nyte küsste mich sanft. »Ich verspreche es. Nicht, wenn ich dich dadurch verliere.«

Wir standen in dem verlassenen Theater, und noch nie hatte ich Nyte so sanft und vorsichtig mit einer anderen Person umgehen sehen. Wir befanden uns alle auf der Bühne, doch Gweneth und ich hielten uns im Hintergrund und ließen Nyte auf die alte Frau zugehen, die erneut den Haufen zerbrochener Instrumente durchsuchte.

Er folgte ihr, sah ihr zu, sprach zwischendurch mit ihr, und sie antwortete. Wir konnten sie nicht verstehen, aber trotzdem war ihr Umgang miteinander herzerwärmend. Ich vermutete, dass Nyte zwischendurch ihre Gedanken durchsuchte, zu finden versuchte, wo sie gekappt worden waren und was dazu geführt hatte, sie in ihrem eigenen Gedächtnis ertrinken zu lassen, statt ein erfülltes Leben voller Liebe und schöner Erfahrungen zu leben.

»In den letzten Monaten hat sie mit niemand anderem so viel

geredet«, sagte Gweneth leise zu mir, um die beiden nicht zu stören.

»Nyte hat seine Methoden«, sagte ich voller Liebe.

Selbst ohne seine Fähigkeiten war Nytes ungeteilte Aufmerksamkeit unwiderstehlich, wenn er es darauf anlegte.

Nach ein paar Minuten half Nyte ihr bei ihrer Suche. Das Klappern der Instrumente und das Geräusch strapazierter Saiten wurde lauter. Tief unten im Haufen fand Nyte einen Instrumentenkoffer. Er öffnete die Verschlüsse, und eine Geige kam zum Vorschein, unberührt vom Chaos, aus dem Nyte sie gezogen hatte. Ich dachte, er hätte das funktionierende Instrument herausgeholt, um es der Frau zu geben, vielleicht, weil er herausgefunden hatte, dass sie danach suchte.

Doch zu meiner Überraschung klemmte Nyte sich die Geige unters Kinn und legte den Bogen an die Saiten. Er spielte probehalber ein paar Töne, drehte an den Wirbeln, bis man das Potenzial des Instruments erkennen konnte. Ich sehnte mich so sehr danach, ihn spielen zu hören, dass es mir fast körperliche Schmerzen bereitete. Nicht einmal in meinem letzten Leben hatte ich gewusst, dass Nyte Geige spielen konnte, doch es war deutlich daran zu erkennen, wie er das Instrument hielt.

»Oh, ja!«, rief Gweneths Mutter aus, als sie Nyte mit dem Instrument unter dem Kinn dastehen sah, und klatschte fröhlich in die Hände. Die pure Freude auf ihrem Gesicht war ansteckend.

»Das ist es, was sie an diesem Ort wollte?«, fragte Gweneth.

Nyte spielte ein paar Töne, sodass Gweneths Mutter abgelenkt war, auch wenn es noch kein richtiges Lied war. Währenddessen sah er zu uns herüber.

»Manch einer sagt, der Musik selbst wohne eine gewisse Magie inne. Dass sie Gefühle hervorlockt, die unsere Seelen auf eine Art und Weise berühren, wie es sonst nichts vermag. Deine Mutter, Gweneth, hat vor langer Zeit mal selbst gespielt. Ich denke, ihr Unterbewusstsein ist auf der Suche nach etwas, das ihre Erinnerungen zurückholen kann.«

Nytes Worte schienen sehr persönlich zu sein, und der Anblick von ihm mit der Geige in der Hand ließ mein Herz beinahe bersten.

Wie er sich in den Tönen verlor, die er jetzt langsam zu einer Melodie verwob.

Dann legte er richtig los, kühn und brillant.

Nie hätte ich gedacht, mich ihm jemals näher fühlen zu können, doch das hier ... die Musik schien direkt von seiner Seele zu kommen und eine ganz neue Verbindung mit meiner zu knüpfen.

Gweneth näherte sich langsam ihrer Mutter, bis sie ihr eine Hand auf die gekrümmte Schulter legen konnte. Als Nyte sein kurzes Lied vollendete, starrte die alte Frau ihn an, genauso fasziniert wie ich.

Die letzte Note hing noch einen Moment lang im Raum. Dann sprach Gweneths Mutter, und ihre Worte verbanden sich in Reimen zu einem Gedicht.

»Am Firmament, im Glanz der Sterne,
Wo Wind durch Silbernebel strich,
Scheint's Morgengrauen in der Ferne,
Der Göttin Eos sanftes Licht.«

Nytes Überraschung traf auf meine, und wir starrten einander an.

»Eos«, wiederholte ich durch unsere Verbindung.

Hatten wir gerade den wahren Namen der Göttin des Morgengrauens herausgefunden?

»Gweneth?«, krächzte die alte Frau.

»Mutter?«

Das Wiedererkennen auf dem Gesicht von Gweneths Mutter und ihre Freude und Erleichterung darüber rührten mich sehr.

»Ich weiß nicht, wie lange es anhält. Das Gehirn ist sehr

kompliziert und heikel. Ich kann versuchen, die Verbindungen wiederherzustellen, die über die Zeit gerissen sind, doch es gibt ein gewisses Risiko, dass sie dadurch noch mehr vergisst.«

»Das hier reicht völlig«, sagte Gweneth und legte ihrer Mutter eine Hand an die Wange.

»Du bist groß geworden«, sagte ihre Mutter und musterte ihre Tochter von Kopf bis Fuß. Schuldgefühle waren auf ihrem Gesicht zu erkennen, weil sie ihre Tochter nicht hatte aufwachsen sehen. »Du bist so wunderschön, meine Gwen.«

Die große Ähnlichkeit in der Form ihrer Nasen und der Farbe ihrer Augen ließ mich vermuten, dass sie früher auch die leuchtend roten Haare geteilt hatten.

»Die Geige ist nicht das einzige Instrument, das sie eine Zeit lang zurückholen kann«, sagte Nyte. »Viele Formen der Musik klingen noch stark in ihr nach.«

»Danke«, sagte Gweneth und umarmte ihre Mutter, die sich an sie schmiegte.

Bei dem Blick, mit dem sie Nyte bedachte, wurde mir ganz warm ums Herz. Immer würde Nyte die Fähigkeit dazu in sich tragen, zum Albtraum des Reiches zu werden, und ich wollte auch nicht, dass er sich änderte. Doch das Licht in Gweneths Blick bewies, dass er genauso gut heilen wie verletzen konnte.

Glücklich verließen Gweneth und ihre Mutter das Theater. Nyte legte einen Arm um mich, während wir ihnen nachsahen.

»Du hast mir gar nicht erzählt, dass du Geige spielen kannst«, sagte ich mit belegter Stimme.

»Während ich hier gelebt habe, wurde der Saal manchmal noch benutzt. Ich war ein bloßer Anfänger auf der Geige, aber irgendwie hat das Instrument mich schon immer fasziniert.«

»Warum hast du damit aufgehört?«

Ein Muskel an seinem Kiefer zuckte. Er ließ sich am Rand der Bühne nieder, mit baumelnden Beinen, die Geige auf dem

Schoß. Ich setzte mich neben ihn und blickte auf die Menge an Sitzplätzen auf beiden Etagen hinunter.

»Die erste Person, die ich je an mich herangelassen habe, die ich als Freund angesehen habe, obwohl ich ein unsterbliches Kind und er ein älterer, menschlicher Mann war, war der Konzertmeister, der jeden zweiten Tag auf dieser Bühne gespielt hat. Die Musik, besonders die aus seinem Instrument, hat mich so fasziniert, dass ich vergessen habe, mich aus seinen Gedanken zu löschen, als er mich an einem Ort erwischt hat, an dem ich nicht hätte sein sollen. Doch er war nicht wütend, er hat nicht mal gefragt, warum ich da war. Er hat mir einfach nur seine Geige gereicht, und ab dem Tag bin ich immer wieder zurückgekehrt. Er hat mir ein paar Lieder gezeigt, und ein paar habe ich mir selbst beigebracht, doch ich war nie auch nur annähernd so gut wie er. Jede Person kann eine Abfolge von Noten lernen, aber ein wahrer Musiker erzeugt einen ganz eigenen Klang.«

Schon jetzt traten mir Tränen in die Augen, weil ich ahnte, dass die Geschichte kein glückliches Ende nehmen würde.

Bei seinen nächsten Worten wurde seine Stimme leiser, er wirkte plötzlich in sich gekehrt. »Eines Abends bin ich hergekommen, und das Theater war geschlossen. Vampire haben die Tür bewacht, und ich habe erfahren, dass das ganze Orchester abgeschlachtet worden war. Es hieß, das Theater sei auf unbestimmte Zeit geschlossen. Mein Vater hat mich nie auf meine Ausflüge hierher angesprochen, aber ich wusste, dass er das Massaker befohlen hatte.«

Ich hätte nicht gedacht, dass ich noch schlimmere Dinge über Nytes Vater in Erfahrung bringen könnte, doch das trieb es wirklich auf die Spitze. Nyte diesen kleinen Funken der Freiheit zu nehmen, die er in der Musik gefunden hatte. Einen unschuldigen Traum zu zerstören, bevor er zu einer meisterhaften Leidenschaft heranwachsen konnte. Ihm etwas Wertvolles zu stehlen, was sein Inneres geheilt hatte, während die Welt ihn zerriss.

Wie wir dort vor einem imaginären Publikum saßen, musste ich an Cassia denken und einen unserer letzten gemeinsamen Momente.

Ich tanze gerne, hatte ich zu Cassia gesagt. *Das habe ich dir, glaube ich, nie erzählt.*

Ich kann es kaum erwarten, dich tanzen zu sehen, hatte sie geantwortet. So selbstbewusst und sicher, auch wenn sie wusste, dass ihr nicht mehr viel Zeit blieb. Und ich hatte keine Ahnung von der Sanduhr gehabt, die über ihr schwebte. *Eines Tages auf einer Bühne.*

»Wie wunderschön du aussehen würdest«, sagte Nyte leise, der Teile meiner Gedanken, die ich für ihn geöffnet hatte, richtig gelesen hatte.

»Ich hätte nie gedacht, dich noch mal mit so einem Teil in der Hand zu sehen.« Drystans Stimme hallte vom obersten Rang zu uns herunter.

Nyte legte die Geige beiseite.

»Wir haben genug Zeit verschwendet. Ich habe Athebyne herbeigerufen, und Eltanin ist auch gekommen.«

»Es war keine verschwendete Zeit«, sagte ich.

Nyte hüpfte von der Bühne und legte mir die Hände an die Taille, um mir hinunterzuhelfen. Er drückte mich kurz, weil er wusste, dass unsere Zeit hier aus vielen Gründen wertvoll gewesen war. Wir hatten Gweneths Mutter geholfen und waren ein Bündnis mit Astrinus eingegangen, das nun bereit war, auf unserer Seite zu kämpfen, sollte es so weit kommen.

Und …

»Wir haben den wahren Namen der Göttin des Morgengrauens herausgefunden.«

34

NYTE

Es war seltsam, direkt nach Althenia hinüberblicken zu können. Die Sterlingberge waren schon immer eine Art natürlicher Wachtposten gewesen, den man passieren musste, um in das Reich der Celestials zu gelangen. Vor nicht allzu langer Zeit hätten wir Althenia nicht einmal von hier oben sehen können, doch der riesige Sternenschleier, der die Celestials jahrhundertelang beschützt hatte, war zerborsten, als ich ihn auf meinem Rachefeldzug nach dem Tod der Goldenen Garde durchquert hatte.

Hier oben spürte ich eine tiefere Verbundenheit zu den Sternen als zum Land, das sich endlos weit vor mir erstreckte, unterbrochen von kleinen Inseln der Zivilisation und durchzogen von silbrig schimmernden Flüssen. Althenia war wirklich ein atemberaubendes Meisterwerk, geformt wie ein sechszackiger Stern.

Doch selbst die schönsten und friedlichsten Ecken von Solanis waren nun vom Krieg gezeichnet. Auch wenn das vergossene Blut mittlerweile von Schnee überdeckt wurde und die Ruinen der Provinz Nova von hier aus nicht sichtbar waren.

»Das wird nicht leicht werden«, rief Drystan mir zu.

Schon seit Stunden suchten wir die Bergausläufer nach dem nächsten Tempel ab, der laut Drystans Karte irgendwo hier sein sollte.

Drystan und Astraea standen am Ufer eines großen Sees und starrten ins Wasser. Da verstand ich.

»Wie tief ist er?«, fragte ich.

»Viel zu tief, als dass einer von uns so lange die Luft anhalten könnte«, sagte Astraea und verschränkte nachdenklich die Arme.

»Dort könnte außerdem auch ein unechtes Schlüsselteil sein. Wir sollten erst die einsammeln, die wir finden können, und uns dann mit den anderen treffen, um zu gucken, ob noch ein Stück fehlt«, schlug Drystan vor.

Ich blickte auf die sich leicht kräuselnde Wasseroberfläche hinunter …

»Vielleicht gibt es eine Möglichkeit, dorthin zu kommen«, sagte ich. Beide sahen mich an. »Dafür wäre allerdings ein kleiner Umweg nötig.«

»Wie *klein* wäre denn der Umweg?«, fragte Drystan. »Wir haben nur noch eine Woche, bis wir uns mit den anderen treffen, und es gibt noch sechs weitere Tempel in Althenia.«

»Da bin ich mir nicht ganz sicher. Ich weiß, dass niemand mehr einen Alleingang machen sollte, aber ich könnte euch hinterherkommen, sobald ich dieses Teil habe …«

»Nein«, widersprach Astraea bestimmt. »Wir haben gesagt, wir trennen uns nicht mehr.«

Ihr panischer Tonfall ließ mein Herz schwer werden.

»Dann gehen wir eben alle …«, schlug ich vor.

Doch diesmal widersprach Drystan mir. »Ich werde mich den anderen Tempeln in Althenia allein widmen, während ihr beide diesen *Umweg* nehmt. Ich komme schon zurecht.«

Astraea nickte zustimmend. »Ich werde Zephyr eine Nachricht zukommen lassen, er sollte dich verbergen können.«

»Ihr benehmt euch echt immer mehr wie die Eltern, die ich nie haben wollte«, sagte Drystan, ging zu Athebyne hinüber und kletterte geschickt auf ihren Rücken.

»Lass dich nur nicht von einer der Prüfungen umbringen oder gefangen nehmen«, sagte ich ausdruckslos.

»Das wäre ein ziemlich trauriges Ende«, erwiderte er und machte sich für den Abflug bereit.

Astraea und ich wandten uns ab, um nicht von den Windstößen von Athebynes Flügelschlägen umgeworfen zu werden. Eltanin brummelte, als der rote Drache davonflog. Sie schienen sich langsam anzufreunden.

Ich nahm Astraeas Hand und zog sie mit mir durch die Leere auf Eltanins Rücken.

»Also, wo geht's hin?«, fragte sie besser gelaunt als die letzten paar Tage.

»Nach Volantis.«

Als ich ihre plötzliche Anspannung bemerkte, beschlich mich eine verdammt schlechte Vorahnung. Ich gebot Eltanin, mit dem Abflug zu warten.

»Spricht was dagegen, dass wir dorthin reisen?« Ich wusste nicht, warum, aber irgendetwas an ihrer Reaktion ließ Wut in mir aufsteigen.

»Es ist … Ich kenne den Lord dort nicht … ich glaube, er heißt Vermont …«, setzte sie an, »jedenfalls wollte er … er wollte mich Goldfell abkaufen, bevor ich fliehen konnte. Goldfell wollte ihm mich und das Herrenhaus vermachen und im Gegenzug über Volantis regieren. Doch es war eine Falle. Goldfell wollte den Lord und seine Männer umbringen und mich dann nach dem Handel mit nach Volantis nehmen.«

Ihre Worte lösten eine solche Welle der Wut in mir aus, dass ich den Griff um sie verstärkte.

Handel. Kaufen. Vermachen.

Ich wünschte, das Arschloch würde nicht immer wieder aus dem Grab kriechen, in das ich ihn befördert hatte.

»Also begegnen wir Vermont mit besonders viel Gewalt. Gut zu wissen«, murmelte ich angespannt. Ich fasste sie am Kinn und drehte ihren Kopf so zu mir, dass sie mich ansehen musste. »Ich hoffe, dir ist klar, dass es nichts gibt, was auch nur annähernd so wertvoll ist wie du, in keinem Reich, keinem Universum.«

Dann küsste ich sie stürmisch, und das leise Stöhnen, das sie von sich gab, entfachte mein Begehren nach ihr.

»Ich bin ihm nie begegnet, ich weiß nicht, wie er so ist«, sagte sie.

Ihre Haare waren größtenteils offen, und ich küsste sie auf den Nacken und atmete den bezaubernden Duft ihrer wilden, silbernen Mähne ein.

»Er wollte dich kaufen. Das verrät mir genug über ihn, um zu wissen, dass seine Stunden gezählt sind.«

Ich suchte nach meiner Verbindung zu Eltanin, und er hörte meinen Befehl, abzuheben.

Als wir das Meer auf dem Weg zu der Vulkaninsel überquerten, lehnte sich Astraea vor, um die endlose Weite des Wassers zu betrachten. Dann ließ sie sich fallen, und ich behielt sie die ganze Zeit im Blick, sah ihr dabei zu, wie sie die wunderschönen, rabenschwarzen Flügel ausbreitete und sich damit abfing. Elegant drehte sie sich um und lächelte uns zu. Eltanin ging auch in den Sinkflug, um ihr zu folgen, während sie knapp über dem Wasser dahinflog.

Sie streckte eine Hand aus, bis ihre Finger die ruhig daliegende Wasseroberfläche berührten. Ihr Lachen war wunderbar.

Dieses perfekte Bild wurde zerstört, als ein dunkler Schatten unter ihr im Wasser erschien und immer größer wurde. Ich versuchte noch, sie durch die Verbindung zu warnen, doch es war zu spät. Eine Hand schoss aus dem Wasser, packte sie am Arm und zog sie innerhalb eines Sekundenbruchteils unter die Oberfläche.

Eltanin brüllte verzweifelt auf und drehte ab, um zurückzufliegen, doch das würde zu lange dauern. Ich schoss durch die Leere, erschien dort, wo sie verschwunden war, und tauchte hinter ihr ins Meer.

Astraea kämpfte mit aller Kraft gegen die Kreatur, doch sie war zu stark. So schnell ich konnte, schwamm ich hinter ihr her, aber sie wurde immer tiefer gezogen, sodass ich sie nicht erreichen konnte. Meine goldenen Tattoos leuchteten auf, so wie ihre silbernen. Ich spürte eine Art von Magie in mir, die ich noch nie benutzt hatte, doch ich dachte nicht darüber nach, handelte einfach nur. Astraea feuerte einen Lichtstrahl auf ihren Angreifer ab, der sie losließ. Ich feuerte ebenfalls einen Lichtstrahl auf die Kreatur, bevor diese erneut nach Astraea greifen konnte.

Ich kann Astraeas Lichtmagie benutzen.

Keine Ahnung, wie das möglich war, in der Vergangenheit hatte ich das nicht gekonnt, auch wenn ich gewusst hatte, dass es bei anderen Paarverbindungen durchaus vorkam.

Astraea wandte das Gesicht nach oben, und ihr gehetzter Blick traf auf meinen. Verzweifelt versuchte sie, zu mir zu gelangen, doch sie kam nicht besonders schnell voran. Entsetzt ging mir auf, dass sie nicht schwimmen konnte.

Die Entfernung zwischen uns kam mir endlos vor. Unmöglich zu überwinden. Doch ich würde nicht aufgeben.

Weitere Gestalten kamen aus der Tiefe hinauf, und die Wut in mir wuchs und wuchs, streckte sich nach der freien Magie aus, die Astraea aus einem Instinkt heraus ausstrahlte. Vielleicht griff ihre Magie auch nach mir, weil sie wusste, dass sie Hilfe brauchte.

Astraea streckte die Hand nach mir aus, und als ich sie endlich erreichte, zog ich sie an mich, bereit, meine ganze Wut nach unten ins Wasser zu schießen.

Die Kreaturen – wahrscheinlich Nymphen, so menschenähnlich waren ihre Gesichtszüge – schreckten zurück, als plötzlich Licht von uns beiden ausging, doch es war nicht unsere Magie, die sie vertrieb. Eine der Nymphen zischte und hieb mit einer Klaue nach dem Gesicht einer anderen. Eine Wolke dunklen Bluts raubte mir die Sicht, und ich verlor sie aus den Augen. Die anderen hielten in ihrer Jagd auf uns inne, um den beiden zuzusehen.

Ich strampelte schon wie wild, um uns nach oben zu transportieren, doch das Brennen in meiner Lunge wurde immer stärker. Dunkelheit machte sich am Rand meines Sichtfeldes breit, die Oberfläche schien unmöglich weit weg, und mein Blick trübte sich. Meine Glieder wurden schwer, jede Bewegung unfassbar träge, doch ich schwamm mit aller Kraft weiter.

Plötzlich schossen wir schneller nach oben, als ich uns fortbewegen konnte.

Sobald wir die Oberfläche erreichten, hielt ich Astraea fest an mich gepresst, während wir beide nach Luft schnappten. Sie keuchte und schien immer wieder kurz davor zu sein, bewusstlos zu werden. Ihre Stirn lehnte an meiner Schulter, doch ich konnte nichts tun, als ihr die nassen Haare aus dem Gesicht zu streichen und sie einfach nur festzuhalten.

»So dumm.«

Diese Stimme kannte ich viel zu gut. Ich hatte unsere Retterin schon erkannt, sobald ich ihren schwarzen Schwanz entdeckt hatte.

Fedora schwamm um uns herum, woraufhin Astraea vor Angst erstarrte. Die Nymphe legte den Kopf schief und sah uns amüsiert an. Dann streckte sie die Hand nach Astraea aus und strich ihr eine nasse Haarsträhne hinters Ohr.

Häufiger, als es mir lieb gewesen war, hatte Fedora mich in der Höhle unter der Bibliothek besucht, die sie durch einen Gang unter Wasser erreicht hatte, der ein flaches Becken speiste. Ich hatte sie gebeten, Astraeas Dolch zu nehmen und ihn an einen Ort in Haus Goldfell zu bringen, an dem sie ihn finden würde. Meinen Teil der Abmachung, dass ich ihr einen mächtigen Dreizack besorgen würde, der sich an Land befand, hatte ich noch nicht eingehalten.

»Wir können Celestialblut riechen, wenn es das Wasser berührt, auch aus großer Tiefe«, sagte sie mit ihrer melodischen Stimme.

»Wie hast du sie vertrieben?«, fragte ich.

Über uns stieß Eltanin ein Brüllen aus, doch er würde nicht nah genug kommen können, um uns zu helfen, und die Leere ließ sich im Wasser nicht öffnen.

»Es hat Vorteile, im Dunklen und Verborgenen zu bleiben, wie du weißt«, sagte sie.

Die Nymphen hatten Angst vor ihrem schwarzen Schwanz, weil sie ihn als schlechtes Omen sahen, so wie die Celestials schwarze Flügel verachteten. Angst bedeutete jedoch auf ihre eigene Art und Weise Macht.

»Du hast aber keine Magie«, gab ich zu bedenken.

»Zumindest bisher.« Sie kam näher und legte mir eine Hand auf die Schulter, während sie mit der anderen weiterhin mit Astraeas Haaren spielte. »Ich warte noch darauf, dass du das änderst, wenn du deinen Teil der Abmachung erfüllst.«

Astraea klapperte mittlerweile mit den Zähnen, und ihre Lippen färbten sich langsam blau. Wir mussten aus dem Wasser, bevor die Eiseskälte das erledigte, was die anderen Nymphen nicht geschafft hatten.

»Wie es der Zufall will, hatte ich genau das vor. Aber erst musst du noch was für mich tun.«

Ihre schwarzen Augen leuchteten kurz auf vor Vorfreude, verengten sich dann aber wütend. »Ich habe meinen Teil der Abmachung eingehalten, indem ich sichergestellt habe, dass dein Stern ihren Sturmsteindolch in Haus Goldfell gefunden hat.«

»Das ist wohl kaum ein fairer Handel, wenn man bedenkt, was du am Ende dafür bekommst.«

»Es ist ja nicht meine Schuld, wenn du so schlecht verhandelst.«

Entfernte Stimmen drangen an mein Ohr, und ich sah, dass ein Schiff auf uns zuhielt.

»Nach allem, was wir gemeinsam durchgemacht haben, willst du mir nicht ein weiteres Mal helfen und dabei die Macht des Dreizacks testen?«

Ein wildes Lächeln breitete sich auf ihrem Gesicht aus. »Woran genau denkst du?«

»Es gibt einen Unterwassertempel in den Sterlingbergen. Wir brauchen deine Hilfe, um hineinzugelangen, sobald wir dir den Dreizack besorgt haben.«

»Ah, ja, es gibt Geschichten über einen verfluchten Tempel unter dem Wasser. Meine Schwestern würden sich nie trauen, so einen uralten Ort aufzusuchen. Zu eurem Glück hätte ich große Lust, die Götter ein wenig zu ärgern.«

»Gut. Sobald ich den Dreizack habe, treffen wir uns dort.«

Fedora lächelte und zeigte dabei ihre gezackten Zähne, was eher angsteinflößend als sympathisch war. Sie legte uns beiden eine Hand an die Wange.

»Es ist so schön, den Stern und die Nacht zusammen zu sehen«, sagte sie in liebreizendem Tonfall. Dann hob sie den Blick, und ihr Ausdruck verdüsterte sich, als sie das herannahende Schiff sah. »Ich könnte euch auch ans Ufer bringen.«

»So lange würden wir es nicht im Wasser aushalten«, erklärte ich.

Sie schmollte. »So schnell verlasst ihr mich wieder?«

»Wie kann ich dich rufen, sobald ich den Dreizack habe?«, fragte ich.

Fedora betrachtete Astraea liebevoll und streichelte ihre Wange, als wäre sie ihr Schoßtier. Dann, bevor ich sie aufhalten konnte, ritzte sie Astraea mit einem scharfen Fingernagel die Wange auf, bis sie blutete. Astraea stöhnte auf und klammerte sich mit schmerzverzerrtem Gesicht fester an mich.

Ich biss die Zähne zusammen, um meine Mordlust zu unterdrücken, während Fedora ihren mit Astraeas Blut benetzten Finger zum Mund führte.

»Gib einen Tropfen in das Wasser in deiner Nähe, und ich werde euch finden«, sagte sie mit genüsslichem Gesichtsausdruck, während sie das Blut ableckte. »Als würde man die Sterne schmecken.« Fedora kicherte, ein gespenstisches Geräusch. »Lasst mich nicht zu lange warten!«, säuselte sie, bevor sie zur Seite abtauchte und im dunklen Wasser verschwand, allerdings nicht, ohne uns mit ihrem Schwanz nass zu spritzen.

»Sie i…ist … ents…setz…li…lich«, sagte Astraea mit klappernden Zähnen.

Mit dem Finger strich ich ihr über die blutende Wange. »Sie ist mir definitiv ein Dorn im Auge.«

»Ich hab's n…nicht m…mal wirklich gespürt. M…mein Gesicht ist ziemlich t…taub.«

Das Boot war jetzt relativ nah, und da die Mannschaft eine Strickleiter zu uns herunterließ, wusste ich, dass sie uns gesehen hatten. Ich blickte in den Himmel, und auch wenn Eltanin sich erst gegen meinen stummen Befehl, uns allein zu lassen, wehrte, flog er schließlich doch davon.

Ich half Astraea auf die Leiter und folgte ihr anschließend hinauf, bis wir beide das himmlische Gefühl fester Holzplanken unter den Füßen spürten. Schützend zog ich Astraea an mich und betrachtete die Mannschaft, die uns abschätzig beobachtete, als wären wir irgendwelche seltsamen Kreaturen, die ihnen ins Netz gegangen waren.

»Es gibt wohl niemand anderen, der behaupten kann, einen Stern aus dem Wasser gezogen zu haben«, durchbrach eine tiefe, raue Stimme die Stille.

Das Deck knarzte, und ich entdeckte einen großen, breit gebauten Mann im mittleren Alter, mit dunklen Locken, die unter einem Dreispitz hervorschauten. Der Kapitän, vermutete ich anhand seines selbstsicheren Auftretens.

Damit, dass Astraea erkannt werden würde, hatte ich schon gerechnet. Doch ich konnte die Erinnerungen der Mannschaft auslöschen, bevor wir an Land gingen, deshalb machte ich mir keine allzu großen Sorgen.

»Wir brauchen eine Überfahrt nach Volantis und können euch gut dafür entlohnen«, sagte ich zum Kapitän.

»Wir haben kein Geld«, widersprach Astraea in meinen Gedanken.

»Sie werden sich nicht daran erinnern.«

»Da wollen wir eigentlich nicht hin«, sagte der Kapitän, »aber ich bin neugierig, was die Sternenmaid und der gefürchtete Nightsdeath auf dieser so geschätzten Insel wollen.«

»Es geht nur um ein politisches Unterfangen.«

»Soso. Auf der Suche nach Verbündeten im Kampf gegen die High Celestials, nachdem ihr Auster Nova umgebracht habt, nehme ich an? Wir sind auf hoher See nicht völlig vom Weltgeschehen abgeschnitten.«

Wenn es doch nur so einfach wäre. Ein Krieg mit nur zwei Seiten. Wir gegen sie. Die Welt hatte keine Ahnung, in welchem Ausmaß der Frieden in Gefahr war.

»So was in der Art, ja«, sagte ich.

Der Kapitän betrachtete Astraea von Kopf bis Fuß, und am liebsten hätte ich ihm die Augen ausgekratzt.

»Ich frage mich, wie zwei Personen mit Flügeln und einem Drachen hilflos und halb erfroren im Meer zwischen dem Festland und Volantis gelandet sind.«

Nur eine Person mit Flügeln, dachte ich mit einem Ziehen in der Brust.

Astraea erschauderte, und so langsam verlor ich die Geduld.

Wie lange wollte die Mannschaft sich noch amüsieren, während Astraea litt?

»Wenn ihr ein Feuer habt, an dem wir uns wärmen und trocknen können, teilen wir unsere Geschichte gerne mit euch.«

Der Kapitän ignorierte mich und wandte sich stattdessen an Astraea. »So still, Maid.«

Tu nichts Unüberlegtes, ermahnte ich mich selbst.

»Ich bin nicht gerade in der Stimmung für Banalitäten, wenn ich das Gefühl habe, immer noch im Meer zu stecken.«

Wenigstens hatten ihre Zähne aufgehört zu klappern.

Der Kapitän lachte brummend. »Nun gut. Folgt mir.«

Irgendwie vertraute ich ihm nicht, auch wenn ich nicht wusste, warum. Wir mussten ihm wohl oder übel folgen, doch immerhin beruhigte mich der Gedanke daran, dass ich jede Person auf diesem Schiff ohne schlechtes Gewissen umbringen konnte, sollten sie Astraea auch nur ein Haar krümmen.

Wir gingen unter Deck, und die Wärme, die dort herrschte, war eine Erleichterung. Im Zimmer des Kapitäns ging Astraea sofort zum Feuer hinüber, sank davor auf die Knie und wärmte leise seufzend ihre Hände daran.

Währenddessen sah ich mich in der Kajüte um, die luxuriös eingerichtet war, mit roten Teppichen und einem samtbespannten Stuhl hinter einem Schreibtisch aus Mahagoni.

»Der Handel scheint gut zu laufen«, bemerkte ich und ging wie automatisch zu Astraea hinüber, ohne den Mann aus den Augen zu lassen.

»Ich bin Kapitän des besten Schiffs der Welt, der *Silbermöwe*«, erwiderte er stolz und schritt mit hinter dem Rücken verschränkten Armen durchs Zimmer.

Ich kniete mich hin und löste Astraeas schweren, durchweichten Umhang. Sie lächelte mich dankbar an, als ich ihn ihr abnahm.

»Du solltest dir auch die Stiefel und Socken ausziehen«, sagte ich in Gedanken zu ihr.

»Du musst ebenfalls deine Kleidung trocknen«, erwiderte sie.

Ich legte meinen Umhang ab, erhob mich dann aber und blickte den Kapitän an. »Wie heißt du?«

»Balthezar Corrick«, erwiderte er.

Sein Name kam mir vage bekannt vor, aber ich wusste nicht, woher.

Der Kapitän setzte sich auf den prachtvollen Sessel hinter seinem Schreibtisch, der deutlich ordentlicher war, als ich es erwartet hätte. Er strahlte eine Ruhe aus, die mir verriet, dass er keine Angst vor uns hatte, und ich fragte mich, woher er diese Selbstsicherheit nahm.

Es gefiel mir nicht.

Mit in den Taschen vergrabenen Händen schlenderte ich durch den Raum und versuchte, mir anhand der Gegenstände im Zimmer ein Bild von ihm zu machen.

Ich griff nach einer silbernen Kugel, die in einem der Regale lag, und warf sie ein paarmal in die Luft.

»Ich mag es nicht, wenn andere meine Sachen anfassen«, sagte Balthezar.

Doch ich lächelte nur und warf die Kugel erneut hoch. »Kein Grund, so empfindlich zu sein, wenn Besitz doch relativ ist. Sollte ich dieses Schiff niederbrennen und auf den Meeresboden schicken, würde nichts hiervon länger dir gehören.«

Ich warf ihm die Kugel zu und freute mich über seinen genervten Gesichtsausdruck, als er sie auffing. »Provoziert ihr immer diejenigen, die euch Hilfe anbieten?«

Mit einem leisen Lachen ließ ich meine Finger über weiteren Tand wandern. »Dann habt ihr hier auf dem Meer wohl doch nicht alles mitbekommen, wenn du meinen Namen kennst und trotzdem erwartest, nett von mir behandelt zu werden. Machen wir uns nichts vor: Wir wissen beide, dass jedes

Leben auf diesem Schiff, deins inklusive, in meinen Händen liegt.«

Ich spürte Astraeas Blick im Rücken, und auch wenn sie mich nicht laut tadelte, fühlte ich es doch.

Balthezar erhob sich von seinem Stuhl. »Du wagst es, mir und meiner Mannschaft zu drohen?«

Ich wollte, dass er wütend wurde, mich herausforderte, damit er wusste, wozu ich in der Lage war, sollte es nötig werden. Ich würde keine Risiken eingehen, auf diesem Schiff voller Piraten, die aktuell eine sehr wertvolle Fracht geladen hatten und in Versuchung geraten konnten, etwas *sehr* Dummes zu tun, um sie an sich zu bringen.

»Würdest du meinen Ruf kennen, dann wüsstest du, dass keine Person, der ich je gedroht habe, noch am Leben ist.«

»Oh, ich weiß genug über dich, Nightsdeath, keine Sorge.«

Ich korrigierte ihn nicht. Die dunkle Präsenz in mir mochte verschwunden sein, doch ihr Ruf verlieh mir weiterhin Macht.

»Gut.«

»Zum Beispiel, wie man dich endgültig umbringen kann.« Er sah zu Astraea hinüber.

»Wenn auch nur ein Tropfen ihres Bluts auf diesem Schiff vergossen wird«, warnte ich ihn mit eiskalter Stimme, »ob aus Versehen oder mit Absicht, werde ich sichergehen, dass die Nymphen ein Festmahl bekommen.«

»Nyte …«, ging Astraea dazwischen.

Sofort beruhigte sich das wilde Tier in meiner Brust. Ich zwang mich zu einem Lächeln in Balthezars Richtung, doch er wusste, dass keinerlei Freundlichkeit darin lag.

»Hätte ich euch doch einfach ertrinken lassen«, fauchte er und rieb sich den Nacken.

»In dem Fall hätte ich euch bis ans Ende der Welt gejagt, weil die Maid euretwegen gelitten hätte. Bei euren letzten Atemzügen hättet ihr meine Drohung auf jeden Fall ernst genommen.«

»Wir sind dankbar für eure Hilfe«, sagte Astraea nachdrücklich.

Auf ihre freundliche Art würde Balthezar besser anspringen. Ich hatte ihm ausreichend deutlich gemacht, dass jede Handlung zu unserem Nachteil ungesunde Konsequenzen für ihn hätte. Wir waren ein gutes Team.

»Darf ich fragen, wohin eure Reise führt?«, fragte Astraea und begann ein Gespräch mit ihm, an dem ich kein Interesse hatte.

Stattdessen streifte ich weiter durchs Zimmer und sah mich um. Was ich als Nächstes entdeckte, ließ mein Herz schneller schlagen. Auf einem Samtkissen lag ein goldenes Fernrohr.

Das konnte doch nicht das sein, für das ich es hielt …?

»Musst du denn alles anfassen, was dir ins Auge sticht?«, murrte Balthezar.

Ohne ihn zu beachten, nahm ich das Fernrohr hoch und begutachtete es, auf der Suche nach einem Anzeichen dafür, dass es aus dem Schatz des Wanderers stammte.

Wetten, Drystan könnte es ihm irgendwie ansehen?

»Mein Bruder interessiert sich für solches Zeug. Er würde sich über ein Mitbringsel von unseren Reisen freuen, meinst du nicht?«, fragte ich Astraea und hielt das Fernrohr mit möglichst neutralem Gesichtsausdruck hoch.

»Nichts in diesem Zimmer ist zu verkaufen«, warnte Balthezar mich.

»Oh, er würde sich so sehr freuen«, sagte Astraea begeistert und nahm mir das Fernrohr aus der Hand. Sie tat so, als würde sie es bewundern. »Selbst mich fasziniert es.«

»Wie viel soll es kosten?«, fragte ich den Kapitän.

Seine Augen verengten sich. »Das ist ein Familienerbstück und wird seit Jahrhunderten immer weitergegeben. Das Fernrohr ist unbezahlbar.«

»Nichts, was einen materiellen Wert hat, ist unbezahlbar.«

Balthezars Blick wanderte zu Astraea hinüber, als würde er *sie* gegen das Fernrohr eintauschen, und jeder Muskel in meinem Körper spannte sich an, bereit, ihm an die Gurgel zu gehen, sollte er diesen Vorschlag aussprechen.

»Man sagt, das Blut der Maid könne jede Krankheit heilen und ihr Haar einem Menschen Unsterblichkeit schenken.«

»Man sagt auch, die Seele eines Piraten würde in den Tiefen des Ozeans verschwinden, sollte er an Bord seines Schiffs getötet werden. Ich würde nur zu gerne herausfinden, ob dieses Gerücht stimmt.«

»Mein Blut kann nicht jede Krankheit heilen«, warf Astraea ein.

Ihre Stimme war kaum zu hören, und ich wusste, dass sie an ihre Freundin Cassia dachte. Ihr Blut hatte nur das Unausweichliche hinausgezögert, doch am Ende hätte Cassias Krankheit sie das Leben gekostet.

»Sieh nur, was du angerichtet hast, jetzt ist sie aufgebracht«, sagte ich aus zusammengebissenen Zähnen, weil der Nachhall von Astraeas Traurigkeit über mich hinwegrollte.

Bevor ich handeln konnte, griff sie mit ihrer warmen Hand nach meiner.

»Es tut mir leid«, sagte Balthezar zögerlich und sah mich an, als hätte ich ein Minenfeld in seiner Kabine ausgelegt und ein falscher Schritt würde dazu führen, dass ich mich auf ihn stürzte. »Aber das ist mein Preis: eine Probe ihres Bluts und eine Strähne ihres Haars.«

»Du glaubst, es könnte das Fernrohr aus dem Schatz des Wanderers sein, oder?«, erklang Astraeas Stimme in meinen Gedanken.

»Ja. Es könnte aber genauso gut ein sehr altes, gewöhnliches Fernrohr sein. Ich könnte es einfach aus seinen Gedanken löschen. Eigentlich wollte ich wirklich zivilisiert sein, aber so kommen wir nicht weiter.«

»Wir können uns nicht einfach alles nehmen, was wir wollen.

Man weiß nie, wann der nächste Bekannte überraschend wieder auftaucht.«

Ich wickelte mir eine Strähne ihrer wunderschönen, silbernen Haare um den Finger. »Ich teile nicht gerne«, sagte ich laut.

»Für unsere Freunde können wir eine Ausnahme machen«, sagte sie und lächelte Balthezar freundlich an.

Ich seufzte, zog ein Messer hervor und hielt es an die Strähne, die um meinen Finger gewickelt war.

»Bist du sicher?«, fragte ich sie in Gedanken.

»Es wird nachwachsen.«

Es schmerzte mich, auch nur eine Strähne ihres wunderschönen Haars abzuschneiden, und noch mehr, dass jemand es in die Finger bekam, dem ich nicht vertraute.

»Was hast du damit vor?«, fragte ich, während Balthezar bewundernd die Haarsträhne betrachtete, die auch im abgeschnittenen Zustand noch glitzerte.

»Ich weiß es noch nicht«, sagte er, als würden ihm Tausende Möglichkeiten durch den Kopf gehen, wie er Profit daraus schlagen konnte.

Ich ballte die Hände zu Fäusten.

Balthezar öffnete die oberste Schublade seines Schreibtischs und holte eine kleine Schachtel hervor. Er band die Strähne mit einer lilafarbenen Schleife – *wie passend* – zusammen, bevor er sie verstaute. Als Nächstes holte er eine kleine Flasche hervor und blickte uns erwartungsvoll an.

Ich drehte mich um und sah, dass Astraea schon den Sturmsteindolch in der Hand hatte, doch ich hielt sie auf.

»Lass mich das machen«, sagte ich und schlüpfte in ihre Gedanken, um ihr den Schmerz zu nehmen, während ich ihr in die Hand schnitt.

Als sie verstand, was ich getan hatte, sah sie mich überrascht an, dann lächelte sie dankbar. So verdammt liebenswürdig. Beim Geruch ihres Bluts spitzten sich die Zähne in meinem

Mund zu. Der Gedanke daran, dass ein anderer Mann ihr Blut erhalten würde, ließ Besitzansprüche in mir aufsteigen. Mehr noch als bei ihren Haaren fiel es mir körperlich extrem schwer, nicht über den Tisch zu greifen und Balthezar das Herz aus der Brust zu reißen.

»Man kann deine Gewaltbereitschaft schon fast schmecken«, sagte Astraea in Gedanken zu mir.

Sie streichelte mich innerlich, und ich küsste sie auf die Schläfe, bevor ich zu einem Wandbehang hinüberschlenderte.

»Ist der hier sehr alt oder wertvoll?«, fragte ich und zeigte darauf.

Balthezar blickte auf, nachdem er die Flasche mit Astraeas Blut mit einem Korken verschlossen hatte. »Das war das Geschenk eines sehr reichen …«

Er verstummte urplötzlich, als ich ein Stück vom unteren Rand abriss.

»Teil unseres Handels«, erklärte ich und verband Astraea mit dem Stoffstreifen die Hand.

»Wie lange dauert es noch, bis wir in Volantis ankommen?«, fragte sie Balthezar.

Er sah zu dem Apparat über dem Feuer hinüber, der mithilfe von Sand und Metallkugeln, die darin umherrollten, die Uhrzeit anzeigte. »Sollte das Meer ruhig bleiben, werden wir Volantis gegen Morgen erreichen. Doch die ewige Nacht hat das Meer wütend gemacht. Ich fürchte, je länger dieses Ungleichgewicht herrscht, desto heftiger wird es sich auflehnen.«

Im Gegensatz zu allen anderen fürchtete ich das Ungleichgewicht nicht. Mir war es egal, wenn diese Welt zusammenbrach, solange ich Astraea mit in eine andere nehmen konnte, in so viele andere wie nötig, um Frieden zu finden. Doch für sie *sollte* es mir wichtig sein. Denn sie hatte Freunde hier und eine Pflicht, der sie nachkommen musste.

Es war schon nach Mitternacht, und mit ihren nächsten

Worten brachte Astraea unser beider Müdigkeit nach dem ungeplanten Bad im Meer zum Ausdruck.

»Gibt es einen Ort, an dem wir uns ein paar Stunden lang ausruhen können?«, fragte sie.

»Ihr könnt euch hier ausruhen.«

»Danke«, sagte sie lächelnd und nahm meine Hand. »Ich war noch nie auf einem Schiff, ich würde gerne noch mal das Meer vom Deck aus sehen, bevor ich mich hinlege.«

Ich strich ihr über die Wange. »Alles, was du willst.«

Wir ließen Balthezar in seiner Kabine zurück. Trotzdem regte sich noch eine gewisse Unruhe in mir, wegen der Anwesenheit der Fremden, der Piraten, die uns umgaben. Wahrscheinlich würde ich heute Nacht kein Auge zutun.

Auf dem Weg zur Reling des Schiffs wollte Astraea meine Hand loslassen, doch ich verstärkte meinen Griff um sie, sodass sie mich stattdessen mit sich zog. Sie blickte in die Sterne hinauf. Mehr als je zuvor schossen über den Himmel, fielen herab und richteten außerhalb unserer Sichtweite Verheerung an. Hin und wieder hörte ich das Land bersten und aufreißen. Wenn die Sterne das Land weiterhin so malträtierten, blieb bald nichts als Schutt und Asche übrig.

»Es war alles eine Lüge«, sagte sie, jedoch nicht zu mir, nicht einmal wirklich zu sich selbst.

Von hinten legte ich die Arme um sie und sah in den Himmel hinauf, dessen Anblick gleichzeitig wunderschön und herzzerreißend war. Ein Himmel voller gefangener Seelen. Der Tod hatte ihr diese Lüge offenbart: Die Celestials hatten ihre Macht aus den gefangenen Seelen anderer gezogen.

Astraeas Aufgabe als Maid des Todes war es nun, sie alle zu befreien und in das Reich des Todes zu überführen, wo sie in Frieden ruhen konnten. Doch je mehr Zeit verging, je mehr Seelen starben und Sterne vom Himmel fielen, desto näher kam die Welt, wie wir sie kannten, ihrem Ende.

»Ich glaube daran, dass es mit dir einen neuen Morgen geben kann«, sagte ich.

»Dafür muss ich meine Eltern umbringen. Morgengrauen und Abendrot. Was ist, wenn unsere Welt ohne sie nie wieder ins Gleichgewicht kommt?«

»Dann bringe ich das neue Abendrot.«

Sie löste den Blick vom Himmel und drehte sich zu mir um.

»Ich habe Angst«, flüsterte sie. »Ich habe Angst, dass meine Eltern recht haben und ich nichts anderes bin als Sternenstaub. Alle schauen mich an und sehen in mir einen Teil der Götter. Meine Magie, mein Blut, meine Haare.«

Sanft legte ich eine Hand an ihre Wange, war ihr vollständig verfallen in diesem Moment, auch wenn ich ihr nicht erklären konnte, wie sehr sie die Nacht in mir zum Leben erweckte.

»Bei den Sternen, du bist im Mondlicht regelrecht atemberaubend.« Ich musste sie einfach küssen, um mein Begehren nach ihr zumindest ein wenig zu stillen. »Willst du wissen, was ich denke?«

»Ja.«

»Dass keine Meinung zählt, außer deiner eigenen. Deine Eltern halten dich für ungehorsam, ich finde dich mutig. Auster dachte, du könntest nie ein Königreich führen. Ich denke, du kannst ein ganzes *Weltreich* regieren. Doch was wirklich zählt, ist, was du selbst über dich glaubst, tief in dir drin. Und wenn es etwas gibt, was du werden willst, dann unterstütze ich dich auf dem Weg dahin bei jedem einzelnen Schritt.«

Tränen sammelten sich in ihren silbernen Augen. »Ich will mutig und mächtig sein.«

»Und was wirst du dafür tun?«

Sie nahm einen tiefen, selbstbewussten Atemzug. »Ich war noch nicht fertig.«

Mein Mund verzog sich zu einem Lächeln.

»Ich will so viele Dinge sein, und ich werde sie auch sein.

Aber ich will *dich*. In der Vergangenheit dachte ich immer, dafür müsste ich etwas opfern. Dass ich nicht alles sein *und* dich haben kann. Doch diesem Schicksal verweigere ich mich.«

Das zu hören, befriedigte meine Seele ungemein.

»Als Abendrot und Morgengrauen, als Nacht und Sterne, als Dunkelheit und Licht«, versprach ich ihr, »werden wir zwei, du und ich, gegen dieses Schicksal ankämpfen, bis ans Ende unserer Tage.«

35

Nyte

Astraea war auf einer Chaiselongue vor dem Feuer in Balthezars Kabine eingeschlafen. Ich saß an ihrer Seite und war mir überdeutlich bewusst, dass der Kapitän sich im gleichen Raum befand.

Ohne ein vorheriges Klopfen wurde die Tür knarzend aufgeschoben, und ich stand auf, bereit, uns gegen den Eindringling zu verteidigen. Die Person, die schüchtern den Kopf hereinstreckte, war jedoch deutlich kleiner, als ich erwartet hatte.

»Du sollst doch schlafen, mein Junge«, sagte Balthezar, legte seine Schreibfeder hin und bedeutete dem Jungen, ganz hereinzukommen.

Mit Kindern an Bord hatte ich nicht gerechnet.

»Ich k-konnte ni-nicht schlafen«, sagte er.

Er war mit Sicherheit nicht älter als zwölf, und sein Stottern schien nicht von seiner Schüchternheit zu stammen. Er ging um den Schreibtisch herum zu seinem Vater. Der Junge hatte die gleichen wuscheligen braunen Locken wie Balthezar, zusätzlich jedoch Sommersprossen auf Nase und Wangen und tiefgrüne Augen, die er wahrscheinlich von seiner Mutter geerbt hatte. Da er allein war, vermutete ich, dass seine Mutter entweder tot oder zumindest nicht an Bord des Schiffs war.

»Wie heißt du?«, fragte ich den Jungen, der mir immer wieder neugierige Blicke zuwarf.

»Brody.«

»Ich heiße Nyte.«

Der Junge lächelte und entspannte sich ein bisschen, jetzt, wo wir Namen ausgetauscht hatten. Während ich auf diesem Schiff festsaß, konnte ich genauso gut ein paar Informationen sammeln.

»Ihr habt mehrfach Haus Goldfell besucht, oder?«, fragte ich Balthezar.

Der Kapitän zog die Augenbrauen hoch, während er zwei Gläser von etwas eingoss, das wie Rum roch. Er hielt mir eins davon hin, doch ich nahm es nicht an.

»Ein paarmal, ja. Für Handelsbeziehungen zwischen Volantis und … ich kann mich gerade nicht an seinen Namen erinnern, aber der Kerl, dessen Haus es war, war zu arrogant und eingebildet für meinen Geschmack.«

Er wusste Goldfells Namen nicht mehr, weil ich ihn komplett ausgelöscht hatte; auch an das Aussehen des Arschlochs würde er sich kaum erinnern können.

»Wie viele Schiffe und Kapitäne fungieren als Handels- und Kommunikationsweg zwischen Volantis und dem Festland?«, fragte ich.

Als Brody die Seite seines Vaters verließ und zu der friedlich schlafenden Astraea hinüberging, versteifte ich mich. Ich hatte ihr Gehirn in einen tiefen Schlaf versetzt, sie brauchte es.

Mutig ließ sich Brody am Fuß der Chaiselongue nieder. »Sie ist sehr hübsch. Und ihre Haare glitzern.«

Ein wunderschönes, leises Lachen hallte in meinen Gedanken wider, als wäre sie wach und hätte das Kompliment gehört.

»Um deine Frage zu beantworten …«, sagte Balthezar, »Vermont ist ein sehr paranoider und vorsichtiger Mann. Viele haben versucht, seine Insel einzunehmen, die sehr reich ist, wie dir sicher bekannt ist. Soweit ich weiß, erlaubt er es keinem anderen Schiff als der *Silbermöwe,* bei ihm anzulegen.«

Balthezar gab damit nicht an, für ihn schien es nur ein Auftrag zu sein, egal, wie reich die Person war.

»Vor vielen Monaten war ein besonders wertvoller Handel zwischen Vermont und Goldfell im Gespräch«, erwähnte ich beinahe beiläufig.

Er nahm einen Schluck und schien nachzudenken. Dann fiel es ihm wohl wieder ein. »Ah, ja, jetzt, wo du es sagst. Goldfell wurde in seinem Herrenhaus umgebracht, bevor der Handel abgeschlossen werden konnte. Vermont war ungewöhnlich wütend darüber. So langsam ist er die Isolation leid und meinte, dass Goldfells Teil des Handels so wertvoll gewesen sei wie ganz Volantis. Ich kann mir wirklich nicht vorstellen, was es gewesen sein könnte …« Sein Blick wanderte zu Astraea hinüber, erst gedankenverloren, bis ihm klar wurde, dass sie das fehlende Puzzleteil war. »Ich verstehe. Goldfell hatte sie damals?«

»Sie konnte sich nicht an ihre Vergangenheit erinnern«, sagte ich verbittert, weil er mir mein Versagen vor Augen hielt: dass ich sie bei Goldfell gelassen hatte, weil ich dachte, sie wäre dort in Sicherheit, dabei war er genauso grausam gewesen wie die Welt außerhalb seines geliebten Herrenhauses.

»Wie tragisch, da hat man das mächtigste Wesen des Kontinents in den Fängen, und sie weiß es nicht mal. Ich bin froh, dass sie entkommen konnte, wie auch immer sie das geschafft hat. Mir scheint, das Schicksal öffnet uns stets die Türen, durch die wir gehen müssen. Und es braucht einen starken Willen, um hindurchzugehen, ohne zu wissen, was dahinter liegt.«

Brody streckte die Hand nach Astraeas Haaren aus, und ich musste mich sehr zusammenreißen, ihn nicht anzufahren.

»I-ist es ma-ma-magisch?«, fragte er unschuldig.

»Sie ist pure Magie«, antwortete Balthezar in einem Tonfall, als würde er eine Gutenachtgeschichte vorlesen. Diese Seite an ihm hatte ich nicht erwartet. Er lächelte seinem Sohn zu, dessen Augen ganz groß vor Staunen geworden waren, weil er mehr hören wollte.

»Sie ist aber auch eine ganz normale Person«, sagte ich und sah zu ihr hinüber. Astraea war so viel mehr als die Schöpfung der Götter. »Eine Person, die liebt, kämpft und träumt, so wie alle anderen.«

»Ich will, dass sie aufwacht, damit ich sie kennenlernen kann«, sagte Brody.

»Es ist schon längst Schlafenszeit, mein Sohn. Du solltest auch im Bett liegen.«

Brody zog einen Schmollmund.

»Was kannst du mir über Vermont erzählen?«, fragte ich Balthezar.

Er fuhr sich mit der Hand durch die wirren Haare und schien in sich zu gehen. »Volantis ist schon lange eine unabhängige Insel. Vermont ist im Grunde genommen ihr König. Doch die Menschen dort behandeln ihn wie einen Gott; sie sagen, er sei ein Mann gesegnet mit Glück und Wohlstand und könne diesen Segen an sein Volk weitergeben. Manche halten ihn für einen Propheten.«

Fast hätte ich laut aufgelacht. »Glaubst du das auch?«

»Nein. Er ist ein Mann mit Macht und Reichtum, was ihm beides leicht genommen werden kann. Darf ich fragen, was ihr von ihm wollt?«

»Er hat etwas, das ich benötige.«

»Noch ein Souvenir, wie das Fernrohr?«

»Könnte man so sagen.«

Balthezar schnaubte. »Dann lass dir gesagt sein, dass eine Haarsträhne und eine Blutprobe ihm nicht reichen werden, egal, was ihr von ihm wollt.« Er ließ den Blick über Astraea wandern, von Kopf bis Fuß, und am liebsten hätte ich ihm die Augen ausgestochen. »Er wird sie ganz wollen.«

Mein Kiefer spannte sich an. »Wir können schon mit ihm umgehen.«

»Er ist ein mächtiger Mann. Wäre er leicht zu hintergehen, hätte er wohl kaum länger als ein Menschenleben gelebt und das reichste Handelsimperium so lange unter Kontrolle gehalten. Manche glauben, er ist ein vom Gold gesegneter Gott, weil seine Finger in das Material getaucht zu sein scheinen … Sobald er die Maid erblickt, wird er versuchen, sie zu seinem Eigentum zu machen.«

»Die goldene Haut könnte leicht durch Sternenstaub hervorgerufen werden.«

»Das stimmt, doch dem Glauben und den Legenden wohnt Macht inne. Und es gibt viele Legenden über Vermont, die die Leute glauben lassen, dass er heilig ist. Sosehr ihr auch versucht sein mögt, das Ganze durch Gewalt zu regeln, und auch wenn ihr es mit ihm aufnehmen könnt, würde ich es nicht empfehlen. Vermont wird in Volantis so verehrt wie die Sternenmaid im Rest der Welt.«

»Dann werde ich ihn umbringen und ihnen zeigen, dass Astraea die einzige *wahre* Göttin ist, die unter ihnen weilt«, sagte ich.

»Das könntest du bestimmt, doch sei vorsichtig, Rainyte, um ihretwillen. Die Sternenmaid braucht alle Verbündeten, die sie kriegen kann, und ein Volk, das dazu *gezwungen* wurde, sich vor ihr zu verneigen, wird sich immer daran erinnern.«

Für sie würde ich meine Impulse unter Kontrolle halten müssen. Irgendetwas sagte mir, dass ich mich in Vermonts Anwesenheit extrem zusammenreißen müsste.

»Werdet ihr anschließend eine Überfahrt zum Festland benötigen?«, fragte Balthezar.

»Nein.«

»Ich habe euren Drachen gesehen. Ist es wahr, dass es noch mehr von ihnen gibt?«

Ich betrachtete ihn nachdenklich. »Ja.«

Balthezar sagte nichts weiter. Er stand auf und wies Brody mit einer stummen Geste an, zu ihm zu kommen. »Wir sollten in ein paar Stunden anlegen. Hier werdet ihr vor Piratenangriffen in Sicherheit sein.«

»Du vertraust uns genug, um uns mit all deinen Schätzen allein zu lassen?«

Balthezar legte Brody eine Hand auf die Schulter und sah den Jungen liebevoll an. »Du weißt doch genauso gut wie ich, dass die größten Schätze nicht Gegenstände, sondern Personen sind.«

36

Astraea

Als wir von Bord der *Silbermöwe* gingen, schienen wir kein neues Land zu betreten, sondern eine ganz neue Welt. Die Temperatur war deutlich angenehmer. Fast schon warm. Aber auch abgesehen vom Wetter war ich von dem Anblick der in der Ferne sichtbaren, großen weißen Häuser mit runden Dächern, die in der Mitte spitz zuliefen, beeindruckt. Die Häuser und Brücken, die wir bisher passiert hatten, waren eher schlichte weiße Bauwerke mit goldenen Akzenten gewesen.

Die Berge, die nicht ganz so zerklüftet aussahen wie die auf dem Festland, waren wohl vulkanischer Natur, wie ich es schon gelesen hatte. In der ewigen Nacht lag das Königreich düster vor uns, doch ich konnte mir gut vorstellen, wie wunderschön es bei Tageslicht aussehen würde.

Nyte und ich behielten von einer engen Gasse aus die gut beleuchteten Straßen im Blick und bemerkten schnell, wie sehr wir in unserer dunklen, schweren Kleidung auffallen würden. Hier trugen die meisten Leute Beige und Gold oder andere helle Farben.

Als ich zurück in die Richtung blickte, aus der wir gekommen waren, konnte ich gerade so eben den Hafen sehen, wo die *Silbermöwe* vor Anker lag.

»Glaubst du, wir werden Balthezar und seinen Sohn wiedersehen?«, fragte ich hoffnungsvoll. Wir hatten keine Zeit gehabt, uns zu verabschieden.

»Ich hoffe nicht«, sagte Nyte.

»Also ich fand sie reizend.«

»Ich ziehe immer noch in Erwägung, zurückzugehen und ihre Erinnerungen an uns auszulöschen.«

»Bitte mach das nicht«, sagte ich. »Ich kann es nicht erklären, aber ich vertraue dem Kapitän. Vielleicht brauchen wir eines Tages Verbündete auf See.«

Zögerlich signalisierte Nyte sein Einverständnis. »Wir sollten uns angemessene Kleidung besorgen«, sagte er und blickte sich nach Läden um, in denen wir fündig werden könnten.

»Wir haben kein Geld.«

»Ich brauche kein Geld.«

Vorwurfsvoll sah ich zu ihm auf, weil mir der Gedanke an Diebstahl nicht gefiel, doch wir hatten keine andere Wahl.

Als ich mir Nyte in einer anderen Farbe als Schwarz vorstellte, konnte ich nicht anders, als zu grinsen. Er verdrehte die Augen, als wüsste er, was ich dachte.

»Wie willst du uns in Vermonts Palast schmuggeln?«, fragte ich.

Selbst von hier aus konnten wir das weitläufige, markante, goldene Gebäude sehen, das über dem Rest der Insel thronte.

»Balthezar meinte, dass im Laufe des Tages ein Wanderzirkus eintreffen soll, für den fünfundzwanzigsten Geburtstag von Vermonts Sohn. Sie treten heute Abend bei einem Festessen auf.«

»Und was ist dein Plan? Schließen wir uns dem Zirkus an?«, fragte ich sarkastisch.

Einen kurzen Moment sagte Nyte nichts, sondern lächelte nur. »Mit deiner Flexibilität bist du doch ein Naturtalent«, erwiderte er dann.

Bei dem Gedanken wurde mir schlecht. »Ich bin keine Darstellerin«, fauchte ich.

»Natürlich bist du das, ich war doch dabei. Und ich freue mich schon sehr darauf, dich noch mal tanzen zu sehen.«

Nervosität machte sich in mir breit. »Das ist ein absurder Plan! Sie werden eine Kulisse haben, eine Choreografie, feste Routinen! Ich werde mich lächerlich machen.«

»Nicht, wenn wir den Direktor glauben machen, dass du seine beste Darstellerin bist, die ihr eigenes Solo hat.«

Ich funkelte ihn wütend an. »Und was machst du in der Zeit?«

»Nach dem Dreizack suchen, natürlich.«

»Der könnte überall sein.«

»Ich hoffe, dass ich in den Gedanken irgendeiner anwesenden Person Hinweise auf ihn finden werde.«

Seine Fähigkeiten waren wirklich praktisch, das musste ich zugeben.

»Der Plan gefällt mir nicht«, grummelte ich.

Nyte lächelte erneut, er hatte offensichtlich Spaß daran. »Das kommt schon noch.«

Wir verbrachten die nächsten Stunden damit, die Augen nach dem Zirkus offen und uns versteckt zu halten. Als die Darstellerinnen und Darsteller endlich eintrafen, war ich vor Aufregung schon ganz hibbelig.

Sie ließen ihre Wagen voller Feuerschlucker, Tänzerinnen, Magier und anderer wunderbarer, verborgener Talente anhalten, und Nyte lockte ohne Probleme einen Tänzer und eine Tänzerin weg, deren Kleidung wir uns *leihen* wollten. Wir mussten sie in ein Gasthaus bringen, und weil ich unmöglich die Ledermontur dalassen konnte, die Nadir mir geschenkt hatte, hatten wir keine andere Wahl, als unsere Opfer nur in ihrer Unterwäsche schlafend zurückzulassen. Wahrscheinlich würden sie irgendwann aufwachen und glauben, sie hätten zu viel Wein getrunken, an den sie sich nicht mehr erinnerten, und wären anschließend zusammen im Bett gelandet.

Ich fühlte mich zwar ein bisschen schlecht deswegen, doch es war ein kleines Opfer im Vergleich zu dem großen Ziel, das Nyte und ich verfolgten.

Ich trug jetzt Kleidung ähnlich wie die, die ich im Herrenhaus stets angehabt hatte. Das knallpinke Oberteil ging mir nur bis knapp unter die Brüste, hatte aber lange, durchsichtige Ärmel. Der Rock war auch durchsichtig, hatte jedoch eine eingenähte Unterhose. Das Ensemble war elegant und leicht. Nachdem ich mir auch die dazugehörigen Sandalen angezogen hatte, drehte ich mich zu Nyte um. Sofort musste ich mir den Mund zuhalten, um nicht laut loszulachen, doch meiner Nase entwich trotzdem ein belustigtes Prusten.

»Wehe, du erwähnst das hier nach heute Abend noch mal«, sagte er ausdruckslos, während er sich einen kleinen Hut mit einer oben herausragenden Fasanenfeder aufsetzte.

Seine Hose war an der Taille und an den Knöcheln eng, dazwischen aber weit und fließend, und sie passte farblich zu meinem Oberteil. Die Weste war immerhin schwarz, doch darunter war er nackt. Abgesehen davon, dass Pink absolut albern an ihm aussah und ich mich an den Schnitt der Hose gewöhnen musste, sah er gar nicht so übel aus.

»Lass es uns hinter uns bringen«, sagte er.

Mit einem gleichermaßen belustigten und verlockenden Lächeln packte ich ihn am Revers der Weste und zog ihn an mich, bevor er sich zur Tür umdrehen konnte. »Ich finde, du siehst nicht schlecht aus«, schnurrte ich.

»Nicht schlecht?«

Ich biss mir auf die Lippe, und sofort wanderte sein Blick zu meinem Mund hinunter. Er hob die Hand, um meine Lippe zu befreien, dann küsste er mich heftig. Der Kuss war tief und leidenschaftlich, aber kurz.

Abrupt zog er sich von mir zurück. »Du siehst so unglaublich bezaubernd aus, dass ich nicht weiß, wie ich mich da drinnen zurückhalten soll. Ich will dich so sehr ficken, ich glaube nicht, dass du dafür bereit bist.«

Lust breitete sich in meinem Unterleib aus, und ich vergrub die Hände im Stoff seiner Kleidung. »Bei unserem nächsten Mal werde ich das Sagen haben.«

Das Gold in seinen Augen schien heller aufzuleuchten. Nur ich hatte dank meiner Nähe zu ihm das Privileg, die Nuancen seiner sich verändernden Augen so genau zu kennen.

»Tatsächlich?«

»Wir kommen noch zu spät«, sagte ich kokett und schob mich an ihm vorbei, doch ich schaffte es kaum einen Schritt weit, bevor er mich von hinten umschlang und an sich drückte.

Sein warmer Atem strich über mein Ohr. »Wenn du Spielchen spielen willst, solltest du wissen, dass ich sehr ehrgeizig bin.«

Seine Worte vibrierten an meinem Hals, während er mit der Hand über meinen nackten Bauch strich. Kühn schob er eine Hand zwischen meine Beine, und der dünne Stoff stellte kaum ein Hindernis dar, als er neckend über meine Vulva streichelte.

»Du weißt doch, dass ich nie verliere«, sagte ich ein wenig außer Atem, drückte jedoch meinen Hintern gegen seinen Schwanz und rieb mich im Rhythmus seiner streichelnden Hand an ihm.

Sofort hielt er inne und packte stattdessen meine Hüfte. »Du garstiges Wesen, du«, murmelte er und drückte mir einen Kuss auf die Schulter. »Und jetzt los, bevor ich dich über den Schreibtisch gebeugt nehme und dich nicht gehen lasse, bis du meinen Namen zu den Göttern hinaufschreist.«

Ich unterdrückte ein Schaudern.

Nyte nahm meine Hand. »Wie du schon gesagt hast, wir kommen noch zu spät.«

Es war seltsam, vier Fremden in einer schwankenden Kutsche gegenüberzusitzen. Sie hatten uns herzlich begrüßt, doch ihre leicht verwirrten Blicke machten mich nervös. Nyte hatte mir versichert, dass er ihre Gedanken so manipuliert hatte, dass sie die Gesichter ihrer Freunde sahen, nicht unsere.

»Entspann dich«, sagte er mit einer Spur Humor in der Stimme und nahm meine Hand.

»Sie sind zusammen! Ich wusste es!«, rief plötzlich ein schwarzer Mann mit braunen Haaren, der uns gegenübersaß. »Her mit dem Geld, Trevor«, fügte er hinzu und hielt dem anderen Mann, ebenfalls mit braunen Haaren, aber heller Haut, die Hand hin.

Jetzt war *ich* verwirrt. Bis die einzige andere Frau kicherte und ich bemerkte, dass sie sich über unsere verschränkten Hände zu freuen schien.

Nyte lehnte sich zu mir hinunter. »Entweder haben wir etwas beschleunigt, was unvermeidlich war, oder dafür gesorgt, dass zwei Personen ein ziemliches Chaos aufräumen müssen, sobald sie wieder zu ihren Freunden stoßen.«

»Warum klingt es so, als würde dir das Spaß machen?«, murmelte ich leise zurück.

»Du musst zugeben, dass es witzig ist.«

»Du bist wirklich unmöglich.«

»Von allen Wörtern, mit denen man mich bereits betitelt hat, ist das mit Abstand das zahmste.«

»Hinterhältig.«

»Das kannst du noch besser, Starlight.«

Die Kutsche holperte über ein Schlagloch, sodass ich mich auf seinem Bein abstützen musste.

»Kann ich nicht«, sagte ich und war ihm jetzt so nah, dass unser Atem sich vermischte. »Damit würde ich mich selbst beleidigen, weil ich alles an dir liebe – jeden bösen Charakterzug, jeden Fehler.«

»Müssen wir das jetzt die ganze Zeit ertragen?«, grummelte der Mann namens Trevor und wandte sich ab.

Ich warf ihm ein verlegenes Lächeln über die Schulter zu, versuchte aber sonst, die anderen zu ignorieren, weil ich langsam nervös wurde.

»Du bist viel zu nett zu mir«, sagte Nyte.

Ich hörte auf, ihn zu ärgern, und legte ihm den Kopf auf die Schulter. »Vielleicht musst du dich nur daran gewöhnen.«

Auf ein Kommando von außen hin blieb die Kutsche stehen, und ich erstarrte. Nyte hingegen blieb entspannt, und seine Selbstsicherheit beruhigte mich.

Die Türen wurden aufgerissen, und Wachen in goldenen Rüstungen erschienen vor uns.

»Alle raus«, sagte ein Wachmann in unfreundlichem Tonfall.

Die andere Frau in unserer Runde schien ihn auch nicht gerade nett zu finden, denn sie stand mit einem genervten Schnauben auf und warf ihm dann die Art Lächeln zu, die eine Drohung verbirgt. Doch der Mann schien nicht im Geringsten von ihr beeindruckt. Die Wachen waren alle groß und breit gebaut und sahen aus, als hätten sie von Nettigkeit noch nie etwas gehört.

Nyte und ich folgten unseren Begleitern Hand in Hand. Diese Gruppe war nur eine von vielen, die heute Abend auftreten würden, und ich fragte mich, was ihr besonderes *Talent* war.

»Wie willst du dich davonschleichen, wenn sie davon ausgehen, dass wir mit ihnen befreundet sind und wahrscheinlich auch zusammen auftreten?«, fragte ich Nyte.

»Kurz nach unserem Auftritt verschwinde ich«, sagte er leichthin. »Wenn dein Solo dran ist.«

Ich versuchte, Anzeichen von Sarkasmus in seiner Miene zu entdecken, doch sie blieb neutral. »Ich will, glaube ich, gar nicht wissen, was unser Auftritt beinhaltet.«

Nyte grinste.

O Götter.

Als wir auf das Tor zugingen, fluchte Nyte leise.

»Was ist los?«, flüsterte ich mit einem Anflug von Panik in der Stimme.

»Vorm Eintreten nehmen sie allen Blut ab.«

Ich wurde blass. »Warum?«

»Vielleicht, um sicherzugehen, dass wir Menschen sind. Keine Ahnung.«

Ich sah mich um und stellte erst jetzt fest, dass Nyte der Einzige hier mit spitzen Ohren war.

»Wir sind aber keine Menschen«, zischte ich.

Anders als in der Illusion, die er in den Köpfen der Leute um uns herum aufrechterhielt. Ich wollte mir nicht ausmalen, wie viel Kraft ihn das kosten musste, obwohl er so mächtig war.

»Könnte sein, dass wir die einzigen frei herumspazierenden Fae und Celestials auf dieser Insel sind«, murmelte er nachdenklich.

Bei den Worten *frei herumspazieren* wurde mir ganz flau. Als würde er damit sagen wollen, dass Vermont Celestials oder andere Wesen gefangen hielt, wie Cassias Vater Reihan Vernhalla es in Burg Alisus getan hatte.

»Was machen wir denn jetzt?«, fragte ich und suchte fieberhaft nach einer Lösung.

»Ich hatte gehofft, so viel Kraft wie möglich zu sparen, bis wir drinnen sind, weil ich dort schon genug Gedanken manipulieren muss.«

»Das ist alles zu viel.«

»Habe ich dir nicht gesagt, dass du mich nicht unterschätzen sollst?«

Normalerweise hätte ich bei seinem spielerisch arroganten Tonfall die Augen verdreht, aber ich machte mir zu viele Sorgen um ihn und die Möglichkeit, dass jemand uns entdecken und Alarm schlagen könnte.

Als wir dran waren, strich Nyte mir mit dem Daumen über die Hand, die er mit eisernem Griff umklammerte. Dann hoben wir unsere Hände, um uns piksen zu lassen.

Zwar glaubte ich, dass wir im Notfall entkommen könnten, ich wollte aber, wenn möglich, nicht schon wieder Blut vergießen. Sollte Vermont zu Ohren kommen, dass ich hier war …

Würde er versuchen, mich für sich zu beanspruchen? Den Preis, der ihm vor all der Zeit durch die Lappen gegangen war?

Sie testeten unser Blut auf einem Stück Papier, dessen anderes Ende sich nach ein paar Sekunden blau verfärbte. Bei allen anderen, den Menschen, hatte sich das Ende gelb verfärbt. Ich riskierte einen Blick auf Nyte, doch seine Miene war ungewöhnlich fröhlich.

»Nächste«, knurrte der Mann vor uns und blickte mich schon gar nicht mehr an.

Die Wachen hier waren wirklich unfreundlich.

Nyte zog mich weiter und hielt mich damit davon ab, mit etwas herauszuplatzen, was ich vermutlich bereuen würde.

»Bringt Wohlstand Arroganz hervor und tötet gutes Benehmen?«, schimpfte ich.

»Meistens schon, ja. Aber ich denke, ihre Wortkargheit hat ihren Ursprung eher im Gegenteil. Ich hab langsam das Gefühl, dass Vermont ein sehr gieriger Zeitgenosse ist, der seinen Reichtum nicht gerne teilt, nicht mal mit denen, die sein Königreich am Laufen halten.«

»Warum sollten die Leute ihn dann anbeten?«

»Aus Angst oder Aberglauben, vielleicht. Davor, dass er sie oder ihre Seelen verfluchen könnte. Ich weiß zwar nicht, wie er zu seinem Ruf gekommen ist. Aber ich freue mich schon darauf, es endlich herauszufinden, du nicht?«

»Du freust dich nur darauf, weil auch wenn Vermont vielleicht denkt, der mächtigste Mann im Raum zu sein, du ihn eines Besseren belehren könntest.«

Nyte versuchte nicht einmal, sein Lächeln zu verbergen. »Genau wie du. Es macht Spaß, den Unterschied zwischen Arroganz und echter Macht zu demonstrieren.«

»Aber … mach nichts Unvernünftiges.«

»Ich glaube, wir haben unterschiedliche Meinungen dazu, was als unvernünftig gilt.«

Er war echt unmöglich.

»Bring niemanden um.«

»Ohne Grund?«

»Versuch, keinen Grund zu finden.«

»Normalerweise finden die Gründe mich.«

Wir betraten den goldenen Palast, der von innen genauso golden war. Wunderschöne Skulpturen nackter Gestalten säumten die breiten Korridore, während in anderen komplette goldene Rüstungen standen. Weiße Säulen und Marmorböden unterbrachen das viele Gold, und doch schien der Reichtum geradezu in der Luft zu liegen. Auch die Architektur war makellos, jeder Winkel, jede Schnitzerei zeugte von handwerklichem Geschick in einem Ausmaß, das fast schon göttlich war. Und doch war der Palast, in all seiner Schönheit, irgendwie unheimlich. Er war kein Zuhause – er war ein Monument, ein Schrein für etwas Himmlisches.

Bei der Vorstellung, dass das hier beinahe mein Zuhause geworden wäre, wurde mir schlecht.

»Alles in Ordnung?«, fragte Nyte leise.

Gleich würde ich mich wieder zusammenreißen, doch ich hatte das Recht, einen Moment lang Angst vor dem Mann zu haben, dem all der Reichtum gehörte und dem ich beinahe auch gehört hätte. Sobald die Angst um die Frau, die ich damals im Herrenhaus gewesen war, verschwand, loderte die Wut der Frau auf, die ich jetzt war.

»Ja«, antwortete ich und entspannte mich wieder.

In einem prächtigen Salon trafen wir wieder auf den Rest

unserer Truppe, die sich alle auf die eine oder andere Art und Weise warm zu machen schienen. Sie dehnten sich, redeten miteinander oder tranken. Letzteres hätte ich auch gebrauchen können, um mein Lampenfieber zu senken. Ich war noch nie vor Publikum aufgetreten, und Nyte verriet mir einfach nicht, was er vorhatte, nur, dass ich mich nicht darauf vorbereiten musste.

Die anderen wollten uns wohl nicht stören, da Nyte mich weiterhin eng an sich gezogen hielt. Irgendwann kamen dann aber doch die zwei Männer und die Frau aus unserer Kutsche mit breitem Grinsen im Gesicht auf uns zu.

»Aaaalso«, begann einer der Männer. »Wann ist es endlich passiert?«

Nyte verriet mir in Gedanken ihre Namen. Der große Mann mit der dunklen Haut hieß Dale, in dem anderen erkannte ich Trevor wieder.

»Ähm, heute, denke ich«, antwortete ich verlegen.

»Das wurde aber auch mal Zeit, ich konnte dein sehnsüchtiges Schmachten so langsam nicht mehr ertragen«, sagte die Frau, Silvia, und wickelte sich eine Strähne ihres schwarzen Haars um den Finger.

»Das wird ja immer spannender«, sagte Nyte in Gedanken. *»Ich frage mich, ob es Jose wohl genauso ging.«*

Mein Name für den Abend war Calista, und ich sah für die anderen wie eine rothaarige Schönheit mit heller, sommersprossiger Haut und grünen Augen aus. Nytes neue Identität war Jose, ein eher kleiner Mann mit langen blonden Haaren und braunen Augen.

Ich lächelte, was Silvia wohl als Antwort auf ihren Kommentar auffasste, dabei stellte ich mir eigentlich Nyte mit halb hochgebundenen, dunkelblonden Haaren vor.

»Das würde mir auch stehen, meinst du nicht?«, sagte er wieder in Gedanken.

Mit ernstem Gesichtsausdruck spann ich das Bild in meinen Gedanken weiter, musste dann aber doch irgendwann lachen.

»O Mann, jetzt müssen wir das ständig ertragen, oder?«, sagte Trevor genervt und wandte den Blick ab.

»Ihr seid nach uns dran, ihr Turteltauben. Kommt nicht zu spät, weil ihr irgendwo vögelt, wo ihr nicht sein solltet«, sagte Dale und drehte sich auf dem Absatz um.

Nyte zog mich an der Taille zur nächsten Wand und lehnte sich dagegen.

»Gar keine schlechte Idee«, sagte er und fuhr mir ohne Vorwarnung mit den Zähnen über den Hals.

Ich keuchte auf und drückte gegen seine Brust. Seine goldenen Augen funkelten amüsiert, also benutzte ich keine Worte, sondern presste mich an ihn, um zu verbergen, wie ich fest mit der Hand über seinen Schwanz rieb.

»Benimm dich«, sagte er mit rauer Stimme.

»Nein.«

Seine Augen leuchteten noch heller auf, und als ich die Herausforderung darin entdeckte, wurde mir ganz warm. Nyte verlagerte das Gewicht, bis er ein Bein zwischen meine schieben konnte. Ich versuchte, zurückzuweichen, doch er hielt mich an der Taille fest und lächelte nur unschuldig, als ich ihn warnend anfunkelte.

»Welches Spiel auch immer du zu spielen glaubst, ich werde es gewinnen«, sagte er mit belegter Stimme.

Unsere Körper waren eng aneinandergepresst und genug zur Seite gedreht, dass niemand die Hand sehen konnte, die er zwischen meine Beine schob.

Ich öffnete die Lippen, um ihn aufzuhalten, doch seine langsamen Bewegungen fühlten sich gut an, viel zu gut.

»Schau an, wie einfach du nachgegeben hast. Ich könnte dich genau hier zum Höhepunkt bringen, und niemand würde es wissen, es sei denn, du verrätst dich. Du bist wirklich nicht gut darin, dabei leise zu sein.«

»Nyte …« Ich keuchte, wollte so viel mehr, aber das hier war nicht der richtige Ort dafür.

»Komm schon.«

Auch wenn seine Finger mich nur durch den Stoff hindurch streichelten, hatte er andere Tricks auf Lager, mit denen ich nicht gerechnet hatte. Meine Lust steigerte sich, und mir wurde klar, dass er meine Gedanken beeinflusste, doch es fühlte sich so gut an, dass es mir egal war.

Ich grub die Finger in seinen Bizeps.

Ich muss ihm sagen, dass er aufhören soll. Ich muss …

»Noch fünf Minuten, ihr zwei!«, rief jemand uns zu.

Ich wimmerte, weil Nyte innehielt, als ich gerade kurz vor einem Orgasmus stand.

»Reicht das, damit du kommst?«, flüsterte Nyte mir sündhaft ins Ohr. »Klingt nach einer Herausforderung.«

»Man kann sehen, was du tust«, flüsterte ich keuchend und klammerte mich an seinen Nacken, weil meine Knie langsam weich wurden.

»Willst du, dass ich aufhöre?«

Nein. Götter, er musste weitermachen.

»Noch drei Minuten«, warnte er mich mit so rauer Stimme, dass es mich noch mehr anmachte.

»Bitte …«

Er rieb meine Klit ein bisschen härter. Wärme breitete sich auf meiner Haut aus und ließ mich in Höhen aufsteigen, von denen es nur einen Weg hinunter gab.

Als ich kam, packte Nyte mich am Kinn und küsste mich stürmisch. Er drückte mich gegen die Wand, und ich klammerte mich an ihn, während ich verzweifelt versuchte, die Wellen der Lust so gut wie möglich zu unterdrücken.

»Ich kann es kaum erwarten, dich zu schmecken. Dein

Geruch treibt mich in den Wahnsinn«, knurrte er an meinen Lippen.

Viel zu oft vergaß ich, wie viel schärfer seine Sinne waren. »Du bist hier derjenige, der sich benehmen muss«, sagte ich, als ich wieder zu Atem kam.

»Calista, Jose, Zeit, euch aufzustellen«, zischte uns jemand von der Tür auf der anderen Seite des Raums zu.

Mein Herz raste wie wild, und ich wischte mir den dünnen Schweißfilm von der Stirn, für den Nyte verantwortlich war. Er betrachtete mich von Kopf bis Fuß mit vor Erregung und Zufriedenheit funkelnden Augen.

»Erzählst du mir jetzt, was wir da draußen machen?«, fragte ich.

Er nahm meine Hand und führte mich zum Ausgang. »Nur so viel, dass du den besten Partner dafür hast.«

37

NYTE

Astraea schaffte es gleichzeitig, mich mit einer bunten Abfolge von Flüchen zu belegen und freundlich in Richtung des interessierten Publikums zu lächeln, das um mehrere Festtafeln versammelt war. Ich zog den Riemen an ihrem linken Handgelenk fest, der sie auf der Drehscheibe fixierte, und konnte kaum ein Lächeln unterdrücken, weil ihre Augen mich wütend anfunkelten, während ihre Miene täuschend neutral blieb.

»Warum kann ich nicht *dich* auf dieses Ding schnallen?«, zischte sie leise.

»Ich habe definitiv nichts dagegen, von dir gefesselt zu werden, Starlight.«

»Vielleicht ändert sich das, wenn ich dir einen Dolch durch die Brust jage und dich dort hängen lasse.«

Mit dem Daumen strich ich ihr über die Wange. »Deine Aggressionen machen mich ganz schön an.«

Als sie nur wütend die Stirn runzelte, musste ich leise lachen. Der Raum war voll mit Leuten, und verschiedene Nummern wurden auf Bühnen zwischen den Festtafeln aufgeführt. Bislang hatte ich nur einen kurzen Blick auf Vermont erhascht, dabei jedoch seine Frau oder Geliebte auf seiner einen und seinen Sohn auf seiner anderen Seite gesehen. Der Gedanke daran, was wohl seine Pläne für Astraea gewesen waren, wenn er sie nicht als Braut wollte, reichte aus, dass mein Blut geradezu kochte und mein Verlangen nach seinem Kopf auf einem Speer ins Unermessliche stieg.

Ich betrachtete Astraea und entschied, dass sie ausreichend festgezurrt war. Wie wunderbar sie aussah. Ein zartes Opfer in meiner Falle.

»So machen Jose und Calista es eben. Außerdem kann ich besser zielen.«

Ihre Füße standen auf zwei schmalen Brettern, die aus dem Drehteller hervorragten und an die ihre Knöchel gefesselt waren. Mit den Händen hielt sie sich an zwei kurzen Stangen fest, wobei ihre Handgelenke ebenfalls festgebunden waren. Stabil genug, dass sie nicht herunterfallen würde, sobald der Teller sich drehte. Meine Aufgabe war es, die Menge zu begeistern, indem ich Messer gefährlich nah neben sie warf.

Astraea schnaubte. »Die Herausforderung nehme ich gerne an.«

»Ich freue mich schon darauf.«

Wie gerne hätte ich sie auf ihren Schmollmund geküsst, doch ich hielt mich zurück und stellte mich im richtigen Abstand zu ihr auf. Dabei ließ ich meinen Blick erneut über die Tische schweifen und besah mir die versammelte Menge genauer. Alle trugen weite, weiß-goldene Gewänder, manche hatten zusätzlich Rüstungen angelegt, auch wenn diese eher der Zierde zu dienen schienen, als wirklich Schutz zu bieten. In dieser Menge stachen die bunten Gewänder der Zirkusmitglieder noch deutlicher hervor und lenkten die Blicke auf uns.

Vermont war dünner, als ich erwartet hatte. Er wirkte fast schon kränklich. Doch seine dunklen Augen waren kalt und seine Haltung herrisch. Er hatte stark gebräunte Haut und kurz geschorene, dunkle Haare, auf denen ein goldener Reif saß. Die Frau an seiner Seite hatte dunkelbraune Haut, auf die goldene

Muster gemalt waren. In ihren krausen, in Braids gestylten Haaren schimmerten goldene Ringe. Sie sah aus wie eine Göttin. Ihr Sohn, so vermutete ich zumindest, schien keinerlei Interesse an dem Festmahl und den Darstellungen zu seinen Ehren zu haben. Er hatte einen Ellbogen auf der Armlehne seines Stuhls aufgestützt und stierte gelangweilt ins Nichts. Seine Haare waren sehr kurz geschnitten, und er trug einen schlichteren Goldreif auf dem Kopf. Balthezar hatte mir verraten, dass er Kairos Lionel hieß.

Als ich mich wieder zu Astraea umdrehte, senkte sich eine gespannte Stille über den Raum. Astraea packte die Stangen fester und funkelte mich noch einmal wütend an, bevor Trevor und Silvia an den Drehteller traten und ihm Schwung gaben.

»Du schuldest mir was«, sagte sie nach der ersten vollen Umdrehung in Gedanken zu mir.

»Ich beeile mich. Zehn Messer. Dann kannst du dein Solo genießen, als krönender Abschluss des Abends.«

Ich warf das erste Messer. Für mich fühlte es sich so natürlich an wie Atmen, doch die Menge keuchte erschrocken auf beim Anblick der tödlichen Waffe, die auf die wunderschöne Frau zuflog. Die Klinge traf das Holz neben ihrem linken Fuß.

»Das kannst du aber besser«, forderte sie mich heraus.

»Ich wärme mich ja auch gerade erst auf.«

Die nächsten zwei Messer warf ich direkt hintereinander, was mir ein lautes Raunen der Zuschauenden einbrachte. Sie trafen auf gegenüberliegenden Seiten ihrer rechten Hand.

»Also ich würde mich als Zuschauerin zu Tode langweilen«, sagte sie.

Die nächste Klinge landete zwischen ihren Beinen. *»Wenn du die Menge aufbringen willst, kann ich dich ja treffen.«*

»Das würdest du nicht wagen.«

»Willst du es drauf ankommen lassen?«

Ich warf je ein Messer rechts und links ihrer Hüfte, gefolgt von zwei weiteren, die so nah neben ihren Ohren einschlugen, dass sie das Metall spüren müsste. Die Menge war viel zu leicht zu beeindrucken.

Als Nächstes zog ich eine Augenbinde hervor und sah gerade noch Astraeas überraschten Blick, bevor ich sie mir umband. Ich jonglierte die beiden verbleibenden Messer in einer Hand, die andere auf den Rücken gelegt.

»Alter Angeber.«

»Du wolltest doch, dass es spannender wird.«

»Wenn du dich verschätzt …« Sie beendete ihren Satz nicht, und der Geschmack ihrer Angst war ein Genuss.

»Soll ich auf eine bestimmte Stelle zielen?«

»Du bist ein Arschloch.«

Langsam blendete ich das Schnattern der Menge aus, konzentrierte mich, während ein Geräusch nach dem anderen verstummte. Stimmen, das Klappern des Geschirrs, Kaugeräusche, Rascheln. Bis ich nur noch zwei Dinge wahrnahm: das unregelmäßige Knarren des Drehtellers und Astraeas Atmung.

Sobald sie kopfüber hing, warf ich das erste Messer, wusste, wo ihr Zopf hängen würde, sobald sie sich weiter herumdrehte. Ich durchschnitt die Schleife, die ihre Haare zusammenhielt. Das letzte Messer verließ meine Hand nur kurz danach, sodass es knapp über ihrem Kopf einschlagen sollte, sobald sie wieder aufrecht dastand.

Die Menge keuchte laut auf … und in dem Lärm hörte ich die zweite Klinge nicht ins Holz einschlagen, obwohl ich mir sicher war, präzise gezielt zu haben.

Hastig zog ich mir die Augenbinde herunter, doch die anfängliche Angst, mein Ziel tatsächlich verfehlt zu haben, wurde schnell von reinem, schwellendem Stolz ersetzt.

Astraea hatte es geschafft, eines ihrer Handgelenke zu befreien, und das letzte Messer einfach am Griff *aufgefangen*. Trevor und Silvia hatten den Teller angehalten und starrten sie ungläubig an. Ein triumphierendes Lächeln breitete sich auf ihrem Gesicht aus, und wären nicht so viele Menschen anwesend gewesen, die gerade in lauten Beifall ausbrachen, wäre ich in diesem Moment vor ihr auf die Knie gefallen.

Stolz ging ich auf sie zu und befreite ihre andere Hand, während Silvia und Trevor die Fesseln an ihren Füßen lösten. Mit einem Arm um ihre Taille half ich ihr hinunter und drückte sie dabei einen Moment länger als nötig an mich, weil ich so aufgewühlt war.

»Das war in der Tat ganz schön aufregend«, murmelte ich.

Astraea strahlte bis über beide Ohren, während unsere Ausrüstung zügig weggeschafft wurde. Dann schien sie etwas hinter mir zu entdecken, und als ich mich umdrehte, sah ich, dass Vermont uns zwar immer noch so gut wie gar nicht beachtete, sein Sohn sich aber aufgerichtet hatte und uns direkt anstarrte, mit einem Ausdruck, der nicht länger gelangweilt, sondern sehr interessiert wirkte.

Ich zog Astraea mit mir zum Ausgang, bevor er seinen Blick von Astraea abwenden und mich und das besitzergreifende Funkeln in meinen Augen sehen konnte.

»Und was jetzt?«, fragte Astraea, als wir den Saal verlassen hatten.

»Es gibt noch eine Gruppennummer, dann bist du wieder dran. In der Zwischenzeit sehe ich mich ein wenig um, unter dem Vorwand, mich erleichtern zu müssen.«

»Das ist unfair.«

Sie verschränkte die Arme und zog einen Schmollmund. Zum Glück konnte ich sie jetzt, wo wir nicht mehr im Zentrum der Aufmerksamkeit standen, wieder an mich ziehen. Sie stützte sich an meiner Brust ab, während ich sie stürmisch küsste. Ihr leises Stöhnen ließ meinen Schwanz auf einige Ideen kommen, und mir wurde klar, dass sie mich viel zu sehr von unserer ernsten Mission hier ablenkte. Gleichzeitig hatte ich mich schon ziemlich lange nicht mehr so lebendig gefühlt. Mich mit Astraea zusammen irgendwo einzuschleichen, zu lügen, zu stehlen, zu spionieren und womöglich noch andere Verbrechen zu begehen, machte aus einem alten Zeitvertreib weit mehr als nur eine langweilige Routine.

»Glaub mir, ich würde dich viel lieber tanzen sehen, und der Gedanke daran, dass alle anderen das erleben dürfen, ich aber nicht, macht mich rasend vor Eifersucht.«

Sie lächelte so zärtlich, dass ich den Anblick am liebsten für immer aufbewahrt hätte. »Denk dran, niemanden umbringen.«

»Außer ich fliege auf.«

»Dann halt dich besser gut versteckt.« Mit besorgter Miene strich sie mir über die Brust. »Wie geht's dir? So viele Personen zu beeinflussen, muss anstrengend sein.«

An ihre Sorge um mich würde ich mich wohl nie gewöhnen. Jahrhundertelang war ich als Waffe missbraucht worden, die doch nie gut genug gewesen war, und nie hatte sich jemand danach erkundigt, wie meine Kräfte sich auf mein Wohlergehen auswirkten.

»Mir geht's gut«, sagte ich leise und wickelte mir eine ihrer Haarsträhnen um den Finger.

Wenn ich ganz ehrlich war, war das leichte Pochen in meinem Kopf, das ich bei unserer Ankunft gespürt hatte, mittlerweile zu einem kräftigen Dröhnen angeschwollen, doch ich hatte meine Grenzen noch nicht erreicht. Unser Aussehen in den Gedanken so vieler Menschen anzupassen, war durchaus eine Herausforderung.

»Zeit fürs Finale«, murmelte ich, als ein Darsteller hinter Astraea uns bedeutete, dass sie gleich dran war.

»Sei vorsichtig«, flüsterte sie.

Ich küsste sie auf die Stirn und machte mich widerwillig davon.

Die Palastwachen an der Tür waren nicht besonders angetan von dem Gedanken, jemanden zum Pinkeln hinauszulassen. Wahrscheinlich war ich die größte Unannehmlichkeit ihres langen Tages, doch sie ließen mich durch. Bevor sie mir folgen konnten, hatte ich sie unser Gespräch jedoch schon wieder vergessen lassen.

Die erste Wache, der ich begegnete, rannte sofort auf mich zu, wurde jedoch langsamer, sobald ich in seine Gedanken schlüpfte und seine Entrüstung und den Wunsch, mich ziemlich brutal festzunehmen, in das eifrige Bestreben verwandelte, mich an jeden Ort zu führen, den ich ihm vorgab.

»Es muss einen Ort geben, an dem Vermont seine Schätze aufbewahrt. Zum Beispiel einen Dreizack?«, fragte ich.

»Natürlich, er ist sehr stolz auf seine Sammlung extrem wertvoller Gegenstände. Ich glaube, ich habe von dem Dreizack gehört, der einem Kontrolle über das Meer verleiht. Auch wenn niemand von uns den Raum betreten darf, auf gar keinen Fall. Dafür hat er ein paar speziell ausgewählte Wachen.«

»Perfekt. Bring mich dorthin.«

Er protestierte, doch ich bewegte mich schon in die Richtung, die ich in seinen Gedanken gesehen hatte.

»Hast du mich nicht gehört? Wir würden beide unseren Hals riskieren, wenn wir auch nur in die Nähe gehen – wortwörtlich! Vermont köpft seine Verräter gerne und stellt die Köpfe dann tagelang vor den Toren zur Schau, als Botschaft für alle anderen.«

Ich hatte keine Lust auf müßige Gespräche, also löschte ich seine Erinnerungen an unsere Begegnung und ließ ihn mit der Frage allein, warum er überhaupt seinen Posten verlassen hatte.

Vor dem entsprechenden Raum waren zwei Wachen postiert. Selbstbewusst ging ich auf sie zu, die Hände in den Taschen vergraben, bereit, sie mit meiner Gabe dazu zu bringen, mir einfach die Tür zu öffnen und mich hineinspazieren zu lassen.

Als ich versuchte, in ihre Gedanken einzudringen, und auf ein mentales Hindernis traf, verlangsamte ich jedoch meine Schritte. Wahrscheinlich besaßen sie nicht die Disziplin, selbst ihre Gedanken schützen zu lernen, und es ergab auch wenig Sinn, wenn ich die einzige Person mit dieser Gabe war. Nein, sie hatten Sternenstaub eingenommen. Die Wirkung konnte ich zwar umgehen, doch wahrscheinlich würden sie dabei sterben.

Niemanden umbringen.

Das hatte ich Astraea zwar nicht direkt versprochen, doch ich versuchte, ihretwegen brav zu sein.

Die Wachen zogen sofort ihre Schwerter, als sie mich näher kommen sahen. Hätte ich über ihre geschützten Gedanken früher Bescheid gewusst, wäre ich nicht so frech auf sie zugeschlendert, ohne zumindest zu versuchen, sie vorher von der Tür wegzulocken und so einer Konfrontation aus dem Weg zu gehen.

»Du solltest nicht hier sein«, knurrte einer von ihnen, kam jedoch so zögerlich auf mich zu, dass ich die Angst dahinter erkannte.

Unbehagen breitete sich in mir aus. Nein, es war mehr als nur Unbehagen, und ich musste den Impuls unterdrücken, sofort zu Astraea zurückzukehren. Aber jetzt war ich schon einmal hier, der Dreizack hinter der Tür direkt vor mir, und auch wenn ich das Morden vermeiden wollte, konnte ich zumindest Gewalt anwenden.

»Im Namen der Sternenmaid und dank ihrer gnädigen Natur gebe ich euch genau eine Chance, die Tür zu öffnen, zu warten, bis ich alles Nötige gefunden habe, und erst anschließend zu eurem Herrn zu laufen.«

Sie tauschten einen Blick.

Der zweite Wachmann schluckte schwer, als seine Tapferkeit ihn im Stich ließ. »Du bist *Er,* oder?«

»Ich trage verschiedene Namen, da musst du schon präziser werden.«

Sein Erblassen war alles, was ich zur Bestätigung brauchte.

»Nightsdeath«, sagte der andere mit bebenden Lippen.

Ich verzog den Mund zu einem gefährlichen Lächeln und verkörperte damit den Ruf, der mir stets vorauseilte und Angst und Schrecken verbreitete.

»Also, haben wir eine Abmachung?«, fragte ich.

Sie traten nervös von einem Fuß auf den anderen, senkten ihre Schwerter zwar nicht, aber so treu sie ihrem Posten auch waren, sie wussten, dass sie keine Chance gegen mich hatten.

Der zweite Wachmann griff als Erster an, und die in mir aufsteigende Wut darüber, dass sie mich davon abhielten, schnell zu meiner Starlight zurückzukehren, ließ die Gnade in mir dahinschmelzen. Das Getöse und den Lärm eines Kampfes konnte ich nicht riskieren, also brach ich durch die Blockade in seinen Gedanken. Kurz bevor er mich mit dem Schwert treffen konnte, fiel er tot zu Boden. Magie hatte immer einen Preis, ein Gleichgewicht, das wiederhergestellt werden musste. Und der Schutz, den der Sternenstaub ihm schenkte, brachte ihn um, sobald er durchbrochen wurde.

Ich fing die Klinge auf, bevor sie zu Boden krachen konnte, während sein Körper wie ein Sack Mehl umkippte.

Mit jeder verstreichenden Sekunde wurde ich ungeduldiger, weshalb ich dem anderen, der entsetzt seinen gefallenen Kameraden anstarrte, einen eiskalten Blick zuwarf.

Speziell für ihr fehlendes Rückgrat ausgewählte Wachen, dachte ich.

»Willst du dich zu ihm legen, oder machst du mir die verdammte Tür auf?«, fragte ich, kurz davor, auch das letzte bisschen Geduld zu verlieren.

Endlich richtete er sich auf und fummelte hastig an seiner Seite herum, wo mehrere Schlüssel klimperten.

Im Raum angekommen, achtete ich nicht mehr groß auf den Wachmann, ich würde es schon bemerken, falls er fliehen würde. Der Raum hatte die Größe eines Ballsaals, mit einer beeindruckenden Anzahl Glasvitrinen, in denen die vielen Schätze ausgestellt waren. Einige der Gegenstände lenkten mich kurzzeitig ab, weil ich mich fragte, was Vermont wohl im Laufe der Jahrzehnte gegen diese Menge an Objekten eingetauscht haben könnte.

Viele waren geradezu barbarisch, und jede neue Entdeckung ließ mehr Abscheu in mir aufsteigen. Da waren vier Paare Reißzähne, jeweils eins für die drei Vampirarten und eins von einem Fae. Sie sahen fast identisch aus, doch die feinen Unterschiede faszinierten mich. Die des Blutvampirs waren am längsten, um tiefer einzudringen. Die des Nachtwandlers verjüngten sich an der Spitze, um effektiv Adern oder Haut aufreißen zu können. Der Seelenvampir hatte eher kürzere Reißzähne, ähnlich denen des Fae, doch diese waren eine Spur schärfer.

Es gab auch einen Satz Nachtwandler-Fingernägel der rechten Hand. Sie benutzten sie nicht so häufig im Angriff gegen Menschen, aber vielleicht im Kampf gegen andere Wesen.

Mein Blick wanderte über Augen und andere Körperteile, Celestialfedern, Haare. Es gab viele kleine Schmuckstücke und dekorative Gegenstände, Kleidung und andere Dinge, die interessant aussahen, auch wenn ich nicht die Zeit hatte, ihre Ursprünge zu erkunden. Drystan würde an einem Ort wie diesem komplett ausrasten und sich in den endlosen Fakten und Wundern der Sammlung verlieren.

Dann, hinter der nächsten Reihe Vitrinen, blieb ich plötzlich wie angewurzelt stehen. Eine heftige Welle des Schwindels überrollte mich, weil nichts mich auf diesen Anblick hätte vorbereiten können.

Am Ende des Gangs, in einem großen Glaskasten, der für sich allein auf einem Podest stand, war ein großes Paar schwarz gefiederter Schwingen ausgestellt, die jedem hätten gehören können.

Doch das taten sie nicht.

Ich konnte sie *spüren.*

Das Blut kochte in meinen Adern, und mein Herz raste wie wild. An diese Mischung aus Wut und Demütigung war ich nicht gewöhnt. Ich hatte mich mittlerweile damit arrangiert, keine Flügel mehr zu haben, aber sie hier *ausgestellt* zu sehen … so *verhöhnt* zu werden … da brauchte es nicht Nightsdeath, um von purer, blinder Wut überrollt zu werden.

Ich glitt auf die Flügel zu, ohne den Boden unter den Füßen zu spüren.

Wie war der verfickte Vermont Lionel, Herrscher von Volantis, an *meine* Flügel gekommen?

Ich würde ihn verdammt noch mal umbringen.

Meine Wut musste spürbar gewesen sein, denn der Wachmann gab einen angsterfüllten Laut von sich und wollte den Rückzug antreten. Der Bösewicht in mir gewann die Überhand, als ich mich umdrehte und meine Augen das Letzte waren, was der Wachmann sah, bevor er auch nur einen weiteren Schritt in Richtung Ausgang machen konnte.

Ich zerquetschte seinen Verstand.

Dann rannte ich auf ihn zu, schnappte mir seinen Dolch und warf mich noch im gleichen Atemzug gegen die Vitrine, die unter meinem Ansturm in unzählige Scherben zerbarst. Sie knirschten unter meinen Schuhen, als ich auf die Flügel zuging und die Hand nach ihnen ausstreckte. Sobald ich sie berührte, explodierte ein Phantomschmerz an der Stelle, wo sie mir ausgerissen worden waren, sodass ich den Rücken durchdrücken und die Zähne zusammenbeißen musste. Doch ich zog mich nicht zurück, durchlebte stattdessen noch einmal die unvorstellbare Pein mit flachen, beschwerlichen Atemzügen. Ich vergrub die Finger in den leblosen Federn.

Man würde sie nicht wieder annähen können. Das war in all der Zeit noch niemandem gelungen, und ich wollte es eigentlich auch nicht. Die Flügel hatte der Tod mir verliehen, und aufgrund einer glücklichen Fügung hatte ich nun Eltanin, um weiterhin mit Astraea fliegen zu gehen.

Aber ich würde nicht zulassen, dass jemand sie wie eine Trophäe ausstellte.

Beim Gedanken an Eltanin und Astraea breitete sich eine Wärme in mir aus, die tiefer reichte als meine Wut. Sie strömte durch meine Adern, und ich erinnerte mich, dass ich sie schon einmal gespürt hatte. Als ich verzweifelt Astraea hinterhergetaucht war, während sie in die Tiefen des Ozeans gezogen worden war.

War das ihre Magie?

Sie fühlte sich vertraut an, auf mehr als eine Art. Ein silberner Faden, in Dunkelheit gehüllt.

Ich griff danach, spürte, wie die Magie in meinen Fingerspitzen aufstieg und sich dann auf den Flügeln ausbreitete. Sie verschlang sie Feder für Feder in einem Leuchtfeuer aus dunklem Sternenlicht.

Eine Faust legte sich um mein Herz, als ich meinen Flügeln dabei zusah, wie sie zu Rauch und Asche zerfielen, aber irgendwie war es auch … befreiend.

Bevor sie ganz verbrannt waren, sah ich zur Seite und entdeckte eine große, leere Vitrine. Irgendwie wusste ich schon, was mich erwarten würde, bevor ich dort angekommen war. Die Puzzleteile setzten sich in meinem Kopf bereits zusammen und offenbarten mir, was für ein verdammter Idiot ich war.

Sie hatten bei unserer Ankunft unser Blut untersucht.

Die Wachen waren nicht besonders überrascht gewesen, mich zu sehen.

Meine Flügel waren hier … weil der Dreizack nicht mehr hier war.

38

ASTRAEA

Mit einem Hochgefühl in der Brust und Leichtigkeit in den Knochen beendete ich meine Tanzvorführung. Als ich mitten zwischen die Festtafeln getreten war, hatte die Nervosität mich fest im Griff gehabt, doch sobald die Musik von Geige, Laute und Klavier erklungen war, waren alle Personen um mich herum in den Hintergrund getreten, und ich war wie auf Wolken geschwebt, um zwischen den Sternen zu tanzen.

Um es trotzdem nach Zirkus aussehen zu lassen, hatte ich einen leichten Ball mitgenommen, mit dem ich diverse Kunststücke vorgeführt hatte. Ich warf ihn in die Luft, während ich mich weit nach hinten beugte. Mit Leichtigkeit rollte er an meinem ausgestreckten Bein hinunter, nur um wieder nach oben zu schnellen, damit ich ihn als Nächstes mit den Händen auffangen konnte. Dieses Kunststück hatte begeistertes Keuchen beim Publikum hervorgerufen, eines der wenigen Geräusche, die laut genug gewesen waren, mich an die Zuschauenden zu erinnern.

Jetzt lag ein breites Grinsen auf meinem Gesicht, und das Adrenalin und die Leidenschaft, die ich beim Tanzen empfunden hatte, rauschten noch durch meine Adern. Die Begeisterung der Menge für meinen Auftritt hatte Stolz in mir aufsteigen lassen, und ich sehnte mich danach, immer und immer wieder aufzutreten. Ich hielt nach Nyte Ausschau, um meine Begeisterung mit ihm zu teilen, da fiel mir wieder ein, dass er nicht zugesehen hatte. Mittlerweile hätte er zurück sein sollen, aber vielleicht war der Dreizack weiter weg als gedacht. Zum Glück wusste ich, falls es irgendwelche Probleme geben sollte, könnte er damit umgehen. Nun war es an mir, für Ablenkung zu sorgen und die Abläufe, wenn nötig, hinauszuzögern.

Eines der Augenpaare, die auf mich gerichtet waren, ließ eine Gänsehaut über meinen Rücken wandern: das von Kairos, Vermonts Sohn. Während die meisten Leute mich anlächelten oder sich unterhielten, waren seine dunkelbraunen Augen fest auf mich geheftet. Wahrscheinlich war es nur Paranoia, aber irgendwie wirkte sein Blick anklagend.

Ein Wachmann kam auf Vermont zu, und ich wandte mich zum Gehen. Noch ehe ich die Tür erreicht hatte, wurde sie allerdings von Wachen verstellt. Sofort schlug mir das Herz bis zum Hals, doch niemand kam auf mich zu, um mich festzunehmen. Als ich mich verwirrt umsah, stellte ich fest, dass die gesamte Zirkusmannschaft hereingeholt wurde. Diejenigen, die sich noch im Wartebereich befunden hatten, wurden mit verängstigten oder verwirrten Mienen in den Festsaal gebracht. Ich wappnete mich für was auch immer auf uns zukam.

Mit den anderen wurde ich in die Mitte zwischen die Tische getrieben, als wären wir Vieh, das den Reichen zum Kauf angeboten wurde. Von meinem Platz zwischen den anderen Darstellern und Darstellerinnen versuchte ich, möglichst den Überblick zu behalten und dabei Ruhe zu bewahren. Noch mehr Wachen waren in den Saal gerufen worden, und die Stimmung der Gäste schwankte zwischen genervt und unruhig hin und her, weil sie ebenso wenig Ahnung zu haben schienen, was hier vor sich ging, wie wir, auch wenn sie immerhin nicht wie Verbrecher behandelt wurden.

Schließlich ergriff Vermont das Wort, und seine Stimme klang wie ein Tod verheißendes Krächzen. »Ich habe erfahren, dass wir von berüchtigten Gästen beehrt werden«, verkündete er.

Sofort kehrte Stille ein.

Jedes Haar auf meinem Körper stellte sich auf.

Woher wusste er das? War Nyte aufgeflogen?

Innerlich schüttelte ich den Kopf, weil ich keine Sekunde lang an ihm zweifelte. Auch wenn er entdeckt worden wäre, hätte er es mittlerweile wieder zu mir geschafft. Ich versuchte, ihn in Gedanken zu erreichen, doch es war, als würde etwas die Verbindung stören. Die Leere konnte ich auch nicht spüren, sodass ich nicht einfach verschwinden konnte.

»Die verräterische Sternenmaid und der bösartige Nightsdeath weilen unter euch. Sie sind so feige, dass sie sich versteckt halten.«

Die Zirkusleute blickten einander verwirrt und entsetzt an.

»Wi-wir sind nur schlichte Darsteller, mein Herr«, sagte ein Mann und sprach damit für die ganze Gruppe.

Eine Hand schob sich in meine, und ich zuckte erschrocken zusammen, doch als ich aufblickte, sah ich nur Silvia, die sich fest an mich klammerte, während sie Vermont ängstlich anstarrte.

»Ich gebe euch diese eine Chance, euch zu zeigen«, sagte Vermont mit eiskalter Stimme.

In der Stille kam mein Herz mir unfassbar laut vor, während ich darüber nachdachte, ob ich seinem Befehl nachkommen oder ihn als Bluff abtun sollte. Ich versuchte, meine Magie zu erreichen. Sie war da, doch wie bei meiner Verbindung zu Nyte spürte ich auch hier ein störendes Summen und bekam sie nicht richtig zu fassen.

Auf Vermonts Nicken hin kamen Wachen auf uns zu, packten den Mann, der für die Gruppe gesprochen hatte, grob im Nacken und schubsten ihn auf die Knie.

Ich drückte Silvias Hand, und wir tauschten einen Blick.

»Es tut mir so leid«, flüsterte ich.

Sie runzelte die Stirn, dann hob sie die Brauen, und ihre Hand in meiner erschlaffte.

Der Wächter hob sein Schwert über den Nacken des Mannes …

»Stopp«, rief ich.

Alle drehten sich zu mir um, und ich trat vor. Bis ich dem Herrscher von Volantis ins Gesicht sehen konnte. Vermont Lionel. Der Mann, der mich fast gekauft hätte.

Er blinzelte ein paarmal und verzog das Gesicht, als sein Gehirn langsam die Illusion abschüttelte, die Nyte hineingepflanzt hatte, und stattdessen mein wahres Antlitz wahrnahm. Silberne Haare, keine roten. Blaue Augen, keine grünen. Jedes schimmernde Tattoo auf meiner Haut in diesem Aufzug vollständig sichtbar.

Als er mich vollständig erfasst zu haben schien, schwieg er erst noch einen Moment. In diesen Sekunden der Anspannung musterte ich ihn genauso wie er mich. Er stützte sich auf den Tisch, als würde er ohne ihn umfallen. Seine Haut war dünn wie Papier und zeigte mehr von seinen Knochen und Venen, als es bei einer Person seines Alters normal war. Er war krank.

Auf einmal ergab alles Sinn.

Hatte er davon gehört, was für eine Wirkung mein Blut hatte? Ich wusste nicht, was ihm fehlte. Falls es eine tödliche Krankheit war, hätte mein Blut ihm nur mehr Zeit geschenkt, wie bei Cassia. Doch Zeit war das wertvollste Gut für alle Sterblichen, die so wenig davon hatten. So wertvoll, dass er seine ganze Insel hergegeben hätte, um mich dafür zu kaufen, in der Hoffnung, ich könnte sie ihm schenken.

»Astraea Lightborne«, sagte er, mein Name wie ein neu entdeckter Schatz. »Die Sternenmaid, Tochter von Abendrot und

Morgengrauen, gefallene Herrscherin von Solanis, und, wie ich höre, jetzt auch Lightsdeath.«

»Wie du siehst, bin ich nicht gefallen«, sagte ich mit ruhiger Stimme. »Ich bin und werde immer die Herrscherin von Solanis sein.«

»Du bist ganz anders als die gefügige, schüchterne Maid, die meinen Sohn zum Mann nehmen sollte.«

Diese neue Information traf mich so heftig wie ein heißes Brandeisen. Mein Blick wanderte zu Kairos hinüber. Ein Muskel in seinem Kiefer zuckte. Im Gegensatz zu seinem Vater schien er nicht stolz oder herablassend, sondern fast genauso peinlich berührt wie ich beim Gedanken an unsere Fast-Hochzeit.

»Das ist wahrscheinlich nicht das Einzige an mir, was anders ist, als euch berichtet wurde«, murmelte ich verbittert.

»Das glaube ich nicht.«

Vermont wandte den Blick von mir ab, und es verging nicht einmal eine Sekunde, bevor ich das Übelkeit erregende Geräusch von reißendem Fleisch und auf den Marmorboden spritzendem Blut vernahm. Ich wirbelte herum und sah den vor uns knienden Mann, der seine offen klaffende Kehle umklammerte, bevor er an seinem Blut erstickte und umfiel.

»Was soll das?«, brüllte ich und drehte mich wieder zu Vermont um, das schwache Kribbeln meiner Magie auf den Fingerspitzen.

»Das ist dein Werk, Maid. Du hast alle hier dem Tode geweiht, weil du sie selbstsüchtig dafür benutzt hast, dich in meinen Palast zu schleichen. Sie alle wurden der Hilfe und Unterstützung bekannter Flüchtlinge und des Einschleusens von Feinden an meinen Schutzvorkehrungen vorbei für schuldig befunden. Dafür verhänge ich die Todesstrafe.«

»Dann wird mein Urteil genauso ausfallen«, sagte ich, und mit diesen Worten überkam mich die Mordlust.

»Nicht …!« Vermonts Sohn war von seinem Stuhl aufgesprungen, doch seine Warnung kam zu spät.

Ich hob die Hand und schoss einen Lichtstrahl auf Vermont. Sein hinterhältiges, eiskaltes Lächeln, das ich durch das gleißende Licht hindurch sehen konnte, ließ eine ungute Vorahnung in mir aufsteigen.

Der tödliche Magiestoß prallte von einem unsichtbaren Schutzschleier ab, der die Festtafeln umgab. Im nächsten Moment flog ich durch die Luft, von meiner eigenen Magie getroffen. Ich krachte gegen die Rückwand des Saals, und die Welt um mich herum begann zu verschwimmen.

Mit jeder Faser meines Seins klammerte ich mich an mein Bewusstsein, das mich immer wieder verlassen wollte. Mein Kopf fühlte sich ganz heiß an, weil ich damit heftig gegen die Wand geprallt war. Um mich herum schrien Menschen. Weinten.

Ich musste aufstehen. Ich musste ihnen helfen.

Mit schierer Willenskraft richtete ich mich auf, musste mich aber mit einer Hand an der Wand abstützen. Bei dem Anblick, der sich mir bot, wünschte ich mir, doch lieber bewusstlos zu sein. Es war wie ein böser Albtraum. So viel Blut an einem Ort, es lief aus zahlreichen Schnittwunden in all den Körpern, die übereinandergestapelt in der Mitte des Raums lagen. Der letzte Schrei verstummte, dann standen nur noch die zehn Wachen mit ihren weißen, blutbefleckten Umhängen zwischen den Festtafeln.

Er hatte sie alle umgebracht.

Jeden Einzelnen der Zirkustruppe.

Ich drückte mich von der Wand ab und stolperte auf sie zu. Mein Blick fand Silvias leblose blaue Augen. Auch im Tod hielt sie noch immer Trevors Hand.

»Was hast du getan?«, flüsterte ich.

»Ich gebe Verrätern keine zweite Chance«, sagte Vermont ohne auch nur den Anflug von Reue.

Die meisten anderen Anwesenden waren aufgestanden und an die Wände zurückgewichen, wo sie sich aneinanderklammerten. Als müssten sie vor irgendetwas Angst haben … als wären *sie* die Opfer.

Plötzlich sah ich nur noch Licht. Spürte nur noch *Tod*.

Meine schwarzen Flügel schossen hervor, als die Magie von Lightsdeath mich durchflutete und den Schleier zerriss, der all die Personen in weiß-goldenen Roben vor mir schützte. Ihre Körper wurden zu leuchtenden Gestalten aus Licht und enthüllten die vielen dunklen Seelen, die ich so gerne dahinraffen würde.

Ich trauerte um die unschuldigen Leben, die ohne Grund beendet worden waren.

Es ist meine Schuld, dass sie sterben mussten.

Nein, knurrte Lightsdeath. Ich blickte auf die dunkelste Seele im ganzen Raum hinunter. *Es ist* seine *Schuld.*

Zorn und Trauer stärkten meine Kräfte.

Die dunkle Seele versuchte zu fliehen, doch sie war zu langsam, und ich ließ die Tür vor seiner Nase zukrachen.

»Du hast schon viel zu lange gelebt, Vermont«, sagte ich mit eiskalter Stimme.

Je mehr ich eine Balance zwischen Lightsdeath und meinen rationalen Gedanken fand, desto deutlicher konnte ich sein Gesicht sehen. Seine Seele … sie war viel zu alt und viel zu befleckt für den Körper, in dem sie sich befand.

»Dank dir«, sagte er.

Offensichtlich fürchtete er sich vor mir, behielt sich aber trotzdem einen Funken Überheblichkeit bei.

Da verstand ich. »Goldfell hat dir mein Blut verkauft und so dein Leben verlängert, lange bevor du wusstest, was es war. Dann hast du herausgefunden, dass du auch die Quelle haben könntest, und wolltest mich kaufen.«

»Ja«, bestätigte er.

Ekel erfüllte mich. »Was dich am Leben gehalten hat, ist nun gekommen, um dir ein Ende zu setzen.«

Als ich plötzlich ein Brennen an meinem Handgelenk spürte, zischte ich schmerzerfüllt. Dann legte ich dem Wachmann, der sich von hinten angeschlichen hatte, um mir die Fesseln anzulegen, eine Hand auf die Brust, und er ging laut schreiend in Flammen auf.

Mit einem fokussierten Blick ließ ich die mit Nebulora versetzten Fesseln zu Sternenstaub zerfallen. Je mehr meine Wut angestachelt wurde, desto mehr verlor ich die Kontrolle und drohte zu einem gefühllosen Wesen zu werden, das den ganzen goldenen Palast einschmelzen würde.

Nyte.

Ich war zu hell und brauchte seine Dunkelheit, um eine Balance zu schaffen.

Meine Seele rief nach seiner.

»Du bist kein Bösewicht, Astraea«, höhnte Vermont.

Lightsdeath kämpfte gegen meinen Verstand und drohte vollständig entfesselt zu werden und ihm zu zeigen, dass ich mich in einen lebendig gewordenen Albtraum für all diejenigen verwandeln konnte, die das Blut Unschuldiger vergossen.

Ich sah seine Intention voraus, bevor er mit der Flasche silbriger Flüssigkeit vorspringen konnte, die er hervorgeholt hatte. Sternenstaub.

Allerdings wurde er von jemand anderem aufgehalten.

Nyte erschien wie ein dunkler Schemen in meinen Sinnen und stieß Vermont gegen die Wand. Ich blinzelte mehrfach, zähmte Lightsdeath, um ihre Körper aus Fleisch und Blut besser sehen zu können, trotz der hellen Wirbel silbernen Lichts, das am Rande meines Sichtfelds einzudringen drohte.

Nyte riss Vermont die Phiole aus der Hand, und die Wut, die ihn beim Anblick der Substanz überkam, stachelte das in mir brennende Feuer noch weiter an.

»Du wolltest sie hiermit unter *Drogen* setzen?«, fragte Nyte kalt.

»Nur damit kann sie gezähmt werden«, ächzte Vermont unter Nytes Unterarm, der ihm die Luft abdrückte.

»*Gezähmt?* Du solltest vor deiner Königin, deiner Sternenmaid, auf die *Knie* fallen. Sie sollte nicht gezähmt, sondern als Göttin verehrt werden.«

Nyte packte Vermont und zwang ihn vor mir auf die Knie.

Der Todesstoß würde mir obliegen.

Bevor ich sein Leben nahm, drehte ich mich zu den Zuschauenden um, die sich noch immer gegen die Wände drückten und einander umklammerten. Ich hob die Stimme, damit sie alle mich durch das Rauschen meiner Magie hindurch hören konnten.

»Du hast hier voller Arroganz geherrscht, Vermont, und dich an eine Illusion von Macht geklammert, als hätte der Himmel sie dir verliehen. Aber sieh dich an – du bist kein Gott. Götter wanken nicht, wenn ihnen die Masken vom Gesicht gerissen werden. Götter müssen ihre Größe nicht herausposaunen. Du bist nur ein Mann. Fleisch und Blut. Schwach.«

»So wie du«, fauchte Vermont.

Ich packte sein Handgelenk. »Es heißt, du bist vom Gold gesegnet. Dann bitte es doch jetzt, dich zu retten.«

Als meine Magie seinen Arm entlangfloss, fing er an zu schreien. Bis Nyte ihm die Fähigkeit nahm, seinen Schmerz laut zu äußern.

»Er ist nur ein Mann, der unter der Schwere seiner Vergehen zusammenbricht«, sagte ich ruhig, während mein Licht in seinen offenen Mund drang, mit dem Ziel, die dunkle Seele aus seinem zerbrechlichen Körper zu reißen und sie zu verschlingen. Ich ließ ihn fallen. »Ich bin die Sternenmaid, und habe euch von dem tyrannischen Herrscher befreit, der euch seit Jahrhunderten mit Lügen füttert.«

Nach einem Moment angespannten Zögerns sanken die Bürgerinnen und Bürger eine nach dem anderen auf die Knie. Sie murmelten ihr Lob, ihre Gebete, ihre Wünsche. Doch ich konnte kaum etwas verstehen, weil Lightsdeath sich danach sehnte, noch mehr Seelen zu ernten … und unter Vermonts Gästen gab es viel zu viele verlockende Kandidaten.

Dutzende unschuldige Leben waren *vor ihren Augen* genommen worden, und all die Menschen, die vor mir knieten, hatten nichts unternommen.

Was hätten sie tun sollen?, fragte ich mich in Gedanken.

Sie wären nach dem ganzen Schrecken einfach friedlich schlafen gegangen, wie sie es bisher immer getan haben, fauchte Lightsdeath, jetzt mit lauterer Stimme.

Sie haben sich uns ergeben.

Angst ist nicht das Gleiche wie Respekt.

Respekt erhält man nicht durch wahlloses Morden.

Ich biss die Zähne zusammen und schloss die Augen, kämpfte innerlich gegen Lightsdeath.

Auch wenn ich eine verkommene Seele ausgelöscht hatte, war dadurch mein Hunger nach mehr nur noch größer geworden. Es gab unendlich viele schwarze Seelen in dieser Welt, und in diesem Moment wäre ich am liebsten losgezogen, um sie alle zu finden.

Jemand berührte mich am Arm, und ich riss die Augen auf.

»Bleib bei mir«, sagte die wunderschöne Dunkelheit.

Die dunkelste Nacht.

Ich klammerte mich an seine Weste und versuchte, gegen die übernatürliche Macht anzukämpfen, die mich beherrschen wollte, doch es tat unfassbar weh.

Weil ich nachgeben *wollte.*

In diesem Moment trauerte ich um all die Leben, die meinetwegen ausgelöscht worden waren.

»Er hat sie alle umgebracht«, schluchzte ich leise.

»Ich weiß«, sagte Nyte. »Aber das hier holt sie nicht zurück.«

Nyte war so dunkel, dass ich es kaum aushielt, doch ein Teil von mir *sehnte* sich nach ihm. Ich versuchte, ihn wegzustoßen, doch er hielt mich fest.

»Ich bin nicht dein Feind«, flüsterte er mir ins Ohr.

Wir standen im Auge des Lichtsturms. Meine Seele weinte, während meine Gedanken sich im Kampf gegen sich selbst zerfleischten.

»Doch, das bist du«, krächzte ich. »Verstehst du denn nicht? Es wird immer unser Schicksal sein, hier zu landen. Gegeneinander zu kämpfen. Alles, was wir sind, stößt die andere Person ab. Die Erlöserin und der Bösewicht. Der verfluchte Todesbringer und die gesegnete Göttin. Nightsdeath und Lightsdeath. Es wird nie ein Ende haben.«

Nyte nahm mein Gesicht zwischen die Hände, und ich wimmerte, weil seine schattenhafte Präsenz mir Schmerzen bereitete, während Lightsdeath in mir tobte.

»Zu jedem Anfang, an jedem Ende werde ich mich für dich entscheiden. Sag mir, dass du weiter dafür kämpfen willst.«

Der Schmerz in seiner Stimme zerriss mich. Er traf mich tief, doch Lightsdeath freute sich darüber, wollte ihn erkunden.

Ich kniff die Augen zusammen und wehrte mich gegen die Macht in mir, auch wenn der Schmerz mich aufschluchzen ließ.

»Ich bin es so leid, Nyte«, gab ich zu. »So leid, immer unterschätzt zu werden, wenn ich doch problemlos an Volantis ein Exempel statuieren könnte, es in diesem Moment in Schutt und Asche legen könnte, sodass niemand es mehr wagen würde, an mir zu zweifeln oder mich herauszufordern.«

»Wenn du das willst, dann helfe ich dir sofort dabei. Aber Astraea, sieh mich an.«

Ich zwang meine Lider, sich zu heben, und blickte ihn an.

»Konzentrier dich auf meine Augen.«

Trotz der Schatten, die sich fauchend um ihn bewegten, waren seine Augen immer so hell, so golden. Sie gaben mir Frieden, hielten mich fest. Sie waren der Anbruch eines neuen Tags, der mir nie genommen werden konnte.

»Alle anderen Personen in diesem Raum sind mir egal, sogar die, die Vermont umgebracht hat«, sagte er. »Ja, sie waren unschuldig, aber sie haben mir nichts bedeutet. So bin ich eben, und das wusstest du, als du dich in mich verliebt hast. Wenn es gegen deine Schmerzen, dein Leid helfen würde, würde ich deine Hand nehmen und diesen Ort mit allen, die sich darin befinden, dem Erdboden gleichmachen. Aber so bist du nicht. Lightsdeath würde sich zurückziehen, der Schmerz würde verschwinden, und du könntest dir selbst nicht mehr in die Augen sehen.«

Tränen liefen mir über die Wangen. »Also bin ich schwach«, krächzte ich.

»Nein. *Ich* bin schwach. *Vermont* ist es. *Auster. Mein Vater.* Es zeugt von Schwäche, mit Gewalt zu reagieren. Anderen Schmerz zuzufügen, um mit unserem eigenen Schmerz klarzukommen. Es braucht einen unfassbar starken Willen, gegen den eigenen Schmerz *anzukämpfen.* Ihn zu kontrollieren, bevor er einen selbst kontrolliert, und genau deshalb bist du so unfassbar mutig und so gefürchtet bei denen, die wie ich sind. Du … Astraea Lightborne … bist die gerechteste Person, die je gelebt hat. Deshalb bist du die Sternenmaid, die uns allen Frieden schenken wird. Und ich werde dabei an deiner Seite stehen.«

»Ich will weiterkämpfen«, sagte ich und fasste ihn an den Händen, auch wenn er aus Sternenfeuer zu bestehen schien. »Für uns. Ich will uns.«

Nyte lächelte, wodurch seine Aura sich aufhellte. Er wischte mir mit dem Daumen die Tränen von den Wangen. »Du bist pures Sternenlicht«, sagte er staunend. Meine Tränen schimmerten silbern auf seiner gebräunten Haut. Mit der anderen

Hand berührte er meine Stirn. »Hier ist ein Halbmond, der auf der Seite liegt und in den Himmel zeigt und erglüht, wenn Lightsdeath in dir erwacht ist.« Dann fuhr er mir mit den Fingern über eine silberne Strähne. »Deine Haare strahlen, als würde der Mond in ihnen baden.« Sein goldener Blick traf auf meinen. »Und in deinen Augen leuchten Abertausende von Sternen.«

Abrupt drückte er mir einen festen Kuss auf die Lippen, obwohl er wusste, dass die Macht in mir sich dagegen wehren würde.

Lightsdeath fauchte und bäumte sich in mir auf, doch ich klammerte mich stärker an Nyte, drückte mich an ihn, und er hielt mich fest.

Wir hatten so einen Moment schon einmal erlebt, auch wenn es damals Nyte gewesen war, der Schmerzen gelitten hatte. Immer wieder hatte er für mich gegen Nightsdeath gekämpft und gewonnen. Jetzt würde ich dasselbe für ihn tun.

Der Schmerz nahm ab, und Erleichterung rauschte kühlend durch meine Adern. Der Wirbelsturm aus Licht und Wind beruhigte sich.

»Ihr zwei müsst *jetzt* verschwinden, wenn ihr mit eurem Leben davonkommen wollt«, zischte eine Stimme uns durch den ersterbenden Sturm hindurch zu.

Wir lösten uns voneinander und sahen Vermonts Sohn Kairos in sicherer Entfernung dastehen, einen Arm über die Augen gelegt, um sich von dem gleißenden Licht abzuschirmen.

»Du erwartest, dass wir dir einfach so vertrauen und dir folgen?«, knurrte Nyte. »Du hast versucht, sie zu kaufen.«

»Das war der Plan meines Vaters, und in diesem Moment habt ihr nicht wirklich eine andere Wahl, als mir zu vertrauen oder Gefangenschaft zu riskieren.«

Zum ersten Mal, seitdem Lightsdeath die Kontrolle abgegeben hatte, sah ich Vermont an. Er lag zusammengekrümmt am

Boden, und ich spürte nichts als Zufriedenheit, dass jetzt im Reich des Todes über seine Seele gerichtet würde.

»Ich habe deinen Vater umgebracht«, sagte ich vorsichtig.

»Das hat er verdient.« Kairos sprach über den Tod seines Vaters, als wäre er unbedeutend.

Nyte und ich tauschten einen zweifelnden Blick, doch als der Wind sich legte und Wachen in den Raum drängten, war unsere Zeit der Ablenkung abgelaufen.

Ich nahm Nytes Hand. »Wir haben keine Zeit, groß zu diskutieren.«

Er zögerte, doch ich zog ihn auf Kairos zu, mit keiner anderen Garantie als dem vagen Gefühl, dass er uns nicht in die Falle locken wollte. Auch wenn er den ganzen Tag über schlecht drauf gewesen war, hatte er versucht, mich vor dem magischen Schleier zu warnen.

Kairos hielt uns zwei weiße Roben hin, die wir überstreiften. Dann zogen wir uns die Kapuzen tief ins Gesicht. Bei all dem Chaos im Palast achtete niemand groß auf uns, als wir an zahlreichen Wachen vorbeieilten, die nicht so richtig zu wissen schienen, welchen Anweisungen sie folgen sollten, vielleicht gab es auch gar keine für den Tod ihres Herrn.

»Wir können die Leere nicht benutzen«, sagte ich zu Nyte.

»Das ist meine Schuld«, antwortete Kairos.

»Du bist der Magier, der diesen Ort beschützt«, sagte Nyte.

»Ja. Man könnte sagen, magische Schleier wären eine meiner Spezialitäten.«

Es überraschte mich ziemlich, dass er über magische Fähigkeiten verfügte.

»Dann kannst du ihn fallen lassen, und wir würden deutlich schneller hier rauskommen?«, fragte ich.

»So leicht ist es leider nicht, befürchte ich. Der Schleier, der über diesem Palast liegt, ist ziemlich kompliziert und basiert auf diversen Amuletten. Man müsste sie alle finden und zerstören.

Das Gegenteil einer schnellen Flucht, das kann ich garantieren.« Wir eilten mittlerweile eine Treppe hinauf, und ich zögerte, bis er sagte: »Auf dem Gelände werden unzählige Wachen unterwegs sein, und eine große Truppe ist draußen vor den Toren stationiert. Ich hatte gehofft, ihr könntet euren Drachen herbeirufen.«

Ich sah zu Nyte hinüber, der nickte. Er konnte Eltanin durch ihre Verbindung herbeirufen, und er schien in der Nähe zu sein.

Bevor wir das Ende der Treppe erreichten, blieb Kairos abrupt stehen und drehte sich zu uns um. »Ich habe nur eine Bedingung für meine Unterstützung.«

Nyte stöhnte auf und packte meine Hand fester. »Ich bin nicht gerade in der Stimmung für einen gnädigen Handel.«

»Nehmt mich mit«, brach es dennoch aus Kairos hervor.

Damit hatten wir beide nicht gerechnet.

»Auf keinen Fall«, sagte Nyte mit todernster Stimme.

Ich versuchte, Kairos umzustimmen. »Du bist jetzt der neue Herrscher hier. Du kannst dieses Reich zu einem besseren Ort machen.«

»Das wollte ich nie. Meine Mutter wird diese Rolle übernehmen, sie ist freundlich und sanft und kein bisschen wie mein Vater, das versichere ich euch.«

»Wir sollen ernsthaft glauben, dass du ein ganzes Reich aufgeben würdest, für was?«, fragte Nyte. »Um ein Flüchtling zu werden? Wenn du uns begleitest, wird man glauben, du hättest etwas mit dem Tod deines Vaters zu tun. Deshalb warne ich dich: Geh uns aus dem Weg, sonst bringe ich dich an Ort und Stelle um.«

Nyte schob sich an Kairos vorbei den Rest der Treppe hoch, und ich folgte ihm, eine Hand immer noch mit seiner verschränkt.

»Was, wenn niemand dir je eine Chance gegeben hätte, weil

sie dich für nichts als den Nachfolger deines Vaters gehalten hätten?«, rief Kairos uns hinterher.

Nyte erstarrte.

Ich hielt ebenfalls inne, weil Kairos den Finger tief in Nytes größte Wunde gelegt hatte.

»Genau aus dem Grund *hat* niemand mir je eine Chance gegeben«, antwortete Nyte mit eisiger Stimme.

Bis jetzt, dachte ich. Die Dinge änderten sich, immer mehr Leute wagten einen Blick unter die obersten der vielen Schichten, die Nyte ausmachten.

»Wie können wir den Teufelskreis brechen, wenn wir andere genauso behandeln?«, fragte ich ihn leise.

Nytes Kiefer mahlte. Er wusste, dass ich recht hatte.

»Ich habe den Palast noch nie verlassen«, gab Kairos zu, schien verzweifelt zu werden. »Oder zumindest das Gelände. Ich könnte genauso gut eine weitere seiner verdammten Trophäen in einer goldenen Vitrine sein.«

»Warum bist du bisher noch nicht geflohen?«, fragte ich.

»Ihr glaubt, es ist leicht, mich umzubringen, doch selbst mit der Kraft deiner Gedanken würde ich wetten, dass es bei mir nicht so einfach wäre. Ich bin der Magier, der auch als Keraki bekannt ist.«

Nytes Lachen war mehr als spöttisch. »Wir haben keine Zeit für Ammenmärchen.«

Im Gegensatz zu seinem war mein Interesse auf jeden Fall geweckt. Ich wusste nicht genau, wo ich den Namen schon einmal gehört hatte, irgendwo tief in den Erinnerungen an mein erstes Leben vergraben, doch ich wusste, dass es ein alter Name war, mächtig und fast vergessen.

»Von all den begehrenswerten Dingen in diesem Palast bin ich sein größter Schatz. Ich bin nicht sein wahrer Sohn. Er hat mich gestohlen und als seinen eigenen Sohn aufgezogen, so wie er auch geplant hat, Goldfell zu hintergehen und dich zu stehlen. Er kannte eine Prophezeiung: dass zwei der mächtigsten Magier in ganz Solanis einen Erben zeugen würden, der über noch mehr Macht gebieten würde als du und alle fünf Kontinente der Welt vereinen würde.«

»Jetzt tischst du uns aber wirklich Märchen auf«, knurrte Nyte.

Meine Gedanken rasten, und ich versuchte angestrengt, das Wissen über die anderen Kontinente zu finden, von denen er sprach.

Kairos starrte mich an, schien an mich zu appellieren, weil es bei Nyte hoffnungslos war. »Du bist erst der Anfang, Astraea.«

»Erst hat dein Vater versucht, meine Partnerin zu kaufen, und jetzt erzählst du uns, dass sein Ziel war, sie ein Kind mit dir zeugen zu lassen, alles wegen einer dämlichen Prophezeiung?« Nytes Tonfall war mittlerweile eisig. »Ich würde gerne ausprobieren, wie machtlos du im Kampf gegen mich bist.«

»Nein«, sagte ich und packte seine Hand fester.

Kairos sah auf unsere Hände hinunter, dann wieder zu mir auf. »Wenn es diese Prophezeiung wirklich gibt, ging es nie um mich. Auch wenn mein Adoptivvater das geglaubt hat. Ironischerweise habe ich zwar seinen Palast beschützt und sichergestellt, dass seine *Transaktionen* problemlos verlaufen sind, doch am Ende war es sein Körper – oder das Schicksal, wenn man so will –, der ihn das Leben kosten sollte. Ich habe nie verstanden, wie er nach seiner Diagnose noch jahrzehntelang weiterleben konnte, wenn er doch schon längst hätte tot sein sollen. Jetzt weiß ich es, und es tut mir leid, dass dir dein Blut gegen deinen Willen abgenommen wurde.«

Ich nickte, dankbar für sein Mitgefühl, auch wenn ich diesen Missbrauch zusammen mit den Leichen der Täter hinter mir gelassen hatte.

»Er könnte einen guten Verbündeten abgeben«, sagte ich in Gedanken zu Nyte.

»Oder der eine Fehler sein, der uns den Sieg kostet.«

Wir hatten mittlerweile so lange hier herumgestanden, dass die Wachen uns gefunden hatten. Viele von ihnen. Sie stürmten in die Halle, und Nyte zog mich mit sich, doch wir kamen nur zwei Schritte weit, bis sie auch vom anderen Ende der Treppe auf uns zukamen.

Wir saßen in der Falle.

»Stehen bleiben«, befahl Kairos mit fester Stimme.

Die Wachen kamen nicht näher, doch sie tauschten Blicke aus, die mir verrieten, dass sein Wort nicht ausreichen würde.

»Mein Herr, sie haben Euren Vater umgebracht. Wir haben ein Recht auf Rache.«

Nyte umklammerte meine Hand fester, und als ich aufblickte, sah ich, dass er sich gedankenverloren die Stirn rieb. Sein konzentrierter Gesichtsausdruck verriet mir, dass er kurz davor war, die Kontrolle über sie alle zu übernehmen. Das wäre zu viel für ihn. Er hatte diese Fähigkeit heute schon zu lange angewandt, und wenn man es ihm bereits ansehen konnte, spürte er die Folgen offensichtlich deutlich.

Lightsdeath war noch nicht wieder völlig in ihrem Käfig verschwunden, und allein der Gedanke daran, sie freizulassen, um uns hier rauszuholen, machte es mir schwer, sie zurückzuhalten.

Doch es stellte sich heraus, dass wir überhaupt nicht eingreifen mussten.

Gerade, als die Wachen wieder auf uns zustürmen wollten, schnippte Kairos mit den Fingern, und ich traute meinen Augen kaum, als sich die Bewegungen der Wachen … *verlangsamten.* Als würde die Zeit für uns normal weiterlaufen, ihre aber deutlich langsamer.

»Wi-wie?«, stotterte ich. Das war unmöglich. Undenkbar.

»Ich denke nicht, dass ihr weiter hier herumstehen wollt, während ich euch die Feinheiten der Zeitkontinuität erkläre«, grummelte Kairos.

»Nein, wollen wir nicht«, sagte Nyte, aber selbst er betrachtete die Wachen nachdenklich, fasziniert von diesem Konzept. Doch er hatte sich schnell wieder im Griff und fixierte Kairos mit festem Blick. »Wenn ich auch nur den Anflug eines Verdachts gegen dich hege, werde ich nicht zögern und nicht um Erklärungen bitten. Ich werde dich umbringen, ohne mit der Wimper zu zucken.«

»Nichts anderes würde ich von dem berüchtigten Nightsdeath erwarten.«

Nyte seufzte, doch er war schon auf dem Weg die Treppe hinauf.

»Die Wirkung hält nur ungefähr eine Minute an, wir sollten uns also beeilen«, zischte Kairos hinter mir.

Wir schlängelten uns durch die verlangsamten Wachen, bis wir oben an einer hölzernen Tür ankamen.

Eltanins Brüllen ließ die Sterne erzittern, und Stolz regte sich in meiner Brust, als ich ihn entdeckte, ein dunkler Strich, der über den Nachthimmel zog.

»Da oben!«, rief jemand.

»Schnappt sie euch!«, rief jemand anders.

Wir befanden uns auf den Schlossmauern. Von beiden Seiten kamen Wachen auf uns zu, doch wenn wir die Brücke vor uns zuerst überquerten, sollten wir keine Probleme bekommen.

Ich drehte mich zu Kairos um. »Folge Nyte. Los, beeil dich.«

Dann rannten wir los. Adrenalin schoss durch meine Adern, und ich rannte, so schnell ich konnte. Die Wachen näherten sich ebenfalls der Brücke, die über einen Innenhof führte, schlidderten aber zu schnell daran vorbei, um abzubiegen. Sie kehrten um, um uns zu folgen, waren uns direkt auf den Fersen, und ich sprang geschickt auf die Brüstung, ohne dabei an Tempo zu verlieren.

Als ein Pfeil an mir vorbeizischte und mich am Arm streifte, zuckte ich erschrocken zusammen. Es war nur ein Kratzer, doch dem ersten Pfeil würde ein weiterer folgen, der mich durchbohren könnte.

Wir hatten es fast geschafft.

Kairos schrie auf, und zu meinem Entsetzen stolperte er und fiel zu Boden, von einem Pfeil in die Schulter getroffen. Ich fluchte, hatte aber keine Zeit, darüber nachzudenken, als ich einen Lichtstrahl auf die Wachen abfeuerte, die auf ihn zurannten.

»Lass ihn liegen«, sagte Nyte in Gedanken zu mir.

Ich sah zu ihm hoch, wie er da am Ende der Mauer stand. *»Du weißt genau, dass ich das nicht tun werde«,* antwortete ich.

Nyte biss die Zähne zusammen, dann drehte er um und rannte zu Kairos zurück. Ich sammelte mich, um die Kraft zu finden, die ich brauchen würde.

Lightsdeath ist ich. Ich bin Lightsdeath.

Meine Flügel wurden sichtbar, als ich von der Brüstung sprang und meine Magie in die Steine schickte, wie ein Stern, der vom Himmel fiel.

Diese Macht wird mich nicht beherrschen, sondern mir helfen.

Sofort zersprangen die Steine. Ein gezackter, tiefer Riss zog sich durch die Brücke, und langsam fiel sie in sich zusammen, in Richtung der Wachen, die nun vor mir davonrannten. Manche waren jedoch zu langsam und wurden von einer Wolke aus Staub und Steinen verschluckt.

Auch auf meiner Seite begann die Brücke zu bröckeln, und ich warf einen Blick über die Schulter, um sicherzugehen, dass Nyte Kairos geholfen hatte. Sie waren wieder auf den Beinen, und der Anblick, wie sie gemeinsam über die Brüstung sprangen, reichte mir.

Ich ließ mich fallen.

Dann flog ich. Meine Sinne waren geschärft durch die Macht von Lightsdeath, die mich durchflutete und mir durch die herabfallenden Steine half.

Ich schoss an Eltanin vorbei, erleichtert, Nyte und Kairos auf seinem Rücken zu sehen. Als wir hoch genug waren, drehte ich mich um und blickte hinab auf das Chaos des Palastes. Trotz aller Schäden und der schreiend und verängstigt umherrennenden Menschen bot er einen prächtigen Anblick. Ein beeindruckendes Architekturkunstwerk, das nicht in die Hände einer so kalten und grausamen Person wie Vermont gehörte.

Ihn zu töten, fühlte sich an, als hätte ich die letzte Fessel von Goldfell abgestreift, von der ich nicht gewusst hatte, dass ich sie noch trug. Nie hatte ich mich freier gefühlt, oder mächtiger.

Ich sah die Welt im Sternenlicht daliegen, ohne davon überwältigt zu werden. Ich sah die Auren der Personen und die Natur als glitzernden Staub. Keine Ahnung, warum ich innehielt. Doch als ich die stille Luft der ewigen Nacht einatmete, legte sich Lightsdeath ohne Widerstand in mir schlafen. Obwohl ich nur einen Bruchteil ihrer Macht benutzt hatte, um die Mauer einzureißen. Ich lernte immer mehr, sie zu benutzen, ohne denen Leid zuzufügen, die ich liebte.

Von nun an würde ich Lightsdeath nicht länger als Fluch betrachten. Hand in Hand mit ihr würde ich diesen Krieg gewinnen.

39

Astraea

Wir flogen zu Zephyrs Provinz, in der Hoffnung, von dort aus Drystans Weg nachverfolgen zu können. Nach unserer Flucht aus Volantis waren meine Sorgen um ihn und die anderen, die ihre Leben für die Schlüsselstücke riskierten, immer größer geworden.

In der Provinz Luna angekommen, marschierte ich direkt zu Zephyrs Festung, während sich Nyte irgendwo weiter weg eine Lichtung suchen musste, auf der er mit Eltanin landen konnte.

Zephyrs Wachen hielten mich auf, bevor ich die Treppe zu seiner Festung hinaufgehen konnte.

»Ich glaube nicht, dass ich mich groß ankündigen muss. Zephyr wird nicht begeistert sein, wenn ich aufgehalten werde«, sagte ich zu ihnen.

Sie zögerten, schienen aber darüber nachzudenken, ob sie nachgeben sollten.

»Sie hat recht. Lasst die Maid durch«, sagte eine Stimme, die ich nicht kannte.

Ein auffallend attraktiver, junger Celestial, Zephyr wie aus dem Gesicht geschnitten, was die blonden Haare und meerblauen Augen anging, trat durch die Tür. Die Schlussfolgerung schien offensichtlich, doch … wieso hatte ich nicht gewusst, dass er einen Sohn hatte?

»Anhand deiner Überraschung gehe ich davon aus, dass Vater dir nicht von mir und meiner Schwester erzählt hat? Er ist wirklich übervorsichtig momentan.«

Eine Tochter hatte er auch?

Ein etwas jüngeres Mädchen – vielleicht zwölf oder dreizehn, würde ich raten – trat neben ihn. Man sah ihr die Ähnlichkeit zu ihrer Mutter, Katerina, deutlich an, und mein Herz zog sich bei ihrem Anblick zusammen.

»Immerhin darfst du im Zufluchtsort mithelfen, ich bin praktisch eine Gefangene in diesem Schloss«, jammerte sie.

»Ich bin Raider Luna, und das ist meine freche kleine Schwester, Antila Luna.«

Seine Schwester schlug ihn auf den Arm.

»Ich freue mich so, euch kennenzulernen«, sagte ich und stieg die Treppe zu ihnen hinauf.

Raider und Antila waren perfekte kleine Abbilder eines Prinzen und einer Prinzessin, in ihren weiß-türkisen Gewändern.

»Ich mich auch!«, sagte Antila mit hoher Stimme und hakte sich bei mir unter, um mich hineinzuführen. »Unser Vater hat uns unsere ganze Kindheit über viele Geschichten über dich erzählt. Du bist wie ein Märchen, das zum Leben erwacht ist«, sprudelte es aus ihr heraus.

Bei ihren Worten wurde mir ganz warm ums Herz, und zu wissen, dass Zephyr unsere Freundschaft so wichtig gewesen war, dass er seinen Kindern von mir erzählt hatte, machte mich stolz.

»Ich würde nicht alles glauben, was er euch erzählt hat«, erwiderte ich amüsiert.

»Also hast du nicht aus Versehen eine ganze Schar Hühner in Notus' Schloss freigelassen?«, erkundigte Raider sich.

»Natürlich nicht«, sagte ich und musste beim Gedanken an den Moment grinsen. »Das habe ich mit voller Absicht getan.«

Antila kicherte. »Bitte sag, dass du ab jetzt häufiger vorbeikommst. Ich muss mehr von deinen Abenteuern erfahren, hier ist es so furchtbar langweilig.«

»Ich erinnere mich leider nicht an alle so gut.«

Erinnerungen an mein altes Leben erfreuten mich zwar normalerweise, aber bei all den Problemen der Gegenwart wollte ich mich nicht immer zwischen meinen beiden Leben hin- und hergerissen fühlen. Im ersten hatte ich versagt, das zweite hatte ein noch ungewisses Ende.

Antila schmollte. »Kannst du meinen Vater überreden, dass ich mit dir auf Abenteuer gehen darf? Oder mit ihm? Bitte, ich schwöre, dass ich hart trainiere und auf mich aufpassen kann. Ich will einfach helfen, so wie Mutter.«

Die junge Celestial war so unschuldig und kostbar, in ihr brannte eine helle Kerze, die ich nicht auslöschen wollte. Also lächelte ich, und ihr Gesicht hellte sich auf.

»Das kann ich versuchen, aber du weißt, wie stur er ist.«

Antila quietschte auf. »Er bewundert dich so sehr, auf dich wird er hören!«

»Tatsächlich bin ich hier, um ihn zu sehen. Könntest du mich zu ihm führen?«

»Vater ist nicht hier. Mutter sagt, er hat in letzter Zeit zu viel mit dem Zufluchtsort zu tun.«

Abrupt blieb ich stehen, sodass Antila mich loslassen musste. Als sie mich besorgt ansah, setzte ich schnell ein Lächeln auf.

»Und wo ist eure Mutter?«, fragte ich.

Antila blickte den Gang hinunter, und ich erstarrte, doch Katerina – oder besser gesagt, Morgengrauen – war nicht zu sehen.

»Sie hat mir heute Morgen die Haare geflochten, dann musste sie zu einem Treffen mit ein paar Lords«, informierte Antila mich. Sie hakte sich wieder bei mir unter und zog mich mit sich. »Vielleicht ist sie noch im Thronsaal.«

Doch das war sie nicht.

Zephyrs Thronsaal war ganz anders als Austers in der Provinz Nova oder meiner in Vesitire. Sein Thron war aus Glas geformt, wie Hunderte von Eiszapfen, die zusammengeschmolzen worden waren und in alle Richtungen abstanden. Der Saal war leer, doch ich verlor mich sofort in den wunderschönen Buntglasfenstern, die Szenen der Macht und der Liebe zeigten. Auf einem war ein Celestial mit weit ausgebreiteten Flügeln und gezogenem Schwert zu sehen, auf einem anderen waren zwei Figuren abgebildet, die Zephyr und Katerina ähnelten und sich mit ineinandergelegten Händen gegenüberstanden.

Beim Gedanken an sie zog sich mein Herz zusammen. Wenn Morgengrauen tatsächlich Katerinas Platz eingenommen hatte, wusste Zephyr noch nichts von der Betrügerin im Körper seiner Frau.

Ich hätte früher herkommen sollen.

Es gab viel zu viele Fäden in diesem Krieg, die mich in so viele verschiedene Richtungen zogen, dass ich mich unmöglich um alle gleichzeitig kümmern konnte.

Kurze Zeit später betrat eine vertraute Person mit blonden Haaren und ausdrucksloser Miene den Thronsaal … aber in ihren Augen konnte ich die Göttin des Morgengrauens und ihre hämische Schadenfreude sehen.

»Wie nett, dass du uns besuchen kommst, Astraea«, begrüßte sie mich freundlich.

Ich war mir nicht sicher, ob meine eigene oder Antilas Hand plötzlich fester zupackte. Raider stand nahe bei mir auf meiner anderen Seite, und auch wenn er beinahe ein Mann war, wollte ich sie mir beide am liebsten schnappen und verschwinden.

»Ja, wirklich schön«, log ich. »Wenn Zephyr nicht da ist, muss ich aber leider weiter.«

»Vielleicht kann ich stattdessen helfen?«

Mein Herz klopfte wie wild, während ich versuchte, einen Weg zu finden, Zephyrs Kinder in Sicherheit zu bringen, falls Morgengrauen sie benutzen wollte.

»Es ist nicht dringend. Wenn er nicht da ist, würde ich aber vielleicht Antila und Raider mitnehmen.«

»Wohin?«, fragte Morgengrauen.

Ich wollte den unschuldigen Herzen neben mir keinen Grund zur Panik geben, da sie nicht wussten, dass die Göttin ihre Mutter umgebracht und ihr Gesicht gestohlen hatte. Zephyr würde es ihnen erklären können, dafür musste ich ihn nur erst finden.

Antila schnappte aufgeregt nach Luft und packte meinen Arm fester. »Ja, wohin?«

Ich wollte Morgengrauen nicht wissen lassen, wohin ich als Nächstes wollte.

»Nach Vesitire, nur für kurze Zeit«, entschied ich schnell. Ich könnte sie in Nadirs geschütztem Zuhause lassen.

»Hast du schon alle Schlüsselstücke gefunden?«, fragte Morgengrauen. Mit so verdammt unschuldigem Tonfall, dass mir schlecht wurde.

Das war ein weiterer Grund, warum wir zu Nadirs Haus zurückkehren sollten – um uns mit den anderen zu treffen. Vielleicht war ihnen das Schicksal gnädig gewesen und sie hatten alle Schlüsselstücke gefunden. Wenn sie meinen Schlüssel hätten, könnten wir die Göttin damit, in Kombination mit dem Wissen um ihren echten Namen, umbringen.

»Nein«, musste ich zugeben.

»Wie ärgerlich. So langsam läuft euch die Zeit davon.«

Ein Verdacht regte sich in mir. Das war das zweite Mal, dass Morgengrauen vor mir gestanden und nicht versucht hatte, mich umzubringen.

Aber das war doch ihr Ziel, oder? Brauchte sie dafür etwa den Schlüssel?

»Dann verschwende ich davon wohl besser nichts mehr«, sagte ich zögerlich.

Als ich mich vorsichtig zurückzog, wuchs die Anspannung in mir nur noch weiter. Morgengrauen war unberechenbar. Niemand wusste, über welche Kräfte sie in diesem menschlichen Körper verfügte.

»Pass gut auf meine Kinder auf«, sagte sie zum Abschied.

Es machte mich wahnsinnig, wie unverfroren sie meine Freundin ins Lächerliche zog. Mein Beschützerinstinkt gegenüber Zephyrs Kindern ließ in mir das Bedürfnis aufsteigen, sie anzugreifen und herauszufinden, was sie gegen mich ausrichten konnte. Doch um Antila und Raider Leid zu ersparen, musste ich sie vorerst gehen lassen.

Eilig liefen wir durch die Korridore, als könnte Morgengrauen jederzeit die Verfolgung aufnehmen.

»Ich gehe nicht nach Vesitire«, sagte Raider plötzlich und blieb stehen.

Ich spähte über seine Schulter, wollte, so schnell es ging, hier raus.

Doch Raider verschränkte nur die Arme und sah mich aus verengten Augen an. »Irgendwas stimmt nicht.«

»Wir erleben ein Abenteuer! Hör auf, es kaputt zu machen«, sagte Antila.

Ich ging zu ihm hinüber und sah ihn bittend an. »Ihr beide seid hier nicht in Sicherheit. Glaubt mir, als Freundin eures Vaters. Bitte.«

»Ist Mutter dann hier in Sicherheit?«

Mit geschürzten Lippen suchte ich hastig einen triftigen Grund, sie von ihr wegzuholen.

Ich senkte die Stimme. »Wir gehen nicht nach Vesitire. Ich bringe euch zu eurem Vater an den Zufluchtsort.«

»Das ist nicht annähernd so aufregend!«, jammerte Antila.

Mit einem verlockenden Lächeln drehte ich mich zu ihr.

»Was, wenn ich sage, dass du mit Nyte auf einem Drachen hinreiten kannst?«

Ihre Augen weiteten sich. »Nightsdeath?«, flüsterte sie verschwörerisch und sah sich in der Eingangshalle um, als könnte er jeden Moment aus den Schatten treten.

Raider blickte sich ebenfalls nervös um. »Ist er so angsteinflößend, wie alle sagen?«

Ich musste ein Grinsen unterdrücken. »Schlimmer.«

»Na, sagst du nette Dinge über mich, Starlight?« Nytes silbrige Stimme strich über meine Haut.

Eine Welle der Erleichterung überrollte mich, als ich ihn auf uns zuschlendern sah. Sollte Morgengrauen uns doch verfolgen, wären die beiden Kinder nun besser geschützt.

»Morgengrauen ist hier. Das sind Zephyrs Kinder, und sie wissen nicht, dass sie nicht ihre Mutter ist«, erklärte ich ihm in Gedanken.

Nytes Anspannung war nicht zu übersehen. *»Sie lässt einfach zu, dass du mit ihnen verschwindest?«*

»Ich glaube, sie hat in dieser Gestalt keine Macht.«

»Wie will sie dich dann umbringen?«

Mir wurde klar, dass es mehr schändliche Pläne gab, den Schlüssel zu missbrauchen, als wir erwartet hatten.

»Der Schlüssel«, sagte ich.

»Also, äh …«, sagte Raider, »wollen wir los?«

Mir wurde klar, wie seltsam unser Schweigen für die beiden aussehen musste, also nickte ich und zog dieses Mal Antila mit mir, doch sie folgte beschwingten Schrittes.

Wir schafften es gerade mal aus der Festung, als plötzlich eine unerwartete Gestalt über den Hof auf uns zukam.

Drystan strahlte, als er uns entdeckte.

»Sieh mal an, wer noch am Leben ist«, flötete er. »Ich meine übrigens mich. Eine deutlich beeindruckendere Leistung, wenn ihr erst seht, was ich hier habe.«

Er hob einen kleinen Beutel, in dem es metallisch klimperte.

»Wir müssen hier weg«, sagte ich leise.

Nyte nickte zustimmend. »Erzähl uns auf dem Weg davon«, sagte er zu Drystan.

Wir eilten an ihm vorbei. Drystan grunzte nur genervt, bevor er uns folgte.

»Auch schön, dich zu sehen, Drystan. Wie heldenhaft von dir, Drystan. Danke, dass du mehrfach dein Leben riskiert hast, Drystan«, murmelte er wütend vor sich hin.

»Es *ist* schön, dich zu sehen«, sagte Nyte, sobald wir den Wald erreicht hatten und Eltanin in Sichtweite war. Athebyne war auch da. »Wie viele Tempel konntest du abklappern?«

»Alle, zumindest fast«, sagte Drystan mit einem selbstgefälligen Grinsen.

»Das ist unmöglich«, sagte ich anklagend.

Wenn man den Tempel in den Sterlingbergen außen vor ließ, den wir ohne den Dreizack nicht erreichen konnten, waren noch sechs Tempel in Althenia übrig gewesen.

»Dann zähl doch nach«, sagte er und warf Nyte den Beutel zu. »Und bitte, im Namen der Sterne, sag mir, dass wenigstens ein echtes Teil dabei ist und sich die ganze Scheiße gelohnt hat, die ich durchmachen musste. Es ist nur noch ein Tempel übrig in Althenia, deshalb bin ich hier. Ich bin froh, dass ich die Prüfung an euch beide abtreten kann.«

Nyte öffnete die Schnüre des Beutels, und ich spürte das Pulsieren des Schlüssels genauso wie er. »Mindestens ein echtes Stück ist dabei.«

»Der Hölle sei Dank«, murmelte Drystan.

»Vater hat uns von dem Schlüssel erzählt«, sagte Raider und kam neugierig näher. »Wie viele Stücke fehlen noch?«

»Wir wissen es nicht genau«, sagte ich.

Ich hielt die Hände auf, damit Nyte die Stücke nach und nach hineinlegen konnte. Drystan hatte in der Tat fünf Stücke erbeutet. Es war nicht schwierig, das echte Stück zu erkennen. Es leuchtete leicht und summte auf meiner Haut.

»Wie bist du während unserer Abwesenheit durch ganz Althenia gereist und hast all diese Prüfungen bestanden?«, fragte Nyte.

So lange hatten wir gar nicht gebraucht, oder? Ich legte eine Hand auf die tödliche Wunde in meinem Bauch. Morgengrauen hatte recht: *Mir* lief die Zeit davon.

Drystan zuckte mit den Schultern. »Es war nicht so schwierig, auch wenn dein Schlüssel echt eine ganz schöne Plage ist. Ich wurde unter anderem auf Ausdauer, Treue und Wahrheit getestet. Am Ende von alledem bin ich noch ein Heiliger.«

»Natürlich bist du das, Bruderherz«, sagte Nyte.

»Wie war es im Unterwassertempel?«, fragte Drystan.

Nyte und ich sahen uns verlegen an. »Der Dreizack war nicht mehr in Volantis. Wir vermuten, dass Auster uns zuvorgekommen ist.«

Drystan fluchte. »Verdammtes Arschloch. Dann müssen wir einfach hoffen, dass da ein unechtes Stück lag, und wenn nicht … woher sollen wir wissen, wo er es versteckt hat, wenn er tot ist?«

Die Vorstellung, dass Auster ein Schlüsselstück gefunden hatte, das aber nach seinem Tod für immer verschollen bleiben würde, machte mir Sorgen. Nyte streichelte tröstend meinen Rücken.

»Wir müssen uns mit dem Gedanken nicht stressen, bis es relevant wird«, sagte er leise.

»Warum habt ihr Zephyrs Brut dabei?«, fragte Drystan.

Ich runzelte die Stirn. »Woher weißt du, dass das Zephyrs Kinder sind?«

»Er hat uns vor ein paar Tagen in der Festung besucht«, verkündete Antila fröhlich.

Nyte und ich starrten Drystan an, der verwirrt zurückblickte und abwehrend die Hände hob. »Ihr habt gesagt, Zephyr würde mir helfen, und das hat er getan. Ohne seine Verkleidung und Begleitung hätte ich es nicht durch Notus' Land und zum dortigen Tempel geschafft.«

»War Katerina da?«, fragte ich.

»Wäre sie da gewesen, hätte ich es nicht lebendig rausgeschafft. Ich dachte, ich müsste es Zephyr beibringen, aber er wusste schon …«

»Wir sollten los«, unterbrach ich ihn.

Antila blickte nach Drystans Worten verwirrt drein, doch Raiders Blick war hart und anklagend.

»Was verschweigt ihr uns?«, fragte er fordernd.

Meine Gedanken rasten. *Zephyr weiß über Katerina Bescheid.* Warum hatte er dann seine Kinder mit der Göttin des Morgengrauens allein gelassen?

»Das hätte er nicht, wenn er eine Wahl gehabt hätte«, murmelte ich vor mich hin.

Entsetzen überkam mich.

»Was ist los?«, fragte Nyte.

»Wir müssen zum Zufluchtsort. Sofort.«

40

Astraea

Die Drachen und ich setzten gleichzeitig zur Landung an, aber das Entsetzen, das mich überkam, hielt mich davon ab, anschließend auch nur einen Schritt weiterzugehen. Ich starrte den Höhleneingang an, über den man normalerweise in den unterirdischen Zufluchtsort gelangen konnte … und der komplett mit Steinen verschlossen war.

»Nein …«, flüsterte ich, wollte es nicht wahrhaben.

Nun regte ich mich doch. Ich wusste zwar nicht, wie lange der Einsturz her war, doch Adrenalin rauschte durch meine Adern, und ich trat vor in der Hoffnung, doch noch Leute retten zu können. Mit den Händen zerrte ich an den Steinen und dem Schutt, zog einige heraus, wodurch andere zu Boden fielen. Mit jedem Versuch, mich durch die Masse an zerbrochenen Steinen zu wühlen, verteilte ich mehr Blut auf dem Schutt, doch ich spürte den Schmerz nicht.

Arme schlangen sich um mich, um meinen nächsten Versuch zu unterbinden, und ich schrie auf und wehrte mich gegen sie.

»Astraea, hör auf«, sagte Nyte leise an meinem Ohr, doch es war nur ein entferntes Echo durch das laute Pochen in meinem Kopf.

»Da drinnen waren *Tausende* von Leuten!«, rief ich.

Wie hatte das passieren können? Ganz sicher nicht auf natürlichem Wege. Nein … jemand hatte sie *umgebracht.*

»Vater …« Antilas Herz war noch zu jung, um auf so grausame Weise gebrochen zu werden.

Hatte Morgengrauen Antila die Wahrheit gesagt, als sie meinte, Zephyr hätte hier so viel zu tun?

Ein Schrei brach aus mir hervor, und ich riss mich von Nyte los, um weiter den Steinhaufen zu bearbeiten, als könnte ich so meine Freunde im Inneren erreichen.

Dieses Mal schlang Nyte mir einen Arm um den Bauch und zog mich vom Abhang weg.

»Wir können hier nichts tun«, versuchte Nyte, mich zu trösten.

Die Aussichtslosigkeit der Lage wurde mir bewusst, und ich weinte an seiner Brust.

»Vater!«, schrie Antila, doch dieses Mal nicht voller Schmerz. Sie klang erfreut.

Ich löste mich von Nyte, wirbelte herum und sah fassungslos den Celestial an, der elegant vor uns landete.

Zephyrs Augen waren geweitet vor Entsetzen. Auch als Antila ihn stürmisch umarmte, sah er weiterhin mich an. Raider legte ebenfalls die Arme um ihn, und Zephyr löste den Blick von mir, um mit der panischen Fürsorge eines Vaters seine Kinder zu betrachten.

Ich schniefte und rieb mir ungläubig die Augen, als ich auf ihn zuging. Die Kinder ließen ihn los, und er streckte die Arme nach mir aus, so wie ich nach ihm.

»Ich dachte, du bist da drinnen«, krächzte ich.

»War ich auch«, antwortete er gequält. Wir ließen einander los. »Ich habe so viele rausgeholt, wie ich konnte, aber trotzdem sind so viele noch da unten … Hunderte von Leben … die ich nicht retten konnte.«

»Dank dir gibt es überhaupt Überlebende«, sagte ich voller

Mitgefühl, als er einen verzweifelten Blick über meine Schulter warf.

»Ich weiß nicht, was passiert ist. Die Wasserversorgung ... irgendjemand muss sich daran zu schaffen gemacht haben. Jahrhundertelang haben die Leitungen nie auch nur einmal getropft, und jetzt sind sie einfach geborsten und haben alles überflutet, wodurch die ganze Höhle in sich zusammengefallen ist. Selbst mit meiner Fähigkeit, das Wasser zu kontrollieren, war es zu viel.«

Nyte und ich tauschten einen Blick, dann sah ich Drystan an, doch er schien genauso ratlos wie ich. Bis mir einfiel ...

»Der Dreizack wurde von jemandem gestohlen, um den Unterwassertempel zu erreichen«, sagte ich und fragte mich, *wer* ihn wohl aktuell hatte.

Nyte sah bestürzt aus, als wir beide die Liste potenzieller Kandidaten durchgingen, die nicht besonders lang war.

»Es muss unser Vater sein«, sprach Drystan es als Erster aus. »Ich frage mich nur, wie er das geschafft hat. Mein letzter Stand war, dass er in Vesitire auf dem Thron sitzt.«

»Wann und von wem hast du das denn gehört?«, fragte Nyte fordernd.

»Ich habe mich halt umgehört«, sagte Drystan vage. »Im Moment zählt nur, dass wir die Person finden, die für das hier verantwortlich ist.«

»Aber warum?«, murmelte ich grübelnd. »Welchen Grund könnte euer Vater haben, den Zufluchtsort zu zerstören?«

»Vielleicht hat er von Auster davon gehört und teilt seine Vorurteile gegenüber Nephilim und flügellosen Celestials«, schlug Zephyr vor.

Doch das kam mir nicht stimmig vor. Die machtlosen Celestials und Nephilim wurden von Abendrot und Morgengrauen ausgestoßen.

»Er hat es nicht auf Anweisung von Auster getan oder aus

eigener Motivation«, sagte ich, als ich zum einzig logischen Schluss kam. »Er hat es auf Befehl von Abendrot oder Morgengrauen getan, vielleicht von beiden, und Morgengrauen wollte, dass ich das hier sehe. Es ist eine Warnung.«

Nyte strich mir tröstend über den Rücken. Der Verlust des Zufluchtsorts mit all den Unschuldigen, die darin ihr Leben verloren hatten, riss eine neue Wunde in mir auf.

»Nun gut, wir wissen, wo das Arschloch ist, ich würde sagen, wir gehen nach Vesitire und pflücken ihn ein letztes Mal vom Thron«, sagte Drystan mit düsterem Tonfall.

»Wir brauchen den Schlüssel«, sagte ich. »Erst besuchen wir noch den letzten Tempel hier, dann treffen wir uns mit den anderen. Dein Vater wird mit Sicherheit von Abendrot und Morgengrauen beschützt, ich brauche den Schlüssel, bevor ich ihnen das nächste Mal gegenübertrete.«

»Aber sie brauchen den Schlüssel, um dich umzubringen«, sagte Zephyr.

»Das ist mir bewusst«, sagte ich.

»Sie brauchen einen High Celestial, der es für sie erledigt, ansonsten sterben auch sie dabei.«

Der nächste Augenblick der Stille lastete schwer über uns. Nyte verlagerte das Gewicht und stellte sich zwischen Zephyr und mich, als könnte er jeden Moment den vollständigen Schlüssel hervorziehen und sich auf mich stürzen.

»Woher weißt du das?«, fragte Nyte mit warnendem Unterton.

Zephyr sah zu seinen Kindern hinüber, die unser Gespräch verfolgten. Antila presste sich die gefalteten Hände an die Brust, die blauen Augen angsterfüllt. Raider stand mit verschränkten Armen da, aufmerksam, als wäre er Teil des Kampfes.

»Geh mit deiner Schwester zu den Drachen hinüber«, wies Zephyr Raider an.

»Aber Vater, ich will …«

»*Jetzt,* Raider.«

Sein Kiefer mahlte, aber er respektierte die Anweisung seines Vaters.

»Ich wusste sofort, dass sie es nicht war.« Zephyrs Stimme war leise, sein Tonfall verzweifelt und gepresst. »Morgengrauen ist hierhergekommen und hat versucht, mit mir zu verhandeln. Wenn ich dich umbringe, wird Katerina leben.«

Sofort bauten sich Nyte *und* Drystan vor mir auf, schirmten mich vor Zephyr ab.

Ich wollte nicht glauben, dass er mich wirklich umbringen würde, aber es ging immerhin um seine Frau. Sie war ihm wichtiger als seine Freundschaft zu mir.

»Nachdem sie weg war, wollte ich die Kinder holen und nach dir suchen, aber dann kam die Überflutung«, erklärte Zephyr. »Ich weiß nicht, was ich machen soll … ob Morgengrauen überhaupt die Wahrheit sagt.«

»Das tut sie nicht«, sagte Nyte grimmig. Sein Beschützerinstinkt nahm dem Gespräch jede Freundlichkeit. »Katerina ist verloren. Ihr Bewusstsein hätte nicht so lange überleben können, mit einer weiteren Person in ihrem Kopf.«

»Wie kannst du dir da so sicher sein?« Zephyrs Worte klangen fast wie ein Flehen.

»Entweder du vertraust mir oder nicht. Doch ich warne dich: Es wird nicht gut für dich enden, wenn du auch nur einen Moment darüber nachdenkst, dich auf die Seite der Götter zu stellen – in der Hoffnung, ein Angriff auf Astraeas Leben könnte dir was bringen.«

Zephyrs schmerzerfüllter Blick wanderte zu mir herüber.

Ich schob mich an Drystan und Nyte vorbei und ging auf ihn zu. »Es tut mir so leid«, sagte ich. Auch wenn ich wusste, dass keine Worte die Wunde heilen konnten, die Katerinas Verlust in ihm hinterlassen hatte. »Sie würde wollen, dass du mir hilfst, Morgengrauen umzubringen.« Ich streckte tröstend die

Arme nach ihm aus. »Drystan wird euch an einen sicheren Ort bringen, während Nyte und ich den letzten Tempel besuchen.«

Zephyr nickte zustimmend.

Nyte ritt auf Eltanin zum Tempel, während ich neben ihnen herflog. Bei der Landung nutzte ich meine Magie, um den Schnee vom letzten Drachenbild zu fegen.

Der schwarze Umriss überraschte mich. Doch hatte dieser Drache, anders als Eltanin, keine Federn. Er war kein Celestialer Drache.

Eltanin brüllte hinter mir auf, und ich wirbelte herum. Aufgewühlt lief er hin und her, und es war angsteinflößend, ein so mächtiges Wesen so unter Stress zu sehen. Schon ein Zucken seines Schwanzes oder ein unachtsam gesetzter riesiger Fuß konnte einiges an Schaden anrichten.

»Was stimmt nicht?«, fragte ich nervös.

»Ich weiß es nicht genau«, murmelte Nyte und stellte sich schützend hinter mich.

Erneut brüllte Eltanin und ließ den Schwanz auf meine Beine zu zucken, bevor ich zur Seite springen konnte. Ich fiel gegen Nyte, der auch aus dem Gleichgewicht gebracht wurde, sodass wir beide auf dem Boden landeten. Die Glasflasche mit Eltanins Tränen flog Nyte aus der Hand und zerbrach auf den Steinen, direkt auf dem Gemälde, das die Tränen sofort aufsaugte.

Der Boden unter uns begann zu beben, und die schwarzen Linien glühten. Ich war vor Ehrfurcht völlig erstarrt, doch zum Glück besaß Nyte die Geistesgegenwart, aufzuspringen und mich hastig auf die Füße zu ziehen. Während das Gemälde lebendig wurde, rannten wir zum Waldrand hinüber und duckten uns hinter die Bäume.

Der schwarze Drache kam heraus, als würde er sich aus einem tiefen Grab wuchten. Er wurde größer und größer, und Eltanin wurde so nervös, dass ich Angst bekam.

»Bei den Göttern«, sagte Nyte ungläubig.

Es war ungewohnt, ihn so überrascht, vielleicht sogar ein kleines bisschen ängstlich zu erleben.

Der schwarze Drache schüttelte seine ledernen Schwingen aus und ließ ein Brüllen hören, das den Boden erzittern ließ. So laut, dass ich mir mit schmerzverzerrter Miene die Ohren zuhalten musste.

Als der große Drache sich zu Eltanin umdrehte, versuchte dieser, zurückzuweichen, und krachte dabei in die Bäume.

»Was ist los?«, rief ich, aufgewühlt und ohne Idee, was ich tun sollte.

»Das ist … das ist Eltanins Vater.«

Seine Worte erschütterten mich. Und verwirrten mich.

»Das sieht aber nicht wie ein glückliches Wiedersehen aus«, sagte ich und beobachtete die beiden, die sich zum Kampf bereit zu machen schienen, was jedoch schreckliche Konsequenzen für ihre Umgebung haben könnte. In der Nähe befanden sich mehrere Dörfer.

»Drachen sind sehr instinktgesteuert und zeigen deutliches Revierverhalten. Erinnerst du dich daran, wie wir vor langer Zeit Eltanins Mutter gefunden haben? Sie war schwer verletzt, und auch wenn ihr wahrscheinlich von Menschen die Flügel gestutzt worden waren, stammten viele ihrer anderen Narben sicher von Revierkämpfen. Obwohl sie verwandt sind, akzeptiert dieser Drache Eltanin nicht. In der Drachenhierarchie sollte Eltanins Vater unter ihm stehen. Celestiale Drachen herrschen über die anderen. Ich glaube, er will ihm seinen Rang streitig machen. Wenn er Eltanin umbringt, werden alle anderen ihn und nicht Eltanin als König anerkennen, auch wenn er kein Celestialer Drache ist.«

»Das können wir nicht zulassen.«

»Das werde ich auch nicht«, sagte Nyte nachdrücklich.

Beide Drachen atmeten zur gleichen Zeit ein, und ich reagierte instinktiv. Ich konnte sie nicht davon abhalten, sich gegenseitig anzugreifen, aber ich musste zumindest *versuchen* zu verhindern, dass sie mit ihrem Angriff Zephyrs halbe Provinz zerstörten.

Als sie ihren Atem aufeinander losließen, erlaubte ich Lightsdeath, an die Oberfläche zu steigen.

Meine Flügel trugen mich hoch hinauf, und ein helles Licht schoss aus mir hervor und erschuf eine leuchtende Halbkugel über dem Wald, in dem sich der Tempel befand. Die dunkle Macht der Drachen prallte auf meinen Schild, und für eine panikerfüllte Sekunde dachte ich, sie würde ihn mühelos zerstören.

Doch Lightsdeath würde die Dunkelheit nicht gewinnen lassen. Ich stärkte den Schild mit noch mehr Licht, auch wenn ich unter der Heftigkeit der Magie und der Kraft erzitterte, die es mir abverlangte, den Schild gegen den dauerhaften Ansturm des Drachenatems aufrechtzuerhalten.

Als die Drachen einen Moment innehielten, ließ ich meine Magie kurz los, um mich zu sammeln. Ich wusste nicht, was ich tun sollte, wie ich diese mächtigen Wesen davon abhalten sollte, sich gegenseitig umzubringen.

Wir durften Eltanin nicht verlieren.

Nyte war am Boden, in der Nähe der kämpfenden Drachen, und mein Beschützerinstinkt regte sich in mir. Ich landete neben ihm, und er untersuchte mich auf Verletzungen.

»Eltanin will nicht verschwinden. Er will uns vor seinem Vater beschützen«, sagte er.

Mitgefühl für den kleinen schwarzen Drachen überkam mich. Er war so selbstlos und mutig. Der größere Drache öffnete den Mund und sprang auf Eltanin zu. Ich schrie auf und schoss einen Lichtstrahl ab. Er traf den großen Drachen, doch auch wenn das Eltanin zumindest vor dem Biss seines Vaters schützte, riss dieser ihm trotzdem noch mit der Klaue die Brust auf.

Beide Drachen stießen ein ohrenbetäubendes Kreischen aus. Ich zuckte zusammen und hielt mir die Ohren zu. Dann erinnerte ich mich …

Edasich … Sie hatte aufgehört, mich anzugreifen, nachdem ich Auster umgebracht hatte.

Ich wusste zwar nicht mehr, wie ich auf das Kommando gekommen war, doch ich musste diese Stimme in mir wiederfinden, also richtete ich mich auf.

Mit vor der Brust gefalteten Händen schloss ich die Augen. Ich atmete mehrmals langsam ein und aus, wodurch das Chaos um mich herum in den Hintergrund rückte. Ich wusste nicht, wie ich es anstellte, ließ mich einfach von meinen Instinkten leiten. Eltanin war zwar nicht mit mir verbunden, aber ich konnte mit ihm kommunizieren. Selbst Athebynes Emotionen hatte ich schon mehrmals spüren können, auch wenn ich bei ihr noch nie hatte eingreifen müssen.

Irgendwie hatte ich eine Verbindung zu Drachen wie sonst niemand, und in dieser Erkenntnis, der Akzeptanz dieser Macht, fand ich, was ich brauchte.

Den Namen des schwarzen Drachen.

Ich öffnete die Augen, und mit mir fremder Stimme erklangen meine nächsten Worte. »Rastaban.«

Der große schwarze Drache ließ von Eltanin ab, als er seinen Namen hörte. Er wandte sich zu mir um, und Nyte machte einen Schritt nach vorne, stellte sich der angsteinflößenden Präsenz entgegen.

»Du wirst ihm nichts tun. Verschwinde von hier, jetzt.«

Rastabans Grollen erschütterte mich bis in die Knochen, und er trat auf mich zu und bleckte die Zähne.

»Astraea«, sagte Nyte, wie eine Warnung, dass wir verschwinden sollten.

Doch ich blieb, wo ich war, und sah dieses Wesen, das hundertmal so groß war wie ich, herausfordernd an. Vielleicht war es wahnsinnig von mir zu glauben, ein so mächtiges Wesen beeinflussen zu können, doch das war mir egal.

»Verschwinde«, sagte ich ein letztes Mal.

Nur mein Instinkt und ein gewisses Urvertrauen halfen mir in dieser tödlichen Konfrontation. Vielleicht würde sie mich das Leben kosten, aber …

Rastaban *neigte* den Kopf.

Es war keine freundliche Verbeugung, seine Boshaftigkeit war noch immer deutlich zu spüren, doch er unterwarf sich. Als er sich wieder aufrichtete, um davonzufliegen, fing mein Herz auf einmal wie wild an zu rasen.

»Wie zur Hölle hast du das gemacht?«, fragte Nyte ungläubig, während wir ihm hinterhersahen.

»Ich weiß es nicht genau«, sagte ich wie betäubt, weil ich es tatsächlich geschafft hatte und das Adrenalin in meinen Adern nun langsam verebbte.

Erleichtert atmete Nyte aus, legte mir eine Hand in den Nacken und seine Stirn an meine. »Du bist manchmal echt verdammt leichtsinnig.«

»Ich hätte nie gedacht, dass es eine schlechte Idee sein könnte, die Drachen freizulassen. Sie sind mächtige Verbündete, wenn sie an unserer Seite kämpfen, aber als Gegner … das könnte katastrophale Folgen haben.«

»Jede Spezies führt ihre eigenen Kämpfe um Macht und Überlegenheit. Zu glauben, die Drachen aufzuwecken, würde keine Konsequenzen oder Konflikte nach sich ziehen, war dumm. Ich bin mir sicher, dass Drystan uns noch mehr über die anderen befreiten Drachen erzählen kann, nachdem wir diese Prüfung absolviert haben.«

»Glaubst du, wir müssen uns um Rastaban Sorgen machen?«

»Das weißt du besser als ich. Ich verarbeite immer noch, dass du einfach so seinen Namen wusstest und ihm Befehle erteilen konntest. Ich konnte es in deiner Stimme spüren, als du mit ihm geredet hast … selbst ich hatte das Gefühl, dir Folge leisten zu müssen. So was habe ich noch nie erlebt.«

»Ich wusste nicht, dass ich das kann.«

»Du bringst mich immer wieder zum Staunen.« Er küsste mich auf die Stirn.

Eltanin heulte auf, und wir zuckten zusammen. Schnell eilten wir zu ihm. Er blutete aus dem Hals und einem Vorderbein, wobei er sich die zweite Wunde schon leckte.

»Komm, wir beeilen uns. Eltanin braucht Nadirs und Liliths Hilfe, damit seine Wunden schneller heilen«, sagte Nyte, der sich offensichtlich Sorgen machte.

Ich nickte. »Lass uns herausfinden, welches Spiel sich der Schlüssel dieses Mal ausgedacht hat.«

41

Nyte

Bei unserer letzten Prüfung mussten Astraea und ich gegeneinander antreten. Ich lauerte in den Schatten, die sich vertraut um mich wanden und schlängelten, während sie in helles Licht getaucht war, das sie von hinten beschien.

Nightsdeath war nicht mehr da, doch das vertraute Gefühl der dunklen Macht, die meine Finger überzog, überkam mich. Als ich auf meine Hände hinunterblickte, sah ich, dass sie wie mit schwarzem Kohlenstaub überzogen waren, und ich lachte düster, freute mich über Nightsdeaths Rückkehr.

Meine Abneigung gegenüber Helligkeit war intensiv, und ich warf einen bösen Blick auf die andere Seite hinüber, auf das Wesen, das dort stand.

Nicht nur Astraea … *Lightsdeath* war aus ihrem Versteck gekrochen.

»Wird auch Zeit, dass wir einander entgegentreten«, rief ich ihr zu.

Eine breite Kluft trennte uns, mit einer Plattform in der Mitte. Auf der Seite von Lightsdeath konnte ich versetzte schwarze Felder erkennen, wie ein zweireihiges Schachbrett, wobei die weißen Felder fehlten und die restlichen nicht gleichmäßig angeordnet waren. Über sie würde Lightsdeath auf die Plattform in der Mitte gelangen. Jenseits des Steinvorsprungs, auf dem ich stand, ging es tief hinunter in die Dunkelheit. Ein schwaches Schimmern verriet mir jedoch, dass ich im Falle eines Sturzes im Wasser landen würde.

»Wir sind uns schon häufig begegnet, Nightsdeath.«

»Und doch wolltest du nie mit mir spielen. Hast du etwa Angst vor mir?«

Lightsdeaths Lachen war genauso überheblich wie meines. Ich erfreute mich an ihr.

»Denkst du wirklich, ich, ein Licht, das dich in Windeseile ertränken könnte, hätte Angst vor der Dunkelheit?«

Wir gingen beide am Rand unseres jeweiligen Vorsprungs auf und ab, grinsten uns anzüglich und herausfordernd an, wie um die andere Person dazu zu bringen, die Distanz zwischen uns zu überwinden. Mir fiel wieder ein, dass das hier ein Spiel war. Eine Prüfung. Ich kannte die Regeln zwar noch nicht, doch ich hatte bereits jetzt so viel Spaß, dass es mir egal war.

Ich wollte diese Kreatur besitzen. Jeden ihrer hellen Strahlen dem Willen meiner Schatten unterwerfen.

»Dann komm doch her«, forderte ich sie auf.

Lightsdeath besah sich prüfend die Brücke. »Ich kann nur auf deiner Seite die Felder aus Licht sehen.«

»Und ich nur auf deiner die Felder aus Dunkelheit.«

Es war eindeutig. Wir mussten auf die Worte der jeweils anderen Person vertrauen. Weder Licht noch Dunkelheit hatten die Vorherrschaft. Die zwischen uns liegende Strecke war eine sich kontinuierlich verändernde Schwelle, ein Ort, an dem Gegensätze aufeinandertrafen und sich weigerten, zu harmonieren.

»Du zuerst«, sagte ich. Lightsdeath sah mich an. »Ein Stück zu deiner Rechten – genau da. Jetzt einen Schritt nach vorne, dort ist dein erstes Feld.«

Sie machte den ersten Schritt nicht sofort. Mit leuchtend

silbernen Augen sah sie mich abschätzig an, zog mich dermaßen in ihren Bann, dass ich am liebsten die Distanz zwischen uns kriechend überwunden hätte, um in ihrem Licht zu baden.

Und es anschließend herauszureißen.

»Du musst nach links … genau. Dein erstes Feld liegt jetzt vor dir«, wies sie mich an.

»Ich sagte, *du* zuerst.«

»Wer hat jetzt Angst?«

Ich verzog die Lippen zu einem grausamen Lächeln. »Dann eben gleichzeitig.«

»Das ist vermutlich der Sinn der Sache.«

Entweder einer von uns oder wir beide könnten unten im Wasser landen. Würde Betrug belohnt werden? Wenn einer den anderen hereinlegte und es allein in die Mitte schaffte?

»Bereit?«, rief sie mit neckischem Tonfall.

Ja, ich war bereit.

Im gleichen Moment wie sie hob ich das Bein, und Anspannung erfasste mich vom Kopf bis in die Zehen. Ich war mir nicht sicher, ob ich es erregend oder entrüstend fände, sollte sie mich wirklich reinlegen und ins Wasser fallen lassen.

Gleichzeitig machten wir einen Schritt nach vorne.

Und standen uns weiterhin Auge in Auge gegenüber.

Wir grinsten einander an.

»Werd bloß nicht leichtsinnig«, flötete sie.

»Das gilt auch für dich.«

»Dein nächster Schritt geht nach vorne«, verriet sie mir.

»Deiner nach rechts.«

Erneut trafen sich unsere Blicke, aufgeheizt von der Leidenschaft, die diese Prüfung in uns auslöste.

Wir taten den nächsten Schritt … und blieben beide im Spiel.

»Nur damit du es weißt, ich will dich erreichen, damit ich dich auslöschen kann«, sagte ich drohend.

»Und ich will nur, dass du mich erreichst, damit ich dich vertreiben kann. Du denkst, du bist mir gewachsen, Nightsdeath? Ich bin die Quelle, du die Abwesenheit. Ohne mich, das Licht, bist du, die Dunkelheit, nichts als Leere.«

»Und ohne mich bist du zügellos, eine strahlende Tyrannin. Dein Licht existiert nur, weil ich ihm Form gebe. Zusammen sind wir keine Rivalen, sondern der Rhythmus der Welt selbst.«

»Wie poetisch von dir«, spottete sie.

Wir gingen beide ein Feld weiter, und wieder standen wir auf festem Boden.

So näherten sich Licht und Dunkelheit mit jedem Schritt.

»Es ist schwer, dir zu vertrauen, wenn du so leicht alle verschlingen kannst, die sich zu lange in deinen Tiefen aufhalten«, sagte sie jetzt mit weicherer Stimme.

Ein weiteres Feld, wieder ein Stück weniger Abstand zwischen uns.

»Vielleicht müssen wir einander nicht vertrauen«, sagte ich. »Sondern nur wissen, wann wir uns den Himmel teilen müssen.«

Jeweils ein Feld noch. Wir standen voreinander, getrennt nur durch die zwei verbleibenden Felder.

»Vielleicht habe ich dich unterschätzt«, sagte sie, so nah, dass ich sie fast berühren konnte.

Schmecken. Verschlingen. Besitzen.

Mit dem nächsten Schritt könnte einer von uns siegen, während der andere unter seinen Füßen ertrank. Ich blickte ihr in die leuchtenden Augen, versuchte, eine Täuschung darin zu entdecken, doch sie konnte ihre Emotionen genauso gut verbergen wie ich.

»Das hellste Licht wirft die dunkelsten Schatten«, flüsterte ich. »Wir sind unaufhaltbar.«

»Du musst einen Schritt nach vorne machen«, sagte sie, ebenfalls mit leiser Stimme.

»Du auch.«

Wir hoben gleichzeitig die Beine, blickten einander in die Augen, und dann …

Dunkelheit und Licht prallten aufeinander, explodierten durch den Raum wie ein brutaler Sturm aus Nacht und Sternenlicht.

Wir klammerten uns aneinander, meine Hand in ihren glitzernden Haaren, ihre am Kragen meiner Jacke, die Blicke verschränkt und voller Leidenschaft und Hass, als wäre es das Ende der Welt.

»Teile dir den Himmel mit mir, Astraea«, sagte ich und erholte mich langsam von den Auswirkungen der Prüfung, der ich mir erst jetzt wieder bewusst wurde.

Nightsdeath gab es nicht mehr. Das in mir auf und ab laufende Monster war von Lightsdeath erledigt worden und würde mich nie wieder überwältigen.

Doch Lightsdeath war real und hatte immer noch die Kontrolle über Astraea, die mich anstarrte, als würde sie überlegen, ob sie mich umbringen oder küssen wollte.

Ich nahm ihr die Entscheidung ab und machte mich über ihren Mund her, während der Boden unter unseren Füßen wegbrach. Kurz Schwerelosigkeit, dann zog eiskaltes Wasser uns in die Tiefe und versuchte, uns auseinanderzureißen, doch ich klammerte mich an sie, als wäre sie mein letzter Atemzug.

Wir ertranken, doch ich spürte keine Panik. Erneut zog ich Astraeas Lippen an meine, und wir schwebten. Das Wasser verwandelte sich in den Himmel, unsere Körper wurden zu Sternbildern, so, wie es sein sollte. Wir mussten nicht gegeneinander kämpfen, sondern uns verbünden, ergänzen.

Astraea hielt mich zurück, ihre Essenz um jeden Zentimeter meines Körpers geschlungen, und in diesem Moment war mir alles egal, solange wir nie weit voneinander entfernt wären.

Sie löste sich von mir und hob die Hände, die genau wie meine nahtlos in den Himmel übergingen.

»Wir sind die Sterne und die Nacht«, sagte sie und besah sich ihren sternengespickten Körper.

»Ja, das sind wir«, sagte ich, überwältigt von meinen Gefühlen.

Astraeas Lächeln erlosch, als sie plötzlich würgte und keuchte. Panik erfasste mich, und auch ich rang nach Luft, während wir vom Himmel fielen, zwei Sternschnuppen, die wieder im Wasser landeten.

Dann … Luft.

Zu viel und doch nicht genug.

Wir schluckten Wasser und husteten, bis wir eine seichte Stelle erreichten und hinauskrabbeln konnten. Über Felsen und Schnee und … *Steinboden.*

Keuchend und auf allen vieren blinzelte ich mir das Wasser aus den Augen und sah mich verwirrt um. Eine Illusion nach der anderen zog an mir vorbei, bis ich in der Realität zu landen schien. Der glatte Marmor unter meinen Händen schien zu dem Tempel zu passen, den wir betreten hatten. Auch wenn jetzt kein Wasser mehr in der Nähe war, waren wir immer noch nass und halb erfroren.

Als ich den Blick hob, sah ich den Altar, was wohl hieß, dass in diesem Tempel noch gebetet wurde.

Ich setzte mich auf, doch Astraea rührte sich nicht, hockte weiter auf allen vieren da, heftig zitternd und mit klappernden Zähnen.

»Komm her«, sagte ich und zog sie hoch.

Instinktiv schälte ich uns die Kleider vom Leib; Körperwärme würde helfen, während sie sich von ihrem Schock erholte und wieder Zugang zu ihrer Magie fand, mit der sie sich wärmen könnte.

Astraea starrte ins Nichts, völlig abwesend, und reagierte überhaupt nicht auf mich. Ihr Körper fuhr herunter, bis sie nicht mehr ansprechbar war. Ich konnte es kaum ertragen.

Mir gegenüber entdeckte ich einen alten Wandteppich, der in unserem Zustand so wertvoll war wie eine Felldecke. Ich riss ihn herunter, zog mich vollständig aus und kniete mich vor Astraea. Sie schlang die Arme um ihren nackten Oberkörper.

»Ich hab dich«, sagte ich, während Panik meine Brust erfüllte.

Hastig setzte ich mich hin und zog sie zwischen meine Beine, wo sie sich zusammenrollte und sich an meine Brust kuschelte. Der Wandteppich war groß genug, um uns beide einzuhüllen. Ich zog sie so eng an mich, wie ich konnte, doch es reichte nicht. Hilflosigkeit überkam mich, doch immerhin konnte ich ihr einen Teil ihres Schmerzes nehmen.

Also schlüpfte ich in ihre Gedanken und linderte die scharfen, eiskalten Kanten, die sie verletzten. Langsam schien sie sich zu beruhigen.

»Bitte rede mit mir«, flüsterte ich und drückte ihr einen Kuss auf den Kopf.

Sie strich mir über die Seiten und schlang mir dann die Arme um den Bauch, um mich ebenfalls zu umarmen. Endlich konnte ich mich ein kleines bisschen entspannen.

»Das war furchtbar«, flüsterte sie.

»Das ist noch nett ausgedrückt. Zu ertrinken ist wirklich eine der schlimmsten Arten zu sterben.«

»Bi-bist du schon mal ertrunken?«, fragte sie zitternd.

»Einmal.«

»Wann?«

Ich wusste nicht, wie ich darauf antworten sollte, was sie denken würde, wenn ich die Wahrheit preisgab. Es war etwas, das ich nie hatte laut aussprechen wollen.

»Als du weg warst«, sagte ich gepresst.

»Wa-was ist passiert?«

Immerhin redete sie mit mir, das wollte ich nicht durch mein Schweigen bremsen.

»Ich habe dir schon gesagt, dass ich oft gestorben bin. Es gibt nur wenige Leute, die es in der Hinsicht mit mir aufnehmen können.«

Mir fehlten die Worte, es auszudrücken, weil die Scham mich langsam überrollte. Astraea dachte ein paar Sekunden lang nach. Dann schien sie zu verstehen und umarmte mich fester.

»Du … du hast versucht …« Sie konnte es nicht aussprechen.

Ich auch nicht. Nicht so direkt.

»Sobald du weg warst, wollte ich dir folgen«, sagte ich.

»Es gibt so viel mehr als mich, für das es sich zu leben lohnt«, sagte sie krächzend, was mich tief traf.

»Nicht für mich. Das weißt du.«

»Du hast Drystan. Du hättest erneut Liebe finden können. Ach, Nyte.«

Sie weinte, was mich endgültig zerstörte.

»Ich bin dazu gemacht, eine Waffe zu sein, oder der Deine. Wenn du gesehen hättest, zu was ich in deiner Abwesenheit geworden bin … da war kein Leben, nur Schmerz. Für mich und die Welt, der ich ihn zugefügt habe.«

Astraea hob den Kopf, um mich anzusehen. Ihre Lippen waren noch immer leicht bläulich, und ihre Augen glänzten. Trauer stand ihr ins Gesicht geschrieben, als sie mir eine Hand an die Wange legte.

»Ich sehe dich. Es gibt so viel mehr für dich, als dir bewusst ist. Ich hasse deinen Vater dafür, dass er es dir unmöglich gemacht hat, dein Herz zu öffnen für all jene, die dich ebenfalls lieben werden. Nicht so sehr wie ich, das geht, glaube ich, nicht, aber genug, dass du die Schönheit in dieser Welt sehen kannst, die dir so sehr verdorben wurde.«

Wie konnte ich etwas lieben, was mein Kopf und meine Seele nicht verstanden? Ich wollte gerne glauben, dass Teile meiner

Zuneigung zu ihr im Gefüge des Universums verwurzelt waren. Dass ich sie in jedem Leben wiedererkennen würde, in jeder Form, in jedem Alter. Sollten wir einander an einem anderen Ort, in einer anderen Zeit wiedersehen, würde ich sie anblicken und wissen, wo mein Zuhause lag. Ich würde wissen, dass mein Herzschlag nur geliehen war, und ihn ihr zurückgeben. In ihr würde ich immer eine Schönheit sehen, die die Welt um uns herum verblassen ließ.

»Du bist mein Leben, Astraea«, flüsterte ich, legte ihr eine Hand in den Nacken und zog ihre Lippen an meine. »Das wird sich niemals ändern.«

Beim Gefühl von Astraeas Magie, die von ihren Händen auf meine Haut überging, seufzte ich wohlig auf.

»Verdammt, fühlt sich das gut an«, sagte ich, als wir beide wegen der angenehmen Hitze langsam aufhörten zu zittern.

»Tut mir leid, ich habe einen Moment gebraucht. Alles hat sich so … taub angefühlt. Als wäre ich tot, aber noch bei Bewusstsein.«

»Ich weiß. Ich habe das Einzige getan, was mir in den Sinn gekommen ist. Auch wenn es mir nicht leidtut.«

Sie lachte leise, bevor sie die Stirn runzelte und gegen meine lehnte. »Du bist auch mein Leben, Rainyte.«

Ich schloss die Augen und fuhr ihr mit den Fingern über die Wirbelsäule. Die Wärme ihrer Magie war so verdammt angenehm, dass das Elend von vor ein paar Minuten schon fast vergessen war. Jetzt konnte ich nur noch an ihren nackten Körper an meinem denken.

»Es gibt andere Methoden, mit denen wir uns aufwärmen könnten«, murmelte ich mit belegter Stimme.

Verlangen flackerte in ihren silbrig blauen Augen auf, bevor sie mich küsste und sich auf mich setzte, mein Schwanz an ihrer heißen Vulva.

»Darauf habe ich schon viel zu lange gewartet.«

Ich vergrub die Hände in ihren Haaren und vertiefte unseren Kuss, drückte ihre Hüfte gegen mich und spürte, wie sie heißer und feuchter für mich wurde.

»Dieser Tempel ist zum Beten da«, sagte sie keuchend, als ich den Mund auf ihre Brüste senkte, wie ein ausgehungertes Tier.

»Du bist doch eine Göttin«, sagte ich mit rauer Stimme und drückte ihre Oberschenkel. »Und ich werde dich anbeten. Ich würde sagen, wir befinden uns genau am richtigen Ort.«

Es hieß, in Tempeln sei der Schleier zwischen unserer Welt und der der Götter, die sie erschaffen haben, am dünnsten. Es war nicht gerade anständig, in dieser Tatsache Befriedigung zu finden, doch die Götter hatten so lange versucht, Astraea von mir fernzuhalten, dass sie es verdienten, unserer Vereinigung nun beizuwohnen. Zu verstehen, wie viele Welten und Schleier ich zerstören würde, um an ihrer Seite zu sein.

Ich leckte über ihre Brustwarze, bevor ich sie zwischen die Lippen saugte, ganz wild vor Lust angesichts all der zuckenden Bewegungen und leisen Laute, zu denen ich sie antrieb. Sie stieß irgendetwas zwischen einem Seufzen und einem Stöhnen aus, was wie ein Betteln nach mehr klang.

Dem kam ich gerne nach. Ich ging langsam vor, ließ mir Zeit. Dadurch würde der Höhepunkt für uns beide umso intensiver werden. Köstliche Dinge mussten genossen werden, und Astraea … sie war das Köstlichste, das ich schmecken, ansehen, anfassen konnte. Nie würde ich genug von ihr bekommen.

»Steh auf und beug dich für mich über den Altar«, befahl ich, bevor ich mit den Zähnen über ihren Hals fuhr.

Sie keuchte und packte meine Haare fester. Als der Wandteppich von uns abfiel, zitterte sie ein wenig, doch ich würde dafür sorgen, dass sie bald ins Schwitzen kam.

Astraea tat, wie ich befohlen hatte, und der Anblick allein war göttlich. Das Mondlicht ergoss sich perfekt über ihren Körper. Ihre Brüste waren gegen den marmornen Altar gepresst, und ihr durchgedrückter Rücken mit all seinen silbernen Tattoos war unfassbar verlockend. Ich ließ mir Zeit, sie von oben bis unten zu bewundern, bis mein Blick schließlich an ihren erwartungsvollen, pinken Vulvalippen hängen blieb.

»Spreiz die Beine für mich. Gutes Mädchen.« Mit der Hand fuhr ich ihr über den Rücken und drückte sanft ihren Kopf runter, bis er zwischen ihren gespreizten Händen auf dem Altar lag. »Scheiße, bist du perfekt.«

Mit der anderen Hand fuhr ich ihr über den Hintern. Ich betrachtete ihr Gesicht, während ich mit der Hand einen Kreis beschrieb und sie anschließend laut klatschend auf ihr Gesäß knallte.

Astraea gab ein Keuchen von sich, das in einem Stöhnen endete. Also tat ich es erneut und freute mich darüber, wie sie verzückt das Gesicht verzog, während ich sanft über den roten Abdruck strich, der sich auf ihrem Hintern abzeichnete.

Ich war selbst überrascht, als ich einem plötzlichen Impuls nachging, auf die Knie sank und die Zähne in die Stelle schlug, die ich gerade schon malträtiert hatte.

Astraea schrie auf, und als ihr Blut meine Kehle hinabrann, verlor ich die Kontrolle. Ihre Beine zitterten bereits, also fuhr ich mit den Fingern über ihre feuchte Vulva. So warm und nass. Ich machte nichts anderes, als die Finger vor und zurück gleiten zu lassen und ihre Klit zu umkreisen, doch es brauchte nicht viel mehr als das und meine Zähne in ihr, um einen gewaltigen Orgasmus in ihr auszulösen, der ihre Beine noch heftiger zittern ließ. Während sie noch von Wellen der Lust überrollt wurde, löste ich mich mit einem beinahe schmerzlichen Stöhnen von ihr, zog sie hoch und drehte sie um. Ich konnte vor Erregung kaum mehr denken.

Astraeas Miene war lusterfüllt, die Wangen rosa, und ich küsste sie, fest und leidenschaftlich, bevor ich sie auf den Altar hob.

»Du wirst jetzt auf diesem Altar liegen und auf meiner Zunge kommen, und wenn es so weit ist, will ich, dass du meinen Namen so laut herausschreist, dass dich alle Götter hören können«, sagte ich knurrend.

Ich legte mir ihre Beine über die Schultern und leckte über ihre Vulvalippen, die ganz feucht waren. Sie drückte bei meiner ersten Berührung den Rücken durch, während sie sich mit den Händen an beiden Seiten des Altars festklammerte. Dieser Anblick sollte als Gemälde in den prächtigsten Palästen hängen.

Ihre Lust war für mich wie ein Festmahl und jeder ihrer Laute wie ein Lied in meinen Ohren, das sich bei jedem Eintauchen meiner Zunge in ihre Vagina und jedem Saugen an ihrer Klit veränderte. Fest umklammerte ich ihre Oberschenkel, darauf versessen, ihr nur mit der Zunge einen Orgasmus zu bereiten.

»Komm schon«, knurrte ich und leckte sie noch leidenschaftlicher.

Ihre Hüften zuckten unkontrolliert, wehrten sich gegen meinen festen Griff. Ein Teil von mir wollte nachgeben und sie mein Gesicht reiten lassen, wie sie es offensichtlich wollte, doch ich konnte nicht aufhören.

Dieser Orgasmus gehörte mir. *Ich* wollte ihn ihr schenken.

Nachdem ich noch ein paarmal mit der Zunge in ihre enge Vagina eingedrungen war, konzentrierte ich mich ganz auf ihre Klit. Das brachte sie schließlich zum Höhepunkt.

Ich stöhnte laut auf, als sie kam und dabei meinen Namen hinausschrie. Ihre Oberschenkel zitterten unter meinen Händen, als wollte sie sich befreien, doch gleichzeitig vergrub sie die Hände in meinen Haaren, um mich weiter zwischen ihre Beine zu drücken, während sie die Wellen ihres Orgasmus über sich hinwegspülen ließ.

»Nyte«, wimmerte sie, weil ich nicht aufhörte und sie an die Grenze der Reizüberflutung trieb.

Mit jeder Berührung meiner Zunge zuckte ihr Körper und

bäumte sich auf. Sie hatte die Finger fast schon schmerzhaft fest in meinen Haaren vergraben, um mich zu warnen, doch ich sehnte mich dadurch nur nach *mehr*.

»Ist dir schon warm?«, fragte ich, die Stimme kaum mehr als ein raues Flüstern, während ich die Innenseite ihres Oberschenkels küsste, ihren Bauch, ihre Brust und schließlich ihren Mund, sodass sie ihren eigenen Saft auf meinen Lippen schmecken konnte.

Sie stöhnte lusterfüllt und vertiefte den Kuss.

»Nicht warm genug«, krächzte sie.

Mein Schwanz zuckte schmerzhaft.

»Gut.«

Ich hob sie hoch, stellte sie auf die Beine und drückte ihren Oberkörper wieder auf den Altar. Erneut fuhr ich mit den Fingern über ihre geschwollene und heiße Vulva, und sie erzitterte heftig. Als ich zwei Finger in sie hineinschob, keuchte sie auf, und ich lehnte mich über sie, während ich meine Finger langsam hinaus- und wieder hineingleiten ließ.

»Wolltest du nicht dieses Mal das Sagen haben?« Mein Atem strich über ihren Hals.

»Unter den gegebenen Umständen hatte ich nicht das Gefühl, dass wir geduldig genug für Machtkämpfe sind.«

Ich lachte leise und zog die Finger aus ihr heraus, um stattdessen mit der Hand meinen Schwanz auf und ab zu gleiten.

»Wenn wir um die Oberhand kämpfen, sollten wir das am besten an einem Ort tun, der ruhig Schaden nehmen kann. Ich würde natürlich gewinnen, weiß aber auch, dass du es mir nicht leicht machen würdest.«

Als ich ihre Beine zusammendrückte, meinen Schwanz zwischen ihre Oberschenkel schob und dabei gegen ihre Klit stieß, seufzte sie genüsslich. Noch drang ich nicht in sie ein, doch die Feuchtigkeit und Wärme zwischen ihren Beinen waren fast genauso geil.

»Du fühlst dich so verdammt gut an.« Ich sah zu, wie mein Schwanz immer wieder zwischen ihren wunderschönen Beinen verschwand, und kam dabei fast, ohne überhaupt in sie eingedrungen zu sein.

Sie richtete sich auf, drehte sich um und packte meinen Schwanz fest. Ich stützte mich auf dem Altar hinter ihr ab, während ich dabei zusah, wie sie mit den Händen meinen Schwanz auf und ab fuhr und ihn dann wieder zwischen ihre Schenkel schob, bevor sie sich mit den Händen neben meinen abstützte.

»Scheiße«, keuchte ich und stieß ein paarmal zwischen ihre Beine, bevor ich es nicht mehr aushielt.

Ich hob eins ihrer Beine und legte es über meine Hüfte, dann versenkte ich mich bis zum Anschlag in ihrer engen Vagina.

Sie hielt sich mit einer Hand in meinem Nacken fest, während ich sie schnell und hart fickte. Nur das Klatschen von Haut auf Haut und unser atemloses Keuchen erfüllten diese heiligen Hallen.

Mit einem Stöhnen zog ich mich aus ihr heraus und führte sie weg vom Altar zu den Bankreihen hinüber.

»Knie dich auf die Bank und halt dich an der Lehne fest«, wies ich sie an. »Genau so, spreiz die Beine ein bisschen weiter. Gutes Mädchen.«

Ich trat einen Schritt vor und versenkte mich erneut in ihrer geilen Wärme, jetzt allerdings langsamer, sodass ich jeden Stoß in ihre enge Vagina genießen konnte.

»Mein heller Stern«, murmelte ich und küsste ihre Schulter. »Meine mächtige Gefährtin.«

Ich küsste ihre andere Schulter und ließ meine Hand über ihren Bauch zu ihrer Klit gleiten, umkreiste sie.

Astraea drückte sich noch enger an mich, und ihr Stöhnen wurde abgehackter, je näher sie dem Höhepunkt kam. Immer härter stieß ich in sie, um ihr das zu geben, was sie brauchte. Kurz vor dem Orgasmus versiegte ihr Keuchen stets, weil sie sich ganz auf das Gefühl konzentrierte, das kurz davor war, sie zu überwältigen. Nichts hörte ich lieber als das.

»So ist es gut, komm für mich.«

Eigentlich dachte ich, ich könnte noch ein bisschen länger durchhalten, doch als ihre Vagina um mich pulsierte, verlor ich die Kontrolle und explodierte mit einer überraschenden Heftigkeit, die ich mir versagt hatte, seit ich sie ausgezogen hatte.

Die gemeinsamen Laute unserer Lust hallten durch den Tempel, und ich war mir sicher, sollte sich draußen jemand befinden, wüsste derjenige genau, was hier drinnen los war. Mein Orgasmus dauerte länger an, als ich Atem hatte. Ich ergoss mich mit langen, stockenden Stößen in sie, und mir war nicht bewusst, wie ich sie an Ort und Stelle festhielt, über ihren Rücken gelehnt, eine Hand an ihrer Kehle, in genau der Position, in der ich sie brauchte.

Sie zitterte und keuchte noch immer.

Ich konnte mich nicht bewegen.

»Jetzt ist mir definitiv warm«, sagte sie schließlich, was mir ein atemloses Lachen entlockte.

»Mir auch«, sagte ich, glitt aus ihr heraus und trat einen Schritt zurück. »Bleib so. Nur einen verdammten Moment.«

Bei ihrem Anblick, über die Bank gebeugt und mit meinem Sperma, das aus ihr heraustropfte, rieb ich meinen Schwanz.

»Du bist einfach unglaublich.«

Sie legte schüchtern den Kopf schief, zeigte sich verletzlich. Es war so verdammt süß. Dann sah sie auf meine Hand hinunter, und ein erneutes Funkeln der Lust blitzte in ihren Augen auf, was meinen Schwanz sofort noch härter werden ließ.

Astraea drehte sich um, bis sie auf der Bank saß. »Komm her.«

Diese Worte, der leise, suggestive Befehl, ließen mich fast ohnmächtig werden.

Für sie würde ich durchs Feuer gehen.

Als ich nah genug war, umfasste sie meinen Schwanz, und

ich spannte den Kiefer an, als Lust und Schmerz mich gleichzeitig durchfluteten.

»Du musst nicht … *scheiße.*«

Ohne Vorwarnung legte Astraea die Lippen um meinen Schwanz und saugte fest daran.

Eigentlich dachte ich, wir wären fertig, doch sie steckte so voller Überraschungen, irgendwann würde ich ihretwegen noch den Verstand verlieren. Mit meinem Schwanz im Mund stöhnte sie, schmeckte mich und sich selbst, und allein der Gedanke führte fast dazu, dass ich erneut kam, was ich nicht für möglich gehalten hätte.

Ich schob die Finger in ihr feuchtes Haar. »Brauchst du meinen Schwanz so sehr? Hat es noch nicht gereicht?«, knurrte ich. Sie brummte zustimmend, sah mich aus ihren silbrigen Augen an, und ich verlor die Kontrolle. Ich packte ihren Kopf fester und stieß in ihren Mund. »Deine Lippen fühlen sich so verdammt gut an.«

Astraea streichelte sich selbst, auf der Kante der Bank sitzend, umkreiste sie ihre Klit immer schneller. Sie zog verzückt die Augenbrauen zusammen, als sie sich einem weiteren Orgasmus näherte. Ich konnte nicht glauben, dass sie sich selbst befriedigte, während sie mir einen blies. In meinem Kopf drehte sich alles, Zeit und Raum wurden nebensächlich bei diesem unfassbar erotischen Anblick.

Als ich merkte, dass sie kurz davor war, zog ich mich zurück und kam auf ihre Brust, während sie den Rücken durchdrückte und ich aus nächster Nähe sehen konnte, wie sie sich selbst zum Höhepunkt brachte. Der Anblick überschattete alles, was ich bisher erlebt hatte. Sie war so mächtig und wunderschön in diesem Moment, dass ich vor ihr auf die Knie fiel, als hätte sie es mir befohlen.

Als sie den Kopf hob, breitete sich ein Grinsen auf ihren geröteten Wangen aus. »Das war unerwartet.«

»Ja«, antwortete ich nur, mehr brachte ich nicht heraus, weil ich immer noch so überwältigt war von dem Anblick ihres nackten, silbern tätowierten Körpers.

Mit einem Fetzen meines nassen Umhangs säuberte ich sie, so gut es ging, bevor wir wieder in unsere klatschnassen Gewänder stiegen.

Astraea ging zu einem Podium hinter dem Altar hinüber und grinste mich dann an, mit einem Schlüsselstück in der Hand. Es war ein echtes Stück. Das konnte ich fühlen und an ihrem freudigen Gesichtsausdruck ablesen.

»Immerhin eine angemessene Belohnung für diese Folter«, murmelte ich.

Astraea kam auf mich zu und drückte mich an sich, das summende Schlüsselstück zwischen uns.

»Ich werde immer den Himmel mit dir teilen«, versprach sie mir leise.

42

Astraea

Den Tempel mit einem echten Schlüsselstück in der Hand zu verlassen, verbesserte meine Laune immens, sodass ich kaum mit dem Grinsen aufhören konnte. Auch Nyte hatte ein breites Lächeln im Gesicht, was für ihn ungewöhnlich war.

Doch wie immer war unsere Freude in dieser grausamen Welt nur flüchtig, und der Anblick von Fedora auf menschlichen Beinen ließ uns abrupt innehalten.

»Die Nacht und der Stern.« Ihre Sprachmelodie war einzigartig, fast schon trügerisch beruhigend.

Die rabenschwarzen Haare der Nymphe sahen aus, als wäre sie gerade erst aus dem Wasser gestiegen, doch ihre Haut und ihr Kleid waren komplett trocken. Wenn man ihr Gewand denn als Kleid bezeichnen konnte. Der schwarze Stoff bedeckte kaum ihre Nippel und kreuzte hinter ihrem Nacken, während der Rock aus einem schmalen Streifen bestand, der gerade so eben ihre Vorder- und Rückseite bedeckte. Ihre Beine waren nackt, und sie stand barfuß im Schnee. Doch sie schien die Kälte gar nicht wahrzunehmen.

»Ich sehe, dass du deinen Preis errungen hast«, stellte Nyte fest.

Fedoras tiefschwarze Augen funkelten Unheil verkündend

und triumphierend, weil sie in der Tat den Dreizack wie ein Zepter in der Hand hielt.

»Ohne deine Hilfe, wohlgemerkt. Sieht so aus, als hättest du unsere Abmachung nicht eingehalten. Ich mag es gar nicht, wenn man mir leere Versprechungen macht.«

»Du weißt, dass ich es versucht habe und auch geschafft hätte, wenn mir nicht jemand zuvorgekommen wäre.«

Sie zog die Brauen zusammen und schmollte, als wäre sie beleidigt. Dann änderte sich ihre Stimmung plötzlich. Ihre Augen weiteten sich, als würde sie sich wahnsinnig amüsieren, und sie grinste grausam.

Wie eine Schlange glitt Fedora auf Nyte zu. Als sie ihn mit einem Blick voller spielerischem Begehren ansah, erstarrte ich. Sie blieb nah vor ihm stehen und neigte die Zacken des Dreizacks so, dass sie auf ihn zeigten. Ich trat einen Schritt auf sie zu, doch Nyte streckte einen Arm aus, um mich aufzuhalten. Die Wut in mir kämpfte darum, sich gewaltvoll austoben zu dürfen, doch ich hielt sie erst einmal im Zaum, selbst als die mittlere Spitze des Dreizacks Nytes Kehle berührte.

»Hast du überhaupt irgendeine Ahnung, was für eine Macht mir jetzt zur Verfügung steht? Genug, um es mit euch beiden aufnehmen zu können. Ich könnte dieses Königreich mit einem einzigen Gedanken in die Fluten stürzen, wenn ich das wollte.«

»Jemand muss das Land regieren und jemand das Meer. Verbünde dich mit uns, Fedora. Wir werden dich als Königin der Meere ehren«, versuchte Nyte, sie zu überzeugen.

»Dafür brauche ich euch nicht«, fauchte sie. »Ich brauche niemanden.«

Der Dreizack ritzte Nytes Haut auf, und ich machte mich bereit, meine Kräfte einzusetzen, sollte ich sie brauchen.

»Warum bist du dann hier?«, fragte Nyte.

Sein zögerlicher Tonfall und vorsichtiger Umgang mit ihr

machten mich nervös. Sonst war er immer so selbstsicher, davon überzeugt, es mit jeder Gegnerin aufnehmen zu können, doch er schien Angst vor dieser Waffe zu haben, und vor der gestörten Nymphe, in deren Besitz sie sich befand.

Sie kicherte. Dann lachte sie. Ein Lachen, das uns verspottete, auch wenn wir keine Ahnung hatten, womit. Es ließ die eh schon eiskalte Luft noch kälter werden.

»Die Nacht und sein Stern. Der Stern und ihre Nacht«, sang sie, spielte nun mit uns. »So tragisch ist eure Geschichte, und so wird auch euer Ende sein. Warum sollte ich mich mit denen verbünden, die die Sonne zurückbringen wollen? Meine Meere sind nie mächtiger, als wenn der Mond auf sie scheint.«

»Die Welt zerbricht unter dem Ungleichgewicht. Die echten Sterne fallen vom Himmel«, fauchte ich.

»Dann löst das Land sich in Stücke auf, und meine Meere wachsen.«

Mit einer Kreatur wie Fedora konnte man nicht vernünftig reden. Ihre Emotionen waren nicht menschlich, und die Wesen, die das Land besiedelten, waren ihr egal.

»Wollt ihr wissen, was ich als Erstes getan habe, als ich den Dreizack in die Hände bekommen habe? Ich habe den Clan umgebracht, aus dem ich stamme und der mich verstoßen hat. Angefangen mit meinen Eltern, die nach mir noch zwei Töchter hatten, die sie geliebt statt verachtet haben. Die habe ich auch umgebracht. Dann habe ich dem Rest des Clans angeboten, mir ihre Treue zu schwören und mich als einzig wahre Königin anzuerkennen. Sie haben sich geweigert, also habe ich sie alle getötet. Ich habe zwar noch nicht das ganze Meer durchkämmt, aber alle, die sich mir entgegenstellen, werden sterben.«

Sie war genauso kalt wie die Gewässer, aus denen sie stammte. Trotzdem schmerzte mich der Gedanke daran, wie es für sie gewesen sein musste, ihr ganzes Leben als Verstoßene zu verbringen. Manchmal hatte ich das Gefühl, dass jede Person von ihrem Schmerz zu Rachetaten getrieben werden konnte, wenn sie nur die Gelegenheit dazu bekam.

»Wir stellen uns dir nicht entgegen«, sagte Nyte.

»Ich mag die Dunkelheit. Ich mag die Nacht. Jemand hat mir versprochen, die Welt auf ewig in beruhigendes Mondlicht zu tauchen.«

»Abendrot und Morgengrauen brauchen das Tageslicht. Sie sind der Anfang und das Ende des Tageslichts. Deine Loyalität ihnen gegenüber wird dir nichts bringen«, sagte ich.

Sie sah mich aus ihren unendlich tiefen Augen an, und ein Lächeln verzerrte ihre blassen Wangen. »Ich wünsche mir ihren Tod genauso sehr wie ihr. So sehr wie mein König.«

»Dein König?«, wiederholte Nyte.

Ihr Lächeln wurde breiter, voller finsterer Belustigung. »Die Person, die mir den Dreizack besorgt hat, du Dummerchen. Die Person, die das fehlende Schlüsselstück hat, aus dem Tempel, zu dem ich ihm Zugang gewährt habe, lange bevor ihr mich aufgesucht habt. Während seines Handels mit Herrscher Vermont hat er ihn gewarnt, dass ihr auftauchen würdet, aber ihr habt es natürlich geschafft, seinen Fängen zu entkommen, daran hatte ich keine Zweifel.«

Fedora hatte uns von Anfang an betrogen.

»Warum hast du dich ausgerechnet mit dem König verbündet?«, fragte ich verbittert.

Fedora kicherte erneut und trat näher an Nyte heran. Ich zitterte beinahe, so sehr musste ich mich zurückhalten. Doch seine Finger umklammerten meine fester, als Warnung, noch nicht anzugreifen.

»Er und ich werden das Land und die Meere zusammen regieren. Es hätten auch wir beide sein können, weißt du? Das wäre mir sogar lieber gewesen, aber dein Vater ist auch sehr anziehend.«

»Ihr werdet nicht gewinnen«, sagte ich – ein tödliches Versprechen.

Ihr Lächeln erlosch. »So langsam gehst du mir echt auf die Nerven, Maid.«

Fedora packte mich so plötzlich am Hals, dass nicht einmal Nyte ihre Bewegung vorhergesehen hatte. Ich röchelte, als sich ihre scharfen Klauen in meinen Hals gruben, während Nyte den Dreizack packte, im Versuch, die Nymphe zu entwaffnen. Doch ihre Macht wogte durch die Waffe, und er wurde nach hinten geschleudert. Mein Schrei wurde von ihrer Hand erstickt.

Meine Magie verbrannte ihr die Hand, und sie zischte, bevor sie mich zu Boden warf. Mein nächster Angriff wurde jedoch unterbunden, weil Wasser meinen Körper emporkroch, sich um mich wand wie ein Seil, das mich fesselte.

»Nyte!«, schrie ich, ein nutzloser Angstschrei, während er sich aus dem Schnee aufrappelte, der sich um ihn zu bewegen begann – ebenfalls unter dem Einfluss des Dreizacks.

»Das willst du nicht tun, glaub mir«, knurrte er, doch seine Atemlosigkeit verriet, wie heftig der Stoß gewesen war.

»Aber es macht so viel Spaß«, flötete sie.

Das Wasser, das mich festhielt, bewegte sich. Ich versuchte, Lightsdeath freizulassen, doch es ging nicht. Das Wasser drückte meinen Körper zusammen, stieg über meinen Hals, sodass ich meine Magie nicht aktivieren konnte.

Ich sah Nyte in die Augen, voller Wut und Angst, bevor alles verschwamm und ich die Luft anhielt. Ich strampelte wild mit Armen und Beinen, als könnte ich schwimmend dieser Kugel aus Wasser entkommen, in der ich gefangen war, doch es half nichts. Kurz hatte ich das Gefühl, laute Stimmen durch das Rauschen des Wassers zu hören. Dann sah ich einen hellen, blauen Blitz und schrie auf, auch wenn ich damit meinen letzten Atemzug vergeudete. Ich konnte nicht sehen, was los war, doch Nyte war in Gefahr. Vielleicht könnte der Dreizack ihn umbringen. Oder Fedora hatte etwas von meinem Blut und wusste, wie tödlich es für ihn war.

Dunkelheit erschien am Rand meines Sichtfelds. Ich würgte und versuchte instinktiv, nach Luft zu schnappen. Meine Kehle schien in Flammen aufzugehen. Meine Lunge brannte. Da war nur noch Schmerz, bis die Bewusstlosigkeit mich übermannte.

43

Nyte

Ich wurde aus der Dunkelheit geboren. Von ihr geschaffen. Als sie mich holen kam, fügte ich mich also nicht nur, *ich schloss sie in die Arme.*

Sie nahm mir meine Starlight, und meine Wut ließ das Eis zerbersten, in dem Fedora mich gefangen hielt. Mit einem Knie auf dem Boden, atmete ich tief ein und aus – um meine Wut in sinnvolle Bahnen zu lenken, nicht, um sie zu zügeln. Ich würde die Hölle auf meinen Vater loslassen, und wenn es das Letzte war, was ich tat.

Schatten flossen aus mir heraus. Ich hob eine Hand und prüfte, ob sie echt waren. Das vertraute Gefühl lebendiger Dunkelheit wand sich um meine Finger, wie die Begrüßung eines alten Freundes.

Konnte ich sie wieder verwenden?

Ein lautes Brüllen ertönte über mir, und ich sah nach oben. Wie ein Rauchkringel zog Eltanin hoch in der Luft seine Kreise, und in dem Moment verstand ich. Etwas, das mir viel früher hätte klar werden sollen.

Eltanins Atem hatte sich immer vertraut angefühlt, sogar so *ausgesehen.*

»Scheiße, ich wusste nicht, ob es funktionieren würde«, sagte Drystan auf einmal neben mir.

Ich zuckte erschrocken zusammen. Er war nicht allein, und ich blinzelte, bis ich wieder klar sehen konnte. Beim Anblick der rothaarigen Frau neben ihm sprang ich wütend auf.

»Wann genau wolltest du mir sagen, dass du die Kräfte deines Drachen nutzen kannst?« Nadia sah Drystan mit vor der Brust verschränkten Armen anklagend an.

Alles in meinem Kopf drehte sich, weil nicht nur Fedora Astraea entführt hatte, sondern nun auch noch Drystan und Nadia einvernehmlich vor mir standen. Wenn das so weiterging, würde ich noch ohnmächtig werden.

»Einer von euch erklärt mir besser, was hier los ist, bevor ich euch beide umbringe«, sagte ich mit ruhiger, aber mörderischer Stimme.

»Ein Dankeschön, weil wir dir den Arsch gerettet haben, wäre nett«, grummelte Drystan.

Als sich meine Miene jedoch nicht im Geringsten veränderte, versteifte er sich. Wahrscheinlich glich ich in diesem Moment einer wilden Bestie. Drystan trat nervös von einem Fuß auf den anderen, bevor er sich mir näherte.

»Ich bin ja geschmeichelt, dass ihr dachtet, ich hätte all die Tempel allein abgeklappert. Aber um ehrlich zu sein, war Vater genauso fleißig wie wir, und Nadia war die ganze Zeit bei ihm, um alle echten Schlüsselstücke auszutauschen, wenn möglich.«

Drystans Intrigen würden mich irgendwann noch ins Grab bringen.

»Und das hättest du uns nicht erzählen können?«

Er zuckte mit den Schultern. »Je weniger Leute davon wussten, desto besser.«

»Euer Vater wollte von Anfang an, dass ich Drystan töte«, erklärte Nadia. »Er hat mir von dem Blutspakt erzählt, der zwischen Drystan und den von ihm verwandelten Vampiren besteht. Das war alles die Wahrheit. Ich muss zugeben, eine Zeit lang wollte ich ihn wirklich umbringen.«

»Weshalb hast du deine Meinung geändert?«, fragte ich verbittert.

»Ich habe einfach die Seite gewechselt. Ihr seid geringfügig bessere Gesellschaft.«

»Damals in Alisus, als sie mir nach Athebynes Befreiung davon erzählt hat, haben wir entschieden, die Tarnung aufrechtzuerhalten, damit Nadia für uns spionieren konnte«, ergänzte Drystan.

»Und ihr hättet uns nicht vorher von seinem Plan erzählen können, uns eine listige Nymphe mit einem mächtigen Dreizack auf den Hals zu jagen?«, knurrte ich.

Er hob überrascht die Augenbrauen.

»Bist du sicher, dass Fedora auf Befehl deines Vaters hier war?«, fragte Nadia.

»Sie hat damit angegeben«, sagte ich.

Nadia und Drystan tauschten einen Blick, der Bände sprach, und es ging mir gehörig auf die Nerven.

Ich hob die Hand, um die noch immer Schatten kreisten. »Warum kann ich das wieder?«

»Ich wollte es dir erst nicht sagen, falls es bei dir nicht funktioniert. Nicht alle Reiter können die Fähigkeiten ihrer Drachen nutzen«, antwortete Drystan. »Irgendwie dachte ich, falls es möglich wäre, hättest du es schon getan, doch es scheint, dass dein Missmut nach dem Verlust von Nightsdeath die Fähigkeit unterdrückt hat. Dabei musstest du einfach nur mal richtig wütend werden.«

Ich blickte hinauf zu dem kreisenden schwarzen Drachen. Auch Athebyne zeigte sich nun gelegentlich durch die Wolken. Und dann verstand ich …

»Du kannst Feuer benutzen?«

»Irgendwann hättest du das Eis wahrscheinlich selbst durchbrochen, aber ich habe dir kräftig geholfen«, sagte er selbstgefällig.

»Wie lange kannst du das schon?«, murrte ich.

»Hey, freu dich doch für mich!«

Einen Moment lang musste ich die Augen schließen, um nicht völlig durchzudrehen.

Mein Bruder konnte Feuermagie einsetzen, wenn Athebyne in der Nähe war. Das war unglaublich. Genervt war ich nur, weil er es vor mir geheim gehalten hatte.

»Warum hast du mir nicht davon erzählt?«, revidierte ich meine Frage.

»Ich wollte erst sehen, ob du auch Eltanins Magie nutzen kannst.«

Als ich endlich verstand, fühlte ich mich auf einmal sehr schlecht. Er hatte nicht mit seinen neuen Fähigkeiten angeben wollen, um mich nicht zu verletzen. Als würde ich ihm das übel nehmen, nur weil ich mit Eltanin nicht das Gleiche machen konnte.

Meine Wut verrauchte.

»Woher wusstet ihr, wo wir waren?«

»Eltanin ist zu uns gekommen, und wir dachten, wir sehen lieber nach, ob ihr noch lebt, so verwundet, wie er war«, erklärte Drystan.

»Das weiß ich zu schätzen«, murmelte ich.

Von Rastaban und seinem Kampf mit Eltanin würde ich ihm später erzählen.

»Weißt du, wo Vater ist?«, fragte Drystan.

Ich biss die Zähne zusammen. »Ich wette, er ist da, wo alles angefangen hat. Auf dem gestohlenen Thron, auf den er es immer abgesehen hatte.«

Und dieses Mal würde er nicht nur dem Bösewicht gegenüberstehen, den er erschaffen hatte. Um Astraea zu beschützen, würde ich sehr viel Schlimmeres anrichten.

44

Astraea

Nach dem Kampf von Feuer und Wasser aufzuwachen, war schlimmer als alles, was ich bisher durchgemacht hatte. Mein ganzer Körper brannte von innen, doch ich konnte die Flammen nicht mit Luft löschen, weil ich ertrank. Schon wieder.

Mein von Panik benebeltes Gehirn konnte sich nicht erinnern, wie oft ich bereits auf diese Weise gestorben war. Ich sah nur verschwommen, und die Dunkelheit drohte mich erneut in die Bewusstlosigkeit zu ziehen. Immerhin musste ich dazwischen immer nur kurz leiden.

Kurz bevor mein Lebenslicht erneut verging, gab das Wasser mich frei, sodass ich wie ein nasser Sack auf den harten Boden klatschte. Ich keuchte und würgte, aber das Brennen in meiner Lunge erlosch einfach nicht. Nie hätte ich gedacht, mich mal nach dem Tod zu sehnen, um diesen schrecklichen Qualen für einen Moment zu entkommen, doch die Schmerzen waren so stark, dass ich lieber gestorben wäre.

»Du bist schon jetzt überraschend nützlich.«

Die Stimme kannte ich. Bei ihrem Klang zwang ich mich, schneller wieder einen klaren Kopf zu bekommen, weil Verletzlichkeit in seiner Gegenwart meinen endgültigen Tod bedeuten könnte.

Meine Ellbogen zitterten heftig, als ich versuchte, mich hochzudrücken. Ich erkannte das violette Muster auf dem Marmorboden, der von dem Wasser bedeckt war, das mich eben noch gefangen gehalten hatte.

»Wie versprochen, mein König. Ein gefallener Stern.« Fedoras singende Stimme schwebte über mich hinweg. Ein nackter Fuß berührte mich an der Schulter, bevor er mich auf den Rücken drehte.

So schwach, wie ich war, war dafür nicht viel Kraft nötig.

»Um ihren Tod musst du dich nicht mehr kümmern. Sieht so aus, als wäre der schon unvermeidlich.« Sie beugte sich zu mir hinunter und riss mein Oberteil auf, um die entzündete Wunde auf meinem Bauch freizulegen. »Auster Nova ist dafür verantwortlich. Irgendwie passend.«

»Und mein Sohn?«, fragte Nytes Vater.

»Ich konnte nicht beide tragen. Er befindet sich in einem Eiswürfel in der Provinz Luna.«

Um Nytes willen sammelte ich mich, so gut es ging, ließ zu, dass das Adrenalin in meinen Adern die Kontrolle übernahm, auch wenn ich es anschließend bereuen würde.

Fedora stand immer noch direkt neben mir, und meine erste Handlung war, sie am Knöchel zu packen und kräftig daran zu ziehen. Mit einem Kreischen krachte sie neben mir auf den Rücken, und ich setzte mich auf sie, die Hände um ihre Kehle gelegt, völlig vereinnahmt von meinem Rachedurst.

Ich griff nach mehr Magie, und ihre Schreie klangen unnatürlich, so schrill, dass ich zusammenzuckte und mich nicht mehr auf meine Umgebung konzentrieren konnte. Zwei Wachen zogen mich von ihr herunter, doch ich schlug um mich wie ein wildes Tier. Sobald sie mich berührten, versengte ich sie mit meiner Magie, und sie ließen mich fallen. Leider war ich zu verwirrt, um mich abzufangen, und landete wie ein Häufchen Elend auf dem Boden. Mein Magievorrat schwand schnell dahin, war sogar kurz davor, komplett zu erlöschen.

Im nächsten Moment wurde ich von einer schallenden Ohrfeige getroffen, und mein Kopf flog zur Seite.

So viel Schmerz. Ich konnte nichts anderes spüren, wollte nur, dass er aufhörte.

Ein Stiefel traf mich in die Seite, heftiger dieses Mal, und ich landete erneut auf dem Rücken. Die Welt verschwamm immer wieder vor meinen Augen, und Dunkelheit breitete sich am Rande meines Sichtfelds aus. Das über mir schwebende Gesicht erkannte ich trotzdem.

Nytes Vater hockte sich neben mich und betrachtete mich einen Moment lang schweigend. Die ekelhafte Berührung seiner Finger auf der Stelle, die Fedora eben freigelegt hatte, ließ mich zusammenzucken. Dann rauschte brennender Schmerz durch mich hindurch, als er die Hand fest auf die Wunde drückte, die Auster mir zugefügt hatte. Ich konnte meinen Schmerzensschrei kaum hören, weil es sich in mir drin so anfühlte, als würde Nytes Blut durch den Druck ein Stückchen höher wandern.

Nein, nein, nein. Er stahl mir Zeit, ich musste *kämpfen.*

Gefühlt war mein Kopf nicht genug mit meinem Körper verbunden, um ihn aufzuhalten, mich zu wehren oder auch nur zu bewegen. Tränen liefen mir aus den Augenwinkeln, während ich mich auf dem kalten Boden wand. Alles, was mir blieb, waren Gedanken an Nyte.

Meine Nacht. Mein Gegenstück.

Ich wollte bis in alle Ewigkeit bei ihm bleiben, aber es schien, als würde das grausame Schicksal gewinnen. Wir waren zwei hoffnungslose Seelen mit einem Stundenglas, durch das die Zeit rann. Es war irrsinnig, zu glauben, wir könnten es zerbrechen und mit dem Sand eine ganze Wüste füllen. Jedes Sandkorn eine weitere Stunde, ein neuer Tag, eine leere Leinwand, auf die wir unsere endlose Zukunft malen könnten.

Dunkelheit umfing mich. Der Schmerz ließ nicht nach, doch er wurde auch nicht stärker.

Die Dunkelheit war so wunderschön. Von Schemen und Sternen erfüllt. Sie hüllte mich ein, und ich hob die Hand, um sie zu berühren. Vielleicht war ich in einer vergessenen Ecke des Reichs des Todes gelandet, wo ein letzter Rest von Nightsdeath übrig geblieben war. Wo die Sterne und die Nacht aufeinandertrafen.

»Verlass mich nicht«, flüsterte ich in die vertraute, tröstende Dunkelheit hinein.

Als Antwort schlang sie sich enger um meinen Körper, nicht in der Lage, meine Wunden zu heilen, aber meiner Seele konnte sie Frieden schenken.

Meine Sinne kehrten langsam zurück, doch ich war noch nicht bereit. Hier war es friedlich und warm, während der Marmorboden mir die Wärme entzog. Kampfgeräusche drangen an meine Ohren. Klirren und Rufen und so viel Schmerz und Leid. Wimmernd rollte ich mich auf dem Boden zusammen.

Ich sehnte mich nach nur einer Person, und in meiner Verzweiflung hatte ich das Gefühl, ihn spüren zu können. Mühsam öffnete ich die Augen und blinzelte in den Sturm aus Dunkelheit. Ich wusste, dass das hier ein Traum war. Nyte konnte nicht mehr über Schatten gebieten, also konnte die Dunkelheit, die den Raum in Schach hielt, nicht echt sein.

Nyte war fuchsteufelswild. So dermaßen außer sich, dass er nicht mehr menschlich wirkte. Er sah aus wie ein wahr gewordener Albtraum. Er zerfetzte Fleisch, brach Genicke. Sein Gesicht so sehr von Wut verzerrt, dass selbst ich am Boden erzitterte, während ich dieser Szene voller Dunkelheit und Blutvergießen beiwohnte.

Er war nicht allein. Drystan war auch da.

… Und ja, das hier war definitiv ein Traum.

Denn ihm schoss *Feuer* aus den Händen.

Eine unnatürliche, blutrote Flamme, die ganze Körper

verschlang und innerhalb eines Sekundenbruchteils in Staub und Asche verwandelte.

Das nächste rote Aufflackern hielt ich auch erst für eine Flamme, bis ich die Klinge in der Hand einer Person sah, die sich unglaublich schnell und anmutig bewegte.

Nadia.

Rücken an Rücken kämpfte sie mit Drystan, dabei hatte sie uns doch verraten und die ganze Zeit für Nytes Vater gearbeitet. Oder nicht?

Dieses Trugbild war wirklich lächerlich, und doch kehrte mein Bewusstsein immer mehr zurück, je länger ich das Trio durch die Reihen der Feinde fetzen sah.

Als ich mich gerade wach und stark genug fühlte, um mich aufzusetzen, wurde ich brutal an den Haaren hochgerissen. Ich schrie, wusste mittlerweile nicht mehr, was mir am meisten wehtat.

»Noch eine Bewegung, und ich breche ihr den hübschen Hals«, säuselte Fedora mit eiskalter Stimme direkt an meinem Ohr.

Alle hielten inne. Mittlerweile hatten Nyte, Drystan und Nadia jedoch sowieso bereits die meisten Wachen erledigt. Der Thronsaal war besudelt von Feuer und Blut und Leichen.

Es kam mir alles zu echt vor … *viel zu echt.*

Es *war* echt.

Mein entsetzter Blick fand Nyte, der wie ein scharrender Stier auf der anderen Seite des Raums stand. Trotz allem, was er schon angerichtet hatte, schien er nicht einmal annähernd fertig damit, seinen Zorn auszuleben.

»Ich werde dieses Schloss mit allen, die sich darin befinden, in Schutt und Asche legen, wenn sie nicht innerhalb der nächsten fünf Minuten wieder an meiner Seite ist«, sagte Nyte, ohne das geringste Anzeichen von Gnade.

Er meinte es ernst.

»Es gibt nur eine Sache, die ich von dir will. Danach kannst du gehen«, sagte sein Vater.

Nyte starrte ihn aus golden funkelnden Augen an. »Du bekommst nichts als einen schmerzhaften Tod von mir.«

»Gib mir die Schlüsselstücke, und keine Unschuldigen werden sterben.«

»Es ist mir egal, wer mit dir stirbt.«

Ich konnte kaum sprechen, geschweige denn Nyte zur Ordnung rufen. Er hatte nur noch Rache im Kopf, verständlicherweise. Doch ich konnte nicht einfach all die Personen ignorieren, die sich noch im Schloss aufhielten und keine Chance hatten, rechtzeitig zu fliehen.

Bittend sah ich Drystan an. Er sagte etwas zu Nadia, die erst widersprechen zu wollen schien, nach einer kurzen Diskussion aber davonrannte.

Würde sie so viele Unschuldige wie möglich hier rausholen?

Die Zeit verging zu schnell in Situationen wie diesen. Weniger als fünf Minuten würden nicht ausreichen.

»Du hast ein echtes Schlüsselstück aus dem Unterwassertempel«, sagte ich zu Nytes Vater, meine Stimme kaum mehr als ein schmerzhaftes Krächzen.

»In der Tat. Und jetzt gebt mir die anderen.«

Ich lachte leise, auch wenn sogar das wehtat. »Glaubst du wirklich, ich würde sie bei mir tragen? Ich bin nicht die Dumme hier.«

Nytes Vater starrte mich so wütend an, dass die Venen an seinen Schläfen und seinem Hals hervortraten.

»Es wird Zeit, dass du deinem längst überfälligen Untergang begegnest«, sagte Nyte. Bei seinem Tonfall lief es mir kalt den Rücken hinunter. »Deine letzte Stunde hat geschlagen.«

Seine Worte wurden vom ohrenbetäubenden Geräusch berstender Steine begleitet. Allerdings war nicht Nyte dafür verantwortlich.

Er eilte an meine Seite und zog einen Schild aus Dunkelheit vor uns hoch, um uns vor den Bruchstücken der Mauern zu schützen, die quer durch den Thronsaal flogen. Ich traute meinen Augen kaum, als ich die riesige Klaue sah, die die Wand zerfetzt hatte, als wäre sie aus Papier.

Rastaban brüllte, und Nytes Vater stand direkt vor dem entsetzlichen schwarzen Drachen. Ohne jegliches Anzeichen von Angst. Ein leichtes, hämisches Lächeln auf den Lippen …

»Verdammtes Arschloch«, fauchte Drystan hinter uns.

Rastaban war mit ihrem Vater eine Verbindung eingegangen. Oder hatte sich zumindest für den Moment mit ihm verbündet.

»Ich glaube, ich muss mich bei euch für diesen eindrucksvollen Verbündeten bedanken«, sagte Nytes Vater höhnisch. Er drehte sich um und kletterte über die Steinbrocken auf den Rücken der riesigen Bestie. »Willst du deine Herausforderung noch mal überdenken, mein Sohn?«

»Nicht im Geringsten«, knurrte Nyte.

Er stand auf und ließ seine Schattenmagie auf die Bestie und ihren Reiter los, doch Rastaban spuckte uns seinen Atem entgegen, wodurch sich Nyte wieder unserer Verteidigung widmen und einen neuen halbkugelförmigen Schutzschild hochziehen musste. So, wie er schwankte, musste hinter dem tiefschwarzen Atem des Drachen einige Kraft liegen.

Plötzlich brach der Ansturm jedoch ab, weil ein weiteres Brüllen zu hören war. Wir alle sahen entsetzt dabei zu, wie Eltanin wie ein tödlicher Pfeil heranschoss und Rastaban mit den Klauen den Hals aufschlitzte, der daraufhin vor Schmerz und Wut laut aufbrüllte. Im nächsten Augenblick war der Celestiale Drache schon wieder verschwunden.

Mein Herz blieb stehen.

Rastaban zögerte nicht. Er verlagerte das Gewicht, wodurch noch größere Teile des Schlosses einstürzten. Dann wuchtete er sich in die Luft und folgte Eltanin, wobei der Windstoß seiner riesigen Flügel uns fast umgeworfen hätte.

»Aufhören!«, brüllte ich, versuchte, Rastaban einen Befehl zu erteilen, doch es war zu spät. Meine Drachenstimme war noch zu schwach und Rastaban zu schnell außer Reichweite. Ich wirbelte zu Nyte herum. »Ihr müsst ihnen folgen!«

Rastaban war zu groß, er konnte Eltanin locker umbringen. Das war gerade die größte Gefahr.

Drystan war schon losgerannt, doch Nyte zögerte noch, offensichtlich hin- und hergerissen.

»Es geht schon. Bitte, lass ihn nicht sterben.«

Ein Muskel an seinem Kiefer zuckte. »Du bist verletzt«, stellte er gepresst fest. »Ziemlich schwer.«

Er sah sich mit wütender Miene um. »Wo zur Hölle ist die Schlange Fedora hin verschwunden?«, knurrte er.

»Ich kann es mit ihr aufnehmen, sollte sie zurückkommen. Nyte …«

Ein erneutes Brüllen ließ den Himmel erzittern, und meine Verzweiflung stieg ins Unermessliche. Nyte krümmte sich stöhnend und stützte sich mit einer Hand auf dem Boden ab. Eltanin war verletzt, Nyte konnte es spüren.

»Er wird ihn *umbringen!*«, sagte ich drängend.

Schnelle Schritte erklangen, und wir sahen Nadia auf uns zueilen.

»Ich bleibe bei ihr. Drystan und Athebyne verfolgen schon deinen Vater.«

Ein letztes Mal sah Nyte mich an, und seine Augen waren schmerzerfüllt, als er mir eine Hand an die Wange legte.

»Bleib am Leben«, flüsterte ich ihm zu.

Er nickte, dann verschwand er in der Leere.

45

Nyte

Als ich plötzlich im freien Fall durch die Luft segelte, dachte ich erst, es wäre dumm gewesen, mithilfe der Leere auf Eltanin steigen zu wollen. Viel zu schnell schoss er durch den Nachthimmel. Doch er sah mich, *fühlte mich,* und wirbelte herum, um mich mit einem waghalsigen Sturzflug aufzufangen. Ich schaffte es gerade so, das Sattelhorn zu packen und mich mit den Beinen festzuklammern, bevor Eltanin aufbrüllte, weil Rastaban ihn mit den Klauen an der Brust erwischt hatte. Die Wunde war nicht besonders tief, er war nur gerade so eben in Reichweite gewesen, doch sein Schmerz durchzuckte auch mich. Dieser mutige junge Drache ließ sich nicht aufhalten, und jetzt, wo ich an seiner Seite war, würden wir den Kampf gemeinsam beenden.

Bedrohliche Wolken hatten sich über uns aufgetürmt, zusammengebraut aus all der düsteren Wut, die wir verströmten. Mein Vater war nicht zu sehen, doch so hatten wir einen Moment Zeit, uns vorzubereiten. Ich streckte meine Sinne aus, so gut es in den heftigen Windböen ging.

Eltanin spürte seinen Vater früher als ich und stürzte sich mit einem schrillen Schrei in die Tiefe. Als ich mich umdrehte, blickte ich Rastaban direkt ins weit aufgerissene Maul. Jeden einzelnen messerscharfen Zahn konnte ich erkennen. Ich schaffte es gerade noch, mich so zu positionieren, dass ich einen Schild hochziehen konnte, bevor er seinen Atem auf uns losließ. Ich biss die Zähne zusammen, und mir entwich ein lauter Schrei, weil ich jedes bisschen Kraft brauchte, um gegen den Schattenatem zu bestehen, der auf meinen Schild einprasselte. Langsam entglitt er mir …

Der Druck ließ nach, und als meine Magie sich auflöste, sah ich etwas Rotes aufblitzen, das mich gerettet hatte. Ich erkannte meinen Bruder auf Athebyne, die nach dem wütenden Rastaban schlug und biss, und das Herz rutschte mir in die Hose.

Die beiden Drachen in ihrem verzweifelten Kampf, mitten in der Luft, gaben ein blutrünstiges, schreckliches Bild ab.

Während ich mich wieder in Flugposition begab, sprach ich mit Eltanin. »Wir kämpfen. Wenn es sein muss, bis zum bitteren Ende.«

Eltanin änderte den Kurs und flog auf das kämpfende Paar zu. Er ließ seinen Atem aus sternenerfüllter Dunkelheit los, der Rastaban am Kopf traf. Der riesige schwarze Drache stieß ein ohrenbetäubendes Brüllen aus und schlug wild mit den Flügeln, um in der Luft zu bleiben.

Selbst gegen zwei andere Drachen war Rastaban ohne Zweifel ein ernst zu nehmender Gegner. Leider saß mein Vater immer noch auf seinem Rücken.

Doch das war egal. Ich wollte ihm die letzten Lebensgeister ohnehin eigenhändig austreiben.

Rastaban verlor weiter an Höhe, und Blut strömte aus mehreren Wunden, die ihm durch Zähne und Klauen zugefügt worden waren. Ich sah ihm nach, bis die dunklen Wolken ihn verschluckten.

Drystan und ich tauschten einen besorgten Blick. Die Stille war ohrenbetäubend.

Langsam beruhigte sich mein Puls, bis Rastaban völlig unvorhergesehen unter Drystan aus den Wolken schoss. Ich konnte nur hilflos und von Grauen erfüllt zusehen, wie er die Zähne um Athebynes Hals schloss.

Der rote Drache schrie auf und wurde nach oben gezogen, während Drystan von ihrem Rücken fiel.

Es ging alles so schnell, dass ich nicht lange nachdenken konnte. Athebyne konnte ich nicht helfen. Mit den Hinterbeinen zerfetzte sie verzweifelt Rastabans Brust und Hals, doch er ließ nicht los.

Stattdessen tauchte ich Drystan hinterher.

Die Beine fest um den Sattel geklammert, lehnte ich mich zur Seite. Als wir nah genug an meinem Bruder dran waren, streckte ich den Arm nach ihm aus. Er griff nach meiner Hand, und ich zog mit aller Kraft, bis er hinter mir im Sattel saß.

»Nein«, war das Erste, was er sagte, schmerzerfüllt und ungläubig.

Als ich nach oben in das Chaos am Himmel blickte, stellte ich überrascht und bewundernd fest, dass Athebyne sich irgendwie befreit hatte und noch immer gegen Rastaban kämpfte.

»Sie ist zu stark verletzt«, sagte Drystan, seine Stimme voller Schmerz und Wut.

Er hatte recht. Viel länger würde sie nicht durchhalten. Es war ein Wunder, dass sie überhaupt noch in der Luft war.

Eltanin hatte schon Kurs auf die kämpfenden Drachen genommen, doch wir würden nicht schnell genug sein. Rastaban öffnete das Maul und stürzte sich erneut auf den kleineren roten Drachen.

»NEIN!«, schrie Drystan.

Diese schreckliche Szene würde ihn für immer verfolgen. Er würde sich nie von Athebynes Verlust erholen, das wusste ich, und es brach mir das Herz.

Doch kurz bevor Rastaban Athebyne auseinanderreißen konnte, traf ihn ein blauer Blitz am Kopf.

»Ist das …?«

»Edasich«, vervollständigte Drystan meinen Satz.

Es war unglaublich. Wie ein blauer Geist der Nacht erschien der Drache aus dem Nichts. Ich konnte nicht begreifen, warum sie ihr Leben in dieser Auseinandersetzung aufs Spiel setzte.

Eltanin schrie auf, weil er den Kampf nicht mit ansehen konnte.

Edasich vergrub die Klauen in Rastabans Auge, blendete ihn damit auf einer Seite, doch der schwarze Drache war durch seine schiere Größe selbst zwei Gegnern weithin überlegen. Mit einem riesigen Flügel traf er Athebyne und gab ihr den Rest. Noch lebte sie, doch sie war so stark verletzt, dass ich mir nicht sicher war, ob das so bleiben würde, ob sie ihren Sturz überhaupt abfangen konnte.

Drystan schrie auf und stürzte sich wie ein verdammter Idiot in die Tiefe. Ich knurrte und wollte ihm gerade erneut hinterherjagen, da bekam er zu meiner Überraschung das Horn von Athebynes Sattel zu fassen und zog sich trotz des rapiden Sturzflugs auf ihren Rücken.

Athebyne versuchte erneut, ihre Flügel zu benutzen, und beim Anblick ihres freien Falls wurde mir ganz anders. Wild schlagende Flügel, Schmerzensschreie. Doch dann schien sie genug Willenskraft in sich zu finden, um zu fliegen. Ich war mir sicher, dass es an Drystan lag, an seiner Entschlossenheit, in diesem Moment bei ihr zu sein, selbst wenn sie dabei beide sterben würden. Es war kein sanfter Gleitflug, doch sie wurden langsamer. Drystan würde die Bruchlandung überleben, dafür würde Athebyne schon sorgen.

Selbst wenn sie sich selbst dafür opferte …

Meine Wut stieg bei diesem Gedanken ins Unermessliche, und ich wandte mich wieder meinem Vater zu.

»Wir beenden das jetzt«, sagte ich zu Eltanin.

Doch der brauchte meine Ermutigung nicht, wenn ich mir

sein zustimmendes Brüllen so anhörte. Er gehorchte mir nicht nur, er war genauso entschlossen wie ich, siegreich aus diesem Kampf hervorzugehen. Seinen eigenen Vater vom Himmel zu holen und seinen rechtmäßigen Platz als Herrscher der Drachen zu verteidigen.

Stolz regte sich in mir, so einen unerwarteten Begleiter an meiner Seite zu haben. Es gab drei Seelen, für die es sich lohnte, diese Welt zu retten. Drei Seelen, für die ich es jederzeit in Kauf nehmen würde, als Bösewicht abgestempelt zu werden, wenn ich sie dadurch beschützen konnte.

Mein Gegenstück. Mein Bruder. Und mein Drache.

Was unserer Freiheit und unserem Glück im Weg stand, war nicht gerade einfach zu besiegen, doch ich hatte dafür schon so viel geblutet, so viel gelitten, dieses Mal würde ich verdammt noch mal gewinnen.

Mit unbeugsamem Mut griff Eltanin an, während er im dunklen Sternenlicht kaum zu sehen war.

Als wir Rastaban erreichten, zerbiss dieser dem kleineren blauen Drachen gerade den Hals. Edasichs saphirblauer Blick traf auf meinen, als würde sie direkt zu meiner Seele sprechen und mir ihren letzten Abschied übermitteln, auch wenn ich nicht wusste, warum. Trauer überkam mich, als ihre unschuldigen Augen glasig wurden und sich langsam schlossen. Das Mondlicht spiegelte sich auf ihren blauen Schuppen, während sie alleine hinabstürzte … ein tragisches und doch wunderschönes Bild, das ich nie vergessen würde.

Ihr Tod bot genug Ablenkung, dass Eltanin die Zähne in Rastabans Hals vergraben konnte. Der riesige Drache schlug wild um sich, um ihn abzuschütteln. Gleichzeitig schlug Eltanin die Klauen immer wieder in Rastabans stark gezeichnete Brust. Doch er war unglaublich widerstandsfähig.

Ich wartete auf den richtigen Moment, klammerte mich mit aller Kraft fest, während die Drachen wild kämpften. Eltanin erlitt ein paar tiefe Wunden an den Flügeln, Beinen und am Hals, doch mein furchtloser Drache ließ nicht locker.

Endlich drehte Rastaban den Kopf so, wie ich es brauchte. Ich ließ den Sattel los, auch wenn ich wusste, dass ich dann in die Tiefe stürzen würde. Mit freien Händen beschwor ich einen Speer aus dunkler Magie herauf und schleuderte ihn mit einem Kampfschrei direkt in Rastabans unverletztes Auge.

Der Drache brüllte auf, und wir fielen gemeinsam vom Himmel. Im ganzen Tumult konnte ich die Schreie meines Vaters fast nicht hören, der sich verzweifelt an Rastaban festklammerte. Doch der große Drache fand die Orientierung nicht mehr, um sich in der Luft zu halten.

In mörderischem Tempo stürzte ich in die Tiefe. Eltanin war durch die dunklen Wolken nicht mehr zu sehen. Der Boden kam immer näher.

Einen Moment lang ließ ich alle Angst los. All die Panik. Ließ meine Gedanken zur Ruhe kommen und wünschte mir einfach nur, die Sterne sehen zu können.

Am Ende war es nicht Eltanin, der mich rettete.

Hände griffen nach meinen, und die Berührung fühlte sich an, als käme sie direkt aus dem Himmel.

Astraea öffnete die Flügel und schrie auf, während sie unseren schnellen Sturz aufzuhalten versuchte.

Verdammt, es gab wirklich kein schlimmeres Geräusch als ihre Schmerzenslaute. Die Schwerkraft war zu stark, als dass sie ihr widerstehen konnte. Statt sie weiter versuchen zu lassen, unseren Sturz aufzuhalten, zog ich sie an mich.

Der hoffnungslose Blick in ihren Augen quälte mich, während ich sie an mich drückte.

Die Sterne starben, und wir waren die hellsten unter ihnen.

Meine Liebe für sie kannte keine Grenzen. Jedes Mal, wenn ich sie ansah, musste ich mir ins Gedächtnis rufen, dass sie kein Traum war, auch wenn jeder Teil von ihr aus einem stammen könnte. Sie war mehr als ein Märchen, auch wenn sie viel zu mächtig war für diese Welt.

Sie war Astraea Lightborne, und sie gehörte mir.

Eltanin brüllte über uns, doch er würde uns nicht auffangen können. Stattdessen spürte ich, wie Magie um uns erschien, eine Kugel aus sternenerleuchteter Dunkelheit von der Macht des Drachen, und ein zweiter Schild aus Astraeas Licht, obwohl es ihr Schmerzen zu bereiten schien. Ich war mir nicht sicher, ob die Schilde unseren Aufprall ausreichend dämpfen würden, doch ich zog sie fest an mich und wappnete mich.

Es war, als würde die Welt um uns herum explodieren und wir direkt in ihren geschmolzenen Kern hinunterreisen.

Und doch … Ich war nicht schwer verletzt.

Ungläubig stieß ich die angehaltene Luft aus und sah vom Boden des tiefen Kraters aus in den bewölkten Himmel hinauf, während die Schilde aus Licht und Dunkelheit wie Sternenstaub zerstoben.

»Astraea«, sagte ich.

Sie lag regungslos auf mir, den Kopf auf meine Brust gebettet. »Nyte«, krächzte sie.

Erleichtert sackte ich zusammen, noch immer wütend, weil sie leiden musste, aber immerhin war sie am Leben. Bei dem Gedanken rückte mein Vater wieder ins Visier meines Zorns, und ich setzte mich auf, ohne sie loszulassen.

»Ich muss es beenden«, sagte ich, auch wenn ich sie nicht wieder zurücklassen wollte.

Der Sturz mit Rastaban hätte ihn umbringen sollen, doch wenn man sich auf eins verlassen konnte, dann darauf, dass mein Vater sieben verdammte Leben zu haben schien.

Eltanin blickte vom Rand des Kraters auf uns hinunter und gab ein nervöses Brummeln von sich. Mit einem Arm um Astraea zog ich uns durch die Leere, um dem Krater zu entkommen.

»Befreie dich, Nyte«, sagte sie und drückte mir einen Lederbeutel in die Hand. »Für dich und für Drystan.«

Ich sah auf ihn hinunter, schloss die Finger um die festen Gegenstände darin, die ein Summen auf meiner Haut erzeugten. Ich küsste sie stürmisch, dann trat ich einen Schritt zurück und ließ mich von der Leere verschlucken.

Als ich aus den Schatten trat, saß ich auf Eltanins Rücken, und er zögerte nicht, sondern flog sofort los.

Schnee fiel vom Himmel, während wir den Boden nach Rastaban absuchten. Die Suche dauerte nicht besonders lange. Der große Drache war nicht weit außerhalb der Stadt von Vesitire abgestürzt und hatte dabei mit dem Schwanz ein Stück der äußersten Mauer eingerissen. Eltanin landete, und ich glitt von ihm hinunter.

Rastaban war tot, und auch wenn wir ihn hatten umbringen wollen, trauerte Eltanin trotzdem um seinen Vater. Ich wollte nicht das Gleiche spüren, doch als ich einen Umriss sah, so klein neben dem riesigen Drachen, konnte ich mich einen Moment lang nicht bewegen.

Ich war noch nicht bereit, sein Ende zu besiegeln.

Also kippte ich mir erst die Schlüsselstücke in die Hand und setzte sie zusammen. Jedes gezackte Stück fügte sich mit einem elektrifizierenden Machtstoß an die anderen und verstärkte die Kraft des Schlüssels. Er freute sich, wieder vereint zu werden, doch ein Stück fehlte noch.

Noch während ich die Stücke zusammenfügte, ging ich langsam auf meinen Vater zu und sammelte den Mut, ihm das letzte Stück abzunehmen. Als ich ihn sah, wünschte ich mir, meine widersprüchlichen Gefühle ausschalten zu können. Nicht einmal das verdiente er.

Vater lag auf dem Rücken, und als ich ihm nahe genug war … wusste ich nicht, ob Abscheu oder Erleichterung mich durchströmte beim Anblick seiner flachen, mühsamen Atemzüge.

Immer. Noch. Am. Leben.

Sein Atem kam unregelmäßig und pfeifend, sein Blick war, ohne zu blinzeln, auf den Himmel gerichtet, aus dem immer noch Schnee fiel.

Ich wusste nicht, was ich mit diesem Moment anfangen sollte. Was ich fühlen oder sagen sollte.

Er war der Bösewicht meines Lebens. Der Albtraum, der mich nachts plagte. Er hatte mich erschaffen und mehr als einmal versucht, mir ein Ende zu setzen.

Und doch war auch er nur … eine Person.

Ein sterbliches Wesen, das seine letzten Atemzüge nahm. Jemand, der am Ende genauso viel wert war wie jede andere Person.

»Mein Sohn«, krächzte er.

Ich hockte mich neben ihn und musterte ihn weiterhin eingehend, als könnte ich so das *Warum* ergründen.

Warum hatte ich ihn jemals gefürchtet?

Warum hatte ich zugelassen, dass er mich kontrollierte?

Warum hatte ich mich jemals nach seiner Anerkennung gesehnt?

Ich trauerte nicht um ihn, das würde ich nie. Doch meine Brust zog sich zusammen, und lange vergrabene Gefühle brachen aus mir hervor. Ich trauerte um mich selbst. Um all die Jahre, die ich an ihn verloren hatte.

Das violette Glühen des Schlüssels erhellte seine verängstigte Miene.

»Du hast niemanden«, sagte ich. »Niemand wird um dich trauern. Niemand wird sich liebevoll an dich erinnern. Auf diesem Weg hast du dich schon immer befunden, egal, wo du gerade standest. Wozu das alles?«

»Um mir selbst etwas zu bedeuten.«

Ich runzelte die Stirn, weil ich keine ehrliche Antwort erwartet hatte. »Dein Streben nach Bedeutung hat alles auf deinem Weg vergiftet.«

»Ich erwarte nicht, dass du mich verstehst. Du warst schon immer so unglaublich schwach.«

Ich musste zugeben, dass seine Worte mich trafen. Nach allem, was ich auf seine Anweisung hin getan hatte, was es mich gekostet hatte …

Ich war *nicht* schwach.

Mit den Händen tastete ich seinen Oberkörper ab, suchte nach dem letzten Schlüsselstück. Da er in der Gunst der Götter stand, konnte er nur mit dem Schlüssel wirklich getötet werden. Weil ich dachte, er wäre auf der Schwelle des Todes und könnte mir nichts mehr anhaben, war ich unvorsichtig. Ich sah seine Bewegung nicht früh genug, um meine Hand wegzuziehen. Mit einer Klinge ritzte er mir den Unterarm auf.

Wütend zischte ich und ließ den fast vollständig zusammengesetzten Schlüssel fallen, weil die Wunde viel heftiger brannte, als ein so flacher Schnitt es normalerweise tun sollte. Es gab nur einen Weg, mir solche Schmerzen zuzufügen.

Die Klinge war in Astraeas Blut getaucht worden.

Eine Welle übernatürlicher Macht hielt mich davon ab, wutentbrannt auf meinen Vater loszugehen. Die unverwechselbare Präsenz des Schlüssels der Maid umgab mich, und als das Licht nachließ und ich den Blick hob, sah ich meinen Vater vor mir stehen, den Schlüssel über dem Kopf erhoben wie ein siegesgewisser Gott.

»Siehst du, Rainyte? Du warst nur eine gescheiterte Vorstufe dessen, was aus mir werden sollte.«

Ich konnte es nicht glauben. Eltanin brüllte, und ich verstand, dass er angreifen wollte. Vater zielte mit dem Schlüssel auf ihn, und ich schrie auf, gab dem Drachen verzweifelt zu verstehen, dass er fliehen, sich in Sicherheit bringen sollte. Doch ich konnte nur entsetzt zusehen, wie sich das blendend helle violette Licht des Schlüssels sammelte …

Als der Machtstoß losgelassen wurde, prallte er auf eine feuerrote Flamme.

Sobald das Licht und der Rauch sich verzogen, sah ich, dass Vater vom Angriff zur Verteidigung übergegangen war und einen halbkugelförmigen Schild um sich hochgezogen hatte. Wütend starrte er Athebyne an.

»Habt ihr mich schon vermisst?«, fragte Drystan.

Seine Worte wurden von einem Hieb seines Schwerts begleitet.

Vater erhaschte nur einen kurzen Blick auf Drystan, der sich geschickt von hinten angeschlichen hatte, während Athebyne Vater abgelenkt hatte. Sein Schmerzensschrei überraschte mich.

Der Schlüssel fiel zu Boden, immer noch im Klammergriff der Hand gefangen, die Drystan kurz unterhalb des Ellbogens abgetrennt hatte.

Als würde ich Drystans Plan genau kennen, setzte ich mich in Bewegung. Mein Bruder fing den Schlüssel auf und warf ihn mir zu, während Vater auf die Knie fiel.

Die volle Herrlichkeit des Schlüssels der Maid fuhr durch mich hindurch. Antwortete mir, weil ich Astraeas Gegenstück war. Er sehnte sich genauso sehr nach Rache und Blut wie ich, bündelte unsere Pein zu einem Zorn, der dem der Götter ebenbürtig war.

Noch bevor Vaters Schmerzensschrei verstummt war, hatte ich ihn erreicht.

Ich wappnete mich, schrie auf und stieß ihm den Schlüssel in die Brust.

Er drang tief in ihn ein, und Vater warf, von stummem Schmerz erfüllt, den Kopf zurück. In seinem Körper leuchtete der Schlüssel noch heller auf, bis ihm Lichtstrahlen aus den Augen und dem weit geöffneten Mund schossen. Der Schlüssel verbrannte ihn von innen.

»Die Strafe für deine Gier ist noch nicht zu Ende«, knurrte ich. »Grüß Mutter von mir.«

Ich drehte den Schlüssel herum, sodass der Kristall in der Spitze des Stabs ihm endgültig den Rest gab und Vaters Fleisch in Sternenstaub verwandelte, sein Blut in Asche, seine Knochen in Rauch.

Dann riss ich den Schlüssel aus ihm heraus und sah zu, wie sich seine Leiche in Nichts auflöste.

Als es vorbei war, stand ich schwer atmend und ungläubig da. Ein Teil von mir rechnete damit, dass alles nur ein böser Traum war. Dass Vater doch noch am Leben war und ich ihm nie entkommen konnte.

Eine Hand auf meiner Schulter holte mich aus meinen gepeinigten Gedanken zurück.

»Es ist vorbei, Bruder«, sagte Drystan.

Ich wandte mich zu ihm um, und wir sahen einander an, erst voller Angst, dann Verstehen und schließlich … Befreiung.

Drystan umarmte mich, und ich hielt ihn fest. Nie hätte ich gedacht, dass dieser Tag kommen würde.

»Er ist tot«, murmelte ich. »Er ist wirklich tot.«

Wir lösten uns voneinander, und Drystan lächelte. Dann grinste er. Als ihm ein atemloses Lachen entwich, musste auch ich lächeln. Die Angst vor unserem Vater, die uns eine ganze schreckliche Kindheit lang beigebracht worden war, zerstob in wahnsinnigem Gelächter.

»Das war beeindruckend«, sagte ich.

»Hat Vater dich am Kopf erwischt? So ein aufrichtiges Kompliment hast du mir noch nie gemacht.«

Ich gluckste leise. »Gewöhn dich besser nicht dran.«

Das Monster unserer Kindheit, der Bösewicht unseres Lebens war besiegt, und doch konnten wir uns noch nicht zurücklehnen. Unsere Welt wurde weiterhin vom Gott des Abendrots und der Göttin des Morgengrauens bedroht, und die Sternenmaid brauchte unsere Hilfe, um diese Welt ein für alle Mal zurückzugewinnen.

46

Nyte

Astraea und Nadia knieten mit traurigen Mienen neben Edasich, als ich zurückkam.

Der Drache war tot. Regungslos lag er da, während Schnee sich auf seinem eleganten blauen Körper sammelte.

Astraea weinte. Ich konnte ihre Tränen riechen, und es brach mir das Herz.

Athebynes trauriges Brüllen ging uns allen durch Mark und Bein. Sie kam näher, vom Kampf schwer verletzt, landete direkt neben Edasich und stupste den blauen Drachen mit ihrer riesigen Schnauze an.

»Sie waren befreundet«, krächzte Astraea, die mich wohl kommen gehört hatte. »Nicht so, wie wir Freundschaft verstehen, aber anders kann ich ihre Beziehung nicht beschreiben. In der Vergangenheit, bevor sie gebannt wurden, haben sie einander respektiert und verstanden.«

Astraeas Verbindung zu den Drachen war mir ein Rätsel. Sie konnte sie spüren und befehligen, wie die Reiter, mit denen sie sich verbunden hatten.

»Deshalb hat sie uns geholfen«, sagte ich in Gedanken an den Kampf der Drachen hoch oben im Himmel.

»Ich verstehe es einfach nicht«, sagte Drystan niedergeschlagen und lehnte sich gegen Athebyne. »Rastaban und unser

Vater, das ist eine Kombination, die Sinn macht, aber dass sich ein so sanfter Drache wie Edasich Auster Nova aussucht …«

Astraea schniefte, und ich hockte mich neben sie und legte ihr tröstend eine Hand auf den Rücken.

»Manchmal wird ein weiches Herz von einer stacheligen Schale umgeben«, flüsterte sie. »Wenn man sie zu lange trägt, merkt man irgendwann nicht mehr, dass man sich selbst damit verletzt. Schmerz treibt friedliche Wesen zu grausamen Taten. Auster war nicht immer der Bösewicht, der er am Ende war.«

Ich antwortete nicht. Sosehr Astraea Auster auch für all das verachtete, was er getan hatte, war mir auch bewusst, dass er einmal ihr guter Freund gewesen war und dass sie immer um diesen Teil von ihm trauern würde.

»Du brauchst einen Heiler und Erholung«, sagte ich sanft.

Astraea nickte. Als ich ihr beim Aufstehen half, zuckte sie schmerzerfüllt zusammen.

Eltanin machte ein besorgtes Geräusch und kam näher. Er senkte den Kopf und brummelte Athebyne an, die so schwach wirkte, dass schwer zu sagen war, ob sie überleben würde.

»Ich kann sie nicht verlieren«, flüsterte Drystan und legte die Stirn an ihre riesige Wange.

Das würde ihn endgültig zerstören. Seine Verbindung zu diesem Drachen bedeutete ihm mehr als alles andere. Darin schien er all das zu finden, was unser Vater ihm nie hatte geben können. Hingabe, Treue, Liebe.

Ich sah Eltanin dabei zu, wie er sich Athebyne immer weiter näherte, und bemerkte das feuchte Glänzen in seinen Augen.

Er bot seine Tränen an.

Drei davon fielen auf Athebyne, und als sie glitzernd über die Schuppen des roten Drachen rannen, packte Astraea meinen Arm fester.

»Seine Tränen können heilen«, murmelte Drystan fasziniert. Er lächelte und atmete erleichtert auf.

Es würde trotzdem noch eine ganze Weile dauern, bis Athebyne sich wieder erholt hatte, doch was auch immer Drystan von ihr spüren konnte, schien beruhigend genug zu sein, dass er an ihre vollständige Genesung glaubte.

Astraea nahm meine Hand und lächelte mich an, bis ihr Blick an etwas hängen blieb. Sie sah nach unten und keuchte auf, während sie meinen Ärmel so weit wie möglich nach oben schob. Die feinen schwarzen Adern ihres giftigen Bluts in mir waren von der Wunde an meinem Unterarm, die Vater mir zugefügt hatte, schon bis über meinen Ellbogen hinaufgeklettert.

Ich hob ihr Kinn an, und auch wenn sich ihre Augen mit Tränen der Überraschung und Panik füllten, lächelte ich. »Nur ein weiteres zusammenpassendes Tattoo«, sagte ich im Versuch, die Stimmung zu heben.

Meine Tage waren nun genauso gezählt wie ihre, doch ich hatte keine Angst. Mein einziger Wunsch war, ihr noch mehr Zeit in dieser Welt mit ihren Freunden zu geben. Doch das Schicksal hatte unsere letzten Stunden miteinander verknüpft, und auch wenn das tragisch war, war ich irgendwie froh darum.

Sie zog die Augenbrauen zusammen.

»Ach, Nyte«, seufzte sie und lehnte sich an mich.

Ich zog den Schlüssel aus der Leere. Sofort spürte Astraea seine Anziehungskraft und richtete sich auf, um ihn mir abzunehmen. Wieder in ihrem Besitz, leuchtete der Stab hell auf und stieß eine Kraftwelle aus, die uns alle umgab.

»Und jetzt holen wir deinen Thron zurück«, sagte ich.

Astraea ließ nicht zu, dass ich sie trug, doch ich schlang einen Arm fest um sie, während wir das erste Tor passierten, das uns in die unterste Ebene der dreistöckigen Stadt Vesitire führte.

Die Straßen waren unheimlich still.

Menschen, Fae, Vampire, Celestials … wir kamen an ihnen allen vorbei, und sie blickten uns mit einer Mischung aus Angst, Hoffnung und Neugierde an. Als wüssten sie nicht mehr, welcher Macht sie noch vertrauen und welche sie fürchten sollten. Manche flüsterten miteinander, doch ich wusste nicht, ob Astraea sie hören konnte.

»Da ist die Sternenmaid.«

»Sie hat uns gerettet.«

»Lang lebe die Sternenmaid.«

»Unsere Königin.«

Ja, das war sie. Und wir ließen uns Zeit damit, ihren Thron zurückzuerobern, damit die Stadt sie sehen konnte.

Auf dem Weg kamen wir an einer Person vorbei, die die Plakate abnahm, die Auster überall aufgehängt hatte. Stattdessen wurden nun lilafarbene Banner gehisst. Astraeas Sternbild war darauf zu sehen, mit dem Schlüssel in der Mitte, eingerahmt von ihren schwarzen Flügeln.

Man akzeptierte sie. Glaubte an sie.

Mein Stolz auf sie stieg ins Unermessliche.

Astraea schritt voran, das Kinn hocherhoben, ohne den Blick von dem glitzernden schwarzen Schloss abzuwenden, auf das wir uns zubewegten. Ihre Schritte waren müde, und die Augen drohten ihr immer wieder zuzufallen, doch schweigend ging sie weiter, und ich wollte sie in diesem Moment nicht stören.

Sie kehrte nach Hause zurück.

Zwar mussten wir noch immer die Götter bannen, doch das hier war vorerst ein Sieg für uns.

Im Hof des Schlosses angekommen, waren wir von Wachen umringt, denen wir jedoch keine Beachtung schenkten. Als sich der erste Wachmann bewegte, spannte ich mich an, doch … er beugte ein Knie und neigte den Kopf.

»Lang lebe die Königin«, rief er aus. Die erste deutlich vernehmbare Stimme auf unserem langen Marsch durch die schweigende Stadt, und er hätte keine besseren Worte wählen können.

Eine nach der anderen knieten die Wachen nieder und wiederholten seinen Ausruf.

Astraea liefen nun die Tränen übers Gesicht. Ich wünschte, ich hätte mit Sicherheit sagen können, dass es Tränen des Glücks waren, aber irgendetwas anderes lag auch noch darin.

Sobald wir die Tore des Schlosses hinter uns gelassen hatten, brach sie zusammen.

Ich drückte sie fest an mich, ließ sie an meiner Brust weinen, das Gesicht in den Händen vergraben, bis ihre Schluchzer schließlich versiegten.

»Was brauchst du von mir?«, fragte ich sanft.

Sie schlang die Arme um mich. »Sie reden alle so, als wäre es vorbei. Als würde ich hierbleiben«, flüsterte sie.

»Dann lass uns so leben, als wäre das der Fall. Bis zum bitteren Ende.«

Sie drückte mich noch fester, und ich transportierte uns durch die Leere in ihre Gemächer. Ich legte sie aufs Bett und musste einfach nachsehen …

Als ich ihr zerfetztes Oberteil hochschob, versuchte ich, mich nicht von der in mir aufsteigenden Panik überwältigen zu lassen. Ihre Wunde war so viel schlimmer geworden, die Haut um den Einstich herum war mittlerweile dunkelgrau. In meiner Verzweiflung zog ich ihr das Oberteil aus und stellte fest, dass die grauen Äderchen zwischen ihren Brüsten endeten.

»So schlimm?«, fragte sie leise.

Ich fuhr mit den Fingern über ihre Rippen, verweilte unter ihrer Brust, bis ich mit dem Daumen das Ende des Mals berührte, das sie dem Tod immer näher brachte.

»Es tut mir so leid«, flüsterte ich.

Es war schließlich mein Blut, das ihr Ende herbeiführen würde, und diese Tatsache verletzte meine Seele zutiefst.

»Bitte sag das nicht, das halte ich nicht aus.« Astraea zog an meinem Arm, und ich verstand, lehnte mich über sie, um sie zu küssen. »Leg dich neben mich«, sagte sie.

»Ich hole einen Heiler.«

»Ich habe keine Schmerzen mehr. Ich will einfach nur, dass du bei mir bist.«

Mir war klar, dass das eine Lüge war. Was auch immer mein Vater und Fedora getan hatten, hatte ihre tödliche Wunde verschlimmert und ihren Körper weiter geschwächt, sodass sie sich nun erholen musste. Doch ich konnte ihrem flehenden Blick nicht widerstehen.

Ich zog ihr die Stiefel aus und holte eine Decke, um ihren nackten Oberkörper zu bedecken.

»Dein Vater ist tot.« Es war eine Feststellung, keine Frage, doch ihre Worte klangen einfühlsam.

»Ja.«

»Wie geht's dir?«

»Ich … weiß nicht so genau.«

Sie kuschelte sich an meine Brust, bis sie bequemer lag. »Ich bin erleichtert«, gab sie zu. »Die zwei Personen, die uns am meisten verletzt haben, sind nicht mehr da.«

»Jetzt sind nur noch zwei arrogante Gottheiten übrig.«

Ich spürte ihr Lächeln. »Und danach Frieden.«

»Danach unser Frieden.«

Mit den Fingern kämmte ich durch ihr zerzaustes Haar. »Es ist wirklich eine Tragödie, deine wunderschönen Haare so vernachlässigt zu sehen. Lass mich dir zumindest ein Bad einlassen.«

Sie lachte leise, und ich prägte mir das Geräusch genau ein, um mich jederzeit daran erinnern zu können, wie sich wahres Glück anfühlte.

Als das Bad fertig war und Astraea nackt vor mir stand, half ich ihr in das milchige Wasser, das den Raum mit dem Duft nach Honig und Lavendel erfüllte. Sie seufzte und lehnte sich mit geschlossenen Augen zurück. Ich zog einen Hocker neben die Wanne, nicht in der Lage, sie auch nur für einen Moment loszulassen.

Mit einem Schwamm fuhr ich über ihr Schlüsselbein und hob dann eine Hand an ihre lädierte Wange.

»Vater oder Fedora?«, fragte ich, konnte meine Wut gerade so unter Kontrolle halten.

»Dein Vater«, gab sie zu.

Ich biss die Zähne zusammen. »Vielleicht gibt es irgendwo einen Nekromanten. Ich glaube, ich bin doch noch nicht ganz fertig mit ihm.«

Astraea nahm meine Hand und fuhr mit den Fingern über die dünnen schwarzen Äderchen auf meinem Unterarm. Dann drückte sie die Lippen auf die Stelle, wo sie endeten, auf halbem Weg meinen Bizeps hinauf.

»Wo, glaubst du, ist Fedora hin verschwunden?«, fragte sie.

»Wahrscheinlich zurück ins Meer, um voller Wut weitere Clans auszulöschen.«

»Meinst du, dass sie uns noch Probleme bereiten wird?«

»Eine Kreatur wie Fedora wird jetzt nicht einfach aufgeben. Sie hat ihren Verbündeten an Land verloren, weil sie auf den Falschen gesetzt hat, doch sie ist stolz und zielstrebig. Ich bin mir sehr sicher, dass sie uns noch mal angreifen wird, und mit dem Dreizack ist sie nicht zu unterschätzen.«

Astraea nickte, und ich wünschte, ich könnte ihr mehr ihrer Last abnehmen.

»Du solltest dich zu mir gesellen«, sagte sie.

»Hm. So verlockend das auch klingt, wir sind kurz davor …«

»Was zur Hölle ist hier passiert?«

Ich stöhnte genervt, und Astraea bedeckte hastig ihre Brust.

»Zath!«, kreischte sie, während sie sich zu ihm umdrehte.

Er war, ohne zu klopfen, hereingestürmt, zusammen mit

Rosalind. Sie sah immerhin so aus, als täte es ihr leid, uns gestört zu haben, doch Zath schien es nicht zu kümmern, dass Astraea in der Badewanne lag. Urinstinkte regten sich in mir, weil ein anderer Mann in der Nähe war, während meine Gefährtin so verletzlich war, und wollten sich in Gewalt äußern, egal, wer es war.

»Ich warne dich genau einmal, dich zu verpissen, während Astraea nackt ist«, sagte ich und unterdrückte meine Wut.

Rose packte Zath mit beiden Händen am Oberarm und zog ihn aus dem Zimmer.

»Warte mal! Was ist passiert? Wusstet ihr, dass es im Thronsaal schneit? Ich brauche Antworten …!«

Der Wortschwall brach ab, als Rosalind ihn endgültig aus Astraeas Gemächern befördert hatte. Ich hätte nie gedacht, gerade der Person einmal dankbar zu sein, die mich am meisten hasste.

Astraea kicherte und lehnte sich wieder zurück, während ich meinen Ärger über die Störung beiseiteschob.

»Sind das diese Freunde, die wir an unserer Seite haben wollen?«, grummelte ich und griff nach einem Lavendelbalsam für ihre Haare.

»Das klingt gerade vielleicht ein bisschen widersprüchlich, direkt nach der unangenehmen Unterbrechung, aber sie sind Teil unseres Friedens, befürchte ich.«

Ich legte ihr einen Finger unters Kinn, neigte ihren Kopf nach hinten und küsste sie. »Was ich nicht alles für dich aushalte.«

Ein Lächeln erschien auf ihren Lippen. »Es ist wirklich lustig, wie sehr du immer abstreitest, dass sie dir auch wichtig sind.«

»Sie sind mir wichtig, weil sie *dir* wichtig sind.«

»Schon klar.«

Nun musste selbst ich lächeln, auch wenn sie das nicht sehen konnte, weil sie mit einem seifigen Schwamm über ihr eines

Bein fuhr. Sie hielt es auf herrliche Weise aus dem Wasser gestreckt, während ich ihre Haare ausspülte. Ihre glänzende, mit silbernen Tattoos bedeckte Haut war einfach faszinierend. Hätte ich nicht Rücksicht auf ihr Bedürfnis nach Ruhe und Heilung nehmen wollen, nach allem, was sie durchgemacht hatte, hätte ich wahrscheinlich dem Verlangen nachgegeben, das sich in mir regte.

In diesem Moment, nach den Ereignissen des Tages, schätzte ich jedoch die sanften Berührungen und die zufriedene Stille weit mehr. Der Krieg war noch nicht vorüber, aber wir verdienten es, diesen Sieg zu genießen, nachdem der jahrhundertelange Kampf gegen meinen Vater endlich ein Ende gefunden hatte.

TEIL VIER

WIE ABENDROT UND MORGENGRAUEN

47

Astraea – Vergangenheit

Astraea führte gerade ihr vierteljährliches Gespräch mit den Lords der fünf Königreiche von Solanis, als die Neuigkeiten sie erreichten.

Ein Überfall. Eine Schlacht. Ein Kampf am Fuße der Sterlingberge.

Sie zögerte keine Sekunde.

Der Informant konnte ihr nicht sagen, wer den Angriff anführte, doch ihr entging nicht, wie die Lords sich angsterfüllt den Namen Nightsdeath zuflüsterten, als sie den Saal verließ. Sie beachtete sie nicht. Wenn Nytes Vater wirklich dahintersteckte, hätte sie davon erfahren. Außer es handelte sich um einen Angriff, den er ohne Nytes Wissen befohlen hatte.

Astraea hatte keine Zeit, Nyte danach zu fragen. Sie flog direkt zum Schlachtfeld und fand ein Blutbad vor. Das hier war kein Kampf, der gerade erst ausgebrochen war, und Wut durchzuckte sie, weil sie erst so spät informiert worden war.

Während sie zur Landung ansetzte, tastete sie in der Leere nach ihrem Schlüssel … konnte ihn aber nicht finden. Noch nie hatte sie den Schlüssel verlegt. Ihr blieb jedoch keine Zeit, darüber nachzudenken, weil sie schon von einem Nachtwandler angegriffen wurde.

Astraea hatte nur ihren Dolch, aber das war genug.

Im letzten Moment schoss sie gen Himmel, sprang über den Nachtwandler und stieß ihren Dolch in die ledrige Membran seines Flügels, direkt unterhalb seiner rechten Klaue. Von oben bis unten zog sie ihn hindurch, während sie hinter ihm landete.

Er schrie auf, bevor sie ihn am Schopf packte, seinen Kopf zurückriss und ihm die Kehle durchschnitt. Anschließend verlor sie sich im Kampf, mit dem Ziel, alle Feinde auszulöschen.

Als sie genug Gegner getötet hatte, um kurz Luft zu holen, sah sie sich nach jemandem um, der auf ihrer Seite das Kommando haben könnte, doch es herrschte reines Chaos auf dem Schlachtfeld. Keine Ordnung, nur Brutalität. Mindestens einer der High Celestials hätte hier sein sollen, doch sie konnte keinen von ihnen entdecken.

Es schien fast, als wäre diese Schlacht ein Geheimnis. Ein Kessel voller Blut und Gewalt, an einem einsamen Bergpass verborgen. Auch der gewählte Ort war seltsam, kein Angriff auf ein Dorf oder eine Stadt.

Ein ungutes Gefühl stieg in ihr auf.

Astraea drehte sich um, wollte zu Austers Provinz fliegen, um Hilfe zu holen. Vielleicht hatte er ja eine Erklärung für all das.

Doch jemand landete direkt vor ihr, bevor sie ihre Flügel hervorholen konnte.

Für jeden anderen hätte die Gestalt wahrscheinlich wie ein anonymer, maskierter Auftragsmörder ausgesehen, doch Astraea würde Auster überall wiedererkennen, auch wenn er nur Schwarz trug, die Kapuze aufgesetzt und sein Gesicht bedeckt hatte, sodass nur seine braunen Augen zu sehen waren.

Erleichterung durchflutete sie.

»Ich wollte dich gerade suchen. Weißt du, was hier los ist?«, fragte sie.

Die Schlacht neigte sich dem Ende zu. Es blieben nur noch einige Soldaten übrig, die sich zu sehr im Kampf verloren hatten, um sich zurückzuziehen, und die Sterbenden, die überall verteilt lagen.

Auster antwortete nicht. Bewegte sich nicht.

Astraea versuchte, das ungute Gefühl abzuschütteln, das er in ihr auslöste. Sie trat einen Schritt auf ihn zu, und er kam ihr entgegen.

Sie spürte die Magie zu spät. Erst, als ein heller, violetter Blitz zwischen ihnen erschien, erkannte sie, was er in den Händen hielt. Erst, als sie den Blick von seinen kalten, emotionslosen Augen abwandte, verstand sie … und sah, dass die Steinspitze ihres Schlüssels in ihrem Unterleib steckte.

Nein. Das hier war ein Albtraum. Ein grausamer, abscheulicher Albtraum, von dem sie aufwachen würde.

Auster würde so etwas nie tun. Ihr bester Freund würde ihr nie wehtun. Der Mann, den sie liebte, dem sie vertraute, würde sie niemals *tot* sehen wollen.

Astraea schlang die zitternden Hände um den Stab. Licht umgab Austers Hand, und sein gefauchter Schmerzenslaut hallte in ihr wider, bevor er losließ. Sie sah auf, sah, wie er sich den linken Arm an die Brust drückte und vor ihr zurückwich.

»Auster …«

Er ließ sie wirklich hier zurück.

»Warte.«

Sie versuchte, ihm zu folgen, kam jedoch gerade mal einen Schritt weit, bevor ihre Beine ihr den Dienst versagten.

Passierte das gerade wirklich?

Trotz der Schmerzen, die sie Zelle für Zelle auseinanderrissen … Obwohl sie verschwommen wahrnahm, wie Auster sich zurückzog … konnte sie es immer noch nicht fassen.

Doch wenn sie starb …

Nyte.

Sein Name war das Einzige, was noch zählte. Er war die einzige Person, nach der sie sich in diesem Moment sehnte. Sie hatten nicht genug Zeit zusammen gehabt. Sie war verzweifelt, sehnte sich gierig nach so viel mehr Zeit mit ihm, während ihre Lebensenergie sie zusehends verließ.

Sie hätten zusammen die Welt verändern sollen. Hatten schon Fortschritte gemacht auf dem Weg zu mehr Gleichberechtigung für die Vampire. Sie wollte der Welt zeigen, wer Nyte wirklich war, und er wollte sich von den Ketten befreien, die ihn an seinen Vater fesselten, genau wie Drystan.

Ach, Drystan … Er war so ein guter Freund geworden, sie konnte ihn jetzt nicht allein lassen. Sie konnte sie nicht beide ihrem schrecklichen Vater überlassen.

Astraea packte den Schlüssel fester, und der Schmerz, den sein Herausziehen verursachte, kostete sie ungeheure Kraft. Sie fiel zu Boden, verlor mit jeder Sekunde mehr das Bewusstsein. Das hier war schlimmer als das erste Mal, als sie mit dem Schlüssel verletzt worden war. Auster hatte sichergestellt, dass er sie tief traf, so viel Magie wie möglich in sie hineinpumpte, bevor der Schlüssel ihn bestrafte. Sie konnte nicht einmal die Leere benutzen, um Nyte noch einmal zu sehen.

Diesmal würde nichts sie retten können, und doch … sie wollte sein wunderschönes Gesicht ein letztes Mal sehen, bevor die Dunkelheit sie mit sich riss. Sie wollte, dass er sie im Arm hielt, seine Wärme spüren, während sie diese Welt langsam verließ.

Es war so kalt.

Stattdessen war sie völlig allein, lag hier wie eine weitere Leiche, die ihr Leben in dieser sinnlosen Schlacht gelassen hatte. Im Tod waren alle gleich.

Sie wollte Nyte wissen lassen, dass sie nach ihm gerufen hatte, auch wenn es zu spät war. Sie wollte ihm sagen, dass sie zu ihm zurückkehren würde. Egal, was passierte, sie würde immer zu ihm zurückkehren.

In ihren letzten Sekunden spürte sie seine Anwesenheit so

deutlich, dass sie sich nicht sicher war, ob sie es sich in ihrer Verzweiflung einbildete oder ob er wirklich gekommen war. Sie konnte ihn nicht sehen.

Was sie nicht tun würde, um ein letztes Mal in seine goldenen Augen zu blicken.

Sie nahm seinen Geruch mit sich, als sie ihn vorerst verließ.

48

Astraea

Nach den ganzen Prüfungen und Schrecken der letzten Tage erinnerte mich die Anwesenheit meiner Freunde daran, wofür ich all das machte. Da Lilith mir Ruhe verordnet hatte, waren sie alle in meine Gemächer gekommen, um mir von ihren Reisen zu erzählen. So lag nun also Davina am Fußende meines Betts, Lilith saß auf ein paar Kissen daneben, Rose in einem Sessel am Feuer, mit Zath vor sich auf dem Boden, der den Ellbogen auf die Sitzfläche ihres Stuhls gestützt hatte. Drystan war auch da, weil er dringend wissen wollte, was aus den anderen Drachen geworden war. Er lehnte an der Wand und schrieb fleißig in seinem Notizbuch mit. Neben ihm auf der Kommode hockte Nadia.

Während sie mir von ihren Abenteuern an den ihnen zugewiesenen Tempeln berichteten, tranken wir Tee, und ich konnte nicht umhin, die kleinen Gesten der Zuneigung zu bemerken, die Rose und Zath austauschten. Er rückte näher an sie heran, einen Arm über ihren Oberschenkel geschlungen, während sie gedankenverloren mit seinen Haaren spielte.

»Wollt ihr mir noch was anderes erzählen?«, fragte ich schmunzelnd.

Rose sah verlegen drein, anscheinend bemüht, das Offensichtliche nicht abzustreiten.

»Wir könnten alle in diesem Krieg gegen die Götter sterben, warum also sich Freuden verweigern, wenn sie auch noch so dornig sind«, sagte Zath und drückte ihren Oberschenkel.

»Du bist immer noch unausstehlich«, murmelte sie.

»Aber du liebst mich trotzdem.«

»Übertreib nicht gleich.«

Zath verlagerte das Gewicht und lehnte seufzend den Kopf an ihr Bein. »Ich warte nur darauf, dass du auch so weit bist.«

Mein Herz schwoll an vor all der Liebe, die ich für die beiden hatte. Für alle in diesem Zimmer.

Zath hatte recht: Der Krieg stand kurz bevor, und wir durften nicht auch nur eine Sekunde auf negative Gefühle verschwenden.

»Ich bezweifle, dass sie sich alle mit jemandem verbunden haben«, sagte Drystan, der komplett in seinen Gedanken an die Drachen versunken war. »Es besteht immer noch die Chance, dass andere Vampire sich mit ihnen verbinden. Ich hoffe es. Es wird Zeit, dass die Welt sieht, dass wir alle ein Volk sind. Es gibt keine Auserwählten.«

Die Wunde, die Auster mir zugefügt hatte, schmerzte plötzlich heftig, und ich rieb gedankenverloren darüber.

»Der blaue Drache, der sich für Auster entschieden hatte, Edasich …« Ich verstummte.

»Sie hätte einen neuen Reiter finden können«, versicherte Drystan mir. »Es gibt Aufzeichnungen aus der Vergangenheit darüber, dass Drachen mehrere Reiter hatten, oder gar keine, doch das sind meistens die bösartigsten Drachen. Rastaban ist ein perfektes Beispiel. Sie sehnen sich nicht nach Verbundenheit, sondern nur nach mehr Macht, dafür würden sie selbst ihre Verwandten umbringen. Einige von ihnen haben sogar zu ihrem eigenen Vorteil Menschen in falsche Bündnisse gelockt, bevor sie sie umgebracht haben.«

»So viele Drachen, und wir haben keinen«, sagte Zath mit einem Seufzen an Rose gewandt.

Drystan wusste jetzt genau Bescheid, wie viele Drachen von welcher Farbe da draußen unterwegs waren, wohingegen ich von der schieren Masse überfordert war.

»Lilith hat einen«, sagte Davina beiläufig.

»Das habt ihr ja gar nicht erzählt«, sagte Drystan anklagend. »Welchen? Wie heißt sie?«

Lilith kicherte. »*Er* heißt Altais. Der Gelbe, den wir in Pyxtia befreit haben.«

Staunend stellte ich mir den Himmel voller bunter Drachen vor.

»Das ist unglaublich«, sagte ich.

»Wo ist er jetzt?«, fragte Drystan und kritzelte weiter in sein Notizbuch.

»Am Essen oder Schlafen, vermute ich. Er mag den Wald, aber er wirkt ziemlich nervös, schon seit er aufgewacht ist. Ich bin immer noch dabei, die Verbindung zwischen uns zu ergründen, damit ich herausfinden kann, was los ist.«

»Die gelben Drachen leiden wahrscheinlich am meisten unter der Abwesenheit der Sonne«, informierte Drystan sie. »Gibt es noch andere bösartige oder unruhige Drachen, von denen ich wissen sollte?«, fragte er dann.

Alle schüttelten den Kopf.

Ich wollte mich gerade bei Davina nach dem Fae-Widerstand erkundigen, als ich sah, dass sie ihre Finger mit Liliths verschränkt hatte. Fragend hob ich eine Augenbraue, und eine leichte Röte breitete sich auf Liliths sommersprossigen Wangen aus.

»Wollt ihr beide auch was mit uns teilen?«, neckte ich sie.

Davina lächelte Lilith liebevoll an und fuhr ihr mit dem Daumen über eine Wange, als würde sie das häufiger tun. »Wahrscheinlich bringt der Krieg einen einfach dazu, alle

Zweifel beiseitezuschieben und das Risiko einzugehen«, sagte sie kühn.

Darüber mussten wir alle lachen, und ich platzte fast vor Glück. Nach all der Zeit des Reisens und Scheiterns, nach all den Herausforderungen und Prüfungen, dem immer stärker werdenden Gefühl der Hilflosigkeit hatte ich einfach nur nach Hause kommen müssen. Sehen müssen, dass nichts verloren war, solange ich diese Menschen an meiner Seite hatte – meine Familie.

Obwohl ich mich zwei Tage lang ausgeruht hatte – Nyte hatte mich praktisch in meinen Gemächern eingesperrt –, musste ich mich bei unserer Besprechung auf dem Tisch im Ratssaal abstützen, um den sich alle versammelt hatten.

Drystan, Nadia, Zathrian, Rosalind, Elliot, Davina und Lilith waren hier. Der Rest der Anwesenden bestand aus Generälen des Widerstands der Maid, die aus allen Ecken des Kontinents angereist waren, Vampiranführern, die Laviana geschickt hatte, während sie noch dabei war, die anderen zu überzeugen, und ein paar höhergestellten Celestials von Austers Hofstaat, die mir ihre Treue geschworen hatten.

Wir hatten uns hier versammelt, um Wissen auszutauschen und zu überlegen, welche Angriffsstrategie Abendrot und Morgengrauen wohl wählen würden.

»Katerina – Morgengrauen – wurde weiterhin in der Provinz Nova gesichtet, sie behält also ihre Tarnung bei«, berichtete Drystan.

Zephyr und seine Kinder hielten sich immer noch in Nadirs Haus versteckt. Ich wollte nicht riskieren, dass Morgengrauen sie holen kam. Aber ich verstand einfach nicht, warum sie tatenlos in der Provinz Luna herumsaß.

Was versprach sie sich davon?

»Und Abendrot?«, fragte ich.

»Er hat sich ganz der Rolle von Aquilo verschrieben«, informierte Elliot uns. Nyte hatte ihn damit beauftragt, einen Suchtrupp anzuführen, der Abendrot ausspionierte. »Die Armeen von Haus Sera versammeln sich, und, schlimmer noch, Notus hat sich ihnen angeschlossen. Ich glaube, er weiß, dass er sich mit dem Gott des Abendrots verbündet hat und nicht mit Aquilo.«

»Er würde sich mit jeder Person verbünden, die mich stürzen will«, murmelte ich verbittert.

»Aber wurden die Gottheiten je zusammen gesichtet?«, fragte Drystan.

Ein paar der Anwesenden schüttelten die Köpfe.

Ich konnte das Rätsel einfach nicht lösen, und es machte mich fertig. Die Gottheiten hatten mich gemeinsam erschaffen, jetzt waren sie auf die Erde gekommen, um mich zu zerstören, und doch schien es nicht so, als hätten sie sich zu diesem Ziel zusammengetan.

Die stärker werdenden Kopfschmerzen machten es mir schwer, mich zu konzentrieren, und ich rieb mir die Schläfe.

»Wir werden uns morgen weiter besprechen«, verkündete Nyte, womit er alle subtil hinauskomplimentierte.

Ich wollte widersprechen, doch da waren sie schon dabei, den Raum zu verlassen. Zath lächelte mir aufmunternd zu. Sah ich wirklich so krank aus? Eigentlich hatte ich gedacht, dass ich die Fassade überzeugend aufrechterhalten hatte, doch innerlich fühlte ich mich schwer wie ein Stein, als würden meine Organe eins nach dem anderen langsam, aber sicher versagen.

Mit einem niedergeschlagenen Seufzen drehte ich mich um und lehnte mich gegen den Tisch. Nyte stand nur einen Moment später direkt vor mir. Als alle draußen waren und die Türen sich knarzend geschlossen hatten, rückte er näher, lehnte sich schweigend zu mir hinunter und atmete tief ein, als würde er meinen Duft einsaugen.

»Du bist müde«, sagte er nach einer Weile.

»Mir geht's gut.«

Das war gelogen, und wir wussten es beide. Die Zeit lief uns davon. Es war grausam – dass etwas, das sonst nie sein Tempo veränderte, genau dann plötzlich viel schneller zu vergehen schien, wenn man es am dringendsten brauchte.

Nyte nahm meine Hand, und ich fragte gar nicht erst, wohin er mich führte. Wir durchquerten ein paar Gänge und Säle, bis wir im Thronsaal ankamen.

Hier drinnen war es eiskalt, weil ein Großteil der hinteren Wand sowie Teile des Dachs eingestürzt waren. Gerade schneite es nicht, doch am Vortag hatten unzählige weiße Kristalle ihren Weg in den Saal gefunden.

»Das müssen wir reparieren«, sagte er.

Ich glaubte nicht, den Tag noch erleben zu dürfen.

»Ich mag die Aussicht irgendwie«, sagte ich trotzdem.

»Dann lassen wir den Rest auch noch entfernen und stattdessen Glas einbauen. Irgendwelche anderen Renovierungspläne?«

Mein Lächeln schaffte es nicht ganz bis auf meine Lippen. Es war eine wunderbare Vorstellung, in diesem Saal, hell erleuchtet und warm, dem Verstreichen der Jahreszeiten durch eine große Glasscheibe hindurch zuzusehen.

Der lilafarbene Thron stand noch immer stolz und unverändert auf dem Podium. Nyte führte mich zu ihm hinüber, die Stufen hinauf, und bedeutete mir dann, mich zu setzen. Dort ließ er mich zurück und ging die Stufen wieder hinunter, und ich hatte keine Ahnung, was er vorhatte.

Er stand einfach nur da und sah mich mit undurchdringlicher Miene an.

»Du bist wahrlich unglaublich«, sagte er leise, als wäre der Gedanke ihm aus Versehen herausgerutscht.

»Komm her«, sagte ich und streckte die Hand nach ihm aus.

Er kam wieder zu mir hoch, stützte sich mit den Händen auf den Armlehnen des Throns ab und küsste mich. Er wirkte so … ruhig. Als hätte er Frieden geschlossen mit unserem Schicksal, wie auch immer es aussehen mochte. Ich wollte es ihm gleichtun und küsste ihn dringlicher, wollte jede Sekunde auskosten.

Er sank zu Boden, drückte meine Beine auseinander, um sich dazwischen zu knien, bevor er mit den Händen meine Unterschenkel hinauffuhr und mich nach vorne zog.

»Ich will dich genau hier nehmen«, murmelte er heiser. »Auf deinem Thron. Dich verehren.«

Mein Atem stockte, während er federleichte Küsse auf meinem Kiefer und meinem Hals verteilte.

»Meine Starlight.« Er griff nach den Schnüren meines Korsetts. »Mein Gegenstück.« Dann schob er den Stoff von meinen Schultern, ganz langsam und aufmerksam.

Ich erzitterte, weil die eisige Luft im Gegensatz zu seinem warmen Atem stand.

»Meine Königin.«

»Es könnte jederzeit jemand hereinkommen«, sagte ich atemlos, protestierte aber nicht wirklich.

»Das stimmt.«

»Es ist kalt.«

»Das werde ich gleich ändern.«

Nyte fuhr mir mit den Fingern über die Brust, und ich folgte seiner Bewegung mit dem Blick. Die dunklen Äderchen, die auf mein Herz zukrochen, waren nun auf meiner Brust angekommen. Als ich sie heute Morgen im Spiegel betrachtet hatte, war mir klar geworden, warum ich dieses Mal des Todes schön fand. Die Linie, die auf mein Herz zielte, sah aus wie ein dorniger Stiel, und die Stelle, wo die Klinge mich getroffen hatte, ähnelte dunklen Blütenblättern. Es war, als ob eine schwarze Rose mit Stiel meinen Körper hinabfiel.

Nyte drückte die Lippen auf das obere Ende des Stiels, und es überraschte mich, wie ruhig er bei dem Anblick blieb. Er lehnte sich zurück, um mich voller Liebe und Versprechungen anzusehen, bevor er mich leidenschaftlich auf den Mund küsste.

Stöhnend ließ ich zu, dass er mich auszog, zerrte an meinem Korsett, bis es sich weit genug löste, dass er an meinem einen Nippel saugen konnte, während er die andere Brust sanft drückte. Ich schlang die Beine enger um ihn, sehnte mich nach Reibung. Nyte stöhnte, schob mir den Rock hoch und eine Hand an der Innenseite meines Oberschenkels entlang.

Als er mit den Fingern über die Falte zwischen meinem Oberschenkel und meinem Bauch strich, lehnte er sich abrupt zurück. Seine goldenen Augen waren von Lust erfüllt.

»Hast du hiermit gerechnet? Oder warum hast du heute Morgen dein Zimmer ohne Unterwäsche verlassen?«, fragte er mit belegter Stimme.

Ich lächelte kokett. »Nicht zwingend mit diesem Ort, aber mir gefällt deine Wahl.«

Nyte gab ein ersticktes Geräusch von sich und küsste mich erneut. »Du bist mein Leben und mein Tod, Astraea Lightborne.«

Ohne Vorwarnung schob er meinen Rock bis über die Hüfte hoch, schlang mir einen Arm um den Rücken und zog mich ganz an die Kante des Throns. Dann fand seine Zunge meine Klit, und ich schrie ungeniert auf, während ich die Finger in seinen Haaren vergrub. Mit der anderen Hand klammerte ich mich am Thron fest.

Er schob einen Finger in mich hinein, bewegte ihn langsam vor und zurück, während er mich mit dem Mund verschlang. Erregt sah ich zu, wie er seine Hose öffnete und sich selbst befriedigte, während er mich leckte, was mich meinem Höhepunkt deutlich näher brachte.

»Ja, genau da«, keuchte ich, als er nun zwei Finger in mich

hineinschob und eine Stelle traf, deren Berührung Druck in meinem Unterleib hervorrief.

Genau richtig saugte er an meiner Klit, bis …

Was auch immer er mit seinen Fingern gemacht hatte, es erfüllte seinen Zweck. Meine Hüften zuckten unbeholfen, als mein Höhepunkt mich erfasste. Er leckte mich weiter und zog meinen Orgasmus damit fantastisch in die Länge.

Gerade hatte ich mich wieder gesammelt, da hob er mich auch schon hoch und platzierte mich auf einer Seite neben dem Thron.

»Beug dich für mich vor«, befahl er.

Ich tat wie geheißen und platzierte die Hände auf dem violetten Samtkissen, den Bauch über die Armlehne gelegt. Nyte hob meinen Rock an und strich zwischen meinen Vulvalippen entlang, als ich die Beine für ihn breit machte.

»So verdammt schön«, murmelte er.

Mir wurde ganz heiß, weil er wahrscheinlich von dem Anblick redete, der sich ihm zwischen meinen Beinen bot. Sein Schwanz drängte gegen meinen Eingang, und er schob ihn langsam in mich hinein, schien jeden einzelnen Moment auszukosten, bis er mich ganz ausfüllte.

So fickte er mich eine Weile lang, während unser atemloses Stöhnen im Saal widerhallte. Er gab mir Spitznamen, stieß einen anzüglichen Satz nach dem anderen aus. Und jedes seiner Worte sandte ein Kribbeln in meine Klit, weshalb ich schon wieder kurz vor einem Orgasmus stand.

Ich streckte die Hand nach hinten aus, um ihm Einhalt zu gebieten. »Dieses Mal will ich, dass *du* hier sitzt«, sagte ich atemlos.

Während ich mich aufrichtete, betrachtete ich Nyte, fast vollständig bekleidet auf dem Thron, seinen Schwanz in der Hand und pure Lust und Liebe in den Augen. Was für ein erotischer Anblick.

Ich kletterte auf seinen Schoß und brachte mich in die richtige Position, um mich auf seinen Schwanz sinken zu lassen. Unsere Blicke trafen sich, erfüllt von fast schon schmerzhafter Leidenschaft, bis ich ihn ganz in mir aufgenommen hatte.

»Ich liebe dich«, murmelte er und küsste meine Brust.

»Jetzt, damals und für immer?«, flüsterte ich.

Er lächelte, so strahlend wie das Mondlicht, das durch die Öffnung in der Wand hinter uns hereinschien. »Ja, Liebste.«

Ich küsste ihn, während ich mich langsam in Bewegung setzte, mir die Zeit nahm, ihn unter mir zu spüren und meine Macht zu fühlen. Den Ort, an dem wir uns befanden, den Thron, der uns gehörte. Pure Freude überkam mich.

Wir kamen gleichzeitig, die Herzen fest aneinandergepresst, den Atem des jeweiligen anderen auf den Lippen, die sich gerade so eben nicht berührten. Keiner von uns bewegte sich. Nyte bedeckte meine Haut mit sanften Küssen, während sich die Hitze, die wir erschaffen hatten, langsam verflüchtigte.

Nie war ich dankbarer gewesen, einen sterblichen Körper zu besitzen, als in diesem Moment. Götter hatten mich erschaffen, doch sie hatten mir diesen sterblichen Körper gegeben. Um zu lieben, zu fühlen, zu leiden. Lieber würde ich dieses eine flüchtige Leben leben, umgeben von Liebe, als die Ewigkeit alleine zwischen den Sternen zu verbringen, ohne irgendetwas zu empfinden.

In diesem Moment verstand ich … den wahren Grund, warum ich geschaffen worden war.

49

Astraea

Die großen Statuen von Abendrot und Morgengrauen ragten stolz und herrisch über uns auf, in ihrem Tempel in Vesitire. Das letzte Mal, als ich hier gestanden hatte, um mit ihnen zu sprechen, war es keine besonders schöne Erfahrung gewesen. Jetzt hatten sie sterbliche Körper, und ich wusste nicht, ob sie mich überhaupt hören würden.

Ihre Abbilder waren weit entfernt von Katerinas und Aquilos Gesichtszügen, die sie gestohlen hatten, um auf die Erde zu kommen. Ich fragte mich, wie sie die Gesichtszüge gewählt hatten, mit denen sie sich vor langer Zeit den Menschen gezeigt hatten und mit denen sie hier im Tempel verewigt worden waren, damit man sich vor sie knien und sie anbeten konnte.

»Ich weiß, warum ihr mich geschaffen habt«, sagte ich, und meine Stimme hallte unheimlich im Tempel wider. Irgendwie hatte ich das Gefühl, verurteilt zu werden. »Ich sollte nicht nur die Sterblichen anführen und ihnen ein gutes Beispiel sein. Dafür habt ihr schon lange vor mir vier High Celestials eingesetzt.« Ich schluckte, weil mein Hals ganz trocken war. »Ich war ein Experiment, oder? Eine Möglichkeit für euch, herauszufinden, was Sterblichsein bedeutet, indem ihr mich beobachtet. Ob es das wert sein könnte, dafür die Göttlichkeit aufzugeben. Ihr habt mich immer wieder getestet, in der Hoffnung, so zu beweisen, dass ich lieber eine Gottheit als vergänglich sein wollte. Dass ich lieber zu den Sternen zurückkehren wollte, statt auf der Erde als Teil der Sterblichen zu leiden. Doch trotz aller Widrigkeiten … habe ich euch das Gegenteil bewiesen.«

Eine ganze Weile hatte ich darüber nachgedacht, warum die Götter so vorsichtig waren.

»Ihr wollt hierbleiben«, sagte ich. »Als Götter steht ihr über uns, unberührt von der Zeit, vom Leid, vom Tod … doch was ist schon die Ewigkeit, wenn man nie Liebe erfahren darf? Kann man einen flüchtigen Moment überhaupt genießen, wenn man bis in alle Ewigkeit Zeit hat? Ihr hasst die Sterblichen nicht … nein, ihr *beneidet* sie. Ihr beneidet *mich.*«

Beim Gedanken an den letzten Teil meiner Theorie bekam ich eine Gänsehaut. Ich blickte mich in dem kalten, gespenstischen Tempel um, als könnten Morgengrauen und Abendrot jeden Moment hervorspringen.

»Die Körper, die ihr euch ausgesucht habt, können euch nicht viel länger beherbergen, sie waren immer nur eine kurzfristige Lösung, und euch läuft die Zeit davon. Aber ich bin ein Teil von euch. Erschaffen, nicht geboren. Ein Körper, der stark genug ist, eine Gottheit in sich aufzunehmen. Ihr seid nicht hergekommen, um mir ein Ende zu bereiten, ihr wollt meinen Platz einnehmen … doch das kann nur einer von euch.«

Deshalb arbeiteten sie nicht zusammen. Deshalb hatten sie sich jeweils die Zeit genommen, einen High Celestial auf ihre Seite zu ziehen, damit er den Schlüssel gegen mich verwenden konnte.

Abendrot hatte Notus, und Morgengrauen …

Mein Herz setzte einen Schlag aus, und ich rannte aus dem Tempel. Jetzt, wo ich wusste, was sie vorhatten, hatte ich noch mehr Angst um Zephyr und seine Kinder. Ich hatte gedacht, Morgengrauen würde sich nicht weiter für Zephyr interessieren, sie und Abendrot hatten immer noch Notus, der für sie den Schlüssel führen könnte.

Doch die Götter traten gegeneinander an, in diesem Wettrennen gegen die Zeit …

Und Morgengrauen brauchte Zephyr.

Verzweifelt flog ich, so schnell ich konnte, wollte sichergehen, dass Zephyr und seine Kinder noch in Sicherheit waren.

Direkt nach der Landung platzte ich, ohne zu klopfen, in Nadirs Zuhause. Doch der Anblick, der sich mir bot, ließ mich erstarren.

Die scheinbare Ruhe passte nicht zu den anwesenden Personen. Alle waren da. Zephyr saß am Tisch, Raider ihm gegenüber. Nadir stand in der kleinen Küche und schnitt Gemüse, ein seltsamer Anblick, angesichts der Anspannung, die über allem lag.

Denn am Kopfende des Tischs stand Morgengrauen … eine Klinge an Antilas Hals.

»Wir haben schon auf dich gewartet«, sagte Morgengrauen freundlich. Als wäre ich einfach nur zu spät zum Abendessen.

Antilas Augen waren geweitet, und sie zitterte unter der Klinge, die an ihrem Hals lag.

»Lass sie los«, sagte ich behutsam, als könnten meine Worte dazu führen, dass die Klinge in Fleisch schnitt.

»Gib Zephyr deinen Schlüssel«, wies Morgengrauen mich an.

Ihre Ruhe war beunruhigend. Sie wusste, dass ich nichts tun konnte.

Ich löste den Schlüssel von meiner Hüfte und legte ihn in seiner handlichen Form vor Zephyr auf den Tisch. Seine Miene war starr und undurchdringlich. Er sah mich nicht an, als er ihn hochhob.

»Bitte schön. Jetzt lass Antila los«, warnte ich sie.

Morgengrauen strich der jungen Celestial über das blonde

Haar. Antila wimmerte. Ich biss die Zähne zusammen, doch Morgengrauen hielt ihr Versprechen. Sobald sich die Klinge von Antilas Hals entfernte, sprang diese auf und kam zu mir herübergerannt, um mich fest zu umarmen.

»Wie hast du sie gefunden?«, fragte ich.

»Ich habe ihr Bescheid gesagt«, mischte sich Nadir ein und warf sich ein Stück Gurke in den Mund.

Blanke Wut kochte in mir hoch.

War Nadirs Hilfe die ganze Zeit nur eine Täuschung gewesen? Warum?

Ich sah das dunkle, schimmernde Material der Klinge aufblitzen, die sier benutzte … es kam mir bekannt vor …

»Du hast Auster mit dem Material versorgt, das den Fae großen Schaden zufügen kann«, sagte ich anklagend.

Nadir hob die Klinge und betrachtete sie bewundernd. »Ich interessiere mich für die dunklen Seiten von Magie, könnte man sagen. Dieses spezielle Material hat viele Namen. Es wird nicht hier hergestellt. Aber ich konnte seine Eigenschaften nachahmen, dank einer seltsamen Scherbe, die ich vor Jahren bei einem Händler eingetauscht hatte. Ja, vielleicht habe ich Auster Nova davon erzählt, als er zu mir gekommen ist.«

»Warum?«, fragte ich wutentbrannt, doch hinter meinem Zorn versteckte sich auch Schmerz, weil ich gedacht hatte, mit Nadir befreundet, verbündet gewesen zu sein.

»Aus den Gründen, die die meisten zu schlechten Taten verleiten, denke ich. Geld und Macht.«

Das ergab alles keinen Sinn, doch ich hatte gerade größere Sorgen.

»Geh zu deinem Bruder«, sagte ich sanft zu Antila und löste ihre Arme um meine Mitte.

»Der Tausch wird schnell gehen, auch wenn ich nicht versprechen kann, dass es schmerzlos wird«, sagte Morgengrauen und kam um den Tisch herum auf mich zu. »Wir werden unsere

Handflächen aufschneiden und aneinanderlegen. Dann wird Zephyr den Schlüssel durch dich hindurchstoßen, und ich werde übernehmen. Deine Fähigkeiten, dein Körper, dein Leben wird mir gehören. Ich frage mich, wie schnell Rainyte es wohl bemerkt. In Wahrheit hoffe ich, dass er es nie tut. So nervig es auch war, dass er sich ständig eingemischt hat, muss ich doch zugeben, dass seine Liebe und Treue zu dir beneidenswert sind.«

Morgengrauens Fantasie, in meinem Körper von Nyte verehrt zu werden, verursachte mir Übelkeit.

Nadir kam mit einem hämischen Lächeln auf mich zu und streckte mir ein Messer entgegen. Immerhin nicht das, mit dem sier eben noch Gemüse geschnitten hatte. Sies arrogantes Benehmen zog die angespannte Situation unangebracht ins Lächerliche.

Zephyr stand auf und näherte sich Morgengrauen und mir. Er zeigte kaum eine Regung. Gerne hätte ich ihm gesagt, dass ich ihm nicht die Schuld gab, er musste seine Kinder beschützen, auch wenn es für Katerina schon zu spät war.

»Vater, nein!«, rief Antila.

Ihr Bruder hielt sie im Arm fest.

Zephyrs Griff um den Schlüssel verstärkte sich, wodurch dieser sich mit einem hellen Blitzen in seine Stabform verwandelte.

»Lass sie gehen«, bat ich.

Morgengrauen sah die beiden Kinder gelangweilt an.

»Ich kümmere mich um sie«, sagte Nadir, mit einem Unterton, der mir verriet, dass sier Antila oder Raider Leid zufügen würde, sollte ich mich zur Wehr setzen.

Sier führte die Kinder nach oben, auch wenn ich mir wünschte, sie würden das Haus verlassen.

»Deine Nachgiebigkeit ist erfrischend, nach all den Jahren des Aufbegehrens«, bemerkte Morgengrauen.

»Deine Meinung ist mir scheißegal. War sie schon immer.«

Wut flackerte in Morgengrauens Augen auf. »Wenn ich erst die Sternenmaid bin, werde ich diese Welt genau so formen, wie du es hättest tun sollen.«

»Was ich nicht verstehe … warum habt ihr mich von Hütern aus allen Spezies großziehen lassen, wenn ihr in eurer Idealvorstellung einer gesellschaftlichen Ordnung immer die Celestials allen anderen vorgezogen habt?«

»Vorgezogen? Nein. Sie stehen aufgrund ihrer Stärke und ihrer Eignung für unsere Zwecke ganz oben in der Hierarchie.«

»Du sprichst, als hättest du keine Seele«, sagte ich. »Du hast keine Ahnung von Gerechtigkeit. Fairness. Gleichberechtigung. Du bist eine Göttin, die sich von Gier und Machthunger leiten lässt, das wird sich nie ändern.«

Morgengrauen packte meine Hand und zog mich zu sich. Voller Verachtung starrten wir einander an. Als sie mir die Hand aufschlitzte, biss ich angesichts des scharfen Schmerzes die Zähne zusammen.

»Du bist nichts als eine rebellische Tyrannin«, sagte Morgengrauen.

»Ich bin vieles, nur keine gefügige Sklavin eurer Ideale.«

Ich griff nach Morgengrauens Hand, und sie ließ zu, dass ich ihr in die Hand schnitt, ohne zu wissen, dass die Klinge, die Nadir mir gegeben hatte, aus Obsidian war, einem Material, das Celestials außer Gefecht setzte.

Sie kreischte auf, entriss mir ihre Hand und stolperte rückwärts. Doch sie erholte sich schnell und sah mich hasserfüllt an.

Ich blickte zu Zephyr hinüber, während er mir schon den Schlüssel zuwarf. Wir waren schnell, doch Morgengrauen war schneller. Sie wich meinem Hieb mit dem Schlüssel aus und sprang zurück. Adrenalin pumpte durch meine Adern, als ich stattdessen einen Lichtblitz aus meiner Hand hervorschießen ließ. Zu meiner Erleichterung traf er sie mitten in die Brust. Morgengrauen wurde durch die Luft geschleudert, mit so viel

Wucht, dass sie die Wand hinter sich durchbrach und draußen im Schnee landete.

Ich sprang ihr in genau dem Moment hinterher, als ein vertrautes Brüllen den Himmel erzittern ließ. Doch ich wandte den Blick nicht von meinem Ziel ab, weder als Eltanin den Schleier um Nadirs Haus durchbrach, noch als ich Schritte im Schnee hörte.

Nachdem ich Nyte und den anderen von meinem Verdacht bezüglich der Götter erzählt hatte, hatten wir einen Plan geschmiedet, wie wir Morgengrauen ködern konnten. Nadirs Einladung war zu verlockend gewesen, als dass Morgengrauen sie abgelehnt hätte, denn sie glaubte, sier wäre mit den High Celestials verbündet. Schließlich hatte Nadir Auster mit dem für die Fae tödlichen Material versorgt.

Mittlerweile hatte Morgengrauen sich aus dem Schnee aufgerappelt und fixierte mich nun wieder mit wütendem Blick.

Heute würde ich eine Göttin töten.

»Hast du wirklich geglaubt, ich wäre die ganze Zeit machtlos gewesen?«, rief Morgengrauen und schenkte mir ein grausames Lächeln.

Ich wappnete mich für einen Angriff, doch statt sich auf mich zu stürzen, wandte sie sich gen Himmel. Ein Lichtstrahl sammelte sich bereits auf ihrer Hand, als hielte sie die Sonne. Sternenerleuchtete Dunkelheit formte einen Schild, doch zu meinem Entsetzen zerriss ihr Sonnenstrahl diesen mühelos und krachte in Eltanin hinein, der vor Schmerz aufbrüllte.

Doch das alles war nur eine Ablenkung gewesen … für mich.

Bevor ich mich versah, explodierte heftiger Schmerz auf meiner Brust, und ich wurde nach hinten geschleudert. Der Schlüssel flog mir aus der Hand, und noch ehe ich auf dem Boden aufkam, wurde ich von gleißend hellem Licht geblendet.

Morgengrauen hatte uns in eine Halbkugel aus grellem Sonnenlicht gesperrt. Meine Augen brannten und tränten; ich konnte sie kaum öffnen, weil die Helligkeit so ungewohnt war, nachdem wir seit Wochen in der Nacht gelebt hatten. Die Halbkugel brauste und toste um uns herum, als stünden wir in einer halben Sonne, lebendig und strahlend.

»Es ist vorbei«, sagte ich und setzte mich auf.

Ihr Kraftstoß hatte meine Ledermontur schmelzen lassen und mir die Haut verbrannt.

»Du dachtest wohl, du wärst besonders schlau, dabei hast du vergessen, dass du ein Teil von *mir* bist«, sagte Morgengrauen.

Ein lautes Krachen ließ die Halbkugel über uns erzittern, doch die Dunkelheit konnte der Sonne nichts anhaben, sosehr Nyte es auch versuchte.

»Du kannst mich nicht umbringen ohne Zephyr und den Schlüssel«, sagte ich.

Morgengrauen fokussierte sich wieder auf mich. »Da hast du recht. Ihr habt mich umzingelt.«

Wie ein Raubtier schlich sie auf mich zu. Ich wich zurück, bis ich mit einem Aufschrei wieder nach vorne stolperte – ich hatte die Wand der Halbkugel berührt und mich dabei verbrannt.

Morgengrauen packte mich an den Armen, und ich sah angsterfüllt in ihre Augen, die vor Grausamkeit glühten.

»Du bist nichts als Sternenstaub«, sagte sie. »Wenn ich dich nicht haben kann, soll auch niemand sonst dich kriegen.«

»Nein.« Als ein vertrautes Kribbeln an meinen Fingerspitzen begann und sich von dort ausbreitete, keuchte ich entsetzt auf, weil ich es nicht wahrhaben wollte.

Doch als ich den Blick nach unten richtete, musste ich hilflos dabei zusehen, wie sich meine Haut in glitzernde Partikel auflöste.

Verzweifelt kniff ich die Augen zusammen.

Es ist nicht echt. Es ist nicht echt.

Als ich sie wieder öffnete, schluchzte ich auf, weil meine

Hände schon verschwunden waren. Morgengrauen ließ mich los, trat ein paar Schritte zurück und sah dabei zu, wie ich mich langsam in Sternenstaub verwandelte und zum Himmel hinaufschwebte.

»Mach, dass es aufhört«, schrie ich.

»Wir sehen uns im Himmel.«

Ein lautes Krachen erklang zu meiner Linken, und ich zuckte zusammen. Als ich die lilafarbene Spitze des Schlüssels durch die Halbkugel dringen sah, keuchte ich auf. Jemand zog ihn zurück, nur um dann noch einmal auf die gleiche Stelle einzudreschen, bis eine Öffnung entstand.

Zu meinem Entsetzen … sprang Zephyr herein.

Mit einem lauten Kampfschrei rannte er auf Morgengrauen zu, den Schlüssel wie einen Speer erhoben.

Ich schrie. Flehte ihn an, stehen zu bleiben, doch er konnte mich nicht hören, war völlig in seinem eigenen Zorn und seinem Verlangen nach Rache gefangen. Morgengrauen beschwor eine Kugel aus flüssigem Licht herauf, doch sie wurde von Dunkelheit verschluckt. Ich wirbelte herum und sah Nyte, der in der Öffnung der Halbkugel stand und Zephyr anfeuerte.

Doch Nyte wusste, dass Zephyr sie nicht umbringen konnte, nicht einmal mit dem Schlüssel. Ich musste das erledigen.

Dann … schien die Zeit auf einmal langsamer zu vergehen.

Zephyrs wütender Ansturm wirkte nun eher, als würde er schweben. Nur extrem langsam vorwärtskommen. Morgengrauen versuchte erneut, irgendeine Verteidigung aufzubauen, doch er würde gewinnen. Er würde bei ihr sein, bevor sie einen Schild hochziehen konnte.

Ich blickte zur Öffnung in der Halbkugel hinüber. Nyte war ebenfalls verlangsamt. Doch neben ihm stand Kairos, die Hände erhoben, das Gesicht vor Konzentration verzerrt.

»Ich kann es nicht viel länger als dreißig Sekunden aufrechterhalten«, keuchte er.

Er gab mir diese eine Chance, meinen Freund zu retten, doch Entsetzen überkam mich. Ich hievte mich hoch und betrachtete dabei meine Arme, an denen weiterhin die Hände fehlten. Da Morgengrauen abgelenkt war, verwandelte mein Körper sich nicht länger in Sternenstaub, kehrte sogar zu seiner Form aus Fleisch und Blut zurück. Doch nicht schnell genug.

»Kannst du es nicht länger halten?«, flehte ich.

Schweiß sammelte sich auf Kairos' Stirn. »Es tut mir leid«, sagte er, seine Stimme so angestrengt, als trüge er einen großen Felsbrocken und drohte unter ihm zusammenzubrechen.

Ich sprintete los. So schnell ich konnte, rannte ich auf Zephyr zu, der Morgengrauen fast erreicht hatte. Mit aller Willenskraft drängte ich meine Hände dazu, sich schneller zu formen, spürte meine Handflächen, und das war genug. Ich musste nur bei ihm sein, bevor …

»Es tut mir so leid«, sagte Kairos. »Ich habe alles versucht.«

Ein Schrei entriss sich meiner Kehle, als die Zeit wieder ihre gewohnte Geschwindigkeit aufnahm.

Zephyr erreichte sein Ziel, bevor ich bei ihm war.

»Wie kannst du es wagen, ihr Gesicht zu stehlen!«, schrie er und versenkte den Schlüssel in Morgengrauens Brust.

Abrupt blieb ich stehen, als ein blendend heller Lichtstrahl von ihnen ausging. Ich zwang mich, das helle Leuchten auszuhalten. Tränen liefen mir über die Wangen bei Zephyrs Anblick, den Schlüssel fest umklammert, das Gesicht schmerzverzerrt, gezwungen, in die Augen seiner Frau zu blicken, hinter denen sich eine Betrügerin versteckte.

Ein tragischeres Bild konnte es nicht geben.

In seinen letzten Sekunden blickte Zephyr mich angsterfüllt an. »Beschütze meine Kinder, Astraea.«

Der Schlüssel forderte seinen Preis, bevor ich es ihm versprechen konnte. Weil er von einem Unbefugten benutzt worden war, würde er dafür Zephyrs Leben fordern … und er wusste es.

Sobald ich meine Finger wieder bewegen konnte, rannte ich das letzte Stück auf Morgengrauen und Zephyr zu.

Mein Freund gab kein Geräusch von sich, während sein Körper von Licht eingehüllt wurde, und als es erlosch … war er fort.

Mein Schrei war erfüllt von purem Schmerz, der in den Himmel hinaufstieg.

Lightsdeath wogte durch mich hindurch, und ich packte den Schlüssel, während Morgengrauen auf die Knie fiel und mich aus geweiteten Augen anstarrte.

»Du bekommst mein Leben nicht!«, brüllte ich. »Und meine Freunde und meine Welt auch nicht … *Eos.*«

Während ich ihren Namen aussprach, drehte ich den Schlüssel in ihrer Brust um. Sie warf den Kopf zurück, und als würde in ihr eine Sonne geboren werden, drangen Strahlen durch ihre Haut, bis sie … *explodierte.*

Nyte kam gerade rechtzeitig bei mir an, um mit Eltanins Magie einen Schild aus Dunkelheit um uns zu legen, hinter dem wir uns zusammenkauerten.

Das Land um uns herum toste, brach auf und bildete tiefe, breite Risse. Spalten taten sich auf und drohten alles Leben an der Oberfläche zu verschlucken, weil die Welt ohne die Göttin des Morgengrauens in ein noch größeres Ungleichgewicht stürzte.

Ich kam nicht schnell genug auf die Füße, rutschte in einen Abgrund, der wie ein Blitz das Land durchzog.

Bevor ich jedoch in die Tiefe stürzen konnte, packte Nyte mich am Unterarm und zog mich hastig hinauf. Ich klammerte mich an ihn, spürte sein Herz an meinem Ohr genauso heftig schlagen wie meins.

Ich konnte mich nicht bewegen.

Noch mehr Donnergrollen war in der Ferne zu hören, als würde die ganze Welt entzweibrechen, als Strafe für das, was ich getan hatte.

Ich presste die Hände auf die Ohren und kniff die Augen zu. Doch in der Dunkelheit meiner Gedanken sah ich immer wieder Zephyrs letzten Angriff, sein mutiges Opfer, seine absolute Verzweiflung.

Dieses Ende hatte er nicht verdient. Katerina hatte es nicht verdient, als Marionette der Göttin des Morgengrauens zu sterben.

»Ich will nicht mehr kämpfen«, krächzte ich.

Ich war es so leid. So unglaublich leid, ständig jemanden zu verlieren.

»Das weiß ich, Liebste«, sagte Nyte und klang dabei untröstlich.

Er hielt mich im Arm, strich mir übers Haar, während die Welt um uns herum zerfiel.

»Was habe ich bloß getan?«, flüsterte ich.

War das alles nur eine Finte gewesen? Eine Lüge? Hatte der Tod mir die Macht gegeben, Morgengrauen und Abendrot umzubringen, in dem Wissen, dass ich dadurch die Welt zerstören würde?

Aufgrund meiner Wunde hatte ich zwar nicht mehr viel Zeit, aber ich würde bis zum letzten Atemzug dafür kämpfen, diese Welt besser zu hinterlassen, als ich sie vorgefunden hatte. Für meine Freunde, die ich liebte. Auch wenn ich mir gerade nicht sicher war, ob ich nicht alles nur noch schlimmer gemacht hatte.

Plötzlich erfasste eine schreckliche Angst mich. Was, wenn das hier unsere letzten Tage, vielleicht sogar unsere letzten Stunden zusammen waren?

»Was, wenn wir einander nicht wiederfinden?«, fragte ich und lehnte mich zurück, um ihn einfach nur anzusehen. Wer wusste schon, wie oft ich noch die Gelegenheit dazu bekommen würde. »Was, wenn wir einander dann nicht erkennen?«

»Sch.« Er versuchte, mir die Panik zu nehmen. »Vertraust du mir?«

»Mehr als alles andere«, sagte ich.

»Dann kämpf ein letztes Mal mit mir. Ich verspreche dir, wenn wir diesen letzten Kampf gewinnen, werden wir für immer gemeinsam herrschen.«

Er schien so sicher und selbstbewusst, dass es leicht war, ihm zu glauben. Also nickte ich und ließ zu, dass er mir hochhalf.

Als ein lautes Knacken ertönte, zuckte ich alarmiert zusammen. Wir wirbelten beide herum, nur um festzustellen, dass es von Nadirs Haus ausging. Es war, als wäre einer der Risse in der Erde unter dem Haus entlanggeschossen und dann gen Himmel, wodurch das große Gebäude entzweigerissen wurde.

»Nein!«, schrie ich, sprang vor, bereit, meine Magie loszulassen und das Gebäude so zusammenzuhalten, schließlich waren Zephyrs Kinder noch da drinnen.

»Astraea!« Antilas Ruf ließ die in mir aufsteigende Panik ein wenig abebben.

Auch wenn ich erleichtert war, sie auf mich zurennen zu sehen, waren wir immer noch zu nah am einstürzenden Haus.

»Wir müssen hier weg«, drängte Nyte mich.

Ich rannte auf Antila zu. »Hol du Raider!«, rief ich Nyte zu.

Verzweifelt versuchte ich, das große Gebäude nicht zu beachten, das drohte uns unter sich zu begraben. Das Knarzen, das von ihm ausging, trieb mich zu einem schnelleren Tempo. Plötzlich wurde Antila von hinten hochgehoben, und ich war sowohl erleichtert, weil Zath mit seinen längeren Beinen schneller vorwärtskam als ich, als auch besorgt, weil nun auch er in Gefahr schwebte. Hatte ich sie erst einmal erreicht, konnte ich sie mit mir durch die Leere ziehen.

Doch ich würde sie nicht rechtzeitig erreichen.

Das turmartige Haus knarzte und krachte und barst, fiel rapide in sich zusammen. Mit geweiteten Augen schrie ich auf, als ein riesiger Teil des Hauses auf Zath und Antila zuflog …

Erneut wurde die Zeit von Kairos angehalten.

Ich erreichte Zath und Antila, packte sie und zog uns alle durch die Leere. Wenn auch nicht sehr weit, weil ich noch nie zwei Personen mitgenommen hatte. Wir landeten alle auf einem großen Haufen, als hätte die Leere uns ausgespuckt.

Ich sprang auf und zog Antila an mich, während wir beide zusammenzuckten, als das Haus jetzt wieder in Echtzeit in sich zusammenfiel.

»Nyte!«, schrie ich instinktiv, um sicherzugehen, dass er mit Raider entkommen war.

Noch bevor er antworten konnte, sah ich ihn durch die Bäume auf uns zukommen. Er musterte mich von Kopf bis Fuß und entspannte sich erst, als er sah, dass ich unverletzt war.

»Du heldenmütiger Idiot«, grummelte Rose atemlos, als sie zu uns aufholte. Besorgt musterte sie Zath.

Doch der grinste nur frech. »Du bist beeindruckt, gib's zu.«

»Ich bin beeindruckt, dass du noch am Leben bist, so wie du ständig dem Tod hinterherrennst.«

Ich sah mich um und entdeckte Nadir ein paar Schritte entfernt, dier die brennenden Überreste des Hauses betrachtete, die eine Hand in der Tasche vergraben, die Pfeife in der anderen.

Ich ging zu siem hinüber. »Tut mir leid, das mit deinem Haus.«

Nadir blies eine Rauchwolke aus, wirkte vollkommen entspannt, trotz allem, was sier verloren hatte. »Jedes Jahr habe ich das Haus nach oben hin erweitert. Es war wie ein Spiel: Ich wollte sehen, wie sehr ich es mit der Stabilität auf die Spitze treiben konnte, bevor es zusammenbricht.«

So ein *Spiel* verstand ich nicht. Es kam mir wie Verschwendung vor.

»Außerdem hoffe ich auf eine Position bei Hof, sobald du deinen Thron zurückhast«, sagte Nadir und sah mich von der Seite her an. »Glaubst du wirklich, ich hätte deine jammernden und johlenden Freunde die ganze Zeit ertragen, ohne eine Gegenleistung zu erwarten?« Sier zwinkerte mir zu.

Ich grinste. »Du hast aber auch meinen Feinden geholfen«, sagte ich dann. »Erwarte also keine allzu große Belohnung für deine Unterstützung.«

Das war nur teilweise ernst gemeint. Nadir war uns allen in unserer Not eine große Hilfe gewesen.

»Auster war ein mächtiger Mann. Er hat all meine Etablissements bedroht, sollte ich ihm nicht geben, was er wollte. Er hatte davon gehört, dass ich mit dem Material experimentiert hatte, das die Fae lahmlegt, und hat nicht nachgegeben, bevor er es nicht in den Fingern hatte. Er wusste, dass er Rainyte damit mehr Schaden zufügen könnte als mit jeder anderen Waffe.«

Das verstand ich, und doch nahm ich es Nadir übel, dass sier eine Rolle bei der Erschaffung des Materials gespielt hatte.

Ein ersticktes Geräusch aus den Trümmern erregte meine Aufmerksamkeit, und als sich ein Holzstück bewegte, keuchte ich auf und rannte durch den Schnee darauf zu.

Nyte folgte mir und half mir, den Holzbalken von Kairos zu schieben, während Zath ihn aus den Trümmern zog. Der Magier blutete an der Schläfe, und sein Gesicht war schmerzverzerrt.

»Kannst du stehen?«, fragte ich, um herauszufinden, ob er sich etwas gebrochen hatte.

Kairos verlagerte das Gewicht und stützte sich auf einen Ellbogen. Er keuchte schmerzerfüllt. »Ich glaube schon.«

Erleichtert atmete ich aus. »Vielen Dank. Dein Geschenk ist unbezahlbar und unglaublich nützlich.«

Schmerz verschleierte seinen Blick. »Nicht nützlich genug. Tut mir leid, dass ich die Zeit nicht lange genug anhalten konnte, um deinen Freund zu retten.«

Ich schüttelte den Kopf. »Du hast ihm genug Zeit verschafft, sich zu verabschieden.«

Und mich zu bitten, auf seine Kinder aufzupassen, was ich den Rest meines Lebens tun würde.

»Wahrscheinlich wünschst du dir, in Volantis geblieben zu sein«, sagte ich.

Kairos lachte leise, verzog dann aber gequält das Gesicht, als Zath ihm hochhalf. »Machst du Witze? So viel Aufregung und Abenteuer habe ich in meinem ganzen Leben noch nicht erlebt. Ich frage mich nur, was als Nächstes kommt.«

Das rief mir die Herausforderungen und Hindernisse ins Gedächtnis, die noch vor uns lagen, auf dem Weg zu unserem Ziel, den Thron von Vesitire wiederzuerlangen und die Götter auszulöschen. Ich sah zu Nyte hinüber, der genauso entschlossen schien wie ich, selbst wenn ich auch Angst und Unsicherheit verspürte.

»Als Nächstes … müssen wir noch einen weiteren Gott umbringen.«

50

Nyte

Obwohl ich dafür sorgte, dass Astraea keine Schmerzen verspürte, und sie konzentriert den Blick abgewendet hatte, musste sie immer wieder würgen, während ich sorgfältig Lederstücke von ihrer verbrannten Brust und ihrem Arm zog. Wir waren zurück im Schloss von Vesitire, doch Abendrot hatte sich für seinen Angriff schon in Position gebracht.

»Das Schlimmste hast du geschafft«, sagte ich und zupfte das letzte verkohlte Stück von ihrer Haut.

Endlich konnte sie sich ein wenig entspannen, meine tapfere Partnerin.

Vorsichtig reinigte ich ihre Haut, bevor ich eine Heil- und Betäubungssalbe auftrug. Anschließend legte ich ihr einen Verband an. Obwohl ich versucht hatte, es ihr auszureden, wollte Astraea unbedingt in eine neue Kampfmontur steigen und sich den Gefechten anschließen, die draußen ausgebrochen waren. Zum Glück waren die Gegner noch nicht in die Stadt eingedrungen, und so sollte es auch bleiben.

»Wo sind die anderen?«, fragte sie und zog sich ein frisches Hemd über den Kopf.

»Zath und Rose unterstützen die Streitkräfte innerhalb der Mauern, wir hoffen, dass sie nicht zum Einsatz kommen. Die

Vampir- und Fae-Armeen kämpfen vor den Mauern, angeführt von Laviana, Davina und Elliot. Lilith kümmert sich um die Lazarettzelte auf dem Schlachtfeld. Drystan führt den Angriff der Drachenreiter an, Nadia ist bei ihm.«

»Abendrot will nur mich. Ich werde ihn aufsuchen und das hier beenden.«

Ich fasste sie am Ellbogen, bevor sie hinausstürmen konnte. »Wir sollten bei unserer Strategie bleiben. Abendrot ist nicht so leichtsinnig wie Morgengrauen. Er hat sich mit Verbündeten und Streitkräften umgeben, die dich überwältigen werden, bevor du auch nur in seine Nähe kommst.«

»Nicht, wenn ich es schlau angehe. Ich kann ihn weglocken.«

»Das ist das Risiko nicht wert …«

Schreie von außerhalb der Stadtmauern lenkten uns ab. Ohne weitere Worte eilten wir auf den Balkon hinaus.

Menschen rannten durch die Straßen, als könnten sie vor der schreckenerregenden Welle davonrennen, die sich höher als die unterste Stadtmauer auftürmte.

»Fedora«, grollte ich. »Ich kümmere mich um sie.«

Gerade wollte ich Eltanin herbeirufen, als Astraea meine Hand packte. »Das hier ist vielleicht unser letzter Kampf. Wir trennen uns nicht.«

Unser letzter Kampf.

Auch wenn mir klar war, dass uns die Zeit davonlief, war es noch mal was anderes, es laut ausgesprochen zu hören. Schmerz und Verzweiflung durchfluteten mich.

Also nickte ich zustimmend. Wir würden bis zur letzten Sekunde gemeinsam kämpfen.

Ich kletterte auf die Reling des Balkons und ließ mich fallen, als Eltanin heranschoss, um mich aufzufangen. Astraea flog neben uns her.

Die Welle war von Nahem noch viel angsteinflößender. Ihr Kamm schäumte wild. Sie erstreckte sich die gesamte westliche

Mauer entlang und warf einen Schatten auf die Stadt, die sie jeden Moment ertränken würde. Panische Massen rannten durch die Straßen, doch es brachte nichts. Sie waren nichts als zerbrechliche Umrisse vor der monströsen Woge. Der salzige Geruch von Meerwasser lag in der Luft und vermischte sich mit dem Gestank von Angst und Chaos.

Sobald die Magie des Dreizacks über die Stadt hereinbrach, würde sie Tod und Zerstörung mit sich bringen.

Eltanin flog um die kolossale Welle herum, während ich nach der rachsüchtigen Nymphe Ausschau hielt, die in der Nähe sein musste, um die Welle zu kontrollieren.

Das blaue Glimmen des Dreizacks verriet sie, auch wenn sie versuchte, sich zu verstecken. Fedora stand in der Nähe der Stadttore, *innerhalb* der Mauern. Ein ungutes Gefühl überkam mich, als unsere Blicke sich trafen … und sie *lächelte*.

Astraea schoss auf sie zu. Mit dem leuchtenden Schlüssel und ihren glitzernden Tattoos sah sie aus wie eine Sternschnuppe. Mit klopfendem Herzen sah ich dabei zu, wie das Glimmen des Dreizacks in genau dem Moment erlosch, als aus Astraea Licht hervorschoss. Der Schlüssel in ihrer Hand sonderte eine pulsierende, strahlend helle Sternenenergie ab, und seine filigranen Gravierungen glühten, als wäre er lebendig. Sofort schoss ein schimmernder Schild aus dem Schlüssel und breitete sich in Form einer perfekten Halbkugel aus heller Magie über uns aus.

Der Schild hatte sich gerade verfestigt, als die riesige Welle mit einem ohrenbetäubenden Donnern auf ihn hinabkrachte. Die Kraft des Aufpralls war gewaltig – Wasser stürzte herab wie eine flüssige Lawine und floss über die Ränder von Astraeas Schild. Sie konnte die Katastrophe nicht vollständig abwenden, doch sie hatte mit ihrer Heldentat viele Leben und Häuser gerettet.

Für einen Moment schien es, als würde der Schild zu früh zusammenbrechen. Die Lichtmagie flackerte heftig unter dem kontinuierlichen Ansturm der Wassermassen. Doch sie blieb standhaft, die Füße fest auf dem bebenden Boden, das sie umgebende Licht immer heller mit jeder Welle des wütenden Ozeans. Der Schlüssel in ihrer Hand brannte lichterloh und gab ein überirdisches Summen von sich, als würde er Macht aus einer uralten, unendlichen Quelle ziehen.

Außerhalb des Schilds war die Stadt in Wasser und Schatten getaucht. Straßen hatten sich in Flüsse verwandelt, und Gebäude ächzten unter dem Ansturm der Fluten. Doch unter der Lichtkuppel war ein sicherer Hafen – ein fragiler, trotziger Zufluchtsort gegen die Übermacht der Gezeiten.

Astraeas Blick wirkte entschlossen, und mit einem geflüsterten Befehl breitete sich der Schild weiter aus, drängte das Wasser zurück mit einer eigenen hellen Welle.

Mit meinem nächsten Atemzug reiste ich durch die Leere an Astraeas Seite und schlang einen Arm um sie, weil sie heftig zitterte und kurz davor war, auf die Knie zu fallen.

»Du kannst jetzt loslassen. Du hast es geschafft«, sagte ich sanft.

Lightsdeath brannte in Astraea. Ihre Haut glühte mit ihren Augen um die Wette, um die göttliche Kraft im Zaum zu halten. Sie war einfach unglaublich. Sie hatte schneller eine bessere Kontrolle über Lightsdeath erlangt, als es mir mit Nightsdeath je gelungen war. Ich hatte es nie gewollt, Astraea schon. Es war mutig und brillant von ihr, diese Kraft zu nutzen, um die Welt zu einem besseren Ort zu machen, statt sie zu zerstören, wie es ihr auch möglich gewesen wäre.

Der Schild zog sich zusammen wie eine umgedrehte Welle und verfrachtete das restliche Wasser zurück in den breiten Fluss außerhalb der Stadt.

Als Astraea die Magie losließ, erloschen ihre Tattoos, und sie fiel erschöpft gegen mich.

»Hast du Fedora gefunden?«, fragte sie atemlos.

»Sie hat die Welle als Ablenkung heraufbeschworen. Ich glaube, sie will die Stadtmauer zerstören und so den Streitkräften draußen einen Weg in die Stadt bahnen.«

Innerhalb weniger Minuten war die schlafende Stadt ins Chaos gestürzt worden.

Eltanin brüllte und ließ seinen Atem aus dunklem Sternenlicht auf die Reihen der Streitkräfte vor der Stadt los, raubte ihnen die Sinne, bevor ihre Körper von innen nach außen verfaulten.

Weitere Drachenschreie zerrissen die Nacht, und als ich nach oben blickte, erkannte ich, wie wunderbare Schrecken durch die Wolken brachen. Es waren zu viele Drachen, um sie alle im Blick zu behalten. Rot und blau und gelb, in jeder erdenklichen Größe. Auch wenn nicht alle von ihnen auf unserer Seite kämpften, war es beeindruckend, wie sie blaue Blitze und Kugeln aus Sonnenlicht mit ihrem Atem erschufen.

Ich erspähte Drystan auf Athebyne, Nadia hinter ihm im Sattel. Das sah ziemlich gefährlich aus, doch es wirkte, als hätten sie es schon unzählige Male so gemacht. Sie zielte mit Pfeil und Bogen auf Nachtwandler und Celestials mit Aquilos Wappen und holte sie so vom Himmel. Ich fragte mich, ob die Celestials überhaupt wussten, dass sie nicht wirklich für ihren High Celestial kämpften und ihr Leben ließen.

Doch diese Gedanken konnte ich mir gerade eigentlich nicht erlauben. Ich sollte mich auf nichts anderes konzentrieren als auf den Sieg gegen alles, was uns im Weg stand – dafür würden viele sterben müssen.

Eltanins nächstes Brüllen war so laut, dass es mir durch Mark und Bein ging. Erst als zwei gegeneinander kämpfende Drachen voneinander abließen, nachdem er zwischen sie ging, wurde mir klar, was er tat. Er benutzte sein celestiales Erbe, um das Kommando über sie zu übernehmen. Es reichte nicht, um alle aufzuhalten. Manche ignorierten seine Befehle auch und fingen einen Moment später wieder an, heftig gegeneinander zu kämpfen. Doch ein bisschen konnte er das Ausmaß des Gemetzels immerhin eindämmen.

Athebyne landete außerhalb der Stadtmauern, und ich nahm Astraeas Hand und zog sie mit mir durch die Leere.

Drystan stieg schon von seinem Drachen, als wir ihn erreichten.

»Dank euch haben wir unerwartete Verbündete, falls ihr es noch nicht gesehen habt«, sagte er und nickte zum Fluss hinüber.

Ich folgte seiner Geste mit den Augen und sah ein halbes Dutzend Schiffe auf dem Fluss, der die riesige, dreistöckige Stadt umgab. Eins davon war die *Silbermöwe,* was bestätigte, dass Balthezar die kleine Flotte auf die Beine gestellt und hergeführt hatte, als Antwort auf meine Nachricht, die ich ihm geschickt hatte. Ich hätte nicht gedacht, dass er kommen würde.

Wasser schoss innerhalb der Mauern hoch, wo Fedora weiter Angst und Schrecken verbreitete. Sie war noch nie eine Kreatur gewesen, die sich an Absprachen gehalten hatte. Aus diesem Grund hatte ich auch so lange gezögert, den Dreizack für sie zu beschaffen; ich hatte von Anfang an gewusst, dass es für alle besser wäre, wenn er ihr nicht in die Hände gelangte. Und auch wenn es am Ende gar nicht ich gewesen war, der ihr den Dreizack verschafft hatte, fühlte ich mich verantwortlich für ihr Handeln und musste sie aufhalten.

»Wir werden den Fae helfen und die verwandelten Vampire anführen, sie werden von den Celestials zu sehr in Bedrängnis gebracht«, informierte Drystan uns.

Ich nickte, und er wandte sich schon ab, als ich ihn aufhielt. »Drystan«, rief ich.

Mein Körper wollte sich dagegen wehren, doch meine Seele sehnte sich danach, also nahm ich die paar Schritte zu ihm hinüber und zog ihn in eine Umarmung.

»Seid vorsichtig«, sagte ich, dann ließ ich ihn los.

Die Überraschung war ihm ins Gesicht geschrieben, doch er räusperte sich nur und nickte dann. »Ihr auch«, murmelte er.

Astraea und ich machten uns auf den Weg zurück in die Stadt. Auf der untersten Ebene folgten wir den Fluten, die durch die Straßen schäumten. Fedora befehligte das Wasser, das über Astraeas Schild geschwappt war und diesen Teil der Stadt in einen tödlichen Spielplatz für sie verwandelt hatte. Sie rief Wasser herbei, um Unschuldigen den Weg abzuschneiden, einfach nur, um sich mächtig zu fühlen.

Zuerst versuchte ich, in ihre Gedanken einzudringen, und schaffte es immerhin, ihre nächste Welle aufzuhalten, die stattdessen als harmloser Regen niederging.

Wütend wirbelte sie zu mir herum und verbannte mich mühelos aus ihrem Geist. Dann senkte sie das Kinn und warf mir ein absolut wahnsinnig wirkendes Lächeln zu. »Bist du gekommen, um zu sterben, meine Nacht?«, fragte sie in ihrem melodischen Singsang.

»Das Einzige, was ich für dich bin, ist der Tod.«

Ihr Lächeln verschwand. »Nach all der Zeit, die wir miteinander verbracht haben? Ich dachte, wir beide hätten eine besondere Verbindung.«

»Und doch hast du mich verraten, sobald sich die Gelegenheit geboten hat.«

»Du vergisst da etwas sehr Wichtiges. Nämlich, dass ich deinem ach so geschätzten Stern geholfen habe, nur damit du mich links liegen lässt, sobald du endlich frei warst.«

Das stimmte. Fedora hatte offenbar deutlich mehr an mir gehangen, als mir bewusst gewesen war. Somit war ich eine weitere Person in der Reihe derer, die sie im Stich gelassen hatten.

»Es ist nicht zu spät, dich uns anzuschließen«, sagte ich.

Das war gelogen, doch das war mir egal. Nach allem, was sie Astraea angetan hatte, würde sie von mir keine Gnade mehr bekommen. Sie hatte ihr schon einmal geschadet, in dem Becken unter der Bibliothek, wo ich gefangen gehalten worden war. Das konnte ich ihr noch vergeben. Doch mittlerweile hatte sie Astraea so viel Leid zugefügt, dass sie es nicht wiedergutmachen konnte.

»Für *dich* ist es aber zu spät«, sagte sie und griff an.

Die Macht des Dreizacks in ihren Händen war unvergleichlich. Langsam hatte ich das Gefühl, dass ihm genauso viel Macht innewohnte wie Astraeas Schlüssel.

Wasser kam in einer waagerechten Welle auf mich zugeschossen, schnell genug, um mich zu verletzen. Zum Glück war Eltanin nah genug, dass ich seine Macht in den Fingerspitzen kribbeln spüren und nutzen konnte. Noch während ich mich duckte, um ihrem ersten Angriff zu entgehen, formte ich einen Schild aus Schatten, um den zweiten abzuwehren, der in Form eines Wasserspeers auf mich zuschoss.

Ein Tanz aus Wasser und Dunkelheit begann, beide Elemente prallten aufeinander, wehrten einander ab. Ich hatte genug Geduld, um sie auszulaugen, und konzentrierte mich deshalb auf meine Abwehr.

Astraea war in der Nähe, ich konnte sie noch spüren.

Frustriert schrie Fedora auf, und ich wusste, dass ihre Verzweiflung sie noch brutaler machen würde. Ein Strudel entstand um sie herum und trug sie in seiner Mitte hinauf über die Dächer. Sie betrachtete mich von oben wie ein dunkler Wassergeist. Mittlerweile griff sie nicht mehr direkt an, und als ein neuer, riesiger Schatten sich auf mich legte, dachte ich erst, eine neue Riesenwelle abwehren zu müssen. Was ich jedoch stattdessen sah, ließ mich überwältigt innehalten.

Ein Wasserdrache.

Diese Art hatte Drystan noch nicht erwähnt, er musste aus dem Unterwassertempel befreit worden sein. Nie hätte ich mir ein solches Wesen, das nicht wie die anderen aus Fleisch,

Schuppen oder Federn bestand, ausmalen können. Sein Körper schien stattdessen aus lebendigem Glas gemacht zu sein und glitzerte atemberaubend, als würde das Mondlicht sich in einem Prisma brechen.

Seine Hörner waren gezackt wie dicke Eiszapfen und glänzten hell. Klauen, ebenfalls aus Eis und messerscharf, kratzten über den Boden und hinterließen mit jedem Schritt Spuren aus Frost. Er hatte keine Flügel, und doch strahlte sein Körper eine würdevolle, überirdische Anmut aus. Sein Brüllen war eher ein rasselndes Schreien, und wäre er nicht so groß und bedrohlich gewesen, wäre ich voller Bewunderung vor ihm auf die Knie gefallen.

Doch Fedora hatte ihn herbeigerufen, und der Drache war aus der Tiefe des Ozeans gekrochen, um ihrem Ruf zu folgen.

Als wäre er schwerelos, kletterte der Drache über die Wand, ohne sie zum Einsturz zu bringen. Achtlos stapfte er durch die Stadt und schlängelte sich samt seinem langen Schwanz durch die Straßen, wobei er zwar nichts zerschmetterte, aber alles in seinem Weg ertränkte. Gebäude wurden davongespült, Leute rangen nach Luft und flüchteten verzweifelt vor ihm.

Während er auf Fedora zuging, sah ich, dass der Dreizack glühte – ebenso wie die Augen des Drachen, als wäre er von der Macht hypnotisiert.

Fedora war also keine Verbindung mit ihm eingegangen, sie kontrollierte ihn nur mit dem Dreizack.

Sie war zu weit oben, als dass ich sie erreichen konnte, und meine Schattenangriffe wären von dort aus leicht abzuwehren. Ich blickte mich nach Astraea um, und als ich sie nicht gleich finden konnte, zog sich mein Herz panisch zusammen. Hektisch spürte ich unserer Verbindung nach und rannte auf der Suche nach ihr durch die Straßen.

Die Feinde hatten die Stadtmauern überwunden; Fedoras Angriffe auf all unsere akribisch errichteten Abwehrvorrichtungen hatten Wirkung gezeigt. Mit jedem Vampir und Celestial, die ich auf dem Weg zu Astraea niedermetzeln musste, wuchs meine Wut. Meine Klinge fuhr durch sie hindurch wie durch Papier und Wasser, während ich zu einem gefühlskalten Schnitter aus Stahl und Schatten wurde.

Die nächste Gruppe Celestials, es waren fünf, kamen mit gezückten Schwertern auf mich zu, versuchten, mich zurückzudrängen, als hätten sie auch nur die geringste Chance gegen mich. Ich wollte ihnen gerade das Gegenteil beweisen, als sie ihre Kampfhaltung fahren ließen und einer nach dem anderen den Blick zu etwas über meinem Kopf hob. Die Entschlossenheit auf ihren Gesichtern wich purer Angst.

Als ich sah, was sie von dem Todesstoß ablenkte, den ich ihnen gerade verpassen wollte, verstand ich, warum ich plötzlich das geringere Übel geworden war. Ich hörte sie davonrennen, konnte den Blick aber nicht von der riesigen Wölfin aus glitzerndem Sternenlicht abwenden, die hinter mir erschienen war.

Ich hatte sie schon einmal gesehen, wenn auch kleiner. Astraeas Lichtwölfin. Schon beim ersten Mal hatte ich sie bewundert, doch in diesem Moment war ich völlig überwältigt. Astraea glühte ebenfalls und stand auf einem Dach wie ein Leuchtfeuer himmlischer Magie. Ihre Haut, ihre Haare, ihre Augen – alles an ihr schimmerte, als wäre sie der lebendig gewordene Mond.

Fedora neigte den Dreizack, und der Wasserdrache stürzte sich auf den Wolf.

Astraea bewegte die Hände, während sie sich auf die mächtige Beschwörung konzentrierte und dabei Lightsdeath in ihrer vollen, ungezügelten Macht benutzte.

Ich musste ihr helfen. Während Astraea gegen den Wasserdrachen kämpfte, musste ich Fedora die Kontrolle über ihn entreißen, bevor er die ganze Stadt zerstörte. Ihr Kampf erschütterte die Erde, und schon bald hatten sie Teile der Mauern zu allen drei Ebenen der Stadt eingerissen.

Ich musste mich beeilen und rannte deshalb auf Fedoras Strudel zu. Astraea hatte ihren Schlüssel nicht in der Hand gehabt, also griff ich in die Leere. Da ich wegen meiner Verbindung zu Astraea nun Teil von ihr war, antwortete er mir.

Mit dem Schlüssel in der Hand warf ich mich, ohne zu zögern, in den tödlichen Strudel, der mich erfasste und nach oben zu Fedora trug. An der Oberfläche angekommen, schwebte ich einen Moment lang in der Luft und ließ den Schlüssel hinabsausen, der dank meines Einflusses Licht und Dunkelheit in sich trug und die Mischung wie einen Teil des Nachthimmels hervorschießen ließ.

Fedora konnte gerade noch aufschreien, bevor der Schlüssel sauber ihren Hals durchtrennte. Mit einem schockierten Ausdruck im Gesicht fiel ihr der Kopf von den Schultern.

Der Dreizack glitt ihr aus der Hand, und die Magie kontrollierte das Wasser nicht länger. Sofort stürzte ich hinab, wurde jedoch unmittelbar aufgefangen.

Licht erstrahlte um mich herum und unter mir. Ich befand mich auf der Schnauze der Wölfin, die sich vorsichtig auf ein Gebäude zubewegte. Von dort konnte ich dankbar hinab auf festeren Boden springen.

Astraea sah mich vom Dach gegenüber aus an. Nein, *Lightsdeath* betrachtete mich, die Miene ausdruckslos.

Ich erstarrte, wappnete mich, falls sie mich in diesem Moment als Feind betrachten würde. Dunkelheit, die sie unter dem Einfluss von Lightsdeath auslöschen wollte.

Doch sie kam nicht näher. Stattdessen holte sie ihre Flügel hervor. Wir hatten einander versprochen, uns nicht zu trennen, doch Astraeas Wut kannte unter Lightsdeaths Einfluss nur ein Ziel.

Abendrot.

»Warte …!«

Doch sie hörte nicht auf mich, breitete stattdessen die Flügel aus und schoss in den Himmel.

Ich wollte gerade nach Eltanin rufen, doch der Wasserdrache erregte meine Aufmerksamkeit. Er griff zwar nicht weiter an, aber solange er nicht im Wasser war, würde er mit seinen Fluten weiter Leid verursachen. Ich sprang über mehrere Dächer und bahnte mir einen Weg nach unten, bis ich wieder am Boden angelangt war. Ich suchte nach dem Dreizack, hob ihn auf und wollte dem Drachen gerade befehlen, in den Fluss zurückzukehren, doch er beachtete mich gar nicht. Wie angewurzelt stand er da, die Aufmerksamkeit fest auf etwas gerichtet.

Nein, nicht etwas, jemanden.

Balthezar stand in der Mitte der Straße, als würde er den Wasserdrachen herausfordern. Ich spannte mich an.

Aber dann senkte der Drache den Kopf, und ein vertrautes Gefühl überkam mich.

Eine Drachenverbindung war eingegangen worden.

Und doch war es nicht Balthezar, der die Hand hob, um die Verbindung anzunehmen. Es war eine viel kleinere Hand …

Die seines Sohns Brody.

Es gab nur wenige Momente in meinem Leben, die mich so gerührt hatten, doch zuzusehen, wie ein kleiner Junge und dieser einzigartige Wasserdrache eine Verbindung eingingen, war definitiv ein Moment, an den ich mich lange erinnern würde. Der Drache brummelte leise, dann drehte er sich um und machte sich auf den Weg zurück ins Meer, wohin er gehörte.

Nur mit Mühe konnte ich mich von dem Anblick losreißen, um dem Ziehen in meiner Brust zu folgen, das mich durch die Straßen aufs Schloss zurennen ließ.

Astraea rief nach mir. Ich spürte es durch unsere Verbindung. Hörte es in meiner Seele.

Also trat ich in die Leere, um dem Ruf zu folgen.

51

Astraea

Ich war ein Stern, der zu atmen begann, die Nacht, die zu Fleisch wurde. Eine triumphale Verkörperung des nächtlichen Himmels.

Meine Stadt weinte, litt Schmerzen, und ich rauschte wie ein Sturm aus Sternenlicht über den Hof auf das schwarze Schloss zu, um das Gift zu vernichten, bevor es sich weiter ausbreiten konnte.

Ich war Lightsdeath, doch gleichzeitig hatte ich die volle Kontrolle über die tödlichen Mächte, die mich durchfluteten.

Den Gott des Abendrots zu besiegen, war meine letzte Aufgabe, anschließend wäre mein Schicksal besiegelt. Nytes Blut war meinem Herzen so nahe. Würde mich weniger Macht durchfluten, würden die Schmerzen mich schier zerreißen und mein Herz mir aus dem Brustkorb springen wollen.

Der Gott stand stolz mitten auf dem Innenhof. Wartete auf mich. Doch davon ließ ich mich nicht einschüchtern.

Dass Notus neben ihm stand, überraschte mich nicht.

»Dir ist klar, dass du dich nicht mit Aquilo verbündet hast«, rief ich ihm zu.

Abendrot trug das Gesicht des High Celestials, wodurch er die volle Kontrolle über Aquilo Seras Provinz und Armeen hatte. Über ein Dutzend Bogenschützen zielte mit in Blut getauchten Pfeilen auf mich. Doch das beeindruckte mich nicht im Geringsten.

»Du musst ein für alle Mal aufgehalten werden«, fauchte Notus.

Ich lächelte boshaft. »Jetzt weiß ich, was Schicksal ist«, sagte ich in die unangenehme Stille, die einem Kampf oft vorausgeht. »Ihr habt mich erschaffen, um die Welt nach euren Idealen zu gestalten, doch die Ironie des Lebens ist es, dass alles Schlechte sich irgendwann selbst zu Fall bringt. Ich bin ein Teil von euch. Nie habe ich meine Pflichten vernachlässigt oder bin von meinem Weg abgekommen. Er sollte mich immer hierherführen. Ihr habt selbst einen Weg gefunden, eure Tyrannei zu beenden.«

»Im Vergleich zu mir bist du bloß ein Kind, Astraea Lightborne. Mich gibt es schon seit Anbeginn der Zeiten, meine Liebe. Ich *bin* das Schicksal.«

»Du bist ein Gott mit zu vielen Ambitionen. Das Abendrot kann ohne das Morgengrauen nicht überleben, und sie ist tot.«

»Das habe ich gespürt.«

Sein Tonfall war frei von jeglichen Gefühlen. In der Hinsicht war er Morgengrauen ähnlich, einer Gottheit ohne die Fähigkeit zu menschlichen Emotionen.

»Du bist neidisch auf mich. Weil ich sterblich bin.«

»All deine Kräfte, selbst diejenigen, die der Tod dir verliehen hat, werden mir gehören. Du hast nicht mehr lange, ich kann spüren, wie sich deine Zeit dem Ende neigt. Was wäre das für eine Verschwendung, einfach zu sterben. Das hier ist ein Geschenk, Astraea, dein Vermächtnis wird weiterleben, wenn ich deine Gestalt annehme.«

»Wie ich auch Morgengrauen schon gesagt habe, bevor ich sie umgebracht habe: Du bekommst mein Leben nicht.«

Doch um Abendrot umzubringen, brauchte ich seinen wahren Namen, und es gab nur eine Person, die tief genug in seine Gedanken eindringen konnte, um ihn zu finden.

Das Lächeln auf Abendrots Gesicht verursachte mir eine Gänsehaut. Ich machte mich bereit.

»Die Pfeile waren nie für dich gedacht«, sagte er schadenfroh. »Sie sind für ihn.«

Die Bogenschützen hoben ihre Pfeile nur eine Haaresbreite, dann schossen sie schneller, als ich blinzeln konnte.

Als ich das schmerzerfüllte Stöhnen hinter mir hörte, stand meine Welt still.

Zuerst sah ich die Pfeile. Acht hatten ihn getroffen. Drei in den Bauch, zwei in seine linke Schulter, zwei in die rechte. Und einer … hatte sein Herz knapp verfehlt.

Nytes entsetzter Blick wanderte von den Pfeilen zu mir, und ich rannte zu ihm.

»Alles ist gut«, sagte ich, murmelte verzweifelte Worte, die keinen Sinn ergaben.

Es waren grausame Lügen, und trotzdem kamen mir immer mehr Beschwichtigungen über die Lippen, während ich sein Gesicht zwischen den Händen hielt.

»Mach dir keine Sorgen um mich«, ächzte er. Er hob den Blick, und Wut verdrängte den Schmerz in seinen Augen.

Nyte schob mich von sich, irgendwie hinter sich, bevor noch mehr Pfeile ihn durchbohrten. Ich fing ihn auf, als er nach hinten kippte. Von der zweiten Runde hatten ihn weniger Pfeile getroffen, doch zwei weitere ragten aus der rechten Seite seiner Brust.

Ich schrie auf.

Dann explodierte ich.

Es waren nicht nur Angst und Schmerz, die sich meiner Kehle entrissen. Auch unendliche Wellen der Macht strömten aus mir heraus.

Silberne Flammen ertränkten die Welt.

Sie brannten nicht, noch nicht, aber durch das flackernde Feuer, das wie Sternenlicht glitzerte, sah ich Angst auf den

Gesichtern all derjenigen, die von meinen Flammen berührt wurden.

Sie waren an jeder Wand, auf jedem Weg. Eine Kugel aus Energie schwoll über uns an und ließ mein wütendes Sternenlicht auf die Welt hinabregnen.

Wenn Nyte hier starb, würde die Welt meine Trauer zu spüren bekommen.

»Bitte zerstöre diese Welt nicht für mich, Starlight«, flüsterte Nyte.

»Ich bin mir sicher, dass du weit Schlimmeres anrichten könntest, also ermahn mich nicht«, krächzte ich.

Sein Lächeln war schmerzerfüllt, als er nach einem Pfeil griff und nicht zögerte, ihn herauszuziehen. »Ich bin durch und durch böse, doch das wirst du nie sein, das werde ich nicht zulassen.«

»Auf den Pfeilen ist mein Blut«, sagte ich voller Panik und verzog das Gesicht, als er einen weiteren aus seiner Schulter riss.

Wir hatten nicht genug Zeit, vorsichtig zu sein.

»Ich weiß. Ich kann es spüren.«

»Es tut …«

»Sag nicht, dass es dir leidtut. Sorg lieber dafür, dass das Arschloch seine Entschuldigung herausschreit, wenn du ihn besiegst.«

»Ich kenne seinen Namen nicht.«

Nyte atmete schwer. Er blinzelte ein paarmal, um seine Kräfte zu sammeln.

»Ich werde ihn finden«, versprach er. »Wir werden dem Ganzen gemeinsam ein Ende setzen.«

Am liebsten hätte ich aufgeschluchzt und einen anderen Weg gefunden, doch Abendrot rannte schon durch mein Feuer hindurch auf uns zu. Pure Wut überkam mich, und ich rappelte mich auf und packte den Schlüssel, während Nyte sich auf den Knien aufrichtete.

Ich übergab Lightsdeath die Kontrolle.

Ihre Macht war unvergleichlich. Die Wut und der Rauch und das Feuer. Mit dem Schlüssel in der Hand wirbelte ich herum, als würde ich tanzen. Abendrot verwandelte sich in Wind, konnte dadurch verschwinden und plötzlich wieder auftauchen. Wahrscheinlich wollte er mich verwirren, um mir den Schlüssel abzunehmen, die einzige Waffe, die ihn umbringen konnte.

Die Waffe, die er brauchte, um zu *mir* zu werden.

Wie hypnotisiert konzentrierte ich mich nur darauf, seinen Bewegungen zu folgen, verlor alles andere aus dem Blick. Erneut wirbelte ich zu ihm herum, und diesmal bekam er den Schlüssel zu fassen, sodass ich nun in Aquilos verzerrte Fratze blickte.

»Gib auf«, knurrte er.

»Niemals.«

Er war stark. Wir zogen und zerrten mit beiden Händen am Schlüsselstab, bis er es schaffte, mich damit umzuwerfen. Mit dem Rücken krachte ich auf die Steine. Schmerz schoss meine Wirbelsäule hinauf, lähmte mich für wertvolle Sekunden, weswegen ich den Griff um den Schlüssel lockerte. Er riss ihn mir aus der Hand, während ich noch immer heftig keuchte.

Abendrot gab den Schlüssel an Notus weiter, der durch die silbernen Flammen auf uns zukam.

Entsetzt riss ich die Augen auf, als er mit dem Schlüsselstab auf mich zusprang, und rollte zur Seite. Der Schlüssel bohrte sich mit einem summenden Machtstoß an der Stelle in den Boden, wo eben noch mein Oberkörper gewesen war.

Hektisch kam ich auf die Beine und stand nun dem High Celestial gegenüber.

»Den Schlüssel zu benutzen, wird dich umbringen«, sagte ich, auch wenn er das wahrscheinlich wusste.

»Du hast meine Brüder ermordet«, fauchte Notus. Er klang,

als würde er sein Bündnis mit Abendrot nicht nur vor mir, sondern auch vor sich selbst rechtfertigen.

»Ich habe *einen* von ihnen getötet, doch das war nur fair, er hat mich schließlich zuerst umgebracht. Zephyr ist ehrenhaft gestorben, um die Götter aufzuhalten, denen du jetzt hilfst. Und du stehst an der Seite desjenigen, der Aquilo auf dem Gewissen hat, um seinen Platz einzunehmen. Du bist derjenige, der sie verraten hat.«

Notus' Wut war deutlich zu spüren, doch er schien mehr gegen sich selbst zu kämpfen als gegen mich. Am Ende gewann sein Hass auf mich gegen logische Argumente. Erneut sprang er auf mich zu, doch ich wich ihm mühelos aus.

Er würde sich nicht mehr umentscheiden, und mir lief die Zeit davon.

Ich brauchte den Schlüssel nicht, um Notus zu töten, er war schon in meiner Magie gefangen. Also musste ich nur die Hand heben, nur daran denken, und schon begannen die silbernen Flammen zu brennen. Nicht von heißem, sondern von eiskaltem Feuer wurde er verschlungen. Notus schrie auf, und ich fing den Schlüssel, der ihm aus der Hand fiel, sah jedoch nicht dabei zu, wie silberne Flammen ihn einhüllten und in seinen offen stehenden Mund eindrangen, um seine Schreie zu ersticken. Entschlossen rannte ich auf Abendrot zu, verwandelte den Schlüssel in eine Klinge und setzte zum Todesstoß an.

Seine Hand schoss vor, und mit übernatürlicher Präzision fanden seine Finger die Wunde auf meinem Bauch, die Auster mir zugefügt hatte.

Unbeschreiblicher Schmerz überrollte mich, bis ich es nicht mehr aushielt und das Gefühl hatte, zu fallen.

Bis in alle Ewigkeit zu fallen.

Meine Sicht verschwamm, war nur noch von flackerndem Silber und einem Paar Stiefel erfüllt, die auf mich zukamen.

So darf es nicht enden.

Ein Kampfschrei entriss sich meiner Kehle, und meine Qualen verstummten.

Nyte. Er lebt noch. Wir leben noch, so darf *es nicht enden.*

Mein purer Wille, für ihn weiterzuleben, war es, der mich wieder zu Bewusstsein kommen ließ. Der Schlüssel lag direkt neben meinem Kopf, und ich rollte mich auf den Bauch, schnappte ihn mir und rappelte mich hoch, auch wenn mein Herz bereits vom Tod umklammert wurde.

Nyte kniete vor Abendrot, den Kopf gesenkt.

Er regte sich nicht … wie in einer Todesstarre gefangen.

Plötzlich schlich sich ein Gedicht in meine Gedanken, ein Lied, das den um uns tobenden Kampf übertönte.

Nach Abendrot und Bernsteinlicht …

Ein lauter Kampfschrei drang durch das Prasseln des Feuers zu mir. In meinen letzten Atemzügen sah ich, wie Zathrian aus den silbernen Flammen sprang, die Klinge hocherhoben, um sie auf Abendrot niederfahren zu lassen.

Kommt Sternenglanz, schläft Mensch, schläft Fae …

Verzweifelt musste ich mit ansehen, wie auch Rose auftauchte und Abendrot von der anderen Seite angriff, doch sie hatten keine Chance gegen ihn. Eine Welle von Dämmerungsmagie erfasste sie beide, und ich schrie entsetzt auf, stürmte vor, während meine Freunde ihr Leben riskierten.

Der Dämmerung Schleier trübt die Sicht,

Und nachts herrscht König …

»Astraeaus!«, schrie ich seinen wahren Namen heraus, und die volle Kraft meiner Magie regte sich in meiner Hand.

Abendrot wirbelte zu mir herum, die Augen wild und voller Wut.

Meine Freunde hatten für eine Ablenkung gesorgt, sodass ich ihn nun angreifen konnte. Der Schlüssel verwandelte sich in einen Dolch … den ich ihm ins Herz stieß.

Er öffnete den Mund, doch kein Laut kam heraus. Keine

Bewegung. Abendrot löste sich in Partikel aus Sternenstaub auf, die in den silbernen Flammen verkohlten, auch wenn diese ebenfalls langsam erloschen.

Der Schlüssel fiel mir aus der Hand, und ich sackte zusammen. Gerade so eben sah ich noch, dass Nyte ebenfalls umgekippt war, friedlich auf dem Rücken lag, während er ausblutete. Ich versuchte, auf ihn zuzukriechen, aber meine Ellbogen gaben nach, sobald ich mich hochstützen wollte.

Die Erde grollte laut, doch ich konnte nichts tun, als in den Himmel hinaufzusehen.

Die Sterne fielen schneller vom Himmel als je zuvor. Ich wusste nicht, ob es Seelen waren oder echte Sterne. Wenn Ersteres, dann hatte der Tod mich angelogen. Er hatte gesagt, dass er die Seelen, die in den Sternen gefangen waren, in seinem Reich zur Ruhe betten würde, wo sie hingehörten, sollte ich Abendrot und Morgengrauen umbringen.

Meine Augenlider flatterten, weil ich nicht mehr die Kraft hatte, sie offen zu halten.

»Nyte …«, flüsterte ich. Um uns herum zerbrach die Welt. »Haben wir gewonnen?«

52

Nyte

»Nyte…« Ein wunderschöner Engel rief meinen Namen, doch es war nur ein schmerzhaftes, weit entferntes Echo in meinem Kopf. *»Haben wir gewonnen?«*

Ich keuchte oder hustete – *beides.* Ich spuckte und prustete, weil Blut mich zu ersticken drohte, doch ich zwang mich, zu Bewusstsein zu kommen und nach meiner Starlight zu suchen.

Sie war nicht weit weg. Nur ein paar Schritte, doch ich konnte nicht aufstehen.

Um uns herum wütete die Welt. Der Boden tat sich auf, die Sterne fielen vom Himmel. Ohne Abendrot und Morgengrauen war das Ungleichgewicht katastrophal.

Uns blieb nicht viel Zeit, bis alles in sich zusammenfiel.

Ich kroch zu Astraea hinüber. Durch Blut und Schweiß und Schmerz versuchte ich, sie zu erreichen.

Wir lagen beide in unseren letzten Atemzügen, trugen das Blut des jeweils anderen in uns, was als Waffe gegen uns verwendet worden war. Es war so verdammt tragisch und erbärmlich.

»Astraea«, krächzte ich. Als ich sah, dass ihre Brust sich leicht hob und senkte, überkam mich Erleichterung. »Halt durch, für mich.«

Eltanins panischer Schrei durchbrach das Chaos, als er im Hof landete.

Mit Astraea auf den Armen reiste ich durch die Leere, und sobald wir im Sattel des Drachen saßen, wusste er, wo ich hinwollte.

Ich brauchte meine ganze Kraft, um sie festzuhalten, uns im Sattel zu halten, weil Eltanins Flug unruhiger war als sonst, da er Meteoren ausweichen und sie umfliegen musste.

Der Himmel stand in Flammen.

Schließlich landete er in Nordstern, im Norden von Althenia, und es brauchte meinen letzten Funken Magie, um uns durch die Leere vor die Tore des Tempels zu transportieren.

Auch wenn keine Pfeile mehr in mir steckten, fühlte es sich die ganze Zeit so an, als würde mir jemand immer wieder aufs Neue glühend heiße Eisenstangen in den Körper stoßen. Schweiß bedeckte meine Haut, doch beim Anblick von Astraeas viel zu blassem Gesicht schrie ich schmerzerfüllt auf, um meine schwächer werdenden Arme dazu zu zwingen, sie gut festzuhalten. Mit zusammengebissenen Zähnen trug ich sie durch die Tür.

Der riesige Spiegel stand noch immer auf der bebenden Erde. Fast hatte ich ihn erreicht, als meine Knie nachgaben, weil meine Brust von unerträglichen Schmerzen gepeinigt wurde. Atmen fühlte sich so an, als wäre die Luft von Asche und Feuer erfüllt.

Wenn das hier unsere letzten Augenblicke als Sterbliche waren …

Ich strich Astraea eine silberne Strähne aus der schweißbedeckten Stirn. Ihre Lider hoben sich flatternd, sie sah furchtbar müde aus. Trotzdem waren ihre Augen die schönsten der Welt.

Mit den Fingerspitzen fuhr sie mir kaum merklich über die Wange, dann blickte sie unser trostloses Spiegelbild an. »Wo sind wir?«, flüsterte sie.

»Weißt du noch, was ich gesagt habe? Als Nacht und Sterne, als Dunkelheit und Licht, als Abendrot und Morgengrauen«, sagte ich, kurz davor, meinen letzten Atemzug zu nehmen. Doch der gehörte sowieso ihr.

»Ja.«

»Wir sind unausweichlich, Astraea. Willst du mit mir unendlich werden?«

Ihre glitzernden Augen sahen verwirrt drein, dann verstand sie.

»Als Abendrot und Morgengrauen …«, wiederholte sie.

»Nach deinem Kampf mit Auster, als er dein Schicksal mit der Klinge mit meinem Blut daran besiegelt hat, war ich außer mir. Ich konnte weder essen noch schlafen, musste einfach wissen, ob es einen Weg gibt, dich zu retten, doch nicht mal Drystan hatte eine Idee. In nur einer Nacht habe ich jeden einzelnen Magier und jede Seherin besucht, die ich kannte, und nur eine Person konnte mir helfen. Sier hat mir ein Rätsel gegeben, das ich hoffentlich gelöst habe. Darin ging es um Abendrot und Morgengrauen. Ich glaube, wir können ihre Plätze einnehmen, und auch wenn wir dadurch diese Welt und unsere Freunde verlassen müssen, werden wir zusammen sein, und die Welt wird wieder im Gleichgewicht sein.«

»Unsere Freunde«, wiederholte sie und umfasste mein Gesicht fester.

Ihre Berührung war ein Segen in all dem Elend.

Tränen liefen ihr übers Gesicht, als sie verstand. Es war nicht das, was wir gewollt hatten – Götter zu werden, die über dieses Reich und andere wachen würden, als jedes Morgengrauen und jedes Abendrot der Geschichte –, doch es war immerhin ein mögliches Ende, in mancher Hinsicht sogar ein Anfang, der unser Versprechen einlöste, zusammenzubleiben.

»Aber wie werden wir …?« Astraea schien hin- und hergerissen zwischen Kummer und Hoffnung.

»Sobald ich es verstanden hatte, brauchte ich nur eins: das Blut von Abendrot und Morgengrauen. Das war keine leichte

Aufgabe, sie zu finden, allerdings schon. Sie haben meinen Besuch nicht mal mitbekommen, weil ich andere dazu gebracht habe, ihr Blut für mich zu sammeln.«

Ich schob eine Hand in die Tasche und holte zwei Phiolen mit Blut hervor. Die mit Morgengrauens Blut drückte ich Astraea in die Hand, für den Moment, in dem der Spiegel uns trennen würde.

Sie schien sprachlos, starrte nur das Blut in ihrer Hand an. Dann blickte sie wieder zu mir hoch und wollte gerade etwas sagen, als ihr Rücken sich aufwölbte und ihr Atem ihr in der Kehle stecken blieb.

»Nyte«, keuchte sie.

Ich zog ihr Hemd hinunter und sah, dass unsere Zeit um war. Die schwarzen Äderchen krochen nicht länger auf ihr Herz zu, sie hatten es erreicht und breiteten sich von da über die linke Seite ihrer Brust aus, wie die Blattadern einer durchsichtigen, schwarzen Rose.

»Ich will dich, Astraea. In jedem einzelnen Leben liebe ich dich. Bis in alle Ewigkeit.«

Ich küsste sie ein letztes Mal, dann, die Lippen noch auf ihre gedrückt, nahm ich ihre Hand und griff durch den Spiegel.

TEIL FÜNF

DIE STERNE UND DIE NACHT SELBST

Die Welten zerbrachen ohne Abendrot und Morgengrauen, und über die miteinander verbundenen Seelen, die die Verantwortung trugen, sollte in der Halle der Götter gerichtet werden. Zugleich waren sie die womöglich einzige Hoffnung, um das Gleichgewicht wiederherzustellen.

Astraea Lightborne: Sternenmaid. Godkiller. Lightsdeath. Tochter von Abendrot und Morgengrauen, die gekommen ist, ihren Platz einzunehmen. Nimmst du dieses Schicksal an?

»Ja.«

Rainyte Azrail Ashfyre: der verlorene erste Sohn. Nightsdeath. Der Weltenwandler, der sich selbst opfert, um bei seiner Maid zu bleiben. Nimmst du dieses Schicksal an?

»Das tue ich.«

Und so soll ihre Strafe zu ihrem Segen werden. Die Geschichte zweier Seelen, die sich der Zeit entgegengestellt und Götter getötet haben, würde bis in alle Ewigkeit in Legenden weitergetragen werden. Ein Triumph inmitten der Tragödie.

Eine Geschichte … die noch nicht beendet war.

53

Nyte

Wo ich war, wusste ich nicht. Es war mir auch egal. Ich konnte nur noch meine leeren Hände anstarren, ohne fassen zu können, dass Astraea mir soeben wie Sternenstaub aus den Armen geweht worden war. Jetzt kniete ich hier allein, nachdem ich sie gerade noch an mich gedrückt hatte.

Ich hatte mich geirrt.

»Gebt sie mir zurück«, flüsterte ich, kaum in der Lage zu sprechen, so sehr schnürte der Kummer mir bereits die Kehle zu und ließ meinen ganzen Körper zittern. »Bitte.«

»Rainyte.« Eine Frauenstimme sprach meinen Namen.

Sie klang vertraut, und ihr Widerhall umgab mich wie eine unerwünschte Umarmung. Das zarte Echo hing in der Luft wie ein halb vergessener Traum, wabernd und unstet, wie etwas sehr Zerbrechliches, das jederzeit wieder verschwinden konnte.

Doch das war mir egal. Sie war nicht diejenige, die ich sehen wollte, wenn ich mich umdrehte.

»Gebt sie mir zurück!«, schrie ich mit geballten Fäusten, dann sackte ich vor Schmerz zusammen.

»Mein Sohn.«

Die zwei Worte besänftigten meinen schweren Atem. Ich verstand nicht, warum ich meiner Mutter gegenüberstand. War sie das wirklich? Oder hatte mein Unterbewusstsein die Göttin an diesem Ort heraufbeschworen?

Ich richtete mich auf. Wo *dieser Ort* war, konnte ich selbst nicht sagen. In alle Richtungen erstreckte sich nichts als eine endlose, strahlend helle Fläche.

Mein Körper fühlte sich unvollständig an, als wären Teile von mir außerhalb meiner Reichweite verstreut. Ich wandte mich um. Da war sie: die Fae mit dem feuerroten Haar. Ihre Gestalt war verwaschen und schemenhaft, flackerte in einem überirdischen Schein. Sie sah aus, als bestünde sie nur aus Licht und Schatten, als hätte sie keinen festen Körper und als sei sie nichts als ein übrig gebliebener Geist, der Abdruck eines Wesens, das einst gelebt hatte.

Ihr Gesicht war von leiser Trauer gezeichnet. Darin offenbarte sich eine jahrhundertealte Schwere, die Folge von Entscheidungen und Opfern, die ich nicht einmal ansatzweise nachvollziehen konnte. Einst hatte sie einer heiligen Aufgabe gedient, doch schon vor langer Zeit hatte sie ihren Posten verlassen. Der Welt, die sie geschworen hatte, zu schützen und im Gleichgewicht zu halten, hatte sie den Rücken gekehrt, um einer sterblichen Liebe zu folgen, die in ihren Händen zu Staub zerfallen war. Immer und immer wieder hatte das Leben auf der Erde sie verraten, und doch stand sie jetzt hier, unvollständig, aber unnachgiebig, ein Überbleibsel ihrer eigenen Auflehnung.

Ein solcher Verrat war auch ich gewesen – ein Übel, das ihr zugefügt worden war. Gleich auf zweierlei Art: Ich war eine Liebe, die man ihr genommen hatte, und als ich während meines todesähnlichen Fluchs zurück in ihre Welt gereist war, hätte ich ihr fast für immer ein Ende gesetzt.

»Mutter«, sagte ich. Die Anrede fühlte sich weiterhin seltsam an.

Die Augen hatte ich von ihr geerbt – nicht nur die leuchtend goldene Farbe, sondern auch die Form.

»Mein Junge«, flüsterte sie.

Der Anspruch, den sie damit auf mich erhob, traf mich wie ein Schlag in die stumme Brust. Er war so … sanft. Noch nie hatte jemand mich auf so sanfte Art für sich beansprucht. Noch nie hatte ich mich wie jemandes *Kind* gefühlt.

Doch in diesem Moment löste das nichts in mir aus.

»War es das wert?«, fragte ich. »All das, was du der Welt, in der ich geboren wurde, angetan hast?«

»Ja«, antwortete sie, ohne zu zögern. »Die Meinen haben schon immer geglaubt, dass alles zu seiner Zeit und einer bestimmten Ordnung folgend geschieht. Dagegen habe ich mich stets aufgelehnt, aber jetzt verstehe ich es endlich. Jetzt verstehe ich, Rainyte.«

»Dass dein Ende unausweichlich war.«

»Unsere Leben sind mit so viel mehr verknüpft, als wir uns je vorstellen könnten. Ich habe mit meinem Ende Frieden geschlossen.«

»Also finden selbst die Bösen am Ende Trost, egal, wie viel Leid sie verursacht haben?«

»Nicht alle. Deinen Vater wird nichts je von seinen Qualen erlösen.«

»Wie hast du es dann geschafft?«

»Dank dir«, sagte sie. Sie kam näher und legte mir eine Hand an die Wange. »Mir war vielleicht nicht die Zeit mit dir vergönnt, die ich mir gewünscht hätte, aber ich habe dich erschaffen, und du hast Großartiges erreicht. Du hast erlangt, was ich nie erlangen konnte. Wahre Liebe, so rein, dass sie selbst die Götter eifersüchtig macht. Wie könnte ich damit nicht zufrieden sein?«

Ich wusste nicht, was ich sagen sollte. Ihre Erklärung widersprach allem, was mein Vater mir je beigebracht hatte. Er hatte nur Ruhm und Ehre gewollt und mich benutzt, um sie ihm zu verschaffen.

»Sie ist fort«, sagte ich traurig. »Astraea hat mich verlassen.«

»Sie wartet«, berichtigte Mutter mich. Sie nahm mir die Phiole mit dem Blut von Abendrot aus der Hand. »Das übernehme ich. Deine Zeit auf Erden ist noch nicht abgelaufen. Du hast noch so viel mehr zu geben und zu fühlen.«

»Mutter«, hauchte ich. Diesmal sprach das Kind aus mir, das sie verloren hatte.

»Ich hatte unrecht«, sagte sie. »Du bist die Dunkelheit, die sie braucht, um Leidenschaft zu finden. Und sie war immer schon das Licht, das du gebraucht hast, um dich leiten zu lassen.«

Sie schloss mich in die Arme. Noch nie war ich auf diese Weise umarmt worden, und ich wusste nicht, was ich tun sollte. Dann begann sie, sich aufzulösen. Ihre Form wurde immer matter. Diese Gelegenheit würde ich nicht noch einmal bekommen, also schlang ich ebenfalls die Arme um sie. Meine Mutter, aus der Welt meiner Geburt. Sie war gekommen, um sicherzustellen, dass ich in der Welt bleiben konnte, die ich gewählt hatte.

Dann war sie fort.

Und ich blieb allein zurück, mit dem wahren Ende von Marvellas – und ihrem Neuanfang.

Geist der Seelen und Göttin der Sterne. Sterbliche Mutter der goldäugigen Kinder …

Jetzt war sie die Urgewalt des Abendrots in allen Welten und Zeitaltern.

54

Astraea

Ich war schon durch so klare Nachthimmel geflogen, dass sie mir vorkamen wie endlose Sternenmeere, aber das hier war anders. Ich stand einfach nur da, und mitternächtliches Glitzern umhüllte mich mit unvergleichlicher Ruhe. Es war, als stünde ich mitten in einer riesigen, schimmernden Schneekugel: Jeder einzelne Stern war ein zartes Lichtlein im Dunkeln, und die Welt um mich war still und magisch.

Als ich die Hand ausstreckte, glitt sie so schwerelos durch die Luft, als wäre ich von Wasser umgeben. Um mich herum spürte ich, wie sich die Unendlichkeit in alle Richtungen ausdehnte, und doch fühlte ich mich wie von einem schützenden Kokon umgeben, festgehalten in einem Moment unmöglicher Reinheit. Die Luft war frisch, jeder Atemzug schmeckte kühl und wunderbar, während die Stille sich wie Schnee um mich legte.

»O Astraea.«

Ich wirbelte herum, mein Atem stockte, aber mein Herz … an diesem Ort schlug kein Herz in meiner Brust.

»Cassia?«, stieß ich ungläubig aus. Doch nicht nur ihr Anblick überraschte mich. »Calix?«

Meine lieben, verlorenen Freunde lächelten. Cassias Lächeln war so einzigartig, gehörte so sehr zu ihrem zarten Gesicht – nie hätte ich geglaubt, es noch einmal sehen zu dürfen. Tränen stiegen mir in die Augen. Ich wusste nicht, wo ich war. Und auch wenn ich mich über alle Maßen freute, im Tod mit Cassia wiedervereint zu sein, so fehlte doch Nyte, und dieser Umstand begann, meine Seele entzweizureißen.

Wir hätten zusammenbleiben sollen.

»Bist du wirklich hier?«, traute ich mich zu fragen.

Wortlos antwortete sie, indem sie die Hand an meine Wange legte. Sie fühlte sich echt an. Sofort fiel ich ihr in die Arme und drückte sie unter Schluchzern fest an mich.

»Deine Zeit ist noch nicht gekommen«, sagte sie sanft.

Als ich die Willenskraft aufbringen konnte, sie loszulassen, wischte Cassia mir liebevoll die Tränen aus dem Gesicht. Die Wärme ihrer blauen Augen linderte meinen Schmerz ein wenig. Diese Wirkung hatte sie schon immer auf mich gehabt. Mit ihrer beruhigenden Ausstrahlung konnte sie mir die Last der ganzen Welt von den Schultern nehmen.

»Ich glaube, die ist schon lange gekommen«, sagte ich. »Aber ich muss Nyte finden. Weißt du, wo er ist?«

»Bald wirst du wieder bei ihm sein.«

Cassias Versicherung war Balsam für meine Seele.

»Seid ihr hier, um mich abzuholen?«

Sie hielt meine Hände in ihren. Calix stand geduldig neben ihr, in seiner Miene zeichnete sich nichts als reine Zufriedenheit ab. Es war eine große Erleichterung für mich, mit eigenen Augen sehen zu können, dass ihre Seelen im Tod vereint waren.

»Wir sind hier, um deinen Platz einzunehmen«, sagte er.

Mit wachsender Verwirrung zog ich die Brauen zusammen. »Das verstehe ich nicht.«

»Du hast unsere Seelen beherbergt«, erklärte Calix. »Wir tragen genug von deiner Essenz und deiner Macht in uns, um deinen Platz als Gottheit des Morgengrauens einzunehmen. Wir brauchen nur die eine Sache, die du noch festhältst.«

Zitternd holte ich Luft.

Meinen Platz als Morgengrauen einzunehmen?

Nein. Der Plan lautete anders. Wenn Nyte sich opfern musste, um Abendrot zu werden, dann würde ich mit ihm gehen.

Als jedes Abendrot und jedes Morgengrauen. Das hatten wir einander versprochen.

»Ich bin so stolz auf dich, Astraea«, sagte Cassia. »Auf alles, was aus dir geworden ist … du lebst für uns beide weiter.«

Erneut verschwamm meine Sicht. Die Wunde ihres Verlusts riss wieder auf und blutete.

»Ohne dich hätte ich das nicht gekonnt«, krächzte ich. Dann sah ich Calix an, der lächelte. »Ohne euch beide.«

»Das glaube ich nicht«, sagte Cassia neckisch. Ihr Gesicht nahm einen Ausdruck bittersüßer Dankbarkeit an. »Danke, dass du ihn zu mir geschickt hast. Dass du uns beide geschützt hast, ohne es zu wissen.«

Cassia ließ meine Hände los und hielt jetzt die Phiole mit Morgengrauens Blut, die Nyte mir gegeben hatte. »Leuchte weiter so hell. Mit jedem Morgengrauen werden wir bei dir sein.«

»Was hast du …?«

Cassia entkorkte das Fläschchen und brachte es an ihre Lippen. Unsichtbare Fesseln hielten mich zurück, und ich konnte nur mit wachsendem Schrecken mit ansehen, wie sie den Rest an Calix weitergab, der ihn austrank.

»Das brauche ich!«, rief ich. »Das brauche ich, um bei ihm zu sein.«

O Götter.

Nyte hatte einen Weg gefunden, wie wir zusammenbleiben konnten, und ich hatte ihn mir durch die Finger gleiten lassen. Meine Freunde dachten, sie täten mir einen Gefallen, dabei verstanden sie nicht, dass ich es so gewollt hatte. Ohne ihn konnte ich nicht in die Welt der Sterblichen zurückkehren.

Calix nahm Cassias Hand, und ihre Gestalten lösten sich langsam auf.

»Bitte!«, schrie ich.

Ich hatte ihn verloren. Ich hatte alle verloren.

Erneut war ich allein in dieser Leere der Nacht und des Sternenlichts. Allein mit den Schluchzern, die meine hohle Brust erschütterten und meine zerrissene Seele weiter zerfetzten.

Ich hatte verloren.

Ich hatte ihn verloren.

»Nyte!«, schrie ich. Wieder und wieder rief ich seinen Namen, bis meine Kehle rau war und meine Wangen wund von den endlosen Tränen, die ich vergossen hatte.

Er konnte mich nicht verlassen. Ich konnte ihn nicht verlassen.

»Wir sollten zusammen unendlich sein«, flüsterte ich, wisperte meine zerstörte Hoffnung in die Leere, in der niemand sie hören konnte.

Allein und verloren stand ich da. So schrecklich verloren. Die Stille wurde immer bedrückender, angefüllt mit meiner wachsenden Trauer und Ungläubigkeit. Meine Knie drohten nachzugeben. Ich wollte nicht zurückgehen. Lieber würde ich hierbleiben und die Qualen meines Versagens ertragen, als mich einer Welt zu stellen, in der es ihn nicht gab.

»Ich hab doch gesagt, dass ich immer zu dir finden werde, wenn du mich rufst.«

Mein Atem stockte. Ich traute meinen Ohren nicht. Gleichzeitig traute ich mich nicht, mich umzudrehen und festzustellen, dass es bloß Einbildung gewesen war.

»Starlight.«

Der Anziehungskraft dieses Namens konnte ich nicht widerstehen. Wie eine Schlinge legte sich seine Stimme um mich und drehte mich auf den Fersen um, sodass ich die einzige Person anblickte, die mich je so genannt hatte.

Nyte stand ein Stück entfernt von mir da und betrachtete mich mit einem Gesichtsausdruck, der mich in seine Richtung zog. Mit zunächst unsicheren Schritten stolperte ich ihm entgegen.

Sein Anblick war reine Perfektion. Das dunkle Haar, die goldenen Augen, und die Narbe … die eine perfekte Imperfektion, die er als Andenken an uns behalten hatte. Als Erinnerung daran, dass unsere Geschichte aus Liebe und Krieg bestand. Dass sie viele Schlachten beinhaltete, gebrochene Herzen, und dass wir all die Hindernisse, all die Mühsal am Ende siegreich überwanden.

Ehe ich mich versah, beschleunigte sich mein Gang – ich rannte. Mit jedem Schritt schrumpfte der Abstand zwischen uns. Und dann lief auch er mir entgegen, seine Schritte ein Spiegelbild meiner eigenen, und alles um uns verschwamm, während wir die Entfernung überwanden.

Wir waren die ineinanderstürzenden Sterne und die sich aufbäumende Nacht.

Ich sprang in seine starken Arme, klammerte mich fest an ihn, aus Angst, er könnte sich auflösen und diese Umarmung sich als zerbrechlicher Traum erweisen.

»Astraea«, seufzte er in mein Haar. Sein warmer Atem strich mir über den Nacken.

»Nyte«, flüsterte ich und umklammerte ihn noch fester. »Ach, Nyte.«

»Ja.«

Er lockerte den Griff um mich, bis meine Füße wieder den Boden berührten.

»Ja?«, fragte ich.

Nytes goldene Augen waren das Schönste auf der ganzen Welt. Mein Polarstern. Das Licht, das mir den Weg nach Hause wies.

»Ja … wir haben gewonnen.«

Meine Unterlippe bebte vor reiner, durchdringender Freude.

»Wir haben gewonnen«, wiederholte ich. »Wirklich? Bist du wirklich hier? Cassia und Calix haben das Blut von Morgengrauen getrunken, und ich konnte nicht … ich dachte, ich hätte dich verloren und ich …«

Nytes Lippen trafen auf meine und unterbrachen meinen hektischen Wortschwall. Verzweifelt erwiderte ich den Kuss, als könnten wir darin den letzten Atemzug teilen.

Schließlich zog er sich zurück und lehnte die Stirn an meine. »Wir haben gewonnen, Astraea. Diesmal nicht, um uns zu opfern. Wir gehen zusammen nach Hause. In dein Reich, das du als Königin des Volkes wieder aufbauen wirst, als ihre Sternenmaid. Und ich werde an deiner Seite sein, als die Dunkelheit, die dafür sorgt, dass du am allerhellsten scheinst.«

Ich schluchzte vor Glück.

Über seinem Kopf erstrahlte ein helles Licht, das die Nacht in seinen Haaren und die Sonne in seinen Augen zum Glühen brachte.

»Lass uns zu unseren Freunden nach Hause gehen«, sagte ich und konnte selbst noch nicht glauben, dass diese kostbaren Worte wahr werden sollten. Dann kam der Ausdruck mir nicht stark genug vor, und ich berichtigte mich: »Zu unserer Familie.«

Nyte legte mir eine Hand an die Wange und zog mein Gesicht näher an seins. »Ja«, sagte er, während das Licht uns beide verschlang. »Zu unseren Freunden. Zu unserer Familie.«

55

Astraea

Als ich die Augen aufschlug, traf die stechende Helligkeit mich wie ein Schock. Ein kräftiger, bernsteinfarbener Lichtschein lag auf meinem Gesicht und streichelte meine Hände auf Nytes Brust. Was für eine wunderschöne Farbe – das Leuchten eines längst vergessenen Schatzes. Ich spreizte die Finger und spürte Nytes starken und regelmäßigen Herzschlag unter meiner Hand.

Mit zusammengekniffenen Augen blickte ich zur Quelle des Bernsteinlichts und versuchte, das helle Strahlen einzuordnen. Und da war sie: Die Sonne trat über den Horizont und überzog das Land mit goldener Wärme. Die ganze Welt schien den Atem anzuhalten, in Feuer und Honig getaucht, löste jeder Schatten sich im Leuchten auf. Wie gebannt stand ich da, völlig gefesselt. Noch nie hatte ich eine solche Demut gegenüber der Schönheit eines einfachen Sonnenaufgangs empfunden.

»Ist das echt?«, flüsterte ich.

Nytes Hand, die mir sanft über den Arm strich, überzeugte mich. Er wirkte zu gedankenversunken, um zu sprechen. Womöglich fragte er sich dasselbe, während wir beide die friedliche Szene betrachteten.

In der Ferne unter uns glänzte die dunkle Schönheit des Schlosses von Vesitire in den atemberaubenden Sonnenstrahlen. Endlich war das Tageslicht in unsere Welt zurückgekehrt, und sie bebte nicht länger vor Qual. Das ganze Land lag still und friedlich da. Wir standen weit oben auf einem Berg, mit der perfekten Aussicht über die gesamte Hauptstadt.

Mit Tränen in den Augen und Cassia und Calix in meinen Gedanken betrachtete ich die Morgenröte.

Mit jedem Morgengrauen werden wir bei dir sein.

Ich würde sie stets vermissen, aber jeden Morgen versprach die Sonne einen Neuanfang, einen neuen Tag, und ihr Geist in den Sonnenstrahlen würde immer ein Segen für mich sein.

Nyte legte mir eine Hand in den Nacken, und ich blickte zu ihm auf. Seine goldenen Augen loderten im Morgenlicht geradezu und … glitzerten. Eine Träne rollte ihm über die Wange, er presste seine Lippen auf meine, und mein Herz ging auf wie die erste neue Morgensonne.

Es war ein triumphierender und hingebungsvoller Kuss. Und ein Kuss der Auflehnung, weil wir endlich *gewonnen* hatten.

»Wir sind echt«, sagte er, die Stirn an meine gelegt, mit einem strahlenden Lächeln.

Ich begann zu lachen, und er schloss sich mir an. So standen wir einfach nur umschlungen da und *lachten* vor reiner, überschäumender Freude. Der Boden lehnte sich nicht mehr bebend gegen unser Glück auf, um uns ertönten keine Schmerzensschreie mehr.

Der Krieg war beendet.

Und wir waren frei.

Nyte hob mich hoch – noch nie hatte er so unbeschwert ausgesehen. Er glühte vor lauter Hoffnung, die er nie auszudrücken gewagt hatte.

»Genau hier«, sagte er.

Ich hob die Augenbrauen, aber mein Lächeln brach nicht ab, während ich mich umsah.

»Hier?«, fragte ich.

»Großartige Aussicht über die Stadt. Wir können schnell runterfliegen. Wir haben den Wald und einen Bach in der Nähe und Lichtungen für Eltanin. Hier sollten wir unser Haus bauen.«

Mein Herz war zum Bersten angeschwollen. Bei meinem nächsten Blick über die Klippe kam die Aussicht mir gleich so viel bedeutungsvoller vor. Das war der Startpunkt meines gemeinsamen Lebens mit Nyte.

»Der Ort ist perfekt«, sagte ich und brachte kaum mehr als ein Flüstern hervor. »Aber sollten wir nicht im Schloss wohnen?«

»Da werden wir oft genug sein. Es ist ja nur einen kurzen Flug entfernt, mit deinen Flügeln oder Eltanins. Ich möchte, dass wir einen Rückzugsort haben. Und einen geschützten Raum für unsere Freunde. Das Schloss können wir auch mit ihnen teilen, dort könnten sie wohnen. Und Drystan kann deine rechte Hand sein, wenn ihr beide das wollt.«

Ich fand die Idee großartig und hoffte, die anderen würden zustimmen.

Nyte sank auf die Knie, mit mir auf seinem Schoß.

»Wir müssen nachsehen, ob es allen gut geht«, sagte ich, brachte es aber nicht über mich, aufzustehen.

»Wir haben schon genug für die Welt getan. Jetzt müssen wir uns erst mal nur den ersten Sonnenaufgang ansehen.«

Zusammen mit diesem ersten Morgen brachen so viele hoffnungsvolle Aussichten an. Vor allem war es der erste Morgen unseres neuen Lebens. Des Lebens, das wir uns ausgesucht hatten und für das wir womöglich auch weiterhin kämpfen mussten, aber fürs Erste … waren wir die Sterne und die Nacht.

Für uns war alles möglich.

Für uns war alles unausweichlich.

56

Nyte

Die Stadt und die umliegenden Felder waren vom Krieg gezeichnet. Ich hielt Astraeas Hand fest umschlossen, während wir zu Fuß über die Brücke gingen, weil sie darauf bestand, dass wir uns alles ansahen – das sei das Mindeste, was wir ihnen schuldeten.

Dem stimmte ich nicht ganz zu, aber aus Respekt für all die Trauer um uns behielt ich meine egoistischen Gedanken für mich. Astraea hatte der Welt mehr gegeben, als man ihr jemals danken würde. Für sie war das nicht wichtig. Sie erfüllte ihre Pflichten als Sternenmaid in einer Welt, die sich von ihr abgewandt hatte, nicht für Ruhm und Ehre und Macht. Sie tat es, weil ihr Herz zu kostbar für jede Welt war.

Meine Aufgabe bis ans Ende unserer Tage war es also, sie nie vergessen zu lassen, wie außergewöhnlich sie war.

»So viele Tote«, sagte sie leise.

Ich drückte ihre Hand und beobachtete sie, während sie den Blick über die Überlebenden schweifen ließ, die sich um Verwundete kümmerten und um Gefallene trauerten. Die Tiefe ihres Mitgefühls für Fremde konnte ich nicht teilen. Mit der Stärke ihrer Empfindungen konnte ich nicht mithalten. Eine Zeit lang hatte dieser Unterschied mir Schuldgefühle bereitet, und ich hatte gefürchtet, sie könnte erkennen, was für ein

Monster ich nach wie vor war. Bis mir klar geworden war, dass wir uns auch hier in perfekter Balance befanden: Während Astraea mit ihnen trauerte, konnte ich mich ganz ihr widmen und ihren Geist beruhigen, ohne ihr etwas von ihren Gefühlen zu nehmen. Ich legte mich einfach nur um ihre Trauer und füllte jeden kleinen Riss in dem Herzen auf, das ich zu beschützen geschworen hatte.

Astraea zog mich zu einer Mutter, die um ihren gefallenen Sohn trauerte. Er war ein erwachsener Mann gewesen, aber langsam erkannte ich, dass es egal war, wie viele Jahre vergehen mochten oder was im Leben geschah: Für die Eltern blieb ihr Kind immer genau das. Ihr Kind.

Mein Junge, hatte Marvellas mich genannt. Ihr Gesicht ging mir nicht mehr aus dem Kopf. Auch wenn sie es der Welt nicht so sichtbar präsentiert hatte wie diese Menschenfrau, hatte ich noch nie ein derart gebrochenes Herz wie ihres gespürt, das nichts mehr flicken konnte.

Meine Mutter hatte jetzt ihren Frieden gefunden. Zumindest wollte ich das glauben. Was meinen Vater anging, so hoffte ich, dass sich seine Ketten in der Hölle bis in alle Ewigkeit durch sein Fleisch brannten.

Ich musste an Drystan denken und warf einen ungeduldigen Blick hoch zum Schloss. Das Bedürfnis, zu sehen, ob er das alles überlebt hatte, brannte mir unter den Nägeln.

»Geh ruhig, ich komme sofort nach«, sagte Astraea.

Das lenkte meine Aufmerksamkeit zurück auf sie, und ich lächelte. Verdammt, jedes Mal, wenn ich sie ansah, loderte diese neue Flamme in meiner Brust auf, als wäre es das erste Mal.

Sie kniete sich neben den Toten und bedeckte die Leiche mit einem sandfarbenen Tuch, während seine Mutter mit dem Gefühl, endgültig Abschied zu nehmen, noch heftiger schluchzte. Ich schlüpfte in den Kopf der Frau, nicht um ihre Trauer zu beenden, aber um sie zu lindern, indem ich ihr in Erinnerung rief, wie heldenhaft er gekämpft und wie mutig er sein Leben gegeben hatte, um die Welt für alle besser zu machen.

Ihr Schluchzen ebbte ab, und Astraea blickte zu mir auf. Sie wusste, was ich getan hatte.

Mit gelegentlichen Unterbrechungen, wenn Astraea es nicht ertragen konnte, jemanden in seiner tiefen Trauer allein zu lassen, oder wenn jemand Hilfe benötigte, gingen wir weiter durch die Stadt. Viele schickte sie zum Schloss hoch, wo wir sofort eine Krankenstation einrichten und alle verfügbaren Heilerinnen und Heiler zusammentrommeln würden.

Ich küsste sie auf die Stirn, und wir gingen schweigend weiter, während sie in Gedanken bei ihrem Volk war. Plötzlich keuchte sie auf, und ich blieb wie angewurzelt stehen, doch dann erkannte ich Rosalinds rosa Haarschopf am Ende der aufgerissenen und schuttbedeckten Straße und entspannte mich.

Mir war nicht bewusst gewesen, wie groß meine Sorge um Rosalinds und Zathrians Überleben gewesen war, bis ich plötzlich immense Erleichterung verspürte, sie wohlbehalten vor mir zu sehen. Diese Gefühle empfand ich nicht nur um Astraeas willen. Es würde eine Weile dauern, bis ich es mir eingestehen könnte, doch egal, ob sie die Grenzen meiner Geduld austesteten oder mich zum Lächeln brachten, ich *wollte* diese Leute in meinem Leben haben.

Nie hatte ich Rosalinds Gesicht so vor Erleichterung und Freude erstrahlen sehen wie in dem Moment, als sie Astraea sah. Ich ließ Astraeas Hand los, und sie rannten aufeinander zu und flogen sich mit strahlendem Lächeln und glücklich lachend in die Arme. Es war unmöglich, sich davon nicht anstecken zu lassen.

»Sieh mal einer an«, sagte Zath, als er mich erreichte. »So gefühlsduselig hab ich dich ja noch nie gesehen.«

»Gewöhn dich lieber nicht dran.«

Er gluckste. »Keine Sorge, das würde mir im Traum nicht einfallen.«

Ich musterte ihn unauffällig. Er wirkte größtenteils unverletzt, abgesehen von ein paar Kratzern.

Er bemerkte meinen Blick. »Aha, du sorgst dich also doch um mich. Wusste ich's doch!«

Zu meinem Entsetzen *umarmte* Zathrian mich plötzlich. Er war fast so groß wie ich und breit gebaut. Und drückte viel aggressiver zu als eine Frau.

»Jetzt drück mich schon, Arschloch. Wir haben gerade einen Krieg gegen die beschissenen Götter überlebt.«

Ich konnte mir ein kurzes Auflachen nicht verkneifen. Dann gab ich nach und umarmte ihn.

Was für ein seltsames Gefühl, *Freunde* zu haben.

Zath ließ mich los. Oder besser: schubste mich von sich weg und versuchte, mit mir zu rangeln. Dann klopfte er mir auf die Schulter, als es anfing, mich zu nerven.

»Das lernst du schon noch«, sagte er und grinste dabei breit.

Als Astraea zurückkam, spitzte Zaths spielerische Aggressivität sich noch weiter zu, und er riss sie ohne jede Vorwarnung von den Füßen. Ich wollte schon protestieren, doch sie begann zu kichern – ein wunderbares Geräusch –, während er sie im Kreis herumwirbelte, und ich sah glücklich zu.

Mein Blick fiel auf Rosalind, die mich bereits anstarrte. Ihre vertraute, mürrische Miene, die sie nur für mich aufsetzte, brachte mich zum Grinsen.

»Waffenstillstand?«, fragte ich.

Ihre Stirn glättete sich, und sie verschränkte die Arme. »Fürs Erste. Außer du verärgerst sie irgendwie.«

»Sicher werde ich dir noch ausreichend Gelegenheit bieten, mich zu verabscheuen.«

Rosalind lächelte leicht, den Blick auf Astraea und Zath gerichtet. »Vielleicht bist du gar nicht ganz so übel.«

»Aus deinem Mund ist das ein ziemliches Kompliment.«

Als Astraea wieder an meiner Seite war, fiel eine unterbewusste Anspannung von mir ab. So oft hatte ich mit ansehen müssen, wie sie in die Fänge des Feindes geraten war, dass ich eine unterschwellige Angst, sie könnte mir genommen werden, wohl nie ablegen würde, wenn sie außer Reichweite war – selbst wenn ich sie die ganze Zeit sehen konnte.

Den Arm um ihre Hüfte geschlungen, setzte ich den Weg in die oberste Ebene der Stadt mit ihr fort.

Einige Mauern und Gebäude mussten repariert oder wieder aufgebaut werden, aber während ich die Trümmer um uns herum betrachtete, sah ich vor allem Potenzial. Wir konnten alles besser und widerstandsfähiger wieder errichten. Es gab keinen Krieg ohne Verwüstung und Zerstörung. Um die Gefallenen zu ehren und das Land zu heilen, mussten wir uns daran erinnern, wofür wir gekämpft hatten, und keinen Moment länger warten, auf dem glänzenden Weg, der sich nach dem Sieg vor uns erstreckte, voranzuschreiten.

Im Vorhof fanden wir Eltanin und Athebyne, und die beiden lenkten mich von den Leichen um uns herum und all den nötigen Aufbauarbeiten ab. Eltanin stieß zur Begrüßung eine Art lautes Rasseln aus. Die Freude, die er bei unserem Anblick empfand, hallte in mir wider. Er senkte den großen Kopf, und Astraea strich ihm glucksend über die Federn. Dann stieß er sie mit einem sanften Stupser fast um. Seit dem letzten Vollmond war er nicht mehr gewachsen. Jetzt war er nur wenig größer als Athebyne. Zum Glück – sonst hätte er kaum mehr auf diesen Vorhof gepasst.

»Wo wart ihr beiden?«, rief Drystan.

Noch nie hatte die Stimme meines Bruders ein solches Gefühl des Friedens in mir ausgelöst.

Als ich über die Schulter blickte, kam er gerade mit Nadia im Schlepptau auf uns zugerannt.

»Ich hab mir solche Sorgen gemacht! Mir kam der Abschied auf dem Schlachtfeld gleich verdächtig vor. Natürlich habt ihr mal wieder irgendeinen bescheuerten Plan ausgeheckt, euch selbst zu opfern, oder irgendwelche Geheimnisse vor mir verborgen. Darin seid ihr echt spitze: mich auszuschließen …«

Als Drystan direkt auf mich zumarschiert kam, zog ich ihn an mich und überraschte mit dieser untypischen, impulsiven Handlung sogar mich selbst. Drystan blieb steif wie ein Brett, und ich klopfte ihm mit einem leisen Lachen auf den Rücken, bevor ich ihn wieder losließ.

»Was war *das* denn?«, murmelte Drystan und musterte mich, als könnte sich ein Fremder des Körpers seines Bruders bemächtigt haben.

»Wir haben da übrigens noch was für dich«, sagte ich beiläufig.

Mit einem Handgriff zog ich das Fernrohr aus der Leere.

Drystans Augen wurden groß, und er blickte zwischen dem Gegenstand und mir hin und her. »Ist das …?«

Ich nickte. Den Ausdruck freudig erregter Neugier, mit dem er es mir aus der Hand riss, hatte ich schon lange nicht mehr auf seinem Gesicht gesehen.

»Was ist das?«, fragte Nadia, offensichtlich unbeeindruckt, während Drystan das Fernrohr aufs Genaueste untersuchte.

»Ein Auge für jene, die nicht sehen«, antwortete eine andere Stimme.

Ich drehte mich um.

Balthezar spazierte über den Hof auf uns zu, eine Hand auf der Schulter seines Sohnes.

»N…Nyte! Astraea!«, rief Brody und hüpfte fröhlich auf uns zu. »Habt ihr ge…gesehen? Ich habe einen D…Drachen!«

Astraea sah mich fragend an, und zum ersten Mal schenkte ich dem Jungen ein Lächeln.

»Ja. Offenbar wurdest du zum König der Meere erwählt«,

sagte ich. Noch einmal griff ich in die Leere, dann nahm ich die Sprachlosigkeit der anderen wahr, als ich den Dreizack hervorholte, der selbst in meiner Hand ruhend gefährliche Macht ausstrahlte. »Aber vielleicht sollte dein Vater erst mal für dich auf den hier aufpassen«, sagte ich und hielt ihn dem Kapitän entgegen.

Balthezar betrachtete ihn überrascht. »Ihr wollt euch von einer so mächtigen Waffe trennen?«

»Wir haben dafür keine Verwendung. Allerdings musst du bei deinem Leben schwören, achtzugeben, dass er niemals in zwielichtige Hände gerät. Besonders nicht die einer Nymphe.«

Balthezar nahm den Dreizack vorsichtig entgegen. »Ich werde ihn mit meinem Leben und dem meiner Mannschaft beschützen.«

Astraea schob ihre Hand in meine und schenkte mir eines ihrer wundervollsten Lächeln, das die Sterne in ihren silberblauen Augen zum Funkeln brachte.

Als sich ein weiterer Neuankömmling näherte, durchrollte mich die nächste Welle der Erleichterung. Langsam wurde es anstrengend, mit all meinen wechselnden Gefühlen Schritt zu halten. Ich blickte in die Richtung, aus der ich Elliot kommen hörte. Ich war dankbar, dass er es geschafft hatte, doch es war tragisch, ihn so allein zu sehen, müde und mitgenommen vom Kampf. Ab jetzt würde ich nicht zulassen, dass er einsam blieb. Alle im wachsenden Kreis auf dem Vorhof würden ihn genauso mit offenen Armen empfangen wie einst die Goldene Garde.

Ich ging ihm entgegen. Keiner von uns beiden lächelte, aber wir konnten unsere Trauer teilen.

»Zeik hat immer daran geglaubt, dass wir alle überleben«, sagte er.

Das riss eine Wunde in mir auf. Doch das war in Ordnung, wenn wir uns trotzdem an unsere … *Freunde* erinnern konnten.

»Der Arsch war wirklich immer übertrieben optimistisch«, sagte ich.

Elliot schnaubte, mit der Spur eines Lächelns auf den Lippen. »Ich habe versucht, mir einzureden, dass sie nicht umsonst gestorben sind. Dass sie ihren Beitrag geleistet haben, damit wir den Krieg gewinnen konnten. Aber es klappt nicht. Sorleen … sie konnte nicht mal richtig *leben*. Was bedeutet schon Zeit, wenn sie nicht mit Träumen und Wünschen angefüllt ist, sondern nur mit Leid?«

Mir fehlten alle weisen Worte, um ihn in seiner Trauer und seinem Verlust zu trösten. Schließlich hatte ich selbst Phasen durchgemacht, in denen die Zeit mir nichts bedeutet hatte. »Keiner von ihnen konnte das Leben leben, das sie verdient hätten. Ich habe versagt.«

»Und ich auch«, sagte Elliot.

Ich legte ihm eine Hand auf die Schulter, und einen Moment lang konnten wir die Last teilen.

Hinter Elliot zog ein roter Haarschopf meine Aufmerksamkeit auf sich. Tarran war ebenfalls allein. Ich vertraute ihm immer noch nicht, und ich freute mich auch nicht besonders, ihn zu sehen. Trotzdem kehrte ich an Astraeas Seite zurück, weil seine Miene offenkundige Trauer ausdrückte, die er zu verbergen versuchte.

Astraea durchschaute ihn anscheinend ebenfalls und ging auf ihn zu.

»Sie hat es nicht geschafft«, verkündete er, und am Ende des Satzes brach seine Stimme.

Aus der Art, wie er sich an Astraea wandte, als wäre das eine persönliche Angelegenheit, die nur sie beide betraf, erschloss ich mir sofort, wen er meinte.

Laviana war für Astraea wie eine Schwester gewesen. Die unverwüstliche Vampirälteste war eine der wichtigsten Anführerinnen der Vampire gewesen und hatte alles dafür gegeben, die verdiente Gleichberechtigung für sie zu erreichen und ihren Ruf als böse Monster zu widerlegen.

Im Stillen trauerte ich um sie.

Astraea schlug die Hände vor den Mund. Tränen traten ihr in die Augen. Eine solche Schlacht zog so viel Hoffnungslosigkeit nach sich. Die Nachwirkungen würden noch wochenlang in der Luft zu spüren sein. Die Zählung der Verluste hatte gerade erst begonnen.

»Bring mich zu ihr«, flüsterte sie.

57

Astraea

Es fiel mir schwer, meine Gefühle zu sortieren. Wir hatten den Krieg gewonnen, aber Kummer erfüllte meine Brust und ließ keinen Raum für Triumphgefühle.

Voller Trauer sah ich zu Laviana auf dem Scheiterhaufen auf und betrachtete ihr friedliches Gesicht.

»Tut mir leid, dass wir nicht dabei waren«, sagte ein Mann hinter mir.

Ich drehte mich um und erblickte zwei Nachtwandler, die sich so sehr ähnelten, dass sie Zwillinge sein mussten.

Sofort kehrte die Erinnerung zu mir zurück: Das waren die Kinder meiner menschlichen Hüterin und meines Nachtwandlerhüters.

»Kenton«, flüsterte ich, falls ich falschlag, doch der etwas Größere der beiden dunkelhaarigen Nachtwandler lächelte zur Antwort. »Ethan«, begrüßte ich den anderen Bruder.

»Puh, wir waren uns nicht sicher, ob du dich überhaupt noch an uns erinnern würdest«, sagte Ethan.

»Wo wart ihr?« Ich wollte nicht enttäuscht klingen, aber sie hatten offenbar vom Krieg gewusst und waren trotzdem nicht zu uns gestoßen.

Ein ernster Ausdruck legte sich auf ihre Gesichter, als sie näher traten und Lavianas Leiche betrachteten.

»Wir wissen, wie selbstsüchtig das klingt, aber wir leben auf einer Insel in Althenia, die vom Krieg unberührt geblieben ist. Die vergessenen Inseln unterstehen keiner Regierung. Das ist der eine Ort, an dem Leute wie wir in Frieden leben können. Wir konnten dort selbst Familien gründen.«

Dass sie sich für Ruhe und Frieden entschieden hatten, konnte ich ihnen nicht verübeln, aber als ich wieder zu Laviana aufblickte, spürte ich trotzdem eine Spur Verbitterung. Sie hatte so lange gekämpft. Gekämpft, um allen Vampiren ein Leben zu ermöglichen, wie Kenton und Ethan es in einem abgelegenen Winkel des Kontinents hatten führen können.

»Warum seid ihr jetzt hier?«, fragte ich, bemüht, nicht feindselig zu klingen. Doch ein Teil von mir gönnte es ihnen nicht, hier um Laviana zu trauern, nachdem sie sie so im Stich gelassen hatten.

»Tarran hat uns gefunden. Er hat uns alles erzählt«, sagte Kenton.

»Ihr seid zu spät«, blaffte ich.

Es war die Trauer, die mich so sprechen ließ, aber es tat mir nicht leid.

»Ich weiß«, sagte Ethan.

»Wir wollen helfen. Auch wenn wir keine Kämpfer sind, wollen wir alles tun, um gemeinsam die Welt für die Vampire wieder aufzubauen. Wir stehen dir zu Diensten.«

Den Krieg hatten wir gewonnen, aber es lag noch ein langer Weg vor uns. Wir mussten reparieren, was zerbrochen war. Sicherlich würden wir dabei auch auf Widerstand treffen – der Kampf um Gleichberechtigung war noch nicht vorbei. Es würde Zeit brauchen, eine neue Ordnung zu errichten.

Gerade konnte ich nichts tun, als zustimmend zu nicken. Zu schwer wogen all die Verluste auf meiner Seele, als dass ich eine helfende Hand weggestoßen hätte.

Mein Licht entzündete den Holzstapel, auf den Laviana

gebettet war. Noch vielen weiteren Toten musste ich die letzte Ehre erweisen, aber diesen Scheiterhaufen hatte ich nur für sie errichtet. Für alles, was sie für unseren Sieg gegeben hatte.

Nach ein paar Minuten, als die Flammen hoch aufloderten und die Nacht in Lavianas Gedenken erglomm, trat Tarran näher. Er verhielt sich still und vorsichtig, als wollte er unbemerkt bleiben und sofort wieder verschwinden, wenn er ausreichend getrauert hatte.

Doch auch wenn er mich zurückweisen mochte, in diesem dunklen Moment konnte ich ihn nicht allein lassen.

»Schön, dass du noch lebst«, sagte er ohne jede Wärme.

»Ich weiß, dass du mir niemals vergeben wirst, was ich dir angetan habe, aber du fehlst mir. Ich bin immer da, wenn du mich brauchst.«

»Rührend. Wenn ich mal einen Gefallen brauche, denke ich dran.«

Das versetzte mir einen Stich. Meine Freundschaft lehnte er ab, aber immerhin versprach er damit, nicht ganz aus meinem Leben zu verschwinden.

Tarran wandte sich zum Gehen. Vielleicht überschritt ich damit eine Grenze, aber ich konnte einfach nicht anders: Eilig schlang ich die Arme um ihn. Ich wusste nicht, wie lange er diesmal verschwinden würde.

Ich erwartete nicht, ebenfalls von ihm umarmt zu werden, aber überraschenderweise tat er es nach ein paar Sekunden.

»Du bist eine gute Anführerin, Astraea. Vielleicht sogar eine großartige«, sagte er.

Ehe ich ihn loslassen musste, drückte ich noch einmal fest zu. Tarran hatte mich als Anführerin verachtet, weil ich seinen Partner für seine Verbrechen getötet und damit die Kluft zwischen uns verursacht hatte. Deshalb bedeuteten seine Abschiedsworte mir die Welt. Er konnte mir vielleicht nicht vergeben, aber sein Verständnis war für mich genauso wertvoll.

Während ich Tarran hinterherblickte, überraschte mich das Auftauchen einer weiteren Gestalt zwischen den Bäumen.

»Zadkiel.« Sein Name entschlüpfte mir mit so etwas wie einem erleichterten Wimmern, weil er noch am Leben war.

Das letzte Mal hatte ich ihn bei der Schlacht in der Provinz Nova gesehen, als ich Austers Verrat aufgedeckt hatte. Er trat niedergeschlagen näher, als koste es ihn Überwindung, überhaupt hier zu sein.

Einige Schritte entfernt blieb er stehen, und ich erkannte, dass er den Abstand brauchte, auch wenn sich mein Magen dabei verknotete.

»Auster war für mich wie ein Vater«, sagte er.

Seine Worte trafen mich wie ein Schlag direkt in die Magengrube.

»Es tut mir so leid«, krächzte ich.

»Ich weiß, was er getan hat. Du hast deine Rache an ihm verdient. Aber ich kann es immer noch nicht wirklich glauben. Nach der Schlacht in seiner Provinz ... Ich habe ihn überhaupt nicht wiedererkannt. Er hat sein eigenes Land in Trümmern zurückgelassen. Das war nicht der Mann, den ich kannte. Auch das Waisenheim, in dem ich aufgewachsen bin, ist eingestürzt. Seitdem habe ich dort beim Wiederaufbau geholfen. Ab und zu ist Auster vorbeigekommen, und ich konnte einen Funken seines wahren Selbst in ihm erkennen. Er hat um sein Land getrauert ... dabei war er selbst der Grund für all die Zerstörung.«

Zadkiel hielt kurz inne. Er senkte den Kopf, rang ganz offensichtlich mit Trauer und widersprüchlichen Gefühlen.

»Den Mann, der er mal war, vermisse ich auch«, sagte ich vorsichtig. »Er war liebevoll und gut, und ich bin die Ursache für das, was aus ihm geworden ist. Es war vielleicht nicht meine Schuld, aber seine Abwärtsspirale hat bei mir begonnen.«

Zadkiel presste die Zähne zusammen. »Ich weiß nicht, ob ich dir je vergeben kann«, sagte er ehrlich.

»Das verstehe ich.«

Ein Teil meiner selbst würde mir nie vergeben können.

Zadkiel nickte. »Keine Ahnung, warum ich hier bin. Ich wusste gar nicht, was ich dir sagen will. Ich bin einfach so wütend und traurig und … enttäuscht. Von Auster und dem, was er am Ende war. Aber gleichzeitig habe ich Schuldgefühle, weil er sich nicht mehr erklären kann und ich …« Zadkiel fuhr sich verärgert durchs Haar.

Zögernd ging ich auf ihn zu, legte ihm eine Hand auf den Oberarm und war erleichtert, als er sie nicht abschüttelte. »Die Zeit schafft es, dem Schmerz die Schärfe zu nehmen, Wunden zu heilen und selbst denen, die verloren schienen, Vergebung zu bieten. Auster hat schreckliche Dinge getan, aber im Herzen … Ich will glauben, dass er trotz seiner Taten aus Liebe gehandelt hat. Und ich hoffe, dass du mir irgendwann auch vergeben kannst.«

Endlich blickte Zadkiel auf und sah mir direkt in die Augen. Zu meiner Überraschung und Erleichterung breitete er die Arme aus. Die Umarmung heilte etwas in mir, als hätte er es geschafft, die Wunde zu vernähen, die Auster in mir hinterlassen hatte. Zadkiel war eine lebendige Erinnerung an Austers Liebe. Ein junger Celestial, den er wie einen Sohn großgezogen hatte.

Wir lösten uns voneinander.

Ich lächelte ihn an. »Du solltest seinen Platz in der Provinz Nova einnehmen.«

Zadkiel riss die Augen auf. »Ich? Ich bin doch kein High Celestial. Ich kann das nicht so wie er.«

»Doch. Du hast alles, was ein gerechter Herrscher benötigt, Zadkiel Nova. Nur du kannst sein Erbe weitertragen – das Gute, das er bewirkt hat, bevor er in die Fänge des Bösen geraten ist.«

Seine Augen glänzten, und auch ich kämpfte mit den Tränen.

»Danke«, flüsterte er.

»Nein, ich danke *dir*«, sagte ich. »Ich weiß nicht, was uns bevorsteht. Das Konstrukt der High Celestials wird enden, aber die Provinzen gibt es weiterhin, und die Leute brauchen ein Vorbild.«

»Bist das nicht eher du?«

»Ein Leuchtfeuer sendet Strahlen in alle Richtungen aus. Ich hoffe, du kannst einer davon sein und mir dabei helfen, das Reich wieder aufzubauen.«

Zadkiel lächelte. Auch wenn er noch einen langen Weg der Heilung vor sich hatte, war seine bessere Laune ein erstes Hoffnungszeichen, nach allem, was wir durchgemacht hatten.

Nyte hatte sich zurückgezogen, damit ich mich von Laviana verabschieden konnte. Doch als Zadkiel wieder nach Althenia aufgebrochen war und ich den Hügel hinabstieg, stellte ich fest, dass er am Fuß gewartet hatte. In meiner Brust loderte sofort ein Feuer für ihn auf, das nie herunterbrennen würde, da war ich mir sicher.

Eine lange Nacht der Scheiterhaufen für die vielen Toten lag vor uns, aber ich war bereit, die Trauer für all die Gefallenen zu schultern, solange er an meiner Seite war.

Nyte

Um Mitternacht standen wir an den letzten Feuern in den Hügeln außerhalb der Stadt. Die Leute hatten sich darum versammelt, und Astraea entzündete sie mit ihrem Licht.

Nicht zum ersten Mal wohnte ich solchen Bestattungen bei, aber zum ersten Mal empfand ich dabei etwas. Astraea schenkte all ihre Aufmerksamkeit den Trauernden, während die Feuer loderten. Sie hielt ihre Hände, tauschte tröstende und dankbare Worte aus. Ich blieb schweigend an ihrer Seite. Manche warfen mir unsichere Blicke zu und suchten Abstand. Meinen Ruf als Nightsdeath würde ich nicht so einfach ablegen können, aber ich war bereit, es weiter zu versuchen. Für Astraea musste ich mir Mühe geben, dass sie mich als Beschützer betrachteten und nicht mehr als Bösewicht.

Aber auch unter Astraeas neu beginnender Herrschaft über Solanis würde es neue Feinde und Widerstand geben. Deshalb würde ich mich jederzeit bereithalten, das Monster in meinem Inneren zu entfesseln, sobald sich ihr jemand entgegenstellte.

Als wir die Trauerstätte schließlich verließen und uns ins Schloss zurückzogen, war Astraea völlig erschöpft. Alle Gefühle des Tages und des Abends, so viel geteilte Trauer und Verluste – sobald wir über die Türschwelle ihres Zimmers traten, brach sie zusammen. Ich fing sie auf, aber sie sagte keinen Ton. Ließ sich einfach nur von mir ins Bad tragen.

Vor den Bestattungen hatte ich sie nicht überzeugen können, sich Zeit zu nehmen, um zu baden und ihre eigenen Wunden zu versorgen. Jetzt fragte ich nicht nach ihrer Zustimmung. Astraea hing ihren eigenen trübseligen Gedanken nach und erlaubte mir, sie zu entkleiden. Aber ihr abwesendes Schweigen brachte mich um.

»Bitte, sag irgendwas«, bat ich sie und hob ihr Kinn an.

Endlich erwiderte sie meinen Blick. Die Qualen in ihren silberblauen Augen zerrissen mich innerlich.

»Ich bin glücklich …«, gab sie zu.

»Aber?«

»Bei all der Zerstörung kommt mir das egoistisch vor.«

Ich seufzte. Ihr Herz war das Reinste, Kostbarste, was ich je besitzen würde.

Während ich ihr die Kampfmontur abnahm, zählte ich jeden blauen Fleck, jeden Kratzer und jeden Schnitt. Die Badewanne füllte sich langsam mit Wasser, während ich meine Hände über ihre versehrte Haut wandern ließ und ihren nackten Oberkörper küsste.

»Ich weiß, dass du es nicht zulassen kannst, deshalb werde ich an deiner statt egoistisch sein«, sagte ich und sog ihre sanften Seufzer auf. »Du hast für diese Welt und alle in ihr dein Leben geopfert. Zweimal. Diesmal gehörst du mir, und ich werde dafür sorgen, dass du im Leben alles hast, was du begehrst. Glück ist eine Reise, kein endgültiges Ziel. Aber ich schwöre dir, Astraea, ich werde nicht zulassen, dass du von dem strahlenden Glückspfad abkommst, den du verdient hast.«

Sie schob die Finger in meine Haare und zog mich zu sich herunter. Dann gab sie mir einen tiefen Kuss, und ich spürte, wie mein Feuer sogleich für sie aufloderte.

»Solange du bei mir bist, will ich diesen Weg gehen.«

Die Wolke des Krieges würde sich auflösen, und die gebrochenen Herzen würden geflickt werden. Nichts davon würde schnell oder einfach sein, aber gemeinsam würden wir den Weg durch die dunklen Zeiten finden.

Als Astraea nackt vor mir stand, konnte ich mich nicht davon abhalten, sanft über ihre wunderschönen Kurven zu streichen. Sie begann, die Schnallen meiner Kampfmontur zu lösen. Dagegen hatte ich nichts einzuwenden. Wir beide hatten ein Bad dringend nötig, und ich hatte nicht vor, mich in dieser Nacht auch nur eine Sekunde von ihr zu trennen.

Nach dem Bad zog sie sich ein kurzes, silbernes Seidennachthemd über und stieg ins Bett.

Ich legte mich zu ihr und zog eine Decke über ihre nackten Beine. Das eine legte sie mir über die Hüfte, während ich es mir mit ihr unter der Decke bequem machte.

»Möchtest du eine Geschichte hören?«, murmelte ich und spielte träge mit einer Strähne ihres feuchten Haars.

Astraea brummte. »Eine schöne?«

»Sie endet gut. Versprochen.«

Astraea lächelte, und ich zog die Linien um ihren Mund nach.

»Erzähl«, sagte sie und rutschte noch näher heran.

Ich atmete tief ein und blickte zum Betthimmel hinauf. Dann füllte ich ihren Kopf mit Sternen und ihren liebsten Konstellationen.

»Es war einmal vor langer Zeit, da herrschte Krieg zwischen den Sternen.«

ENDE.

EPILOG

ASTRAEA

»Ich glaube nicht, dass ich dich jemals so nervös gesehen habe«, bemerkte ich und strich mit den Fingern über den Aufschlag von Nytes Mantel.

Er sah … *Götter*, es gab keine Worte, um sein atemberaubendes Aussehen zu beschreiben. Sein perfekt sitzendes Jackett war tiefschwarz, mit lilafarbenen Akzenten am Revers und den Ärmelaufschlägen. Silberne Stickereien zierten den Saum, und die verwobenen Muster verliehen seinem Aufzug eine königliche Note.

Über seinen Schultern lag ein zeremonieller Mantel, der zu meinem passte, beide in einem dunklen, samtigen Lila, aus Stoff, der eine lange Tradition hatte. Der Mantel schmiegte sich um ihn wie flüssiges Abendrot, der Saum war mit silbernen Mustern bestickt, die an Sternbilder erinnerten.

Auf seinem Kopf saß eine einfache und doch beeindruckende Krone, ein Reif aus poliertem Silber, der in der Mitte nach oben hin spitz zulief, wie eine gen Himmel gereckte Klinge. Die Krone saß wie angegossen auf seinem glatten, schwarzen Haar, ihre Schlichtheit eine dezente Zurschaustellung von Macht und Gnade.

Nyte strahlte eine ruhige Autorität aus, gebieterisch, ohne sich durchsetzen zu müssen, eine Gestalt voller Selbstsicherheit und Zielstrebigkeit, gehüllt in die Farben der Könige und Schatten.

»Ich glaube, ich *war* auch noch nie so nervös«, sagte er.

Heute würde Rainyte Azrail Ashfyre offiziell zum Königinnengemahl von Vesitire gekrönt werden, und ich zur Königin.

Nyte hielt meine Hand, während wir außer Sichtweite des Balkons standen, unter dem die Menge tobte und auf uns wartete. Er bewunderte den Verlobungsring, den er mir vor neun Monaten an den Finger gesteckt hatte. Ein stolzer, achtzackiger silberner Stern mit einem violetten Diamanten in der Mitte. Wir hatten mit der Hochzeit warten und sie mit unserer Krönung zusammenlegen wollen. Nach dem Krieg waren Heilung und Wiederaufbau unsere obersten Prioritäten gewesen.

Jetzt … war es Zeit, in unserem Frieden zu leben.

Ich legte ihm eine Hand an die Wange, völlig überwältigt von seinem Anblick. Als die Sonne mit ihren goldenen Strahlen sein Gesicht beschien, wirkte er wie verändert. Das Licht tanzte über seine Gesichtszüge, wärmte die harten Kanten und ließ seine tief liegenden Augen erstrahlen. Er stellte das perfekte Gleichgewicht von Licht und Dunkelheit dar, ein Widerspruch, der ihn gleichzeitig unnahbar und sehr menschlich wirken ließ.

Er war nervös, weil er sich nicht länger in den Schatten verstecken musste. Es gab keinen fiesen Namen mehr, der die wahre Person dahinter verbarg.

Nyte war bereit, der Welt zu zeigen, wer er ab jetzt sein wollte.

»Ich liebe dich«, sagte ich.

Die Worte drückten nicht einmal annähernd das aus, was ich für ihn empfand, wie stolz ich auf ihn war, doch ich würde sie trotzdem jeden Tag, bis an unser Ende wiederholen.

Nyte betrachtete mich ebenfalls von Kopf bis Fuß. Meine Haare waren sorgfältig geflochten, jede Strähne Teil des aufwendigen Kunstwerks, das die prunkvolle Krone auf meinem Kopf hielt. Die Krone selbst war ein Meisterstück – weiße und violette Diamanten fingen das Licht ein wie Bruchstücke eines Sonnenaufgangs. Mein Kleid war schwarz und verziert mit der gleichen silbernen und lilafarbenen Stickerei wie Nytes Gewand. Die Ärmel waren durchsichtig und der Ausschnitt tief, sodass die Tattoos der Sternenmaid auf meiner Haut zu sehen waren.

»Ich liebe dich, meine Starlight. Es ist mir eine Ehre, an deiner Seite auf der Welt zu sein.«

Nyte küsste mich, wie ein Versprechen.

Dann nahmen wir einander bei der Hand und drehten uns zur offenen Balkontür. Beim ersten Schritt auf all die zu, die unten in der Stadt von Vesitire auf uns warteten, umklammerte Nyte meine Hand fester.

Ich musste lächeln. »Ich hätte nicht gedacht, dass du Lampenfieber hast.«

Mit Absicht drückte er meine Hand noch fester, wie im Scherz. »Angst bietet einen sehr guten Schild, hinter dem man sich verstecken kann.«

Nyte hatte Tausende Streitkräfte angeführt und befehligt. Er war es gewohnt, im Mittelpunkt der Aufmerksamkeit zu stehen, doch dabei hatte er immer eine Maske getragen. Jetzt … war er frei. Die Ungeschütztheit, die er jetzt akzeptierte, machte ihn genauso verletzlich wie uns andere.

Wir traten in die Mittagssonne hinaus, und die Menge brach in Jubel aus. Heute Morgen hatte ich allen versprochen, dass ich nicht weinen würde, und doch musste ich schon jetzt gegen die Tränen ankämpfen, die sich in meine Augen schleichen wollten.

Banner flatterten in der warmen Luft und zeigten stolz das neue, schwarzflügelige Wappen der Sternenmaid. Ich winkte, völlig überwältigt von all der Freude und den vielen lächelnden Gesichtern, die ich in der endlosen Menge unter uns ausmachen konnte.

Nyte stand stocksteif neben mir. Ich ließ seine Hand los und schlang einen Arm um ihn. Er entspannte sich ein kleines bisschen, doch als er ebenfalls hinunterwinkte, konnte ich ein Lachen nur mit Mühe unterdrücken.

»Bin ich wirklich so schlecht darin?«, fragte er und lächelte so breit, dass es wehtun musste.

»Küss mich«, sagte ich.

»Willst du da unten einen Aufruhr anzetteln?«

Ich biss mir auf die Unterlippe, und seine Augen verdunkelten sich. »Unsere Liebe verheißt keine Zerstörung mehr, sondern Hoffnung. Ich will, dass die ganze Welt sie spürt.«

Nyte fuhr mit einer Hand an meiner Wange entlang, und allein die Geste ließ die Menge lauter jubeln.

»Kein Morgengrauen ist so bezaubernd wie du«, murmelte er, unsere Münder nur wenige Zentimeter voneinander entfernt.

»Kein Abendrot so friedlich wie du«, flüsterte ich zurück und küsste ihn.

Als Abendrot und Morgengrauen. Als Nacht und Sterne. Als Dunkelheit und Licht.

Wir würden als zwei Fragmente von Göttern in die Geschichte eingehen – gegenteilig auf jede katastrophale und triumphierende Art und Weise –, die ihrem Schicksal getrotzt hatten und eins geworden waren.

Nyte löste sich von mir, und sein Lächeln schien heller als die Sonne. »Müssen wir das wirklich noch sechsmal machen?«, beschwerte er sich spielerisch.

Nach unserem feierlichen Ball hier in Vesitire würden wir die nächsten Wochen auf eine Krönungs- und Hochzeitsreise gehen. All die Königreiche und ihre Lords besuchen, um ihren Segen für unsere Vereinigung und Herrschaft entgegenzunehmen.

Anschließend würden wir nach Althenia reisen, das Land, in dem am meisten wieder aufgebaut werden musste. In Abwesenheit der High Celestials hatte ich zunächst ihre Aufgaben übernommen und meine Zeit zwischen Althenia und Vesitire aufgeteilt. Die Celestials in Althenia waren Nyte und mir mit dem meisten Misstrauen begegnet, weil viele glaubten, wir hätten alle High Celestials umgebracht, um ihre Posten einzunehmen. Am stabilsten war Zephyrs Provinz, weil sein Sohn, Raider Luna, mithilfe seines Rats die Führung übernommen hatte. In Austers Provinz musste am meisten wiederaufgebaut werden, doch unter Zadkiels Führung entwickelte sie sich gut.

Notus und Aquilo hatten ebenfalls Kinder, die die Plätze ihrer Väter einnehmen könnten, doch anders als Raider Luna und Zadkiel Nova waren sie nicht so entgegenkommend. Nyte und ich rechneten damit, dass sie sich irgendwann auf die eine oder andere Art und Weise gegen uns auflehnen würden. Es war ein Machtkampf, auf den wir uns vorbereiteten, der uns aber keine Angst machte. Unsere Friedensmission war stärker denn je, und unsere Verbündeten wurden jeden Tag mehr.

Als wir nach unserem Auftritt auf dem Balkon wieder hereinkamen, wurde ich sofort von Nytes Seite gezogen, weil Rosalind, Davina und Lilith sich auf mich stürzten. Es war eine chaotische Umarmung voller Lachen, einfach, weil wir alle so glücklich waren.

Als wir uns voneinander lösten, sah ich Nadia in der Nähe stehen, die sich der enthusiastischen Zuneigungsbekundung offensichtlich nicht hatte anschließen wollen. Im Gegensatz zu uns trug sie kein Kleid, sondern eine formellere Version ihres sonstigen Aufzugs von Hemd und Hose. Ich glaubte nicht, dass sie dem Ball am Abend beiwohnen würde.

»Verlässt du uns schon?«, fragte ich sie.

Nadia grinste. »Ein Abend voller spießiger Ballkleider und fadem Essen klingt nach einem schrecklichen Zeitvertreib.«

Das Essen würde göttlich sein, doch für einen Vampir … ich vermutete, dass sie sich auf die Suche nach Blut begeben würde.

»Wir reisen nach Althenia«, mischte Drystan sich ein, der sich gerade noch mit Zath und Nyte unterhalten hatte und jetzt zu uns herüberkam.

»Warum dorthin?«, fragte ich.

Drystan zog das Fernrohr heraus, ließ es durch die Luft wirbeln und fing es wieder auf. »Die abgelegenen Teile von Althenia sind völlig unerforscht. Wer weiß, welche Geheimnisse sich dort noch verbergen«, sagte er spitzbübisch.

»Macht keinen Unsinn«, warnte ich ihn spielerisch.

Drystans Augen funkelten, weil er es wohl als Herausforderung auffasste.

Der Ball war genauso extravagant, wie ich ihn mir vorgestellt hatte. Nyte und ich fanden kaum eine Gelegenheit, miteinander zu tanzen, weil ständig irgendein Lord oder eine Lady oder bewundernde Bürger mit uns reden wollten. Die Hoffnung und Freude, die den Saal erfüllten, waren die endlosen Gespräche und die sich langsam einschleichende Erschöpfung allerdings wert.

Bevor die Tänze und das Festmahl vorbei waren, zog Nyte mich heimlich mit sich, und wir schafften es unentdeckt aus dem Ballsaal. Er führte mich hoch hinauf ins Schloss, dann nach draußen, wo Eltanin auf uns wartete, auch wenn er kaum auf der Mauer Platz fand.

»Wollen wir irgendwohin?«, fragte ich.

»Ja«, war alles, was er sagte.

Voller Vorfreude auf die Überraschung stieg ich auf Eltanin, und Nyte glitt hinter mir in den Sattel.

Nachdem wir einige Zeit lang die Umarmung der langsam hereinbrechenden Dunkelheit genossen hatten, beugte ich mich vor und sah, dass wir nun über Althenia hinwegflogen.

Sobald ich die bunten Farben unter mit entdeckte, holte ich überrascht Luft.

»Ist das Nordstern?«, fragte ich.

Nyte hatte mir von diesem Ort erzählt. Dort befand sich der Spiegel des Übergangs. An diesem Ort war Nyte vor Jahrhunderten in meine Welt gekommen, was ihn für mich noch wertvoller machte.

Eine heilige Aura schien den Tempel zu umgeben. Er führte mich an der Hand hinein, und ich folgte ihm wie ein Geist. Vorsichtig bewegte ich mich auf die riesige Spiegelscherbe zu, die im Boden steckte, als wäre sie vom Himmel hinabgefallen.

»Das hier ist der letzte Teil von mir, den ich bisher nicht mit dir teilen konnte. Ein Blick in die Welt, aus der ich stamme.«

Nyte streckte eine Hand nach dem Spiegel aus, und mein Herz machte einen Satz, aus Angst, er könnte Nyte verschlucken.

Er hielt inne, ließ meine Hand los und schlang mir stattdessen einen Arm um die Taille. Ein Versprechen, dass selbst wenn der Spiegel versuchen sollte, ihn hier wegzuholen, er uns nie trennen würde.

Mein Herz klopfte wie wild, als ich dabei zusah, wie er erneut die Finger nach dem Spiegel ausstreckte. Sobald er ihn berührte und der Spiegel Wellen schlug, als bestünde er aus flüssigem Silber, packte ich ihn fest am Jackett.

Dann floss Farbe in den Spiegel, als würde ein Gemälde auf seiner Oberfläche entstehen. Wie durch Pinselstriche setzten sich Bilder zusammen, in einer atemberaubenden, lebendigen Abfolge.

Ich sah Berge mit roten Spitzen, die sich gegen einen geschmolzenen Himmel abzeichneten, die gezackten Gipfel von Sonnenlicht überzogen. Zwischen ihnen segelten Phönixe durch die Luft, und ihre leuchtenden Körper zogen flammende Spuren hinter sich her, wie siegreiche Kometen. Bei jedem Schlag ihrer riesigen, feurigen Flügel stoben Funken empor, um dann hinabzusinken und die Täler unter ihnen in tanzendes Licht und Schatten zu hüllen.

Es war, als wachten die Berge über eine riesige, beeindruckte Stadt, die von einer gewaltigen Mauer umgeben war, ein bisschen wie Vesitire, aber auf nur einer Ebene. Die Steine der Mauer glühten leicht, als hätten sie das Feuer der Phönixe über die Jahrhunderte in sich aufgenommen.

Im Herzen der Stadt stand ein Schloss, das keinem glich, das ich bisher gesehen hatte. Es bestand nicht aus schwarzen Steinen und war auch nicht kalt und abweisend wie unseres. Stattdessen schien das Gebäude den Himmel in sich aufzunehmen und damit auch die Kreaturen, die über ihn herrschten. Breite Bögen und hoch aufragende Türme verliehen dem Schloss einen offenen, majestätischen Charakter. Der große Innenhof war so gestaltet, dass die Phönixe ohne Probleme dort landen konnten. In der Mitte war ein riesiges Phönixwappen auf den Boden gemalt.

Das Schloss schien wie ein sicherer Hafen, der die Feuervögel nach ihrer Herrschaft über den Himmel willkommen hieß, ein Ort, an dem sich Macht und Anmut perfekt ergänzten.

»Es ist wunderschön«, flüsterte ich.

Ich riss mich von dem atemberaubenden Anblick los und öffnete den Kragen von Nytes Hemd, um mit den Fingern über die einzelnen Sterne des Tattoos zu fahren, das seine Brust zierte.

»Sternbild Phönix«, murmelte ich mehr zu mir selbst. »Jetzt macht es Sinn.«

Eine neue Szene erschien im Spiegel und zeigte ein Paar. Sie hatten spitze Ohren, doch ich konnte nicht erkennen, ob sie Vampire oder Fae waren.

Die Frau hatte goldene Augen, nicht ganz so hell wie die von Nyte, aber trotzdem war ihre Ähnlichkeit verblüffend, auch wegen der goldenen Tattoos, die unter ihrem roten Gewand hervorschauten. Sie trug eine Krone, die hinter ihrem Kopf emporragte wie die Sonne am Horizont. Ihr kleidähnlicher Mantel war tiefrot, und das Phönixwappen, das ich vorher schon gesehen hatte, zierte als Brosche ihre Schulter. Sie stand neben einem Mann, der sie eng im Arm hielt und offensichtlich verehrte. Er war ebenfalls in feurige Farben gehüllt und trug einen schlichten, goldenen Reif auf dem Kopf. Ohne Zweifel waren sie Mitglieder des Königshauses.

»Meine Cousine«, sagte Nyte schließlich. Die Zuneigung in seiner Stimme wärmte mir das Herz. »Faythe Ashfyre.«

»Du hast sie während deines Schlafluchs getroffen?«, schlussfolgerte ich.

»Ja.«

»Willst du … zurückkehren?«

Nyte drehte meinen Kopf am Kinn so, dass ich statt des Spiegels ihn ansehen musste. Sein Blick sprach Bände, von endlosen Horizonten, Kämpfen, die ausgetragen und gewonnen worden waren, und von Träumen, die noch realisiert werden mussten. Sein Lächeln war nicht nur eine Bewegung der Lippen, darin lag ein Versprechen.

»Niemals. Mein Platz ist genau hier, an deiner Seite. Das hier ist die perfekte Welt für uns, das verspreche ich dir.«

Aussprachehilfe

NAMEN

Astraea: Ahs-trey-jah
Nyte/Rainyte: Nait / Rey-nait
Drystan: Dris-ten
Cassia: Cas-sie-ja
Calix: Ca-lix
Zathrian: Zath-rie-jahn
Rosalind: Ro-sa-lind
Lilith: Lil-lith
Davina: Da-vie-nah
Auster: Aus-ter
Nadia: Na-di-jah
Zephyr: Se-fier
Aquilo: Ah-qui-lo
Notus: No-tus
Eltanin (Eli): Ell-ta-nin (Ih-lai)
Athebyne: Eyth-bein
Tarran: Tar-ran

ORTE

Solanis: So-la-nis
Alisus: Ai-li-sus
Vesitire: Ve-sie-tai-jah
Althenia: Al-thie-ni-jah
Pyxtia: Pix-tie-jah
Arania: Ah-rah-nie-jah
Fesaris: Fe-sa-ris
Astrinus: As-trai-nus

DANKSAGUNG

Am Ende des Buchs angekommen, finde ich diese Danksagung am schwierigsten zu schreiben, auch, weil es so emotional für mich ist. Ich kann euch Leser*innen nicht genug dafür danken, dass ihr diese Trilogie so unterstützt habt. Sie hat mein Leben verändert. Nyte und Astraea werden für immer einen Platz in meinem Herzen haben.

Danke an meine Mutter, die die stärkste und widerstandsfähigste Person ist, die ich kenne. Das letzte Jahr war so schwer, was deine Gesundheit anging, doch dein ungebeugter Wille, gegen diese Krankheit zu kämpfen, ist einfach bewundernswert. Danke, dass du so ein Licht und eine Quelle der Inspiration für mich bist.

An meine beste Freundin auf der anderen Seite des großen Teichs: Lyssa, du warst immer mein Fels in der Brandung in all den schweren Zeiten. Du hattest stets ein offenes Ohr für meine Schimpftiraden, meine Ideen für den Plot und meine Tränen. Ohne dich hätte ich das alles nicht so gut durchgestanden.

Danke an meine Agentin Jessica, für alles, was du für mich getan hast. Danke, dass du daran geglaubt hast, meine Geschichten könnten mehr sein, und das perfekte Verlagszuhause für die Nytefall-Trilogie gefunden hast. Ich freue mich schon auf alles, was die Zukunft bringt.

An Nick, Jennifer und das ganze Team in der Sandra Dijkstra Agentur, danke für eure unermüdliche Arbeit daran, auf der ganzen Welt neue Heimaten für meine Bücher zu finden.

An meine Lektorin Erika, danke für die wunderbare Zusammenarbeit und dass du diesen Büchern den letzten Schliff verpasst hast. Du hast alle meine Zweifel vernichtet, ich hätte mir wirklich keine bessere Lektorin für diese Bücher vorstellen können.

An mein ganzes Team bei Bramble: Monique, Tessa, Tyrinne, Devi, Lucille, Eileen, Laura, Sarah, Emily und all die anderen talentierten Menschen, die an diesen Büchern gearbeitet haben. Danke für euer Engagement und eure Hingabe. Ich bin unglaublich stolz, eine Bramble-Autorin zu sein.

An Areen, Ana und das gesamte Team bei Wildfire, danke, dass ihr euch im Vereinten Königreich und im ganzen Commonwealth für diese Trilogie eingesetzt habt. Es ist mir eine Ehre, so ein wunderbares und engagiertes Verlagsteam hinter mir stehen zu haben.

Danke an Lila für ein weiteres unglaubliches US-Coverdesign und dafür, dass du eine wunderbare Freundin, Unterstützerin und Quelle des Lichts für mich bist.

Danke an Alice für eine weitere wunderschöne Zeichnung der Charaktere für das US-Hardcover. Du begleitest mich seit dem allerersten Buch – bei dem Gedanken kommen mir fast die Tränen –, und ich hoffe, dass wir immer auf die eine oder andere Art und Weise zusammenarbeiten werden.

Am Ende möchte ich noch einmal zu euch zurückkommen, liebe Leser*innen. Ohne euch gäbe es mich in dieser Form nicht, und ich hoffe, dass ihr mir ins nächste magische Abenteuer folgen werdet, wo auch immer es uns hinführen mag. Aus tiefstem Herzen ein riesiges DANKESCHÖN dafür, dass ihr meine Geschichten lest.

DAS
ARANIA
FESARIS
NEBELSCHLEIER
PYXTIA
ALISUS
EWIGE BUCHT
VOLANTIS
NW